LE MYSTÈRE DES DIEUX

Bernard Werber est né en 1961. Après des études de criminologie, il intègre une école de journalisme et devient un collaborateur régulier du *Nouvel Observateur*. À trente ans, il rencontre un énorme succès avec son premier roman, *Les Fourmis*. Werber incarne en France un genre dans lequel excellent les Anglo-Saxons, celui du roman scientifique.

BERNARD WERBER

Le Mystère des dieux

* * *

ROMAN

ALBIN MICHEL

© Éditions Albin Michel et Bernard Werber, 2007.
ISBN : 978-2-253-12585-3 – 1ʳᵉ publication LGF

À tous les lecteurs qui, malgré l'attrait
de la télévision
d'internet
des disputes de famille
des jeux vidéo
du sport
des boîtes de nuit
du sommeil,
ont trouvé quelques heures
pour que nous rêvions ensemble...

« Je ne suis que le fil rassemblant les fleurs du bouquet. Mais ce n'est pas moi qui ai conçu les fleurs. Ni leurs formes, ni leurs couleurs, ni leurs parfums. Mon seul mérite est de les avoir sélectionnées et regroupées pour vous les présenter d'une manière nouvelle. »

Edmond Wells,
Encyclopédie du Savoir Relatif et Absolu.

« Ne te plains pas de l'obscurité. Deviens une petite lumière. »

Li Van Pho
(philosophe chinois du IIIe siècle).

Lu, gravé au compas sur une table de lycée :
« Dieu est mort. Signé : Nietzsche. »
Puis ajouté juste en dessous au feutre marqueur :
« Nietzsche est mort. Signé : Dieu. »

« Un être humain fait partie d'un tout que nous appelons : "l'Univers" ; il demeure limité dans le temps et l'espace. Il fait l'expérience de son être, de ses pensées et de ses sensations comme étant séparés du reste, une sorte d'illusion d'optique de sa conscience. Cette illusion est pour nous une prison, nous restreignant à nos désirs personnels et à une affection réservée à nos proches. Notre tâche est de nous libérer de cette prison en élargissant le cercle de notre compassion afin qu'il embrasse tous les êtres vivants et la nature entière dans sa splendeur. »

Albert Einstein.

ŒUVRE AU JAUNE : RETOUR AU PARADIS

1. LA TÊTE DANS LES ÉTOILES

Rêve.

Je rêve.

Je rêve que je suis un humain et que j'ai une vie normale.

Réveille-toi...

Je garde les yeux fermés pour demeurer dans mon monde onirique.

« Réveille-toi, donc ! »

Est-ce que je rêve qu'on m'ordonne de me réveiller ou me parle-t-on vraiment ?

Je serre les paupières pour me protéger de ce réel que je ne veux plus revoir.

Dans mon rêve je dors paisiblement au creux d'un lit en bois noir garni de draps en coton blanc, dans une chambre aux murs bleus auxquels sont suspendues des photos de couchers de Soleil.

Par la fenêtre, j'entends des voitures qui démarrent, des bus diesel qui ronflent, des coups de klaxon agacés, des pigeons qui roucoulent. Un radio-réveil se met en marche.

– Allez, debout !

Est-ce dans ma tête ?

Une main me secoue.

– Réveille-toi, Michael !

Les éléments de mon rêve, voitures, bus, arbres sont arrachés et s'envolent. Dans la rue, des gens surpris disparaissent dans un bruit de succion. Puis ce sont les buildings, les maisons, les routes d'asphalte, les trottoirs, les pelouses, les forêts, l'épaisseur de terre et de sable formant l'épiderme de la planète qui sont aspirés, jusqu'à ce qu'il n'y ait plus qu'une sphère complètement lisse comme une boule de billard. La planète rétrécit.

J'effectue un petit saut carpé pour quitter ma minuscule planète et vogue dans le vide sidéral en nageant la brasse pour mieux progresser au milieu des étoiles.

– Réveille-toi, enfin !

J'abandonne une réalité et rejoins l'autre.

– Debout, Michael ! Il faut se dépêcher !

Des lèvres roses se soulèvent, révélant un tunnel au fond duquel je distingue un palais, une langue, des dents luisantes. Tout au fond, vibre une glotte.

– S'il te plaît, articule la bouche, ne te rendors pas. Nous n'avons plus beaucoup de temps !

Les yeux grands ouverts, je vois à qui appartient cette bouche. Une femme au visage rond et harmonieux, aux longs cheveux bruns torsadés, au regard vif.

Elle me sourit et je la trouve extraordinairement belle.

Je me frotte les paupières.

Je suis dans une chambre au plafond élevé avec des murs en pierre de taille. Les draps argentés sont en soie. Je distingue par la fenêtre largement ouverte une montagne dont le sommet se perd dans les nuages. Tout est calme. L'air frais sent bon les fleurs et l'herbe mouillée de rosée. Pas de photos de couchers de Soleil, pas de voitures, pas de radio-réveil.

Ça y est, je me souviens.

Je me nomme Michael Pinson.

J'ai été mortel : médecin anesthésiste en charge de malades que j'ai soignés.

J'ai été ange. En charge de trois âmes que j'ai soutenues durant leurs existences successives.

Je suis devenu dieu (ou du moins élève dieu). En charge de tout un peuple que je tente de faire survivre le plus longtemps possible à travers les siècles.

Je suis en Aeden, la planète-école des dieux, dans un coin du cosmos, pour tenter de devenir le meilleur d'une promotion de 144 élèves dieux tous concurrents.

J'inspire profondément. Toutes les péripéties qui me sont récemment arrivées se bousculent dans mon esprit.

Je me souviens d'avoir vu mon peuple en grand tourment, je me souviens d'avoir fugué, gravi la montagne pour découvrir quelle était la lueur qui scintillait au travers des brumes de son sommet.

Toujours cette envie de hisser ma conscience jusqu'à la dimension qui la surpasse...

Face à moi, la femme sublime plonge ses yeux bruns dans les miens et ajoute :

– Plus une seconde à perdre, Michael. Il faut y aller tout de suite !

Je m'adosse à mes oreillers et parviens enfin à articuler :

– Que se passe-t-il ?

– Il se passe que sept journées se sont écoulées depuis que tu es parti. Durant ces sept journées, le jeu de divinité s'est poursuivi sans toi. Et dans une heure, ce sera la Finale. À l'issue de ce jeu nous saurons quel élève dieu sera décrété vainqueur et aura le privilège de monter aux Champs-Élysées pour rencontrer le Créateur en personne. Voilà ce qu'il se passe.

La Finale de divinité aujourd'hui ? Non, ce n'est pas possible !

Le rêve vire au cauchemar.

– Bouge, Michael ! Si tu n'es pas prêt dans quelques minutes, tous nos efforts auront été vains. Ton peuple mourra et tu perdras.

Un frisson me parcourt l'échine. Soudain, je prends pleinement conscience d'où je suis, qui je suis, et de ce qu'il me reste à faire.

J'ai peur.

2. ENCYCLOPÉDIE : 3 PHASES

La trajectoire d'évolution de toutes les âmes se déroule en trois phases :
1 – La Peur.
2 – Le Questionnement.
3 – L'Amour.
Et toutes les histoires ne font que raconter ces trois étapes de l'éveil. Elles peuvent se dérouler en une vie, en plusieurs réincarnations, ou se passer en un jour, une heure, une minute.

Edmond Wells,
Encyclopédie du Savoir Relatif et Absolu,
Tome VI.

3. PETIT DÉJEUNER

Baiser.

La femme merveilleuse qui est en face de moi me gratifie d'un léger baiser, puis d'un autre, plus profond. C'est Mata Hari, l'ancienne danseuse franco-néerlandaise prétendument espionne, ma compagne en Aeden.

– Vite ! Ce n'est plus qu'une question de secondes.

Elle me lance un ankh, l'outil divin qui nous permet de produire la foudre et d'observer les mortels. Je passe ce bijou, insigne de notre pouvoir, autour de mon cou et, tandis que je m'habille prestement, elle explique :

– Ce matin, les centaures t'ont déposé dans ton lit. Beaucoup d'événements se sont produits ici durant tes sept jours d'absence.

Elle me tend mes sandalettes de cuir que j'enfile à la hâte, saisit un sac en bandoulière et nous déguerpissons sans même nous donner la peine de fermer la porte de ma villa.

Dehors, le vent souffle. Je veux me diriger vers la Porte Orientale où se situent les Champs-Élysées et les palais des Maîtres dieux qui se sont chargés de notre éducation jusqu'ici mais Mata Hari m'en détourne :

– Tous les cours sont finis. La Finale est prévue dans le Grand Amphithéâtre.

Nous courons le long des larges avenues de la cité d'Olympie. Elles sont désertes. Pas d'élèves dieux, pas de Maîtres dieux, pas de chimères, pas d'insectes, pas d'oiseaux. Nous n'entendons au passage que le roucoulement des fontaines antiques et le bruissement des feuilles. À nouveau la majesté du lieu m'impressionne, les jardins taillés, les allées fleuries, les bassins sculptés, les oliviers noueux : tout est féerique ici.

Le ciel est anthracite, alors que le sol est blanc. Un éclair de foudre zèbre en altitude les sombres nuages, mais il ne pleut pas. J'ai un sentiment étrange.

Un sentiment de fin du monde.

Comme si une catastrophe allait soudain s'abattre.

Le vent multiplie ses rafales. Le froid s'intensifie. Des cloches se mettent à sonner. Mata Hari me tire par le bras et ensemble nous courons à perdre haleine.

Les matins d'hiver de ma dernière vie de mortel me reviennent en mémoire. Ma mère me tirait ainsi pour m'entraîner au lycée où m'attendaient mes examens de fin d'année. Elle me disait : « Sois ambitieux. Vise le plus haut possible. Ainsi, même si tu n'accomplis que la moitié du chemin, ton niveau sera déjà très élevé. » Que penserait-elle de moi à présent, si elle me voyait en Olympe en Finale de divinité ?

Nous courons dans Olympie.

Devant moi les cheveux bruns de Mata Hari volent dans la bourrasque. Sa silhouette menue et musclée me guide dans les ruelles et les avenues.

– Vite Michael, ils sont en train de fermer les portes !

Nous parvenons au Grand Amphithéâtre, construction monumentale en pierre de taille. Des bas-reliefs représentent des titans en lutte contre des héros armés de lances et de boucliers. Deux centaures, bien en chair ceux-là, flanquent l'entrée principale. Bras croisés, ils frappent le sol de leurs sabots et des jets de vapeur jaillissent de leurs naseaux dans l'air glacé.

À peine nous ont-ils aperçus qu'ils s'emparent de leurs olifants et annoncent notre arrivée. La lourde porte en chêne ouvragé grince et un Maître dieu barbu de 2,50 mètres apparaît, la tête couronnée de feuilles de vigne.

– Michael Pinson ! clame Dionysos. Décidément tu es fidèle à ta légende : « Celui qu'on attend. » Certains se figuraient déjà que tu allais rater la Finale.

Le dieu des voleurs nous fait rentrer et ferme derrière nous l'épais portail.

– C'est commencé ? demande Mata Hari, inquiète et essoufflée.

Dionysos fourrage dans sa barbe et nous adresse un clin d'œil.

– Non, non, les portes allaient fermer mais la partie n'a pas encore débuté. Vous avez même une bonne heure pour prendre tranquillement un petit déjeuner. Je vous confie à mademoiselle.

Une demi-déesse surgit, c'est l'Heure Diké. Elle nous guide à travers des couloirs de marbre et des cours dallées, vers une cantine de l'Amphithéâtre. À droite, sur un buffet, des pichets laissent échapper des odeurs de café, de thé, de lait, de chocolat chaud.

Autour d'une large table centrale je distingue les autres élèves dieux finalistes en train de se restaurer.

Nous étions 144 au départ. Lorsque je me suis enfui pour explorer le sommet de la montagne, plus de la moitié avaient déjà été éliminés, sans parler de ceux qui ont été assassinés par le déicide. Maintenant nous ne sommes plus que 12.

Je reconnais :

Georges Méliès, le dieu des hommes-tigres.

Gustave Eiffel, le dieu des hommes-termites.

Simone Signoret, la déesse des hommes-hérons.

Bruno Ballard, le dieu des hommes-faucons.

François Rabelais, le dieu des hommes-cochons.

Toulouse-Lautrec, le dieu des hommes-chèvres.

Jean de La Fontaine, le dieu des hommes-mouettes.

Édith Piaf, la déesse des hommes-coqs.

Plus un garçon dont j'ai oublié le nom car il ne faisait pas partie du cercle de mes familiers.

C'est un blondinet replet que Mata Hari semble connaître.

– Lui, me murmure-t-elle à l'oreille, c'est Xavier Dupuis, le dieu des hommes-requins. Au début, son royaume était de taille moyenne, et puis il a entrepris d'armer et de former une aristocratie militaire. Il a réussi à fédérer autour de lui tous les États voisins et il est en plein essor industriel. Ses villes grossissent et prospèrent. Il faudra t'en méfier d'autant plus que son peuple connaît une croissance démographique rapide.

Tous nous saluent.

Nos challengers restent cependant concentrés sur la partie prochaine, tels des sportifs avant les Jeux olympiques.

Dans un coin, légèrement isolé du reste des joueurs, je reconnais Raoul Razorback, le dieu des hommes-aigles. Son visage long comme une lame de couteau, son regard ténébreux, sa placidité me sont familiers.

Il boit son café à petites gorgées mais se lève pour me rejoindre sitôt qu'il m'aperçoit. Sans lâcher le bol dans sa main gauche, il me tend sa main droite. Je la regarde sans la serrer.

– Ne me dis pas que tu m'en veux encore, Michael.

– Comment pourrais-je te pardonner ? Tu as récupéré le message de tolérance de mon prophète pour le transformer en message de racisme contre mon peuple !

Il fronce le sourcil. Lui d'habitude plutôt flegmatique, je le sens très nerveux.

– Encore cette vieille histoire. Ne me dis pas que tu prends ça au sérieux. C'est le jeu, Michael. Ce ne sont que des mortels ! Et comme leur dénomination l'indique, les « mortels » sont destinés à mourir. Nous, nous sommes des dieux. Nous sommes bien au-dessus de ça. Ils ne sont que les pièces d'un jeu d'échecs géant. Est-ce qu'on pleure les pions qui se sont fait manger par l'adversaire ?

Il esquisse un geste désinvolte et me tend la main.

– Toi et moi nous avons été amis. Nous le serons toujours, déclare-t-il.

– Ce ne sont pas des « pions ». Ce sont des êtres vivants capables de ressentir la souffrance, Raoul.

Razorback se résigne à abaisser son bras et me considère avec ironie.

– Tu t'investis trop émotionnellement dans le jeu. Tu as toujours eu une vision naïve de ta fonction divine. Tu veux toujours être le « gentil du film », Michael. Cela te perdra. L'important c'est de gagner, pas de se montrer sympathique.

– Laisse-moi le droit de ne pas partager ton point de vue.

Il hausse les épaules, puis avale son café d'un trait.

– Les cimetières sont remplis de héros sympathiques et les panthéons regorgent de crapules cyniques. Mais ce sont ces derniers qui, au final, choisissent les historiens qui se chargeront de présenter la version officielle pour les générations à venir. Et ces mêmes « crapules cyniques » peuvent dès lors, grâce à la magie de leurs propagandistes, se transformer en héros étincelants. Nous le savons d'autant mieux qu'ici nous avons la vision objective des événements.

– Voilà en quoi nous différons, Raoul. Toi, tu constates les injustices, alors que moi je m'efforce de lutter contre elles.

Le regard ténébreux de mon concurrent en divinité brille différemment.

– As-tu oublié, Michael, que c'est moi qui t'ai donné l'envie de t'élever jusqu'au Continent des morts ? As-tu oublié notre slogan des Thanatonautes à l'époque où nos âmes sortaient de nos corps pour explorer l'au-delà ?

– « Ensemble contre les imbéciles. »

– Oui et aussi : « En avant vers l'Inconnu. » Tel est le sens de notre mission d'âme : dévoiler ce que nous ignorons. Ne pas juger : observer et comprendre. Ne pas choisir un camp : avancer vers l'inconnu. Notre quête est celle de la recherche de la réalité dissimulée derrière les apparences. Pas celle de la « gentillesse ».

Il a prononcé ce dernier mot avec dédain. Les autres nous écoutent sans intervenir.

– As-tu oublié notre autre slogan quand nous vivions dans l'Empire des Anges ? « L'amour pour épée. » C'est au nom de l'amour que nous nous battons !

– En son entier la devise disait : « L'amour pour épée et l'humour pour bouclier. » L'humour, c'est notre capacité à relativiser. Tu le sais, c'est au nom de l'amour, d'une religion ou d'une patrie que se sont déroulés les pires massacres. Et c'est souvent au nom du sens de la dérision qu'en fin de compte les guerres cessent et les tyrans sont déchus. Où est passé ton sens de l'humour, Michael ?

Raoul Razorback va s'asseoir et prend une tranche de cake aux fruits confits.

– Il a disparu quand j'ai vu tes hommes-aigles utiliser le symbole du supplice de mon prophète comme signe de ralliement. Mon symbole était le poisson, pas un homme empalé !

Il me répond tout en mastiquant :

– C'était pour faire perdurer ton message que j'ai fait ce choix... Il importait de marquer les esprits. Reconnais qu'une représentation d'engin de torture frappe plus qu'un dessin de poisson.

Ma voix monte d'un ton.

– Tu as assassiné mon prophète ! Et tu as récupéré et déformé son message !

– Tu n'es qu'un pauvre imbécile, Michael. Tu ne comprends rien à la grande Histoire du monde.

J'attrape Raoul et le renverse à terre puis, le saisissant à la gorge, je l'étrangle. À mon grand étonnement, il ne se défend pas. Quand il commence à tousser, Gustave Eiffel et Georges Méliès interviennent. Ils nous relèvent et nous écartent l'un de l'autre.

– Hé ! C'est la Finale aujourd'hui ! s'exclame Bruno Ballard. Si vous avez envie de vous écharper, faites-le par le truchement de vos peuples.

Édith Piaf renchérit :

– De toute façon, après cette partie il n'y aura qu'un seul vainqueur et les onze autres seront éliminés.

– Nous sommes comme des gladiateurs dans les minutes précédant les jeux du cirque, confirme Xavier Dupuis. Ne nous entretuons point avant que le signal soit donné.

Mata Hari m'aide à rajuster ma toge.

– Mange ça, m'intime-t-elle en me tendant un croissant. Tu auras besoin de tes forces pour la partie.

Je reprends du café.

Nous nous jaugeons tous avec méfiance. Jean de La Fontaine essaie de détendre l'atmosphère.

– Les mortels ne se rendent pas compte de leur chance... de ne pas être des dieux !

– Et d'être ignorants des mondes qui les dépassent, complète François Rabelais.

– Par moments je préférerais ne pas savoir et ne pas disposer de pouvoirs aussi importants. Tous ces gens qui nous vénèrent c'est tellement de responsabilités, reconnaît Simone Signoret.

– Dans quelques heures nous serons fixés, marmonne Toulouse-Lautrec.

Je bois encore plusieurs bols de café, Mata Hari attrape le pichet et m'empêche de me resservir.

– Arrête, sinon ta main tremblera et tu dirigeras mal ta foudre divine.

Elle se serre contre moi, je sens la douceur de son corps, de ses seins qui frottent contre mon torse.

– J'ai envie de faire l'amour avec toi, murmure-t-elle à mon oreille.

– Là, tout de suite ?

– Oui, juste avant la partie. Après, de toute façon, il sera trop tard.

– Je ne sais pas faire l'amour à la va-vite.

Elle me tire vers un long couloir latéral.

– Tu apprendras. Je suis comme les plantes : il faut beaucoup me parler et beaucoup m'arroser.

Des corridors peints en rouge se succèdent.

Lorsque Mata Hari estime que nous sommes suffisamment éloignés des autres, sans me lâcher, elle s'allonge à même le sol de marbre, et là, l'un contre l'autre, nous entreprenons de nous embrasser et de nous caresser.

Ma compagne prend le contrôle de nos ébats. Elle devient le chef d'orchestre d'une valse horizontale dont elle seule définit la cadence. Quand enfin nous retombons, haletants, l'un contre l'autre, elle me tend un objet qu'elle conservait enveloppé dans son sac en bandoulière.

– Qu'est-ce que c'est ?

– Notre aide.

J'écarte le tissu protecteur et reconnais la couverture familière de l'Encyclopédie du Savoir Relatif et Absolu.

– J'en ai repris la rédaction afin que cet héritage ne soit pas perdu. Tant de connaissances risquaient de disparaître... J'ai retranscrit de mémoire certains fragments. Ne t'étonne donc pas de les revoir même si tu les as déjà maintes fois étudiés. J'en ai ajouté d'autres grâce à quelques découvertes effectuées durant ton absence.

À la première page, je retrouve l'enseignement qu'Edmond Wells estimait le plus important entre tous. Aventure après aventure, il nous l'a constamment répété. Mata Hari en a certes un peu modifié la tournure mais le sens, millénaire, reste le même.

4. ENCYCLOPÉDIE : SYMBOLIQUE DES CHIFFRES

Les chiffres content (ou comptent) dans leur symbolique l'histoire de l'évolution de la conscience.

Tous les romans, tous les drames sont peut-être inclus dans ces dessins que nous avons constamment face à nos yeux mais que nous n'avons jamais pris la peine d'examiner attentivement dans leurs formes.

Il faut, pour les décrypter, considérer que : Les

lignes horizontales sont le signe de l'attachement.

Les courbes sont le signe de l'amour.

Les croix sont le signe du carrefour ou de l'épreuve.

Donc nous obtenons :

1 – Le minéral. Un trait vertical. Pas de trait horizontal donc pas d'attachement. Pas de courbe. Donc pas d'amour. La pierre n'est liée à rien et n'aime rien. Pas de croix donc pas d'épreuve. On est dans le début de l'aventure de la matière. Juste la matière inerte.

2 – Le végétal. La vie commence. Le trait horizontal en bas signifie l'attachement de la plante au sol. Elle ne peut bouger, fixée à la terre par sa racine. La courbe supérieure signifie l'amour qu'elle porte au ciel, au Soleil, à la lumière. Elle est liée au sol, aimant le ciel.

3 – L'animal. Deux courbes. Il aime le ciel, il aime la Terre, il n'est fixé ni au ciel ni à la Terre. En fait l'animal c'est la bouche qui embrasse sur la bouche qui mord. Il n'est que pure émotion. Il ne vit que dans la peur et le désir. Sans attachement.

4 – L'homme. Le croisement. Le carrefour entre l'animal 3 et la phase supérieure qui est :

5 – L'homme conscient. C'est l'inverse du 2. Une barre en haut signifie qu'il est lié au ciel, une courbe en dessous montre qu'il aime la Terre. Il plane et observe l'humanité avec recul pour la comprendre et l'aimer.

6 – L'ange. Une courbe d'amour montant vers le ciel en spirale. Il est pure spiritualité.

7 – L'élève dieu. Une croix. Encore un croise-

ment. L'inverse du 4. L'élève dieu est le carrefour entre l'ange et le niveau au-dessus.

Edmond Wells,
Encyclopédie du Savoir Relatif et Absolu,
Tome VI (Retranscription de mémoire
du Tome III).

5. PRÉPARATIFS

– « Tome VI » ?

Par modestie, Mata Hari a signé du nom de l'initiateur du projet : Edmond Wells.

– « Nous ne sommes que le fil rassemblant les fleurs du bouquet... », rappelle-t-elle.

Je relis le fragment.

– « Retranscription de mémoire du Tome III » ?

– J'ai fait de mon mieux, l'important c'est de garder l'esprit et l'idée.

Je referme le précieux ouvrage, rassuré qu'elle ait veillé à ce que notre savoir ne soit pas perdu.

– Quelle heure est-il ?

Mata Hari consulte l'écran de son ankh.

– Il nous reste encore un bon quart d'heure.

Elle sort de sa besace un paquet de cigarettes et une boîte d'allumettes. Elle en allume une et m'en tend une autre.

Jadis quand j'étais mortel j'étais médecin et j'abhorrais ce genre de poison encrasseur de poumons. Mais les circonstances sont suffisamment exceptionnelles pour que je passe outre.

– La cigarette du condamné ?

– La cigarette d'après l'amour, corrige-t-elle.

J'aspire une grande bouffée qui me déclenche une quinte de toux.

– J'ai perdu l'habitude.

Elle vient se nicher contre moi.

– Je t'aime, chuchote-t-elle.

– Pourquoi ?

Elle frotte son nez contre le mien et me nargue.

– Peut-être parce que tu es... aimable. Tu es le type le plus angoissé, le plus faiblement charismatique que j'ai rencontré, le type qui a le moins de confiance en lui et le plus gaffeur, mais après tout c'est toi le seul qui a tenté d'escalader la montagne pour essayer de rencontrer Zeus. Tu as osé.

Je sursaute.

– Mais je n'ai pas fait qu'essayer, je lui ai vraiment parlé.

Elle esquisse un geste affectueux, comme on le ferait avec un enfant menteur.

– C'est ton côté rêveur.

– Non, ce n'était pas un rêve, j'ai vraiment gravi la montagne jusqu'à son sommet et j'ai vu ce qu'il y avait là-haut.

Je la saisis par les épaules pour qu'elle me voie bien de face.

– Crois-moi !

– *Ils* nous ont dit que...

– Il ne faut pas écouter ce qu'*Ils* disent. *Ils* nous manipulent.

Je ne sais par où commencer.

– Tu penses qu'il m'est arrivé quoi ?

– Tu as dérobé le cheval ailé d'Athéna, tu t'es un peu élevé sur la montagne, puis ta monture t'a éjecté. Tu as ensuite été capturé par la police des centaures. Ils t'ont enfermé en prison une semaine durant pour te punir de ton audace. Ils t'ont relâché aujourd'hui pour que tu puisses participer à la Finale.

– Non, ce n'est pas ce qui s'est passé.

Elle me dévisage, incrédule.

– C'est quoi ta version alors ?

– Ce n'est pas *ma version*. C'est la vérité. Je suis vraiment monté là-haut, et nul ne m'a arrêté. De toute façon là où je suis allé aucun centaure, aucun griffon ne peut monter.

Je rallume une cigarette.

– Nous avons combien de temps ?

Elle s'assoit sur mes genoux, face à moi.

– Dix minutes. Cela nous laisse un peu de temps. Raconte ta version.

Je ferme les yeux pour bien me remémorer tout ce qu'il s'est passé.

– Eh bien...

J'aspire goulûment la fumée âcre, la sens entrer dans ma chair et la détendre tout en la polluant.

– Avec Pégase nous hissant vers le sommet, nous avons longtemps pris de l'altitude. C'est la pluie qui m'a contraint à atterrir. Ce fichu cheval ailé craint les gouttes et redoute l'orage. J'ai donc poursuivi seul l'ascension. Sur un premier plateau recouvert d'une forêt, j'ai trouvé une chaumière avec à l'intérieur Hestia, la déesse du Foyer. Elle m'a conjuré de revenir sur mes pas mais je ne l'ai pas écoutée.

– Ne te perds pas dans les détails.

– Je suis arrivé à un deuxième plateau recouvert d'un désert jaune. Là je me suis retrouvé face au Sphinx qui gardait un goulet rocheux. Il m'a soumis l'énigme : « Qu'est-ce qui est mieux que Dieu et pire que le diable... »

– Je sais, la grande énigme qui empêche tout le monde d'approcher du sommet.

Mata Hari ferme les yeux et récite par cœur :

– « Qu'est-ce qui est mieux que Dieu, pire que le diable ? Les pauvres en ont et les riches en manquent et si on en mange on meurt. »

– J'ai trouvé la réponse.

– C'est quoi ?

– Rien.

Mata Hari fronce ses jolis sourcils, réprobatrice. C'est étrange comme les gens ne peuvent pas entendre la vérité. Comme le signalait Edmond Wells, « on ne peut offrir un cadeau que si on a préparé les gens à le recevoir. Sinon ils sont incapables de l'apprécier ».

– Je t'assure que c'est : « Rien. »

– Pourquoi tu ne veux pas me donner la réponse ? Nous sommes ensemble. Tu ne dois plus rien me cacher maintenant.

– La réponse est : « Rien. »

Edmond Wells disait aussi : « Ils entendent mais ils n'écoutent pas, ils voient mais ils ne regardent pas, ils savent mais ils ne comprennent pas. »

Simple problème d'attention.

– « Rien » n'est mieux que Dieu. « Rien » n'est pire que le diable. Les riches manquent de « Rien ». Les pauvres ont « Rien ». Et si tu ne manges « Rien » tu meurs.

Mata Hari ne semble pas convaincue.

– Et cela signifie quoi, au juste ?

– Peut-être que : si Dieu se définit comme étant « Tout », ce « Tout » n'existe que par son opposition, c'est-à-dire : Rien.

Elle marque son incompréhension. Je poursuis donc :

– C'est « ce que tu n'es pas » qui définit a contrario « ce que tu es ». Connaître ton contraire est la meilleure manière de savoir qui tu es. Et le contraire de Tout c'est... Rien.

Mata Hari change de position et s'assoit en tailleur à même le sol. Je m'assois face à elle.

– Tu as réellement rencontré le Grand Zeus ?

Je hoche la tête.

Son regard a imperceptiblement changé.

– Tu mens !

J'avais oublié le pouvoir de l'évocation de Zeus. Il est vrai que si quelqu'un m'avait annoncé être parvenu à rencontrer Zeus, j'aurais eu du mal à le croire.

Elle me prend par les épaules.

– Toi, Michael Pinson, tu serais monté au sommet de la montagne et tu « L' » aurais vu en face ?

– Je te l'affirme.

– Tu as des preuves ?

– Je suis désolé, je ne redescends pas du sommet avec en souvenir les Tables de la Loi comme Moïse. Je n'ai pas un corps auréolé de lumière, et je ne guéris pas les écrouelles par simple imposition des mains. La rencontre avec Zeus ne m'a pas changé. Pourtant je te jure que je l'ai vu comme je te vois.

– Et je suis censée te croire comme ça, sur ton simple témoignage ?

Elle ne me croira jamais.

– Je ne t'y oblige pas.

Elle entortille une mèche de ses cheveux bruns autour de ses doigts.

– Alors, raconte, « IL » est comment d'après toi ?

– Il est grand. Très grand. Très impressionnant. Peut-être 5 mètres de haut. En fait il est exactement comme nous l'avons tous imaginé. Il a une barbe blanche. Une toge lourde comme des doubles rideaux. Il a une voix grave et puissante. Il tient la foudre au creux de sa main.

– Tu es sûr que ce n'est pas quelqu'un qui aurait pris son apparence justement pour se moquer de toi ? Il y a beaucoup d'entités qui ont des talents de mimétisme ici. S'il suffit de mettre une toge blanche et de parler en imitant un baryton pour se prétendre roi de l'Olympe...

Je l'ai vu dans son palais avec les cyclopes qui l'entourent.

– Tes sens ont pu te tromper.

Elle me jauge encore, puis, conciliante, déclare :

– C'était LUI l'œil géant dans le ciel ?

– Il est polymorphe. C'était lui l'œil géant mais aussi le lapin blanc, le cygne blanc, etc. Il peut se changer en n'importe quoi.

– Et LUI, il t'a vu ?

– Bien sûr.

– Et tu LUI as parlé ?

Elle prononce le IL et le LUI avec beaucoup de respect.

– Au début je n'y arrivais pas. J'étais trop ému. Il m'a imposé une épreuve et j'ai combattu...

– Contre un monstre ?

– Pire. Contre moi-même.

Je sens un regain de scepticisme chez ma compagne.

– En fait j'ai affronté un reflet de miroir incarné.

Elle plie les genoux sous ses fesses, comme une élève studieuse écoutant une leçon bizarre.

– Donc IL t'a demandé de lutter contre toi-même et... ?

– J'ai gagné. Puis il m'a forcé à jouer contre mon peuple.

– Contre les hommes-dauphins ?

– Il voulait m'éprouver avant de m'offrir SA

vérité. Il voulait savoir si j'étais prêt à sacrifier ce que j'avais de plus cher.

Cette fois elle semble accorder un peu plus de crédit à mon récit.

– Arrête de te perdre dans les détails. Alors c'est quoi SA vérité ?

– Zeus est admiratif des mortels parce que ceux-ci créent des œuvres qu'il n'a même pas imaginées.

Elle me presse de poursuivre.

– Il m'a fait visiter son palais. Il a des musées, il observe et guette les plus belles créations humaines.

– C'est ainsi que s'occupe le roi de l'Olympe ? Une sorte de... voyeur ?

– Loin de répondre à la somme de mes interrogations, la rencontre avec Zeus n'a fait que m'ouvrir un immense champ de nouvelles questions. Surtout que j'ai découvert le secret de son palais.

– Arrête de faire ton mystérieux.

– J'ai ouvert une fenêtre close à l'arrière de la salle principale de son trône. Et là j'ai discerné...

– Quoi ?

– ... Il existe une seconde montagne, plus haute encore, plus loin, mais que la première dissimule. Et au sommet de cette deuxième montagne il y a une lueur.

– La même que celle de la première montagne ?

– En fait la lueur que nous apercevons ne vient pas de la première montagne mais de celle qui est derrière et qui la surplombe.

Elle marque sa surprise.

– Une autre montagne plus élevée ?

– Oui, plus à l'est d'Aeden. Zeus a fini par reconnaître qu'il y a quelque chose au-dessus de lui, une entité plus puissante que lui. Zeus ignore de qui ou de quoi il s'agit vraiment. Il observe lui aussi la lueur sur la deuxième montagne.

– Pourquoi IL ne monte pas voir ?

– Il prétend qu'un champ de force en cerne la cime. Seul le vainqueur du jeu de divinité pourra le franchir.

Mata Hari reste dubitative.

– C'est le dernier et le plus grand Mystère, reconnais-je.

– À quel niveau se définit Zeus dans l'échelle des consciences ?

– Il se définit comme un être de niveau de conscience « 8 », le 8 représentant la forme de l'infini. D'ailleurs il faudra que tu complètes l'Encyclopédie. Après le 7, l'élève dieu, le 8.

Le Dieu Infini. Une courbe d'amour qui n'en finit pas de se torsader, mais qui tourne en rond sans monter ni descendre.

Mata Hari hésite, puis prend l'Encyclopédie et un crayon et note la suite du fragment sur mon indication.

– Et comment il nomme l'entité qui le surpasse ?

– « 9 ».

L'ex-espionne néerlandaise retient son crayon.

– Il faut me croire. Je n'ai pas pu inventer un tel souvenir. Je l'ai réellement vécu, affirmé-je.

– Pour toi c'est quoi un « 9 » ?

– Une spirale, inverse de celle du 6, de l'ange. De l'amour qui, au lieu de monter, descend. Du ciel vers la Terre. Une spirale qui tourne et fait prendre la mayonnaise.

– Le 9..., articule-t-elle comme pour essayer d'apprivoiser cette nouvelle notion.

– Pour moi c'est le Créateur de l'Univers.

– Alors le gagnant de la partie aurait accès à la rencontre avec ce fameux 9 ?

– Plus que cela même. Selon Zeus cette promotion serait différente de toutes celles qui l'ont précédée... Il pense que le gagnant ne fera pas que gagner cette partie. Il pourrait accéder au niveau supérieur et devenir lui-même le nouveau 9 qui règne sur tous les mondes.

Mata Hari, cette fois, ne me croit plus du tout.

– Et IL tient cela d'où ?

– D'un message reçu de la montagne. Selon lui le Grand Dieu serait fatigué et voudrait abandonner. C'est pour cela que l'enjeu de la partie qui va se dérouler dans les prochaines minutes est aussi crucial. Nous devons gagner sinon...

Mata Hari se mange la lèvre.

– Je ne t'ai pas tout dit. Ici aussi pendant tes pérégrinations il y a eu des... incidents, dit-elle.

– Je t'écoute.

– Ton peuple, enfin le peuple des dauphins, a connu des drames. Beaucoup de drames. Il est désormais en grande difficulté.

– Mon peuple est forcément toujours vivant... sinon je ne serais pas là.

– Certes. Il a survécu comme il a pu à travers les siècles, mais il s'est réduit, dispersé, éparpillé. Georges Méliès et Gustave Eiffel ont recueilli quelques rescapés des différentes épreuves qu'ils ont subies.

– Du moment qu'il en reste, je jouerai la partie pour gagner.

– Ça ne va pas être facile. Les tiens sont tellement habitués à être persécutés que, se retrouvant chez ces nouveaux peuples hospitaliers, ils ont préféré s'assimiler pour mieux se fondre dans la population locale.

Ils ont renoncé à leur religion pour prendre celle de leurs hôtes. Moi-même et Édith Piaf nous en avons accueilli et protégé un grand nombre mais là aussi tes hommes-dauphins ont choisi d'abandonner leurs traditions et leurs différences.

Elle doit exagérer.

– Je jouerai avec ceux qui ne se sont pas complètement assimilés.

– Vois-tu, beaucoup parmi les tiens qui ne se sont pas encore convertis ont le sentiment que... enfin...

– Quoi, encore !

– Que leur dieu les a... abandonnés.

Des trompettes résonnent en provenance de l'arène de l'Amphithéâtre.

Nous nous hâtons. Je me souviens que quand je l'avais laissée, Terre 18 présentait l'aspect de Terre 1 à l'époque de la Rome antique.

L'ensemble de l'humanité de Terre 18, après une période de règne de l'Empire des aigles, opérait un glissement progressif en direction de la barbarie. Sept jours ont passé, je suis curieux de savoir où ils en sont maintenant et quels sont leurs leaders.

6. ENCYCLOPÉDIE : NÉRON

Néron est né en 37 après Jésus-Christ, fils de Domitius Ahenobarbus et d'Agrippine.

Celle-ci s'étant débarrassée du père de l'enfant devient la 4e femme de l'empereur Claude. Elle arrive alors à convaincre son nouveau mari d'adopter son fils.

Mieux : elle se débrouille pour que Néron épouse la fille de l'empereur Claude, Octavie.

Ainsi Néron, par les manigances de sa mère,

devient simultanément le fils adoptif et le gendre du plus puissant dirigeant de l'époque.

Poussé par Agrippine, l'empereur Claude désigne ensuite son nouveau fils adoptif comme son unique successeur au détriment de son propre fils issu de son sang : Britannicus.

À peine a-t-il désigné Néron, l'empereur Claude est assassiné en 54 (probablement empoisonné par Agrippine qui avait peur qu'il change d'avis). Dès lors le Sénat romain, grâce à d'habiles manœuvres d'Agrippine, entérine le dernier choix de Claude et proclame Néron nouvel empereur au détriment de Britannicus.

Sous l'influence de sa mère et de son précepteur, Sénèque, le jeune empereur Néron connaît un début de règne « raisonnable ». Il prend des décisions populaires et gère l'Empire avec discernement.

Mais cela ne dure pas. Craignant que Britannicus en devenant adulte n'ait l'ambition de reprendre le trône impérial, Néron le fait empoisonner.

Quelque temps plus tard, lassé des constantes critiques de sa mère sur sa nouvelle maîtresse, la ravissante Poppée Sabine, il lui demande de vivre hors du palais.

En voyage sur un bateau, elle échappe de justesse à un lit articulé piégé dont le toit s'effondre sous une masse de plomb. C'est une de ses amies imprudentes qui est broyée. Agrippine à peine remise de ses émotions veut rejoindre son fils.

Néron la fait encercler par ses gardes qui, après l'avoir rouée de coups de bâton, la poignardent. Les astrologues avaient prédit à Agrippine que son enfant serait empereur mais qu'il la tuerait.

Ce à quoi celle-ci aurait répondu : « Qu'il me tue, pourvu qu'il règne. »

Dans la foulée Néron commandite un nouveau crime : le meurtre de son épouse Octavie (accusée d'être stérile). Il peut dès lors prendre en mariage sa maîtresse Poppée.

Comme Sénèque essaie de le ramener à la sagesse, Néron le destitue.

Désormais le fils d'Agrippine entre dans une période de règne despotique. Se sentant sportif, il conduit des chars dans des courses. Se sentant poète, il participe à des concours de poésie. Il est systématiquement déclaré vainqueur.

Grand amateur d'orgies, il sort la nuit déguisé en simple citoyen, pour participer à de grandes fêtes où tout le monde fait semblant de ne pas l'avoir reconnu. Souvent à la fin des libations il s'amuse à prendre un convive à part pour le rosser puis le jeter dans les égouts.

Apprenant que Sénèque continue de le critiquer, Néron le fait assassiner.

Dans un accès de colère, il roue de coups de pied Poppée Sabine, pourtant enceinte de ses œuvres, et celle-ci décède de ses blessures.

Il épouse ensuite Statilia Messaline (après avoir fait exécuter son mari pour la libérer de ses devoirs conjugaux). En 64, il ordonne d'incendier les deux tiers de Rome afin de réaliser son grand projet de rénovation des quartiers insalubres. Il compose même une poésie et une musique pour célébrer le spectacle de la capitale en flammes. La population n'ayant pas été préalablement avertie de cette « opération immobilière », il y a des milliers de morts. La colère gronde parmi les habitants. Néron trouve alors des boucs émissaires et désigne comme responsables de cet incendie les chrétiens. Après des rafles massives il les fait torturer pour leur faire avouer leur culpabilité, les fait supplicier publiquement au cours de grands spectacles pour apaiser la vindicte populaire. Mais l'Empire mal géré connaît des soubresauts internes. Famines, épidémies, guerres-révoltes.

Le Sénat romain finit par décréter Néron ennemi public et proclame le consul Galba nouvel empereur. Apprenant qu'il est condamné à mort, Néron se suicide le 9 juin 68 avec l'aide de son esclave en pleurant et répétant jusqu'à la mort : « Quel grand artiste le monde perd avec moi ! »

Edmond Wells,
Encyclopédie du Savoir Relatif et Absolu,
Tome VI.

7. LE GRAND MOMENT

– Je ne veux pas te perdre.

Mata Hari serre fort ma main.

Et c'est ensemble que nous rejoignons les autres élèves dieux dans la salle de restauration.

Nous voyant vêtements et cheveux en désordre, nos concurrents se doutent de ce que nous avons perpétré en coulisse.

Mais ils restent concentrés sur le match à venir.

Pour occuper leur attente, les Heures leur ont fourni des livres de Terre 1.

Bruno Ballard est penché sur un livre d'histoire moderne, le dénommé Xavier Dupuis s'intéresse à un ouvrage de stratégie militaire chinoise, Georges Méliès dévore un grimoire de magie ancienne, Gustave Eiffel un livre d'architecture, Jean de La Fontaine un livre de chimie, François Rabelais un livre de cuisine, Toulouse-Lautrec un livre de peinture, Raoul Razorback étudie un livre de technologie. Simone Signoret ferme les yeux. Édith Piaf psalmodie une prière.

– Nous avons entendu résonner des trompettes, c'est l'heure ? questionné-je.

– Pas encore, répond Raoul Razorback.

Dionysos nous a prévenus que les trompettes sonneraient uniquement pour vérifier l'acoustique du Grand Amphithéâtre.

– Profites-en pour vérifier si ton ankh est bien chargé, me signale Georges Méliès. Ce serait dommage qu'il tombe en panne en pleine partie.

Je le remercie en constatant qu'en effet l'outil n'est qu'à moitié chargé.

Mata Hari se livre alors à une petite gymnastique d'assouplissement qui ressemble assez au tai-chi-chuan que je voyais parfois pratiquer dans les jardins parisiens lorsque j'étais mortel sur Terre 1.

Ses gestes lents lui permettent de se recentrer et elle se meut comme si elle nageait dans l'air.

Je m'assieds à côté de Simone Signoret et, comme elle, je clos les paupières.

Dans quelques minutes je sais que pour moi et mes mortels viendra le tumulte des révolutions, des guerres, des crises, des passions et des trahisons.

Je me doute que les onze concurrents ne me feront pas de cadeau. À moi d'être visionnaire. « *Surprendre* ».

Voilà le maître mot.

Edmond Wells me l'a appris : « Celui qui gagne n'est pas forcément le plus intelligent, mais celui qui sait anticiper, être là où on ne l'attend pas, et agir de manière imprévisible. »

Si cela dérape trop j'enverrai un nouveau prophète.

Non. Il faut que je renonce à cette idée. Pas de miracle, pas de prophète. Ce sont des solutions de facilité pour dieu manquant de confiance en lui-même et en la débrouillardise de ses fidèles.

Dionysos revient nous signaler que nous devons encore patienter une dizaine de minutes, le temps que la régie organise tout au mieux.

La régie ?

Voilà donc le sens de cette dernière partie, un spectacle avec une régie de production comme pour une pièce de théâtre ou un film.

J'ai le trac. Les autres aussi.

Des paroles de Zeus me reviennent : « L'enjeu de tous les jeux est de se retrouver soi-même. Nous connaissons toutes les réponses à tous les problèmes parce que nous les avons déjà affrontés lors de nos vies passées. Notre seul handicap est d'oublier. Ou d'être distraits par les manigances et les mensonges des autres. Mais si nous retournons à notre essence, si nous nous aimons réellement pour ce que nous sommes et non pour le personnage que les autres veulent nous faire jouer, alors nous sommes dans le vrai et tout se dénoue naturellement autour de nous. »

J'essaie de bien comprendre le sens et le poids de chacun de ces termes.

Zeus n'est pas le dieu final mais en tant que 8 il m'a probablement livré une clef.

Se rappeler qui je suis vraiment.

Retourner à mon essence.

Il m'avait dit :

– MI-CHA-EL... ton prénom est déjà une information. Tu es Michael. Ce qui en hébreu signifie : « Mi » : Qui ? « Cha » : comme et « El » : Dieu. Qui est comme Dieu...

Qui suis-je ?

Bon sang qui suis-je vraiment ?

Les mots terribles de Mata Hari résonnent en moi : « Ton peuple pense que son dieu l'a abandonné. »

Après tout ce que j'ai fait pour eux dans le passé.

Quand je pense que lors de ma vie de mortel je faisais sans cesse des demandes, des reproches, des prières à un dieu imaginaire... je ne me rendais pas compte que la question n'est pas : « Qu'est-ce que Dieu peut faire pour moi ? » mais plutôt : « Qu'est-ce que moi je peux faire pour Dieu ? »

Mes mortels, pour leur part, confondent « temple » et « service des réclamations ». Ils exigent la santé, l'amour, la richesse, la gloire, la jeunesse éternelle, sans parler de la destruction de leurs ennemis. Ils ne sont jamais satisfaits de leur vie. Ils veulent toujours plus. Ils ont tous l'impression d'être victimes d'injustices, et même en s'épuisant à les aider on n'obtient que des plaintes. Si leurs désirs dérisoires ne sont pas exaucés sur-le-champ ils en viennent même à blasphémer.

Ainsi, mon peuple des dauphins, que je chéris tant et qui sans moi n'existerait pas, en vient à douter de moi. Il se convertit, s'assimile, oublie mes enseignements. Et cela juste parce que je me suis absenté mille cinq cents « petites » années.

Comme ils oublient vite le bien pour ne retenir que le mal ! Comme ils sont ingrats.

Dionysos fait une apparition.

– Plus que cinq minutes, tenez-vous prêts.

Mata Hari, après avoir tourné en rond, revient vers moi et se blottit dans mes bras.

– Nous devons réussir, murmure-t-elle.

Raoul Razorback me fixe étrangement, comme s'il s'apprêtait, dès que la partie commencera, à s'occuper personnellement de mon cas.

– Que le meilleur gagne, articule-t-il de loin.

– J'espère que ce ne sera pas toi, réponds-je aussi sec.

Pourtant c'est vrai tout a commencé lors de ma rencontre avec lui au cimetière du Père-Lachaise, à Paris, sur Terre 1. Sans lui j'aurais probablement suivi un cours de vie plus banal. Il a été mon meilleur ami, il m'a ouvert des horizons extraordinaires, puis il m'a déçu.

Pour lui la fin justifie les moyens.

Soudain les trompettes résonnent à l'unisson, dans un grand souffle puissant. Dionysos réapparaît.

– Attendez encore un peu, dit-il. Je vous dirai quand vous pourrez commencer.

Les trompettes montent dans les aigus.

Mata Hari approche son visage du mien, et me glisse :

– N'oublie pas que tu es un dieu.

Elle me pousse contre le mur, et m'embrasse. Je sens sa douce haleine.

– Allons les amoureux, pas le moment de roucouler, tout est prêt, annonce Dionysos. Il va falloir y aller !

Les lourdes portes s'écartent, dévoilant un couloir de marbre noir.

Je respire un grand coup. Tous, nous avançons très lentement. Comme les gladiateurs, jadis, marchaient vers leur destin.

J'ai l'impression que tout ce qui va m'arriver est déjà inscrit.

L'un d'entre nous survivra et deviendra peut-être le Maître de tous les mondes.

Au bout du corridor, deux vantaux de bronze massif s'ouvrent lentement dans un crissement métallique.

Une clameur nous assourdit.

Nous entrons dans l'arène à pas prudents.

Pour l'instant je ne vois que le bleu du ciel immense, ce bleu éclatant qui m'aveugle, et au-dessous, la foule debout, et qui applaudit. Jamais vu autant de monde réuni en Olympe. Le brouhaha devient plus présent.

Certains sifflent ou applaudissent, d'autres scandent le nom de leur candidat préféré. Il me semble même entendre le mien. Le ciel devient encore plus bleu.

8. ENCYCLOPÉDIE : COULEUR BLEUE

Longtemps la couleur bleue a été déconsidérée. Les Grecs de l'Antiquité estimaient que le bleu n'était pas une vraie couleur. N'étaient perçus comme telles que le blanc, le noir, le jaune et le rouge. Il existait de surcroît un problème technique de colorant : les teinturiers et les peintres ne savaient pas fixer le bleu.

Seule l'Égypte des pharaons considérait le bleu comme la couleur de l'au-delà. Ils fabriquaient cette teinte à base de cuivre. Dans la Rome antique, le bleu est la couleur des barbares. Peut-être parce que les Germains s'enduisaient le visage d'une poudre gris-bleu pour se donner un aspect fantomatique. En latin ou en grec le mot bleu n'est pas clairement défini, souvent

assimilé au gris ou au vert. Le mot bleu lui-même sera donc issu du germanique « blau ». Pour les Romains une femme aux yeux bleus était forcément vulgaire et un homme aux yeux bleus brutal et stupide.

Dans la Bible, la couleur bleue est rarement évoquée mais le saphir, pierre précieuse bleue, est la plus estimée.

Le mépris du bleu perdure en Occident jusqu'au Moyen Âge. Plus le rouge est vif, plus il est signe de richesse. Le rouge se retrouve donc dans les vêtements des prêtres, et notamment du pape et des cardinaux.

Renversement de tendance : au XIIIe siècle, grâce à l'azurite, au cobalt et à l'indigo les artistes arrivent enfin à fixer le bleu. Cela devient la couleur de la Vierge. Elle est représentée avec un manteau bleu ou une robe bleue soit parce que la Vierge habite le ciel soit parce que le bleu était considéré comme un sous-noir, couleur du deuil.

À cette époque les ciels sont peints en bleu alors qu'auparavant ils étaient noirs ou blancs. La mer qui était verte vire elle aussi au bleu dans les gravures.

Sur un coup de mode le bleu devient une couleur aristocratique, et les teinturiers la suivent. Ils rivalisent dans l'art de concocter des tonalités de bleu de plus en plus diversifiées.

La « guède », plante utilisée pour confectionner le bleu, est cultivée en Toscane, en Picardie ou dans la région toulousaine. Des provinces entières se mettent à prospérer grâce à l'industrie du colorant bleu. La cathédrale d'Amiens a été bâtie avec les contributions des marchands de guède alors qu'à Strasbourg les marchands de garance, plante qui donne la couleur rouge, peinaient à financer leur cathédrale. Du coup les vitraux des cathédrales alsaciennes représentent systématiquement le diable en... bleu. On assiste dès lors à une véritable guerre culturelle entre les régions qui aiment le bleu et celles qui aiment le rouge.

Lors de la réforme protestante, Calvin annonce qu'il y a des couleurs « honnêtes » : le noir, le brun, le bleu. Et des couleurs « malhonnêtes » : le rouge, l'orange, le jaune.

En 1720, un pharmacien de Berlin invente le bleu de Prusse, qui permettra aux teinturiers de diversifier encore les tonalités de bleu. L'amélioration de la navigation permet de bénéficier de l'indigo des Antilles et d'Amérique centrale dont le pouvoir colorant est plus fort que celui du pastel.

La politique s'en mêle : en France le bleu devient la couleur des révoltés républicains s'opposant au blanc des monarchistes et au noir des partis catholiques.

Plus tard le bleu républicain s'oppose au rouge des socialistes et des communistes.

En 1850, un vêtement lui donne ses dernières lettres de noblesse, c'est le jean, inventé par un tailleur, Levi-Strauss, à San Francisco.

Actuellement, en France, la grande majorité des gens interrogés citent le bleu comme leur couleur préférée. En Europe, l'Espagne est le seul pays à préférer le rouge.

Seul domaine où le bleu n'arrive pas à percer : la nourriture. Les yaourts en pots bleus se vendent moins bien que ceux en pots blancs ou rouges.

Il n'y a pratiquement aucun aliment de couleur bleue.

Edmond Wells,
Encyclopédie du Savoir Relatif et Absolu,
Tome VI.

9. SYMPHONIES

L'azur s'éclaircit pour laisser surgir le blanc éclatant du Soleil de 11 heures.

Les trompettes se taisent d'un coup. La foule aussi se tait. Le silence qui suit est encore plus assourdissant que le tumulte. Il n'y a plus de vent. Les oiseaux et les insectes se tiennent cois.

Odeurs de sable, de poussière, de pierre et de sueur.

Le bruit de ma propre respiration couvre les autres sons.

Nous sommes, les douze élèves dieux, debout au centre de l'arène.

La foule se rassoit et nous scrute en silence. Les gradins sont remplis de demi-dieux, de demi-déesses, d'assistants, de chimères, de satyres, de petits êtres et de géants, d'hybrides de toutes sortes et autres monstres sortis de la mythologie grecque. Je n'avais jamais pris conscience que les habitants d'Aeden étaient aussi nombreux et divers.

Athéna, déesse de la Justice, siège au centre d'une estrade tendue de velours rouge qui nous surplombe. Ont pris place auprès d'elle nos autres Maîtres dieux : Chronos, le dieu du Temps, Héphaïstos, le dieu des Forges, Arès, le dieu de la Guerre et encore Héra, Apollon, Hermès, Dionysos, Artémis, Déméter...

Je sens sur moi un regard émeraude qui me fixe intensément.

Aphrodite.

Que me veut-elle encore ?

Sur le côté je remarque son fils, Hermaphrodite, qui m'adresse un clin d'œil et un mouvement de langue obscène. Je me souviens lui avoir échappé de justesse alors qu'il voulait me transformer en porte-faix de planète.

Icare se lève et applaudit à tout rompre. Il donne ainsi un signal que l'assistance s'empresse d'imiter. Tous ont suivi nos aventures depuis le début ainsi que celles de nos peuples. Pour eux cela doit être aussi palpitant qu'une série télévisée avec suspense et rebondissements. Si ce n'est qu'au lieu des quelques dizaines d'acteurs habituels, là, ce sont des foules de figurants qui depuis plusieurs jours s'aiment et s'entretuent pour offrir un spectacle aux dieux.

Raoul l'avait justement défini : « Terre 18 est un jeu d'échecs avec des milliards de pions vivants. »

Remarquant l'attention que me prodigue Aphrodite, Mata Hari saisit ma main pour bien manifester que je lui appartiens et qu'elle n'a nullement l'intention de céder ses droits.

Sa chouette sur l'épaule, Athéna se dresse et brandit sa lance pour calmer la foule.

– Je déclare ouverte la Finale de la 18e promotion d'élèves dieux d'Aeden.

Des centaures surgissent, tambourins en bandoulière, et se mettent à frapper sur un rythme syncopé.

Les chœurs des joueurs et des spectateurs répondent à l'unisson. Les mains battent en cadence.

Des chariots, tractés par des griffons, transportent de grandes vasques d'où surgissent des sirènes au chant aigu.

Un chœur polyphonique de jeunes filles charytes et d'Heures entonne un chant d'allégresse qui s'amplifie, provoquant une émotion intense.

Le chant prend encore de la puissance, soutenu par un orchestre de Muses dirigé par Apollon. Je reconnais parmi ces jeunes filles vêtues de toges rouges Carmen, la métamorphose de Marilyn Monroe désormais muse du cinéma, et celle du rabbin Freddy Meyer, devenue pour sa part muse de l'humour. Elles nous adressent d'ailleurs un petit signe de connivence auquel je n'ose répondre, dans la solennité du moment.

Les chants baissent soudain quand surgit Orphée avec sa lyre à neuf cordes. Il entame un solo sur son instrument qu'il manie avec une dextérité extrême. Sa mélodie emplit l'Amphithéâtre, et nous permet un instant d'oublier nos responsabilités à venir. Sur une dernière variation, Orphée salue, très applaudi. Athéna frappe le sol de la pointe de sa lance et un vol de tourterelles couvre soudain le ciel. Les chants cessent. Les artistes gagnent à leur tour les gradins.

D'un geste, la déesse de la Justice obtient un silence respectueux.

– Mesdames et messieurs voici le moment que tous nous avons attendu si longtemps. Le dernier chapitre de l'histoire de Terre 18. Un monde est né, un monde a mûri, soyons témoins de son apothéose !

Grande clameur de la foule. Athéna reprend :

– Tous nous avons vibré à l'observation du travail des dieux sur ce monde. Après un démarrage chaotique, les élèves dieux de cette promotion se sont repris pour nos offrir des instants de grand spectacle comme nous aimons tant les apprécier ici en Olympie.

Les douze professeurs de divinité approuvent.

– Je tiens à remercier la patience des Maîtres dieux

qui ont éduqué ces ex-mortels pour les élever jusqu'à les transformer en dieux responsables. Vous qui étiez esclaves de vos destins personnels, vous êtes devenus des Maîtres tissant non seulement les destins d'autres individus, mais de civilisations entières. Malgré la dureté de certains d'entre nous, dureté indispensable à votre formation, nous sommes fiers d'avoir fait de vous des... dieux dignes de ce nom.

Aphrodite semble vouloir me dire quelque chose. Ses lèvres dessinent des syllabes que je ne comprends pas. Athéna termine son allocution :

– L'heure n'est plus aux paroles mais aux actes. Soyez forts, pour vos âmes et pour toutes les âmes que vous avez en charge.

– Que nous arrivera-t-il si nous perdons ? demande Simone Signoret.

Athéna hausse les épaules face à cette intervention intempestive.

– Vous serez comme nous, habitants de cette île, mais sous une autre forme...

– Et si nous gagnons ? interroge Bruno Ballard.

– Vous monterez sur les Champs-Élysées.

Sur un signe de la déesse de la Justice, Apollon entreprend de souffler dans une corne de bélier. Les portes s'ouvrent sur la droite et des centaures déposent un support de marbre en forme de coquetier géant. Atlas apparaît alors portant sur son dos la sphère de verre contenant Terre 18.

S'avançant péniblement, donnant tous les signes de l'épuisement, tel un haltérophile, avec des ahanements, il soulève le monde à bout de bras, dans un terrible effort.

Je regarde la planète brandie comme un ballon d'enfant.

Terre 18...

Enfin le Titan dépose la sphère de trois mètres de diamètre sur le coquetier puis, délicatement, il branche le Continent des morts et l'Empire des Anges local. Ces deux annexes permettront le recyclage et la gestion des réincarnations des âmes autochtones.

— Voilà, c'est prêt, annonce Atlas. Mais je profite de cet instant pour rappeler que mes conditions de travail ne sont pas en adéquation avec mon statut de...

— Tais-toi, Titan ! coupe sèchement Athéna.

Atlas défie d'un regard furibond les dieux, puis se lance :

— Non, cela ne se passera plus ainsi. Je suis moi aussi un dieu.

— Tu fais ce travail comme paiement de ta dette envers Zeus que tu as trahi. Fiche le camp. Maintenant je demande aux joueurs de s'avancer.

Le Titan soulève alors la planète et fait mine de la fracasser si Athéna ne répond pas à sa requête.

Mais la déesse de la Justice ne se laisse pas impressionner.

— Tu oublies une chose, cher Atlas. Ceci n'est qu'une projection de la vraie Terre 18. Si tu brises cette sphère tu ne détruis que l'écran sur lequel les élèves agissent.

— Si je lance cet objet sur vous, il fera des dégâts, rétorque le trublion.

Je comprends que c'est là une résurgence de la vieille querelle entre les dieux olympiens ralliés à Zeus et les Titans ralliés à Chronos.

Atlas hésite, finalement renonce, repose la sphère de verre et va s'installer dans les gradins avec un groupe d'autres Titans.

Des centaures installent de grands mâts sur les gradins les plus élevés. Ils tendent des bâches qui serviront d'écran. Puis les projecteurs s'allument.

Ainsi, juste en tournant la tête, les spectateurs peuvent voir les douze capitales des joueurs. Il y a des vues d'en haut, des vues panoramiques, des plans de rues, des monuments, des marchés, des temples. Du peu que j'en distingue, ma capitale des hommes-dauphins est sous occupation étrangère, mais des prêtres et des philosophes maintiennent les traditions qui n'ont pas été oubliées. Je scrute les autres écrans. Je distingue ainsi le niveau global d'évolution de Terre 18.

Elle est en pleine phase industrielle. La plupart des capitales sont traversées de larges avenues où circulent déjà les premières automobiles bruyantes et fumantes, parmi des fiacres tirés par des chevaux. Dans le ciel, planent quelques aéronefs, biplans et dirigeables à hélium. Sur Terre 1, nous serions à peu près dans les années 1900.

Des griffons volettent alentour pour installer les escabeaux et les échelles qui permettront de nous placer face à la surface de la sphère pour jouer notre partie. Je saisis à pleines mains mon ankh. Nous nous avançons déjà quand une voix claque :

– Arrêtez-vous !

Nous nous figeons, surpris. Aphrodite a murmuré quelque chose à l'oreille de la déesse de la Justice et c'est elle qui a interrompu notre progression. À présent, elle interpelle Dionysos qui se lève, très étonné :

– Quoi encore ?

– Tu as oublié de procéder aux bains rituels. Ne fais pas l'innocent. Tu sais très bien que pour les Finales, les élèves doivent se présenter purifiés pour être prêts pour le sacrement.

– Mais ils sont tous propres, proteste le dieu des Fêtes. Ils ont tous pris leur douche au réveil.

– Cela ne suffit pas. Les bains rituels traditionnels

sont indispensables pour l'ultime partie avant qu'ils ne commencent à agir une dernière fois sur leurs peuples. Rappelle-toi la phrase : « Pour ceux qui ne sont pas purifiés les noces chimiques feront dommages. » Le spectacle attendra.

– Je suis convaincu, intervient Apollon, de parler au nom de la nombreuse assistance. Athéna, nous attendons ce moment depuis si longtemps que je suggère de passer outre à ces formalités, si honorables soient-elles. Les joueurs sont prêts et il serait aussi cruel pour eux que pour nous de prolonger ces préliminaires. Tous, nous avons hâte de connaître le vainqueur. Commençons donc cette partie.

Athéna toise l'importun :

– Apollon, j'ai bien entendu ta requête et ma réponse sera brève : Ne te mêle pas de ça ! La tradition est indispensable à la poursuite du jeu divin. Sans le rituel, notre enseignement perdrait son sens. Élèves dieux, courez aux bains.

Une clameur de déception parcourt l'assistance. Apollon crache par terre, hésite à défier la déesse, puis, après un mouvement d'agacement, se drape dans sa toge et se rassied, résigné.

10. ENCYCLOPÉDIE : APOLLON

Fils de Zeus et de Léto, Apollon est le frère jumeau d'Artémis. Sa sœur ayant pris la Lune pour emblème, lui choisit le Soleil. Nourri par la déesse Thémis de nectar et d'ambroisie, il atteint en quelques jours une taille adulte. Grand, beau, avec sa longue chevelure blonde, il devient l'enfant gâté de l'Olympe. Il est aussi d'une force

rare et de surcroît très doué pour la musique et la divination.

Héphaïstos, dieu des Forges, lui offre des flèches magiques. Ainsi équipé, Apollon s'en va avec sa sœur délivrer la ville de Delphes de l'emprise du dragon Python. Il sera dès lors appelé l'Apollon pythien, d'où plus tard les Jeux pythiques, succession d'épreuves musicales et athlétiques, et le nom de Pythie donné à la prêtresse qui, dans le temple de Delphes, prédit l'avenir.

Grand séducteur, Apollon multiplie les amantes, notamment parmi les nymphes dont il eut des enfants célèbres tels Calliope et Asclépios. Une femme pourtant résista à son charme : Daphné. Pour lui échapper, elle se transforma en un arbre, le laurier, qui dès lors lui fut dédié.

Apollon eut aussi des aventures avec de jeunes hommes, comme Hyacinte et Cyparissos. La mort de ces deux amours l'affecta particulièrement, le premier se métamorphosant en fleur, la jacinthe, le second en arbre, le cyprès.

Dieu de la Musique et patron des Muses, Apollon crée un instrument, le luth. Il recevra la lyre des mains de son demi-frère Hermès en échange de la restitution d'une partie du troupeau qu'il lui avait volé. Il affrontera le Satyre Marsyas dans une compétition musicale avec pour enjeu que le vainqueur ferait subir au vaincu le traitement de son choix. Virtuose, avec sa lyre dont il savait jouer des deux mains, Apollon écorchera vif l'infortuné Marsyas et, ce dernier l'ayant provoqué à la flûte, le dieu de la Musique interdira l'usage de cet instrument jusqu'à ce qu'un musicien en invente une nouvelle à lui dédiée.

De nombreux animaux lui sont associés, dont le

loup, le cygne, le corbeau, le vautour (en observant les vols de ce rapace, les augures cherchaient à déceler les volontés d'Apollon), ainsi que le griffon, l'oiseau-lyre et plus tard, le dauphin. L'origine du dieu Apollon est probablement asiatique car il n'est pas chaussé de sandalettes grecques mais de bottines, typiques alors des pays d'Asie. Il est en outre le seul dieu de l'Olympe adopté par les Romains sous son nom grec alors que Zeus lui-même devenait Jupiter, et Aphrodite, Vénus.

Edmond Wells,
Encyclopédie du Savoir Relatif et Absolu,
Tome VI.

11. BAINS RITUELS

Vapeurs.

Couloirs de marbre blanc veiné de gris.

Dionysos nous guide dans un nouveau dédale de l'Amphithéâtre. Nous sommes tous bouillants d'impatience et, pour nous, ces bains rituels sont une épreuve de patience supplémentaire.

À un croisement, Dionysos intime aux hommes de se diriger vers la droite et aux femmes vers la gauche. Des Charytes prennent alors le relais du dieu de la Fête. Elles nous conduisent à un hammam où elles nous demandent de nous déshabiller et nous distribuent des serviettes en éponge à nouer autour de notre taille. Raoul Razorback, Bruno Ballard, Xavier Dupuis, Georges Méliès, Gustave Eiffel, Jean de La Fontaine, François Rabelais, Toulouse-Lautrec et moi sommes alors menés vers de vastes salles embrumées aux murs blancs recouverts de mosaïques représentant des scènes mythologiques.

Nous entrons dans des bains fumants où les Charytes nous rejoignent pour nous savonner avec des éponges moussantes. Suivent des douches glacées. Apparemment, le rituel consiste à alterner immersions brûlantes et jets froids. Les Charytes finissent leur besogne en nous frottant avec des branches de laurier.

Nous sommes ensuite invités à nous étendre sur de grandes tables de marbre où nous sommes enduits d'huile d'amandes douces et massés par des jeunes filles en fines tuniques de coton blanc. Alors que je suis sur le ventre, une jeune fille aux longs cheveux blonds masse mes doigts, tandis qu'une autre étire un à un mes orteils. Les deux jeunes filles, partant l'une de mes mains et l'autre de mes pieds, se donnent rendez-vous pour malaxer le creux de mes reins, la zone qui a toujours été un peu raide chez moi.

Les autres challengers sont traités de la même manière.

— Finalement, le rituel n'est pas si désagréable, souffle à mi-voix Georges Méliès, allongé près de moi. Je comprends qu'Athéna ait tenu à nous l'imposer avant la partie. Ainsi détendus, nous serons plus efficaces tout à l'heure.

— Ce doit être une tradition antique, déclare Raoul. Les gladiateurs avaient eux aussi droit à un massage avant de pénétrer dans l'arène.

— Une petite douceur avant les brutalités, ironise François Rabelais.

— Moi, j'aurais préféré jouer tout de suite, dis-je. J'ai l'impression d'avoir été interrompu en plein élan.

En mon for intérieur je reconnais que les mains graciles des Charytes commencent à avoir un effet relaxant sur moi. Leurs doigts cherchent une à une les contractures de mon dos et appuient jusqu'à ce qu'elles disparaissent. Puis une nouvelle fille en tunique nous invite à poursuivre la séance à côté, et nous guide vers des pièces fermées. Là un système de barre au plafond permet à d'autres Charytes plus petites et plus légères d'œuvrer. Seul dans ma pièce de massage je vois en effet l'une d'elles m'enlever ma serviette et monter sur mon dos pour le piétiner. Les autres élèves dieux doivent bénéficier du même traitement dans les cellules voisines. C'est alors qu'une silhouette entre dans la pièce, et fait signe à la Charyte qui travaillait sur moi de la laisser opérer à sa place.

Je reconnais son odeur avant de la voir.

– Il faut que je te parle, Michael, c'est grave.

– Est-ce bien le moment, chère Aphrodite ?

Elle ne monte pas sur mon dos mais se met à me masser avec beaucoup de nervosité.

– Certains disent que tu aurais rencontré le Sphinx et que tu as survécu ?

Sa voix est étonnamment inquiète. Jamais je n'ai vu la déesse de l'Amour dans cet état.

– C'est vrai.

– Il t'a posé l'énigme ?

– En effet.

– L'as-tu trouvée ?

– Oui.

Elle s'arrête net de me masser.

– Et c'est quoi la solution ?

– Rien.

Elle s'arrête, réfléchit, éclate de rire.

– Très fort.

Elle se remet à me masser presque joyeusement.

– Et... Il t'a parlé de moi ?

Je me retourne, m'assois et lui fais face.

De près, à nouveau, sa magie opère. Elle est un pur ravissement pour les sens. Ses yeux en amande couleur émeraude-turquoise, sa chevelure d'or torsadé, sa poitrine à peine voilée par sa tunique de soie blanche, ses longues boucles d'oreilles, son diadème, sa ceinture de pierres précieuses lui donnent l'allure de ce qu'elle est : la déesse de l'Amour. Elle me fait sa petite moue tendre, consciente de son pouvoir. Elle veut me caresser la joue mais je la repousse.

— Ne t'inquiète pas, ils ont accordé une heure pour le rituel du bain, la foule est distraite par des jongleries de chimères. Nous pouvons encore parler. Il y a une chose importante que je tiens à te dire. Je veux que ce soit toi qui gagnes.

— Pourquoi ?

— Tu représentes la force A. Les autres élèves dieux sont des machos qui ont montré dans leur civilisation leur misogynie et leur mépris des femmes.

— Il y a aussi Simone Signoret, Édith Piaf et Mata Hari.

Elle adopte un air emprunté.

— Elles n'ont pas ta... féminité.

À nouveau elle avance la main pour me caresser le visage, et cette fois je la laisse approcher. Je me souviens de toutes les horreurs qu'Hermaphrodite, le fils d'Hermès et d'Aphrodite, m'a racontées sur sa mère.

Aphrodite avant d'être déesse était comme nous tous, simple mortelle. En tant que telle, elle avait été abandonnée par son père qui était parti avec une jeune femme. Du coup elle détestait son géniteur et avait décidé de se venger sur les hommes en les charmant, en les manipulant puis en jouant avec eux. Je me souviens du cœur vivant avec ses petits pieds qu'elle m'avait offert pour me lier. « Elle ne parle que d'amour et se gargarise de ce mot car c'est celui qui

56

lui est le plus étranger. On ne parle bien que de ce qu'on ne connaît pas », affirmait Hermaphrodite.

La déesse effleure lentement mon cou et mon menton.

– Je t'avais fait une promesse, Michael. Si tu résolvais l'énigme, je ferais l'amour avec toi.

– Maintenant j'ai une fiancée, dis-je. C'est elle et elle seule que j'aime.

– Cela ne me gêne pas. Je ne suis pas jalouse, rétorque-t-elle, mutine. Je t'ai promis de faire l'amour avec toi, je ne t'ai pas promis de t'épouser. (Elle a un petit rire moqueur.) Sache que faire l'amour avec la déesse de l'Amour en personne est une expérience unique, comparable à aucune autre, que ce soit en intensité ou en diversité. Tout ce que tu as vécu avec d'autres « femelles » n'est qu'anecdotique. En général les hommes qui ont goûté à cette expérience absolue affirment qu'ils ont l'impression de faire l'amour pour la première fois.

(Elle a eu un geste d'invitation.)

– Maintenant ? Ici ?

– Pourquoi pas.

Elle s'approche très lentement, puis, se penche sur moi. Ses lèvres sont à quelques centimètres des miennes. Elle continue sa progression. Ses yeux me dévorent comme si j'étais une gourmandise. Son parfum m'envahit. Je me demande si elle se sert de sa ceinture magique pour m'envoûter. Je ne bouge plus, tel un lapin fasciné par les phares de la voiture qui va l'écraser.

Ses lèvres frôlent mon visage et je sens sa respiration sur ma peau. Sa bouche esquisse un début de sourire.

Je ferme les yeux, avec le sentiment d'aller vers quelque chose de mal. En même temps l'urgence de l'instant, l'impression que je vais peut-être mourir dans quelques heures me poussent à jouir de cette expérience.

Nos lèvres ne sont plus qu'à un souffle du contact. C'est alors qu'un hurlement retentit.

12. ENCYCLOPÉDIE : TAJ MAHAL

La saga du Taj Mahal commence en 1607, alors que, comme chaque année, pour une journée exceptionnelle, le marché royal s'ouvre au peuple. L'événement fait office de carnaval annuel où tous les comportements interdits habituellement sont pour une fois autorisés. Les femmes du harem royal ont le droit de s'exhiber, de parler haut et fort et de se mêler au reste de la population pour s'acheter des parfums, des onguents, des bijoux, des vêtements. Elles conversent librement avec les marchands et les chalands. Tout un chacun s'adresse la parole sans se connaître. Les jeunes princes se défient dans des joutes poétiques pour mieux séduire les jolies filles.

Or, en cette année 1607, le prince Khurram, fils de l'empereur Jahangir, a tout juste seize ans. Beau garçon, on le dit guerrier courageux et doué pour les arts. Alors qu'il se promène avec quelques amis parmi les étals du marché de Meena, il aperçoit une jeune fille dont la seule vue suffit à le figer net. Arjumand Banu Begam, quinze ans, est elle-même une princesse de noble lignée. C'est le coup de foudre immédiat. Le lendemain, le prince Khurram demande à son père le droit d'épouser Arjumand.

Le père accepte le principe mais lui conseille

d'attendre encore un peu. L'année suivante l'empereur pousse son fils à épouser une princesse perse. Cependant la coutume musulmane n'admet pas la monogamie et les princes moghols se doivent d'avoir plusieurs femmes. Khurram devra donc attendre 5 ans sans pouvoir ni voir celle qu'il aime ni lui parler jusqu'à ce que les astrologues de la Cour autorisent ce deuxième mariage le 27 mars 1612. Constatant son charme et sa beauté, le père du prince baptise sa belle-fille : « Mumtaz Mahal », ce qui signifie « Lumière du palais ». Les deux époux ne se quittent plus. Ils auront ensemble quatorze enfants, dont sept survivront. En 1628, Khurram entre en rébellion contre son père. Il le destitue et devient empereur à sa place. Il prend dès lors le nom de Shah Jahan.

Il découvre que son père, joyeux fêtard et mauvais gestionnaire, avait laissé beaucoup de problèmes politiques et économiques qu'il entreprend de résoudre. Il doit faire la guerre à un vassal dissident. Sa femme l'accompagne durant la campagne militaire, mais elle accouche pendant le voyage de leur quatorzième enfant, une fille. Cela se passe mal. L'empereur Shah Jahan reste près d'elle alors que Mumtaz Mahal agonise. Avant de mourir, en 1631, la reine émet deux souhaits : que son époux n'ait aucun autre enfant avec d'autres femmes et qu'il construise un mausolée à sa mémoire pour symboliser la puissance de leur amour. Les travaux débuteront dans la capitale moghole d'Agra l'année suivante. L'empereur Shah Jahan convoque pour ce projet les meilleurs architectes et artisans d'Inde, de Turquie mais aussi d'Europe.

Le Taj Mahal est en marbre blanc pour refléter le rose à l'aurore, le blanc à midi, et le doré au couchant.

Mais l'empereur Shah Jahan devient despote et intégriste. En 1657, profitant qu'il est affaibli par la maladie, son propre fils, Aurangzeb, encore plus intégriste que lui, le fait emprisonner avant de se lancer dans une grande guerre de conversion contre les provinces hindouistes.

Shah Jahan ne demande qu'une faveur à son fils : qu'une percée dans le mur de sa geôle lui permette de suivre l'avancée des travaux du palais de sa bien-aimée. Cela lui sera accordé. Il mourra en prison en 1666.

Edmond Wells,
Encyclopédie du Savoir Relatif et Absolu,
Tome VI.

13. LE DÉICIDE

Sans même remettre ma serviette autour de ma taille je m'élance, nu, vers la zone du hammam des femmes.

Pas ça. Tout mais pas ça !

Je cours dans les couloirs de marbre blanc. Quand j'arrive enfin dans la pièce il y a déjà un attroupement. Je bouscule violemment tout le monde et vois un corps gisant au milieu d'une mare de sang.

Mata Hari.

Je la serre contre moi.

– NONNNN !!!

Je secoue son corps inerte puis me lève pour hurler :

– PAS ELLE ! PRENEZ-MOI À SA PLACE !
J'ÉCHANGE MA VIE CONTRE LA SIENNE !

Je lève le poing.

– Hé Dieu ! Grand Dieu, Créateur de l'Univers ou qui que ce soit qui décide, si tu m'entends, tu n'as pas le droit de faire ça ! Je te laisse encore une chance. Si tu peux tout, remonte le temps. Change. Change ou je te juge. Et je dis que si tu es un dieu qui laisse faire cela alors je comprends que tu n'es pas un dieu d'amour mais un dieu de mort. Tu te complais à observer notre malheur ! Tu ne nous donnes que pour le plaisir de voir notre douleur quand tu reprends. Tu n'avais pas le droit de faire ça, tu n'avais pas le droit. Reviens en arrière. Reviens dans le temps, refaisons l'histoire, Grand Dieu, je te mets au défi de remonter le temps avant que cette horreur ne se...

Une voix faible m'interrompt.

– Tais-toi !

C'est Mata Hari. Elle est encore consciente. Du sang coule de sa bouche.

– C'est trop tard. On ne revient plus en arrière. Maintenant, si tu m'aimes... tais-toi et gagne. Gagne pour moi.

– Mata...

– Gagne s'il te plaît... Je t'aime, Michael. Gagne pour moi !

Puis elle ferme les yeux.

Derrière moi j'entends des Charytes qui murmurent :

– C'était un homme en toge, il portait un masque de théâtre grec.

Je me relève d'un bond.

– Il a surgi en fracassant une fenêtre, il a tiré à bout portant, j'ai eu le temps de tout voir, dit une autre voix.

– Il a filé par là.

– Par où ?

J'arrache l'ankh de Mata Hari et, sans même prendre le temps de me rhabiller, je cours dans des enfilades de couloirs sombres.

Une porte béante de chêne massif donne sur l'extérieur de l'arène. Lumière.

Je me retrouve dans une grande avenue d'Olympie. Vide. Le vent s'est remis à souffler mais je ne sens pas la fraîcheur de l'air. Mon corps est bouillant d'adrénaline et de rage.

Une silhouette file vers l'ouest.

Je le tiens.

Il se dirige vers la porte d'entrée de la cité d'Olympie.

De très loin je vise et tire. Je le rate. Je crie. Je ne sais même pas ce que je crie. C'est juste une manière de projeter ma colère.

Il se retourne, doit me voir et court dans un virage pour rejoindre la forêt bleue.

Il va disparaître dans la végétation.

Je tire encore de très loin et le rate.

Je cours. Je ne le vois plus.

Je m'arrête, essoufflé. Je tourne sur moi-même. C'est alors que surgit un petit papillon avec un corps de femme miniature. Elle a une chevelure rousse et des yeux verts.

La Moucheronne !

La chérubine ouvre la bouche et déploie sa longue langue en ruban pour m'indiquer une direction.

Je m'élance.

Mon cœur frappe fort dans ma poitrine. Pour la première fois je suis inondé d'une frénésie de tuer.

La chérubine volette devant moi pour me guider. Je franchis des fourrés et j'aboutis à une clairière. Le déicide est là, mais pas seul. Un autre se dresse en face de lui, avec le même masque et la même toge en lambeaux.

Mais ils ne sont pas menaçants à mon égard. Ils se tiennent mutuellement en joue avec leur ankh.

Je lève mon arme et hésite, passant de l'un à l'autre.

– Ne tire pas, c'est moi, Michael, dit une voix enrouée derrière un masque.

– Qui « toi » ? demandé-je.

– Moi, Edmond ! clame la voix rauque.

– Edmond Wells est mort, réponds-je en pointant mon arme.

– Non, je t'expliquerai.

– Non, c'est moi qui t'expliquerai, Michael, annonce celui d'en face avec une voix similaire. Car c'est moi le vrai Edmond Wells.

– Dans ce cas j'ai une question pour l'Edmond Wells ressuscité : quelle était notre devise ?

Les deux restent cois. L'un tousse. L'autre enchaîne aussitôt sur une quinte.

– Je suis avec toi. Il faut le descendre, lâche enfin celui de gauche.

– Non c'est moi, répond l'autre voix.

– Enlevez le masque, dis-je, nerveux. Comme cela je verrai bien qui est qui. Cher Edmond Wells, si c'est toi, tu n'as rien à perdre à ôter ton masque.

– Si je bouge, il tire, dit l'un.

– Non, c'est lui qui va tirer, répond l'autre.

Les deux voix se ressemblent. L'une semble juste un peu plus enrouée.

– Abats-le vite, conseille celui de droite.

Je tire sur celui qui vient de parler.

Il tombe en arrière. À ce moment l'autre enlève son masque.

C'est Edmond Wells. Avec son visage triangulaire et ses oreilles hautes, il ressemble un peu à Kafka. Sa prunelle brille, il tousse.

— Pourquoi ne m'as-tu pas donné la devise ?

— Laquelle ? Il y en a eu plusieurs. « L'amour pour épée, l'humour pour bouclier », « En avant vers l'inconnu » ou, encore plus ancienne, « Toi et moi contre les imbéciles » ?

Je suis rempli de sentiments confus : douleur de la perte de Mata, assouvissement de ma vengeance et plaisir de retrouver mon instructeur.

— Je n'ai pas reconnu ta voix, dis-je.

— J'ai pris froid en dormant dans la forêt. Je dois avoir une sorte de pharyngite mais ça va passer.

— Je te croyais mort...

Mon vieux guide me sourit.

— Non, j'ai pu m'enfuir de l'antre d'Atlas et je suis resté en forêt précisément pour surveiller et neutraliser celui-là.

Paraphrasant l'un des passages de l'Encyclopédie du Savoir Relatif et Absolu, j'énonce :

— « On ne comprend un système qu'en s'en sortant. »

Il soupire.

— Je suis désolé pour Mata Hari, je me doutais que le déicide entrerait en action à l'occasion de la Finale mais j'ai réagi trop tard.

Je me penche et soulève le masque de l'homme étendu. Enfin je vais savoir qui était ce fameux déicide.

Je le vois et je recule de surprise.

Bon sang, je m'attendais à tout le monde sauf à lui.

Déjà au loin la foule des poursuivants accourt.

Edmond Wells me lâche.

– Pour l'instant je préfère me cacher. Nous nous retrouverons bientôt. Il est essentiel que tu gagnes, Michael, tu ne peux pas savoir à quel point c'est important. Gagne !

Il disparaît. Les autres sont déjà là. À la tête de la foule qui accourt, la déesse de la Chasse, Artémis, à cheval sur un centaure, me tient en joue avec son arc.

Elle se penche sur le corps du déicide, soulève le masque, fait une moue dégoûtée, puis étonnée. Elle prononce juste :

– Ainsi c'était donc lui...

14. ENCYCLOPÉDIE : TROIS VEXATIONS

L'humanité a connu trois vexations.
La première c'est Nicolas Copernic qui a déduit de ses observations du ciel que la Terre n'était pas au centre de l'Univers.
La deuxième c'est Charles Darwin qui a conclu que l'homme descendait d'un primate et était donc un animal comme les autres.
La troisième c'est Sigmund Freud qui a signalé que la motivation réelle de la plupart de nos actes politiques ou artistiques était la sexualité.

Edmond Wells,
Encyclopédie du Savoir Relatif et Absolu,
Tome VI.

15. LE DÉICIDE

Artémis m'ordonne de lâcher mon arme et de lever les bras. Déjà des centaures menaçants m'encerclent.

Je ne m'occupe pas d'elle et empoigne le déicide.

– Pourquoi ? Pourquoi ?

Ma victime grimace, il me fixe puis articule :

– Ce jeu est ignoble. Je vous l'avais dit et répété : nous ne pouvons pas jouer, nous ne « devons » pas jouer avec des êtres plus faibles que nous faisons souffrir. Être élève dieu ce n'est pas torturer des petites bêtes pour faire des expériences ou des courses. C'est la faute de tout ce système atroce d'Olympie. Je voulais tuer tous les élèves pour qu'il n'y ait aucun vainqueur. J'ai échoué. Tant qu'il y aura des élèves survivants le jeu va continuer et les mortels de Terre 18 souffriront pour amuser les dieux. J'ai échoué.

Artémis m'intime de le lâcher.

Un groupe s'agglutine autour de nous.

– J'ai essayé et j'ai échoué..., répète-t-il. Je vous en supplie, renoncez tous à jouer. Nul n'a le droit de jouer avec les mortels, ils n'ont pas à payer pour nos ambitions personnelles.

Ainsi c'était donc lui.

Je me souviens que l'une de ses premières victimes, Bernard Palissy, avait juste balbutié pour le désigner la lettre « L ». C'était la première lettre de son prénom.

Lucien Duprès.

Si je me rappelle bien, cet homme frappé de strabisme était opticien. Il louchait mais s'était révélé pourtant le meilleur élève de la première partie. C'était lui qui avait réussi, lors de la leçon de Chronos, le dieu du Temps, à sauver les humains dont il était responsable. Il avait ainsi créé une communauté hippie égalitaire et festive en pleine période de chaos terroriste de fin du monde sur Terre 17.

Quand Chronos annonça ensuite qu'il ne s'agissait que d'un jeu et que si nous en avions compris le principe, Terre 17, planète-brouillon, devait disparaître pour laisser place à Terre 18, Lucien Duprès avait été saisi de colère. Il nous avait pris à témoin de l'iniquité de ce jeu et des pouvoirs abusifs des élèves dieux sur ces pauvres mortels considérés comme autant de jouets.

« Ce ne sont pas des mondes, ce sont des abattoirs », avait-il déclaré.

Lucien Duprès nous avait suppliés de ne pas poursuivre ce jeu de massacre et de nous révolter tous ensemble contre nos Maîtres olympiens. Devant notre soumission il avait préféré prendre la porte. Juste avant de sortir il avait lancé : « Si c'est ça être dieu... ce sera sans moi. »

Nous l'avions évidemment cru exécuté par la police des centaures et recyclé en chimère comme n'importe quel élève déficient. Mais non, la situation étant inédite, nul ne s'était vraiment occupé de lui. Il avait dû errer seul dans la forêt, ruminant sa colère.

Jusqu'au moment où il avait trouvé une réponse. Puisqu'il ne pouvait pas arrêter le jeu en réveillant nos consciences, il y mettrait un terme en éliminant l'un après l'autre tous ses participants...

Quand je pense que nous avions condamné Proudhon juste parce qu'il était anarchiste. Le véritable ennemi du jeu était ce modeste opticien idéaliste, excellent gestionnaire de mortels, mais qui refusait les règles imposées par les Maîtres d'Olympie.

Ses prunelles se figent. Sa bouche se tord. Je ferme à jamais les yeux de Lucien Duprès, l'assassin de mon amour.

Déjà les centaures viennent saisir son corps pour le déposer sur une civière et l'emporter. Athéna, la déesse de la Justice, s'avance, juchée sur Pégase, la chouette sur son épaule, la lance à la main.

– Ce n'est pas à vous, Pinson, de faire justice, articule-t-elle. La violence est interdite en Aeden. C'est l'une de ses lois absolues. Un ankh ne doit jamais être dardé vers un individu.

Fût-il un renégat. Fût-il un meurtrier.

Je respire fort. Je la fixe, pas du tout impressionné.

– ... L'exhibitionnisme aussi d'ailleurs.

Je ne me donne même pas la peine de me cacher.

– Le public a assez attendu. Rentrons pour qu'enfin cette Finale commence, conclut Athéna.

Arrivés dans l'Amphithéâtre nous ne perdons plus de temps. La foule s'assied dans les gradins au rythme des tambours des centaures.

Des griffons rallument les onze grands panneaux-écrans qui vont retransmettre les visions des capitales. Le douzième, celui de Mata Hari, reste éteint.

Je fais signe pour qu'on me donne un ankh neuf rechargé. Une Charyte accourt, me tend l'outil de travail divin ainsi qu'une tunique et une toge propres.

Il ne faut plus penser à Mata Hari. Ni à Edmond Wells. Ni à Lucien Duprès. Il faut juste me concentrer sur la partie à gagner.

Les autres élèves murmurent. On a dû leur raconter ce qu'il s'était passé.

Nous nous retrouvons tous les onze face aux douze dieux de l'Olympe.

Athéna réclame le silence.

– Nous avons eu quelques « formalités de dernière minute » à régler. Maintenant la partie peut réellement se dérouler.

Elle frappe le gong qui résonne dans l'Amphithéâtre.

Nous courons vers la sphère centrale. Chacun choisit son escabeau ou son échelle.

Je grimpe sur une échelle haute. Je me retrouve contre la paroi de verre.

– Que les élèves examinent le jeu tel qu'il a été laissé à la dernière partie !

Nouveau coup de gong.

Je suis comme en état d'apesanteur.

Mes mains tremblent, je pose mon ankh sur la surface de la sphère, et mon œil face à cette loupe surpuissante.

Au début je ne distingue que des foules d'humains qui grouillent comme des insectes. Je règle la molette du zoom et *je vois*.

Ma capitale des hommes-dauphins est occupée en partie par les hommes-faucons qui ont fait alliance avec les hommes-renards pour envahir mon territoire. Les hommes-renards font la police, et les hommes-faucons prolifèrent dans ma cité, mais j'ai encore une grande communauté d'hommes-dauphins qui maintient notre tradition au sein même de la capitale dans des quartiers spécifiques.

Nouveau réglage pour changer d'angle de vision.

Même s'ils se font souvent incendier leurs temples, profaner leurs tombes, dynamiter les vestiges archéologiques ou convertir de force par des hommes-faucons, la tradition des hommes-dauphins reste vivace.

Des braises quasi éteintes qu'il va falloir rallumer par mon Souffle.

Je cherche mes autres communautés dauphiniennes éparpillées dans les territoires étrangers.

Elles ne vont pas très bien. Mes hommes-dauphins sont souvent regroupés dans des quartiers vétustes, insalubres, fermés. Il y a eu plusieurs campagnes de calomnies contre mon peuple durant mon absence qui ont abouti à des massacres collectifs, notamment par les hommes-chèvres, et plus récemment par les hommes-ours.

Mes communautés rongées par les campagnes de racisme ou les tueries se sont réduites, assimilées, converties. Beaucoup vivent dans la misère. Seul petit avantage, les rares qui ont survécu ont développé des talents de résistance exceptionnels.

Ils sont vaccinés contre la bêtise.

Je déglutis.

Voilà donc le prix de mon escapade montagnarde à la rencontre du Grand Zeus.

Raoul et mes autres challengers arborent eux aussi des mines inquiètes. Ils vérifient les emplacements de leurs pions sur l'échiquier planétaire.

Je gagnerai pour toi, Mata.

Il faut surprendre tout le monde par une stratégie nouvelle.

Un bruissement d'ailes. Chevelure rousse au vent, la Moucheronne se pose sur mon épaule comme un minuscule ange gardien venu m'encourager.

Athéna ne nous a pas encore donné le signal de départ. Nous attendons. De là où je suis, je distingue Édith Piaf, perchée sur une grande échelle, le doigt sur la molette centrale de son ankh. Raoul a lui aussi le sien en main et ressemble à un soudeur prêt à envoyer la flamme de son chalumeau.

Gustave Eiffel nettoie l'optique de son ankh. Georges Méliès se concentre. De loin nous devons ressembler à une équipe de médecins en train d'opérer un œuf géant.

Sur les écrans surplombant les gradins à nouveau les plans des capitales vues d'en haut se succèdent.

Je ferme les yeux. Des centaines d'idées se bousculent dans ma tête.

Fortifier ses points forts plutôt que de combler ses points faibles.

Il ne servirait à rien d'armer mes hommes-dauphins. Moins nombreux que les autres et avec leur tradition de respect de la vie, ils seront toujours moins pugnaces et ne tarderont pas à succomber.

Tant pis pour le style, au point où j'en suis, je n'ai plus le choix. Je vais créer des prophètes. Pas un, pas deux : trois. Pour être sûr qu'au moins l'un d'eux réussisse. Des prophètes non religieux, des prophètes « laïques » mais qui vont prôner de vraies révolutions des mentalités. Je n'ai plus le choix. Il faut gagner. Je vais agir par trois voies parallèles : l'économie, la science, la psychologie.

Trois génies. Trois bombes. Reste à trouver où les placer.

Mata Hari m'a conseillé de me méfier des hommes-requins. Très bien, je vais planter mes graines sur leur territoire. C'est dans le compost que les fleurs poussent le mieux.

Je me concentre pour visualiser mes trois prophètes. Ne plus penser à la douleur de la perte de Mata.

Je dois gagner pour elle.

– Attention, prêts ?...

Athena lève encore son maillet et, comme au ralenti, frappe une troisième fois le gong.

Le son métallique résonne longtemps dans l'Amphithéâtre.

Une immense clameur sauvage monte de la foule des spectateurs.

16. ENCYCLOPÉDIE : JEU DE SAPE

Dans son livre intitulé *Gödel, Escher, Bach*, le mathématicien Hofstadter décrit un jeu qui se joue à deux et ne réclame aucune carte, aucun pion, aucun objet. Juste deux mains.

Au signal chaque participant tend la main et affiche avec ses doigts un chiffre de 1 à 5.

Le chiffre le plus grand gagne le nombre de points de différence entre les deux mains.

Par exemple si une main fait un 5 et l'autre fait un 3, la main qui a fait 5 gagne la différence : 2 points. Et on comptera 2 à 0. Normalement il suffit donc de faire toujours 5 pour gagner... mais il y a une deuxième règle qui vient compléter la première.

Si la différence entre les deux mains est de 1 point le plus petit chiffre gagne l'addition des deux mains.

Exemple : si une main fait 5 et l'autre 4, celle qui a fait 4 gagne l'addition des deux, donc 9 points.

Si les deux font le même chiffre cela ne compte pas et on continue. Ainsi de suite. Le premier qui a 21 points gagne. Certains évidemment peuvent jouer de l'argent. Ce jeu très simple, sans matériel et avec des règles rapides à intégrer, peut s'avérer à l'usage d'un haut niveau de psychologie et de subtilité puisqu'il faut sans cesse prévoir ce que l'autre pense, et surtout ce que l'autre pense que l'on pense.

À peine une stratégie a-t-elle réussi qu'il faut en changer pour surprendre de nouveau.

Edmond Wells,
Encyclopédie du Savoir Relatif et Absolu,
Tome VI.

17. LES DAUPHINS

De haut, on pouvait distinguer une agglomération où s'entassaient des millions d'individus. Les larges avenues étaient bordées de réverbères. Les calèches tirées par des chevaux étaient doublées par les premières voitures à moteur à explosion. Celles-ci produisaient beaucoup de bruit et de fumée, au grand ravissement des enfants qui priaient les automobilistes d'y ajouter le couinement de leur klaxon à poire caoutchoutée.

Les hommes portaient des chapeaux hauts de forme en feutre à base de poil de lapin et brandissaient des cannes aux pommeaux argentés. Certains fumaient des longues cigarettes ou des cigares, en signe de distinction. Leurs épouses étaient vêtues de longues robes bouffantes qui dissimulaient des corsets en fanons de baleine pour leur remonter la poitrine. De longues aiguilles maintenaient leurs coiffes sur leurs chevelures. Dans les quartiers pauvres les prostituées hélaient les passants alors que les enfants qui n'étaient pas assez estropiés pour être mendiants tentaient de voler les montres à gousset et les portefeuilles des passants.

Les usines construites le plus souvent en plein centre-ville lâchaient des nuages noirs de fumée nauséabonde et libéraient des hordes d'ouvriers en tenue grise qui circulaient à vélo pour rejoindre les quartiers-dortoirs. Parfois dans le ciel on pouvait voir des dirigeables gonflés d'hélium qui transportaient lentement des voyageurs au-dessus des nuages avec, à l'arrière, de grandes hélices brassant mollement l'air.

Au milieu de la foule qui se pressait dans les quartiers d'affaires, un jeune homme déambulait, la barbe et le cheveu longs, l'air préoccupé.

Il était issu d'une famille d'hommes-dauphins qui avaient beaucoup voyagé, fuyant les persécutions contre leur peuple. Il était pauvre et s'était installé dans la capitale des hommes-requins, ville en plein essor, où il vivait dans une chambre mansardée, au fond d'un quartier ouvrier. Son plaisir était de lire les ouvrages sur l'histoire, l'économie, et tout spécialement sur les utopies.

À 21 ans il était déjà journaliste.

Il pouvait ainsi interviewer tous les grands penseurs de son époque et finit par développer ses propres théories qu'il notait dans un journal personnel. Il définit l'homme comme un être agissant et non plus comme un être pensant, et devant, en tant que tel, être jugé sur ses actes et non sur ses idées.

Ayant accédé au statut de grand reporter, il voyageait, observait, portait un intérêt particulier au monde du travail en pleine restructuration.

Il rédigea alors un grand ouvrage qu'il baptisa simplement *L'Utopie*.

Selon lui, la religion et l'État étaient des activités ne servant qu'à enrichir des fainéants non productifs et l'homme n'avait besoin ni de prêtres ni de politiciens.

Ayant observé que la vie en usine générait automatiquement une opposition entre exploiteurs et exploités, il proposa un nouvel angle de vision de l'histoire. Celle-ci évoluait selon lui par la lutte incessante des exploiteurs et des exploités. Le tout devait aboutir un jour à la disparition de ce clivage pour qu'il n'y ait plus sur Terre qu'une masse de gens égaux en droits, en richesse et en pouvoir.

Après la dictature des rois, puis la dictature des exploiteurs, il prévoyait la dictature des exploités pour finalement parvenir à un apaisement planétaire qu'il nomma la Stabilité finale.

Après un démarrage timide, son livre *L'Utopie* finit par connaître un succès auprès des classes étudiantes et intellectuelles, milieux émergents dans les capitales modernes. Des groupes se constituèrent pour commenter sa vision de l'histoire, puis des mouvements politiques se revendiquèrent de sa pensée jusqu'à ce qu'apparaisse un parti *égalitaire*, qui annonça qu'un jour plus personne ne posséderait plus que son voisin. Le mouvement *utopiste* était lancé.

Après les intellectuels et les étudiants, ce furent les syndicats ouvriers qui se revendiquèrent de sa pensée, probablement parce qu'ils espéraient le passage à la phase « dictature des exploités » après la phase des « règnes des exploiteurs ». Le fait que l'Utopiste ne se soit pas revendiqué comme penseur dauphinien permit à tout le monde d'adhérer à sa vision du futur.

À quelques kilomètres à peine de la chambre de l'Utopiste, dans la même capitale des requins, mais dans le quartier des étudiants, un autre jeune homme, dont les parents étaient issus eux aussi du peuple dauphin, développait un projet personnel, cette fois dans le domaine de la physique.

Enfant, puis jeune homme solitaire, ses professeurs le jugeaient médiocre car il mettait du temps à réagir, semblant en permanence plongé dans des rêveries personnelles. Étant néanmoins parvenu à franchir toutes les étapes de l'éducation secondaire, il avait accédé finalement à l'une des facultés de physique les plus prestigieuses du pays. Il rendit alors publique une théorie conçue à partir de ses intuitions propres : il existait un lien entre l'énergie, la matière et la vitesse. Avec vitesse et énergie, il était possible de fabriquer de la matière. Avec matière et vitesse, il était possible de fabriquer de l'énergie. Avec énergie et matière, il était possible de fabriquer de la vitesse. Cette loi, il la définit comme « La Loi du Lien » puisque, selon elle, « *tout est lié* ». On lui attacha du coup le nom de « Liéniste ».

Il arborait une grosse moustache fournie et des petits yeux rieurs. Il blaguait souvent, et si ses diplômes n'avaient attesté de son intelligence, on aurait probablement pris sa théorie pour un de ses canulars.

Ce rapport entre les trois éléments majeurs de la physique révolutionnait la science car il sous-entendait un lien entre tout ce qui existe.

Sa théorie généra un courant de pensée dans le petit milieu des sciences. D'autres savants commencèrent à réfléchir et à fabriquer une nouvelle forme d'énergie susceptible de remplacer le pétrole à partir de cette vision. Un centre de physique fut créé où des savants, en disposant de la matière dans une machine qui la faisait tourner très vite, obtinrent une énergie surpuissante. L'énergie liéniste.

Toujours au pays des hommes-requins, mais dans les quartiers aisés cette fois, un troisième jeune homme developpait une vision originale. Il était lui aussi issu d'une famille d'hommes-dauphins ayant fui les persécutions. Son domaine était la médecine. Il portait une barbe bien coupée, des petites lunettes rondes et fumait avec un long porte-cigarettes en ivoire qui lui donnait une allure de dandy.

Lui non plus n'était pas religieux. Lui aussi cherchait à changer les mentalités des gens de son époque. En tant que médecin il se passionnait pour les maladies mentales, et notamment celles que les livres de l'époque regroupaient sous l'appellation de « mélancolie ».

Après avoir écrit une thèse sur les effets des drogues et une autre sur l'hypnose, il fit un rêve qui lui sembla apporter une clef à la compréhension de l'esprit humain. Cette clef était que précisément les rêves étaient des messages de l'inconscient. Et qu'en décryptant ces rêves on pouvait retrouver l'événement déclencheur de la mélancolie.

Il rédigea un livre où il expliqua sa théorie sur les rêves : *Derrière le masque*.

Poursuivant son enquête sur les mécanismes profonds du comportement de ses semblables, il s'intéressa aux communautés primitives et aux communautés animales jusqu'à trouver une nouvelle clef dans la sexualité. Pour lui l'action des hormones de reproduction était la motivation principale de la plupart des actes. Il écrivit donc son deuxième livre : *Sexe et pulsion de vie*.

Poussant encore plus loin son étude, il annonça que la plupart des comportements sexuels des individus étaient liés à leur prime enfance et aux premiers gestes que leur avaient prodigués leurs parents.

Après son opuscule sur les rêves, puis sur la sexualité, il en écrivit donc un troisième sur l'enfance traumatisée par les parents : *L'Empreinte*.

Il proposa enfin une méthode médicale de soins à partir de l'analyse du passé des individus afin de dénouer les traumatismes liés à l'enfance qui poussaient selon lui à reproduire des schémas d'échec.

Sa méthode fut testée et obtint de nombreuses guérisons de cas de mélancolie jusque-là considérés comme incurables. Des personnes enfermées en asile psychiatrique, aux comportements obsessionnels, parvinrent à surmonter leur handicap et à s'exprimer, à communiquer et à avoir bientôt une activité créatrice.

Ce fut un petit bouleversement dans le monde

médical. Jusque-là on ne soignait la mélancolie qu'avec des somnifères et des antidouleurs. Quand ce n'était pas des électrochocs ou l'enfermement en cellule capitonnée.

Il fut surnommé l'« Analyste ».

En quelques années sa réputation s'étendit à tout le pays requin et même aux pays voisins. Les chefs d'État envoyaient leurs femmes ou leurs enfants se faire soigner de leurs obsessions ou de leurs crises de mélancolie.

Des suicidaires retrouvèrent goût à la vie.

L'Analyste, poussé par un groupe d'admirateurs, évoquait carrément un monde futur où chacun, délivré des traumatismes de son passé, vivrait une sexualité épanouie et ne ferait plus subir aux autres ses douleurs d'enfance.

Le mouvement révolutionnaire de l'Utopiste, du Liéniste et de l'Analyste bouleversa le monde intellectuel requin puis mondial de l'époque. Dans la plupart des capitales des chercheurs passionnés poursuivaient, entretenaient, diffusaient ces pensées innovantes et leur trouvaient des applications et des prolongements.

C'était comme trois traînées d'essence qui prenaient feu et transmettaient l'incendie. En parallèle, d'autres chercheurs, issus des communautés survivantes d'hommes-dauphins, lançaient eux aussi des idées pour changer le monde. L'un d'entre eux, baptisé le « Respectueux », inventa les « Droits de l'homme », qui reprenaient le concept des Commandements et permettaient à tout être humain de ne pas être tué, violé, torturé ou humilié.

Un autre, baptisé le « Légitimiste », lança le projet de faire revenir tous les hommes-dauphins sur la Terre de leurs ancêtres, occupée par les peuples voisins. Même si la capitale des hommes-dauphins n'était plus sous leur administration il y demeurait toujours une communauté vivace des gardiens du message ancien. Le Légitimiste organisa dès lors un grand mouvement qu'il nomma « le retour des poissons sur leur lieu d'origine ».

Pour ne pas créer de tensions avec les peuples envahisseurs qui occupaient leur Terre ancestrale, les hommes-dauphins commencèrent par s'implanter dans des zones considérées comme insalubres. Ils retroussèrent leurs manches, asséchèrent les marécages, construisirent des systèmes d'irrigation pour reconquérir des terrains désertiques. Les conditions de vie de ces pionniers étaient très rudes mais ils vivaient dans le rêve du retour sur la Terre de leurs ancêtres.

Il se créa même des villages qui, dans l'esprit de l'Utopiste, fonctionnaient en mode égalitaire, sans exploiteurs ni exploités, sans religion et sans chefs. Dans ces villages à références utopistes entretenus par les pionniers dauphins, il n'y avait pas d'argent, pas de police, pas de propriété. Tout appartenait à tous. Les bénéfices issus de l'activité agricole ou industrielle appartenaient à la collectivité et chacun recevait en fonction de ses besoins et non en fonction de son mérite.

Ces communautés « utopistes égalitaires » attiraient beaucoup de jeunes hommes-dauphins qui voyaient dans ces projets une nouvelle manière d'assumer leur identité. Ils se remettaient à parler la langue ancestrale, ils redécouvraient l'histoire de leurs parents, ils puisaient dans la sagesse ancienne de nouvelles valeurs pour vivre dans la modernité. Au sein de ces villages les fêtes étaient quotidiennes, les mœurs très libres. Bientôt beaucoup de jeunes issus de peuples autres que les dauphins vinrent les rejoindre pour partager leurs rêves, et faire la fête. Le soir, au coin du feu, dans les villages de pionniers en terre dauphin, après les travaux épuisants, tous parlaient de désarmement mondial, d'écologie, d'amour libre, de la disparition de l'argent, de nouvelles manières d'éduquer les enfants sans violence. Ils avaient l'impression que cette vision nouvelle deviendrait contagieuse et qu'un jour le monde entier serait naturellement amené à vivre comme eux. Alors l'humanité ne serait plus qu'une grande communauté hippie égalitaire où tout le monde ferait la fête.

18. ENCYCLOPÉDIE : LE PARADOXE DE LA REINE ROUGE

Le Paradoxe de la Reine Rouge a été développé par le biologiste Leigh Van Valen. Il fait référence au livre de Lewis Carroll : *De l'autre côté du miroir* (la suite d'*Alice au pays des merveilles*). Dans ce roman Alice et la Reine Rouge du jeu de cartes se lancent dans une course effrénée. « Mais, Reine Rouge, c'est étrange, nous courons vite et le paysage autour de nous ne change pas », dit la jeune fille. « Nous courons pour rester à la même place », répond alors la Reine.

Leigh Van Valen utilise cette métaphore pour illustrer la course aux améliorations entre les espèces. Ne pas avancer, c'est reculer. Pour rester sur place il faut aller aussi vite que les autres autour.

Concrètement, si à un moment la sélection des espèces avantage les prédateurs les plus rapides, elle va aussi avantager les proies les plus rapides qui vont pouvoir ainsi leur échapper. Ce qui a pour résultat un rapport de force inchangé. Mais l'ensemble va produire des individus de plus en plus rapides.

La théorie du paradoxe de la Reine Rouge énonce : « Le milieu dans lequel nous vivons évolue, et nous devons évoluer au moins à la même vitesse pour rester à la même place et ne pas disparaître. »

Leigh Van Valen utilise aussi l'exemple du papillon qui plonge sa trompe dans l'orchidée pour se nourrir du nectar. Par cet acte, il se barbouille de pollen, transporte le pollen et fertilise d'autres fleurs.

Mais les papillons ont augmenté de taille, leur trompe s'est allongée et ils ont pu aspirer le nectar sans toucher le pollen. Du coup n'ont survécu à ce changement que les orchidées qui avaient les cols les plus profonds. Ce qui obligeait l'insecte à toucher leurs zones sexuelles.

La fleur s'est adaptée et a allongé son réceptacle à nectar, le nectaire, entraînant la disparition des papillons les plus petits et favorisant le developpement des papillons les plus grands. À chaque génération il y a une sélection des orchidées les plus creuses et des papillons à trompe la plus longue. On trouve désormais des nectaires profonds de 25 cm ! Ainsi la théorie de Darwin est battue en brèche par le paradoxe de la Reine Rouge, les espèces évoluent ensemble et se transforment pour rester en phase avec leur milieu. La sélection s'opère sur la capacité de suivre l'évolution du milieu.

Leigh Van Valen pousse sa métaphore jusqu'à faire référence à la course aux armements entre prédateurs et proies, puis au sein des hommes entre épée et bouclier. Plus les épées sont tranchantes, plus les boucliers deviennent épais. Plus les missiles nucléaires sont destructeurs, plus les bunkers sont profonds et les missiles antimissiles rapides.

Edmond Wells,
Encyclopédie du Savoir Relatif et Absolu,
Tome VI.

19. LE PEUPLE DES REQUINS

– Tout ça, c'est la faute aux hommes-dauphins !

Le petit homme nerveux, barbiche au menton, juché sur la table, ne décolérait pas.

– Ces chiens d'hommes-dauphins ont créé le mouvement utopiste qui a contaminé l'esprit de nos enfants et mis en danger notre pays. Les hommes-dauphins sont nos ennemis. Ils se servent de leurs arts, de leur culture, de leur science et de leurs livres pour répandre leur pensée dégénérée !

De rage, le petit homme barbichu tapa du poing contre le mur et martela :

– Ils sont la cause de tous nos problèmes. Il faut les tuer. Il faut les tuer tous autant qu'ils sont. Délivrons notre pays de ce fléau. Débarrassons-en le monde ! Qu'il n'en reste plus un seul de vivant !

Des rires et des lazzi fusèrent alentour :

– Va donc cuver ton vin sur le trottoir, ivrogne !

Sous les huées des autres consommateurs, l'homme à la barbiche se résigna à quitter la taverne tout en jurant qu'il reviendrait mettre le feu à ce bouge déjà contaminé par la pensée pourrisseuse dauphin.

Au début, les harangues de ce petit homme barbichu ne suscitaient que des quolibets et pour finir le lancement de projectiles. Mais le pays des hommes-requins s'enfonçait dans une crise sociale due à une croissance démographique inadaptée à la croissance économique. Une nouvelle classe de pauvres créait une insécurité générale.

Un industriel en métallurgie lassé des conflits à répétition avec ses ouvriers de plus en plus conquis par la pensée égalitaire de l'Utopiste entendit le discours du barbichu dans la taverne. Il le suivit dans la rue.

– Vous êtes un visionnaire. Vous avez repéré la vraie cause et vous proposez la bonne solution. La propagande dauphin a assez fait de mal parmi les naïfs et les ouvriers. Il faut arrêter cette calamité d'une manière ou d'une autre. Croire que les hommes sont égaux c'est bien l'idée la plus stupide qui soit. Ça a donné la révolution en Oursie et leur pays est du coup dans la famine. Et il paraît que les pionniers en territoire dauphin vivent dans la débauche sexuelle permanente. Moi non plus je n'aime pas les dauphins. Je vais vous prêter quelques gars et j'aimerais bien que vous leur fassiez comprendre, à ces étrangers, que ce ne sont pas eux qui vont faire la loi dans notre pays. En fait ce que je vous demande c'est un travail de... nettoyage.

Financé par l'industriel, celui qui se faisait désormais appeler le « Purificateur » commença par attaquer les ouvriers protestataires. Dans les manifestations ses brutes « purificatrices » étaient en première ligne.

Ils se livrèrent à de grands autodafés sur les places publiques. Ils y brûlaient les livres écrits par les hommes-dauphins et tout particulièrement ceux de l'Utopiste, de l'Analyste et du Liéniste, ces derniers étant baptisés par le Purificateur les « Trois Cavaliers de l'Apocalypse ».

Dans les tavernes, protégé par ses sbires armés de barres de fer, le barbichu ne donnait plus prise à la moquerie. Il parlait de plus en plus fort, postillonnant de rage, martelant l'air de son poing, éructant de haine.

– Les dauphins veulent réduire le peuple requin en esclavage, mais ils me trouveront sur leur chemin ! La pensée dauphin est comme l'eau qui rouille le métal, elle rouille les esprits. Elle fait tout pourrir, tout fermenter. Elle prétend parler d'égalité, c'est pour mieux vous asservir, elle prétend parler de liberté, c'est pour laisser se développer en vous les instincts les plus vils, elle prétend parler d'utopie, mais elle nous propose un monde de chaos. Ils se prétendent héritiers de la philosophie du poisson, eh bien qu'on les remette à la mer, ces dauphins ! Et qu'on les y noie !

Ce à quoi la foule répondait désormais par des applaudissements ou des cris : « Mort aux dauphins ! Mort aux dauphins ! » Les quelques audacieux qui risquaient des sifflets étaient aussitôt roués de coups.

Et le barbichu concluait :

– Je vous promets que si vous m'aidez à arriver au pouvoir, il n'y aura plus de pauvres requins qui mendient alors que des riches dauphins paradent. Nous prendrons chez eux l'argent qu'ils ont volé au peuple. Pas un n'en réchappera.

Avec ses hommes de main, le Purificateur attendait devant les temples dauphins pour insulter et frapper tous ceux qui en sortaient. Ils allaient briser les vitrines des magasins censés être tenus par des hommes-dauphins.

Cependant le gouvernement requin, malgré ses difficultés politiques et économiques, ne pouvait accepter autant de violence gratuite. Le Purificateur fut arrêté en tant qu'agitateur de rue. Il resta deux ans en prison où, profitant de son temps disponible, il rédigea *Ma Vérité*, un ouvrage qui présentait son projet de purification du monde par la mise à mort systématique de tous les hommes-dauphins. Il y définissait ses critères : « Seront considérés comme dauphins tous ceux qui sont nés dauphins, cousins de dauphins, maris ou femmes de dauphins, et ce jusqu'au sixième degré de parenté. Un cousin de cousin de cousin de dauphin est un dauphin et mérite d'être traité en tant que tel. » Le Purificateur proposait l'élimination de tous les utopistes et l'esclavagisation de tous les peuples non requins. « Les étrangers seront sommés d'œuvrer pour la gloire des requins. Ils devront se soumettre ou périr », précisait-il. Il promettait la prépondérance de la pensée et de la culture requins sur toute la planète. Et il concluait afin de rallier les mystiques :

« C'est un message de Dieu que j'ai reçu en rêve et je compte bien le réaliser. »

Au grand étonnement de tous, le livre *Ma Vérité* connut un grand succès de librairie. Les plus démunis appréciaient l'idée qu'on vole les richesses des dauphins pour les leur donner. Les « purificateurs » offraient de grandes soupes populaires pour récupérer les clochards et les chômeurs oisifs et leur proposer de rallier leur petite milice privée financée par un mécène industriel.

Le Purificateur récupérait aussi les repris de justice. Sa propagande se répandait même à l'intérieur des prisons avant la sortie des détenus. « Votre force et votre courage ont été mal employés jusque-là. Au service de la cause de purification, vous les damnés, vous allez trouver votre rédemption. Confiez-nous votre violence et votre habileté nous en ferons bon usage. »

Les tavernes où on avait ri de ses discours furent incendiées, les autodafés de livres se multiplièrent et les purificateurs chantaient : « À mort les dauphins ! À mort les utopistes ! Vive le grand nettoyage ! »

Après les brasiers de livres, les incendies de temples et les coups de force contre les syndicats ouvriers, les milices du Purificateur passèrent à l'assassinat. Dirigées par d'anciens truands, elles venaient chercher les dauphins chez eux, les tuaient puis se partageaient le butin de leurs appartements. La police était dépassée par le nombre de ces exactions. De plus, le Purificateur ne manquant pas d'admirateurs en son sein, ils mettaient peu de zèle à retrouver les fautifs.

Alors que dans le pays voisin, la Coquie, le président de la République, comme par hasard d'origine lointaine dauphin, proposait un vote sur les droits de l'homme et la proposition d'un désarmement mondial, en Requinie tout allait en sens inverse. L'industriel en métallurgie qui finançait le Purificateur abandonna un instant sa priorité dans l'industrie automobile pour se diversifier dans l'armement. Ses ingénieurs se mirent à plancher sur la construction de nouveaux fusils, de nouveaux tanks, d'avions modernes.

Le mouvement politique Anti-Dauphin se présenta officiellement aux élections démocratiques. À deux reprises il fut mis en minorité mais à la troisième, il obtint une majorité de sièges à l'assemblée. Le Purificateur fut dès lors imposé comme Premier ministre. Du jour au lendemain, grâce à des lois d'exception, les hommes-dauphins furent chassés de toutes les administrations. Il leur était interdit d'accomplir certains métiers considérés comme stratégiques.

Les professeurs dauphins furent tous limogés.

L'accès aux universités fut coupé aux étudiants « mal nés ».

Mais le Purificateur ne s'en tint pas là. Il fit discrètement construire des usines inspirées des abattoirs d'animaux pour déporter puis tuer les hommes-dauphins. Sa haine envers ce peuple était si forte qu'il chercha les moyens de le faire souffrir au maximum par des privations et des humiliations avant de l'achever dans ces usines de mort.

Tout le monde savait mais faisait semblant de ne pas savoir. Aucun pays ne réagit, considérant qu'il s'agissait là d'affaires internes. Surpris par tant de facilité à commettre le pire, le Purificateur annonça qu'il comptait bien poursuivre son œuvre de nettoyage mondial. Au nom de la lutte antidauphin, il s'autoproclama empereur des requins et monta une grande armée équipée, grâce à son ami industriel, des dernières trouvailles en matière de moyens de destruction.

Dans un magistral coup de théâtre, il s'allia avec le nouveau dictateur utopiste oursien qui, ayant oublié l'origine dauphin de son parti, annonça qu'il partageait, finalement, les opinions antidauphins du petit empereur barbichu.

Le Purificateur, tranquille sur son front est, put alors attaquer avec ses tanks et son aviation moderne les pays voisins à l'ouest et au sud. Il commença par envahir la Coquie, obtenant une victoire facile et rapide devant une armée de coqs dépassée par l'armement moderne des requins.

Puis l'armée requin envahit le peuple des hommes-cochons, le peuple des hommes-loups, le peuple des hommes-mouettes, autant de nations qui semblaient abandonnées par leur dieu. Seul le peuple des hommes-renards cantonné sur son île lui opposa une résistance farouche grâce à sa marine militaire aguerrie.

Certains peuples, voyant le succès des requins, préférèrent se rendre sans combat, ou placer à leur tête un dictateur qui faisait alliance avec le Purificateur. Les communautés d'hommes-dauphins implantées sur ces territoires parfois depuis dix ou vingt générations furent comptabilisées, identifiées, appréhendées, regroupées dans des camps de transit avant d'être déportées vers les usines-abattoirs.

Leurs quartiers étaient brûlés, leurs villages disparurent des cartes.

Le nouvel empereur des requins semblait invincible. Beaucoup se préparaient déjà à son règne planétaire ainsi qu'à l'hégémonie du peuple des requins alors que l'on prévoyait l'anéantissement total de toute la population des hommes-dauphins du monde.

Cependant le Purificateur détestait tellement tout ce qui ressemblait de près ou de loin à une pensée d'origine dauphin, qu'il décida, après avoir vaincu tous les territoires de l'ouest, du sud et du nord, de s'attaquer à son allié de l'est, le dictateur d'Oursie.

Ce dernier, qui était devenu un grand admirateur du Purificateur, fut le premier étonné par l'invasion de ses territoires par son ex-ami personnel. Il encaissa les premières défaites avec incompréhension. Jusqu'au bout il pensait que le Purificateur allait changer d'avis et qu'ensemble ils pourraient massacrer les derniers hommes-dauphins récalcitrants.

L'armée requin s'enfonça donc dans l'immense territoire des hommes-ours comme une aiguille chaude dans du beurre. Les quelques résistants qui tentaient de les ralentir étaient tués dans des mises en scène macabres destinées à frapper d'épouvante. Par la terreur et la cruauté poussée à son comble le peuple des hommes-requins obtenait vite les richesses et le pouvoir.

Au fur et à mesure de leurs avancées sur tous les territoires voisins, les hommes-requins récupéraient non seulement les matières premières et les cultures des pays envahis, mais aussi les savants étrangers qu'ils forçaient à œuvrer pour eux afin de fabriquer des armes encore plus destructrices. Les pays soumis étaient forcés de payer des impôts exorbitants servant à l'effort de guerre et devaient livrer tous les hommes-dauphins qui séjournaient sur leur territoire. Ils devaient en outre fournir tous leurs hommes valides, pour être soit des soldats, chair à canon de première ligne dans l'armée requin, soit des ouvriers esclaves dans les usines d'armement qui tournaient à plein rendement.

Le Purificateur était lui-même étonné de la facilité avec laquelle tout cédait sous sa poussée. « Dieu est peut-être vraiment avec nous et je ne fais qu'accomplir son dessein secret », finit-il par penser. Même l'industriel en métallurgie qui l'avait soutenu, voyant ses profits se multiplier, finit par penser que ce Purificateur était peut-être un homme béni du ciel qui accomplissait un projet indispensable.

La guerre mondiale paraissait dès lors gagnée par le peuple des requins. Et nul ne voyait ce qui pourrait l'arrêter.

20. ENCYCLOPÉDIE : COSMOGONIE NORDIQUE

Dans la mythologie nordique, le Walhalla est le « paradis des héros ».
Nul ne peut y entrer s'il est mort de maladie ou

de vieillesse. Ne sont autorisés à venir que les guerriers tués au combat.

Ce sont les Walkyries, nymphes de la guerre, qui, après avoir excité les hommes dans l'ivresse des tueries, les récupèrent sur les champs de bataille pour les amener dans la Salle de l'Asgard, au toit couvert d'épieux et de boucliers. Ils sont accueillis par le dieu Wotan en personne. Ensuite le dieu Odin leur explique qu'ils doivent continuer à se battre ici comme ils se sont battus sur Terre.

Les guerriers du Walhalla s'affrontent entre eux du matin jusqu'au soir, meurent et renaissent pour encore se battre jusqu'à ce que la cloche du souper sonne.

Ce sont alors de grands festins où les combattants commentent leurs assauts de la journée.

Pour reprendre des forces ils boivent le lait provenant de la chèvre Heidrun, dévorent la chair du sanglier Sæhrímnir et font l'amour avec les Walkyries qui leur servent à profusion de la bière.

Durant ces dîners festifs Odin ne mange pas et se contente de boire et de nourrir ses loups tueurs.

Odin n'oublie cependant pas de leur rappeler qu'ils ne font que se préparer à la grande bataille finale : le fameux Ragnarök.

Là, surgissant des cinq cent quarante portes de l'Asgard, les guerriers du Walhalla affronteront le dieu du Feu, Loki, et son armée. Celle-ci comprend le loup Fenrir, le serpent du Midgard et leurs nombreux alliés démoniaques.

Et il est dit que si les guerriers du Walhalla perdent la bataille de Ragnarök, Loki triomphant éclatera d'un rire immense en regardant l'univers enfin anéanti.

Edmond Wells,
Encyclopédie du Savoir Relatif et Absolu,
Tome VI.

21. LE PEUPLE DES AIGLES

Gratte-ciel cernés d'oiseaux tournoyants, larges avenues regorgeant de cinémas illuminés, longues files d'hommes et de femmes en smoking attendant d'entrer dans les music-halls de la rue principale, premiers embouteillages de voitures rutilantes, la ville de Nouvelle-Aiglie, capitale du pays des hommes-aigles, se situe à des milliers de kilomètres des guerres d'invasion requins.

Le climat général est à l'insouciance, à la musique rythmée et aux danses amusantes. Tous ont en mémoire l'histoire de leur peuple. Nouvelle-Aiglie, la capitale, a été fondée il y a plus de 400 ans par des colons, hommes-aigles fuyant la décadence de leur empire du Vieux Continent.

Suivant le principe des hommes-dauphins, « lorsque les événements tournent mal, prendre un vaisseau et partir », leurs ancêtres avaient armé des bateaux et fui vers un autre continent, de l'autre côté de l'océan.

Là, après avoir facilement combattu les tribus autochtones, des hommes-dindons abandonnés de leurs dieux, les hommes-aigles s'étaient établis définitivement. Ils avaient bâti des cités imposantes, rivalisant de technologie avec les plus belles capitales du moment. Ils se considéraient pionniers dans un monde neuf et pourtant ils gardaient en souvenir le faste de l'empire aigle d'antan, selon eux précurseur de toutes les modernités.

Lorsque les premières informations étaient arrivées signalant les invasions des hommes-requins sur l'ancien continent le président de la République des aigles avait fait un discours à la radio.

« Gardons notre calme... Les événements qui se produisent de l'autre côté de l'océan ne nous concernent pas directement. »

Pour l'instant les industriels aigles se contentaient donc de vendre de l'acier et du pétrole aux belligérants des deux bords, que ce soit les hommes-requins qui avaient besoin de plus en plus d'armes ou les hommes-renards qui résistaient sur leur île. Au sein même de la population des aigles les avis étaient partagés. Au nom du pacifisme et de la tranquillité la plupart considéraient qu'il ne fallait pas s'ingérer dans ce conflit étranger. « N'envoyons pas nos fils se faire tuer pour des territoires lointains sur lesquels nous n'avons de toute façon aucun droit », « Après tout, ce n'est pas notre guerre », affirmaient tout haut la plupart des hommes-aigles. « Nous n'avons rien à y gagner et tout à y perdre. »

Certains aigles, acteurs, chanteurs, syndicalistes, politiciens, ne cachaient même plus leur fascination pour le charisme du Purificateur.

Son discours simple et clair, son culte de la force et de la violence, son jusqu'au-boutisme séduisaient les esprits faibles. Même les intellectuels et les industriels étaient sous le charme. Ils reconnaissaient son génie militaire, la remontée économique de son pays, et ils évoquaient la possible alliance aigles-requins pour vaincre l'Oursie, pays révolutionnaire utopiste dangereux.

Seule la minorité des hommes-dauphins qui vivaient

au pays des hommes-aigles osait exprimer qu'il fallait arrêter le tyran raciste. Mais on les disait « partisans » et solidaires des autres hommes-dauphins qui avaient des « petits tracas administratifs » sur le territoire des requins. On ne les écoutait pas. Quelques intellectuels et libres penseurs aigles admettaient eux aussi qu'il fallait arrêter le Purificateur. Selon eux, après avoir envahi l'ancien continent il risquait d'avoir envie d'envahir le nouveau. « N'a-t-il pas annoncé en toutes lettres dans son livre *Ma Vérité* qu'il comptait réduire tous les peuples étrangers en esclavage pour qu'ils servent les hommes-requins ? »

Le gouvernement aigle hésitait à entrer en guerre. Les stratèges de l'état-major conseillaient la retenue. Il valait mieux attendre que tous les belligérants soient bien épuisés, pour frapper au moment où leurs troupes fraîches feraient la différence. Entre-temps le président des aigles avait discrètement relancé la production dans ses usines d'armement au cas où cela s'avérerait utile. En homme avisé, il savait qu'il fallait des armes neuves et une technologie de pointe pour contrer la puissante armée expérimentée des hommes-requins.

Le moment lui sembla venu lorsque les troupes purificatrices se retrouvèrent stoppées sur le territoire d'Oursie par... le froid.

Le territoire des hommes-ours était en effet situé au nord, et ses hivers y étaient très rigoureux. Autour d'une grande ville ours, les troupes requins n'arrivaient plus à progresser. Leurs tanks et leurs camions transporteurs de troupes s'enlisaient dans la boue et la neige.

Pour les ralentir encore le dictateur oursien, les yeux enfin dessillés, n'avait pas hésité à envoyer à la mort des centaines de milliers de combattants ours qui mouraient comme des mouches en affrontant les envahisseurs.

Et puis arriva le jour où les requins épuisés connurent une première défaite. L'armée requin était tellement affaiblie par l'hiver qu'elle ne pouvait plus faire face aux hordes de soldats ours qui venaient l'assaillir par vagues ininterrompues. Après avoir envahi une de leurs plus grandes villes, les requins furent forcés de se retirer, laissant des morts, des blessés, des prisonniers.

Le mythe du soldat requin invincible venait d'un coup de s'effondrer.

Les stratèges militaires aigles décidèrent une grande offensive sur le front ouest. Ils arriveraient par la mer et ce serait un débarquement d'infanterie.

Malgré le nombre, la technologie, la motivation, l'effet de surprise, l'armée des aigles eut beaucoup de mal à prendre pied sur les côtes occupées par les troupes requins. La météo n'était pas bonne. La foudre zébrait le ciel, frappant parfois les barges métalliques. Les soldats ballottés par les vagues arrivaient malades et titubants. En face les mitrailleuses les fauchaient facilement. Les requins avaient établi des bunkers sur toutes les côtes ouest. Une première vague de débarquants aigles fut massacrée, une deuxième repoussée.

Le destin de la planète se jouait sur cette offensive. Chaque minute était déterminante. La météo à elle seule suffisait à faire la différence. Enfin le Soleil dispersa les nuages, la pluie cessa, une troisième vague de soldats aigles particulièrement courageux réussit, au prix de lourdes pertes, à prendre pied sur la côte, derrière les dunes. Dès lors l'espoir revint dans les troupes de l'alliance antirequins.

La guerre n'était cependant pas encore gagnée. Les

requins voyant leurs deux fronts, est et ouest, se détériorer se lancèrent dans une grande campagne de massacre accélérée des dauphins. « Au moins si nous disparaissons, que tous les dauphins disparaissent avec nous. C'est pour nous une œuvre de salubrité publique de débarrasser le monde de ses parasites. Tel est notre devoir sacré. Car nous sommes avant tout des Anti-Dauphins ! » lança le Purificateur devant les foules de ses adorateurs. Les enfants en uniforme étaient les plus galvanisés.

Conditionnés depuis leur plus jeune âge pour se sacrifier à la cause purificatrice, ils étaient fascinés par leur dictateur. Un conditionnement spécial et un lavage de cerveau permanent les préparaient à ne vivre que dans la haine des dauphins.

Les abattoirs humains augmentèrent leur vitesse de tuerie.

C'était désormais une course contre la montre. Sur le front de l'ouest, les soldats requins furieux de leurs défaites à répétition enfermaient les civils dans les églises puis les incendiaient pour les brûler vivants. Les arbres du front de l'est étaient garnis de civils oursiens pendus comme des fruits sinistres.

Les enfants requins étaient enrôlés dès l'âge de 9 ans dans des troupes de fanatiques kamikazes qui se faisaient exploser au contact des troupes adverses en criant : « Gloire au Purificateur ! À mort les dauphins ! »

Même si la victoire avait l'air de changer de camp, la progression des troupes aigles était difficile. Les usines de mort antidauphins tournaient à plein régime et leurs cheminées lâchaient les nuages noirs des corps brûlés.

Longtemps l'issue de la guerre mondiale sembla incertaine. Un groupe de généraux requins voulant arrêter la folie meurtrière du Purificateur tenta de l'éliminer en plaçant une bombe sous son bureau. Mais sur une intuition de dernière minute, il évita de justesse la mort, se protégeant derrière une table de bois massif. Dès lors il ordonna l'épuration de son état-major, ne gardant que les plus enragés prêts à combattre jusqu'à la mort dans sa lutte contre ce qu'il appelait le « complot dauphin mondial ».

Les mortels se battaient sur Terre, mais aussi dans les airs, sur l'eau, et sous l'eau grâce à la technologie des sous-marins dont les requins étaient passés Maîtres.

Les charniers s'accumulaient. C'était comme si toute l'humanité était dans une énergie d'autodestruction qui la dévorait, tuant sans distinction militaires et civils, hommes et femmes, enfants et vieillards. Pas un continent, pas une île, pas un pays n'arrivait à se tenir à l'écart de cette hystérie destructrice. Le monde était clairement partagé entre ceux qui se rangeaient derrière le drapeau requin et ceux qui se rangeaient derrière le drapeau des aigles. Les savants requins décuplaient leur inventivité pour arriver à fabriquer des armes de plus en plus meurtrières. Ils mirent au point des fusées remplies d'explosifs qui montaient haut dans le ciel, rejoignant les couches les plus élevées de l'atmosphère, pour retomber sur les villes des hommes-renards.

Finalement les requins épuisés virent leur front de résistance reculer et bientôt leur capitale fut bombardée puis assiégée. Le Purificateur préféra se suicider. Avant de mourir il lâcha encore : « Tout cela c'est la faute des dauphins ! Que tous ceux qui m'ont aimé consacrent leur existence à leur destruction ! » L'armistice fut signé.

Jusqu'à la dernière heure les usines de mort antidauphins fonctionnèrent, et même après la signature de l'armistice des requins zélés, feignant ne pas avoir reçu les ordres, continuèrent à tuer le maximum de dauphins.

La paix revenue, on découvrit progressivement l'étendue de la furie et de la haine des antidauphins.

Le peuple des aigles sortit grand vainqueur de cette guerre mondiale. Sa gloire était complète.

Son industrie d'armement fonctionnant à plein régime avait relancé son économie, il n'y avait plus de chômage. Son influence politique était planétaire. Tous les pays venaient les uns après les autres lui faire allégeance. Après les horreurs de la guerre chacun voulait l'apaisement. Un organisme d'union de tous les pays du monde fut créé et installé, comme de bien entendu, en Nouvelle-Aiglie.

Ayant accueilli à temps les meilleurs savants dauphins avant qu'ils ne soient anéantis avec leur savoir, les hommes-aigles accentuèrent encore leur avancée technologique. Les dauphins, reconnaissants, se mirent à leur service avec zèle. Ils créèrent les premiers ordinateurs. S'inspirant des travaux du Liéniste, ils construisirent les premières centrales électriques à énergie nucléaire.

Un scientifique homme-requin, récupéré après l'armistice, contribua à la fabrication d'une fusée, du même type que celles utilisées jadis pour bombarder l'île des renards. Cette fois, il s'agissait cependant de s'élever dans les cieux le plus haut possible jusqu'à envoyer des astronautes sur une autre planète. Après plusieurs années de tâtonnements et d'échecs, les ingénieurs arrivèrent à fabriquer une fusée capable de s'envoler avec des astronautes à l'intérieur pour rejoindre la plus proche planète.

Et le décollage eut lieu. Tout les mortels de

Terre 18 suivaient l'événement à la radio ou à la télévision.

La fusée monta, évolua dans le vide sidéral, atteignit son objectif, lâcha son module contenant des astronautes. Ceux-ci atterrirent sur la planète.

Le premier astronaute qui sortit prononça, en haletant dans son micro de casque, la phrase qu'il avait reçue en rêve la veille de son arrivée :

« Nous avons gagné ! »

Et il planta le drapeau aigle dans la roche poussiéreuse de la planète étrangère.

22. ENCYCLOPÉDIE : PYTHAGORE

À l'école nous avons appris le théorème de Pythagore : « Si ABC est un triangle rectangle, alors le carré de l'hypothénuse est égal à la somme des carrés des 2 autres côtés. » Pourtant le savant est beaucoup plus qu'un simple mathématicien.

Pythagore naît sur l'île de Samos, au début du VIe siècle avant J.-C., fils d'un riche marchand de bagues précieuses. La Pythie de Delphes consultée lors d'un voyage par ses parents leur avait annoncé « un fils qui serait utile à tous les hommes dans tous les temps » et elle leur avait conseillé d'aller à Sidon en Phénicie afin que l'enfant fût béni dans un temple hébreu.

Très sportif, le jeune Pythagore participe aux jeux Olympiques. Il voyage ensuite dans plusieurs pays, recevant des enseignements parfois contradictoires. À Millet il est instruit par le mathématicien Thalès. En Égypte il reçoit l'initiation des prêtres de Memphis. Mais les Perses envahissent l'Égypte et il est enlevé avec d'autres savants pour être conduit à Babylone. Il parvient à s'échapper et monte à Crotone en Italie (qui faisait partie de la Grande Grèce de l'époque) une école mixte, laïque, où il délivre un enseignement universel par degrés.

Au premier degré, la « Préparation », les novices sont tenus au silence pendant une période de 2 à 5 ans. Ils sont censés développer leur intuition.

Ils apprennent le sens de la règle de Delphes : « Connais-toi toi-même et tu connaîtras les cieux et les dieux. »

Au deuxième degré, l'« Évolution », commence l'étude des nombres. Vient ensuite l'étude de la musique, considérée comme une combinaison de nombres.

Pythagore énonce :

« L'Évolution est la loi de la Vie.

Le Nombre est la loi de l'Univers.

L'Unité est la loi de Dieu. »

Au troisième degré, la « Perfection », commence l'enseignement de la cosmogonie. Pour Pythagore les planètes sont issues du Soleil, elles tournent autour de lui (ce en quoi il s'oppose à Aristote qui place la Terre au centre de l'univers), et les étoiles sont autant de systèmes solaires. Il décrète que : « Les animaux sont les parents de l'homme et l'homme est parent de Dieu » ; les êtres vivants se transforment selon la loi de la sélection, mais aussi la loi de la persécution et l'action de forces invisibles.

Lors du quatrième degré, l'« Épiphanie » (littéralement : « révélation de la vérité vue d'en haut »), l'initié pythagoricien doit arriver à 3 perfections : trouver la vérité dans l'intelligence, la vertu dans l'âme, et la pureté dans le corps. L'élève peut alors procréer avec une femme (de préférence initiée elle aussi), afin de permettre à une âme de se réincarner.

Pythagore énonce encore :

« Le Sommeil, le Rêve et l'Extase sont les 3 portes ouvertes sur l'au-delà d'où nous viennent la science de l'Âme et l'art de la divination. »

Les élèves de son école ayant terminé leurs études sont encouragés à s'impliquer dans la vie publique. Parmi les plus brillants : Hippocrate, fondateur de la médecine antique et auteur du célèbre serment éponyme.

Quand Crotone est attaquée par l'armée de la ville de Sybaris, un subtil général pythagoricien parvient à retourner la situation et à envahir la cité ennemie. Mais un élève recalé aux examens d'entrée de l'école pythagoricienne profite de la confusion issue de cette victoire pour lancer une calomnie et faire croire aux habitants de Crotone que les adeptes de Pythagore vont se partager seuls le butin de la cité vaincue. Les habitants de Crotone menés par l'intrigant jaloux attaquent l'école, y mettent le feu et tuent Pythagore avec 38 de ses disciples qui essayaient de le défendre. Après son décès, ses initiés connaîtront des persécutions et ses livres seront brûlés.

Socrate, qui aurait eu la chance de consulter l'un des 3 ouvrages miraculeusement sauvés de l'incendie de l'école, n'a jamais caché que son enseignement était directement issu de celui de Pythagore.

Edmond Wells,
Encyclopédie du Savoir Relatif et Absolu,
Tome VI.

23. FIN DE PARTIE

Je suis halluciné.

Sur les gradins la foule hurle.

Un frisson me parcourt l'échine et une sueur froide coule le long de ma colonne vertébrale. Je dois avoir la fièvre, tout mon corps est brûlant.

Mon ankh glisse entre mes doigts moites et se balance à mon cou.

Les autres joueurs sont tout aussi épuisés. Édith Piaf, déesse des hommes-coqs, a les yeux exorbités. Jean de La Fontaine a le visage couvert de gouttes luisantes. Rabelais, tout rouge, tremble. Bruno Ballard saigne du nez, probablement sous le coup du stress. Georges Méliès semble ne plus tenir sur ses jambes. Gustave Eiffel redescend doucement l'échelle pour s'effondrer par terre. Simone Signoret pleure. Toulouse-Lautrec reste crispé sur son escabeau comme s'il avait peur de chuter.

La foule des spectateurs dans l'Amphithéâtre d'Olympie est déchaînée. La vision de sauvagerie pure de notre dernière guerre mondiale les a excités au plus haut point. Pour eux tous ces massacres étaient un spectacle. Comme on regarde des gladiateurs s'entretuer. Des milliards de « sous-gladiateurs ».

Sur les écrans géants on voit le drapeau des aigles flotter sur la planète, les foules de mortels en liesse dans les capitales qui acclament l'« atterrissage » des astronautes aigles sur la planète voisine.

Raoul lève la main en signe de victoire et les spectateurs applaudissent de plus belle dans les gradins et sur les écrans. Les Maîtres dieux ont l'air ravis.

Désolé, Mata, j'ai échoué.

J'ai sous-estimé mes adversaires.

J'ai cru que les idées étaient plus fortes que la violence primitive, je me suis complètement trompé.

Un type avec une massue et l'envie de détruire aura toujours l'avantage sur un type avec un raisonnement logique et l'envie de construire.

Les spectateurs n'en finissent pas d'ovationner le champion du moment.

Voilà, tout est fini.

Je regarde, hébété, cette Terre 18, petite planète, jeu dérisoire, terrain de ma défaite.

Je n'arrive pas à comprendre. Certes, je conçois qu'en fin de partie nous ayons tous tenté le tout pour le tout mais je ne m'attendais quand même pas à *ça* !

Mon regard se tourne vers Xavier Dupuis et le fixe avec une intensité nouvelle.

Il a tenté non seulement de me battre mais il a mis au point une machine industrielle de destruction systématique des miens. Comme s'il avait peur que je puisse reprendre le dessus.

Le succès de mes trois prophètes l'a inquiété.

Mais il n'a pas fait que tuer les hommes-dauphins, il les a systématiquement regroupés, mis nus, rasés, tatoués, asphyxiés avec des gaz empoisonnés. Femmes, enfants, vieillards. Il a détruit mes temples, mes livres, mes musiques, mes peintures, la moindre des traces de ma culture. Comme s'il avait voulu effacer même le souvenir de l'existence de mon peuple.

Pourquoi tant de haine ?

Une immense bouffée d'adrénaline monte en moi. La lave liquide est dans mes veines.

Je toise le dieu des hommes-requins, tout aussi las que moi. Il m'adresse un geste complice, à la manière d'un salut entre sportifs perdants à l'issue d'une compétition particulièrement difficile.

Il fait un mouvement de bras avec l'air du type désolé d'avoir mal joué.

Tout a l'air de se passer au ralenti dans mon esprit. Je le vise, j'appuie sur la détente de mon ankh. Mais il n'y a plus d'énergie, alors je m'avance vers lui et lui balance mon poing en plein visage. Je sens son nez qui craque et qui explose dans une gerbe de sang alors que mon deuxième poing le frappe à la pointe du menton. Ma force est décuplée, à nouveau je sens l'os de sa mâchoire qui cède sous mes phalanges. À l'intérieur de sa bouche des dents se brisent comme du verre.

Ses mains montent pour se protéger mais c'est alors mon genou qui explose son entrejambe aux chairs molles. Il tombe à genoux et là, reprenant un peu d'élan, je le cueille à nouveau du poing sur la tempe. Il part sur le côté et se recroqueville par terre alors que je lance mon pied en direction de ses côtes.

Les centaures bondissent pour m'arrêter mais je ramasse l'ankh du dieu des hommes-requins, je vérifie cette fois que la jauge est pleine et je les mets en joue. Ils s'arrêtent puis reculent. Mon visage révulsé doit les impressionner.

Je pivote et dirige mon ankh vers Raoul Razorback. À nouveau la foule des spectateurs réagit par une clameur. Dans ma tête un sentiment confus de « chapitre final », je n'ai plus rien à perdre, autant laisser parler mes pulsions primaires. La bouche de Raoul Razorback bouge lentement et un son grave et estompé en sort.

– Eu-Hieu-A. Eu-Hé-Ho-Hé. Han-oi-U-Euhé-Or.

Le ralenti cesse et le son redevient normal. Mon cerveau repasse la bande-son telle que j'aurais dû l'entendre.

– Ne tire pas. Je t'ai sauvé. Sans moi tu serais mort.

Je déglutis.

– Tu as laissé les hommes-requins massacrer mes hommes-dauphins. Tu as mis beaucoup trop de temps à faire ton débarquement. Tu l'as fait exprès pour ne me laisser aucune chance de t'inquiéter.

Mon bras dardé vers lui ne s'abaisse pas.

– J'ai recueilli une partie des tiens. Il n'y a que chez moi que tes savants étaient protégés quand tout le monde les a abandonnés.

– Pourquoi as-tu attendu autant avant d'intervenir ?

– Je n'étais pas prêt, reconnaît-il. Si j'avais débarqué trop tôt, j'aurais pu rater l'offensive et Xavier aurait gagné. Reconnais que ça a failli échouer.

Plus personne n'ose intervenir. Les spectateurs étonnés nous écoutent débattre.

– Ce qui s'est passé est terrible mais cela aurait pu être pire. Les hommes-requins auraient pu gagner, Michael.

Je ne baisse pas mon arme, l'index sur le déclencheur de foudre. Raoul plaide sa cause :

– Souviens-toi de ce que disait Gandhi : « Si un temps on peut croire que les méchants vont l'emporter, car avec la violence et le mensonge ils prennent rapidement l'avantage, il faut savoir qu'à la fin ce sont quand même les bons qui gagnent. »

– Ce n'est qu'une phrase.

– Non, c'est une réalité historique. Et tu sais pourquoi ? Parce que la gentillesse est la plus grande forme d'intelligence. Les méchants ne gagneront jamais. Mon nouvel empire aigle défendra les valeurs de paix et de liberté qui nous sont chères, Michael.

– Combien de temps ?

– Je ne suis pas ton ennemi, Michael. Je suis ton ami. Tu aurais pu gagner mais tu étais trop idéaliste. J'étais le mieux placé pour installer un ordre mondial solide et stable. D'abord la force, ensuite la raison. Et l'important est que l'humanité soit forte. La raison est un luxe.

– J'aurais installé un monde utopiste...

– Le mot utopie signifie littéralement « endroit qui n'existe pas ». Le choix de ce mot est déjà révélateur.

– Je l'aurais fait exister, réponds-je, buté.

– Si tu avais gagné, Terre 18 serait entre les mains d'un doux rêveur. Ce n'est pas « raisonnable ». D'abord la solidité, après le rêve.

Je perds un peu contenance. Mon bras se baisse imperceptiblement.

– Tu sais bien qu'on ne gagne pas les batailles avec des bons sentiments. Même tes trois prophètes étaient inadaptés à l'époque. Ta révolution égalitaire a été récupérée par un dictateur, ta révolution liéniste a été récupérée par des militaires pour élaborer une arme de destruction. Même ta révolution analytique arrivant trop tôt a été récupérée par des manipulateurs.

Je le remets en joue. Il ne cesse pas de parler.

– Tu as bien joué, mais tu n'as pas tenu compte du réel. Les mortels de Terre 18 sont encore des... singes. Tu ne peux pas les sortir de leur pulsion de mort avec de simples idées. La peur des soldats et de la police sera toujours plus efficace.

Je réfléchis à toute vitesse mais ne trouve plus rien à redire à ce raisonnement. Alors, à mi-voix, je reconnais :

– Je suis fatigué d'être gentil.

Je lâche mon arme et me tourne vers les dieux. Déjà les centaures ont surgi de tous côtés pour me saisir. Avant qu'ils ne m'aient touché je me tourne vers les Maîtres dieux de l'Olympe :

– Je réclame...

Ils ne me laissent pas finir ma phrase et me plaquent au sol. Athéna demande qu'on me relève et qu'on me laisse parler. Sans me lâcher ils me redressent.

– Je réclame le droit de rejouer cette Finale.

La déesse de la Justice me regarde avec étonnement puis éclate de rire. Toute la foule des spectateurs est hilare.

C'est alors qu'il se passe quelque chose d'extraordinaire.

Un spectateur, un albinos aux yeux rouges, se met à grandir jusqu'à devenir un géant de cinq mètres. Je reconnais Zeus.

Le roi de l'Olympe s'était glissé dans la foule des spectateurs pour assister de près à la Finale.

Tout le monde est abasourdi, certains se prosternent.

L'aura de Zeus devient aveuglante, contraignant chacun à détourner son regard. Le roi de l'Olympe tend les bras en signe d'apaisement.

C'est la stupeur générale. Pour ceux qui ne le connaissaient pas c'est la révélation.

Il parle d'une voix puissante et caverneuse qui fait tout trembler.

– Qu'on accorde à Michael Pinson ce qu'il demande.

Athéna, se protégeant les yeux de la lumière divine, balbutie :

– Bien sûr, Grand Zeus, mais comment faire ?...

Alors le roi de l'Olympe fronce les sourcils.

– Oubliez-vous où nous sommes ? Oubliez-vous qui nous sommes ? Oubliez-vous qui je suis ?

Le maître de l'Olympe brandit son gros ankh comme un sceptre et le dirige vers Terre 18. Il appuie sur une combinaison de boutons. Alors sur les écrans surplombant l'Amphithéâtre nous assistons à l'incroyable. Comme en marche arrière nous voyons à toute vitesse le drapeau aigle planté sur la planète étrangère se déplanter. Les astronautes marchant à reculons remontent dans la navette qui se soulève et rejoint la fusée qui revient sur Terre et se replace dans la rampe de lancement. La marche arrière s'accélère, le Soleil tourne en sens inverse.

La pluie part du sol pour remonter vers les nuages. La fumée noire sortant des usines de mort des hommes-requins redevient des hommes nus qui s'habillent, prennent le train pour rentrer chez eux. La Terre recouvrant les charniers se soulève et les squelettes entassés qui semblaient endormis se réveillent pour aller se rhabiller.

Les soldats aigles du débarquement courent à reculons pour remonter dans les barges alors que les balles des mitrailleuses requines ressortent de leurs corps pour revenir à l'intérieur des douilles.

Les plaies se referment, tout le monde rentre chez soi.

De partout les morts sortent des tombes, les jambes flageolantes.

Les corbillards viennent les chercher pour les ramener dans leurs hôpitaux, leurs maisons de retraite ou leurs familles.

Leur santé ne cesse de s'améliorer.

Ils se redressent. Leurs dents repoussent. Les rides disparaissent. Les poils blancs redeviennent blonds, bruns ou roux. Les cheveux repoussent sur les crânes chauves.

Les vieux redeviennent des adultes.

Les adultes rapetissent pour devenir des jeunes.

Les jeunes redeviennent des bébés qui marchent à quatre pattes.

Les bébés redeviennent des nouveau-nés.

Les nouveau-nés retournent dans le ventre de leurs mères.

Les mères voient leurs ventres dégonfler.

Les fœtus redeviennent des ovules qui voient des spermatozoïdes sortir d'elles pour rejoindre des verges et s'enfoncer jusqu'aux testicules.

Et tout fait marche arrière de la même manière.

Les poules redeviennent des poussins.

Les poussins redeviennent des œufs.

Les vêtements humains redeviennent des boules de coton et des poils de mouton.

Les chaussures redeviennent des crocodiles et des daims.

Les hamburgers redeviennent des bœufs.

Les saucisses redeviennent des porcs.

Les objets métalliques redeviennent des roches.

Les arbres redeviennent des graines.

Les graines redeviennent des fruits.

Les fruits redeviennent des fleurs.

Quel spectacle merveilleux que celui du retour.

Quelle beauté que celle de revoir les êtres et les objets retourner à leur source première.

Puis tout s'arrête.

– Que cette Finale soit rejouée, annonce simplement Zeus.

Et nul n'ose contredire le roi des dieux de l'Olympe.

24. ENCYCLOPÉDIE : ROI NEMROD

Selon la Bible, après le Déluge, où Noé sauve l'humanité grâce à son bateau miraculeux, ses descendants, ayant échoué sur le mont Ararat, recommencent à vivre sur Terre. Ils se multiplient à grande vitesse et se répandent dans les plaines. Il apparaît alors parmi eux un leader charismatique, le roi Nemrod, réputé pour ses talents de chasseur, qui va regrouper les hommes en tribus et les tribus en cités. Il construit Ninive et Babel et crée le premier État organisé post-Déluge, avec une armée et une police.

L'historien hébraïco-romain Flavius Josèphe raconte dans son livre *Les Antiquités judaïques* que le roi chasseur Nemrod était devenu un tyran qui estimait que la seule manière de libérer l'homme de la peur de Dieu était de créer sur Terre une terreur supérieure à celle qu'Il inspire.

Nemrod promit à son peuple de le défendre contre une seconde velléité de Dieu d'inonder la Terre en lançant un projet faramineux : construire à Babel (future Babylone) une tour suffisamment haute pour qu'elle dépasse le mont Ararat. Flavius Josèphe écrit : « Le peuple était d'autant plus disposé à écouter Nemrod qu'il considérait l'obéissance et la peur de Dieu comme une servitude. Les hommes se mirent donc à édifier la tour très vite, beaucoup plus vite qu'on ne pouvait le supposer. »

Alors que la tour était très haute le roi Nemrod monta à son sommet et annonça : « Voyons si de son sommet on peut voir Dieu. » Ne le distinguant pas, il prit son arc de chasseur et dit : « Voyons si d'ici on peut atteindre Dieu. » Il tira une flèche vers les nuages et celle-ci retomba. Le roi Nemrod annonça : « La tour de Babel n'est pas assez haute, continuez à l'élever. » Cependant il est rapporté dans le chapitre 10 de la Genèse que Dieu, agacé par tant d'audace, fit que les hommes qui travaillaient à l'édification de la tour ne parlèrent plus tous la même langue et que, ne se comprenant plus, la tour fut construite de travers et s'effondra. Quant au roi Nemrod, il fut puni d'une manière terrible. Un moustique s'introduisit dans son nez et lui provoqua des migraines très douloureuses. Le roi demandait à toutes les personnes qu'il rencontrait de lui donner des tapes sur le crâne dans l'espoir de faire ressortir le moustique qui le faisait tant souffrir. Ainsi celui qui avait tenté de lancer une flèche pour toucher Dieu fut lui-même tué par le dard de la plus faible et la plus petite des créatures : le moustique.

Edmond Wells,
Encyclopédie du Savoir Relatif et Absolu,
Tome VI.

25. NOUVEAU JEU

Ainsi ce qui a été fait peut être défait.
Et ce qui a été défait peut être refait.
Autrement.
J'éprouve un sentiment confus.
Si Zeus peut inverser le temps, peut-être peut-il faire revivre mon amour, ma Mata Hari.
Mais je comprends que ce n'est possible que sur

Terre 18, parce que c'est un monde artificiel, un brouillon.

Un peu comme un jeu vidéo. Quand j'étais sur Terre 1 après tout, je m'adonnais aussi à des jeux de gestion ou de guerre et je pouvais m'arrêter lorsque j'avais perdu, revenir au « menu » puis « charger » une partie ancienne sauvegardée, ce qui me replaçait juste avant l'endroit où l'histoire avait commencé à se détériorer.

Raoul a raison, je me suis trop investi émotionnellement dans la partie. J'ai oublié que ce n'est qu'un jeu, comme un jeu d'échecs. Et comme dans un jeu d'échecs il est possible de refaire les segments de partie que l'on souhaite.

Zeus rétrécit pour prendre une taille à peine supérieure à celle des autres dieux olympiens. Il se place au centre des Maîtres dieux et sort un sac rempli de pop-corn pour bien montrer qu'il est au spectacle et qu'il compte se détendre en profitant du film de la prochaine histoire de Terre 18.

Dépossédé de son statut de vainqueur, Raoul Razorback murmure un : « Mais c'est moi qui ai gagné ! » qu'il n'a pas osé prononcer trop fort, par peur de contredire le roi des dieux.

Xavier Dupuis se relève, aidé par les Charytes, il crache du sang et son visage n'est qu'une plaie béante d'où surgissent par endroits des zones claires qui sont peut-être des os ou du cartilage. Il émet des grognements. Les Charytes le soignent. Il ne me regarde pas.

Je lui fais peur.

Je ne crois pas avoir fait peur à qui que ce soit dans ma vie de mortel. Tout a un commencement. La violence. La peur. Après tout, cela peut être aussi un outil pour régler certaines situations. Et là je dois avouer que voir le persécuteur de mon peuple avec sa toge ensanglantée et sa tête qui a doublé de volume me procure un sentiment étrange qui me dégoûte et me fascine.

Ainsi, c'est ça la vengeance.

– Vous sentez-vous prêt à jouer, Xavier ? demande Athéna.

Il hoche sa tête enturbannée de pansements rougis. Les Charytes le portent à bout de bras et le replacent près de la sphère de trois mètres. Jean de La Fontaine hausse les épaules, amusé par la situation. Édith Piaf, Rabelais, Simone Signoret, Georges Méliès, Toulouse-Lautrec, Bruno Ballard et Gustave Eiffel voient plutôt dans cette Finale « recommencée » une chance supplémentaire de gagner.

Avec le recul je peux mieux distinguer le reste des territoires de Terre 18 auxquels je n'avais prêté précédemment qu'une attention distraite. C'est Toulouse-Lautrec, ancien dieu des hommes-chèvres, qui a récupéré le peuple des ours laissé à l'abandon par son ancien élève dieu.

Jean de La Fontaine, dieu des hommes-mouettes, a de la même manière récupéré le territoire des hommes-renards et c'est lui qui en tant que leur nouveau dieu a su résister aux requins.

Bruno Ballard, dieu des hommes-faucons, détient maintenant un territoire immense sous contrôle de sa culture fauconne grâce à des invasions féroces dans les zones sud.

Rabelais, dieu des hommes-cochons, possède un territoire restreint.

Quant à Georges Méliès et Gustave Eiffel, respectivement dieu des hommes-tigres et dieu des hommes-termites, ils agissent sur des territoires surpeuplés aux cultures très raffinées.

Sur les indications d'Athéna, les trois Heures nous

distribuent des ankhs rechargés et des sandwiches. Rabelais réclame un verre de vin pour se détendre. Édith Piaf une cigarette. Xavier Dupuis exige un analgésique. Bruno Ballard de la cocaïne. Moi je demande un café pour me tenir éveillé.

Athéna, soucieuse de ne pas faire attendre le roi des dieux assis à ses côtés, ne nous laisse que peu de temps pour reprendre des forces.

Les Heures reprennent nos verres et nos serviettes. Les centaures replacent et consolident les échelles et les escabeaux.

Coup de gong.

Nous retrouvons nos places respectives. Les Charytes soutiennent Xavier pour l'aider à monter.

– Que la partie recommence, proclame Athéna.

Nouveau coup de gong.

Me souvenant pertinemment de mon échec précédent, j'abandonne les révolutions intellectuelles pour me concentrer sur la création d'une force clandestine : l'armée de défense des hommes-dauphins. Je ne disperse plus mon énergie à travers l'art, la science et le savoir, seule compte la constitution d'une force militaire. Si les hommes-requins veulent de nouveau anéantir les miens, ils seront confrontés à une résistance farouche et non plus à des intellectuels uniquement animés d'un désir de paix et d'un respect de la vie qui les empêchent de tuer, et donc de se défendre.

Dès lors mes dauphins excellent dans la fabrication de nouvelles armes, notamment des petits fusils-mitrailleurs faciles à cacher qui n'ont pratiquement pas de recul.

Comme j'ai renoncé à inventer le concept d'utopie, les hommes-ours ne font pas la révolution utopiste, et la monarchie oursienne se maintient.

Et pourtant, à nouveau, un conflit menace. Il n'y a

d'abord que des escarmouches frontalières, des disputes à propos de taxes sur les produits d'importation, de petites enclaves que deux partis revendiquent, des diplomates qui s'estiment bafoués.

Je sais où cela peut mener. Il faut étouffer dans l'œuf ces prémices de guerre. Vieux réflexe : j'interromps mes efforts d'armement et reviens à mon grand projet de paix mondiale. Mes hommes-dauphins entreprennent de réunir une vaste assemblée, l'Union des Nations, pour mieux l'assurer. Si je veux sauver les miens, il me faut sauver le monde. Je n'ai pas d'autre ressource que la paix pour éviter les charniers de la partie précédente.

Mes hommes-dauphins s'enthousiasment pour mon projet de paix mondiale, ils montent des organisations caritatives, mes belles espionnes séduisent les politiciens de tous les pays, y compris les dictateurs, pour les inciter à renoncer aux conquêtes militaires. Avec la sexualité j'arrive à apaiser les plus va-t-en-guerre.

Un de mes politiciens arrive même à faire voter à l'unanimité une loi planétaire interdisant la possession d'une arme à feu. J'ai bon espoir d'instaurer une paix réelle.

Le calme dure une vingtaine d'années. Je pense même avoir gagné et je relance mes idées d'Utopie, de Lien et d'Analyse.

Mais soudain quelque chose de bizarre se produit dans la partie : des mouvements antidauphins surgissent un peu partout. Des rumeurs prétendent que si les miens ont tellement défendu la paix c'est pour en tirer des avantages personnels. Ici et là des journalistes dénoncent le « complot de la paix ». Des politiciens parlent du « courage de faire la guerre » et de « la nécessité de défendre sa patrie ». Mes hommes-dauphins sont traités de laxistes, de mous, d'endormeurs, de vendus aux puissances étrangères.

On dirait que chaque génération veut sa guerre pour se défouler, en oubliant le prix à payer et les souffrances de ses parents.

Tous les discours démagogiques guerriers génèrent l'enthousiasme. Tous les discours de paix sont hués et leurs auteurs considérés comme des lâches.

À nouveau apparaît une figure charismatique chez les hommes-requins. Il ne s'appelle plus le Purificateur mais l'Exterminateur. Il n'a plus la barbiche mais une fine moustache en pointe. Son drapeau n'est plus vert, mais noir. Les hymnes ont des paroles différentes mais engendrent la même haine.

L'Exterminateur arrive à prendre le pouvoir par un coup d'État audacieux.

En Oursie un général fait de même.

Le dictateur oursien et le dictateur requin font alliance et dénoncent le « complot mondial dauphin ». Les calomnies et la propagande font passer les miens pour des traîtres à la solde des puissances étrangères.

Et à nouveau les Oursiens et les Requins persécutent mes Dauphins. J'ai même l'impression que les hommes-requins sont d'autant plus haineux que leur dieu, Xavier Dupuis en l'occurrence, m'en veut personnellement pour sa mâchoire démise et son nez écrasé.

La partie avance, les miens se font à nouveau massacrer, les requins pavoisent et je vois Xavier Dupuis étaler une joie destructrice.

Cette fois, Raoul Razorback avec son empire aigle intervient un peu plus tôt, probablement par peur que je lui reproche encore sa non-intervention. Son débarquement réussit plus rapidement. Mais son avancée sur le continent est contenue par des troupes requins très coriaces. Ce qui fait qu'au final il progresse aussi lentement qu'à la partie précédente. Je pense à ce que disait Edmond Wells : « Et si nous étions condamnés à revivre sans cesse la même histoire parce que c'est la seule qui est possible à l'animal humain ? »

Je me dis que peut-être tout Aeden ne sert qu'à ça : vérifier si on peut, promotion après promotion, faire mieux que la première trame d'histoire posée avec Terre 1.

Je joue la partie au plus serré. J'essaie de sauver ce qui peut être sauvé. C'est-à-dire pas grand-chose. À nouveau Raoul Razorback gagne in extremis la guerre mondiale, et à nouveau mes scientifiques l'aident pour sa conquête spatiale.

Les autres joueurs n'ont rien pu faire pour changer le cours des choses.

La navette des aigles « atterrit » sur leur planète voisine, et l'astronaute prononce sa phrase historique : « Désormais notre nouvelle frontière est ici. »

Le gong retentit, annonçant la fin de partie et la victoire de Raoul Razorback.

La foule des spectateurs applaudit beaucoup moins chaleureusement qu'à l'issue précédente. Tous se tournent vers Zeus pour savoir ce qu'il en pense. Il ne bouge pas, n'applaudit pas, semble pensif.

– Je veux refaire la partie, annoncé-je.

Une rumeur de désapprobation parcourt la foule. Les mots « mauvais joueur », « fayot » reviennent par intermittence. Même les Maîtres dieux, je le vois bien, sont scandalisés par mon acharnement. Ils guettent pourtant avec respect la réaction de Zeus. Ce dernier se lève lentement, et d'un geste fait taire l'assistance.

Raoul Razorback serre les dents et murmure :

– Ah non, ça suffit, j'ai gagné.

116

Les autres élèves dieux n'en reviennent pas de mon audace.

– Qu'il en soit fait comme il le désire ! tranche enfin le roi de l'Olympe.

Les Heures et les Charytes nous distribuent des ankhs neufs et nous servent encore des sandwiches et des boissons chaudes dans des Thermos.

Alors que la nuit tombe des centaures installent des torches partout.

Je me souviens quand j'avais rencontré Zeus il m'avait confié que l'un de ses films préférés était *Un jour sans fin*, l'histoire d'un homme qui reproduit sans cesse la même journée jusqu'à ce qu'elle soit parfaite. C'est peut-être pour cela qu'il me laisse rejouer ces cinquante années de partie finale jusqu'à ce qu'elles soient parfaites. Cinquante années qui se situent entre 1920 et 1970 sur Terre 1. 1920, la montée des nationalismes en Europe. Juillet 1969 : l'arrivée d'Apollo sur la Lune.

À la nuance près que la perfection est pour chaque joueur différente.

Tout comme le paradoxe de la Reine Rouge, on s'améliore, mais les autres s'améliorant aussi, c'est comme si rien ne changeait.

Marche arrière. À nouveau la magie opère.

Les écrans affichant la bannière des aigles redéfilent à l'envers. Le drapeau est arraché. La fusée fait demi-tour.

Les morts sortent des tombes.

Les fœtus sont aspirés dans les ventres.

Tous les acteurs sont récupérés, et rangés comme des marionnettes, prêts pour une nouvelle version du même film.

Je crois que je ne me lasserai jamais de ce spectacle.

Peut-être parce qu'il m'affranchit de la peur du temps qui s'écoule et de l'impossibilité de réparer le passé.

Troisième coup de gong lançant la troisième réécriture de l'histoire de Terre 18.

Je joue.

Je n'hésite plus à discuter durant la partie avec les autres joueurs. Je conseille Raoul Razorback pour remporter plus rapidement la bataille contre Xavier Dupuis.

Fais passer tes bateaux de débarquement par là, je vais aveugler les troupes requins avec des éclairs.

Mais même si nous bénéficions du recul apporté par la connaissance des histoires précédentes, nos adversaires en bénéficient eux aussi et nous retrouvons un scénario quasi similaire.

Le jour revient, je suis comme en état second. Je vois bien qu'Édith Piaf est très fatiguée, plusieurs fois son ankh lui glisse des doigts et elle redescend de son échelle pour le ramasser.

Le drapeau des aigles est replanté.

Quelques maigres applaudissements saluent l'événement.

Je réclame une nouvelle partie. Zeus fait un signe pour qu'on agrée ma demande. Les Charytes nous apportent des ankhs rechargés, nous distribuent des sandwiches. Des paniers de nourriture circulent aussi dans les gradins.

Sur Terre 18 ce qui a été détruit est reconstruit. Ce qui est mort revient à la vie.

Quand l'échiquier retrouve ses pièces, nouveau coup de gong et la lutte recommence.

Une deuxième nuit tombe, le public est épuisé et nous aussi. Dans les gradins beaucoup somnolent, certains ronflent.

Nous les dieux, nous continuons à recréer ce demi-siècle imparfait. J'arrive à éviter les grandes invasions du peuple des hommes-requins. Mais d'autres événements font que le résultat reste identique. Toujours en faveur de Raoul Razorback.

Durant une partie, peut-être la septième, je parviens à créer un État dauphin indépendant, protégé par des frontières sûres. Mais cela ne suffit pas à déclencher un effet déterminant. C'est encore Raoul qui gagne.

J'essaie d'autres stratégies dans les parties qui suivent.

J'arrive à créer une nouvelle religion avec un messie. Il est écouté dans le monde entier. Pourtant c'est encore Raoul qui s'approprie son message innovant et l'utilise pour permettre l'apogée du peuple des aigles et l'envoi d'une fusée sur la planète la plus proche « au nom du message du Messie ».

J'essaie de comprendre où cela coince. Peut-être y a-t-il un manque de pugnacité chez mes hommes-dauphins. Pourtant, lorsqu'ils se retrouvent en situation ils se révèlent d'excellents soldats même s'ils ne pillent pas et ne torturent pas comme les autres, car c'est contraire aux lois de leurs ancêtres.

Je finis une partie où je suis presque aussi bon que Raoul.

Lors d'une autre, un homme-dauphin devient président de l'État requin.

Puis je recrée un nouvel État dauphin sur une île de l'océan, loin de tout danger.

Pourtant chaque fois Raoul remporte la dernière manche largement ou de justesse. Le gong est frappé alors que la treizième fusée aigle atterrit victorieusement sur la planète étrangère et que le drapeau flanqué de l'oiseau de proie au bec crochu est planté.

119

L'astronaute lâche son mot historique : « C'est nous les meilleurs. »

Cette fois personne n'applaudit. La plupart des spectateurs sont assoupis dans les gradins.

Zeus se lève. Il s'adresse directement à moi :

– Michael... Tu voulais savoir, eh bien maintenant tu sais. L'histoire ne fait que se répéter, avec des nuances certes, mais elle se répète. Et elle aboutit toujours à un résultat similaire.

– Il doit bien y avoir un moyen de sortir de ce cycle. Il y a forcément un moyen !

Zeus affiche un air navré.

– Alors quoi qu'on fasse, cela ne change rien ? insisté-je.

Il hoche la tête.

– Il faut que tu te rendes à l'évidence, annonce le roi de l'Olympe. Les mortels humains sont comme ça et tu ne pourras jamais changer leur destin.

Sur cette conclusion Zeus se mue en cygne majestueux et s'envole en direction de la Montagne.

Je le regarde disparaître à l'horizon.

– La partie est DÉFINITIVEMENT terminée ! annonce la déesse de la Justice en me fixant avec réprobation.

Les spectateurs dans les gradins poussent un soupir de soulagement.

Le dieu des hommes-requins me fixe, les yeux brillants de haine, et dresse son index en un geste obscène. Sans plus réfléchir, je relève mon ankh et le braque sur sa tête enturbannée de bandeaux ensanglantés. Raoul, qui a compris mon intention avant tous les autres, a un geste pour m'arrêter. Xavier Dupuis, tout à son doigt d'honneur, n'est que surprise quand la foudre jaillit de mon arme. La tête du dieu des hommes-requins quitte son cou et s'élève dans les airs puis, après une trajectoire circulaire, retombe au sol où elle rebondit comme un ballon lourd et va frapper le bas des marches de l'Amphithéâtre. Le corps, lui, est toujours debout jusqu'à ce qu'il s'écroule sur les genoux. Il reste comme calé, le torse droit. Un sang pourpre gicle par intermittence de ses carotides. Puis il s'affaisse en avant.

Les sourires se transforment en grimaces horrifiées.

Les centaures ont déjà réagi. J'abats le plus proche, les autres se figent en piaffant. Ma détermination les impressionne. Je souffle sur le canon de mon arme et la jette devant moi.

Athéna intime aux centaures de s'emparer de ma personne avant que je ne commette d'autres exactions. Je me laisse saisir sans plus résister tandis que d'autres hommes-chevaux ramassent les morceaux de celui qui fut le dieu des hommes-requins.

Voilà, c'est fini.

Les traits creusés, le visage hâve, la toge poisseuse, Édith Piaf, Jean de La Fontaine, Gustave Eiffel, Georges Méliès, Simone Signoret, Toulouse-Lautrec, François Rabelais, Bruno Ballard et Raoul Razorback me dévisagent sans comprendre. En haut des gradins, sur les écrans, les astronautes aigles continuent de sautiller joyeusement sur la planète étrangère à la pesanteur réduite. Ici, le crépuscule strie de rose un ciel qui vire au mauve.

Athéna frappe de sa lance pour solenniser son annonce :

– Et le gagnant est... Raoul Razorback.

Acclamations.

– Maintenant, revoyons cette Finale en son entier.

Nouveau coup de gong.

Sur les écrans défile alors en accéléré toute l'histoire de Terre 18 vue sous tous ses angles. Le premier océan s'étale à sa surface après la fonte des glaces réclamée par notre premier professeur, Chronos. Apparaissent des bactéries, des végétaux aquatiques, des paramécies, des poissons. Les premiers continents se soulèvent au-dessus de la surface de l'eau. Des poissons deviennent des lézards, les lézards des dinosaures. Des mammifères de toutes les tailles jaillissent des tanières, des oiseaux de toutes les couleurs s'envolent des nids. Enfin surviennent les premiers hommes, d'abord en hordes nomades, puis dans des villages protégés de palissades. Ils domptent des chevaux, apprivoisent des chiens, découvrent les enterrements cérémoniaux, l'agriculture, le tissage, la roue, la forge, la poterie, la maçonnerie. Premières guerres de masse. Construction de cités antiques aux hautes murailles de pierre. Arrivent les marchés, les routes, les aqueducs, les écoles, les châteaux, les ateliers, les moteurs à vapeur, les moteurs à essence, les moteurs électriques, les usines, les fusils, les voitures, les avions, les télévisions. Tout pousse, grandit, mute, évolue pour s'achever sur le décollage de la fusée aigle dans une grande gerbe de flammes jaunes.

Raoul se plie en deux pour saluer la foule qui l'acclame et scande son nom :

– Razorback ! Razorback !

On lui jette des fleurs, des couronnes de laurier, des messages enrubannés.

– Quant à celui-là qu'on l'enferme en prison, ordonne la déesse de la Justice, me désignant du doigt. Demain nous le jugerons. Et il paiera pour ses crimes.

Tous me regardent. Aphrodite semble bouleversée mais elle n'ose intervenir et préfère détourner les yeux.

Je murmure :

– Pardon Mata Hari, j'ai échoué...

26. ENCYCLOPÉDIE : APOPTOSE

L'apoptose est une programmation d'autodes-truction des cellules. Par exemple l'apparition des doigts chez le fœtus humain est une apoptose.

Au début de sa formation la main ressemble à une nageoire plate semblable à celle d'un poisson ou d'un phoque. Puis les cellules se trouvant entre les doigts meurent, permettant de sculpter la main humaine. Le « suicide » de ces cellules est nécessaire à l'existence de la forme de la main. C'est la fin de notre phase « poisson ». De même la disparition de la petite queue à l'arrière des fesses du fœtus suit un processus identique. L'autodestruction de cette queue signifie la fin de notre phase « animal primitif » pour dessiner la colonne vertébrale sans queue qui définit l'humain.

Dans le monde végétal l'apoptose se manifeste de même par la chute des feuilles de l'arbre en automne. Cela lui permet de se régénérer.

Chaque année l'arbre fabrique des cellules qui serviront à son évolution mais qui devront dispa-raître pour que cette évolution puisse se pour-suivre.

Dans le corps humain toutes les cellules sont constamment en train de demander au cerveau quelle est leur utilité et leur mission. Le cerveau indique à chaque cellule comment croître et évoluer, mais à certaines il peut demander de mourir.

La compréhension du phénomène d'apoptose ouvre des voies dans la recherche, notamment sur le cancer. Le cancer résulte en effet de cellules qui refusent d'obtempérer aux messages d'apoptose. Elles continuent de croître malgré tous les signaux de demande d'autodestruction que leur envoie le cerveau. Certains scientifiques estiment que c'est parce que ces cellules refusent de se sui-cider et recherchent de manière « égoïste » l'immortalité par la prolifération que l'ensemble du corps va finalement périr.

Edmond Wells,
Encyclopédie du Savoir Relatif et Absolu,
Tome VI.

27. PRISON

La porte claque. Plusieurs gros verrous s'enclenchent.

Les centaures se montrent d'autant plus brutaux qu'ils m'ont vu tuer l'un des leurs.

La cellule est assez spacieuse, avec un lit qui paraît confortable. Par les barreaux de la fenêtre je peux voir la première Montagne d'Aeden avec son sommet embrumé.

Je m'allonge sur la couche.

À nouveau la question qui a bercé ma vie revient : « Au fait, qu'est-ce que je fais là ? »

Qu'est-ce que je fais dans une prison en Olympie, aux confins de l'Univers, si loin de la Terre où je suis né ?

Je tente de trouver le sommeil.

Celui-ci est comme mon chat jadis. Il n'est pas là quand on a besoin de lui, il arrive juste pour gêner.

Dans ma tête tous les événements de la journée se bousculent.

Je reste les yeux ouverts, immobile, en train de respirer par à-coups.

Ainsi, maintenant, je sais : de toute manière on ne peut rien faire, les humains sont condamnés à reproduire les mêmes erreurs car elles sont inscrites au plus profond de leur programmation.

ADN.

Ce n'est peut-être pas un hasard si le D de Destruction est au milieu.

Zeus m'a accordé le privilège de recommencer rien que pour me faire prendre conscience de l'impossibilité de changer le cours de l'histoire des mortels.

Les individus ont un destin.

Les peuples ont un destin.

Et même les espèces animales.

Cela me rappelle les deux tours de magie de Georges Méliès : quel que soit le chiffre que je choisissais au début j'aboutissais au mot « Kiwi ».

Et ensuite avec le tour de cartes : quels que soient le nombre et la manière dont je faisais les coupes, au final je retombais sur un regroupement de rois, de reines, de valets et d'as. « Tu crois que tu choisis mais tu ne choisis pas, tu ne fais qu'entrer dans un scénario dont la fin a déjà été écrite depuis longtemps. »

Edmond Wells prétendait pour sa part : « La Nature a des projets. S'ils ne passent pas par un chemin, elle en utilise un autre. »

Je tourne en rond dans la cellule.

Je repère dans un coin une amphore et la débouche. Gravé dessus, apparaît le nom de « Cuvée Dionysos ». Au moins le dieu des ivrognes ne m'a pas complètement abandonné.

Je débouche l'amphore, la renifle, et déverse le liquide dans ma bouche. L'alcool de miel commence à me picoter le crâne. Mon cerveau s'embrume.

Soudain un bruit à la porte.

Quelqu'un est en train d'ouvrir la grosse serrure de ma cellule. Une silhouette féminine apparaît à contre-jour dans l'embrasure.

– Dehors ! Je ne veux voir personne ! Fichez-moi le camp ! m'exclamé-je.

– Demain les Maîtres dieux se réuniront pour décider de ta punition. Il faut que tu saches que certains sont avec toi. Ils considèrent que tu as agi en état de légitime défense.

Je hausse les épaules.

– Je plaiderai en ta faveur, annonce la déesse de l'Amour.

Son parfum m'enveloppe. Cela ne me fait plus l'effet magique d'antan. Je me rappelle la première fois où je l'avais humé, il m'avait subjugué. Désormais ce n'est qu'une information olfactive comme une autre.

– Je suis ton alliée, même si tu en as souvent douté. (Puis elle ajoute, toujours dans l'ombre :) Je t'aime, Michael.

– Que vaut l'amour d'une déesse qui l'a déjà dispensé à tant d'individus ?

Elle s'avance encore et la lumière de la Lune filtrant par la fenêtre éclaire sa bouche et le bas de son visage.

– L'amour d'une déesse n'en est pas moins l'amour d'une femme. Je t'avais promis de t'aimer. Que tu aies perdu au jeu de divinité ne te rend pas moins important à mes yeux. Mon amour pour toi a

126

toujours été sincère, même si tu t'es toujours méfié de moi. La peur empêche de voir la vérité.

– Va-t'en, Aphrodite. Tu as toujours voulu évincer Mata Hari, le seul amour vrai de ma vie ici. Pars ou je crains de ne pas résister à l'envie de te faire du mal. Tuer la déesse de l'Amour pourrait bien signer mon ultime coup d'éclat.

Au point où j'en suis je n'ai plus rien à perdre.

Elle s'approche encore et la lumière lunaire illumine maintenant d'un large trait ses yeux émeraude.

– Tu ne me fais pas peur, Michael. Je ne vois devant moi qu'un enfant désemparé. Et mon devoir est d'aider les enfants. Aussi agressifs soient-ils.

Elle s'approche encore, elle n'est plus qu'à quelques pas de moi.

– De toute façon tu n'as pas le choix.

– Si, j'ai le choix. On a toujours le choix. J'ai déjà ce choix-là.

Je saisis l'amphore d'hydromel et bois longtemps, jusqu'à ce que des picotements nouveaux éclatent dans ma tête, jusqu'à ce que je sente mes veines chauffer.

– C'est cette Mata Hari qui t'a changé. Elle n'était rien. Oublie-la.

– Ne prononce plus jamais son nom ! articulé-je entre deux hoquets. (Je m'accroche de nouveau à l'amphore, puis :) Je ne t'aime pas, Aphrodite. Tu es une manipulatrice. Tu es incapable d'aimer vraiment. Jamais tu n'arriveras à la cheville de Mata Hari.

– L'amour que tu portes au souvenir de cette personne est admirable. Il me fait envie.

– Arrête de te plaindre. Tu es aimée par tous les hommes.

– Je suis « désirée » par tous les hommes. Pour mon charme, pour mon corps. Mais le véritable amour n'est pas de « corps à corps » mais « d'âme à âme ».

Je hausse les épaules.

– Hermaphrodite, ton propre fils, m'a raconté ta vie de mortelle, et ta vengeance envers les hommes. Tu ne les séduis que pour les faire souffrir. Il m'a dit que tu avais choisi d'être déesse de l'Amour comme certains médecins se spécialisent dans leur maladie, parce qu'ils croient en soignant les autres se soigner eux-mêmes.

Je la fixe avec morgue.

– Tu es la personne la plus incapable d'aimer que j'aie jamais rencontrée.

Elle reçoit la phrase comme un coup et je sens que je l'ai touchée.

– Ce que tu dis n'est pas complètement faux. J'ai été comme ça. Mais j'ai changé. Ton mentor Edmond Wells l'avait écrit quelque part : « Au début la peur, ensuite le questionnement, enfin l'amour. » Je crois avoir passé un cap. Je te souhaite à toi aussi d'être capable de changer et d'évoluer, même en ces cir- constances difficiles.

Elle s'approche encore et s'empare de ma main. De l'autre je tète un peu d'hydromel directement au goulot.

– Tu me détestes à ce point, Michael ?

– Oui, dis-je en me dégageant, je « vous » déteste.

– Et moi je « t' »aime, répond-elle. Vraiment. Pour ce que tu es au fond de ton âme, Michael. Tu es quel- qu'un de bien. *« Quelqu'un de bien. »*

Je bois avidement, jusqu'à vider l'amphore. Puis je la jette et elle se brise contre le mur dans un grand fracas.

– Vous ne comprenez pas ? Je ne crois plus en rien. Si je pouvais incendier tout l'Aeden je le ferais.

128

Je veux voir cette île, cette planète, cette école disparaître à jamais.

– C'est peut-être cela la force de l'amour. Je peux t'aimer suffisamment pour te suivre même lorsque tu crois être destructeur.

Je la repousse.

– Vous me dégoûtez, Aphrodite.

– Tu TE dégoûtes. Je sens tellement de mépris pour toi-même. Il faut que je t'aide à te reconquérir. Tu es un type formidable mais qui l'a oublié parce qu'il est aveuglé par sa colère.

Elle s'approche lentement, comme elle le ferait pour un animal à apprivoiser.

– Ça va aller. Tout est fini maintenant. Il n'y a plus de raison de souffrir. Tout est fini, ton cœur peut s'apaiser. Tu es comme tout le monde, Michael. Ton problème c'est juste que tu n'as pas été assez aimé...

Elle saisit ma main qui l'a repoussée et la caresse.

– Avant, moi aussi j'étais pleine de ce non-amour. Et puis quelque chose s'est passé durant cette dernière partie de divinité. L'injustice faite à toi et à ton peuple m'a réveillée. J'ai eu envie de t'aider. Je crois à cette phrase qu'a inscrite Edmond dans un de ses livres : « On ne s'aperçoit de ce qu'on possède qu'au moment où on l'offre. » J'ai quelque chose à t'offrir, de sincère et de désintéressé.

Je sens ses seins sur ma poitrine. J'ai envie de la repousser mais je n'y arrive pas. Elle m'enserre de ses bras longs et musclés. Je sens son corps tiède contre le mien. Je reste longtemps à capter sa chaleur, puis quelque chose monte en moi et me brûle les yeux. Des larmes coulent. Comme si toute la pression de ces derniers jours se transformait soudain en eau salée.

– Tout va bien, murmure-t-elle.

Elle m'embrasse le front, les joues. Ses lèvres cherchent les miennes.

– Je t'avais promis de t'aimer si tu résolvais l'énigme. Je ne voudrais pas trahir ma parole.

Alors elle force ma bouche et y pénètre.

Je ferme les yeux. J'ai l'impression de céder à quelque chose de mal, mais l'alcool et la peine me rongent, je ne perçois plus qu'une énergie de réconfort à laquelle je n'ai plus la force de renoncer.

– Oublie un instant, oublie, chuchote-t-elle à mon oreille.

Je ferme les yeux.

Je me sens vide. Désuni. Je m'affale sur le lit.

Aphrodite me renverse.

– Faisons l'amour, s'il te plaît, Michael.

Ce qu'il se passe ensuite est au-delà de toute expérience charnelle connue. Ayant touché au Rien je peux approcher le Tout. Ayant frappé le fond de la piscine, je remonte vite. Les couleurs, la chaleur, la lumière jaillissent dans ma tête. Mes neurones deviennent des Soleils sous la voûte étoilée de mon crâne.

Des ruisseaux d'or liquide coulent dans mes veines.

Tout mon corps inondé d'endorphines n'est plus que pur plaisir.

Je ne sais plus qui je suis.

Je perds toute conscience du passé et du futur, pour n'habiter que le présent délicieux dans lequel le corps d'une déesse fusionne avec mon corps et le fait vibrer comme un instrument magique qui se révèle, entre ses baisers et ses caresses.

Ma bouche réapparaît juste pour prononcer un mot :

– Aphrodite...

– Michael.

« Durant la mue le serpent est aveugle. »

Il est aussi amnésique.

Nous faisons l'amour, plusieurs fois, à la manière d'une danse sacrée. Jamais ma chair n'a enregistré une sensation aussi voluptueuse.

Je m'endors, épuisé et souriant, dans les bras de la douce déesse.

J'ai envie de vivre longtemps.

28. ENCYCLOPÉDIE : ÉCRAN ET VEILLE

Dans son film *Le Tube* le réalisateur de documentaires Peter Entell montre comment les images agissent sur nous.

Une expérience a été effectuée sur la différence entre spectateur de cinéma et spectateur de télévision.

Sur un même drap en toile est projeté un film. Sauf qu'une moitié de l'assistance est disposée avec le projecteur dans le dos, comme au cinéma, et la seconde avec le projecteur en face, donc une lumière qui arrive directement au visage, comme un téléviseur. À la fin, quand on questionne les spectateurs, ceux qui avaient la lumière dans le dos ont gardé leur capacité d'analyse et d'esprit critique sur le film, ceux qui l'ont reçue en face se sentent par contre passifs et n'ont pas de réelle opinion.

De même, ceux qui avaient la lumière en face révélaient une activité cérébrale plus faible durant le film que ceux qui l'avaient derrière eux. Peter Entell parle à propos de la télévision « d'avachissement de l'esprit ». On est dans la lumière qu'on reçoit au visage, donc on perd la distanciation. En revanche au cinéma on peut

**continuer à réfléchir car on ne voit que le reflet
de cette lumière.**

Edmond Wells,
Encyclopédie du Savoir Relatif et Absolu,
Tome VI.

29. MON PROCÈS

Je rêve que je suis mort.

Finalement la vie est une ligne en pointillé.

Les rêves sont ces pointillés.

La mort est le point final.

Au moment de mon enterrement, une longue procession porte mon cercueil à bout de bras, circulant à travers des collines et des pentes mauves escarpées.

Je m'aperçois que c'est mon peuple, le peuple des dauphins, qui transporte ma dépouille. Tous sont en smoking noir, certains portent des chapeaux hauts de forme, les silhouettes féminines ont des voilettes. En m'approchant je découvre qu'ils n'ont pas de visage mais les têtes des... pièces d'échecs.

Les plus petits ont des têtes de pions, sphériques et lisses, les plus gros des têtes de Chevaux avec la bouche et les naseaux ouverts, d'autres des têtes de Fous, avec la fente en travers, les plus grands sont des Rois portant la couronne à croix, les plus grandes, vêtues de longues robes bouffantes, sont des Reines à couronne crénelée. Pas d'yeux, pas de peau, juste du bois beige clair, lisse et laqué.

Ils sont des milliers qui avancent en silence, lentement, en direction du cimetière.

Revêtu de ma toge divine, les mains croisées sur mon ankh, le visage comme endormi, les paupières closes, je gis dans mon cercueil. Le carrosse des pompes funèbres est tiré par des pièces à tête de cheval, le front garni de longs plumeaux noirs. Sur le sommet du véhicule : des drapeaux à l'emblème du dauphin qui a guidé ma civilisation.

La procession s'arrête devant une allée.

Un groupe de Rois tire mon cercueil pour le dégager. Ils le portent sur quelques mètres puis le transmettent à un groupe de Reines. Puis à un groupe de Fous. Ce sont les Fous qui m'amènent jusqu'au trou de ma tombe.

Ils descendent mon cercueil avec des cordelettes noires.

Un peu plus loin, des pions en tablier noir gravent au burin mon épitaphe dans du marbre turquoise :

Il a essayé. Il a échoué.

De la part de son peuple.

Sans rancune.

Des cloches sonnent.

Je n'ai pas du tout envie de rouvrir les yeux. Je reste fasciné par ma tombe et son épitaphe terrible.

Sans rancune.

Ils ne m'en veulent même pas. Dans mon rêve, que je me force à continuer malgré les cloches, les pièces d'échecs viennent les unes après les autres jeter une fleur sur mon cercueil. À bien y regarder, derrière les pièces en smoking, il y a des pièces toutes maigres en tenue de prisonniers, puis d'autres en tenue Renaissance, en cotte de mailles, d'autres en peaux de bêtes à la manière des hommes des cavernes.

Une pièce à tête de Fou portant une soutane de prêtre se charge de l'oraison funèbre.

– Nous n'avons pas choisi notre dieu. Nous n'avons pas choisi nos prophètes. Nous n'avons pas choisi nos guides. Nous n'avons pas choisi nos guerres. Nous n'avons pas choisi nos malheurs. Celui que nous enterrons aujourd'hui a décidé de toutes ces orientations à notre place et nous les a imposées. Nous n'avons pas choisi nos destins. Nous n'avons pas choisi d'être pacifiques. Celui que nous enterrons aujourd'hui a cru que ce serait le mieux pour nous. Maintenant qu'il est mort nous avons le recul pour voir son œuvre en perspective et nous pouvons juger. Il s'est trompé sur tout. C'est un fiasco. Il a essayé. Il a échoué. De la part de son peuple. Sans rancune.

La lourde pierre tombale est placée alors que la Terre a complètement recouvert mon cercueil.

Les cloches résonnent plus fort.

– Réveille-toi !

J'ouvre les yeux d'un coup. Je vois une cellule de prison. Je referme vite les yeux.

« Il a essayé. Il a échoué. De la part de son peuple. Sans rancune. »

Je crois que j'ai envie de dormir. Longtemps. Dormir peut être un objectif de vie. Rêver.

Je rêve que mon âme ne fait que cela, *dormir*. Comme la Belle au Bois Dormant.

Je commencerais à dormir dès la naissance, on me nourrirait par perfusion. Je vieillirais lentement, sans maladie, sans blessure, sans victoire, sans défaite, sans choix, donc sans risque d'erreur.

Sans culpabilité.

Je ne ferais rien.

Une vie où je ferme les yeux et plane dans des mondes imaginaires où aucun de mes actes n'a de conséquences.

Un baiser doux tente de me réveiller.

Puis un second. Plus profond.

Je rouvre les yeux.

Un parfum.

Ce n'est pas celui de Mata Hari.

Une bouche féminine.

Ce n'est pas celle de Mata Hari.

– Tu as eu un sommeil très agité. Tu m'as donné des coups de pied, dit-elle gentiment.

Le visage face à moi est rond, rose, souriant, mutin.

– Je voulais être là, avec toi dans ce dernier chapitre, dit-elle en m'embrassant le front, que tu saches que j'ai toujours été avec toi et que je le serai encore pour longtemps.

Aphrodite se lève d'un bond et je la vois, sublime dans sa nudité dévoilée. Elle sautille, gracieuse, se rhabille prestement.

– Je ne peux pas rester. Mais sache que je ferai tout pour te sauver. Vraiment tout.

À peine est-elle sortie qu'un groupe de centaures pénètre bruyamment dans ma cellule. Ils m'attrapent et me forcent à m'habiller.

J'obtempère, résigné.

Ils me guident vers l'Amphithéâtre, transformé pour la circonstance en salle de tribunal.

Les douze Maîtres dieux siègent derrière une longue table. Les spectateurs sont revenus. Pour eux ce n'est qu'une prolongation du spectacle de la veille.

Athéna se lève et actionne le gong.

– Accusé Michael Pinson, levez-vous !

Je me dresse lentement. Les Maîtres dieux palabrent et se contredisent sur la procédure à suivre pour ce procès exceptionnel. Finalement ils s'accordent sur une formule qui leur convient à tous. Si je comprends bien, Dionysos sera mon avocat.

Apollon défendra l'accusation.

Athéna, présidente du tribunal, s'est munie d'un maillet dont elle frappe la table pour obtenir le calme.

– La parole est au procureur.

Apollon me qualifie de meurtrier multirécidiviste. Il rappelle que j'ai tué deux concurrents, Lucien Duprès et Xavier Dupuis, et un centaure, il souligne aussi que j'ai eu un comportement de mauvais joueur, trichant puis n'acceptant pas mes défaites successives. Il énonce toutes les règles de l'Olympe et déclare que je les ai toutes violées. Il dit que j'ai montré depuis le début un comportement de « trublion ». Même dans la partie sur Terre 18 j'ai abusé des miracles et des prophètes car j'étais incapable de m'en sortir dans les règles de l'art.

Le témoin Atlas rapporte que j'avais déjà triché en m'introduisant subrepticement dans sa maison pour dénaturer la partie en lançant mon fameux messie, l'Éduqué.

Le témoin Hermaphrodite souligne que j'ai vandalisé son laboratoire et libéré des chimères dont certaines sont encore tapies dans la forêt bleue, exposant l'île à des mutations biologiques imprévues.

Des sirènes en baignoire narrent en chantant comment, désireux de franchir le fleuve sur un radeau, je les ai frappées avec des bâtons.

Je prends un air narquois.

Quel ignoble citoyen d'Aeden je suis.

Et cela continue. La chimère aux trois têtes vient raconter comment je l'ai rendue folle avec un miroir. La Gorgone Méduse signale que j'ai troublé l'ordre des champs de sculptures réalistes.

Il ne manque plus qu'ils fassent venir la baleine géante qui m'a avalé avec Saint-Exupéry. Elle pourrait se plaindre que je lui aie créé des problèmes digestifs.

Raoul Razorback demande la parole. Il insiste pour venir témoigner.

Athéna l'y autorise. Mon ancien ami rappelle que

mon travail de dieu a été exemplaire, j'ai diffusé par mon prophète, l'Éduqué, des valeurs d'entente cordiale entre les mortels, de connaissance, de tolérance. Et il dit que même si j'ai par moments été maladroit c'était plus par naïveté ou manichéisme que par volonté de fausser le jeu.

Les juges semblent agacés de voir le gagnant défendre le perdant. Raoul rappelle que mes hommes-dauphins n'ont jamais envahi de pays voisins, ni converti de force des populations professant une autre religion. Ils ont toujours fait progresser et évoluer les pays où ils étaient accueillis et ce n'est que par jalousie devant leur réussite qu'ils étaient systématiquement persécutés.

— Pour n'importe quel joueur cette situation peut paraître suffisamment injuste pour qu'on perde patience et contrôle, conclut-il. Moi-même, à sa place, dans les mêmes circonstances, j'aurais probablement agi de même.

Quelques personnes dans l'assistance approuvent alors qu'Athéna tape du maillet pour exiger le silence.

Dionysos, en tant qu'avocat de la défense, prend le relais. Il rappelle tous les apports de ma civilisation des hommes-dauphins à l'humanité de Terre 18. Il affirme que si j'ai gravi la Montagne pour rencontrer Zeus c'est par volonté de m'élever. Il souligne que j'ai tué le déicide et que celui-ci nous avait créé tellement de soucis que l'on ne savait plus comment s'en débarrasser.

— Ce soi-disant crime est une œuvre de salubrité publique ! Nous devrions tous le remercier comme on remercierait un policier qui a mis hors d'état de nuire un serial killer.

La foule réagit en sifflant, huant, conspuant.

Certains crient déjà : « À mort Pinson. À mort Pinson ! »

Athéna est obligée de battre à nouveau du maillet pour calmer la foule bruyante.

Un débat démarre alors sur le thème : « Assassiner un assassin, est-ce un crime ? » Chaque dieu a un avis.

Je me sens fatigué.

Un petit bruissement d'ailes, sur ma gauche, m'avertit de la venue de la Moucheronne. La minuscule jeune fille aux ailes de papillon se pose sur mon doigt et me sourit.

– J'ai l'impression que je t'ai connue jadis, lui chuchoté-je.

Elle dodeline de la tête et secoue sa chevelure rousse.

– Tu étais une de mes connaissances de Terre 1 ? Nous avons été amis ?

L'expression a l'air de beaucoup l'amuser. Elle approuve.

– Nous nous sommes aimés ?

Elle appuie plus encore son signe affirmatif, s'ébouriffe un peu les cheveux, me mord l'ongle à pleine bouche, puis s'envole, légère.

Elle reste à papillonner autour de nous.

Poséidon réclame la parole. Face à Athéna, le dieu des Océans tient à signaler sa haute estime pour le dieu des dauphins qui a su créer une animation dans un monde de routine répétitif. Il rappelle comment les promotions 16 et 17 avaient certes évité de tricher et de tuer, mais comment eux, les Maîtres immortels, s'étaient ennuyés devant ces spectacles prévisibles.

Nouveau témoin. Arès trouve que mon absence de pugnacité me condamne. Le dieu de la Guerre signale que je suis un dieu pleutre. J'aurais dû monter une armée solide, et envahir et convertir car tel est le jeu des dieux. Il dit que je suis comme un joueur d'échecs qui refuserait de prendre les pièces adverses. C'est de l'antijeu. Et cela nuit au spectacle. Il conclut en déclamant :

– Monsieur Pinson, au nom de ses notions de morale simpliste, aurait probablement voulu que tous les peuples s'entendent cordialement. Il a d'ailleurs inspiré plusieurs assemblées de représentants des nations visant à la démilitarisation planétaire ! C'est un comble. Comme si les gladiateurs s'entendaient entre eux pour ne pas se battre !

Nouvelle réaction du public, brouhaha, huées ou applaudissements.

Artémis, déesse de la Chasse, rappelle que j'ai suffisamment bien joué pour tenir jusqu'à la Finale, ce qui en soit est quand même une performance.

Je fixe Aphrodite et celle-ci, malgré sa promesse de m'aider, ne parle pas, donnant l'impression d'être indifférente à ma situation. Elle ne me regarde pas et semble plongée dans des réflexions intimes.

Un nouveau débat s'instaure entre les Maîtres dieux sur le thème de la légitime défense, du devoir de protection des peuples, de la morale des civilisations et de l'éthique des dieux.

Tous conviennent que j'ai été un dieu trop moral envers son peuple et trop immoral envers ses pairs.

Athéna annonce que les jurés vont se retirer pour délibérer.

Les douze Maîtres dieux de l'Olympe me laissent seul face à la foule des spectateurs d'Aeden qui m'observent tout en chuchotant entre eux.

Je ferme les yeux, et ai à nouveau envie de dormir.

Finalement, ce qu'il y a d'extraordinaire quand on est en train de dormir, c'est que les actes que l'on produit n'ont aucune conséquence. On peut même tuer. On peut même se laisser tuer. Sans dommage.

Je ferme les yeux et somnole pour fuir ce réel qui me déplaît.

J'ai envie de reprendre l'ancien rêve là où je l'avais laissé, je me souviens que Edmond Wells m'avait parlé du « Rêve dirigé ».

On s'endort avec en tête un début d'histoire.

Une fois qu'on est parvenu à l'endormissement le rêve est posé sur les rails et il avance tout seul. Edmond Wells prétendait même qu'une tribu de la forêt malaisienne, les Senoï, y consacrait les trois quarts de ses journées.

J'essaie.

Je peux rêver et agir.

Agir dans les rêves.

Je dois reprendre le dessus.

Dans mon cercueil imaginaire, sous la pierre tombale, la terre, et le couvercle de bois, j'ouvre les yeux. Il fait noir et cela sent la naphtaline. Je me contorsionne pour attraper mon ankh.

J'appuie sur la détente et fais exploser le couvercle de chêne. Puis je perce un tunnel qui me permet de me dégager de la terre. Je fends la pierre tombale. Je surgis de terre.

Je m'époussette.

Je monte sur le carrosse des pompes funèbres où les drapeaux dauphins flottent toujours au vent. Je vois la procession d'hommes et de femmes en pièces d'échecs et je leur parle.

Un peu comme si après avoir été jugé par les Maîtres dieux de l'Olympe, je voulais être jugé par mon peuple.

— Je suis là, je suis revenu, je suis prêt à vous parler, proclamé-je.

Ma sortie de la tombe les transforme.

Leurs visages de bois lisse muent en visages humains.

Je reconnais même quelques leaders de mon peuple dauphin : la première vieille dame qui avait nagé avec un dauphin, donnant ainsi un nom à mon peuple, la médium obèse qui avait fui sur le bateau les emportant vers l'île de la Tranquillité, et puis mon Éduqué, le Liéniste, l'Utopiste, l'Analyste.

– Dieu, dieu, pourquoi nous as-tu abandonnés ? clament-ils en chœur.

– Je ne vous ai pas abandonnés. J'ai fait du mieux que je pouvais tout en respectant votre libre arbitre. D'autres dieux ont été meilleurs que moi. Vous pouvez admettre et comprendre cela.

– Pourquoi ne nous as-tu pas armés pour résister à nos persécuteurs ? demande un homme tout maigre issu d'un groupe de survivants du massacre du Purificateur.

– La violence n'est pas le remède à la violence.

– La non-violence non plus, répond du tac au tac ce mortel. Si tout ce que tu as à nous proposer est de nous laisser tuer comme des moutons, notre culture n'a aucune chance de survivre.

– Entre se laisser tuer et devenir violent, il existe des solutions intermédiaires.

– Fuir ? demande une femme dont la chevelure est ornée d'une tresse.

– Voyager, inventer des nouveaux modes de pensée.

– Nos « nouveaux modes de pensée », comme tu dis, ont été récupérés par nos persécuteurs, déformés et retournés contre nous, ajoute l'Éduqué. Tout ce que nous produisons comme énergie de lumière est transformé en énergie de l'ombre.

— Nous inventons le marteau, explique l'Utopiste. Dans nos esprits il sert à planter des clous pour construire une cabane. Nous donnons à l'humanité le marteau mais les autres s'en emparent pour fracasser les crânes.

— Avec une tendance à fracasser les nôtres, complète un grand maigre au visage d'oiseau.

— Normal, nous sommes ceux qui savent à quoi sert le marteau, et ils veulent le faire oublier, précise un vieil homme.

— Une fois qu'ils nous ont volé nos idées, il faut nous tuer pour que nous ne puissions pas témoigner du vol, dit la femme avec des tresses.

Un murmure de colère parcourt la foule de mes hommes-dauphins.

Ils ont oublié qui je suis. Ils me parlent comme à l'un des leurs.

— Je ne suis pas responsable de la pulsion destructrice des autres peuples, grondé-je.

— Tu es responsable de nous comme un père est responsable de ses enfants. Et tu nous as mal éduqués. Tu nous as donné les mauvaises valeurs, rappelle le prêtre en soutane.

— Je vous ai appris l'art, la science, la sagesse...

— ... Et cela ne pèse pas lourd face à l'agressivité, la bêtise, la haine, poursuit la femme aux tresses.

D'autres la soutiennent.

— Je préfère mourir en saint homme que vivre en salopard, dit le Liéniste.

— Pas moi, répond la femme aux tresses. Celui qui meurt est toujours perdant. Tant qu'il y a de la vie il y a de l'espoir. Dès que nous sommes morts tout est fichu. La culture du sacrifice est débile.

— A fortiori quand notre dieu nous propose de nous

sacrifier non seulement pour notre peuple mais pour toute l'humanité ! ajoute l'Analyste.

Un débat s'installe au sein même de la foule de mes endeuillés. J'avais oublié que j'avais tellement développé le sens critique de mes hommes-dauphins. Ils débattent de n'importe quoi n'importe quand. Il suffit que l'un prenne une position pour qu'un autre affirme le contraire. Pour le sport.

Profitant de mon pouvoir de maîtrise du monde de mon rêve, je décide de descendre du carrosse et de grandir pour atteindre deux, puis trois mètres de hauteur.

Ce qui les impressionne suffisamment pour qu'ils consentent à m'écouter.

– Je n'ai pas à me justifier en tant que dieu, dis-je. J'ai toujours voulu votre bien. Et que je sache, à l'heure où j'ai quitté la partie, vous existiez encore.

– Plus d'un tiers des nôtres ont été tués par les hommes-requins sans que rien ni personne ne nous vienne en aide.

– Vous avez un pays bien à vous.

– Tellement minuscule qu'on le voit à peine sur les cartes, dit la femme aux tresses.

– Et les pays voisins non seulement ne le reconnaissent pas mais déclarent vouloir l'envahir.

– Ils ne se gênent même plus pour proclamer notre destruction, rappelle le Légitimiste.

Je grandis encore et ne me laisse pas déconte-nancer.

– Vous continuez à œuvrer dans les sciences et les arts. Vos scientifiques sont parmi les plus performants du monde. Vos artistes sont célèbres.

– Nos scientifiques sont souvent floués et leurs brevets pillés. Nos artistes sont jalousés et calomniés.

Mes mortels commencent à m'énerver.

– Vous êtes paranoïaques, affirmé-je.

– La faute à qui ? répond l'Analyste qui sait de quoi il parle.

Cette fois tombe un lourd silence. Je grandis encore puis fais un geste apaisant.

– Je ne suis pas un dieu infaillible. Vous devez me comprendre. Je vous ai donné une fête qui s'appelle la fête du Pardon... Vous pouvez me l'appliquer aussi. Pardonnez à votre dieu de ne pas avoir été capable de toujours vous sauver. Vous comptez tous les massacres que vous avez subis... mais sachez qu'il y en aurait eu beaucoup plus si je n'étais pas intervenu.

Ce qui n'a pas l'air de les rassurer. Pour ma part, étrangement, je me sens de mieux en mieux.

Comme si énoncer la vérité m'allégeait du poids de la culpabilité.

Ils me fixent et je ne sens guère de pardon dans leurs regards.

– Tu nous as abandonnés, répète la femme aux tresses.

Je sens qu'il faut que je me reprenne. Un dieu doit marquer son autorité. Je grandis encore. Je dois bien mesurer cinq mètres de haut. Il faut au moins cela pour impressionner ces milliers de mécréants ingrats.

– Je n'ai jamais cessé de vous soutenir.

Un petit garçon lève la main.

– Pourquoi viens-tu maintenant t'excuser alors ?

– Je ne m'excuse pas. Je ne voulais pas que vous m'enterriez et m'oubliiez dans ce cimetière sans vous parler.

– Tant que tu ne disais rien on pouvait imaginer tes paroles, continue l'enfant.

– Tant qu'on ne te voyait pas on pouvait t'imaginer, dit la femme aux tresses.

– Tant que tu ne t'excusais pas, on pouvait se persuader que ce n'était pas ta faute, ajoute le prêtre en soutane.

— Nous inventions tes raisons d'agir, ajoute l'Analyste.

— Et nous t'inventions toujours des excuses au troisième ou au quatrième degré, affirme l'Éduqué.

— Nous pensions qu'au dernier moment tu révélerais que tout cela était voulu par un dernier coup de théâtre splendide qui renverserait et justifierait tout, scande le Liéniste.

— Et tu nous annonces maintenant que tu as fait ce que tu as pu comme un maladroit ! Et tu voudrais qu'on te pardonne !

La foule murmure.

— Tu aurais mieux fait de rester dans ton cercueil, affirme le prêtre. La parole est puissante, mais il sied à un dieu de maintenir son mystère.

Tout le monde approuve.

— Nous préférions nous poser la question de ton existence plutôt que de te voir ainsi, déclare le petit garçon.

« Ne jamais s'expliquer. Ne jamais se justifier », m'avait pourtant appris Edmond Wells. « Dès que tu commences à vouloir légitimer tes actes on considère que tu as tort. »

Je comprends soudain qu'un dieu ne peut apparaître à son peuple.

Les hommes-dauphins me fixent en silence et je ne sens plus chez eux la moindre vénération, le moindre respect. Juste des regards qui semblent dire : « Si nous avions pu choisir notre dieu ce ne serait certainement pas toi. »

Une main me secoue sans ménagement. Cette fois aucune bouche pulpeuse ne me fait face.

Juste un faciès de centaure barbu à l'haleine fétide.

Je ne sais pourquoi mais jamais je n'ai été aussi content de quitter le monde onirique pour revenir dans le réel.

Ce n'était qu'un rêve.

Quoi qu'il arrive ici en Aeden ce n'est rien par rapport à ce cauchemar terrible, le plus terrible pour un élève dieu.

Rendre des comptes à ses mortels.

Les trompettes résonnent.

Les jurés reviennent. Ils s'assoient, fuyant mon regard.

Je n'ai plus la moindre inquiétude. Que peuvent-ils me faire ? Me transformer en centaure ? Me condamner à pousser un rocher comme Sisyphe ? Me faire dévorer le foie comme Prométhée ? Me tuer ? Même si mon âme devait cesser de se réincarner et que cette chair, ma dernière chair, ne se transforme qu'en tas de viande à pourrir et à nourrir les vers, cela me soulagerait. J'échangerais bien plusieurs siècles de repos éternel contre une minute de culpabilité divine.

Athéna annonce le verdict.

– À la question : « Michael Pinson est-il coupable d'homicide en Aeden ? », la réponse est... oui.

Grande rumeur dans la foule.

– À la question : « Michael Pinson est-il coupable de triche sur Terre 18 ? », la réponse est... oui.

Qu'ils fassent vite.

– À la question : « Quel châtiment pour ses crimes ? », les jurés ont décidé que Michael méritait le plus grand des châtiments.

Je retiens mon souffle.

Une rumeur parcourt la salle.

Pour ma part, je crois que, comme un boxeur épuisé en fin de match, je suis devenu insensible aux coups. Je ne me rends pas tout de suite compte de l'étendue de la catastrophe.

– Accusé Pinson, avez-vous quelque chose à dire pour commenter votre condamnation ? Un mot qui pourrait nous éclairer sur votre comportement criminel ?

Je ne me donne même pas la peine de réfléchir, et lâche le mot dont j'ai mis tant de temps à comprendre la puissance et la valeur :

– Rien.

Athéna est satisfaite, la foule des spectateurs aussi.

Ce n'est pas parce qu'ils sont nombreux à avoir tort qu'ils ont raison.

Les centaures viennent me saisir. Je ne me débats même pas. Je me laisse emporter. Mon corps est tout mou.

Être dieu me fatigue. Qu'ils se débrouillent sans moi. Je rends ma toge et mon ankh.

Juste avant de fermer les yeux pour me calmer, je vois le visage d'Aphrodite bouleversée. Les autres Maîtres dieux à côté d'elle sont rassurés.

Ma condamnation est le prix de leur apaisement.

30. ENCYCLOPÉDIE : AUTO-ESTIME

Une expérience a été effectuée sur le thème de l'auto-estime. Dans un premier temps, des sociologues ont fait passer à un groupe de jeunes hommes des tests de culture générale très faciles. Ces derniers les réussissent aisément puis se retrouvent dans une pièce avec des jeunes femmes. Après ces tests les hommes gagnants, c'est-à-dire tous les participants, vont aller vers les jeunes femmes les plus belles.

Puis on prend un autre groupe-test de jeunes hommes et on leur fait subir une batterie de tests de culture générale cette fois très difficiles. Ils échouent tous.

Mis en contact avec des jeunes femmes ils vont soit rester dans leur coin soit s'adresser uniquement aux moins séduisantes.

L'expérience fonctionne en sens inverse pour les jeunes femmes. Si elles ont passé l'examen très facile avec succès, elles ne se gêneront pas pour aborder les hommes les plus attirants. Et elles se montreront dédaigneuses envers ceux qu'elles estiment indignes d'elles.

Ainsi, par un simple test on peut conditionner l'auto-estime d'une personne. Mais en permanence un individu reçoit de bonnes et de mauvaises notes du reste de la société humaine et son auto-estime monte et descend en fonction des félicitations et des blâmes. L'objectif pour un être qui se veut vraiment libre est donc d'échapper à ces stimuli « carotte-bâton » pour se donner lui-même les récompenses aux examens qu'il se sera inventés. Dans ce cas, l'une des manières d'augmenter sa propre estime peut être la « prise de risque », tenter quelque chose de difficile pour voir ses limites. Mais ensuite il ne faut pas s'autodévaloriser si on échoue. La victoire dépend de nombreux facteurs autres que son propre talent. On doit donc célébrer non pas la victoire, mais le simple fait d'avoir pris le risque.

Edmond Wells,
Encyclopédie du Savoir Relatif et Absolu,
Tome VI.

ŒUVRE AU VERT :
PARMI LES MORTELS

31. COMME UN DIEU EN EXIL

Je dors profondément.

Je rêve que je suis un dieu et que j'ai une vie extra-ordinaire.

Je suis en Aeden et je peux gouverner les peuples d'un simple geste ou d'une simple pensée canalisée par une croix ansée. Je fais l'amour avec Aphrodite, la déesse de l'Amour en personne. Je vis au milieu des dieux de l'Olympe antique. Dans les rues il y a des centaures, des géants, des satyres. Dans les fleuves des sirènes. Dans le ciel des chérubins aux ailes de papillon et des griffons aux ailes de chauve-souris. C'est un monde merveilleux qui révèle...

– « ... un score de 5 à 3 pour notre équipe de Coquie. Cette victoire nous permet d'atteindre les quarts de Finale pour le championnat du monde de football qui se déroulera le mois prochain en Termitie. Étranger : un nouvel attentat a frappé, tôt ce matin, le métro de la capitale d'Aiglie. L'attentat survenu à une heure d'affluence a causé une vingtaine de morts, une centaine de blessés graves. Ce chiffre pourrait être revu à la hausse dans les heures qui viennent. Médecine : le ministère de la Santé demande aux populations de se vacciner contre la grippe. Ce nouveau virus ayant muté pourrait provoquer des ravages et... »

Ma main naturellement appuie sur le radio-réveil pour le rendre muet.

Je note au passage qu'il est 8 h 08.

Une vie en pointillé ?

J'ouvre les yeux.

Je suis dans une pièce moderne aux murs bleus avec des photos de couchers de Soleil orange sur les murs. Mon lit est en bois noir, et les draps de coton sont blancs. Un cafard se promène au plafond.

Le réveil se rallume et poursuit sa litanie :

– « ... pour le meurtre de treize personnes dont les cadavres ont été retrouvés enterrés dans son jardin sous un plant de tomates. Météo : le temps s'annonce particulièrement doux en ce mois de novembre. Selon les spécialistes ce dérèglement pourrait être dû à l'élargissement du trou dans la couche d'ozone des pôles qui... »

Ma main arrache le fil électrique du réveil.

Par la fenêtre j'entends des bruits de circulation automobile et des pigeons qui roucoulent.

Le radio-réveil est transparent et je distingue à l'intérieur les éléments électroniques avec les fils multicolores et les rouages qui tournent pour faire mouvoir l'aiguille des minutes.

Je me lève et me place face à un miroir.

Je porte un pyjama en satin bleu. Mon visage est fatigué et un début de barbe me gratte. Ma bouche est pâteuse.

Je me dirige vers la fenêtre et découvre la ville. Vision panoramique. Je distingue de larges avenues remplies de voitures bizarres, la plupart dotées de trois phares à l'avant et d'un seul feu à l'arrière. Des toits et des cheminées fument. Des policiers en uniforme rouge verbalisent des voitures mal garées. Sur la droite émerge un monument très élevé. En fait une tour rouge couronnée par une tête de coq géante. Des lumières sortent des yeux du coq, et la crête en tissu qui le surplombe claque comme un drapeau.

Aux informations ils avaient parlé de la Coquie.

« Notre équipe de Coquie ».

La Coquie ? Le pays des hommes-coqs...

Je me fige. Tout me revient d'un coup.

J'ai été mortel.

J'ai été ange.

Je suis devenu élève dieu.

J'ai joué.

J'ai perdu.

J'ai tué.

J'ai été condamné.

Et maintenant...

JE SUIS À NOUVEAU MORTEL !

Et ce que je vois de la fenêtre, c'est l'échiquier où j'ai joué la partie.

Je suis entré dans le jeu. Je suis sur TERRE 18 !

J'éprouve une irrépressible envie de vomir. Je cherche la salle de bains et m'y répands.

Jusqu'au bout je n'y croyais pas.

Ils ont dû m'endormir et me rapetisser pour me déposer ensuite dans ce lit et ce petit monde.

JE SUIS MORTEL SUR TERRE 18 !

Je m'effondre dans un fauteuil.

Je me pince très fort.

Je ne rêve pas. La punition des dieux est la même que celle imposée à Proudhon : redevenir simple humain mais avec la connaissance acquise dans le monde des dieux.

Ils avaient dit : « Ce qui nous fait souffrir c'est de savoir. Tant qu'on ne sait pas c'est supportable. »

Maintenant que je sais ce qu'il y a au-dessus, ma perspective du monde des hommes est évidemment très différente.

Redevenir mortel pour un dieu, c'est comme redevenir singe pour un homme, ou redevenir musaraigne pour un singe. Un retour en arrière dans l'évolution de la conscience.

C'est assurément la pire punition.

Savoir et ne pas pouvoir transmettre ce savoir à ses congénères trop primitifs.

Savoir et être certain que si l'on s'exprime, on ne sera pas cru. Je comprends que la seule possibilité pour ne pas devenir fou serait d'oublier.

Oublier que j'ai été dieu.

Je retourne à la fenêtre, contemple la ville et comprends la phrase : « Heureux les simples d'esprit, le royaume des cieux leur appartient. » Pour être heureux il faut être ignorant et le poids de toutes mes connaissances, loin de m'aider, est en train de me couper de toute possibilité de mener une vie sereine.

Il faut que j'oublie Mata Hari, Aphrodite, Raoul, Athéna, Zeus.

Je visite mon appartement d'humain de Terre 18.

Il ressemble à ceux où j'ai vécu lorsque j'étais Michael Pinson, médecin anesthésiste à Paris. En plus grand, plus moderne.

Il y a une cuisine blanche avec des plaques de cuisson, un réfrigérateur et de grands placards. Dans le réfrigérateur la plupart des aliments ont dépassé la date limite de fraîcheur.

Dans le salon une gigantesque collection de jeux d'échecs de tous les pays et de toutes les époques.

Un couloir décoré de masques de carnaval sophistiqués mène à mon grand bureau. Trois tables se touchent pour former un large espace de travail en U sur lequel sont posés plusieurs ordinateurs portables et un gros ordinateur à écran plat. De chacun dépasse un casque audiophonique.

Face à la fenêtre, un mur avec une collection de marionnettes.

Sur les autres murs, des étagères sont encombrées de livres.

Là où se trouvent de gros classeurs étiquetés REVUE DE PRESSE je découvre des coupures d'articles qui parlent de lui, ou plutôt de moi.

Car le visage sur la photo ressemble beaucoup à celui que j'ai vu tout à l'heure dans le miroir de ma salle de bains.

Cette fois je peux vraiment me demander : « Qu'est-ce que je fais là ? » Commençons par trouver mon nom de mortel sur cette Terre 18.

Par chance ils m'ont doté d'un système de compréhension automatique du langage, oral et écrit. J'ai compris les actualités à la radio et je peux lire les articles.

Le nom qui revient le plus souvent dans les coupures d'articles est « Gabriel Askolein ». Si quelqu'un m'interpelle dans la rue avec ce nom il faudra penser à se retourner.

Je cherche sa profession. Les articles parlent de « romans ». Il doit être écrivain. Tiens, comme l'un de mes clients quand j'étais ange, Jacques Nemrod.

Quel est mon âge ?

J'examine mes mains, je touche la peau de mon visage. Je n'ai pas de rides. Je dois avoir entre 35 et 40 ans.

Je fouille dans les tiroirs et finis par trouver un passeport. 46 ans !

Je parais beaucoup plus jeune. Je dois mener une vie saine ou m'être bien entretenu. Ça, c'est plutôt une bonne nouvelle. Je m'examine attentivement dans le reflet du miroir.

Gabriel Askolein présente la même apparence que Michael Pinson.

Ce sera plus simple à vivre.

À la ligne « situation de famille » est mentionné « célibataire ». À 46 ans, pas marié, cela me paraît suspect. Soit je suis un play-boy dragueur soit je suis un ermite, il faudra que je me renseigne.

J'explore tous les tiroirs et trouve un album contenant des photos d'une dizaine de femmes souriantes, certaines posent avec moi, enfin avec Gabriel, face à l'objectif.

Je regarde mon téléphone et je constate que sont notés des numéros préférés. Je possède donc des amis, de la famille, des contacts professionnels privilégiés.

Il faudra que je les appelle pour savoir qui ils sont... Ce sera étrange de leur poser des questions sans en avoir l'air, pour préciser la qualité de notre relation.

Je repère un prénom féminin, « Solena », et je presse la touche d'appel automatique. Une seule sonnerie et une voix de femme répond aussitôt.

– Ah ! Enfin tu m'appelles !

– Heu...

– Après ce qu'il s'est passé hier soir je pensais que tu étais fâché.

C'est bien ce que je craignais. Il faut prendre en considération la notion de temps parallèle. Ce personnage, ce manteau de chair, Gabriel Askolein de Terre 18, dans lequel je viens d'entrer, vivait en parallèle de ma vie de Michael Pinson d'Aeden.

J'avais perçu que le temps de Terre 18 se déroulait très vite pour le confort du jeu, mais ici, Gabriel

Askolein vivait dans un écoulement du temps « normal ».

– Excuse-moi, j'avais la gueule de bois. Je ne me rappelle plus ce que j'ai fait hier soir.

– Toi la gueule de bois ? Tu plaisantes, Gabriel, tu ne bois jamais !

– Ah, oui ? Alors rappelle-moi, hier soir j'ai fait quoi ?

– Tu le sais bien. C'est avec mon père, vous avez joué aux échecs, tu l'as battu et il s'est énervé. Il a fait allusion à toutes ces critiques qu'on fait sur tes livres et tu as préféré partir.

– Ah oui... bien sûr. Je suis un peu susceptible.

Tout en parlant je sors l'album de photos et dégage les clichés pour voir s'il y a un nom derrière. Par chance oui. Laquelle de ces filles est Solena ? Je vais vers les plus récentes. Et je découvre enfin une jolie brune au regard romantique.

– La nuit a passé. L'histoire d'hier m'a quand même un peu échaudé. J'ai envie de rester seul quelque temps pour faire le point.

– Ah, je préfère entendre ça, la dernière fois que tu as fait la tête, tu ne m'as pas rappelée pendant 15 jours, et tu te souviens de ce qu'il s'est passé ensuite !

– Ce n'était pas pareil, éludé-je en me demandant ce qu'il avait bien pu se passer.

– Bon, on se voit demain ? Ça me ferait tellement plaisir.

– Heu... non, peut-être pas demain.

– La dernière fois que tu m'as dit ça, c'était une excuse pour retrouver une de tes ex !

Je commence à cerner le personnage. J'ai hâte de terminer cette conversation. Pourtant je dois savoir.

– Ah bon, laquelle ?

– Oh, ne fais pas l'innocent, c'est toi-même qui me l'as avoué. Cette garce de Julie !

Distraitement je feuillette les photos à la recherche de la dénommée Julie. C'est une autre brune assez semblable à la précédente, mais plus sûre d'elle. Avec un air plus coquin.

– Julie c'est de l'histoire ancienne.

– Voyons-nous demain soir alors !

– J'ai envie d'écrire.

– Toi, écrire le soir ? Ta règle de vie ne serait plus : « N'écrire que le matin, mais tous les matins » ?

– Heu... j'ai pris du retard sur mon dernier manuscrit, il faut que je travaille davantage. Tant pis pour mes « routines ».

– C'est pour ça que tu ne veux pas me voir demain ? Je fais déjà partie de tes « routines » ?

Pourquoi cette fille s'accroche-t-elle ainsi ? Ah oui, j'oubliais, les femmes mortelles redoutent l'abandon et ont toujours besoin d'être rassurées.

– Ce soir, je te regarderai, dit-elle en guise d'au revoir.

Je raccroche. Pourquoi a-t-elle dit cela ?

Le téléphone sonne.

Un nom s'inscrit sur le petit écran : *Robert.*

Je décroche et ne prononce rien.

– Allô ? Gabriel ?

Une voix chaude et grave.

– Oui ?

– C'est Robert. Vous êtes prêt pour ce soir ? Finalement je vais vous accompagner là-bas pour vous soutenir, vu le plateau ce ne sera pas facile.

– Ah ? Merci.

Tant pis je ne peux pas rester dans l'ignorance.

– Juste deux questions : On va où ce soir ? Et vous êtes qui ?

Il éclate de rire.

– Arrêtez, c'est Robert, votre éditeur. Et ce soir vous êtes convié à l'émission littéraire « Bris de verve et morceaux de vies triés » pour parler de votre dernier roman.

« Bris de verve et morceaux de vies triés ». Assurément un jeu de mots sur « bris de verre et morceaux de vitriers ». La télévision aime décidément les formules.

– Lequel déjà ?...

– Vous plaisantez j'espère ! Votre dernier livre bien sûr : *Comme une porcelaine dans un magasin d'éléphants.*

Il éclate de rire.

J'ai bien envie de demander de quoi cela parle mais là je pense que je vais finir par créer une suspicion chez ce Robert.

Comme une porcelaine dans un magasin d'éléphants. Je cherche le livre tout en gardant l'appareil contre mon oreille.

– Vous n'avez pas trop le trac ?

Enfin je trouve un ouvrage avec en couverture une petite fille en robe rose au milieu de clochards barbus et en haillons.

Des masques... des jeux d'échecs... des marionnettes... et maintenant cela.

En quatrième de couverture ma photo regarde au loin l'horizon. Au-dessous, cette phrase : « Ce n'est pas parce qu'ils sont nombreux à avoir tort qu'ils ont raison. »

Encore un rebelle. Faudrait que je trouve la biographie de ce Gabriel Askolein, peut-être sur internet. Et que je lise ce livre. Mais je n'aurai jamais le temps, et puis... je crois que je n'aime pas lire. Je sens en moi une énorme envie d'écrire et une très faible envie de lire. Est-ce normal pour un écrivain ? Une phrase de Victor Hugo me revient : « Les vaches ne boivent pas de lait. »

À l'autre bout du fil je sens soudain une nervosité.

– Et puis il faut qu'on discute de votre prochain ouvrage. Vous m'avez parlé d'une saga sur laquelle vous travaillez depuis sept ans, un énorme bouquin d'au moins 1 500 pages que vous comptez livrer en trilogie, mais pour le reste... Maintenant que celui-ci est sorti, je dois savoir. Il faut que vous me confiez ce gros projet secret. Vous ne pouvez plus me faire attendre.

Là il faut réagir vite. De quoi pourrais-je parler sur 1 500 pages sans manquer d'idées ?

– ... Des dieux. Enfin d'une école des dieux sur une planète éloignée. Là les élèves dieux apprendraient à gouverner des peuples sur des mondes parallèles, copies de notre monde.

– C'est délirant.

– Non, c'est nouveau. Tout ce qui est nouveau n'a pas de repères et donc paraît délirant. Mais il faut bien que quelqu'un lance quelque chose à un moment pour que ça commence à exister.

– Je suis un peu déçu. Pourquoi ne feriez-vous pas plutôt un polar ? Un livre avec une énigme introuvable comme vous en avez le secret ?

– Déjà fait des milliers de fois.

– Justement, parce que ça intéresse les gens. Tandis que votre histoire d'école des dieux, ça n'a jamais été fait parce que ça n'intéresse personne.

– Il y a un début à tout. La meilleure manière de le savoir n'est-ce pas de le proposer ?

Je sens sa déception au bout du fil.

– Ça ne m'emballe pas, mais si vous le souhaitez, nous pouvons en reparler. Pour ce soir n'oubliez pas

158

qu'il faut être là-bas à 21 h 30 pour le maquillage. Ne soyez pas en retard comme vous en avez la mauvaise habitude. Oh, et puis le plus simple est que je passe vous chercher. 21 heures. D'accord ?

– Parfait.

Je raccroche. Je réfléchis, puis j'utilise le bouton de rappel automatique. Je retrouve la voix de l'éditeur.

– Excusez-moi mais pour démarrer les statistiques sur ce thème vierge, j'ai une question à vous poser : « Si vous rencontriez le dieu de votre peuple, enfin je veux dire le dieu de votre planète, enfin je veux dire le dieu tout court, vous lui demanderiez quoi ? »

– Eh bien... j'ai un problème de calcul rénal. Quand j'ai une crise ça me fait un mal de chien. Même les médicaments ne marchent plus. Je lui demanderais qu'il m'en débarrasse définitivement.

– Et pour l'humanité en général ?

– Ah ? Non, pour l'humanité en général je n'ai pas d'idées. Ah si... moins d'impôts. À ce soir.

Je me douche puis je m'habille. Je me dis que tout est fait pour me punir de mon comportement de dieu assassin et tricheur, mais que si je m'organise bien cette vie de mortel peut rester supportable. Tout d'abord, il me faut créer la matière première : les idées.

Je m'installe à l'ordinateur et j'inscris :

« Notes annexes à l'écriture du roman sur les dieux. Souvenirs de ma vie en Aeden. » À ma grande surprise mes dix doigts courent très vite sur le clavier.

Le type dans le corps duquel je me trouve a dû prendre des cours de dactylographie.

Je n'ai même pas besoin de regarder les touches, il suffit que je pense à une idée pour que mes doigts tourbillonnent et qu'elle s'inscrive instantanément sur l'écran. Très pratique.

Plus j'écris, plus je me sens détendu.

Le trouble que je ressentais depuis ce matin n'était rien d'autre qu'une envie d'écrire. Et ce n'est qu'en écrivant que je commence à me sentir bien.

Plus j'écris, plus je me sens léger, libéré d'un poids. Je me retrouve.

Est-il possible que ce Gabriel Askolein porte l'« envie d'écrire matinale » dans son sang ?

Non, cela doit être la force de l'habitude. Comme il doit écrire tous les matins depuis longtemps tout son corps est prêt à cette activité dès que le Soleil se lève. Comme un réflexe de Pavlov. La lumière du lever de Soleil lui donne automatiquement envie d'écrire.

Je comprends aussi le sens de ce travail. Il faut que je note tout pour ne pas oublier. Je sais que c'est dans le souvenir de ce que j'ai vécu au Royaume des dieux que se trouve la solution à ce nouveau problème : ne pas devenir fou. Mes doigts s'activent.

Je note des noms : Edmond Wells, Georges Méliès, Dionysos, Aphrodite, Mata Hari, Raoul Razorback.

Je m'interromps.

Raoul...

Le jeu s'arrête-t-il avec sa victoire ou continue-t-il ? Selon toute probabilité Terre 18 est comme Terre 17 après la fin d'activité de sa promotion d'élèves dieux. C'est-à-dire livrée à elle-même.

Je suis un pion sur un échiquier déserté par les joueurs.

Ce monde, Terre 18, est désormais un monde abandonné des dieux. Ceux-ci à l'heure qu'il est doivent être en train de célébrer le départ de Raoul sur le chemin des Champs-Élysées.

Un monde livré à lui-même sur sa lancée... comme Terre 18 l'était entre deux cours lorsque nous dormions.

Cette humanité l'ignore mais elle a pour des raisons qui lui sont extérieures entièrement récupéré son libre arbitre. Du moins jusqu'à la prochaine promotion. Et étant donné que le temps ici est allongé, elle peut n'arriver que dans deux mille ans.

Si personne ne nous observe là donne est différente. Je peux tout faire ici. Un peu comme un jeu d'échecs où les pions ont recouvré leur droit de se livrer à des choix personnels et de les assumer.

Et peut-être que ma connaissance du monde des dieux, loin d'être une punition, s'avérera un avantage déterminant.

Je tourne en rond dans le salon, je réfléchis.

Comment retourner mon handicap pour le transformer en avantage ?

La sonnette tinte à ma porte.

32. ENCYCLOPÉDIE : ASTRONOMIE MAYA

Pour les Mayas le monde était divisé en trois couches : le sous-sol, la Terre, le ciel.
La Terre était plate et carrée. Chacun de ses quatre angles était représenté par une couleur. Le blanc au nord, le noir à l'ouest, le jaune au sud, le rouge à l'est. Et le vert au centre.
Cette dalle carrée était placée sur le dos d'un crocodile géant reposant lui-même sur un bassin d'eau recouvert de nénuphars.
Le ciel était soutenu par quatre arbres colorés placés aux quatre points cardinaux. Au centre, l'arbre vert soutenait le milieu du ciel.

La dalle du ciel pour les Mayas était composée de 13 couches, chacune gardée par une divinité particulière.

La dalle du monde souterrain en revanche ne possédait que 9 couches, gardées elles aussi par des dieux spécifiques.

Chaque dieu avait une représentation spéciale dans le monde souterrain et dans le monde céleste.

On considérait que l'âme du mort suivait le chemin du Soleil, c'est-à-dire qu'elle descendait dans les mondes souterrains comme le fait le Soleil à la nuit tombante, pour remonter ensuite dans le ciel le matin, s'élever haut et rejoindre les dieux du monde céleste.

Les Mayas étaient d'excellents mathématiciens. Ils avaient découvert le 0 et un système de comptage vicésimal, c'est-à-dire de 20 en 20 (alors que nous utilisons un système décimal de 10 en 10), très performant. Ils étaient surtout de remarquables astronomes. Ils ont construit des observatoires qui leur ont permis d'identifier la plupart des planètes et de noter dans leur calendrier les cycles lunaires et solaires avec une précision aboutissant entre autres à un calendrier profane de 365 jours, le *haab*, bien avant les Occidentaux. Leurs prêtres prétendaient utiliser ce calendrier pour se projeter dans le futur ou dans le passé. Ils annonçaient ainsi les éclipses et les cataclysmes.

Les Mayas considéraient que le monde naît et meurt de manière cyclique. Selon leur livre sacré, le *Popol Vuh*, le monde naîtra et mourra quatre fois. Le Premier Âge était celui des hommes de glaise. Ces derniers étaient si mous et si stupides que les dieux préférèrent les éliminer. Puis est venu le Deuxième Âge, celui des hommes de bois, mais ils manquaient de cœur et d'intelligence et les dieux les noyèrent dans un déluge. Ensuite deux héros : Hunahpû et Ixbalanqué sont venus affronter les monstres terrestres et ont donné naissance aux hommes du maïs qui eurent enfin l'humilité de vénérer la foudre du ciel.

La fin du prochain cycle, correspondant à un cataclysme détruisant définitivement le monde, a été prévue par les prêtres mayas à une date qui correspond à l'an 2012 dans le calendrier occidental.

Edmond Wells,
Encyclopédie du Savoir Relatif et Absolu,
Tome VI.

33. TEMPLE ET CROYANCE

Dans l'œilleton j'aperçois un petit homme grassouillet avec une fine moustache droite, un gilet vert bouteille, une chemise à carreaux. J'ouvre.

C'est mon voisin de palier. Il me demande de signer une pétition en vue de virer un autre voisin qui fait la fête trop bruyamment, ce qui provoque des insomnies dans tout l'immeuble.

Je le regarde, curieux.

– Vous êtes d'accord quand même qu'il faut que cette calamité cesse ?

J'avais oublié que les mortels étaient ainsi.

– Vous... vous appelez comment ? demandé-je.

– Michel, vous savez bien, Michel Audouin.

– Oui, bien sûr.

– Et puis il y a aussi le problème de l'ascenseur. Je ne sais pas comment ils font. Sûrement les gamins du deuxième qui jouent avec le bouton d'arrêt d'urgence. Il faudrait le déplacer, ce bouton, et le mettre en hauteur hors de leur portée.

Je considère mon voisin avec beaucoup de compassion. Edmond Wells avait une formule : « Ils veulent réduire leur malheur au lieu de construire leur bonheur. »

Je ne sais quoi répondre. Tout cela semble tellement déterminant pour lui. Une vie avec pour seuls enjeux des histoires d'ascenseur et de lutte contre le bruit.

– C'est ennuyeux, en effet, concédé-je.

Il me regarde de manière étrange.

– Tout va bien monsieur Askolein ? Vous paraissez très fatigué.

Danger. Je suis en train de donner l'impression d'être différent d'eux. Vite. Passer pour un mortel normal sinon ce sera l'hallali. Comment avaient-ils dit pour Proudhon ? « S'il essaie de communiquer son savoir il passera pour un sorcier. »

Je rectifie.

– Dites-moi où signer, vous avez raison il faut que ces nuisances cessent.

J'arrive même à froncer les sourcils pour simuler une colère retenue. Il faut que je me souvienne de mes anciens réflexes de mortel. Avoir des petits désirs, des petites colères, m'habituer à une vie sans relief pour donner le change et leur ressembler. Sinon ils vont me rejeter. Ou me briser.

Comme une porcelaine dans un magasin d'éléphants.

– Il avance, votre prochain livre ?

– Oui..., dis-je évasivement.

– Et ça va parler de quoi, si ce n'est pas indiscret ?

J'ai envie de répondre : « Des dieux qui nous gouvernent » mais je me retiens.

– Des extraterrestres, vous savez les petits hommes verts aux oreilles pointues, et puis des fusées et des pistolets laser. Un peu comme le Far West mais les Indiens sont remplacés par les extraterrestres et les flèches par des rayons mortels.

– Bien sûr, dit-il poliment.

J'ai conscience d'y être allé un peu fort. Inutile de passer pour un débile. Je sens que je le trouble.

– En fait, j'écris pour rassurer les gens. Car le vrai problème est : et s'il n'y avait pas d'extraterrestres ? Si nous étions seuls, complètement seuls, dans l'univers ? Dans cette hypothèse quand on aura détruit cette planète, il n'y aura plus rien, nulle part dans l'Univers. Rien. Que du froid, du noir et du silence pour l'éternité.

Cette phrase m'est venue spontanément en référence à un fragment de l'Encyclopédie.

Ses sourcils forment une barre d'inquiétude. Il faut que je me reprenne.

– Je plaisante, bien sûr.

– Mon fils adore vos livres. Il nous en parle tout le temps. Avant il ne lisait pas. Grâce à vous il a pris goût à la lecture. Ni ma femme ni moi nous n'aimons ce genre de littérature, nous préférons les livres plus... sérieux.

– Je comprends.

– Ma femme adore le grand académicien Archibald Goustin. Elle aime son style. Et moi j'apprécie les romans autobiographiques. Je pense qu'un écrivain ne doit parler que de ce qu'il connaît et que le seul thème sérieux d'un livre c'est sa propre vie.

– Assurément. Les romans issus de l'imagination de l'auteur, c'est surtout... pour les enfants, le confortai-je.

Ou ceux qui ont gardé leur âme d'enfant.

Il me regarde en se demandant si je me moque de lui.

Je lui décoche mon sourire le plus rassurant.

– Bien, je signe où pour la pétition ?

Il me tend une feuille et je paraphe.

– Encore une petite question : si vous voyiez Dieu, vous lui demanderiez quoi ?

– Ah ! Bonne question ! Eh bien gagner au loto, évidemment.

Il a l'air content de sa réponse. Puis il me tend la main en souriant.

– Ce soir je vous regarderai.

Il s'éloigne.

Je retourne à mon bureau. Mais ma curiosité est plus forte que l'envie de travailler. Pas envie d'écrire. Pas envie de lire le livre que je dois défendre ce soir. Je trouverai bien un truc pour m'en sortir.

J'enfile prestement des chaussures et décide d'aller visiter la capitale de Coquie en Terre 18, pour constater ses différences avec Paris, la capitale de la France en Terre 1.

Je marche dans la rue. Les gens ont l'air identiques à ceux de mon monde natal. Mais les voitures sont des modèles différents et les marques ont des noms bizarres. La mode vestimentaire aussi est différente, les femmes portent des robes amples aux couleurs pastel.

Je me promène dans les avenues et j'approche du

grand monument qui remplace la tour Eiffel, la tour à tête de coq.

C'est assez impressionnant. Je me demande si les aigles possèdent un monument similaire avec un aigle au sommet.

Je remarque qu'ici on roule à gauche comme jadis en Angleterre.

Je pénètre dans un supermarché. La fourmilière humaine grouille comme celle que j'observais depuis Aeden. Si ce n'est que cette fois j'observe à leur niveau. Je note qu'il existe ici des fruits bleus.

Je marche au hasard, et découvre soudain un bâtiment qui me provoque un choc. Sur une grande place, une cathédrale aigle se dresse, avec des sculptures, ses gargouilles, ses tours compliquées et, surplombant le tout, l'oiseau au bec recourbé.

Je me souviens alors de tout.

J'avais envoyé un prophète qui avait apporté un message de paix et d'amour. L'« Éduqué ». Il avait dit : « Je ne suis pas venu pour créer une nouvelle religion mais pour rappeler les lois traditionnelles des dauphins à ceux qui les ont oubliées ou déformées. » Il avait été arrêté et empalé.

Quelques années plus tard, le chef de la police qui l'avait arrêté déclarait avoir eu une révélation. Prenant le titre d'Héritier il créa la « Religion Universelle » issue du message de mon Éduqué. Renonçant au symbole du poisson, trop lié à la culture dauphin, il le remplaça par le symbole du supplice de l'Éduqué : le pal.

Puis il avait décrété que les anciens compagnons dauphins de l'Éduqué n'avaient rien compris à son message et que lui seul, l'Héritier, en avait saisi le sens profond. Sous ce prétexte ses adeptes avaient fini par pourchasser les anciens amis de l'Éduqué et lancé une grande campagne de persécution des dauphins.

Maintenant je voyais face à moi le résultat de ces événements : une imposante et luxueuse cathédrale de la Religion Universelle.

J'entre dans le temple et découvre une image terrible pour moi : la représentation de mon Éduqué, nu, empalé en sculpture géante de deux mètres de hauteur. Sur les vitraux on voit la version de l'Héritier : la persécution de l'Éduqué par les dauphins.

C'est le monde à l'envers.

En fond sonore on entend une musique provenant d'un orgue équipé de centaines de tubes dorés.

Les travées sont bondées de croyants à genoux.

Je demande à rencontrer le prêtre. Un homme s'avance, en longue robe écarlate sur laquelle un tablier blanc fait contraste. Au centre, brodé en couleurs réalistes, le visage de l'Éduqué est, bouche ouverte grimaçante, figé dans un hurlement de douleur.

J'essaie de ne pas fixer l'image obscène.

— Bonjour, mon...

— Appelez-moi mon père.

— Bonjour, mon père. Puis-je parler avec vous de votre religion ? Par pure curiosité. Je suis étranger.

— Ah, et vous venez d'où ?

Choisissons un pays très lointain.

— De Tigrie.

Si je me souviens bien, ça correspondait à la Chine.

— Félicitations. Vous n'avez pas d'accent, vous avez l'air de parler parfaitement notre langue. Que voulez-vous savoir ?

— Eh bien... Votre religion, la Religion Universelle. Un culte au symbole d'un homme torturé. Cette image n'est-elle pas trop violente ? Si je me souviens bien, l'Éduqué ne parlait que d'amour et de paix.

168

– C'est la passion de l'Éduqué. Par son sacrifice il nous montre la voie.

– Mais lui ne parlait pas de souffrance, il se prononçait pour le plaisir, pas pour la douleur...

Cette fois le prêtre me toise avec méfiance, puis articule, didactique :

– L'Éduqué a été la victime des hommes-dauphins.

– Mais l'Éduqué *était* un homme-dauphin ! ne puis-je m'empêcher de m'exclamer.

Il ne trouve pas d'argument à m'opposer, je poursuis donc :

– Et il diffusait un message dauphin, qui s'adressait aux hommes-dauphins. Et il me semble qu'à l'époque où vivait l'Éduqué son petit pays était envahi par les aigles. Et il me semble que c'est la police aigle qui l'a arrêté et que ce sont les aigles qui l'ont empalé. Et il me semble que...

– Il vous semble beaucoup de choses, mon fils. Attention, ne blasphémez pas. Vous parlez comme si vous y étiez !

Parce que j'y étais, espèce de balourd ! Moi j'ai tout vu. Nous, les dieux, nous savons la véritable histoire ! Pas celle construite par vos historiens à la solde des tyrans, ni celle de vos propagandistes qui ne cherchent qu'à manipuler les foules !

– Je crois que vous ignorez le sens véritable de votre religion, déclaré-je.

Des gens autour de nous font des « chut ! » pour nous intimer le silence.

Le prêtre ne se laisse pas décontenancer.

– Je crois que je devrais vous entendre en confession, mon fils. Venez.

Il me guide vers une petite cabine en bois construite à l'intérieur de la cathédrale. Là il m'invite à m'asseoir et nous parlons à travers une grille de séparation.

– Qu'est-ce qui ne va pas, mon fils ? demande-t-il.

– Êtes-vous prêt à entendre la vérité, mon père ?

– Bien sûr. « Votre » vérité m'intéresse.

– ... C'est moi qui ai inventé votre religion.

Je vois à travers la grille de bois qu'il hoche doucement la tête, compréhensif, les yeux fermés, comme s'il se concentrait sur mes paroles pour en saisir toute la portée.

– Continuez, mon fils, je vous écoute.

J'articule distinctement pour bien me faire comprendre.

– C'est moi qui vous ai envoyé l'Éduqué. Celui que vous appelez le Messie.

Le prêtre hoche à nouveau la tête, plein de patience.

Moi qui m'étais juré de rester discret pour ne pas passer pour un fou, ça y est, j'ai déjà craqué.

– Je vous écoute, mon fils. Continuez.

Comment expliquer à un mortel qui croit tout savoir sur quelle planète il vit ?

– Vous n'avez rien compris au message de celui dont vous vous prétendez le porte-parole. L'Héritier a trahi l'Éduqué. Toute votre religion est basée sur un malentendu.

Le prêtre croise les doigts sous son menton, en signe d'intense réflexion.

– Mon fils, je crains que vous ne soyez surmené par votre activité professionnelle. Je vous ai reconnu. Vous êtes le célèbre écrivain de science-fiction n'est-ce pas ? La science-fiction est une activité perturbante. Elle conduit à parler de tout et de n'importe quoi n'importe comment. Or la parole a une valeur. Les mots ont une valeur. On ne doit pas utiliser à la

170

légère certains mots sacrés. Ça s'appelle blasphémer. Si vous êtes ici c'est probablement que vous recherchez la rédemption. Vous devriez prendre un cierge et l'allumer, verser votre obole dans le tronc de nos œuvres caritatives et demeurer à genoux, priant Dieu de vous pardonner vos errances. Car ce n'est qu'ici, dans ce temple, que vous pourrez trouver l'apaisement de l'âme.

Comment dire à ce « je-sais-tout infatué » que les dieux, son dieu et les autres, communiquent avec les mortels n'importe où, n'importe comment, sans aucun besoin de temple ou de prêtres ?

Comment lui dire que les dieux, son dieu et les autres, n'aiment pas les dévots ?

Comment lui dire que nous les dieux préférons les athées ou les agnostiques dont l'esprit disponible est capable d'entendre en rêve nos messages nouveaux alors que les religieux bouclés dans leurs certitudes nous ferment tout accès à la communication ?

Comment dire à cet imbécile en robe qu'il n'y a momentanément plus personne à prier car les dieux ne jouent plus ?

– Mon père, je crois que vous vous trompez. La science-fiction est plus forte que la religion. Car elle ouvre les esprits alors que vous les fermez.

– Mon fils, je crois qu'il est temps de mettre fin à cette discussion. Je vous laisse prier tranquillement, comme je vous l'ai conseillé tout à l'heure.

Il se lève et, après une hésitation, s'éloigne.

Je décide de monter sur l'autel et m'empare du micro.

– Rentrez chez vous ! Il n'y a plus aucun dieu sur cette planète !

Furieux, le prêtre se rue vers moi et m'arrache le

micro en me criant de déguerpir avant qu'il n'appelle la police.

Je descends de l'autel et marche lentement dans la travée. J'entends les commentaires sur mon passage.

– Un mécréant.

– Un fou.

– Un anarchiste.

– Il se prend pour qui ?

– Je le reconnais. Je l'ai déjà vu à la télé. C'est Gabriel Askolein, l'écrivain.

– Mon fils le lit et il adore.

Je vois le prêtre sortir son portable et lorgner dans ma direction.

Il appelle la police.

Voilà. Rien n'a changé. Mais je ne l'ignorais pas : toute action dans la lumière induit une réaction de l'ombre.

Si l'Éduqué, mon prophète, venait ici et voyait ce qu'on a fait de sa Parole il en serait épouvanté. S'il se découvrait figé pour la nuit des temps dans son supplice il en serait écœuré. S'il entendait le prêtre parler en son nom il éclaterait de rire.

Je m'arrête près d'un fidèle, un vieux monsieur qui semble courroucé par mon intervention.

– Monsieur, lui murmuré-je. Juste avant de partir, dites-moi, si vous rencontriez Dieu, vous Lui demanderiez quoi ?

– Moi ? Eh bien... je lui demanderais qu'il punisse mon patron qui après quarante ans de bons et loyaux services a eu le culot de me virer. Un homme qui se prétendait mon ami. Je voudrais qu'il soit rongé par les vers, qu'ils le dévorent de l'intérieur. Voilà ce que je demanderais à Dieu !

Leur bonheur est dans le malheur des autres.

– Qu'est-ce qu'il t'a demandé, Yannick ?

– Ne lui parlez pas, c'est un athée !

– Il a l'air bizarre.

– Il est cinglé, oui !

– Ne lui parlez pas !

– Il est dangereux.

– Un provocateur.

– Un hérétique.

– Il n'est pas comme nous.

Je salue l'assistance d'une révérence.

– Merci de votre attention. Un jour vous comprendrez ce que je viens de vous dire. Du moins je l'espère pour vous.

Le seul problème c'est que le mensonge aura toujours plus d'attrait que la vérité.

Il faut agir, et vite.

Je vais écrire ce livre sur les dieux.

C'est un premier point, mais je ne compte pas m'arrêter là.

Il faut que je profite de mon statut de mortel dans un monde abandonné des dieux pour agir depuis la base. Edmond Wells ne disait-il pas : « Une goutte d'eau peut faire déborder l'océan » ?

Je marche le long des grandes avenues de la capitale, à la recherche de l'idée qui me permettra de prendre l'offensive.

Et soudain une affiche publicitaire me fait face. Qui me semble le signe fort que j'attendais.

Je m'en approche et la lis calmement, pour bien m'imprégner de chacun de ses termes.

34. ENCYCLOPÉDIE : PAPESSE JEANNE, LÉGENDE OU RÉALITÉ ?

Jeanne est née en 822 à Ingelheim, près de Mayence, en Germanie. Elle était la fille d'un moine évangéliste allemand du nom de Gerbert parti en Angleterre prêcher auprès des Saxons. Désireuse d'étudier, elle décide de se faire passer pour un homme sous le nom de Johannes Anglicus (Jean l'Anglais) et se fait engager comme moine copiste.

Elle voyage de monastère en monastère. À Constantinople elle rencontre l'impératrice Théodora. À Athènes elle apprend la médecine auprès du rabbin Isaac Istraeli. En Germanie elle parle au roi Charles le Chauve. Enfin en 848 elle obtient une chaire d'enseignement ecclésiastique à Rome.

Dissimulant toujours son véritable sexe, elle gravit les marches du pouvoir grâce à sa grande culture et sa diplomatie. Elle rencontre le pape Léon IV et arrive à se rendre indispensable auprès de ce dernier au point de devenir son conseiller pour les affaires internationales. Quand Léon IV meurt en 855 elle est élue pape par les cardinaux sous le nom de Jean VIII. Après deux ans de pontificat sans problème Jean VIII tombe cependant enceinte. La papesse cache par des vêtements amples son ventre proéminent. C'est le jour de l'Ascension que survient le drame dans l'église Saint-Clément. Alors que Jean VIII salue les fidèles juchée sur un mulet, elle se tord de douleur et tombe. Quelques personnes accourent pour la secourir et découvrent sous les tissus un nouveau-né. Choc. Selon Jean de Maillie, la foule ahurie fut alors prise d'hystérie et la papesse Jeanne lapidée ainsi que son enfant.

Suite à cette affaire les cardinaux décidèrent de vérifier rituellement la virilité des papes. Le nouvel élu doit s'asseoir sur une chaise percée d'un trou d'où débordent ses testicules. Un homme vient vérifier et prononce la formule « *Habet duos testiculos et bene pendentes* » (« Il en a deux et elles pendent bien »).

La papesse Jeanne a inspiré le deuxième arcane du Tarot de Marseille. Le personnage en robe de pape et coiffé de la tiare tient un ouvrage ouvert sur ses genoux, symbole de la première étape de l'initiation : l'ouverture à la connaissance par les livres. (Petit détail qui passe souvent inaperçu : à côté d'elle, en tout petit, sur la droite de la carte se trouve un œuf.)

Edmond Wells,
Encyclopédie du Savoir Relatif et Absolu,
Tome VI.

35. PAPILLON BLEU

En grosses lettres est inscrit sur l'affiche :

VOUS EN AVEZ ASSEZ DE CE MONDE TERNE ET TRISTE OÙ TOUT SEMBLE ALLER MAL ?

DÉCOUVREZ UNE NOUVELLE DIMENSION MERVEILLEUSE : LE 5ᵉ MONDE !

Au-dessous le slogan familier :

1er monde : le Réel.
2e monde : le Rêve.
3e monde : le Roman.

4e monde : Le Cinéma.

5e monde : Le Jeu Informatique.

Et en légende : *Le 5e monde, en vente dans toutes les grandes surfaces et magasins spécialisés, fonctionne sur les consoles et sur les postes fixes en réseau.*

Tout me revient.... Quand j'étais en Olympe, dans le salon de ma villa se trouvait un téléviseur en guise de relaxant. On pouvait y suivre les aventures de trois mortels sur Terre 1. Pour la nostalgie. Ou pour la perspective.

Or, l'un des trois mortels était une petite Coréenne géniale, Eun Bi, qui travaillait avec son compagnon, baptisé Korean Fox, sur un jeu vidéo de nouvelle génération.

Ce jeu informatique copiait en virtuel le monde normal réel. Le décor était très réaliste et les joueurs se retrouvaient là pour y faire vivre leur personnage-avatar. L'originalité de ce jeu était que les personnages-avatars étaient non seulement identiques aux vrais joueurs par leur physique, composé à partir d'une photo du visage et des mensurations exactes du corps, mais aussi par leur intellect, élaboré à partir d'un questionnaire qui permettait de cerner au plus près les forces et les faiblesses de chaque joueur, ses peurs et ses aspirations profondes, ses tics, ses traumatismes d'enfance et ses expériences extrêmes de l'adolescence.

Ainsi avec son personnage-avatar, son double, le joueur pouvait vivre une vie parallèle dans un monde qui, lui aussi, était très semblable au vrai. Il pouvait tester sans danger des situations avant de les expérimenter dans la vraie vie. Il pouvait aussi se mettre en mode « libre arbitre » et voir comment l'avatar se

176

débrouillait à sa place dans les mêmes situations. Ce qui pouvait lui fournir un exemple à suivre.

Le 5ᵉ monde tel que l'avait imaginé Korean Fox n'avait été au début qu'un concept destiné à redonner un semblant de vie à un cher défunt. Mais bien vite il avait touché un public assoiffé de rencontres sentimentales. Ses applications multiples avaient trouvé toutes sortes d'amateurs. Certains y venaient pour se dire que même s'ils mouraient une sorte de clone virtuel d'eux-mêmes continuerait à vivre dans le 5ᵉ monde.

« Mise en abyme ».

Devant l'affiche, je m'étonne qu'ici, sur Terre 18, ce jeu ait exactement la même dénomination que sur Terre 1.

C'est impossible. Korean Fox et Eun Bi ne peuvent circuler d'une Terre à l'autre. Ou alors... si ce ne sont pas les inventeurs qui circulent, ce sont leurs idées.

Me revient une phrase terrible d'Edmond Wells : « Les idées appartiennent à ceux qui les développent. » C'était sa fameuse théorie de la noosphère, l'inconscient collectif formé par les inconscients de tous les humains. Les artistes auraient la capacité d'aller y puiser en rêve des idées et de ne pas les oublier au réveil. Ainsi il y aurait dans l'air des idées saisies non seulement par plusieurs personnes en des endroits différents mais aussi dans plusieurs dimensions. Une noosphère transdimensionnelle.

Je me souviens que mon mentor ajoutait : « Et les promesses des politiciens n'engagent que ceux qui les écoutent. »

J'ai soudain envie de vérifier *qui* est derrière tout ça.

Si ce n'est pas mon couple de Coréens amoureux alors c'est qui ?

Dans un coin je repère un label. Il s'agit de l'entreprise P.B.P., pour : PAPILLON BLEU PRODUCTIONS, 22, rue du Moulin.

Je vérifie que j'ai de l'argent dans la poche de mon pantalon et hèle un taxi.

Nous arrivons devant une petite bâtisse beige. Au-dessus de l'entrée une enseigne au néon turquoise : PAPILLON BLEU PRODUCTIONS.

J'entre.

Dans le hall des affiches avec des visions de plages, de couchers de Soleil, de jeunes filles en maillot de bain, de couples qui se tiennent par la main ou s'embrassent.

Des slogans courent sur le mur : LE 5ᵉ MONDE, *Goûtez un plaisir nouveau, devenez quelqu'un d'autre tout en restant vous-même.*

Plus loin une galerie de portraits : d'un côté la photo, de l'autre son avatar identique.

« LE 5ᵉ MONDE. Votre meilleur ami : vous-même. »

Et sous le cliché d'un homme entouré de trois beautés jumelles en bikini topless : LE 5ᵉ MONDE, et *si vous faisiez ailleurs ce que vous n'avez jamais osé faire ici ?*

Décidément on dirait qu'une agence de publicité a lâché ses créatifs sur des slogans et que, ne sachant lequel choisir, ils les ont tous gardés.

Au bout du hall, une standardiste affairée me questionne sur la raison de ma visite et, après l'avoir notée sur un papier et passé un coup de fil, me demande de patienter.

Ce que j'essaie de faire en passant en revue les publicités qui tapissent le hall.

Un grand barbu aux allures de Viking, cheveux

longs et blonds, en gros pull de laine, se présente enfin.

Bon sang ! J'y suis : la seule personne qui avait accès à ma télévision en Aeden était Mata Hari. Durant mes sept jours d'absence elle a dû zapper sur mes trois chaînes et découvrir ma petite protégée coréenne Eun Bi et son histoire d'amour avec l'informaticien spécialisé en mondes virtuels Korean Fox. Ensuite elle a opéré à distance par les intuitions lancées à ses mortels. Comme son peuple des loups était un peuple nordique correspondant aux Scandinaves elle a agi sur lui. Et en l'absence de marché économique suffisant dans leurs pays de Loupie ils sont descendus créer le jeu en Coquie.

L'homme me toise.

– C'est pour quoi ?

– Je suis romancier et je voudrais vous proposer une idée de jeu informatique lié à l'un de mes futurs ouvrages.

Un homme albinos le rejoint.

– Mais tu ne le reconnais pas, Eliott ? C'est Gabriel Askolein, tu sais, l'écrivain de science-fiction.

– « Le » Gabriel Askolein ?

Quelques minutes plus tard, je suis assis dans un salon avec le Viking, l'albinos, et un type chauve plutôt souriant. Les trois dirigeants de Papillon Bleu Productions. À ma demande ils me décrivent leur principal succès, le 5ᵉ monde. C'est exactement le projet de Korean Fox.

Je leur propose un concept complémentaire. Après avoir proposé aux joueurs de trouver leurs « égaux » dans le monde virtuel je suggère qu'ils trouvent leurs « inférieurs ».

Les joueurs se transformeraient ainsi, rien que par le fait de créer leur propre humanité, en... dieux.

L'idée surprend mes interlocuteurs.

– Vous savez, déjà en créant des égaux, nous avons pas mal de problèmes dont personne ne parle, signale l'albinos.

– Lesquels ?

– D'abord des problèmes économiques. L'accès au 5e monde est gratuit, nous vendons juste les maisons et le terrain virtuel ainsi que les objets : vêtements, armes, mobilier. Or nous observons des... vols.

– Des gens utilisent des logiciels spéciaux pour subtiliser les biens virtuels des autres, ajoute le Viking.

– Il y a aussi des contrefaçons. Ils fabriquent des logiciels pour vendre moins cher les maisons ou les terrains sans en posséder les droits. Si bien que sur les mêmes terrains deux personnes cohabitent parfois sans le savoir.

Cela me rappelle une phrase d'Edmond Wells : « Si vous croyez que c'est facile de créer un monde essayez d'en fabriquer un vous-même. C'est aussi difficile de le créer, de le contrôler et de l'empêcher de s'effondrer que de préparer un soufflé au fromage. La voie naturelle de ce monde est d'aller vers l'effondrement et il faut déployer une énergie considérable pour le réparer en permanence et lui donner un sens. »

– Des vols virtuels dans le 5e monde restent des délits virtuels, dis-je.

Mes interlocuteurs s'agitent.

– Pas seulement, dit le chauve.

– Il faut dire que la monnaie du 5e monde est convertible en monnaie normale, reconnaît le Viking.

– Pour qu'ils puissent jouer au casino en s'impliquant vraiment, explique l'albinos.

– Il y a aussi des prostituées. Allez savoir pourquoi, les gens prennent plus de plaisir quand ils payent pour de bon, affirme le Viking.

180

– L'acte sexuel ne prend sa dimension réelle que s'il est accompagné d'un sacrifice, dit l'albinos.

– En tout état de cause c'était tentant pour les mafias diverses qui ont mis au point des cambriolages de banques et de casinos virtuels, complète le chauve.

– Mais il y a pire. Certains joueurs ont mis au point un système de destruction des avatars des autres.

– Ils s'assassinent virtuellement.

– Ils se pillent.

– Il y a même des... viols !

– Des viols ! Comment peut-on violer un avatar qui n'est qu'une suite de chiffres dans un ordinateur ? m'exclamé-je.

– C'est le pouvoir des chiffres. Ils font exister un être. Des 1 et des 0 à la queue leu leu fabriquent un ensemble formant une entité virtuelle qui peut être... volée, mutilée, tuée ou violée par d'autres ensembles de 0 et de 1.

– Loin de devenir un lieu de vertu et d'éducation comme nous l'imaginions au départ, le 5e monde est devenu une zone de défoulement où tout ce qui est interdit dans le premier monde peut se réaliser.

– Loin de tester l'amour et la coopération le monde virtuel est devenu un lieu où les avatars testent tout ce qui est immoral.

Je comprends que les créateurs du 5e monde aient quelques angoisses.

– Et maintenant on fait des procès dans notre monde réel pour des vols, des viols ou des assassinats commis dans le monde virtuel, ajoute l'albinos.

– Des pervers développent des maladies nouvelles, uniquement dans le 5e monde.

– Des épidémies de grippe, la peste bubonique, le choléra.

– Les médecins à l'intérieur du jeu ont beaucoup de difficultés à trouver les vaccins.

– Il y a des épidémies de maladies inconnues. Les avatars deviennent fous, certains finissent par refuser d'être contrôlés par leurs Maîtres joueurs.

Les trois dirigeants de Papillon Bleu Productions ont l'air dépassés. Je réfléchis.

– Mais c'est une preuve de succès. Des gens qui se donnent autant de mal pour vous nuire font exister votre monde. Vos ennemis vous définissent.

Ils ne semblent pas convaincus.

– Combien de gens y sont connectés ? demandé-je.

– Ça pour sûr, le jeu marche au-delà de nos prévisions. En six mois, le produit a connu un succès foudroyant. Nous espérions 500 000 connectés, nous en avons plus de 8 millions.

– On ne vous cache pas que si le 5e monde est en ébullition c'est parce que nous ne nous attendions pas à un tel succès.

– Ni à autant d'énergie déployée par certains pour le pourrir de l'intérieur, rappelle l'albinos.

– Disons que nous sommes un peu dépassés par notre création. Alors quand vous nous proposez de faire partager à tout le monde une expérience de pouvoir encore plus forte, je crois que vous ne vous rendez pas compte à quelle vitesse les bas instincts deviennent prédominants.

– Surtout lorsqu'on exempte les joueurs des sanctions liées à leurs actes.

– Certains viennent dans le jeu seulement pour tuer et se défouler.

– Comme pour le cinéma ou internet. Dans un premier temps c'est le porno et le cinéma ultraviolent qui attirent, dit le Viking.

Tous trois hochent la tête.

Je ne veux pas renoncer aussi facilement.

– Ce que je vous propose, ce n'est pas un monde « similaire », mais un monde « en dessous ». Un monde où les joueurs sont responsables de foules. S'ils sont tueurs, tricheurs ou sadiques, la sanction viendra des autres joueurs. Automatiquement.

– Du chaos à plus grande échelle, grommelle l'albinos, fataliste.

Le Viking et le chauve semblent partager son point de vue.

– Non. Car vous, Papillon Bleu, seriez les contrôleurs des contrôleurs. Ce sera plus facile de contrôler des dieux que des mortels.

La phrase est sortie naturellement, comme lorsque j'en parlais à Mata Hari. Mais Edmond Wells m'avait averti : « On peut leur dire la vérité, de toute façon ils sont incapables de la comprendre. Leurs oreilles n'arrivent même pas à l'entendre. Ils interprètent les mots pour leur enlever leur signification et amoindrir leur sens. »

Je considère mes vis-à-vis et me dis qu'il faut rabaisser encore mon discours pour ne pas les choquer.

– Pour ma part, je pense écrire un roman intitulé *Le Royaume des dieux*. Il raconterait l'histoire de dieux qui jouent avec des êtres plus petits, semblables à eux, dans un monde plus petit et semblable au leur.

Ils me toisent.

– Marrant, concède le grand type aux allures de Viking.

– Un peu comme une grande partie d'échecs avec des millions de pièces, voire des milliards, ajouté-je. Chaque dieu aurait son peuple et serait en rivalité avec les autres dieux joueurs.

– Et quand un peuple dépérit ?

– Le dieu perd des points.

– Et quand un peuple meurt ?

– Le dieu est éliminé. « Game over. »

L'albinos et le chauve sont peu convaincus, mais le barbu blond est intrigué.

– C'est ce qu'on appelle en littérature une « mise en abyme ». Un peu comme si notre propre monde était lui aussi contrôlé par des dieux supérieurs.

Je me retiens. Ne pas me lancer sur ce sujet.

– Et dans ce cas ce serait comme les poupées oursiennes, un monde au-dessus, un monde au-dessous. À l'infini.

– Qu'est-ce que tu en penses, Eliott ? demande-t-il au Viking.

– C'est nul et ça ne marchera jamais, dit une voix derrière moi.

Je me retourne. Elle se tient dans l'embrasure de la porte. Une jeune femme menue, les yeux sombres et perçants, les cheveux noirs et lisses, retenus en queue-de-cheval par un ruban mauve. Elle porte un chemisier blanc et un pantalon de type jean.

– Ah... Delphine, tu étais là ? s'étonne le chauve.

– Désolée. Je m'opposerai à ce projet.

– Ah tiens, et pourquoi s'il te plaît ? demande Eliott.

– Parce que c'est un blasphème. Nous n'avons pas à nous prendre pour des dieux. D'ailleurs dans ma religion prononcer son nom est déjà une forme de péché.

Le chauve se penche vers moi et murmure à mon oreille :

– C'est la directrice artistique. Elle est « déphinienne »...

Ai-je bien entendu ?

L'albinos renchérit :

– Ah, ces déphiniens, faut toujours qu'ils se croient plus malins que tout le monde.

Eliott se lève.

– Tu feras ce qu'on te dit, Delphine. C'est moi le patron. Le projet de Gabriel nous plaît. On va le faire, ce « Royaume des dieux ». Cela donnera l'impression au joueur de vivre d'en haut et de pouvoir tout maîtriser. Un plaisir démiurge. J'ai déjà une idée de slogan : « Osez vous prendre pour un dieu, ne serait-ce que le temps d'une partie de jeu vidéo. » Peut-être que comme ça les joueurs comprendront mieux comment des dieux pourraient nous manipuler. Et puis j'en ai marre du 5e monde. Place au 6e !

Eliott me donne une grande tape amicale dans le dos et me propose un rendez-vous pour poser les bases du projet.

– Considérez que « Le Royaume des dieux » commence à exister à partir de cet instant.

La fille brune qu'ils ont appelée Delphine me lance un regard glacial puis déguerpit après avoir violemment claqué la porte.

36. ENCYCLOPÉDIE : COSMOGONIE TAHITIENNE

Pour les Tahitiens, au commencement de tout était Taaroa, l'Unique.

Il vivait solitaire dans un œuf qui tournait dans l'espace vide.

Or Taaroa s'ennuyait beaucoup. Il éclot donc et sortit de sa coquille.

Mais dehors il n'y avait rien, alors il utilisa la coquille de son œuf et en fit avec la partie supérieure un dôme pour le ciel et avec le bas un socle de sable.

Avec sa colonne vertébrale il créa les chaînes de montagnes.

Avec ses larmes il fit les océans, les lacs et les rivières.

Avec ses ongles il recouvrit d'écailles les poissons et les tortues.

Avec ses plumes il fit les arbres et les buissons.

Avec son sang il colora l'arc-en-ciel.

Puis il fit venir des artisans pour qu'ils sculptent Tane, le premier dieu. Tane remplit le ciel d'étoiles pour qu'il soit plus joli. Il plaça le Soleil pour éclairer le jour, et la Lune pour éclairer la nuit. Ensuite Taaroa créa d'autres dieux : Ru, Hina, Maui, et des centaines d'autres. Enfin Taaroa paracheva son œuvre en créant l'homme.

L'Univers conçu par Taaroa était alors organisé en sept plates-formes empilées les unes sur les autres. Sur la plate-forme la plus basse il y avait l'homme, et quand le premier étage fut entièrement encombré d'humains, d'animaux et de végétaux, Taaroa applaudit mais pensa qu'il serait plus sage de faire un trou pour qu'ils puissent accéder à la plate-forme supérieure. Ainsi à chaque étage un trou percé permettait aux plus courageux de progresser vers le savoir...

Edmond Wells,
Encyclopédie du Savoir Relatif et Absolu,
Tome VI.

37. DELPHINE

Elle monte dans un ascenseur public translucide. Je la suis par les escaliers. Elle sort sur une place surélevée. Je reste à bonne distance.

Elle marche d'un pas rapide et nerveux.

Elle se perd dans la foule.

Je me rapproche.

Elle va tout droit.

Sa petite queue-de-cheval s'agite, comme animée d'une vie propre.

Elle traverse une rue.

Brusquement, je manque me faire renverser par une voiture, j'ai oublié qu'ici on roule à gauche.

Le conducteur m'insulte mais je suis sain et sauf, la poursuite reprend.

Nous croisons une sorte de carnaval qui avance bruyamment avec des majorettes, des orchestres, des gens déguisés.

Le carnaval est le point commun de beaucoup de civilisations, les gens ont besoin de relâcher la pression au moins un jour par an.

Elle s'insère dans la foule et je dois me rapprocher et bousculer le défilé pour ne pas la perdre de vue.

Elle regarde sa montre et accélère.

Je suis sur le point d'être semé, la foule me ralentit et sa petite taille la cache derrière les costumes.

Je fends la foule et je la vois.

Elle tourne encore... Et disparaît de mon champ de vision.

Je cours dans une direction puis une autre. Quand je la repère enfin par chance, elle entre dans une bouche de métro.

Je m'y engouffre aussi.

Elle se hâte vers les quais. Je ne peux la suivre, je

n'ai ni ticket ni le temps d'en acheter, alors je saute la barrière au risque de me faire pincer par la police.

Dans un labyrinthe de quais, des foules avancent en sens inverse mais maintenant je sais comment ne plus la perdre. Une rame de métro arrive. Je pénètre dans son wagon juste avant que la portière ne se referme. À un moment elle regarde dans ma direction et je baisse la tête pour ne pas être reconnu.

Autour de moi les gens semblent tristes et fatigués. Le métro fonce dans un vacarme semblable à celui des métros de Terre 1. À l'intérieur, des téléviseurs diffusent une chaîne d'actualités permanentes. La voix du journaliste me parvient :

– « ... ce procès. Il a prétendu n'être qu'un rouage d'un réseau pédophile fonctionnant sur tout le continent. Les gendarmes ont pu retrouver une centaine de corps d'enfants enterrés dans son jardin et qui vont être identifiés par la police scientifique grâce à leur dentition. Au cours du procès il a raconté comment il prenait au début beaucoup de précautions mais, au fur et à mesure, constatant qu'il était facile de kidnapper les enfants, il s'est mis à agir en plein jour et parfois devant témoins. Il semble qu'il sévissait impunément depuis plus de dix ans, alors que sa propre femme qui vivait à ses côtés feignait d'ignorer tout. Quand il a été arrêté, celle-ci refusant de se mêler de la vie "parallèle" de son mari les a laissé mourir de faim, se bouchant les oreilles pour ne pas entendre les appels de détresse en provenance de la cave... »

Le métro roule.

Je repère de loin que Delphine n'écoute pas les informations. Elle est plongée dans la lecture d'un livre. Elle s'est isolée dans une bulle protectrice.

Une première sonnerie, la porte s'ouvre, libérant un flot de passagers et en laissant entrer un autre.

Bientôt je dois me lever, serré parmi des gens au regard éteint. L'odeur de sueur et d'haleine est épouvantable. Comment une civilisation peut-elle évoluer jusqu'à trouver normal de s'enfermer à plus d'une centaine dans une boîte en métal de quelques mètres carrés ?

À nouveau les actualités :

– « ... selon lui le principal problème planétaire est la souveraineté des États. Il a signalé qu'il n'y avait plus la moindre famine dans le monde, et que si des populations mouraient encore de faim, la responsabilité en incombait à certains gouvernements capables d'affamer volontairement leurs propres peuples. Il a proposé le devoir d'ingérence d'une police planétaire à chaque injustice flagrante. Cette police pouvant également intervenir dans les affaires de pollution. Certains États, en effet, pollueraient volontairement les sources de fleuves arrosant les pays voisins. »

Les visages restent impavides, ni concernés, ni hostiles, juste gavés de cette bouillie d'actualités démoralisantes.

Nouvelle sonnerie, nouvelle ouverture, nouveau flot de passagers.

Brusquement le métro s'arrête dans un tunnel. Tout le monde reste immobile, sans aucune réaction. L'air devient lourd dans le wagon, l'odeur écœurante.

Le journaliste poursuit sa litanie :

– « ... Le plus étonnant est probablement que ces écoles dont le fonctionnement ressemble à celui des sectes étaient financées par notre ministère de l'Éducation nationale au nom de la liberté de culte. Pour s'assurer que les enfants ne seraient motivés que par l'envie d'être martyrs, il leur était interdit de dessiner, de chanter, de danser, ou de rire. Ils ne devaient que réciter dès 6 heures du matin des prières et répéter des slogans de haine à l'encontre des "infidèles". Un entraînement paramilitaire constituait leurs seuls instants de récréation. Le lavage de cerveau était permanent, les châtiments corporels fréquents. Surtout, il leur était interdit de communiquer avec leur famille ou d'avoir accès aux téléphones. Malgré les plaintes et les témoignages des adolescents évadés de ce pensionnat, l'ambassade du pays impliqué, parrain de ces étranges écoles, a signalé qu'au nom de la liberté de culte, l'État coquien n'avait pas le droit de se mêler de structures "culturelles traditionnelles"... »

Autour de moi certains passagers semblent ébahis par les images qui défilent : marques de coups de fouet sur le dos des enfants évadés, photos des salles de châtiment de l'école religieuse, telles que découvertes par la police durant la première investigation.

Le métro redémarre puis stoppe à un arrêt. Delphine se lève et descend.

Je la suis et à nouveau je dois affronter la foule glissant en sens inverse.

Nous ressortons à la surface et la course reprend. Rue. Virage. À un moment, en traversant la rue, la tête de Delphine se tourne dans ma direction mais j'ai le réflexe de baisser mon visage à temps.

La queue-de-cheval tressaute dans son ruban mauve.

Delphine...

Ainsi ses parents lui ont donné le nom le plus dauphinien... De Delphes, le temple dédié au « Delphinus », c'est-à-dire au dauphin. Et je me souviens aussi de l'information d'Héra : l'Adolf Hitler de Terre 1, c'est l'A-Dolphus. L'Anti-Dauphin.

Pour que cette racine sonore ait franchi l'espace, il doit y avoir des connexions entre les Terres parallèles.

190

Elle accélère le pas. Et s'immobilise enfin devant un rez-de-chaussée banal. Aucun signe extérieur. Rien qu'une inscription taguée sur un mur mal nettoyé où l'on peut lire : « À mort les dauphins » et un dessin de poisson réduit à ses arêtes.

Un policier est en faction devant l'immeuble. Il salue Delphine, la reconnaissant. Quand j'avance à mon tour, il m'examine, méfiant, puis me laisse passer.

La porte franchie, je débouche dans un temple. Impossible à soupçonner de l'extérieur.

J'en déduis que c'est par peur des persécutions que ses fidèles préfèrent rester discrets.

La taille de ce temple dauphin est dix fois plus petite que celle de la cathédrale de la religion des aigles. Le lieu est désert. Quelques candélabres offrent les seules sources de lumière de cette grande pièce sans fenêtre.

Au plafond je reconnais tous les symboles que j'ai moi-même transmis à mes mortels.

Des scènes sont peintes sur les murs : l'exode en haute mer, la fuite devant les hommes-rats. Le tsunami sur l'île de la Tranquillité. L'établissement des lois de non-violence.

Mais aucune représentation de l'Éduqué.

On leur a volé leur prophète, ils ne peuvent pas le reconnaître.

Delphine dessine en l'air le signe du poisson, puis se dirige vers un banc où elle entreprend de prier, les mains dans une position que je n'avais encore jamais vue : trois doigts appuyés au centre de son front. Je l'entends psalmodier.

– ... Notre Père qui êtes haut dans le ciel, faites que la guerre s'arrête dans mon pays et qu'on cesse de tuer mes frères, où que ce soit dans le monde.

Elle ferme les yeux et reste immobile.

Je m'approche, et lui murmure :

— Vous croyez que quelqu'un entend vos prières ?

Elle soulève lentement les paupières et ne marque aucun étonnement.

— Que faites-vous ici ? Vous êtes dauphin ?

— Disons, passionné par cette religion disparue.

— Elle n'est pas disparue. Regardez : il y a des gens autour de vous.

Elle constate qu'il n'y a personne et se ravise.

— Ce n'est pas la bonne heure, mais bientôt beaucoup des nôtres viendront prier. Je crois que quelqu'un entend mes prières. À commencer par... vous puisque vous m'écoutiez. Vous m'avez suivie, n'est-ce pas ?

— Je vous l'ai dit je suis très curieux de votre religion.

— Vous êtes de quelle religion vous ?

— Je suis... hénotéiste.

— Jamais entendu parler. Qu'est-ce que cela veut dire « hénotéiste » ?

— Je crois que chaque peuple possède son dieu particulier. Il n'y a pas un seul dieu centralisateur mais plusieurs dieux locaux qui vivent côte à côte. J'imagine même que ces dieux peuvent être concurrents et se faire la guerre.

Elle ne s'est toujours pas tournée vers moi, attentive à l'autel où vient d'apparaître un prêtre, qui range des livres, puis s'en va.

— Comme dans votre jeu, n'est-ce pas ? murmure-t-elle.

— C'est amusant de faire croire que quelque chose est purement imaginaire alors que c'est la vérité.

— Quel intérêt ?

— Permettre aux gens de jouer avec la vérité les prépare à l'entendre un jour.

Elle se tourne enfin vers moi et me fixe avec dureté.

– Vous vous moquez...

– Je ne me permettrais pas.

– Vous avez la foi ?

– Cela dépend des jours.

– Vous croyez en Dieu ?

– Quand il m'arrive de bonnes choses je pense que quelqu'un ailleurs l'a voulu. Alors j'émets un « merci » en levant la tête vers le ciel. Quand il m'arrive des malheurs je pense que c'est moi qui ai été maladroit.

– Ce sont les seuls moments où vous croyez en Dieu ?

– Non, quand je trouve une place pour garer ma voiture au centre-ville ou... quand je rencontre une femme extraordinaire.

Elle ne relève pas.

– Moi, j'ai la foi. Je crois que mon Dieu est toujours à côté de moi. Grâce à lui je n'ai peur de rien. Je n'ai même pas peur de mourir.

– Ah... et si vous le rencontriez vraiment, vous lui diriez quoi ?

Elle réfléchit, puis décrète :

– Je l'engueulerais. La plus grande partie de ma famille a péri dans les camps d'extermination des hommes-requins.

Comme dans mon rêve. Des mortels qui font des reproches à leur dieu.

– Vous voyez que vous ne l'aimez pas tant que ça, votre dieu.

– Laissez-moi finir. Je l'engueulerais et ensuite je l'écouterais pour qu'il m'explique ses raisons d'avoir laissé se perpétrer une telle abomination. Enfin je lui signifierais que j'ai toujours cru en lui et que je suis sa servante dévouée pour accomplir chacun de ses désirs.

Je la contemple intensément. Son visage est empreint d'une antique et rare beauté. Elle semble surgie du fond des origines du peuple dauphin.

– Et si votre dieu vous disait qu'il a tout fait pour empêcher cela mais qu'il y a par moments des forces qui le dépassent ?

Elle me fixe étrangement.

– Eh bien je lui répondrais que « ceux qui échouent trouvent les excuses et que ceux qui réussissent trouvent les moyens ».

Je me le prends en plein dans les dents.

– Je suis persuadée qu'il existait des moyens divins pour sauver tous ces innocents qui ont été massacrés, tous ces enfants, insiste-t-elle.

– Et s'il vous disait qu'il a fait de son mieux mais qu'il lui était vraiment impossible d'empêcher ces crimes ?

– Je lui répondrais que quand on veut vraiment on peut.

– Pour quelqu'un qui a la foi vous êtes dure envers votre dieu.

– Je considère ce dieu comme un père. On peut être dur avec son père s'il se trompe, mais il reste le père. Celui auquel on doit tout. Celui qu'on respecte et qu'on vénère.

Elle se tourne vers moi.

– De toute façon, si vous, monsieur Askolein, vous avez imaginé cet étrange jeu informatique et ce roman sur le thème de la divinité c'est forcément que vous ressentez aussi un début de questionnement dans le domaine de la spiritualité.

– Je suis un être qui cherche. Comme tout le monde,

je veux élever mon niveau de conscience pour connaître ce qu'il y a au-dessus de moi.

– Moi, je sais m'élever et voir l'autre dimension, dit-elle.

Une femme âgée vient d'entrer et se met à prier.

– Et qu'y a-t-il au-dessus selon vous ? chuchoté-je.

– Finalement, j'ai changé d'avis. Je vous aiderai pour votre jeu « Le Royaume des dieux ».

– Merci.

– Ne me remerciez pas. Tant qu'à blasphémer, autant contrôler ce projet impie de l'intérieur.

– Je suis sûr qu'avec vous comme directrice artistique, il y aura de beaux graphismes.

– Je n'ai jamais lu aucun de vos livres, monsieur Askolein. En fait j'en ai entendu dire plutôt du mal. Il paraît que c'est complètement délirant.

– C'est mon style.

– Franchement, maintenant que je vous connais, j'ai encore moins envie de vous lire.

– En effet, ç'a le mérite d'être franc.

– Nous, les dauphins, nous avons l'habitude d'exprimer et d'assurer ce que nous pensons. Cela vous gêne ? Peut-être entretenez-vous comme la plupart des gens un fond raciste antidauphin.

– Moi, raciste « antidauphin » ? Alors là, c'est bien ce que j'ai entendu de plus drôle.

– Beaucoup de gens se prétendent non racistes, et puis on entend des remarques, du genre « je n'ai rien contre les dauphins mais quand même ces gens-là ne font rien comme tout le monde » ou encore « les dauphins ont bien cherché tout ce qui leur arrive ». Ils sont nombreux à le penser.

– « Ce n'est pas parce qu'ils sont nombreux à avoir tort qu'ils ont raison. »

– Jolie formule.

– Je crois que la civilisation dauphin, même ultra-
minoritaire, même sans cesse accusée de tous les
maux, est porteuse de valeurs de tolérance et d'ouverture d'esprit, et c'est pour cela que les autres peuples,
notamment ceux qui se font manipuler facilement
par les propagandes des dictateurs, ont cherché à la
détruire.

Elle me regarde avec surprise.

– Et comment savez-vous cela ?

– J'ai... disons, lu beaucoup de livres sur l'histoire
du peuple dauphin depuis ses origines. J'ai moi-même
songé à me convertir à cette religion.

– Pourquoi ne l'avez-vous pas fait ?

– Pas eu le temps.

– Notre dieu n'est pas simple d'accès. Certains
passent une vie entière à essayer d'approcher le début
de sa pensée.

Plusieurs personnes entrent dans le temple et nous
sommes désormais une petite dizaine assis sur les
bancs tournés vers l'autel.

– Ah bon ? Moi, je vois le dieu des dauphins
comme... je vais vous faire rire... un type normal. Il
fait ce qu'il peut, mais il est limité, dis-je.

– Carrément.

– C'est un dieu que je conçois, non pas comme un
être qui doit être vénéré, mais plutôt comme un ami.
Et comme un ami, il est toujours là en soutien, ne
réclame rien en retour. Et comme à un ami, si je le
rencontrais, j'aimerais lui demander non pas « ce
qu'il peut faire pour moi », mais « ce que je peux
faire pour lui ».

Il faut que je dépose ces idées dans un esprit pour
qu'elles puissent germer.

– Si c'est un dieu il ne doit pas avoir de problèmes, dit-elle. Par définition il est parfait et tout-puissant.

– Tout être conscient connaît forcément des désirs et des craintes, il doit avoir des limites et des adversaires. Je suis sûr qu'un simple mortel peut aider un dieu. Il suffit qu'il en ait envie.

Elle reste silencieuse.

– La bonne question, dis-je, n'est pas : « L'homme doit-il croire en Dieu ? »

– C'est quoi alors ?

– Là aussi il faut inverser le point de vue. La bonne question est : « Dieu doit-il croire en l'homme ? »

Elle me regarde, puis pouffe de rire.

– « Dieu doit-il croire en l'homme » ! Celle-là, c'est la meilleure que j'ai entendue depuis longtemps !

Autour de nous des « chut ! » offusqués nous rappellent au silence.

À cet instant, trois adolescents de 16 ans tout au plus pénètrent précipitamment dans le temple et l'un d'eux jette quelque chose vers l'autel. Une bombe lacrymogène.

– Crevez, les dauphins ! hurle-t-il.

Une fumée épaisse se répand aussitôt. En suffoquant nous évacuons le temple. Dehors il n'y a plus de policier en faction. Lorsqu'il revient en courant, il tient un sandwich à la main. Je comprends qu'il a abandonné son poste pour aller acheter son déjeuner et que des gamins en ont profité pour faire le coup.

Entre deux quintes de toux, les yeux rougis, Delphine me lance :

– Allez-vous-en !

– Non. Pas comme ça. Je ne suis pas responsable de ce qui vous arrive. Ce n'est pas parce que d'autres vous agressent que vous devez me repousser.

– Je n'ai rien contre vous, mais je veux être seule maintenant. Nous nous faisons attaquer et personne ne nous protège. Et même si ces petits voyous se font attraper, on les libérera avec indulgence. Agresser un dauphin est devenu un acte banal. Toléré par tous.

– Pas par moi.

De ses yeux gonflés ses larmes coulent sans retenue. Les miennes aussi. Je la prends dans mes bras et essaie de la réconforter. Elle se laisse faire, en murmurant :

– Pourquoi ce monde est-il aussi injuste ?

– Il n'est pas injuste, il est difficile. Si tout était facile vous n'auriez aucun mérite à avoir la foi. Ce n'est que dans l'adversité que l'on peut révéler son courage.

Elle se dégage avec douceur, me considère longuement.

– Je sais, vous n'y êtes pour rien. Excusez-moi.

– J'aimerais vous revoir, affirmai-je.

– Je ne crois pas que ce soit raisonnable.

– De toute façon, si j'ai bien compris, nous allons travailler ensemble sur « Le Royaume des dieux ».

Elle hésite, puis me tend une carte de visite. Son nom complet est Delphine Kamerer.

– À n'utiliser qu'en cas d'urgence.

Elle s'éloigne.

J'essuie mes larmes d'un revers de manche.

Il ne manquerait plus que je tombe amoureux d'une mortelle.

Je regarde ma montre.

L'émission a lieu à 21 h 30.

38. ENCYCLOPÉDIE : NIKOLA TESLA

Génie oublié ou mal connu, Nikola Tesla est pourtant à l'origine de la plupart des grandes inventions modernes. C'est en effet ce Serbe émigré aux États-Unis qui a découvert une multitude de technologies liées à l'électricité. Notamment le courant alternatif (jusque-là les installations ne fonctionnaient qu'en courant continu), une théorie sur la radioactivité, la télécommande, le générateur, le moteur à induction électrique, la lampe à haute fréquence (plus économique que les néons), et la bobine Tesla des téléviseurs à tube cathodique. En 1893, bien avant Marconi, il met au point un système de transmission des messages télégraphiques sans fil, en utilisant les ondes hertziennes. Il découvre le principe de réflexion des ondes sur les objets en 1900, et publie des travaux qui permettront plus tard la mise au point des premiers radars. Il a déposé en tout plus de 900 brevets qui pour la plupart ont été récupérés par Thomas Edison.

Nikola Tesla avait en effet une vision idéaliste de la science et voulait livrer les technologies gratuitement au public, ce qui lui a valu l'hostilité des milieux financiers de l'époque. Il avait par exemple imaginé que la tour Eiffel émette un puissant champ électrique pour que tous les Parisiens puissent utiliser l'électricité gratuitement. En 1898 il fabrique une arme à résonance qui, grâce à une multitude de petits coups répétés, fait trembler un immeuble entier. Il fabrique des bateaux lanceurs de torpilles télécommandées dont l'un peut même devenir sous-marin.

À la fin de sa vie, considérablement appauvri, Nikola Tesla travaille à un « rayon de la mort » pour l'US Air Force. Il cherche aussi à mettre au point sa fameuse « énergie libre », une source d'énergie infinie et gratuite, ce qui achève de le discréditer aux yeux de ses collègues scientifiques de l'époque. Il meurt le 7 janvier 1943. Le FBI confisquera toutes ses notes et toutes ses maquettes de travail.

Son nom est cependant resté comme unité de mesure de l'induction magnétique : le Tesla.

Edmond Wells,
Encyclopédie du Savoir Relatif et Absolu,
Tome VI.

39. ÉMISSION DE TÉLÉVISION

J'aurais dû prendre un peu de temps pour lire les romans de ce Gabriel Askolein.

Maintenant je suis coincé.

Robert est à côté de moi. J'ai envie de lui demander un résumé rapide de mon livre, ou en tout cas quelques formules qui pourraient m'éclairer sur ce que j'ai voulu dire.

J'ai l'impression d'être soumis à un examen mais cette fois je n'ai rien étudié du tout.

Pourquoi n'ai-je pas pris ne serait-ce qu'une heure pour visiter ma propre œuvre ? Au lieu de cela j'ai écrit, j'ai inventé un jeu et j'ai suivi une fille dans un temple.

Robert me demande :

– Vous avez le trac ?

– Oui.

– Vous avez peur ?

– Oui.

Dire que j'ai mené des guerres, inventé des sciences, bâti des cités, et me voilà en train d'appréhender une interview télévisée.

L'animateur vient me saluer.

– Dites donc c'est le grand succès, hein ? Le démarrage de votre livre est foudroyant ! Bravo. Déjà dans les listes de best-sellers.

– Heu... oui...

Il essaie de m'engluer dans les compliments.

Je regarde Robert, je ne sais même pas quelle est la vie de mon livre.

– Tous ces articles méchants sur vous... ce ne sont que des jaloux. Comme par hasard les critiques qui vous insultent sont tous des écrivains ratés. « Se faire mal juger par les médiocres est une forme d'hommage », n'est-ce pas ? dit l'animateur.

– Bien sûr. Bien sûr, bafouillé-je en me demandant ce qu'on a bien pu raconter sur moi et mes livres.

– Mon fils adore ce que vous écrivez, m'assure l'animateur. Auparavant il ne lisait pas du tout. Il était récalcitrant face à l'objet livre. Et c'est vous qu'il a lu en premier. Vous lui avez ouvert l'esprit. Désormais, non seulement il lit mais en plus il se passionne pour l'histoire, la philosophie, la science.

– Et vous, ça vous a plu ?

– Je suis désolé mais, pour être franc, je n'ai pas eu le temps de lire les livres de tous les invités.

– Merci pour votre franchise.

– Je compte sur vous pour le présenter vous-même, n'est-ce pas ?

À cette seconde mon éditeur est la seule personne

à savoir ce que contient mon livre. Je le dévisage. Je suis saisi d'un doute. Après tout, peut-être que lui non plus ne l'a pas lu. Alors qui sait ici ce que contient mon livre ? Mes lecteurs. Ceux qui se sont donné la peine de l'acheter dès sa sortie et qui l'ont lu d'une traite le soir même.

Quelques minutes plus tard, une fille m'a installé un micro-cravate, et les lumières témoins des caméras s'allument les unes après les autres. Les cinq autres écrivains invités s'assoient à côté de moi sans me regarder ni me dire bonjour : un type en costume rayé aux allures de vieux play-boy, un autre plus âgé avec un monocle et une moustache blanche, une jeune fille aux vêtements très suggestifs, un jeune homme blond avec une mèche qui lui cache les yeux et un gros bonhomme qui respire bruyamment.

– Bienvenue à notre émission « Bris de verve et morceaux de vies triés ». Nous avons aujourd'hui des invités prestigieux. Mais commençons tout de suite par...

Pourvu que je passe en dernier.

– Gabriel Askolein, l'auteur tant apprécié des jeunes, connu dans le monde entier, étudié dans les écoles. Alors, monsieur Askolein, vous venez nous présenter votre dernier livre : *Comme une porcelaine dans un magasin d'éléphants*. Un titre un peu long, non ?

– En effet.

– Et vous pouvez nous en rappeler le thème principal ?

– C'est l'histoire d'une personne qui se sent perdue dans un monde où tout lui est étranger et incompréhensible.

L'animateur au brushing parfait hoche la tête et plonge dans une fiche. Je remarque que les pages de mon livre n'ont pas été feuilletées. C'est visible. Si j'éprouvais un dernier doute sur l'intérêt qu'il porte à mon travail, il s'est évaporé.

Profitant que la caméra n'est pas sur lui mais sur moi il lit tranquillement la fiche préparée par quelqu'un qui a lu le livre à sa place.

Si seulement je pouvais moi aussi me pencher sur cette fiche !

— Ah ! passionnant ! et donc votre héros est un personnage haut en couleur.

Je marque un silence, ce qui à la télévision est interdit.

Puis, profitant du trouble laissé par ce blanc, j'attaque :

— Je vais vous surprendre mais ce livre je l'ai écrit il y a deux ans et il ne sort que maintenant pour des questions de planning d'éditeur. Pour moi c'est déjà un livre ancien. Alors, une fois n'est pas coutume, j'ai envie de vous parler de mon prochain livre, celui sur lequel je travaillais encore ce matin et qui du coup est complètement frais dans mon esprit.

L'animateur lève les sourcils. Les autres invités semblent ravis que je me saborde.

— Eh bien, c'est-à-dire que vous êtes invité pour *Comme une porcelaine dans un magasin d'éléphants* et...

Je vois en effet que sur les écrans apparaît la couverture de mon livre et en incrustation mon visage.

— ... et je dérange vos habitudes, mais laissez-moi évoquer mon nouveau sujet et je pense que vous aurez envie de réagir là-dessus.

Instant de flottement.

Dans le public mon éditeur m'adresse des signes désespérés pour m'inciter à abandonner cette déplorable idée.

Je sens une hostilité générale, mais l'animateur se dit que ce genre de diversion est suffisamment rare pour que les autres médias s'en fassent l'écho le lendemain.

Et puis comme il n'a pas lu, il se sent soulagé.

– Très bien, jouons le jeu. De quoi parle votre prochain roman sur lequel vous travailliez encore ce matin, Gabriel Askolein ?

– Il parle de ce qu'il y a au-dessus de nous. Il parle des dieux qui nous gouvernent et qui s'amusent à observer et manipuler les hommes comme les pièces d'un jeu d'échecs géant. J'ai pensé baptiser ce nouveau roman *Le Royaume des dieux.*

– Et quelle en est l'intrigue ?

– Mon héros est à la recherche de Dieu. Mais au lieu de suivre le chemin habituel qu'offrent les religions, il décide que la meilleure manière de comprendre les desseins du divin est de se placer dans la même situation et de regarder comment lui-même se comporterait à sa place.

– Une sorte d'empathie avec Dieu ?

– Oui. En endossant ses responsabilités et en revivant son travail, mon héros peut comprendre Dieu et donc l'en aimer d'autant mieux.

– L'aimer ?

– Du moins ne plus le craindre. On a peur de ce qu'on ne connaît pas. On ne peut aimer que ce qu'on comprend.

– Et comment comprend-on Dieu ?

– En se mettant à sa place. Et donc en partageant son expérience. On ne connaît vraiment les choses qu'en les expérimentant.

Un invité s'agite et demande la parole.

– Oui, Archibald ?

Tiens, c'est donc lui, Archibald Goustin, le grand

académicien. Il est en costume à rayures, chemise noire, foulard de soie verte. Il brandit un fume-cigarette en ivoire dont il aspire avec délectation de petites bouffées en affichant un sourire carnassier.

— Je pense que n'importe qui n'a pas le droit de parler de Dieu n'importe comment. Je crois, monsieur Askolein, que vous n'avez pas effectué d'études de théologie.

— C'est ma fierté.

— Vous n'avez pas fait non plus que je sache d'études de lettres.

— C'est ma seconde fierté.

— Je pense pour ma part que le thème des dieux ne peut être abordé que par des spécialistes qui y ont consacré leur vie, qu'ils soient prêtres ou docteurs en théologie.

— Je me flatte d'être un esprit libre.

— Mais les jeunes qui vous lisent pourraient vous croire ! s'offusque l'académicien.

Rumeur dans la salle. J'ai l'impression de revivre mon procès. Si ce n'est que l'animateur remplace Athéna et les invités les témoins de l'accusation.

— Au contraire, les jeunes qui me liront se forgeront un libre arbitre qui leur permettra de se construire une opinion loin de tous les distributeurs automatiques de vérités. La spiritualité est un cheminement, non un dogme.

— Mais il y a des rituels à respecter...

— ... qui ont été inventés par les hommes. Ce n'est qu'une convention entre humains qui a édicté des règles autorisant certaines personnes et elles seules à parler de Dieu. Ces mêmes personnes qui se targuent de savoir parler de la mort et du paradis. C'est leur accorder beaucoup d'honneur que de leur offrir cette prérogative exclusive. Le mot Dieu, le thème de Dieu, tout comme la mort et le thème du paradis, appartiennent à ceux qui s'y intéressent, donc à tout le monde.

Nouvelle rumeur sur le plateau.

Je sens monter l'hostilité de tous les invités. L'animateur a l'air ravi du conflit qu'il attise. Il sent grimper l'Audimat.

– Donc si je vous comprends bien, mon cher Gabriel Askolein, vous proposez aux lecteurs de vivre quelques minutes à travers votre personnage dans la peau et les préoccupations d'un... dieu ?

– Oui, et pour que l'expérience soit encore plus intense je vais proposer en parallèle un jeu vidéo qui permettra de créer et de gérer des peuples sur des mondes virtuels. Ainsi mon lecteur pourra faire en direct l'expérience de la divinité. Et donc la comprendre.

L'animateur, considérant qu'il a tiré tout le jus possible de ma singularité et craignant cette fois d'abaisser le niveau de sérieux de son émission, restitue la parole aux « bons clients ». Archibald Goustin, après avoir émis une dernière moquerie sur mon projet « naïf », parle de son livre. Il pose pour l'occasion son fume-cigarette, et explique qu'il s'agit d'un recueil de souvenirs d'enfance, et notamment sur sa mère, qui était déjà écrivaine et à l'Académie littéraire, et qui lui a donné le goût des livres. Il précise que ce roman est le premier volume d'une série où, après son enfance, il évoquera son adolescence puis son âge adulte, période très tourmentée.

Après la confusion que j'ai générée, son assurance apaise tout le monde. Au point que certaines personnes dans le public applaudissent à la promesse du futur livre de cette autorité.

L'écrivain suivant est la jeune romancière qui a écrit un livre sur ses crises de boulimie. Elle explique comment elle se fait vomir tous les soirs avec deux doigts, penchée sur la cuvette des toilettes. Elle dit que c'est une caractéristique de toutes les filles belles : pour rester minces, elles se font vomir ou avalent des laxatifs.

L'animateur multiplie les compliments et lui demande de parler de sa sexualité. Elle explique ne prendre son plaisir que dans la soumission. Pour elle, tout homme qui l'aime doit être capable de la dominer. La gentillesse lui semble en revanche une forme de paresse.

Elle croise et décroise ses longues jambes gainées de bas résille tandis que l'animateur ne peut plus masquer son trouble.

Il passe rapidement à l'invité suivant, l'homme à moustache blanche et monocle qui vient de publier *L'Histoire du peuple des dauphins*.

L'ouvrage raconte précisément l'épisode fameux où un bateau, avec à son bord les derniers survivants dauphins, a fui le continent, traversé l'océan, pour créer sur une île lointaine une civilisation nouvelle. L'historien parle d'un ton tranchant et sans appel. Il « sait » exactement comment cela s'est passé.

Il ne parle pas par hypothèse, il affirme.

S'il savait que tout ce qui est arrivé c'est moi qui l'ai provoqué, dirigé, inventé ! J'ai inspiré la fuite à la troupe de rescapés, suggéré la forme du gouvernement.

En fait, c'est moi qui devrais toucher les droits de son livre, ces scènes, c'est en grande partie moi qui les ai conçues.

L'historien continue de citer des moments de l'exil et je m'aperçois qu'en plus il énonce des contre-vérités flagrantes.

Il se trompe sur les noms, les personnes, les événements. Il confond les héros et les lâches, les bourreaux et les victimes. Protégé par ses titres universitaires, il va jusqu'à suggérer que cette fuite était un plan prévu de longue date et qu'un groupe d'éclaireurs dauphiniens avait précédé le gros bateau pour se livrer à des repérages. Ensuite il signale que le regroupement sur l'île de la Tranquillité n'était qu'un instant de transition. Selon lui les dauphiniens voulaient s'éloigner pour mieux préparer leur retour et donc l'invasion de leur propre Terre occupée par les envahisseurs hommes-rats.

Je craque.

– Non, cela ne s'est assurément pas passé comme ça. Sur l'île de la Tranquillité ils n'ont jamais voulu envahir quoi que ce soit, ils voulaient juste être tranquilles, comme son nom l'indique.

– Ils préparaient un complot mondial ! On le sait de manière sûre, annonce le moustachu.

– Quelles sont vos sources ? demandé-je.

– « Nous » le savons ! Tous les témoignages de l'époque le corroborent ! Tous les historiens sont d'accord là-dessus !

Je lâche la petite phrase que j'aime bien avoir en bouche :

– « Ce n'est pas parce que vous êtes nombreux à avoir tort que vous avez raison. »

Il devient tout rouge.

– Mon pauvre monsieur... du haut de vos diplômes vous ne débitez que des âneries. Mes hommes-dauphins n'ont toujours aspiré qu'à la paix et la sérénité. Et s'il n'y avait pas eu le déluge ils n'auraient jamais quitté l'île de la Tranquillité et vous n'auriez jamais entendu parler d'eux. C'est à cause d'Aphrodite qui a fait du zèle que...

Je m'interromps. Tous me dévisagent de manière bizarre. Qu'ai-je dit de si terrible ?

Ah ! La gaffe. « Mes » hommes-dauphins.

– De quel droit osez-vous contester des vérités historiques ? pérore l'homme à la moustache blanche, s'adressant à moi comme si j'étais l'un de ses élèves.

– Du droit des morts à ne pas voir leur mémoire salie par des imbéciles pédants. Du droit des victimes à ne pas voir les crimes de leurs bourreaux légitimés par des pseudo-intellectuels qui ne tiennent leur savoir que de propagandes de tyrans et de rumeurs d'ignorants.

L'autre va exploser. Il se contente de répéter, au bord de l'apoplexie :

– Mais pour qui il se prend celui-là... Pour qui il se prend... pourquoi l'avez-vous invité ?

L'animateur hésite sur la conduite à tenir. Finalement il préfère ignorer mon intervention et, en une pirouette, présenter l'invité suivant : le jeune blond aux mèches rebelles qui vient narrer ses soirées parisiennes dans les clubs échangistes. Le sujet détend aussitôt l'atmosphère. Surtout quand le blondinet raconte qu'il a croisé dans ses aventures nocturnes beaucoup de célébrités et de politiciens. La détente est générale lorsqu'il signale que parmi les célébrités il a même croisé au « Hibou pervers » l'animateur de « Bris de verve et morceaux de vies triés ». Ce dernier, très fair-play, reconnaît qu'il y a été entraîné quelquefois par des amis.

Enfin l'animateur, profitant de la décontraction générale, termine par le dernier invité, le gros homme, qui est en fait un chef cuisinier. Celui-ci parle au moins de ce qu'il connaît et a expérimenté par ses sens : le goût, la vue et l'odorat, thème de son livre. Il présente ses inventions culinaires, ses créations gastronomiques, ses mises en scène de plats. Avec lui je me sens en réelle affinité.

À la sortie, après le démaquillage, Robert, mon éditeur, est bougon.

– Qu'est-ce qu'il vous a pris ? Avec cette histoire de « Royaume des dieux »... Vous risquez de vous mettre à dos tous ceux qui ont des certitudes sur l'au-delà. C'est-à-dire pratiquement tout le monde.

– C'est un risque à prendre. Si ça peut ouvrir l'esprit de quelques personnes...

– Et maintenant que vous avez gagné le grand amour d'Archibald Goustin, il va vous soigner de mille manières. C'est un homme puissant qui a tous les réseaux littéraires à sa botte.

– Mes lecteurs ne lisent pas ses livres. Et les siens ne lisent probablement pas les miens.

– Beaucoup de critiques littéraires sont aussi des écrivains qui rêvent d'entrer à l'Académie. Ils vont vous descendre rien que pour lui faire plaisir.

– Eux non plus, je ne crois pas qu'ils lisent mes livres.

– Pour vous descendre ils n'ont pas besoin de savoir ce que vous écrivez. Ils vous jugeront sur votre prestation télévisée. Ils lanceront des rumeurs, des insinuations. Ce sera suffisant. Et un jour, quand un historien voudra parler de vous, il ne trouvera que leurs calomnies.

– J'ai mes lecteurs. Eux me connaissent, ils savent la vérité.

– Méfiez-vous, Gabriel. Le soutien des lecteurs, aussi nombreux soient-ils, n'est pas suffisant pour bâtir une carrière solide. La réputation est plus importante que le vrai talent.

– Je suis un esprit libre.

– Prenez garde : à force d'être libre on finit par

être... seul. Je vous aurai prévenu, lance-t-il en guise de salut.

Je prends congé et déambule dans la nuit, le long des grandes avenues de la capitale, en repensant à l'émission.

Bon sang, ce n'est pas possible. Ce sont les mêmes esprits réactionnaires que devait supporter Jacques Nemrod. La situation littéraire de la France de Terre 1 serait à ce point en phase avec la Coquie de Terre 18 ? Les mêmes tartuffes règnent donc partout, sur tous les mondes ?

Je repense à Delphine.

Merveilleuse.

Je repense aux gens de Papillon Bleu Productions.

Ça y est, j'ai mes premiers souvenirs autochtones de Terre 18. J'ai une vie ici, déconnectée d'Aeden.

C'est un peu comme en vacances, lorsqu'on oublie ses problèmes pour vivre quelque temps avec des problèmes nouveaux.

Je ne les vois plus comme des pièces d'échecs. Ils m'impressionnent, ils m'excitent, ils m'inquiètent. Comme des égaux.

Je fixe les visages. Un policier qui renseigne. Une femme âgée qui rumine des paroles, une jeune fille aux yeux humides. Un groupe d'enfants qui lancent des pétards dans le caniveau. Un couple d'amoureux qui se tient par la main, puis s'arrête pour s'embrasser. Un mendiant à genoux, la main ouverte avec l'inscription : *« Aidez-moi. J'ai faim. »*

C'est ça les milliards de mortels de Terre 18 que j'observais jadis depuis le ciel.

Certains marquent leur agacement que j'ose les dévisager ainsi.

Sur les affiches je retrouve des publicités pour « Le 5e monde ». Décidément ils ont investi dans la communication. Et puis des publicités pour des cigarettes, des voitures, des parfums, ou des films.

Il se met à pleuvoir.

Des phrases de la journée me reviennent à l'esprit. « Ce n'est pas parce que vous êtes nombreux à avoir tort que vous avez raison. » « À force d'être libre on finit par être seul. » Et puis le titre de mon dernier livre : *Comme une porcelaine dans un magasin d'éléphants*. Prémonitoire ? Ce serait amusant que mon dernier roman publié raconte l'histoire d'un dieu perdu au milieu de mortels qui lui font de la morale.

La boucle serait bouclée.

Je souris intérieurement.

Je découvre dans ma poche un paquet de cigarettes et j'en allume une. J'aspire la fumée avec le sentiment confus de m'empoisonner et d'y prendre plaisir.

Mes pas m'entraînent dans une rue sombre, bruyante, mal fréquentée. Alors que je ralentis pour essayer de trouver un bar où m'asseoir et boire, je remarque dans le reflet d'une vitrine de marchand de farces et attrapes un homme en imperméable beige et chapeau noir. Il m'observe de loin.

J'emprunte plusieurs ruelles pour en avoir le cœur net. L'homme me suit toujours.

Un lecteur pour un autographe ?

Un fanatique religieux ?

Je m'arrête devant la vitrine d'un magasin de jouets. Il a ainsi la possibilité d'approcher. Mais il ne le fait pas. Il reste à bonne distance.

Pas de doute, ce type en a après moi. Et ce n'est pas un admirateur. Il faut m'en débarrasser.

Je cours. Il court derrière moi.

40. ENCYCLOPÉDIE : CONAN DOYLE

Conan Doyle est né en 1859 à Édimbourg, en Écosse. Très jeune, il crée un journal de lycée où il publie des nouvelles. Diplômé de médecine, le jeune Doyle doit aider sa famille plongée dans la misère, du fait de l'alcoolisme de son père. Il ouvre un cabinet d'ophtalmologie à Portsmouth, se marie à 26 ans avec la sœur d'un de ses patients, a deux enfants. Revenant à sa passion pour l'écriture il rédige en 1886 *A Study in Scarlet* (*Une étude en rouge*), la première histoire avec pour héros un certain Sherlock Holmes. Ce dernier est d'ailleurs inspiré d'un de ses professeurs, le Dr Joseph Bell, chirurgien à la faculté de médecine d'Édimbourg, qui aimait enquêter sur les maladies et procéder par déductions successives.

Le *Strand Magazine* publie six de ses histoires, et lui en réclame de nouvelles. Pour décourager le journal, Doyle demande une somme exorbitante pour l'époque, 50 livres, mais, loin de lui refuser, le journal accepte. Dès lors Conan Doyle, pris à son propre piège, abandonne la médecine pour l'écriture. Il publie désormais des volumes entiers des aventures de Sherlock Holmes, lui-même se reconnaissant plutôt dans le personnage du Dr Watson, le partenaire d'enquête et narrateur, auquel il ressemble physiquement.

Mais Sherlock Holmes commence à prendre trop d'importance dans la vie de Conan Doyle. Au point qu'il finit par détester son personnage. Alors qu'il séjourne en Suisse, en 1892, pour soigner la tuberculose de sa femme, l'écrivain décide de tuer Sherlock Holmes, dans l'histoire intitulée *The Final Problem* (*Le Dernier Pro-*

blème). Son héros est précipité dans les chutes suisses de Reichenbach par son ennemi juré, le maléfique Professeur Moriarty. La réaction des lecteurs est immédiate. Par courrier ils le supplient de faire ressusciter Sherlock Holmes. Sa propre mère le conjurera de sauver le célèbre détective. Dans les rues de Londres les lecteurs portent un brassard noir pour afficher le deuil de leur héros défunt. Après les supplications viennent les insultes et les menaces, mais Conan Doyle ne cède pas.

Il écrit une pièce de théâtre, *Waterloo*, et des romans historiques. Il se présente aux élections législatives d'Édimbourg et n'est pas élu. Il voyage, pratique la médecine au Soudan, dirige un hôpital en Afrique du Sud durant la guerre contre les Boers. En 1902, contre toute attente, il décide d'écrire à nouveau une aventure de son personnage fétiche dans *The Hound of the Baskerville* (*Le Chien des Baskerville*). L'action est censée se dérouler avant son décès dans le gouffre de Reichenbach. Ce ne sera que trois ans plus tard, qu'il apportera la résurrection officielle à Sherlock Holmes dans *The Return of Sherlock Holmes* (*Le Retour de Sherlock Holmes*) pour financer la construction de sa nouvelle maison. Le succès est immédiat, ce qui provoque la colère de Doyle. Pire : il reçoit du courrier adressé à Sherlock Holmes. L'écrivain se venge en rendant son personnage de plus en plus noir, accro à la drogue, morphine et cocaïne, et de plus en plus solitaire, aigri et misogyne.

En 1912, Conan Doyle crée un nouveau personnage concurrent, le Professeur Challenger, dans

The Lost World (*Le Monde perdu*), mais qui ne connaîtra pas la notoriété de son prédécesseur.

Écœuré par les atrocités de la Première Guerre mondiale, Conan Doyle se tournera au crépuscule de sa vie vers le spiritisme (tout comme Victor Hugo). En 1927, il publie la dernière aventure de Sherlock Holmes : *L'Aventure de Shoscombe Old Place*. Il meurt en 1930 d'une crise cardiaque. Après sa mort, son fils Adrian Doyle écrit *Les Nouvelles Aventures de Sherlock Holmes*. Depuis, les histoires du célèbre détective à la pipe et à l'imperméable n'ont jamais cessé d'être rééditées et adaptées au cinéma. Des clubs de fans pullulent dans le monde. Un groupe de « Holmesiens » anglais prétend même détenir des preuves que le détective Sherlock Holmes a réellement existé. Et que ce serait l'écrivain Conan Doyle lui-même dont l'existence prêterait selon eux à débat.

Edmond Wells,
Encyclopédie du Savoir Relatif et Absolu,
Tome VI.

41. DELPHINE

Je cours de plus en plus vite. Il ne me lâche pas.

Je tourne dans plusieurs ruelles, puis me cache sous un porche.

L'homme au pardessus beige et au chapeau noir me dépasse en courant.

Pas le moment de me faire assassiner.

J'ignore si je m'en remettrais. Dans le cadre de leur

punition les dieux ont sans doute veillé à me rendre complètement mortel.

Terre 18 : Terminus pour mon âme ?

Redeviendrais-je simple cadavre, tas de viande tiède qui pourrirait sans possibilité de réincarnation ?

J'attends un moment puis sors de ma cachette. La voie semble libre.

Ce soir je n'ai pas envie d'être seul.

Qui voir ? Solena m'attend, à n'en pas douter.

Mais ce n'est pas elle que je désire.

Je cherche le carton avec l'adresse de Delphine et hèle un taxi.

J'appuie sur le bouton de l'interphone à KAMERER.

– Qui est là ?

– C'est Gabriel.

– Qui ?

– Gabriel Askolein, l'« écrivain agaçant qui se prend pour Dieu ».

Ma franchise la fait rire. Elle se reprend.

– Vous avez vu l'heure ? Même un dieu n'a pas le droit de déranger les mortels durant leur sommeil. Que me voulez-vous encore ?

– Laissez-moi entrer je suis poursuivi par un fanatique religieux à cause de l'émission de télévision.

Elle hésite.

– Bien fait pour vous. Ça vous dégonflera les chevilles.

– J'ai vraiment des problèmes.

– Vous avez encore blasphémé ?

– J'ai seulement parlé de « liberté de penser autrement » dans un monde où tout le monde pense pareil.

Elle refuse toujours d'ouvrir.

– J'ai vu l'émission. Vous avez été courageux. Je n'aime pas votre vision païenne de la divinité, mais dans notre code de vie dauphin il est inscrit de ne jamais abandonner quelqu'un en difficulté.

La porte électrique se déverrouille.

Je vérifie que personne ne m'a suivi puis je pénètre dans l'immeuble.

Je monte jusqu'au 33ᵉ étage. Une porte est entre-bâillée. Nº 103. J'entre.

Delphine Kamerer est en peignoir de bain rouge, les cheveux noués dans une serviette de la même couleur. Elle sort probablement de sa douche.

– Je ne voulais pas rester seul ce soir. Et puis je pense que si un groupe veut me nuire, il m'attend aussi chez moi.

– Vous avez dîné ?

– Non.

Elle me fait patienter dans le salon. Il y a une bibliothèque avec des livres qui parlent tous du même sujet : la religion dauphine.

J'en consulte un luxueusement relié, qui semble la bible officielle.

Je lis la première page :

« Au commencement il n'y avait que la mer.

Et dans la mer vivaient les dauphins.

Quand les continents sont apparus, les dauphins sont sortis de l'eau pour ramper puis marcher debout sur la terre.

Cela a donné les hommes-dauphins.

Mais certains d'entre eux avaient la nostalgie de l'élément aquatique, alors ils sont retournés nager dans la mer.

Depuis, les deux peuples frères, terrestre et aquatique, s'entraident.

Les dauphins-dauphins gardiens des secrets

océaniques délivrent aux hommes-dauphins leur sagesse primordiale.

Beaucoup d'hommes-dauphins ont oublié qu'ils étaient issus de la mer et ils sont devenus hommes, associés à d'autres animaux. Et ils ont même fini par tuer des dauphins et souiller la mer.

La première personne à renouer le dialogue entre les peuples de la mer et les peuples de la Terre avait pour nom "Mère".

Cette femme a reçu l'intuition du lien sacré oublié. C'est elle qui a recréé la communication entre les peuples de la Terre et ceux de la mer. »

Ainsi voilà comment, sur Terre 18, les hommes-dauphins ont digéré mon enseignement. Tout est lissé, légitimé, harmonisé pour devenir compréhensible même par des enfants. Je garde pourtant en mémoire le fameux contact entre mes hommes-dauphins et les dauphins-dauphins. C'était en effet une femme.

Mais cela n'avait pas été facile de lui inspirer ce dialogue. Je me souviens aussi des premières parties de jeu d'Y, avec mes intuitions de dernière minute, mes bricolages pour sauver de justesse quelques rescapés, mes messages divins envoyés en rêve aux quelques individus médiums qui me semblaient capables de se les rappeler à leur réveil. Ils oubliaient, comprenaient de travers, réinterprétaient.

Et tout ça pour en arriver là : « La Bible Dauphine », en fait le récit de ma partie de divinité telle que je l'ai jouée, mais vue par les pièces !

Delphine revient, vêtue d'un pull indigo. Le temps que je lise elle a lancé quelques plats à réchauffer sur sa cuisinière.

Elle dispose rapidement une nappe et des couverts

puis me tend des assiettes pleines d'aliments verts et jaunes tout en me signalant qu'elle est végétarienne.

Je goûte, tout est délicieux.

– Vous ne pourrez pas dormir ici, me prévient-elle. Si vous avez peur de rentrer chez vous, il faudra aller à l'hôtel.

– Je croyais que selon le code dauphin vous deviez accueillir celui qui était en détresse.

– Le code dauphin est une chose, mais mon code de vie personnel en est une autre. Vous êtes un homme et je suis une femme qui vit seule. Je ne voudrais pas que, même par rapport au voisinage, qui que ce soit puisse insinuer des choses dans mon dos.

– Vos voisins vous surveillent ?

– Il y a une femme en face qui passe sa journée à fixer l'œilleton. À croire qu'observer ses contemporains circulant dans le couloir constitue son passe-temps favori. Ensuite elle dresse un compte rendu détaillé des allées et venues à tous les locataires de l'immeuble, essentiellement occupé par des retraités aussi oisifs qu'elle.

Elle me tend des épices pour agrémenter ses plats. Ce n'est ni du poivre, ni du piment. Une poudre jaune et une poudre orange. Je goûte, la saveur rappelle un peu le curry de Terre 1.

– Et si j'avais envie de vous séduire ?

– Il faudrait que vous trouviez des arguments valables.

– J'ai inventé votre religion. Cela vous semble suffisant comme argument ?

– Encore vos délires de grandeur. Je vais finir par croire ce que certains racontent sur vous.

– Arrêtez de croire... expérimentez. Ce n'est pas tous les jours qu'un mortel peut rencontrer un dieu.

Elle part dans la cuisine et revient avec un gant

épais tenant ce qui ressemble à des lasagnes aux brocolis et à la béchamel dans un plat transparent.

– Argument non convaincant. Mais j'aime jouer.
Voyons. Essayez de marquer des points, je vous dirai
si vous vous rapprochez de moi.

– Des points ? D'accord. Si je vous dis que j'admire votre ferveur dans ma religion ?

– Ce n'est pas « votre » religion. Pas de point.

– Alors disons que j'aime beaucoup la « philosophie » dauphin.

– Ah, voilà qui est plus simple. Allez, en guise
d'encouragement je vous accorde un premier point.

– Il en faut combien pour rester ici dormir ce soir ?

– 20.

– J'ai envie de faire l'amour avec vous.

– Ça, j'avais compris. Pas de point.

– Vous voyez, quand je suis sincère je ne suis pas
récompensé.

Elle me sert du vin. Puis me regarde intensément.

– Vous me dites que vous êtes « mon dieu » et
vous ne me parlez que de vous. Ou alors vous me
dites que « vous » avez envie de moi. Mais est-ce que
vous vous intéressez ne serait-ce qu'une seconde à
ma personne ? Est-ce qu'à un moment vous vous êtes
demandé qui je suis, moi, Delphine Kamerer ? Vous
m'avez l'air de quelqu'un de complètement égocen-
trique et mégalomane.

Moi, mégalomane !

– Qu'y a-t-il de plus prétentieux que de se prendre
pour un dieu ! Délire de grandeur. Complexe de supé-
riorité. Vous deviez avoir soit des parents qui vous
plaçaient sur un piédestal et qui vous ont trop gâté,
soit au contraire qui vous ont écrasé, et par réaction
vous compensez en vous surévaluant.

– Non, je ne voulais pas vous...

– La mégalomanie est une maladie et je peux vous dire que les asiles psychiatriques sont remplis de gens qui se prennent...

Pour moi.

– ... Pour Notre Seigneur.

Je bois du vin. Pour sa part elle ne boit que de l'eau. Je commence à trouver cette jeune femme de plus en plus désirable. Dire qu'au début je ne la trouvais même pas belle. Et le temps passant, heure après heure, ma vision d'elle change complètement.

– Alors qui êtes-vous, Delphine Kamerer ?

– Tout d'abord il faut que vous sachiez que ma foi est ancienne. Ma famille a été décimée durant la Guerre mondiale, j'ai été recueillie par une tante qui m'a longtemps caché ma religion. Et quand j'ai découvert mon origine je me suis jetée à fond dans la culture dauphin. Jusqu'à abandonner ma vie normale et mes études d'informatique pour vivre pendant trois ans dans un monastère dauphin.

– Carrément.

– Là j'ai expérimenté la pratique quotidienne de ma foi basée sur le respect de la nature, le respect des autres et surtout le respect de moi-même.

Elle me verse à nouveau du vin mais je n'ai plus envie d'en boire, je préfère l'eau claire.

– Comment vit-on dans un monastère dauphin ?

– Levé avec le Soleil. Le plus souvent à 6 heures du matin. Puis gymnastique d'assouplissement.

Je leur avais appris le yoga.

– Puis chant polyphonique pour émettre une vibration collective. Prière pour notre planète dans sa globalité. Discussion sur les textes des grands sages dauphins. Ensuite nous déjeunons ensemble. Pas de viande. Pas d'alcool. Pas de tabac. Pas de café.

– Pas de sexualité ?

– La sexualité est autorisée, même encouragée en tant que réveilleur d'énergie. Mais il n'y avait dans ce monastère que des femmes et je ne suis pas attirée par les personnes de mon sexe. Et cela n'a rien à voir avec la religion, je pense qu'il faut une forte complicité des esprits avant qu'il puisse y avoir une complicité des corps. Or celle-ci se forge avec le temps et par étapes. Mère disait : « Ce qui n'est pas construit avec le temps ne résiste pas au temps. »

Compris. Je n'ai aucune chance de faire l'amour ce soir.

– Mère nous apprenait aussi les arts martiaux, elle nous apprenait à respirer, à prendre conscience du présent, à connaître la nature. L'une de ses devises était : « Pas de désir, pas de souffrance. »

J'examine un tableau dans la pièce, et m'aperçoit qu'il est signé D.K. Delphine Kamerer. Ainsi elle n'est pas que directrice artistique chez Papillon Bleu Productions, elle est aussi peintre. L'œuvre représente un couple enlacé, les corps fusionnant pour former un nuage. Les couleurs sont très douces, les visages sereins, comme détachés de tout.

– Et si je vous désire ?

– Vous souffrirez.

Je délaisse l'eau et finalement reviens au vin.

Bon sang ! je ne vais quand même pas apprendre la spiritualité et la sagesse d'une simple mortelle qui les tient des hommes à qui j'ai tout transmis !

– Qu'est-ce qui vous fait rire, monsieur le mégalomane ?

– Je me disais que j'ai beaucoup de choses à apprendre de vous.

– Tout d'abord vous paraissez sans cesse nerveux, angoissé, impatient. Il serait peut-être temps de retrouver un peu de sérénité. Voulez-vous que je vous enseigne une méditation simple ?

– Avec plaisir.

– Tenez-vous droit.

J'obtempère, et me cale solidement contre le dossier, mes mains sur les genoux.

– Respirez profondément.

J'inspire.

– Prenez conscience de l'instant présent. Ne vivez que cet instant. Nous allons utiliser les cinq sens. Décrivez-moi ce que vous voyez en face de vous. Notez bien les couleurs.

– Je vois une femme brune aux yeux noirs. Elle est très belle. Une cuisine rouge. Des casseroles blanches. Une table orange. Un plat blanc. Un tableau bleu avec un couple dans un nuage.

– Bien. Maintenant fermez les yeux. Dites-moi ce que vous entendez.

– J'entends un plat qui rissole dans la casserole. J'entends des voisins qui s'engueulent derrière la cloison. J'entends le bruit du vent contre la fenêtre.

– Gardez les yeux fermés. Qu'est-ce que vous sentez ?

– Je sens une odeur de pâte cuite, de thym, de sauge, je sens une odeur de sel, d'huile, de vin. Je sens votre parfum : de la bergamote et un fond fleuri, lilas ou lys. Non, plutôt un bois, peut-être du santal.

– Quel goût dans la bouche ?

– J'ai encore la saveur des lasagnes aux brocolis.

– Le toucher ?

– Je sens la chaise sous mes fesses, mes pieds sur le sol, mes bras sur la table, je sens le poids de mes vêtements.

– Bien, maintenant, rouvrez les yeux et mêlez toutes les informations fournies par vos sens.

Je le fais et je sens tout plus fort. Elle me prend la main et ajoute le contact de sa peau aux informations reçues.

– Vous êtes vraiment là : ici et maintenant, avec moi.

Elle est en train de me donner la plus grande des leçons. Ayant connu l'expérience divine, je revis à fond une vie de mortel incarné.

Cela me rappelle que quand je faisais du vélo je rêvais de posséder une voiture, qui me semblait la dimension supérieure. Je l'ai eue. Et un jour, alors que j'étais coincé à faire l'escargot dans un embouteillage, j'ai vu un vélo me doubler et j'ai compris que finalement le vélo pouvait être plus intéressant que la voiture.

Être mortel peut donc se révéler plus intéressant, plus éducatif pour mon âme qu'être dieu.

Dans ce cas tout serait parfait. Loin d'être une punition, cet exil forcé parmi les gens de Terre 18 serait l'occasion pour mon âme de s'élever encore. Une étape de descente nécessaire à la montée.

– Je veux que vous m'appreniez ce que vous savez, dis-je.

Elle m'apporte des desserts à base de fruits.

– Alors commencez par dire « je souhaite » au lieu de « je veux ». Ce sera la première leçon.

– Je souhaite que vous soyez mon professeur.

– Deuxième leçon, calmez-vous. Cessez de vous montrer tout le temps fébrile et impatient. Tout vient à point au bon moment.

– Mais les enjeux sont terribles et...

– Même la fin du monde pourra attendre jusqu'à demain.

– D'accord. J'essaierai.

224

– Pour cette bonne volonté je vous donne un point. Cela fait 2 sur 20. Maintenant vous devez déguerpir.

– À quand la prochaine leçon ?

– Lorsque l'élève est prêt, le maître arrive.

De mieux en mieux. Cette phrase est d'Edmond Wells, et c'est moi qui l'ai transmise à un médium dauphin.

Elle se lève, me tend ma veste et m'indique la sortie.

Me voici à nouveau dans la rue, marchant dans les grandes avenues désertes. Il est 1 heure du matin.

Je rentre à la maison et me laisse tomber dans un fauteuil.

Mon téléphone sonne.

Au bout du fil, une voix que je reconnais aussitôt. Je la laisse parler.

– Non, désolé Solena, je ne viendrai pas demain, je préfère qu'on arrête de se voir tous les deux.

– Tu as rencontré une autre fille ?

– Oui.

Je regarde la photo de la fiancée de Gabriel, cette Solena, et me demande ce que mon « moi précédent » pouvait bien lui trouver. « L'amour est la victoire de l'imagination sur l'intelligence », disait Edmond. Je devais prêter une dimension imaginaire importante à cette personne.

Dans le combiné j'entends des bruits caractéristiques.

– Non, ne pleure pas, Solena. Je crois que tu mérites de trouver un type mieux que moi.

– Salaud !

Elle me raccroche au nez. Voilà. Désormais il n'y a plus que Delphine dans mon espace sentimental. Même si la partie semble difficile, au moins elle est claire.

2 points sur 20...

Je vais dans la bibliothèque et je saisis le livre *Comme une porcelaine dans un magasin d'éléphants*.

Je tourne la première page : « *À Solena, sans qui je me sentirais seul en ce bas monde.* »

Bon, reconnaissons que j'ai peut-être cassé une porcelaine dans le magasin de Gabriel Askolein. Mais vu que ce type n'est pas vraiment moi, je ne lui dois rien.

Je tourne encore une page et commence à lire le premier chapitre :

> « Par moments cette planète me semble étrangère, et les créatures qui y vivent, et qu'on appelle mes "congénères", m'apparaissent comme des animaux étranges que je ne comprendrai et qui ne me comprendront jamais. Je sens en eux beaucoup de peur. Et je sens que l'une des manières pour eux de supporter cette peur consiste à devenir des prédateurs. En effrayant les autres, ils se rassurent eux-mêmes. »

Pourvu que ce ne soit pas autobiographique, je déteste les auteurs qui ne parlent que de leur nombril.

Je lis.

Je commence à comprendre l'histoire. Le héros, Gilles, a un frère jumeau complètement intégré à la société alors que lui se sent étranger dans ce monde. Son frère est dans les assurances. Lui est dans la fabrication, la décoration et la vente de porcelaines rares.

Il y a une histoire d'amour, les deux frères aimant la même femme obèse, qu'ils nomment l'Éléphante. Il y a aussi une enquête criminelle car le frère de Gilles avait assuré le père et, alors qu'il s'est ruiné en jouant au poker, il le tue pour toucher la prime. Gilles enquête pour savoir qui a tué son père.

Finalement, Gilles met au point son chef-d'œuvre : une porcelaine géante représentant une éléphante. Sur le côté il a représenté son frère assassinant son père. Ainsi il révèle la conclusion de son enquête. L'éléphante de porcelaine est exhibée lors d'une exposition culturelle, mais le frère jumeau, inquiet qu'on découvre son crime, la brise.

À la fin du livre l'auteur indique les musiques écoutées en écrivant l'ouvrage. Ce sont des albums de cette planète. Je n'en connais évidemment aucun. Je prends un autre livre, *La Planète des femmes*, qui raconte un monde d'où tous les hommes ont disparu, il ne reste plus que des femmes. Le sous-titre est : « *Un jour il n'y aura plus que des femmes sur Terre et les hommes seront une légende.* » Ce livre est dédié à un autre prénom féminin, Karina.

Décidément il a une muse différente pour chaque ouvrage. À la fin, à nouveau la liste des musiques écoutées. Je comprends pourquoi le casque audio se trouve à côté du clavier d'ordinateur. La musique le porte dans l'écriture. Et peut-être en donne-t-elle le rythme.

Troisième livre. Une enquête criminelle où le seul témoin est un arbre. L'histoire est racontée du point de vue de l'arbre qui pense.

Visiblement, ce type, dans la chair duquel je me trouve, ce Gabriel Askolein, avait vraiment des idées qui partaient dans tous les sens. On a l'impression de suivre une pensée sans contrôle mais aussi sans limites.

Il a l'air de s'amuser énormément à écrire. C'est pour cela qu'il est agréable à lire.

Je commence à me sentir pas si mal dans sa peau.

Écrivain. C'est un boulot de solitaire mais au moins on aménage son temps comme on veut. Et maintenant que Gabriel a une aventure sentimentale avec cette Delphine Kamerer, je sens que tout renaît en lui. Un nouveau livre, une nouvelle muse, je-il suis rentré dans son processus créatif. Il ne me reste plus qu'à écouter ses musiques et à m'amuser à écrire comme lui. Je le ferai demain matin. Je cherche encore et trouve des carnets de notes sur son travail.

Il y a des dessins, des cartes, des fiches de personnages, des schémas d'histoires avec des flèches. Je lis ses notes et découvre un coin « conseils pour écrire ». Il parle de la technique des récits parallèles. Plusieurs histoires qu'on suit alternativement et qu'on peut découper et monter comme des séquences cinématographiques. Il parle de « storyboarder » certaines scènes du roman afin de les visualiser à fond et ensuite décrire les images en détail pour les projeter dans l'imaginaire des lecteurs. Il évoque une notion qui semble pour lui très importante. La « Mise En Abyme ».

Je lis ses livres jusqu'à ce que la fatigue empêche mes yeux de rester ouverts, et je tombe moi-même dans la mise en abyme du sommeil.

42. ENCYCLOPÉDIE : MISE EN ABYME

La « Mise En Abyme » est une technique artistique consistant à mettre une œuvre dans l'œuvre, que ce soit une histoire dans l'histoire, une image dans l'image, un film dans le film, une musique dans la musique.
En littérature on retrouve cette technique narrative dans *Le Manuscrit trouvé à Saragosse* de Jan

Potocki. Ce roman écrit au XVIIIe siècle fonctionne avec un système de narrations similaires imbriquées dans la narration sur plusieurs niveaux.

En peinture, Jan Van Eyck en 1434 met au centre de son tableau *Les Époux Arnolfini* un miroir représentant une image dans l'image : à savoir lui-même en train de peindre le couple. Celui-ci étant vu de dos dans le miroir avec lui de face. L'idée est reprise notamment par Diego Vélazquez dans son tableau *Les Ménines* où on le voit sur le côté en train de peindre le tableau. Elle sera aussi reprise par Salvador Dalí, très amateur d'effets visuels vertigineux.

En publicité on peut noter le dessin du couvercle de la boîte de fromage « la Vache qui rit ». La tête de la vache porte en boucle d'oreille une boîte de « Vache qui rit » portant elle-même une tête de vache qui a elle-même une boucle d'oreille, etc.

Au cinéma, des films comme *Ça tourne à Manhattan*, *Le Diable dans la boîte* ou *The Player* racontent l'histoire d'une équipe qui tourne un film.

En science, l'idée qu'il existe une petite forme géométrique similaire à la forme géométrique globale a permis au mathématicien Benoît Mandelbrot de mettre au point en 1974 le concept d'image fractale.

Dans toutes ses utilisations, la mise en abyme fournit une impression de vertige en créant des sous-systèmes imbriqués ou cachés dans le premier système.

Edmond Wells,
Encyclopédie du Savoir Relatif et Absolu,
Tome VI.

43. ENCORE DELPHINE

Je rêve.

Je rêve que je suis un écrivain et que durant une séance de dédicaces je rencontre une lectrice qui dit vouloir me parler d'un sujet précis.

Elle déclare qu'elle veut me parler de ce qu'elle a compris dans mes livres. Elle parle et je m'aperçois qu'elle a mieux compris mes livres que moi-même.

Comment est-ce possible ?

Je la questionne et elle m'apprend énormément de choses sur mon propre travail.

— Dans votre dernier livre vous dites que $1 + 1 = 3$. Et puis vous faites une démonstration mathématique pour le prouver. Mais votre démonstration semble impossible parce que à un moment il faut diviser par zéro, ce qui est interdit par les mathématiques. C'est pourtant là votre grande trouvaille. Pourquoi c'est interdit par les savants ? Parce que en fait la division par zéro donne... l'infini. Et l'infini est une notion inadmissible en mathématique comme en philosophie. Mais vous, en tant que libre penseur, vous vous autorisez à passer outre. Et donc votre $1 + 1$ est non seulement égal à 3, mais aussi à l'infini et donc à l'Amour total universel.

Je finis par prendre des notes. Je lui demande de répéter lentement pour être sûr de bien comprendre.

C'est une sensation assez désagréable. Celle d'être un artiste qui produit une œuvre profitable aux autres mais guère à lui-même.

Dans mon rêve j'ai envie d'être le lecteur qui a compris plutôt que l'écrivain qui fait comprendre aux autres. J'aimerais moi aussi profiter naïvement de mon travail, ignorer la chute, le nom de l'assassin, vivre le mystère et que tout me soit dévoilé progressi-

vement. J'aimerais moi aussi profiter de l'enseignement des livres pour changer ma manière de voir le
monde, comme cette lectrice prétend que j'ai changé
la sienne.

*Je suis une abeille. Faire du miel est ma vocation
naturelle et j'y prends du plaisir, mais je ne sais pas
ce qu'il vaut. Du coup j'ai besoin de quelqu'un qui
analyse mon miel. Je le produis mais je ne le connais
pas. Je ne le mange pas. Je suis curieux de savoir. Il
a quel goût mon miel ?*

Ma lectrice parle. Le sentiment d'inconfort et d'injustice augmente.

Dans ce rêve, étonnamment, il n'y a pas de
monstres, pas de couleurs bariolées, pas de gens aux
comportements fous, mon rêve est si réaliste qu'à un
moment je vais même me coucher dans mon propre
rêve et je m'endors.

Je me réveille dans le rêve.

Puis celui qui s'est réveillé dans le rêve se réveille
encore. Et encore. Et encore. C'est une mise en
abyme dans le monde onirique. Comme l'image d'un
homme entre deux miroirs dont l'image se répercute-
rait à l'infini.

Par sécurité, le dernier qui se réveille, et dont le
monde semble stable, se pince.

Je soulève les paupières. Le décor de la chambre
de l'écrivain Gabriel Askolein n'a pas bougé. Le lit.
Le plafond. La fenêtre. Je suis toujours sur Terre 18
et à en juger par la tête que je contemple dans le
miroir de ma salle de bains, je suis toujours Gabriel
Askolein.

Il faudra que je « le » lave et que je « le » rase.

Je lis des articles dans sa revue de presse et dans
ses interviews pour savoir ce qu'il fait d'habitude. Il
raconte qu'il part le matin travailler avec son ordina-

teur portable au café en bas de chez lui. Là, il lit les journaux, prend un flan, un grand crème et boit beaucoup d'eau.

Je reproduis ce rituel et m'aperçois que tout mon corps a ses repères. Au café, les serveurs qui semblent bien me connaître me saluent et m'apportent automatiquement un grand crème avec beaucoup de mousse, une carafe d'eau fraîche, et me tendent un journal.

Le serveur me parle de l'actualité du jour. Il y a plein de choses qui le mettent en colère. De la météo aux discours des politiques.

— Juste une question, demandé-je. Depuis combien de temps je viens écrire ici le matin ?

Il me regarde bizarrement.

— Eh bien, depuis que vous habitez le quartier, c'est-à-dire 7 ans.

— Ah, et avant j'habitais où ?

Je fais mine de plaisanter pour le rassurer. Il s'éloigne en hochant la tête.

Je lis les journaux.

Ils évoquent des sujets habituels : guerres, meurtres, viols, grèves, prises d'otages, terrorisme, pédophilie, pollution. Côté culture : nombrilisme et abstraction. Côté politique : promesses, démagogie et phrases creuses qui veulent tout et rien dire. Seule la rubrique des sports affiche les visages hilares d'éphèbes milliardaires recouverts de logos de leurs sponsors, au grand ravissement des foules qui les idolâtrent parce qu'ils savent déplacer des balles ou des ballons. Partout le triomphe du mensonge, l'apologie de la bêtise, la victoire facile des cyniques sur les derniers bastions de l'intelligence qui résistent d'autant plus difficilement qu'ils sont divisés. Le troupeau hébété est nourri de son foin insipide et en redemande avec ferveur.

Je commence à comprendre le processus créatif de

Gabriel Askolein. La colère commence à monter, principale source d'inspiration de tout esprit sensible. L'adrénaline chauffe les veines.

Ça y est, je suis prêt.

J'allume mon ordinateur et entreprends d'écrire.

Petit trot. Les décors s'esquissent, l'air se réchauffe.

Je décris le décor. Le plateau de jeu. Olympie. Aeden. Je griffonne même sur la nappe le plan de l'île pour mieux m'y reconnaître.

Et puis je place les pièces de l'échiquier. Les élèves dieux. Les Maîtres dieux. Les monstres. Des silhouettes apparaissent, s'approchent de moi.

J'ajoute les sous-décors. Les meubles. La tapisserie.

La moquette. Le gazon. La forêt.

Et les sous-pièces. Les figurants. Les milliards de mortels.

J'installe des couleurs, des bruits, des phrases, des odeurs. Les mots sont là pour provoquer des stimuli sensoriels.

C'est vraiment amusant de créer en écrivant.

Je tape de plus en plus vite.

C'est naturel. Ma pensée coule comme un ruisseau et mon seul effort consiste à la canaliser pour qu'elle ne parte pas dans tous les sens.

Ma pensée galope.

Mes doigts courent sur le clavier et je m'aperçois au bout d'un moment que je souris en écrivant. Je suis en sueur. Écrire me fait perdre du poids comme une épreuve sportive.

L'excitation monte. Mes personnages courent dans tous les sens. Certains meurent, d'autres naissent. Je vais chercher en moi la bonté pour créer les personnages généreux. Je vais chercher en moi la noirceur pour construire les méchants.

À 10 h 15 je suis freiné parce que l'un de mes personnages ne sait pas résoudre un problème qui lui permettrait d'avancer.

Je me souviens alors d'une anecdote que racontait Jacques Nemrod quand il était écrivain :

« Ça se passait en 1860 sur Terre 1, le romancier feuilletoniste Pierre Ponson du Terrail écrivait tous les jours dans un quotidien les aventures de Rocambole. Un jour il place son héros enchaîné dans un cercueil lesté de pierres et jeté par une bande de malfrats au milieu de l'océan Atlantique, dans une zone très profonde et infestée de requins. Puis Ponson du Terrail va voir son patron et réclame une augmentation de salaire. Le patron refuse, arguant que n'importe qui peut écrire des romans d'aventures. Il demande donc à d'autres auteurs de poursuivre les aventures de Rocambole. Mais ils ne trouvent aucune issue crédible et renoncent. Le patron du journal se décide donc à reprendre Ponson du Terrail, lui accorde son augmentation, et lui demande comment il va tirer Rocambole de son mauvais pas. C'est ainsi que le jour suivant, dans leur journal, les lecteurs trouvent en guise de début : "Après avoir surmonté ses problèmes dans l'océan Atlantique, Rocambole marchait sur la 5e Avenue de New York." »

Je souris. C'est cela la solution.

Ne pas tout résoudre. Contourner.

Avancer à tout prix quoi qu'il arrive.

Mon héros contourne donc son problème sans le résoudre et reprend ailleurs autrement. Cela me donne encore plus de puissance. L'écriture passe du galop simple au grand galop.

11 h 30. Je suis en extase, les doigts cliquetant à

toute vitesse. J'oublie qui je suis et ce que je fais. Je suis avec mes personnages, là-bas, en train de revisiter Aeden.

Des gens me regardent de loin mais personne ne vient me déranger. À un moment, pourtant, un homme me tend un de mes livres à dédicacer, ce que je fais sans sortir du fil de mon intrigue.

12 h 30. Je commence à tousser, les clients du café, à force de fumer, ont produit un grand nuage gris qui m'irrite la gorge et le nez.

Ici il n'existe pas d'interdiction de fumer dans les cafés et c'est le tabac des autres qui me sert de limitateur de travail.

Je commence à comprendre Gabriel Askolein.

« Il » dit dans son interview qu'il va ensuite faire de la gymnastique dans un jardin public proche.

Je m'y rends et, apercevant un groupe se livrant à des élongations lentes, je me joins à lui. Ils ont l'air de me connaître et, m'apercevant, m'adressent un salut discret. Je reproduis leurs gestes.

13 heures. Retour chez moi. Je téléphone à Delphine.

Elle accepte de me voir si je me déplace pour la rejoindre aux bureaux du Papillon Bleu.

Sur le chemin, je m'aperçois qu'à nouveau l'homme à l'imperméable beige et au chapeau noir me suit. Je n'ai pas envie de le conduire auprès de Delphine, et une fois de plus je me donne beaucoup de mal pour le semer.

Enfin je profite d'un grand magasin empli d'une foule serrée pour disparaître et le voir partir dans une autre direction.

Je peux alors tranquillement retrouver Delphine qui m'attend devant son lieu de travail.

Aujourd'hui elle porte une robe couleur indigo qui

fait ressortir son regard intense. Ses longs cheveux noirs lui donnent des airs asiatiques. Elle a planté une fleur rose, semblable à une fleur de cerisier, dans ses cheveux.

– Quelle cuisine préférez-vous ?

– Chinoise... Je voulais dire... Euh... la cuisine tigre doit être pas mal.

En fait c'est une gastronomie épicée, semblable à la cuisine thaïe. Le décor chargé du restaurant représente des tigres gravés sur des assiettes dorées.

Delphine me dit qu'elle n'a pas dormi et qu'elle a dévoré dans la nuit mon livre *Comme une porcelaine dans un magasin d'éléphants*.

Je suis flatté qu'elle se soit si vite initiée à mes œuvres.

– Tout d'abord une question : Est-ce vrai ce qu'on raconte sur vous ?

Elle me rapporte alors des dizaines de rumeurs négatives à mon propos.

– ... Vous en pensez quoi ?

Elle regarde ailleurs.

– Je crois que votre réussite vous a flanqué sur le dos une masse d'ennemis qui vous jalousent et qui ne savent comment salir votre nom et votre travail. La lumière attire l'ombre. Toute action crée une réaction.

– Dans ce cas...

– Ce qui est étonnant c'est qu'en général quand quelqu'un réussit il a aussitôt un grand nombre de détracteurs et un petit nombre de fans. Or je n'ai recensé aucun article élogieux, ou même parlant de votre travail de manière « normale ».

– Ce que j'écris est trop « différent » pour plaire aux détenteurs du pouvoir littéraire coquien. Ce qu'ils ne peuvent comprendre ils veulent le détruire.

– Et vous ?

– Je crois que je vous décevrais beaucoup en vous disant que du peu que je connais de moi-même j'ai une vie normale, avec un travail normal, que j'accomplis régulièrement tous les jours sans rien de spécial.

Elle me dévisage intensément, comme si elle voulait s'assurer que tout ce qu'elle a lu sur moi est faux. Puis elle sourit, ressort le livre.

– J'ai quand même des choses à vous dire sur le fond de votre narration. Il y a un principe chez vous : « L'action révèle la psychologie des personnages. »

– C'est vrai. Je pense que c'est face à l'adversité qu'on comprend qui est vraiment qui. Et partir de l'action permet d'être plus démonstratif, plus dans l'image. Je pense et j'écris en images.

– Vous devriez essayer le contraire : « La psychologie des personnages déclenche l'action. »

– Vous voulez dire par exemple : je choisis un maniaque et je montre comment il enquête avec sa vision maniaque ?

Elle approuve.

Je note sa remarque très pertinente.

– Je ne suis pas du métier, mais je pense qu'à un moment, si on définit avec beaucoup de précision toutes les caractéristiques psychiques et physiques d'un personnage, son passé, ses espoirs, ses peurs, sa sensibilité... il y a un moment où il s'émancipe de l'imaginaire de son créateur.

– Continuez.

– Les personnages peuvent vivre par eux-mêmes sans que vous ayez besoin de leur indiquer dans quelle intrigue ils doivent s'insérer. Si vous décrivez bien en détail et en profondeur votre héros vous devriez obtenir ce petit miracle : le moment où le personnage vous surprend, où il existe suffisamment pour infléchir l'intrigue vers des idées auxquelles vous n'auriez pas pensé. Mais pour arriver à cela il faut vraiment le décrire à fond. Connaître chacune de ses particularités. Comment il interprète le monde de travers, à sa manière, sa part de folie, de paranoïa, de tristesse, de joie, ses douleurs, ses mensonges, ses intuitions.

– Vous voulez dire : comme pour le 5e monde, plus on détaille le personnage, plus il existe au-delà de son modèle de départ.

– Le 5e monde n'est qu'un pâle lieu d'expérimentation par rapport à la puissance du roman.

Après avoir donné des cours de spiritualité à un dieu, cette mortelle est en train de donner des leçons d'écriture à un auteur.

– Il faut que votre héros soit paradoxal. Par exemple il doit avoir subi une blessure qui va générer une résilience et le rendra plus fort. Il doit réussir parce qu'il s'est trompé. Il doit être complexe, avec des strates psychologiques que lui-même ignore. Il doit surprendre par des comportements incompréhensibles. Les gens sont ainsi. (Elle insiste.) Si c'est une femme elle doit être hystérique, mais intuitive.

– Ce n'est pas un peu caricatural ?

– Non, à vous de définir son hystérie particulière. Puis ses intuitions personnelles. Mais attention, ses intuitions peuvent se révéler des handicaps. Et son hystérie un avantage. Et puis il faut décrire sans cesse vos personnages. Les dessiner. Rappeler leur passé, leurs épreuves, leurs douleurs encore et encore. Et ajouter du paradoxe. Toujours plus de paradoxe. Comme pour une mayonnaise. Et alors vous aurez ce privilège extraordinaire : fabriquer à partir de rien un être qui existe tout seul. Vous n'aurez plus besoin d'inventer d'intrigue, vos personnages l'inventeront à votre place.

Elle se tait. Attend ma réaction.

– Vous savez, je ne suis pas en quête du roman parfait, déclaré-je.

– Ah bon, dit-elle, déçue. Alors vous cherchez quoi ?

Le Grand Dieu. Je suis un petit dieu qui cherche le Grand Dieu. Mais si je lui confie cela elle pensera encore que je blasphème. Ou que je suis bon à enfermer.

– M'améliorer. Surmonter mes paradoxes personnels. Oublier mes douleurs particulières. Aimer... Vous aimer.

– Même là, en tant que personnage de la vie réelle, vous n'êtes pas crédible.

– Qu'ai-je fait encore ?

– Si vous voulez m'aimer, ce que je peux comprendre, il faut...

– ... essayer de vous comprendre vraiment dans votre personnage, c'est cela ?

– Non, si vous voulez me séduire, il ne faut pas vous y prendre ainsi. Je vous ai donné une indication avec mon échelle des points. Il ne faut pas rester au premier degré. C'est un jeu. Jouez avec moi.

– Quel jeu ?

– Le jeu de la séduction.

– Je ne comprends pas. Je suis sincère dans mes sentiments.

– Justement, cessez d'être sincère. Soyez manipulateur. Les femmes adorent qu'on leur propose de jouer. Nous sommes des chats et vous êtes des chiens. Les chats sont joueurs. Surprenez-moi.

C'était plus simple avec Mata Hari et Aphrodite. Si je m'attendais à ce qu'il soit plus difficile de séduire une mortelle que la déesse de l'Amour en personne ! Je comprends soudain la passion de Zeus pour les mortelles et son dédain pour les femmes de l'Olympe.

– Je renonce, dis-je.

Elle me dévisage.

– Bravo. Un point. Cela vous fait 3 sur 20.

– Je ne comprends pas.

– En renonçant à me séduire vous venez de me montrer que vous avez compris l'une des bases de l'enseignement dauphin, le « lâcher prise ». On ne peut obtenir quelque chose que lorsqu'on y renonce. Vous commencez à m'intéresser.

– Vous vous moquez de moi.

– Je suis moi aussi paradoxale. Quand vous me pourchassez je me dis « encore un raseur qui me voit comme un gibier à piéger pour l'exhiber en trophée dans son salon ». En revanche, si vous dites que vous renoncez, j'en déduis : « Tiens, il ne me trouve pas assez bien pour lui ? » Je commence à remettre en question mon physique et ma propre capacité de séduction. Je me dis que vous avez dû remarquer que mes seins sont trop petits et mes hanches trop larges. Je me dis que vous devez compter des femmes mieux que moi dans votre entourage. Cette simple phrase vous donne un intérêt nouveau à mes yeux.

– Mais je croyais que vous étiez mystique ? « Pas de désir pas de souffrance ».

– J'ai des hormones. Et puis, vous connaissez une femme qui n'a pas envie de se sentir désirée ?

– Merci pour toutes ces leçons.

– Pas mal. Encore un point.

– Qu'est-ce que j'ai fait encore ?

– Vous avez dit « merci ». Cela signifie que vous êtes conscient que je vous fais du bien. Beaucoup d'hommes sont ingrats et considèrent qu'on leur doit tout. Un merci réellement pensé est un grand cadeau.

Je l'accepte. 4 sur 20. Bien, maintenant, vous savez faire la cuisine ?

– Non.

– Ça se prétend dieu et ça ne sait pas faire la cuisine ! dit-elle avec une moue amusée. Eh bien je vais vous apprendre. C'est la base de tous les métiers. A fortiori celui d'écrivain. Qu'est-ce que je vais vous apprendre... tiens, quelque chose d'un peu compliqué et de typiquement dauphinien.

Alors elle me transmet cette recette, issue selon elle du fond des âges de la civilisation dauphinienne, et qu'elle tient de sa propre mère.

44. RECETTE DAUPHINIENNE DU GÂTEAU AU FROMAGE BLANC SUCRÉ

D'abord faire une pâte avec :
250 g de farine
100 g d'huile
100 g de sucre
1 œuf entier.
2 pincées de levure chimique.
Mélanger et travailler la pâte, et la déposer sur un papier sulfurisé dans un moule carré.
Puis faire à part le fromage blanc.
Laisser égoutter 800 g de fromage blanc dans une passoire fine.
Dans un saladier battre 4 jaunes d'œufs.
Ajouter 180 g de sucre.
Ajouter un pot de crème fraîche épaisse de 20 cl.
Ajouter 2 sachets de sucre vanillé.
Ajouter une poignée de raisins secs.
Mélanger au fromage blanc.

Battre la mixture une dizaine de minutes avec un fouet électrique.

Goûter pour régler le sucre selon l'acidité du fromage blanc.

Battre à côté les 4 blancs d'œufs en neige, jusqu'à ce que le mélange soit ferme, puis l'ajouter délicatement au fromage blanc.

Déposer la préparation sur la pâte disposée dans le moule carré.

Régler le four thermostat 4 pendant 10 minutes et, lorsqu'il est chaud, mettre le gâteau au fromage blanc à mi-hauteur. Laissez cuire 45 minutes. Puis éteindre le four en laissant le gâteau dedans pendant quelques dizaines de minutes pour ne pas qu'il retombe.

Servir lorsqu'il est refroidi.

Encyclopédie du Savoir Relatif et Absolu,
(d'après le récit transmis par Michael), Tome VI.

45. VINAIGRE

Les jours suivants, je visite Terre 18.

Profitant de mon statut d'écrivain, je demande à être reçu dans les endroits les plus merveilleux, caractéristiques de l'humanité et que je ne connaissais pas lorsque j'étais simple mortel.

Je visite une pouponnière pleine de bébés qui se tortillent en pleurant pour réclamer nourriture ou baisers. C'est un concert de pleurs. Je m'aperçois que les placentas issus des accouchements sont récupérés par les infirmières. Après les avoir interrogées, les infirmières m'avouent qu'ils serviront à concocter des crèmes de beauté très chères pour consommatrices exigeantes.

La boucle sera bouclée, les femmes séduiront en s'enduisant de résidus d'accouchement et pourront ainsi trouver des géniteurs pour avoir d'autres enfants. Et ainsi de suite.

Je visite un lycée où les enfants restent silencieux, à écouter un professeur de sciences leur expliquer que le Soleil tourne autour de la Terre. Mais je n'ose le contredire. Les enfants me questionnent sur mon métier d'écrivain, je prends beaucoup de plaisir à leur en parler.

– Vous pouvez tous être écrivains, vous avez tous du talent, il faut juste oser l'exprimer. Ne vous jugez pas. Oubliez les reproches de vos parents ou les notations de vos professeurs. Laissez s'exprimer ce qu'il y a d'imaginaire et de fantastique au fond de vous. Au début, bâtissez de petites histoires, puis testez-les sur vos amis et ensuite agrandissez-les progressivement.

Les professeurs me reprochent d'encourager les enfants à la rébellion en leur conseillant de créer sans peur d'être jugés. Je leur conseille à eux aussi d'écrire et de laisser s'exprimer cette pulsion originelle. Sans peur d'être jugés.

Je visite une usine et, comme un nuage palpable, je sens les tensions créées par les hiérarchies et les compétitions. Il y a partout des petits chefs qui imposent la soumission aux sous-chefs qui la transmettent sous eux.

Je visite un centre d'entraînement pour sportifs avec des entraîneurs qui les engueulent et des moments d'exaltation lorsqu'ils battent des records.

Je visite une caserne. Tous les militaires sont férus de football et ne parlent que de leurs équipes favorites. Ou bien ils jouent aux cartes. J'ai l'impression de voir des gens désœuvrés en attente de la guerre qui leur permettrait de montrer ce qu'ils savent faire.

Je visite une prison. Je suis autorisé à parler avec quelques détenus considérés comme les plus intellectuels, ceux qui se rendent à la bibliothèque. Ils me racontent avoir traversé des épreuves difficiles et je sens qu'ils en ont imposé d'encore plus terribles à d'autres. Tous se disent trafiquants de drogue mais j'apprends par le directeur que certains ont des histoires plus compliquées. Le petit vieux souriant et plaisantin était un parrain du trafic de drogue international. Il vivait dans un château fortifié avec une armée privée en pleine jungle. Le grand triste était un ravisseur d'enfants. Le gros tranquille un tueur à gages du Milieu. Le petit au regard sombre a assassiné toute sa famille ainsi que ses voisins à la machette. Le silencieux s'avère être un violeur meurtrier multirécidiviste.

Je visite un hôpital psychiatrique. Je découvre qu'ici la monnaie est le tabac. Les malades mentaux ont élu leur reine, une grande fille autoritaire qui veille sur un trésor de cigarettes et les distribue selon son humeur.

Au moment où je discute avec un médecin, un malade enfonce une fourchette dans l'œil d'un infirmier. L'alerte sonne, alors que la plupart des témoins plaisantent sur l'accident. À ma grande surprise, ces patients peuvent entrer et sortir à leur guise. Ils n'ont qu'à signer un cahier de présence. Quand les malades sont trop excités, les médecins distribuent des somnifères.

Je visite un hospice de vieux. La plupart sont regroupés dans le réfectoire et fixent la petite lucarne de la télévision. On les dépose face à l'écran le matin et on les en retire le soir, après leur avoir donné leurs médicaments.

Je visite un centre d'accompagnement des mourants. Je rencontre là des gens formidables qui se dévouent et travaillent à faciliter les derniers instants de la vie. Étonnant de découvrir ce lieu empli de personnes motivées, après avoir vu des pouponnières où le personnel croisé semblait si peu impliqué.

Voilà l'humanité de Terre 18.

Connaître mon monde pour en parler me semble la base de mon métier d'écrivain.

Je visite des temples dauphiniens, mais aussi des temples des religions tigrienne, termitienne, fauconienne, loupienne, oursienne, etc.

Je discute avec leurs prêtres, les écoute sans aucun a priori, en oubliant que je connais personnellement leur dieu.

Certains sont secs et arrogants, imbus de leur costume et de leurs prérogatives mystiques, d'autres ouverts et conciliants, intéressés par ma démarche de curiosité œcuménique.

Je termine toujours mes entrevues par ma question : « Et si vous rencontriez Dieu, vous lui demanderiez quoi ? »

Tous mes collègues élèves dieux de la promotion 18 devraient venir ici ne serait-ce qu'une fois, et ils seraient étonnés de voir comment leur pensée a été déformée, interprétée, récupérée, pour dire parfois l'exact contraire de ce qu'ils voulaient exprimer.

Je visite un observatoire astronomique et discute avec le directeur, un homme aux longs cheveux blancs.

– Pour vous, il y a quoi là-haut ?

– Selon moi ce sont des sphères comprises dans des sphères plus grandes.

Je n'ose lui révéler qu'il a probablement raison.

– Et derrière la sphère la plus grande ?

– Une autre sphère encore plus grande.

J'enquête les après-midi, et le matin j'écris mon *Royaume des dieux*. Je travaille au café jusqu'à ce que les fumeurs soient trop nombreux et que les yeux me piquent. Ensuite je continue à œuvrer chez moi, en musique, face aux masques, aux marionnettes et aux échiquiers.

Je retrouve Delphine au moins trois fois par semaine. Elle me donne des cours de cuisine, des conseils d'écriture romanesque (selon sa vision de « lectrice qui se pose des questions ») et aussi des cours de spiritualité (selon le principe dauphinien originel, car elle considère qu'une partie des dauphiniens se sont dévoyés dans une religion trop modernisée).

Le soir nous allons au cinéma, au théâtre, à l'Opéra. Nous regardons des shows de comiques, des spectacles de magie, puis nous dînons.

Je la contemple, avec sa chevelure d'encre et ses grands yeux noirs. Elle commence à m'impressionner. Je lui fais les tours de magie que m'a appris Georges Méliès, notamment celui des chiffres qui aboutissent au mot « Kiwi ». Et le tour avec les rois, dames, valets, as, qui mélangés et coupés forment à tous les coups quatre royaumes avec les rois réunis, les dames réunies, les valets et les as réunis.

– On appelle ces tours des « choix forcés ». Le sujet croit choisir mais il ne fait que s'insérer dans un scénario préécrit.

L'après-midi, je me promène en ville et découvre cette planète que je n'avais observée jusque-là qu'avec la loupe de mon ankh.

Robert, ayant reçu les premières pages de mon *Royaume des dieux*, m'envoie une lettre, d'une très belle calligraphie, où il m'annonce : « Ce projet est curieux et déroutant. Il ne ressemble à rien de ce que je connais mais présente l'avantage de parler autrement de ce que nous considérons tous comme sacré ou tabou. Après réflexion je me sens prêt à tenter l'aventure avec vous. »

Delphine Kamerer vient parfois chez moi pour le déjeuner et je lui prépare des plats selon ses recettes. Même quand c'est raté ou immangeable elle a la politesse de terminer son assiette. Elle ajoute simplement du sel, du poivre ou quelque condiment autochtone qui en facilite l'ingestion.

Elle reste parfois à me regarder travailler. Pour le plaisir de voir mes doigts danser sur le clavier ou pour vérifier que j'écris aussi vite que je le prétends.

Nous parlons de l'art d'écrire. Elle veut connaître mes « recettes ».

– Dans tout bon roman il y a une partie apparente et une partie invisible. Dans la partie invisible il y a les « ingrédients cachés » qui fournissent la force sous-jacente à l'histoire. Ce sont trois composants : 1) un bon tour de magie, 2) une bonne blague, 3) une initiation.

– Et dans la partie apparente ?

– Également trois composants : 1) une énigme, 2) une histoire d'amour, 3) une découverte scientifique peu connue.

– C'est pas un peu mécanique ?

– Tout est dans le tour de main. Comme pour une recette de cuisine, ou plutôt comme pour la création d'un être vivant. Il y a toujours un cœur, un cerveau, un sexe, chez tous les individus, mais aucun n'est identique. De même la partie extérieure possède toujours une tête, un corps, des pieds, mais le visage peut avoir une couleur de peau, des yeux bridés, des lèvres épaisses, le corps peut être long ou épais, et ainsi de suite...

– Et l'écriture, vous voyez cela comme la fabrication d'un corps humain ?

– Bien sûr.

Quand je parle c'est comme si j'étais habité par l'autre, l'écrivain, Gabriel Askolein.

Lui il sait parce qu'il a l'expérience empirique de dizaines d'années d'écriture.

– Au début il y a le squelette, c'est l'intrigue avec son moteur, son suspense et sa surprise finale. C'est brut, ce n'est pas forcément joli, mais il y a tout. C'est ça qui va maintenir l'histoire droite. Ensuite j'introduis les organes : ce sont les grandes scènes spectaculaires.

– Le tour de magie, la blague, l'initiation ?

– Oui, et aussi les caractères des héros qui vont faire avancer l'histoire. Pour les organes : les coups de théâtre, la scène d'amour, les révélations.

– Ensuite...

– Ensuite les muscles. Ce sont les scènes moins spectaculaires mais indispensables à l'avancée de l'intrigue. Leur mise en scène plus légère doit être suffisamment efficace pour mouvoir l'histoire. Enfin il y a la peau qui recouvre le tout. Quand vous lisez, vous ne voyez que la peau, de même que lorsque je vous vois je ne vois que la peau de votre visage, mais sans votre squelette vous seriez affalée à terre.

– J'aime bien vous entendre parler de votre passion. Je comprends la jalousie de vos collègues, dit Delphine. Votre vie a un sens. Ceux qui sont malheureux sont ceux qui n'ont pas trouvé la raison pour laquelle ils sont nés.

– Votre vie aussi a un sens, Delphine. Le graphisme et la spiritualité. C'est ce qui nous permet de nous comprendre. Nous avançons côte à côte à la même vitesse.

En semaine nous travaillons sur le projet de jeu vidéo internet « Le Royaume des dieux » et elle me propose ses graphismes. Delphine a le sens des couleurs. Elle insuffle une réelle originalité de formes aux personnages de l'Olympe artificiel. Elle campe des griffons étonnants. Ses chérubins sont adorables, avec des visages poupins un peu pâles. Sa Chimère à trois têtes est encore plus effrayante que la vraie.

Cette jeune femme détient une réelle capacité à fabriquer des décors encore plus baroques que ceux que je connais. Tout est sublimé. Complexifié.

Je m'aperçois que plus que tout, c'est peut-être ce que j'ai toujours cherché chez une femme : qu'elle possède un Univers à elle que je puisse confronter à mon Univers personnel.

Toute personne qui crée devient automatiquement par son acte de genèse une sorte de dieu.

Face à ses décors merveilleux je me force à me surpasser dans mon roman *Le Royaume des dieux*. Il faut que mes situations soient à la hauteur de ses fresques fantastiques.

Elle me dit :

– Va le plus loin possible dans les audaces et les risques. Ce n'est que comme cela que tu seras inimitable. Invente des situations qui ne ressemblent à aucune autre, des personnages le plus fous et le plus originaux possible. N'hésite pas à en faire trop, n'aie pas peur de choquer, tout ce qui est considéré aujourd'hui comme « dans l'air du temps » par les critiques sera bientôt rendu « ringard » par ces mêmes critiques, alors invente ton propre chemin qui ne ressemble à aucun autre. Ne sois pas dans la mode... invente ta propre mode.

Je rentre dans une période d'écriture effrénée. Je pousse mes situations à leur paroxysme d'audace, parfois de ridicule ou d'extravagance. Quand je vais trop loin, mes scènes s'effondrent comme des châteaux de cartes montés trop vite.

Mes « tours de Babel ».

Alors je recommence autrement, et encore et encore.

J'essaie d'appliquer sa règle de « la psychologie des personnages qui fait avancer l'action et non l'action qui fait avancer la psychologie des personnages », ce qui me donne une écriture différente. Plus lente, plus lourde, mais en même temps plus profonde.

Delphine Kamerer me relit et se montre très critique. Elle me pousse à aller encore plus loin dans la densité des psychologies. Elle trouve ma Mata Hari pas assez subtile, mon héros trop plaintif, Zeus trop humain. À la limite le personnage qu'elle trouve le plus intéressant c'est Raoul.

– Lui au moins il a un côté sombre qui intrigue. Il a l'air dur mais on sent qu'il n'est pas mauvais. Raoul c'est lui ton vrai héros du *Royaume des dieux*. Fais-le gagner.

Je ravale ma salive. Je veux bien admettre que le vrai Raoul a remporté le jeu d'Y en Aeden, mais qu'il ne vienne pas se placer en rival dans ce monde-ci.

Je me renfrogne.

– C'est moi le créateur de mon roman, alors c'est moi qui décide qui est sympathique et qui gagne. Tu vas voir comment je vais te l'arranger ton Raoul.

– Détrompe-toi. Je ne vais rien voir du tout. Si tu essaies de rendre Raoul antipathique, cela se verra et tu obtiendras l'effet contraire. De même si tu veux sauver ton Michael pusillanime ça paraîtra artificiel.

Tu n'as pas le choix, tu dois laisser tes personnages se développer tout seuls. Ils sont déjà trop existants pour que tu puisses en faire n'importe quoi.

Quand nous passons le week-end ensemble elle m'apprend des postures de yoga dauphinien. Comme je ne suis ni très sportif ni souple j'ai du mal à la suivre. Elle me dit qu'il faut souffler en étirant pour détendre le corps.

Alors que nous allons au cinéma voir un film d'aventures, elle me force à l'analyser en détail.

– Qu'est-ce qui ne va pas dans ce film ?

– Les acteurs étaient un peu ternes.

– Non, pas les acteurs. Le scénario. Ils étaient ternes parce qu'ils étaient lisses, d'un seul bloc. Tout était prévisible. Je pouvais te raconter chaque fois la scène suivante. Être imprévisible est la première politesse d'un raconteur d'histoires. Là, on savait que le héros allait gagner. Qu'il trouverait le trésor et embrasserait la princesse. Il n'était même pas paradoxal. Pas de transformation. Un bon personnage de roman est changé par l'histoire. C'est la bascule. Au début il était égoïste, il devient généreux. Au début il était lâche, il devient courageux. Au début il était timide à la fin il devient le roi. Il change. C'est en ça que l'histoire a un effet thérapeutique sur le spectateur ou le lecteur, elle lui montre que lui aussi, tel le héros, peut changer. Et que le fait qu'il ait des défauts n'empêche rien. Ces défauts peuvent se transformer en avantages.

J'adore quand elle raisonne ainsi.

– Le bon héros doit être ambigu, on doit le soupçonner de pouvoir échouer ou basculer dans le camp des méchants. Il doit essuyer le rejet de la princesse, et la méfiance de son entourage. Comme dans la vraie vie. Les princesses ne sont jamais prêtes à coucher facilement.

– J'en sais quelque chose.

Elle fait semblant de ne pas avoir entendu.

– L'entourage non seulement n'aide pas, mais, par pure jalousie, ne fait que créer des embûches au héros.

– J'en sais aussi quelque chose.

Elle s'arrête et me fixe, réprobatrice.

– Parce que, à ta manière, tu es le héros de ton histoire et que ton histoire par contre est sacrément paradoxale.

– En quoi ? m'offusqué-je.

– Tu es un dieu qui apprend à vivre par une... mortelle dont il a inventé la... religion ! Enfin c'est bien ce que tu prétends, non ? (Elle pouffe de rire.) Et le plus drôle c'est que tu n'as même pas compris ce que tu as enseigné aux autres !

Parfois nous nous rendons au temple dauphin.

Elle me dit :

– Même si tu ne pries pas, fais semblant.

– Et à quoi je pense durant tout ce temps perdu ?

– À ce que tu as accompli la veille. Tu récapitules ton activité du jour précédent. De la semaine précédente. Du mois précédent. Et tu essaies de comprendre le sens de tout ce qui t'est déjà arrivé.

Parfois nous allons dîner dans des restaurants de cuisine étrangère ou de gastronomie coquienne traditionnelle. Elle m'enseigne l'art de goûter. Le principe des quatre goûts : amer, acide, sucré, salé, et le principe des sept odeurs : mentholé, camphré, fleuri, ambré, putride, éthéré, âcre.

Toutes les perceptions olfactives et gustatives ne sont que des mélanges de ces quatre goûts enrichis des nuances de ces sept arômes. Mais les nuances en sont infinies, affirme-t-elle.

Un matin, alors que je retrouve mon café habituel, je repère une table où Archibald Goustin déjeune avec un groupe d'hommes rigolards. Eux sont en costume-cravate. Lui toujours avec son foulard de soie verte et son fume-cigarette en ivoire.

Il me reconnaît et réagit aussitôt.

– Ah, mes amis, je vous demande de saluer Gabriel Askolein, le grand auteur de best-sellers.

Tous poussent un petit soupir amusé qui me semble plus une moquerie qu'un hommage.

Je salue, et m'apprête à m'asseoir dans un coin éloigné pour travailler tranquillement sur mon ordinateur portable. Mais l'académicien se lève et me rejoint.

– Allons, détends-toi, Gabriel. Tu nous écris encore un de tes délires ?

De près, je constate qu'il est un peu ivre et que son regard chavire. Il me fixe, puis soudain me tire par le bras en murmurant à mon oreille :

– Il faut que je te dise quelque chose Gabriel. JE T'ENVIE.

Son haleine est chargée.

– Vous m'enviez ?

Il m'entraîne jusqu'à sa table, hèle le serveur et lui demande de me servir très rapidement un verre de réconfortant.

– Bien sûr. Tu crois que je suis dupe ? Tu crois que tous ici, tous ces gens formidables qui sont écrivains et mes amis, tu crois qu'on ne sait pas au fond de nous-mêmes la Vérité ? La Triste Vérité.

Ils me regardent, intéressés.

– Toi, Gabriel, tu es l'avenir, chuchote Archibald. Nous, nous sommes le passé.

Là-dessus il s'esclaffe et invite tout le monde à lever son verre.

– Au passé !

Tous répètent joyeusement :

– Au passé !

– Moi je trouve formidable que vous n'ayez pas eu envie de me casser la figure, dit un type. Après toutes les saloperies que j'ai écrites sur vous... sans vous avoir jamais lu qui plus est !

Tous éclatent de rire.

Soudain Archibald devient sérieux.

– Oui, c'est vrai on te déteste tous, on te jalouse, et on te nuira au maximum. Soit par notre silence, soit par nos insultes, nos médisances, nos calomnies... mais il faut que tu saches... il faudrait que tu nous dises merci, car en fait si nous agissons ainsi... c'est parce que nous savons, même sans t'avoir lu, nous savons ce que tu fais. Tu es... tu es... un créateur de mondes.

Là-dessus hilarité générale.

Il revient vers moi et me confie :

– Tu sais pourquoi je te déteste personnellement ? À cause de ma fille. Elle ne lisait pas. À 13 ans elle n'avait toujours pas terminé un seul roman. Et puis un jour elle a découvert un de tes livres, conseillé par un de ses copains de classe. Elle l'a ouvert et l'a lu d'une traite toute la nuit. Puis un deuxième. Elle les a tous lus en un mois. Tes quatorze romans. Et alors elle a commencé à nous parler de philosophie et d'histoire. Et elle s'est mise à lire des essais philosophiques et historiques pour compléter ce qu'elle avait lu chez toi. C'était toi qui lui avais donné envie de lire.

– Tant mieux, dis-je. Je ne vois pas où est le problème.

Son regard devient dur.

– Son propre père est écrivain. C'est moi. Elle n'a jamais lu un seul de mes livres. Ni même un seul des ouvrages des grands écrivains présents à cette table.

Archibald Goustin me dévisage, et conclut :

– Les enfants te comprennent mais pas leurs parents, Gabriel. Tu veux savoir où est ton vrai problème, Gabriel ? Tu es au 3e degré et les autres là (il désigne ses amis) sont au 2e degré. Étant donné qu'ils voient que ce n'est pas du 2e degré ils croient que c'est du 1er...

Je ne sais comment prendre cette dernière remarque. Il affiche toujours son sourire ravi, comme s'il avait le courage d'énoncer, lui, une vérité que tous cachent.

Les autres restent narquois.

– Merci de votre honnêteté, articulé-je. Maintenant je vous comprends mieux.

Je m'éclipse pour aller retrouver Delphine au Papillon Bleu et examiner ses nouveaux croquis. C'est une sensation étrange que d'écrire une histoire d'après un vécu mais dans d'autres décors. Quand je dépasse les cinq points, Delphine décide de m'offrir ce qu'elle nomme une « étape d'affection ». Elle m'invite chez elle à une longue séance où elle me masse des orteils au sommet du crâne. Elle utilise des huiles essentielles et me pétrit avec attention les points musculaires inscrits dans la médecine traditionnelle et secrète.

Moi qui croyais avec Aphrodite avoir touché au summum de l'extase dans l'amour physique, je me retrouve dans une situation sentimentale nouvelle. En exacerbant mon désir, Delphine va plus loin qu'Aphrodite. Mon imagination ajoute une dimension à mon plaisir. Le fait que nous créions un monde, « Le Royaume des dieux », c'est un peu comme si nous engendrions un « monde-enfant » ensemble.

« *1 + 1 = 3 ?* »

« *1 + 1 = l'Infini* », comme disait la fille dans mon rêve.

Delphine Kamerer me fascine.

Elle est le professeur de ma nouvelle vie.

Elle m'enseigne la science des points dauphiniens :

– Notre couple évoluera en fonction de ces points.

– C'est quoi ?

– Des nœuds nerveux, les carrefours d'énergie de notre corps situés sur notre colonne vertébrale. Le 1 : au bas du coccyx. C'est le point du rapport à notre planète. Ce qui nous lie au sol et à la nature. Le 2 : les vertèbres lombaires à la hauteur de notre sexe. C'est le point de sexualité. Notre part animale et notre rapport à la reproduction et donc au futur. Celui-là on l'allumera en dernier. Le 3 : les vertèbres plus hautes, derrière notre nombril. C'est le point du rapport à la matérialité. C'est ce que deux êtres possèdent en commun. La maison, les biens, l'argent, les projets matériels. Le 4 : les vertèbres derrière notre cœur. C'est le point des émotions. C'est ce que provoque en nous la pensée de l'être aimé. Un sentiment d'appartenir à la même famille. La reconnaissance de la tribu. On sait que l'on aime lorsque la simple pensée de l'être aimé provoque une légère accélération cardiaque. Le 5 : les vertèbres cervicales derrière la gorge. C'est le point de la communication. Le fait d'avoir toujours quelque chose à nous apprendre mutuellement, des mots à échanger, des idées à nous transmettre. Le 6 : au niveau du front entre les deux sourcils. C'est le point de la culture. C'est le partage des mêmes valeurs. Aimer les mêmes musiques, films, livres. Avoir les mêmes curiosités et les mêmes valeurs.

– Et le 7 ?

– Il est au sommet du crâne. C'est le point de spiritualité. Là où se trouve la porte vers le monde du dessus. Et le partage de la même foi, la même perception de l'au-delà.

– 7 points... 7 ponts entre deux êtres, et qui fonctionnent ou ne fonctionnent pas...

– À nous de les allumer et de créer des jonctions.

J'observe Delphine et je la trouve magique.

Nous avançons comme elle l'a souhaité, par étapes.

Au bout de 15 points nous dormons ensemble. Elle prend l'habitude de se blottir nue contre moi, me mettant au supplice et au délice du désir.

Nos méditations sont de plus en plus longues, et de plus en plus long le temps où elle reste chez moi.

Le roman et le jeu *Le Royaume des dieux* avancent à grande vitesse. Nous effectuons les premiers tests du jeu et à ma grande surprise je retrouve des impressions d'Aeden. L'ankh. Les peuples qui apparaissent dans le viseur. Les rêves qui agissent sur les prophètes. La foudre qui interagit dans les batailles.

Je signale à Eliott qu'il faut aussi penser à la possibilité de bâtir des édifices dans le jeu.

– Les monuments peuvent impressionner les peuples voisins au point de leur donner envie de s'allier.

Je propose un système de 144 joueurs avec élimination des plus maladroits.

– À la fin le vainqueur devrait pouvoir rencontrer le Roi du Jeu. Ce serait la récompense suprême.

– Et il serait comment, selon toi ? me demande Eliott.

– Zeus !

Il me regarde, dubitatif. J'oubliais encore qu'ici ils n'ont pas les mêmes références.

– Un grand barbu en toge blanche avec une couronne. Une sorte de grand-père sage et puissant de haute stature avec beaucoup de charisme.

– Ce serait lui le Grand Dieu ?

– Seulement le roi d'Aeden. Parce que, ensuite, quand le joueur arrivera enfin à le rencontrer, il s'apercevra que, surprise, ce n'est que le sommet du système, et qu'un métasystème existe, caché derrière le système. Un dieu encore plus grand derrière le maître du Royaume des dieux.

Ils me regardent tous comme si je parlais une langue étrangère. Delphine griffonne nerveusement un grand-père en toge, puis elle lui dessine des fils : il n'est que la marionnette d'une main surgie du néant.

– Et alors ce serait quoi le Grand Dieu derrière le roi d'Aeden ?

– Ça, pour l'instant, je n'ai pas encore trouvé. Mais je vous le dirai bientôt.

Je perçois que, pour une fois, ils pensent que je n'ai pas le lapin dans le chapeau et que je promets quelque chose que je ne pourrai pas tenir.

– Tu as l'air fatigué, Gabriel. Nous avons tous nos limites, et là tu as placé la barre trop haut, reconnaît Eliott.

– Nous pouvons peut-être t'aider à trouver ce qu'il y a au-dessus du roi d'Aeden, propose l'albinos.

– Et s'il n'y avait rien au-dessus ? avance le chauve.

– Et si c'était un gros ordinateur ? suggère l'albinos. L'ordinateur qui régit l'Univers.

– Une lumière, propose à son tour Delphine. Un être qui serait pure clarté mais sans consistance matérielle.

– Si nous renvoyions les gagnants à un autre jeu ? glisse Eliott. Ça nous permettrait de faire une suite au cas ou ça marchrait.

– Non, dis-je. Il ne faut pas mettre n'importe quoi. Je trouverai ce qu'il y a au-dessus du roi d'Aeden et après nous achèverons définitivement le jeu.

L'albinos ne semble pas satisfait de ma réponse.

– Tu sais, Eliott, nous avons un problème avec le moteur d'intelligence artificielle qui va contrôler les déplacements des personnages en Olympie. Il y a des bugs. Des personnages disparaissent sans raison. Nous pensons qu'il faudrait changer complètement le programme racine.

– Nous avons testé le jeu avec les ankhs comme nous l'a indiqué le protocole graphique. Ce n'est pas très pratique, en fait c'est assez laid, déplore le chauve.

– Nous manquons de programmateurs pour le moteur d'intelligence centrale.

– Et il faudrait virer certains moteurs d'intelligence périphérique qui sont inopérants, renchérit l'albinos.

– Et puis il y a l'article..., rappelle Eliott.

Un lourd silence suit.

– L'article, quel article ? demandé-je.

– Eh bien dans le journal. C'est suite à ton passage à la télévision. Archibald Goustin a commis un gros papier dans un magazine. Il te descend avec une hargne incroyable.

– Je m'en fiche, dis-je.

– Tu as tort. Ce n'est pas bon pour l'image de « notre » futur jeu.

Je réclame l'article. Il est illustré de ma photo prise durant l'émission. L'article lui-même est une suite de dénigrements de mon travail, mes lecteurs, ou ma personne. Archibald Goustin dit que la littérature de science-fiction est un genre mineur qui autorise tous les délires et n'a forcément aucune tenue. Il termine en se moquant de la manière dont je m'habille.

— C'est juste de la jalousie, dis-je.

— Le problème c'est que son article en a entraîné d'autres. Ce n'est pas bon pour ton image.

— Je me fiche de mon image. Du moment que je sais, moi, que je suis sincère dans mon travail, je n'ai pas à essayer de plaire à ces auteurs ratés.

Les gens du Papillon Bleu ne sont pas convaincus.

— C'est mauvais pour la communication presse du jeu vidéo, dit Eliott en faisant la grimace.

Sur ma planète, Terre 1, Jonathan Swift disait :
« Quand un vrai génie apparaît en ce bas monde, on peut le reconnaître à ce signe que les imbéciles sont tous ligués contre lui. »

— Pour tout te dire, Gabriel, à la suite de l'article, nous avons eu des défections dans nos équipes et même chez certains de nos sponsors habituels. Ils ne veulent pas que leur nom soit associé au tien.

— Dois-je faire un procès en diffamation à Goustin ?

— Surtout pas, ils n'attendent que ça. Ce serait te mettre à leur niveau. Et tu voudrais quoi ? légitimer la science-fiction comme forme de littérature honorable ? Le seul fait d'expliquer l'existence de ce genre littéraire c'est reconnaître qu'il a besoin d'être défendu.

Quelques minutes plus tard, Eliott me prend à part dans son bureau.

– Ces péripéties sont normales et ne m'inquiètent pas. Et puis vous avez vu les dessins de Delphine ? Jamais je ne l'ai sentie aussi inspirée... Mais il faut que vous connaissiez les sept étapes habituelles de la création de tout nouveau projet.

Et il me désigne une pancarte au-dessus de son bureau :

Étape 1 : l'enthousiasme

Étape 2 : la découverte des difficultés

Étape 3 : la confusion

Étape 4 : les responsables se défilent

Étape 5 : la recherche des coupables

Étape 6 : la punition des innocents

Étape 7 : en cas de réussite finale, la récompense de ceux qui sont arrivés au dernier moment et qui n'ont pas participé au projet.

Le Viking m'adresse un clin d'œil de complicité.

– Ça ne sera pas facile, mais j'aime bien les défis. Par moments, quand vous parlez de votre *Royaume des dieux*, j'ai l'impression que vous en revenez, dit-il.

Et en me raccompagnant il me donne une tape amicale dans le dos.

Le soir, tandis que je dîne avec Delphine, je me sens nerveux. J'ai l'impression que *Le Royaume des dieux* peut s'effondrer, que les imbéciles peuvent gagner et que le roman tout comme le jeu peuvent faire un flop.

Delphine me reproche de ne pas avoir affronté ses collègues pour leur imposer mon point de vue.

– Ton problème, Gabriel, est lié à ton manque de confiance en toi. Tu fuis toujours. Tu es comme un chevalier qui avance face au dragon et dès que le dragon se montre dangereux tu t'en vas... pour aller en affronter un autre. Finalement tu n'arrives à en vaincre aucun.

– J'ai vu beaucoup de ceux qui affrontaient les dragons se faire terrasser.

– Et alors ? La défaite est aussi une expérience.

– Je n'aime pas perdre.

– Accepte de perdre, c'est peut-être la prochaine leçon. Et accepte d'affronter le dragon sans fuir. Ce qui ne te tue pas te rend plus fort.

Soudain elle ne me semble plus désirable du tout. Ce qu'elle dit m'énerve. Je me lève.

– J'ai toujours trouvé cette phrase débile. Va expliquer au type qui s'est fait renverser par une voiture et qui est infirme à vie que l'accident qui ne l'a pas tué l'a rendu plus fort ! Va expliquer aux enfants victimes des pédophiles que ça les a rendus plus forts ! Va expliquer aux filles violées par des bandes de dingues que ça les rendra plus fortes ! Va expliquer aux victimes innocentes des guerres que ça les a rendues plus fortes ! Il y a des moments où il faut arrêter avec les jolies phrases toutes faites ! Ce ne sont que des facilités pour que l'humanité accepte l'inacceptable. Pour nous faire croire que ce monde injuste recèle un sens caché positif. Il n'y a pas de sens caché. Nous ne sommes pas dans un roman. Il n'y a pas de justification esotérique derrière les atrocités !

– Qu'est-ce qui te prend ?

– Il me prend que j'en ai assez d'être raisonnable et gentil ! Je vais faire un procès à Goustin pour diffamation.

– Gabriel...

– Même toi tu m'agaces.

Je saisis d'un coup mon pardessus et m'en vais en

claquant la porte avant que mes mots ne dépassent ma pensée.

Je marche dans la rue.

Cette planète est aussi inconfortable que Terre 1. Les gens sont aussi stupides, bornés, donneurs de leçons, et avec un niveau de conscience de chimpanzés.

Même Delphine qui jadis me semblait au-dessus du lot ne vaut pas mieux que les autres.

Au moins mon statut de 7 me permet de voir de haut cette humanité qui stagne à un niveau de conscience de 4 et peut-être même de 3.

J'entends la voix de Delphine derrière moi :

– Gabriel !

Je ne me retourne pas, je hèle un taxi en maraude et monte en claquant la portière.

En repassant devant Delphine, je détourne la tête.

– Gabriel !

– La demoiselle ne monte pas ?

– Non.

– Et où allons-nous, monsieur ?

– Un endroit sale où l'on boit avec des filles sales et des gens sales.

Tant qu'à faire l'expérience de la médiocrité autant y aller à fond.

Quelques minutes plus tard je retrouve les quartiers chauds et illuminés de la capitale coquienne.

Je m'assois dans un bar bruyant et enfumé et commence à siroter l'alcool local.

Dans un coin un type s'est mis au piano et des gens entonnent avec lui des chansons paillardes.

Je chante avec eux n'importe quoi et je bois.

Cette planète ne mérite pas d'exister. Quand je pense qu'il aurait suffi qu'avec mon ankh je tire sur cette ville pour qu'elle soit rasée. Le « coup de Sodome et Gomorrhe ».

Faut pas énerver les dieux.

— Hey, beau brun, ça te dirait que je te fasse visiter le paradis ?

La fille exhibe sous mon nez le décolleté plongeant d'un soutien-gorge en cuir noir.

Au-dessus : un cou cerclé de plusieurs couches de perles et une bouche grassement enduite de rouge à lèvres luisant.

— Désolé j'en reviens, réponds-je.

Elle me fixe, réprobatrice. Une autre fille à peine plus vulgaire vient la rejoindre.

— Laisse, c'est le type qu'on a vu à la télé, tu sais Gabriel Askolein, l'écrivain.

— Cette « épave » est écrivain ?

— ... De science-fiction, rectifie l'autre.

— Allez viens, l'écrivain de science-fiction, dit la fille. Je vais te faire visiter ma galaxie. Tu vas voir c'est plein d'étoiles.

— Plein de morpions, ouais, rigole l'autre.

Elles s'en vont, joyeuses.

Une nouvelle fille approche. Elle est étonnamment maigre, avec un visage anguleux très expressif et des yeux de souris inquiète. Elle porte une minijupe, des chaussures à talons hauts, des bas résille, un tee-shirt sur lequel est écrit « Je suis un ange ». Encore une référence qui énerve quand on sait vraiment de quoi il s'agit.

— Il paraît que vous êtes écrivain. Je voudrais écrire un livre.

La manière de m'aborder est amusante, je me laisse attirer.

La fille me prend par le bras. Je prends conscience que de toute ma vie de mortel Michael Pinson je n'étais jamais allé voir des prostituées, et que c'est peut-être la dernière expérience qui me manque.

Elle me guide vers la cave du bar, et nous retrouvons une enseigne avec un diable et un néon rouges qui clignotent sous le mot L'ENFER. Elle me confie à l'oreille :

– C'est un club privé.

Un type qui louche ouvre la porte et nous toise. Il doit me trouver un peu trop dépenaillé car il fait la moue et a un signe négatif.

Pas facile d'entrer dans cet enfer.

La fille insiste. Il accepte.

La porte rose matelassée s'ouvre en grinçant.

Ainsi je vais connaître les bas-fonds des mœurs des humains.

À l'entrée, des bacs de bonbons rouges et noirs, probablement pour redonner des forces à ceux qui faibliraient.

La fille maigre me tire par la main.

– Ça va te plaire, dit-elle.

– Quel rapport entre cet endroit et ton envie d'écrire un livre ?

Elle me regarde et me caresse le visage.

– Comme tu es bête. C'est parce que c'est là que se passe mon roman. C'est l'histoire d'une fille paumée qui vit en hissant les écrivains jusqu'au summum du plaisir. Elle s'appelle Esmeralda.

– Bonsoir, Esmeralda. Sur ma planète c'est le nom d'une héroïne de roman célèbre.

– Tais-toi et suis-moi.

Un couloir mène à une zone bruyante, des filles dansent face à un bar où sont assis des hommes endimanchés. Ils ont des allures de bouchers-charcutiers invités à un mariage de province.

Dès que nous entrons ils nous fixent comme si nous étions le nouveau bétail livré.

Alors que des types commencent à s'approcher d'Esmeralda, elle se dégage prestement et me tire vers une autre zone. Là des couples nus font l'amour alors que d'autres, habillés, les regardent. Nous circulons comme dans un musée souterrain. Les sculptures de chair sont animées, odorantes, ahanantes.

Une jeune femme à quatre pattes, emboîtée dans un homme à genoux, prend à partie une visiteuse habillée qui la regarde en chuchotant vers son compagnon.

– Hé ! Si vous voulez discuter c'est pas l'endroit, circulez !

– Ne me parle pas sur ce ton, morue !

– Je te parle sur le ton qui me plaît, et fiche le camp sale voyeuse !

– Chienne lubrique !

Comme c'est étrange de voir cette jeune femme faire l'amour et insulter l'autre en même temps.

Je remarque parmi les voyeurs l'écrivain blond à mèche de l'émission « Bris de verve ». Il porte des lunettes noires, son visage est tout rouge. Il se caresse de manière spasmodique.

Voilà comment il trouve son inspiration.

– Salut collègue, lui lancé-je.

L'autre tourne la tête d'un coup avant de filer vers le bar.

Plus loin, dans une toute petite pièce cubique, il doit bien y avoir une vingtaine de corps nus entassés sur plusieurs couches façon lasagnes. L'ensemble de cette sculpture vivante est parcouru de mouvements ondulants. La sueur sert d'huile. La fièvre sert de chauffage. Un type dans le tas a un talon d'escarpin dans le menton. Il demande à sa propriétaire de se déplacer.

– Je voudrais bien mais je suis coincée, répond une voix fluette venant des couches du dessous.

– On avait dit qu'il fallait enlever les chaussures avant ! rappelle une autre voix venant des couches médianes et palpitantes.

– Embrasse-moi, me demande Esmeralda.

Elle s'approche et je repère un détail que je n'avais pas remarqué de prime abord. Elle porte au cou un petit poisson.

– Tu es dauphinienne ?

– Par ma mère. Ça te gêne ? Tu es raciste ?

J'ai envie de lui dire que je suis déçu car je croyais que tous les dauphiniens étaient vertueux ou tout du moins vivaient dans la spiritualité.

– Partons, dis-je.

– Tu veux aller où ?

Nous remontons l'escalier et je l'emmène dans une brasserie chic spécialisée dans la nourriture coquienne traditionnelle.

– Je veux juste te voir manger. Il n'y a que cela qui m'intéresse, lui dis-je.

Je commande les plats les plus chers et je l'observe.

– Tu es voyeur des gens qui mangent ? demande-t-elle.

– Avec les gens maigres comme toi, oui.

– Je ne le fais pas exprès, je ne suis ni anorexique ni malade, je suis comme ça. Tu ne manges rien, toi ?

– Non. Merci, ça va.

Je ne peux quitter des yeux le petit poisson bijou qui me nargue en scintillant sous les lumières du restaurant.

– Tu crois en Dieu ? demandé-je.

– Bien sûr.

– Et tu crois qu'il fait quoi ?

– Il nous regarde et il nous aide.

– Bien sûr.

– Et si tu le rencontrais tu lui demanderais quoi ?

– Bof. Comme tout le monde.

– C'est-à-dire ?

– ... un billet de 50.

Elle éclate de rire.

Cette fille est peut-être plus intéressante que je ne le pensais au premier abord.

– Bon, alors on monte ? j'ai pas que ça à faire moi !

Mais je ne l'écoute plus, je viens d'apercevoir dans le miroir une image qui me fige.

L'homme à l'imperméable beige et au chapeau noir est assis, très loin derrière moi, dans la salle.

Ne plus fuir. Affronter le dragon.

Je remarque qu'il n'y a qu'une sortie. Je tends un billet de 500 à la fille.

– Pour ce prix-là j'accepte tous les fantasmes, même dangereux, dit-elle.

– Non, ce que je vais te demander est plus bizarre. Coincer le type à l'imperméable beige et au chapeau noir lorsqu'il voudra passer la porte.

– Tu souhaites un truc à trois ?

– En quelque sorte oui, mais comme il est un peu rétif, nous serons obligés de le convaincre au début. Je compte sur toi.

Esmeralda se place à l'entrée. Je règle l'addition. Grâce au grand miroir je peux observer les faits et gestes de mon suiveur.

Soudain je fonce vers la sortie, je passe la porte, et je le surveille dans un reflet de la vitre. Il se lève et se dirige vers moi. C'est alors qu'Esmeralda lui place un croc-en-jambe et il s'étale de tout son long. Débrouillarde la petite. Je fais alors rapidement demi-tour pour maîtriser l'homme à terre mais elle n'a besoin de personne. Elle a dégainé un minuscule revolver d'un étui placé sur sa cuisse et le pointe sur la tête qui a perdu son chapeau.

Les gens approchent pour comprendre ce qu'il se passe, mais je relève le bonhomme, indique à la cantonade que tout va bien et nous sortons tous les trois.

— Pourquoi me suivez-vous ? demandé-je.

Soudain je le reconnais. Mon voisin de palier.

— Monsieur Audouin, quelle surprise !

— Je vais vous expliquer.

— Quoi, c'est pour une autre pétition ?

— Je ne peux pas parler devant cette femme.

Je donne le billet de 500 à Esmeralda et la remercie. Elle ne paraît pas satisfaite.

— Tu ne m'as pas aidée à écrire mon livre...

— Je viens de te donner le premier chapitre. C'est l'histoire d'un écrivain qui débarque dans une brasserie, qui se saoule, qui rencontre une prostituée formidable mais un peu maigre et qui se retrouve avec elle dans un club échangiste. Ils ne consomment pas. Il veut la nourrir car il la croit anorexique. Il lui parle de Dieu. Elle lui répond avec humour, et à la fin ils attrapent un type mystérieux qui les suit. Rien de tel que la vérité comme matière première de roman.

— Je n'aime pas la fin. J'aurais préféré qu'ils s'aiment.

— Eh bien c'est toi qui écris ton histoire, tu peux mettre la fin que tu veux.

— Dans mon histoire, l'écrivain lui dit : « Viens, quittons ce monde inquiétant, je vais t'en faire découvrir un autre. » Elle devient elle aussi écrivaine et ils voyagent ensemble pour vivre des aventures extraordinaires qui servent de matière première à leurs romans respectifs.

Le voisin, profitant de notre distraction, essaie de s'enfuir, elle lui décoche instinctivement un coup de pied dans l'entrejambe et il tombe à genoux en gémissant.

– ... Et la fille casserait la figure au méchant, dit-elle pour ponctuer son geste.

Comme le voisin semble momentanément K.-O. elle s'approche de moi et me plaque contre le mur. Je m'aperçois que malgré sa maigreur elle est très musclée.

– Et puis l'héroïne donnerait un baiser merveilleux au héros qui du coup s'évanouirait de plaisir.

– Mais le héros, voyant que la superbe et merveilleuse femme insiste pour aller plus loin, finirait par avouer qu'il en aime une autre.

Esmeralda marque une petite moue, pendant que le voisin cherche à respirer et se relève difficilement.

– Ah, qu'est-ce qu'elle aurait de plus cette autre femme ? Ce serait la déesse de l'Amour ?

– Non, ça le héros a déjà donné. Et il en est revenu. Ce serait juste une « dauphinienne avec un monde à elle ».

– Mais la fille aussi est dauphinienne et a peut-être un monde à elle qui mériterait d'être découvert.

Voyant que le voisin est debout, Esmeralda lui décoche un nouveau coup pour l'obliger à se remettre à genoux.

– À la fin la prostituée, agacée par le comportement du héros, prouverait qu'elle est encore meilleur écrivain que lui. Ce serait cela le happy end, affirmé-je.

– Désolé de vous déranger en pleine scène de ménage, dit le voisin en grimaçant. Si vous préférez parler littérature je peux vous laisser, j'ai justement quelque chose à faire.

Le billet de 500. Esmeralda le regarde comme un objet curieux, puis le déchire en petits morceaux.

— Vos conseils et vos encouragements à écrire me suffisent comme salaire, dit-elle. Si vous voulez me retrouver, je suis à L'Enfer tous les soirs.

La jeune prostituée au poisson bijou me souffle à distance un long baiser, puis se retourne et disparaît. Je reste face au voisin.

— À nous deux. Pourquoi me suivez-vous ?

En guise de réponse le type me demande l'autorisation de passer un coup de fil sur son portable. Je le laisse faire.

— Allô ? Il m'a repéré et il m'a attrapé, dit-il simplement.

Là-dessus suit une longue conversation. Il hoche la tête.

— IL est prêt à vous rencontrer. IL nous envoie une voiture, me signale-t-il.

— IL ? Qui c'est, IL ?

— IL dit que vous savez déjà qui IL est.

Je dévisage mon voisin à petite moustache. Je ne comprends pas un mot de tout ça.

— Comment s'appelle votre IL ?

— Ici nous l'appelons simplement le Prophète.

La voiture qui vient nous chercher est une limousine dorée de grand luxe avec un chauffeur en livrée.

Michel Audouin m'invite à monter.

— Qui est votre Prophète ?

— Je ne l'ai moi-même jamais rencontré, avoue-t-il.

Nous roulons longtemps, puis nous empruntons un petit sentier qui mène à une haute grille en fer forgé truffée de caméras vidéo.

À l'entrée, deux gardes retiennent des chiens qui

aboient et se démènent quand les portes s'ouvrent pour nous laisser passer. Nous traversons un parc entretenu par une armée de jardiniers.

Notre limousine dorée dépasse un bois compact, puis j'aperçois un château aussi luxueux qu'un petit Versailles de Terre 1.

Après avoir vu les prisonniers, les soldats, les fous, les prostituées et les prêtres, il ne me restait plus qu'à rencontrer les nantis.

Là encore, des gardes avec des chiens et des oreillettes.

Un palais. Une armée. Qui est le roi ?

– C'est un milliardaire ? demandé-je au voisin.

– Le Prophète exerce une activité économique, si c'est votre question. Il possède le groupe Scoop.

– Scoop ? Mais c'est de la presse à scandale.

– Le groupe est connu pour sa vitrine médiatique « people », mais il produit aussi des émissions télévisées et de la musique.

– Quel rapport peut-il y avoir entre un prophète censé être un mystique et un groupe de presse qui publie des photographies sur la vie privée des personnes célèbres ?

La réponse m'arrive en même temps que je pose la question.

L'influence.

La voiture s'arrête et un homme en livrée vient nous ouvrir la portière.

Nous entrons dans un salon luxueux où papotent plusieurs femmes en tenue de soirée très chic, comme des mannequins de magazine. Elles sont maquillées, parées de bijoux. Elles ont l'air d'attendre, désœuvrées, à la manière des femmes de harem.

Un valet m'apporte un plateau de petits-fours. Je refuse.

Un homme en smoking vient vers moi.

– Attendez ici, le Maître va vous recevoir.

Michel Audouin me salue d'un petit geste encourageant. Je reste à attendre.

Je pense à Delphine. Elle me manque.

Ma maîtresse m'évite d'avoir besoin d'un maître. J'ai été éduqué et sauvé par les femmes.

Dans mon esprit c'est quand même Delphine qui efface actuellement toutes les autres. Dès que je serai sorti d'ici il faudra que je la rappelle et que je lui présente mes excuses.

– Il vous attend.

J'emboîte le pas à un majordome en veste vert foncé qui m'entraîne dans une enfilade de couloirs. Le sol est en marbre, les murs recouverts de lambris, des tableaux encadrés d'or représentent des apparitions de lumière dans le ciel.

Enfin, après avoir frappé à une grande porte ornée de sculptures d'angelots, le majordome pousse la dernière et je me retrouve dans un bureau surchargé de décorations et de drapeaux divers. Derrière une large table, un homme de dos, assis dans un fauteuil, regarde un film. Sur l'écran on me voit avec Delphine. Je me dis que Michel Audouin n'a pas fait que me suivre, il m'a aussi filmé. Maintenant apparaît Delphine seule, filmée depuis une fenêtre.

Qui est cet homme richissime qui ose nous épier ? Je ne vois pour l'instant que son dos et son oreille. Il porte une barbe et des lunettes.

Je romps le silence.

– Cela vous amuse d'espionner les gens ?

Il ne réagit pas et continue d'observer l'écran où une caméra m'a suivi dans la pouponnière, l'hôpital psychiatrique, la prison, les temples, L'Enfer.

– Peut-être que pour quelqu'un qui a construit sa

fortune sur le voyeurisme, il est naturel de s'immiscer dans la vie privée d'autrui.

Il se retourne et j'ai un choc.

46. ENCYCLOPÉDIE : DRAGON CHINOIS

La technique du dragon chinois est une stratégie visant à convaincre une assistance d'une hypothèse incertaine. Elle est parfois utilisée en science pour conforter une idée douteuse.

Le scientifique qui veut fabriquer un dragon chinois va par exemple inventer un contradicteur imaginaire défendant une théorie opposée à la sienne. Et en démontrant que la théorie de l'adversaire ne tient pas (l'exercice est d'autant plus facile à réaliser que c'est lui-même qui a inventé ses arguments), il va a contrario convaincre que la sienne est forcément juste et vraie.

Edmond Wells,
Encyclopédie du Savoir Relatif et absolu,
Tome VI.

47. LE PROPHÈTE

Il affiche un air ravi devant ma surprise.

– Comment disait-on sur Terre 1, déjà ? Ah oui, « le monde est petit ».

– Je croyais que tu étais...

– Mort ? Ailleurs ? C'est vrai VOUS m'avez condamné. Vous m'avez expédié aux égouts sur Terre 18. Chez les rats.

Je me reprends.

– Le peuple des hommes-rats a connu sa période de gloire, il a atteint son apogée puis il a périclité comme toutes les civilisations. Comme tous les organismes vivants. Ils naissent, ils grandissent, ils meurent.

Il joint les mains.

– En fait, l'empire des rats, tout comme jadis l'empire babylonien sur Terre 1, était exsangue quand j'ai « atterri » dans son ancienne capitale occupée. Alors j'ai voyagé. J'ai suivi d'en bas l'histoire que VOUS vous amusiez à écrire d'en haut.

Il croise et décroise ses doigts manucurés.

– À chaque coup de foudre, à chaque rêve, à chaque tremblement de Terre, je me demandais « pourquoi font-ils ça » ? Chaque jour je regardais les actualités, et je savais que ce n'était que vous, les dieux, qui jouiez à manipuler les mortels pour vous affronter.

Il me dévisage avec un regard lourd, chargé de reproches. Il allume un cigare et m'en propose un, offre que je décline.

– J'ai fait la Guerre mondiale de Terre 18.

Il a un ricanement instinctif.

– Comme il est étrange d'être immortel dans un monde où tout le monde périt en masse autour de vous. Seul, debout dans les charniers, je restais perplexe. Si tu savais... J'ai vu tant de gens crever. Et j'aurais dû mourir tant de fois. Pourtant tout explosait autour de moi, les épidémies, les famines se répandaient et chaque fois je survivais. Seul au milieu des êtres chers décédés. C'était là ma punition. Comme Sisyphe avec son rocher qui n'en finit pas de chuter ou Prométhée avec son foie qui repousse sans cesse. J'ai prié pour mourir. J'ai prié un hypothétique

« autre dieu parallèle » de mettre fin à vos activités de jeu de l'Olympe. Quel malheur de dépendre de dieux maladroits.

– Disons plutôt de « dieux en formation ». Il faut bien que les élèves s'entraînent. Avant de devenir chirurgiens, nous nous exercions à enlever l'appendice sur des malades qui n'en avaient pas besoin. Pour nous entraîner. Mais c'est grâce à cela que nous avons pu ensuite réussir des opérations délicates.

Il ne prête pas attention à ma remarque.

– Et comme tu le vois je suis encore ici et je suis encore vivant. Et tout ça à cause de toi... Michael, dieu des dauphins, peuple qui a survécu malgré toutes ses persécutions...

Cette fois je perçois dans son intonation une véritable animosité.

– Je n'ai pas voulu que tu sois condamné, affirmai-je.

– Tu as été le principal témoin à charge. Ton soi-disant tir d'ankh sur mon épaule a été l'argument qui a convaincu mes juges.

– Je t'affirme que j'ai essayé jusqu'au bout de rappeler qu'il y avait un doute. Ce n'était pas la bonne épaule.

Il ne répond pas. Je sens bien que de son côté mon procès est bouclé depuis longtemps. Je contemple Joseph Proudhon [1], ancien dieu des rats, le grand théoricien de l'anarchie, le précurseur des mouvements sociaux du XIXe siècle de Terre 1. Il a toujours son regard brillant, ses petites lunettes, sa grosse barbe, ses cheveux longs.

– Je ne t'en veux plus, Michael. Au début, quand j'ai débarqué ici, c'est vrai, c'est contre toi que

---

1. Voir *Le Souffle des dieux*, Le Livre de Poche n° 30812 *(N.d.É.)*.

j'éprouvais le plus de rancune. D'ailleurs ici même j'ai participé, à mon humble échelon, à la destruction des tiens... à ma manière.

– Je ne vois pas ce que tu veux dire.

Il respire amplement sa fumée grise, et lâche, avec un sourire de satisfaction :

– J'ai inspiré ici, directement sur place, un mortel. Un ami. C'était pratiquement un clochard. Je l'ai nourri, je l'ai réconforté, lui ai parlé. Je lui ai dit qu'un seul homme pouvait changer le cours de l'histoire. Je lui ai dicté des idées. Je l'ai poussé à aller jusqu'au bout. Au début il était un peu timide, prêt à accepter des compromis. Il avait peur qu'il y ait des résistances. Il n'avait pas pris conscience qu'on pouvait aller aussi loin sans que personne ne réagisse. Je lui ai expliqué le principe de l'aveuglement collectif.

– L'aveuglement collectif ?

– Oui. Il faut y aller franchement et à fond. Plus le mensonge est énorme, plus il fascine et plus les gens y croient. De même, quand les phares de la voiture surgissent, le lapin reste tétanisé et se laisse écraser.

Je tressaille.

– Le Purificateur !

– En effet. C'est aussi comme cela qu'on a appelé mon ami. Au début, j'ai fait fortune dans la presse. Les gens aiment les petits mensonges, je leur en ai vendu des gros au même prix. À l'époque j'étais en Terre des requins. Il existait déjà une forte propension à la colère. Les mortels se croient toujours victimes d'injustices et cherchent les coupables. De préférence les faibles. Je pense que là-haut le dieu des requins, Xavier je crois, faisait son possible pour créer une armée invasive. Moi, d'en bas, directement sur la scène des événements, j'ai apporté mon soutien en ajoutant le prétexte : « Focaliser la haine séculaire. Détruire les dauphins. » C'est moi qui ai créé ici le mouvement Anti-Dauphin.

Je lui saute dessus, mais il a le temps d'appuyer sur un bouton sous son bureau. Je le bouscule, nous roulons à terre.

Des gardes surgissent et me maîtrisent facilement. Il leur fait signe de me lâcher.

— Laissez-le !

Ses gardes ne comprennent pas.

— Monsieur est un « ami de vacances ». Nous occupions des villas voisines au bord de la plage dans un club sur une île. Et il m'en veut encore pour une partie de... jeu d'échecs qui a mal tourné. Monsieur est un peu rancunier. Tout ça parce que je lui ai mangé quelques pions. Combien déjà ? Ah oui, quelques millions quand même. C'est la force d'inertie. Une fois qu'on est lancé, on n'ose plus freiner.

Je me débats.

— Tu paieras pour cela ! fulminé-je.

— Bien sûr. Toujours cette croyance ancienne qu'on est récompensé pour ses bonnes actions et puni pour ses mauvaises. Mais comme ici nous sommes au pire lieu de châtiment possible, que peut-il m'arriver de plus ?

Joseph Proudhon ordonne à ses sbires de nous laisser et, comme pour me signaler qu'il n'arrivera plus rien de désagréable :

— Ah, ces mortels. Ils sont si... dévoués.

— Je te déteste.

— Je sais, je sais, cela produit toujours cet effet au début. Mais que je sache, d'après mes sources personnelles, tu as recommencé plusieurs fois les cinquante dernières années d'histoire. Et tu as constaté que « mon » Purificateur réapparaissait toujours d'une

278

manière ou d'une autre. Ce n'est qu'un cristalliseur de haine, mais la haine existait avant lui.

– Je te méprise.

– Tu oublies aussi une chose, ce n'est pas moi qui l'ai inventé. Souviens-toi de l'autre Anti-Dauphin historique de Terre 1. Hitler. C'est lui qui a existé avant même que nous n'entamions la partie de jeu d'Y sur Terre 18.

– Tu as créé un Hitler similaire pour Terre 18 !

– J'étais moi-même rempli de rancœur. Et je dois dire que j'ai rêvé que la haine devienne la nouvelle loi du monde. Pourquoi pas après tout ? C'est si facile de pousser les mortels vers leur mauvais penchant naturel.

Joseph Proudhon rallume son cigare et souffle des ronds opaques.

– Tu sais, Michael, j'étais seul à comprendre que l'histoire s'arrêtait puis recommençait sans cesse. À chaque recommencement, je tirais expérience de l'erreur précédente et j'améliorais ma trajectoire individuelle. Comme un tir d'artillerie qu'on affine en observant où tombe l'obus précédent.

– Jusqu'à monter cet empire financier ?

– Au début, en arrivant sur Terre 18, j'avais lancé une entreprise de voyance. Tu t'imagines ? Le mage « Proudhon ». Divination en tout genre. Grâce à ma connaissance des coulisses d'Aeden je ne me trompais jamais. Ça m'a rapporté un petit pécule. Pas assez. Je suis devenu politicien. C'était encore mieux. Puis journaliste. J'ai réfléchi ensuite à ce qui coûtait le moins cher en investissement et qui pouvait rapporter le plus, et j'ai monté une... religion. En fait j'en ai créé plusieurs. Comme un musicien, il fallait que je trouve mon « style ». Finalement il me semble avoir trouvé le meilleur compromis.

– Lequel ?

– Moitié journaliste, moitié religieux.

– Pour un anarchiste c'est un comble.

– Certes, j'ai été anarchiste sur Terre 1, j'ai été élève dieu prônant l'anarchie sur Aeden, mais ici sur Terre 18 je n'ai plus rien à gagner ni à perdre.

– Pourquoi m'as-tu fait venir, Proudhon ?

– Appelle-moi Joseph. Je t'appelle bien Michael. Pourquoi je t'ai fait venir ? Parce que depuis le temps que je garde tous ces secrets j'ai besoin de les partager. J'ai tellement rêvé d'avoir enfin quelqu'un qui puisse me comprendre et partager ma douleur. Je me sens si seul ici sur cette petite planète minable. J'ai besoin d'un peu de compassion. Comme tout le monde.

– Je croyais que tu m'en voulais de ta condamnation...

– Entre le plaisir de te détruire et les avantages que je peux tirer de notre alliance je choisis sans hésiter la deuxième voie. Tu te souviens d'un passage de l'Encyclopédie : « Coopération, Réciprocité, Pardon ». Je te pardonne. Je te préviens en revanche que si tu agis contre moi j'agirai contre toi de la même manière. Enfin je te propose la coopération. Tu vois, je suis devenu raisonnable.

– Pourquoi moi ?

– Mais parce que tu es le seul autre immortel sur cette planète !

– Es-tu sûr que je sois immortel ? Ce n'est pas parce que tu l'es que je le suis aussi !

– La meilleure manière de le vérifier est encore de l'expérimenter.

Il sort un gros revolver calibre 9 mm d'un tiroir et me met en joue tranquillement.

— Je compte jusqu'à 5. Si à 5 tu ne m'as pas promis ton aide je te tue, annonce-t-il placidement.

— Pardon, tu veux quoi ?

— 1... 2... 3... 4... 5.

Il appuie sur la détente. Je tends la main devant moi, et à nouveau l'impression que tout se passe au ralenti... La balle sort du revolver dans une gerbe de feu et avance doucement vers moi. Je sais que je n'ai pas le temps de bouger, la balle avance, traverse ma chemise, brûle ma peau, puis déchire les fibres de mes muscles, fait éclater une côte comme si elle était de bois sec et perfore la masse dense et liquide de mon cœur qu'elle fait exploser, continue jusqu'à mes muscles dorsaux, brise une vertèbre, et s'en va finir dans le mur.

Je tombe à la renverse, les bras en croix, les yeux ouverts. *Cette fois c'est fini.*

Je vois le plafond, et Joseph Proudhon, dans un coin de mon cadre de vision, qui se penche sur mon cadavre.

— Arghh... Je meurs.

— Tsss... homme de peu de foi.

J'entends qu'il dépose son arme sur son bureau, reprend son cigare, claque une allumette, puis se penche à nouveau sur mon visage pour lâcher quelques volutes de fumée grisâtre. Je balbutie :

— Dis à Delphine Kamerer que ma dernière pensée a été pour elle.

Je ferme les yeux et je sens que je me vide de mon sang.

Un long temps passe.

Pas encore mort ?

Je bats des paupières.

Je rouvre un œil, puis l'autre.

Je suis encore vivant !

Je me relève sur un coude.

Je contemple, hébété, le trou dans ma veste et le sang qui coule à flots, je mets ma main pour boucher l'imbouchable.

Proudhon reste vautré dans son fauteuil.

– Tu n'as donc vraiment aucune mémoire ? Tu ne te souviens pas de ma condamnation : « Être immortel et conscient dans un monde de mortels inconscients. » Tu as dû recevoir la même, voilà tout.

Je vois que ma blessure commence à se refermer. Je sens la douleur dans mon dos disparaître. Même ma vertèbre est en train de se reconstituer.

– Je sais ce que tu penses, dit Joseph Proudhon. Moi aussi au début j'ai entrevu les bons côtés de l'immortalité. J'ai plongé dans des volcans, j'ai sauté depuis des avions sans parachute, j'ai joué de l'argent à la roulette russe, durant les guerres j'ai fait le malin en première ligne, parfois même en disant aux autres : « Suivez-moi, il n'y a pas de danger, la preuve c'est que j'y vais. » Ah ! ce qu'on peut être joueur quand on découvre qu'on ne peut plus mourir. Et puis j'ai compris que cela ne changeait pas grand-chose. Nous sommes surtout condamnés à nous... ennuyer.

Il reprend le disque vidéo et le replace dans le lecteur. Apparaît le visage de Delphine, tournant la tête et faisant voler ses cheveux noirs au ralenti.

– Tu l'aimes ? Eh bien, prépare-toi à souffrir car elle va vieillir et toi tu resteras éternellement bloqué sur ton âge actuel.

Je me relève, et me rassois face au bureau. Je commence à comprendre.

– Cela fait partie du supplice. Je peux te dire que j'en ai aimé des femmes. J'ai souffert moi aussi mille tourments lorsque je les ai vues se changer en petites vieilles courbées, tremblantes et édentées. Après j'ai décidé de la seule attitude possible : profiter au lieu de subir. Maintenant, comme tu as vu, je renouvelle en permanence le « stock » pour disposer de « chair fraîche ». Et je ne m'investis plus émotionnellement. Des amantes et pas d'amour. Elles sont mignonnes mes filles de l'accueil, n'est-ce pas ? Tu peux prendre celle que tu veux. Je suis partageur.

Ma plaie est maintenant refermée, ne restent que les taches de sang sur ma chemise et mes doigts pour témoigner de ce qu'il s'est passé.

— Nous sommes des dieux. Mesures-tu enfin ton pouvoir ? Alors, ça te dit qu'on fasse alliance, nous, les deux dieux en exil sur cette planète ?

— Désolé. Ça ne m'intéresse pas.

Il écrase son cigare, mécontent. Je me rassois.

— Ah oui, bien sûr j'oubliais... mademoiselle Delphine. Ton « grand amour terrestre ». Total respect.

J'examine le bureau de Proudhon. Des symboles sont reconnaissables. Des rats sculptés.

— Ils t'appellent le Prophète. Tu as donc réellement créé une religion après avoir répété « ni dieu, ni maître » au Royaume des dieux ?

— D'abord le pouvoir, ensuite on décide. Ceux qui me connaissent me vénèrent. Il faut dire que la nouvelle religion que j'ai créée présente l'avantage de leur apporter des explications sensées et solides là où toutes les autres ne font que suggérer de vagues intuitions. C'est le paradoxe suprême : la meilleure manière de montrer que les religions sont des impasses, c'est précisément de bâtir la mienne. La seule qui sache vraiment ce qu'il y a au-dessus. Tu ne peux pas le nier. Nous, nous savons vraiment ce qu'il y a au-dessus.

— Tu as créé une secte !

— Pas de mot grossier s'il te plaît, Michael. Et puis

une secte, c'est quoi, après tout, sinon une religion qui n'a pas encore un nombre suffisant de croyants pour obliger les autres à la reconnaître ? Grâce à la haine contre les dauphins j'ai pu fédérer nombre de mouvements politiques dans beaucoup de pays. Par moments j'ai même pu réconcilier les drapeaux noirs, les drapeaux rouges et les drapeaux verts dans une union antidauphins. Tu sais, peu de gens aiment tes dauphins. Le plus drôle, c'est qu'on les déteste pour des raisons contradictoires. Ils sont considérés comme trop riches dans les pays pauvres et comme des révolutionnaires trop partageurs dans les pays riches. En fait tout le monde les jalouse. Il y a même des mouvements antidauphins dans des pays sans dauphins !

– Je croyais qu'à l'origine, l'anarchie voulait libérer l'homme !

– Pour le libérer il faut commencer par le contraindre. La « dictature du peuple », tu connais ? Quel joli paradoxe.

– Edmond Wells disait : « La plupart des gens sont naturellement généreux mais les salauds, eux, sont mieux organisés. »

– Sacré Edmond, il avait bien raison. Et au final je crois que les salauds finissent par avoir le dernier mot. Tout simplement parce qu'ils... sont plus déterminés. Il faut être réaliste. Le mensonge intéresse plus que la vérité. La dictature fonctionne mieux que la démocratie. La violence amuse plus que la paix. Ils sont tous à aboyer « liberté, liberté ». Mais ils n'en veulent pas. Et si on la leur donne ils s'empressent de l'offrir au plus brutal. Souviens-toi de la révolution russe sur Terre 1 : au nom de la libération du peuple ils tuent le tsar et le remplacent par un supertsar, Staline, qui les affame, les déporte et leur interdit tout droit d'expression.

– C'est un concours de circonstances.

– Détrompe-toi. C'est délibéré. Les peuples veulent des chefs charismatiques. Ça les rassure. La liberté les inquiète.

Je me souviens en effet que Proudhon avec ses hommes-rats avait trouvé comment rassurer sa tribu : en désignant des boucs émissaires et en instaurant la peur du chef pour vaincre la peur de la foudre.

– Crois-en l'avis d'un homme qui voit l'histoire se répéter. Sombre et violent est le chemin qu'aiment les mortels, même s'ils ne veulent pas l'avouer. Ce sont des abrutis. Et il faut parler leur langage. Les haineux sont les plus nombreux et les plus faciles à manipuler. Et ensuite ce sont eux les plus actifs. Plus la cause est destructrice, et plus ils s'impliqueront de tout leur cœur. C'est donc en toute logique sur eux que je bâtirai ma révolution mondiale.

– Une révolution ?

– J'ai monté un parti politique qui progressivement accumule les soutiens et devrait bientôt émerger en plus de la secte. Voilà comment je m'occupe.

Proudhon reprend la télécommande et fait avancer les images, jusqu'à ce qu'on me voie avec l'équipe de Papillon Bleu Productions.

– Toi aussi, ta vie d'écrivain ne te suffit pas, tu commences à t'agiter, n'est-ce pas ? Normal. Être dieu en exil sur Terre, c'est frustrant. Je sais que tu as monté quelque chose de puissant. Un jeu. « Le Royaume des dieux ». Tu vois, naturellement tu utilises ta connaissance de la Vérité pour prendre un ascendant sur les autres.

– Moi, je propose aux mortels de partager mon expérience. Je ne l'utilise pas pour les écraser. Edmond Wells disait : « Le bon maître n'est pas celui qui transforme les autres en disciples. Le bon maître est celui qui transforme les autres en Maîtres... » On pourrait l'appliquer à nous : « Un bon dieu est celui qui transforme les autres en dieux. »

Il applaudit.

– Pas mal. Très fort.

Il sort un dossier avec des articles de presse.

– Le type dans lequel tu es incarné... il n'est pas vraiment à la mode. Gabriel Askolein.

– Telle est ma bénédiction : la possibilité d'inventer des mondes extraordinaires qui ouvrent de nouvelles perspectives. Telle est ma malédiction : être incompris.

– Tu parles de lui comme si c'était toi.

– Je suis Gabriel Askolein. C'est comme si son corps et son esprit savaient que j'allais venir, il était déjà comme moi avant que j'arrive.

– Tu voulais quoi ? Qu'ils t'acclament et reconnaissent ta différence ?

– J'aime mon métier. J'ai l'impression qu'il a un sens et une utilité. J'ouvre des horizons.

– Rappelle-toi sur Terre 1 déjà : tous les vrais pionniers ont été incompris. Ce ne sont ensuite que leurs copieurs qui ont récolté. Normal, les mortels ont peur de la nouveauté, a fortiori si elle les force à changer. Ton originalité est perçue comme une hérésie. Ils ne veulent pas de nouveaux horizons. Ils veulent que se reproduise ce qu'ils connaissent déjà.

– À la longue mon message finira par passer.

– Jamais ton travail ne sera reconnu ou aidé. En revanche si tu me rejoins, tu profiteras de toute la puissance d'un grand groupe de presse. Ton œuvre sera enfin soutenue, expliquée, commentée. Tu pourras même répondre à tes détracteurs.

Il me tend un verre dans lequel il verse un alcool vert fluorescent.

– Je ne t'ai toujours pas convaincu de me soutenir ? Alors changeons d'arguments.

Il prend la télécommande et revient en arrière jusqu'à l'image de Delphine. Il l'arrête puis manie les boutons jusqu'à obtenir un gros plan sur son visage.

– Cette demoiselle est mortelle il me semble. Ce serait dommage qu'il lui arrive des problèmes... Dans ma secte, il y a des fanatiques antidauphins. Il ne faudrait pas les pousser beaucoup pour qu'ils s'intéressent à elle ou à tes amis informaticiens. C'est encore le jeu. Chacun a le droit d'avancer ses pièces. Tu as témoigné contre moi en Aeden. Ce qui a entraîné ma condamnation. J'ai mis au point le Purificateur. Ce qui a entraîné ta chute. Nous nous sommes fait mutuellement des « chicaneries ». Nous pouvons encore nous en faire. Ce serait fatigant pour toi et moi. Mais si tu acceptes de coopérer, nous sommes quittes. Crois-moi, les mortels ne méritent pas que tu souffres pour eux.

Je réfléchis un moment, puis :

– Écoute... finalement tu m'as convaincu, j'ai tort et tu as raison.

J'ai toujours rêvé de dire cette phrase : « Tu as raison et j'ai tort. » Dans les débats chacun lance son argument sans écouter celui de l'autre et, au final, chacun repart avec ses convictions de départ. Pourtant, tous espèrent entendre cette phrase : « Tu m'as convaincu. Tu as raison et j'ai tort. »

– Ah ? dit-il, un peu décontenancé. Vraiment ?

– Je tiens trop à Delphine et à mon peuple. Et puis toi tu as l'expérience de la vie d'élève dieu en exil sur Terre 18. Tu sais donc mieux que moi ce qu'il faut faire. Il serait stupide de ma part de ne pas t'écouter. Et puis, comme tu dis : « Il vaut mieux s'appuyer sur les imbéciles, ils sont plus nombreux. »

Il pose son cigare et me tend à nouveau le verre d'alcool vert fluorescent que j'avais refusé. Je le vide d'un trait et cela me revigore.

— Bon, alors on signe quelque chose ou on se serre la main ?

— Pour moi ta parole me suffit, dit-il.

Je contemple le revolver 9 mm posé sur la table.

— Pour être juste, pour que nous soyons vraiment quittes, il faut que je te fasse ce que tu m'as fait, non ?

Il prend le revolver 9 mm et me le tend.

— Si cela te rassure, tue-moi et nous serons à égalité.

Je pose le canon contre son front.

— Et si je tire dans ta cervelle tu resteras vivant quand même ?

Il grimace un sourire.

— Parfois quand j'ai des migraines trop violentes, je fais ça. J'appelle cela m'« aérer les idées ». C'est mieux que l'aspirine.

Il conserve son sourire narquois et reprend son cigare qu'il fume tranquillement sans se soucier que mon doigt presse la détente.

— Je tire à 5. 1... 2... 3...

La balle creuse un gros trou dans son front, le haut du crâne explose en morceaux blancs comme de la coquille de noix de coco. Il ne reste que le menton et la bouche et plus rien au-dessus. Les lèvres n'ont pas lâché le cigare.

Déjà les os se mettent à repousser à toute vitesse mais il n'y a pas encore d'yeux ni d'oreilles sur sa tête, je profite de ce répit pour ramasser le revolver et bondir par la fenêtre qui donne sur le parc. Si mes estimations sont bonnes il m'a fallu une bonne minute pour retrouver ma conscience après le tir dans le cœur. Je dispose donc de ce temps-là pour filer.

Il y a une voiture de sport sur le parking. La portière est ouverte. Les clefs de contact sont sur le tableau de bord. Je démarre et fonce. Par chance les vitres sont teintées. Je sais que je n'ai que quelques secondes pour sortir du parc.

J'accélère sur les gravillons de l'allée.

Quand j'arrive à la grille je m'attends à ce que l'alarme résonne, que les gardes me bloquent et que les chiens soient lâchés, mais il ne se passe rien.

Proudhon n'a pas encore reconstruit les zones du langage de son cerveau.

Je continue à rouler dans la campagne sans être poursuivi. Je n'ai plus une seconde à perdre.

48. ENCYCLOPÉDIE : LA REINE KAHINA

La reine Kahina était une reine berbère qui régnait sur la région dite des Amazighes (dans la région des Aurès, à l'est de l'actuelle Algérie). Décrite par les historiens comme d'une grande beauté et toujours vêtue de rouge, elle arrive progressivement à s'imposer par son charisme et sa diplomatie. Élue par la confédération des Imazighen, elle réconcilie toutes les tribus alentour, s'allie avec les Carthaginois de culture byzantine et s'oppose à l'invasion arabo-islamique entre l'an 695 et l'an 704 de notre ère. Face à elle Hassan Ibn Numan agissant pour le compte du Calife de Damas : Marwan. L'alliance berbéro-carthaginoise (les premiers étant animistes et les seconds chrétiens) empêche dans

un premier temps les musulmans de prendre Carthage.

Habile stratège, la reine Kahina écrase les troupes d'Hassan Ibn Numan à Miskyana (dans le Constantinois) et repousse les Arabes jusqu'en Tripolitaine avec des troupes dix fois moins nombreuses.

Humilié, Ibn Numan demande un renfort à son Calife qui lui accorde 40 000 guerriers expérimentés mais l'avertit : « Ce sera la tête de la Kahina ou bien la tienne. » Avec ce renfort le chef de guerre attaque et reprend facilement Carthage. La Kahina se retrouve seule avec ses guerriers berbères à resister aux troupes d'Ibn Numan.

La Kahina pratique la politique de la terre brûlée en vue de dissuader les envahisseurs de poursuivre leur offensive. Elle affronte encore avec des troupes vingt fois inférieures les hommes d'Ibn Numan en 702 durant la bataille de Tabarqa. Elle est sur le point de vaincre mais elle sera trahie par Khalid, un jeune guerrier ennemi que la reine avait épargné et adopté selon la coutume berbère de l'Anaia (protection des faibles). La reine sera alors faite prisonnière et décapitée. Sa tête est envoyée au Calife Marwan.

Celui-ci, au moment où il ouvrit le sac contenant la tête de la reine, aurait dit : « Après tout ce n'était qu'une femme... »

Edmond Wells,
Encyclopédie du Savoir Relatif et Absolu,
Tome VI.

49. DELPHINE TOUJOURS TOUJOURS

Autour de moi les nuages s'assombrissent et se rejoignent en formes menaçantes de bouches ouvertes et de visages en colère.

Je roule.

La foudre jaillit dans le ciel.

Pour ne pas entendre ce vacarme dont je ne suis plus à l'origine j'allume le lecteur de disques.

Une musique ample résonne. À ma grande surprise je la reconnais aussitôt.

Le *Dies irae* de Mozart.

Proudhon a récupéré d'une manière ou d'une autre de la musique de Terre 1 ! Comment est-ce possible ? Hitler. Mozart.

Les idées et même les mélodies circulent.

Il doit y avoir des connexions entre les mondes parallèles !

Loin de m'arrêter cette musique symphonique me dope.

Les mots latins entonnés par des voix de barytons et les chœurs de femmes qui se répondent me dopent.

Dies irae signifie je crois « La colère de Dieu ».

Je cherche la pochette et la découvre. Elle porte évidemment un autre titre et un autre nom de compositeur. Il ne pouvait quand même pas tout copier à l'identique.

La pluie se met à tomber dru et fouette mon pare-brise. J'actionne les essuie-glace et passe une vitesse. Ma voiture produit des gerbes d'eau.

La foudre abat un arbre devant moi qui s'embrase et fume.

Je n'ai pas peur d'un autre dieu. De toute façon je suis immortel.

Ma voiture parvient sur l'autoroute et je passe

encore une vitesse, une sensation d'urgence m'envahit.

Les autres voitures ralentissent, je monte à 250 kilomètres-heure sur la chaussée luisante illuminée par la foudre. Un flash de radar clignote. À la vitesse où je vais cela m'étonnerait qu'il ait eu le temps de me photographier. De toute façon l'amende sera pour Proudhon.

Je prends goût à la puissance et passe la dernière vitesse alors qu'une lumière s'allume m'indiquant que je suis passé en mode turbo.

Je zigzague entre les voitures et les camions, je double les motos.

Ayant déjà voyagé à la vitesse de la pensée dans le vide sidéral, j'avais oublié le plaisir de fendre l'air et de sentir les pneus écraser le sol.

280 kilomètres-heure.

Je suis une fusée roulante. Ce n'est qu'arrivé en périphérie de la capitale que les embouteillages me forcent à ralentir et à m'insérer dans la masse des voitures circulant au pas.

Les embouteillages franchis, je file à travers la ville, grillant les feux rouges, ne laissant aucun autre véhicule me prendre la priorité. Finalement une grosse voiture refuse de me laisser passer alors que je viens à nouveau de griller un feu et je la percute de plein fouet. Le fait que la circulation soit inversée et qu'on roule à gauche a perturbé ma perception.

À nouveau j'ai la sensation que tout se passe au ralenti. Nos deux engins s'incrustent mollement l'un dans l'autre, et je sens l'habitacle qui se plie. Mon thorax est défoncé par le volant dont l'airbag ne s'est pas déclenché et ma tête traverse le pare-brise. La pluie ruisselle sur mon visage constellé d'éclats de verre.

En face l'autre voiture n'est qu'un amas de tôles fumantes. *Désolé, vraiment désolé mais les enjeux sont au-delà de ce genre de considérations.*

Je m'extirpe de ma voiture par le pare-brise devant les passants horrifiés qui hurlent.

De manière étrange le lecteur de musique continue de jouer le *Dies irae* de Mozart.

Je fais un geste qui signifie « excusez-moi » et en même temps « ne vous inquiétez pas je vais bien ». Le sang inonde mes vêtements mais je n'en ai cure. Il faudra simplement passer au pressing.

Ayant quitté la scène du drame je vais me laver à une fontaine publique et je hèle un taxi. Tous refusent de me prendre tant mon allure doit être effrayante. L'un d'eux, en me voyant, donne un coup de volant intempestif et fait une embardée.

Finalement une ambulance s'arrête et propose de me conduire à l'hôpital.

Je dis que je dois d'abord passer voir une amie et devant ma détermination et mon revolver pointé, ils consentent à m'emmener chez Delphine.

Quand elle ouvre la porte elle recule, épouvantée.

– Pas le temps de t'expliquer. Nous sommes en grand danger. Vite. Fais ta valise, il faut partir.

Delphine reste un instant abasourdie. Pourtant quelque chose en elle réagit. Cette phrase a été répétée tant de fois à ses ancêtres qu'elle a fini par se graver dans son code génétique comme une serrure attendant sa clef.

Chez les dauphins, les plus paranoïaques ont survécu. Ils étaient plus réactifs. Les optimistes sont morts.

Delphine Kamerer ne discute pas, elle me lance un linge et en me désignant la salle de bains commence ses bagages.

Devant le miroir du lavabo je vois mon visage. Certaines blessures ne sont pas encore refermées.

Je prends une douche chaude. Delphine m'apporte des vêtements que lui a laissés un ex-fiancé.

Elle a sorti trois gros sacs équipés de roulettes et les remplit avec méthode.

Elle cherche les objets indispensables. Son ordinateur, son nécessaire de toilette. Quelques habits pour la chaleur et la fraîcheur.

Une fois dans sa voiture, je démarre sans quitter le rétroviseur des yeux.

– Maintenant tu peux me le dire, que se passe-t-il ?

– L'ombre. Les forces de l'ombre se sont réveillées. « Le ventre de la bête est encore fécond qui peut accoucher du monstre », disait Bertolt Brecht, un écrivain de l'un de mes anciens mondes. La bête est en train d'accoucher. Je l'ai vue en face.

– Qui est-ce ?

– Un ex-collègue d'Aeden devenu patron de journal, chef de secte, et bientôt leader politique. Il nous surveille. Ta vie est en danger.

Alors qu'elle marque sa surprise une voiture surgit, pleine de types qui ressemblent à ceux que j'ai vus dans la villa de Joseph Proudhon. J'accélère, regrettant d'avoir explosé la voiture de sport.

Je grille encore des feux rouges. Je roule à contresens. Me souvenant que si je suis immortel, Delphine par contre ne l'est pas, j'adopte une conduite moins sportive, me faufile entre les voitures. Finalement, comme leur véhicule ne nous lâche pas, je sors le revolver par la portière, vise les pneus et tire. Sur sa lancée l'auto percute sèchement un lampadaire.

Je m'arrête dans une station-service quand la jauge d'essence me l'impose. Dans la station tout le monde me semble suspect : un camionneur qui boit de la

bière en me regardant de biais. Un clochard silencieux. Un enfant qui tripote des jouets. Les paroles
de Proudhon me reviennent :

« Les haineux sont partout. Ce sont eux les plus
nombreux et les plus faciles à manipuler. Et ensuite
ce sont eux les plus déterminés. Pour une cause vraiment destructrice tu ne peux pas savoir comment ils
vont s'y mettre de tout leur cœur. C'est donc en toute
logique sur eux que je bâtirai ma révolution mondiale. »

Le caissier de la station-service arbore une grosse
moustache qui cache sa bouche, il fronce les sourcils
comme s'il m'avait reconnu.

Les mortels sont-ils réellement tous des singes peu-
reux ?

Les mortels sont-ils tous dangereux ?

– Vous ne seriez pas l'écrivain Gabriel Askolcin ?
me questionne une petite femme. J'ai une fille qui
adore vos livres. Personnellement je ne les ai pas lus
mais il paraît que...

Je cherche ma monnaie dans mon portefeuille. Delphine paie à ma place, et nous reprenons prestement
la route.

Une voiture nous suit, j'emprunte de multiples
détours et parviens à la semer.

Je ne quitte pas le rétroviseur des yeux.

Delphine finit par articuler :

– Il faut que tu m'expliques qui tu es vraiment,
Gabriel Askolein.

Puis-je faire confiance à cette mortelle ?

Qu'elle soit de la religion que j'ai inventée ne
signifie pas grand-chose.

– Je veux bien tout te raconter mais as-tu envie de
savoir ?

– Maintenant oui.

Alors pendant que nous roulons je lui raconte ma trajectoire d'âme.

Ma vie banale de mortel sur Terre 1.

Ma peur de mourir.

Mon ignorance des mondes qui nous dépassent.

Ma rencontre avec Raoul Razorback.

Notre folle épopée des Thanatonautes où nous sommes partis à la conquête du paradis en nous décorporant pour voyager dans l'espace.

Mon accession au monde du dessus. Ma vie dans l'Empire des Anges.

Puis je lui relate mon arrivée en Aeden.

Ma vie d'élève dieu en Olympie.

Je lui raconte dans le détail la création du peuple des dauphins avec la vieille femme qui parla pour la première fois à l'un de ces cétacés.

L'attaque des hommes-rats.

La fuite en bateau pour rejoindre l'île de la Tranquillité.

Le Déluge. La dispersion des bateaux de survivants dauphiniens sur tous les continents.

— Je ne sais pas si tu inventes tout ça, dit-elle, mais c'est assez proche de ce que nous apprenons dans nos livres dauphiniens.

Je lui raconte comment j'ai transmis à mon peuple les notions de gouvernement d'assemblée, de jours de vacances, d'hygiène alimentaire, l'intérêt pour la navigation à voile, l'astronomie, le commerce, l'exploration des Terres inconnues. Puis les jours difficiles : les guerres perdues, les exils forcés, les persécutions, les campagnes de calomnie, la troisième dispersion.

Je lui parle des cours des douze Maîtres dieux. Nos escapades pour découvrir la lueur au sommet de la Montagne. Les Sirènes. Le Dragon. Le Léviathan. La

Gorgone qui m'a transformé en statue de pierre. Le déicide qui tuait dans la nuit. L'arrestation de Proudhon, son procès, sa condamnation.

Puis je lui narre comment j'ai triché, comment j'ai ajouté mon messie pour sauver mon peuple en danger.

– L'Héritier ?

– Non, l'Éduqué.

– Alors l'Éduqué était dauphinien ?

– Bien sûr. Il est né en Terre dauphin et n'a fait que prôner la religion dauphinienne. Ce n'est qu'ensuite que l'Héritier, pure création de mon ex-ami et néanmoins concurrent Raoul Razorback, l'a récupéré et lui a fait dire ce qui l'arrangeait pour étendre son emprise sur les pays voisins.

Elle fronce les sourcils.

– J'ai toujours senti que l'Éduqué était des nôtres et qu'on lui avait volé son message, dit-elle. Mais je crois que même récupéré et déformé c'est peut-être bien que son message ait pu être diffusé. Même par les hommes-aigles.

Je suis étonné que Delphine prenne cette révélation avec autant de détachement. Elle doit pourtant savoir tout ce que les adeptes de l'Héritier ont fait aux dauphiniens au nom de la parole de l'Éduqué.

Cette mortelle sait mieux pardonner que son propre dieu.

Je lui raconte comment j'ai fini par casser la figure à Raoul puis à m'enfuir sur le cheval ailé d'Athéna, le fameux Pégase.

Évidemment, pour elle la mythologie grecque n'existe pas. Je lui relate l'ascension du mont Olympe, mon combat contre les Titans, jusqu'à ma rencontre avec le roi des dieux : Zeus en personne, puis mon retour pour la Finale du jeu d'Y et mon échec face à l'acharnement du Purificateur.

– Ainsi pendant que vous combattiez en bas, moi je combattais en haut.

Je lui narre la partie sans cesse recommencée, sans cesse échouée. Puis ma défaite qui a entraîné mon geste de pure colère : l'assassinat du dieu des hommes-requins.

La suite logique a été ma condamnation par les dieux de l'Olympe.

Mon exil sur Terre 18.

Après quoi je lui parle du voisin en imperméable beige et chapeau noir qui m'a suivi et de mes retrouvailles avec le dieu des rats en exil lui aussi : Joseph Proudhon. Je lui explique son complot mondial, ce qu'il appelle sans la moindre gêne la révolution des haineux.

– C'est tellement gros et tellement simple que ça peut marcher. Proudhon a peut-être raison, en flattant les plus bas instincts, la peur, la jalousie, la haine on obtient des résultats rapides et spectaculaires. Il a en outre la volonté de prendre le contrôle planétaire et pour ça deux motivations fortes : il s'ennuie et il a une revanche à prendre.

Delphine hoche la tête comme si tout venait de prendre sens pour elle.

– Nous sommes donc condamnés. Tous les dauphiniens ?

– Vous êtes en grand danger.

– Il faut que j'avertisse mes corelegionnaires.

– Personne ne t'écoutera. La vérité semble toujours exagérée.

– Alors que faire, nous laisser détruire ?

– Pour arrêter un complot mondial, il faut créer un contre-complot mondial. Utilisons les mêmes armes que nos adversaires pour les combattre. Il faut bâtir un groupe de presse populaire, il faut infiltrer les groupes politiques extrémistes, il faut frapper les alliés de Proudhon en plusieurs endroits sans qu'il sache d'où cela vient. Organisons des grèves dans son groupe de presse. Discréditons sa secte. Utilisons la violence pour bloquer leur violence. Créons nos fanatiques antifanatiques. Infiltrons, nous aussi, les autres religions. Sabotons leurs installations. Terrorisons les terroristes. Créons notre propre parti politique.

Elle marque une moue dubitative.

– Ça ne marchera pas. Tu sais bien que la culture dauphinienne est une culture de paix et de tolérance. Nous ferons de mauvais fanatiques et de mauvais terroristes. Nous avons des états d'âme, des scrupules, un respect de la vie humaine. Nous ferons même de mauvais politiciens. Et puis ce n'est pas notre style, tu en sais quelque chose puisque c'est toi qui, dis-tu, l'as inventée.

À cet instant je regrette mes choix de « style ». Je n'arrive pas à me départir de l'idée qu'à une force de destruction il faut opposer une force de destruction de même intensité. Pour arrêter le nazisme en 1942 sur Terre 1 il a fallu créer une armée alliée qui a combattu et tué.

– Il faut gagner avec nos armes, affirme-t-elle.

– Lesquelles ?

– L'amour. L'humour. L'art.

Cela me rappelle quelque chose. Est-il possible qu'elle m'enseigne une fois de plus mon propre enseignement ?

– Un de nos philosophes dauphins a dit un jour : « L'amour pour épée, l'humour pour bouclier », ajoute-t-elle.

Voilà le pouvoir d'une idée lancée pour eux il y a 6 000 ans et qui donne encore ses fruits, génération après génération.

Le paysage défile de plus en plus vite autour de nous.

– Si un homme arrive avec un couteau et qu'en face un autre lui dit qu'il l'aime... le premier tue le second et au final il n'y a aucun amour là-dedans. Seulement la mort.

– Ton programme « Le Royaume des dieux » est peut-être un premier outil des forces de la lumière. En se comportant comme des dieux les gens comprendront mieux les enjeux cachés.

– Proudhon va accélérer son complot maintenant qu'il sait que je sais. Et lui, il utilise sans scrupules des outils plus radicaux. Une bombe dans une école aura toujours plus d'impact qu'un joueur vidéo en train de se poser des questions existentielles.

Nous roulons encore longtemps, jusqu'à ce que la nuit tombe et qu'il n'y ait plus aucune voiture autour de nous. Bientôt nous sentons l'odeur de la mer, nous entendons les mouettes. Nous voici arrivés à l'extrême ouest du pays. Au-delà c'est l'océan.

Delphine a repéré un petit hôtel isolé avec vue sur la mer et sobrement baptisé « Hôtel de la Falaise ». Nous entrons avec lunettes de Soleil et chapeaux. Nous laissons des faux noms à la réception. En bas, quelques retraités commentent un match de football.

– Il faut repérer tous les systèmes de caméras vidéo et baisser la tête dès qu'on en verra une, signalé-je.

Nous montons nos maigres bagages.

La chambre est de style rustique, les boiseries et les meubles sentent la cire, avec au centre, un grand lit à baldaquin. Par la fenêtre on distingue la lune qui éclaire la mer d'un reflet mordoré. Nous tirons les rideaux et fermons la porte à double tour. Delphine prend une douche, puis revient en peignoir, les cheveux pris dans une serviette-éponge.

– Tu viens de gagner des points, m'annonce-t-elle.

– Pourquoi ?

– Pour ton courage. Tu as affronté le dragon et tu as sauvé la princesse.

– Combien de points ?

– Cinq. Ce qui nous fait 20. Le compte est bon. Je suis prête à faire l'amour avec toi.

Elle a dit ça avec légèreté, avant d'aller se sécher les cheveux.

– Je ne comprends pas.

– Nous sommes en guerre et l'une des devises que tu m'as énoncées n'est-elle pas : « L'amour pour épée » ?

Elle secoue tranquillement sa longue crinière.

– Pour dire vrai j'ai même réfléchi beaucoup plus loin dans le futur, il faut que nous ayons un enfant tous les deux.

Elle poursuit, imperturbable, sans me regarder :

– Un enfant de chair, de sang et d'intelligence. Ça tu ne pouvais pas l'avoir en Aeden, ni dans l'Empire des Anges. Ici, sur « Terre 18 » comme tu dis, tu peux. C'est l'avantage d'être mortel dans un monde inférieur : on peut créer de la vie. De vrais bébés. C'est mieux que des pièces de jeu d'échecs, des marionnettes, des poupées, des acteurs de cinéma qui font semblant ou des personnages virtuels. C'est de la vraie vie.

– Un petit dauphin pour le prochain sacrifice ? ricané-je.

– Non. Un nouvel être que j'élèverai selon les valeurs dauphiniennes ancestrales.

Je lui caresse le cou, puis lui masse doucement les épaules.

– Je n'y crois plus.

Je suis tout entier dans ses yeux noirs et dans l'odeur de sa chevelure d'encre. Elle m'embrasse et me serre contre elle. C'est une sensation extraordinaire.

– L'amour est plus fort que tout, me murmure-t-elle à l'oreille. Si toi, le soi-disant dieu défenseur des nobles causes, tu n'y crois pas, qui peut y croire ?

Alors nous nous embrassons, nous étreignons, nous fusionnons et cela n'a rien d'extraordinaire, c'est juste un acte simple et évident. Pourtant un sentiment supérieur vient enrichir cette union de nos corps. Le sentiment de créer de la vie neuve.

Je retrouve la même émotion que lors de ma première partie de divinité, quand j'avais généré le peuple des dauphins.

Il n'y avait rien et soudain il y a quelque chose.

Le pouvoir d'une idée. D'un sentiment.

Au commencement de tout vint une pensée.

Un simple désir.

En même temps que nos corps se reprennent, je ne peux m'empêcher de penser que si au commencement est l'amour, au final sera encore l'amour.

Ce qui me rappelle un extrait de l'Encyclopédie. L'un des plus déterminants.

50. ENCYCLOPÉDIE : COOPÉRATION, RÉCIPROCITÉ, PARDON

En 1974, le psychologue et philosophe Anatole Rapaport, de l'université de Toronto, déduisit l'idée que la manière la plus « efficace » de se comporter vis-à-vis d'autrui était :

1) la Coopération
2) la Réciprocité
3) le Pardon.

C'est-à-dire que lorsqu'un individu ou un groupe rencontre un autre individu ou groupe, il a tout intérêt à proposer dans un premier temps l'alliance.

Ensuite il importe, selon la règle de réciprocité, de donner à l'autre en fonction de ce que l'on en reçoit. Si l'autre aide, on l'aide ; si l'autre agresse, il faut l'agresser en retour, de la même manière et avec la même intensité.

Enfin il faut pardonner et offrir de nouveau la coopération.

En 1979, Robert Axelrod, professeur de sciences politiques, organisa un tournoi entre logiciels autonomes capables de se comporter comme des êtres vivants. Une seule contrainte : chaque programme devait être équipé d'une routine de communication, sous-programme lui permettant de discuter et d'interagir avec ses voisins.

Robert Axelrod reçut 14 disquettes de programmes envoyés par des collègues universitaires également intéressés par ce tournoi.

Chaque programme édictait des lois différentes de comportement (pour les plus simplistes, deux lignes de code de conduite, pour les plus complexes, une centaine), le but étant d'accumuler le maximum de points.

Certains programmes avaient pour règle d'exploiter au plus vite leurs voisins, de s'emparer par la force ou la ruse de leurs points, puis de changer rapidement de partenaires pour poursuivre cette accumulation de points. D'autres essayaient de se débrouiller seuls, gardant précieusement leurs points et fuyant tout contact avec ceux susceptibles de les voler. Des règles stipulaient : « Si l'autre est hostile, l'avertir qu'il doit modifier son comportement puis procéder à une punition. » Ou encore : « Coopérer puis obtenir des défections-surprise provoquées par un système aléatoire. »

Chaque programme fut opposé 200 fois à chacun des autres concurrents. Celui d'Anatole Rapaport, équipé du comportement CRP (Coopération-Réciprocité-Pardon), battit tous les autres.

Encore plus fort : le programme CRP, placé cette fois au milieu des autres en vrac, s'avéra au début perdant devant les programmes voleurs agressifs, mais finit par être victorieux puis même « contagieux », au fur et à mesure qu'on lui laissait du temps. Les programmes voisins, constatant qu'il était le plus efficace pour accumuler des points, alignèrent en effet leur attitude sur la sienne.

Sans le savoir, Rapaport et Axelrod venaient de trouver une justification scientifique au célèbre « Aimez-vous les uns les autres ». Tout simplement parce que c'est notre intérêt égoïste dans le long terme.

Edmond Wells,
Encyclopédie du Savoir Relatif et Absolu,
(d'après le souvenir du Tome III).

51. LE GRAND DÉPART
(musique Deacon's Speech)

Je me sens moins seul.

Delphine et moi, au lit, sommes comme deux petits renards apeurés pelotonnés dans leur terrier, avec la hantise de sortir et d'affronter les loups.

Dehors le bruit du ressac se fait plus présent.

Elle a les orteils glacés mais je finis par m'y habituer. Nos deux corps parfaitement unis ont réglé les battements de leurs cœurs.

Lui avoir tout raconté m'a libéré.

Maintenant, quoi qu'il arrive, elle est ma complice.

Cette nuit-là je ne rêve pas.

Peut-être parce que le réel est suffisamment spectaculaire.

Au réveil j'ai le visage enfoui dans une touffe de cheveux noirs.

– J'ai fait un rêve, dit Delphine. J'étais un petit oiseau coincé sur une branche. Je ne pouvais pas voler. Au-dessous, des hyènes hurlaient et attendaient que je chute. J'essayais de sauter mais je sentais que mes ailes trop petites n'avaient aucune portance et que j'allais m'écraser au sol et être dévorée. Alors j'ai fait un truc extraordinaire. Je me suis enflammée toute seule. Mon corps s'est transformé en flambeau, en fumée, puis en nuage, le vent m'a poussée en mer et je suis arrivée sur une île. Là le nuage a crevé, après le feu j'étais de l'eau. Et l'eau s'est transformée en glace, et la glace s'est transformée en plumes et je me suis reconstituée en oiseau. Et dans cette île je n'avais plus besoin de voler car il n'y avait plus aucun danger.

– Le Phénix... C'est le mythe du Phénix. Tu es

géniale ! Tu as peut-être trouvé la solution à notre problème. Il nous faut mourir pour renaître.

Nous nous faisons monter un déjeuner et le dévorons pour emmagasiner les sucres nécessaires à une réflexion intense. Notre lit à baldaquin est un bateau cubique. D'autres idées fusent, venant compléter la première. Nous prenons des notes, bien décidés à dresser un plan d'action dans ses moindres détails.

– La graphiste Delphine Kamerer et l'écrivain Gabriel Askolein vont périr dans un accident de la route. La voiture va rater un virage et tomber du haut d'une falaise de la côte, là où l'on ne pourra jamais aller rechercher les corps, proposé-je.

– C'est l'avantage d'être romancier, tu connais la mise en scène.

– Nous cesserons d'être poursuivis ou guettés par les hommes de Joseph Proudhon. Il est immortel mais pas omniscient, que je sache.

– Nous disparaîtrons officiellement...

– Pour renaître ailleurs. Reste à trouver où...

Elle se lève, ouvre les rideaux, face à la mer étale. Des mouettes criaillent en tournoyant autour de l'hôtel.

– Quand j'avais 12 ans, raconte Delphine, un de mes oncles qui était passionné de voile m'a embarquée pour un grand voyage. Nous avons vogué longtemps. Il a accosté sur une petite île inhabitée au milieu de l'océan. L'endroit était très éloigné des côtes. Une petite île avec juste une montagne et une rivière, et il m'a expliqué qu'il y avait trop de marécages à moustiques pour pouvoir construire, que les frais d'assainissement étaient si énormes qu'aucune compagnie de tourisme n'avait voulu investir. Une île entourée de récifs et de courants tourbillonnants qui rendent son approche périlleuse. Mon oncle m'a dit :

« Si un jour tu veux fuir le monde, cette île sera ton sanctuaire. Personne n'a envie de venir ici. » Il m'a montré un chenal secret et à un endroit précis il a lancé un grappin et nous sommes montés. L'escalade a été rude, mais d'en haut, on pouvait voir la montagne, la rivière, la forêt. Mon oncle est mort, mais je n'ai jamais oublié cette escapade.

– Extraordinaire ! Tu saurais retrouver cette île ?

– Je crois, oui. Elle était au sud-ouest d'une autre, l'île des Cormorans.

Je dévore les croissants, avale café et jus d'orange.

– Quelle taille a-t-elle ?

– Quelques kilomètres carrés.

Je suis pris d'un enthousiasme ancien.

– Comme l'île de la Tranquillité..., murmuré-je. Le problème, c'est que là-bas nous n'aurons plus aucun contact avec le monde. Et nous devons continuer à agir pour contrer le complot mondial de Proudhon.

– J'ai toujours mon ordinateur. Avec une antenne satellite embarquée nous pourrons communiquer par internet.

– Et pour l'électricité ?

– Nous prendrons des capteurs solaires et des batteries rechargeables.

J'avais oublié que ma compagne est aussi férue de nouvelles technologies.

– Et le lien avec le continent ?

– Eliott, le patron de Papillon Bleu Productions. C'est un type formidable, en qui nous pouvons avoir toute confiance. Nous pourrons travailler à distance et même poursuivre la création du jeu. Je lui enverrai les graphismes que je créerai là-bas. Et toi tu lui transmettras les règles du jeu. Et tu feras parvenir le manuscrit du *Royaume des dieux* à ton éditeur. Nous avons la chance de pratiquer deux métiers artistiques qui ne nécessitent pas notre présence sur place.

J'ai demandé une liaison internet dans ma chambre. Nous cliquons sur un site informatique qui permet de voir la Terre depuis l'espace. J'indique « île des Cormorans » et le logiciel zoome sur l'ouest de la côte. Ensuite, avec le curseur je commence à fouiller l'océan pour découvrir une île dans la direction indiquée par Delphine.

— C'est là ! s'exclame-t-elle.

Elle désigne ce qui au début me semble une vague écume mais qui prend forme, devient une sorte de dent posée sur l'océan.

En zoomant au maximum, je peux distinguer la rivière, les côtes accidentées, et même les récifs.

Elle m'indique un point.

— C'est par ce côté que nous sommes montés avec mon oncle.

En cliquant sur l'île un nom s'affiche : « île de Fitoussi ». Probablement celui de son découvreur.

— Beaucoup de végétation, remarqué-je. Donc il doit y avoir de quoi manger, des fruits, peut-être du gibier.

— Du petit et du gros. Mon oncle disait qu'il fallait se méfier des gros prédateurs.

— Ils sont forcément moins dangereux que les hommes.

Puis, toujours déguisés en touristes, nous descendons en ville et je vide mon compte en banque pour tout transformer en billets.

Avant que Proudhon détecte ce mouvement et nous envoie ses sbires nous avons quelques jours de répit. Puis sous un nom d'emprunt nous achetons un voilier, cinq ordinateurs portables, des antennes satellites, des appareils photo, des tables graphiques, des capteurs solaires, des batteries, des médicaments, des rations de survie, des harnachements d'alpinisme, de la crème solaire, des couteaux, des ciseaux, des marteaux, toutes sortes d'outils et de matériaux de construction. Sans oublier les graines de légumes, de céréales, d'arbres fruitiers. Et puis deux fusils et une cargaison de balles, au cas où la légende des gros prédateurs deviendrait réalité.

Nous déposons toutes les caisses dans le voilier.

Delphine est méthodique, rapide, enthousiaste. Les jours passent. Nous mangeons beaucoup, nous faisons l'amour, nous travaillons en musique grâce aux haut-parleurs branchés sur l'ordinateur.

Enfin, nous voilà prêts pour le grand départ.

Au jour dit, à 4 h 44 du matin, alors que tout le monde dort, nous fonçons avec la voiture à grande vitesse vers un radar routier. Mais cette fois je ne dépasse que d'une vingtaine de kilomètres-heure la vitesse autorisée pour que la machine puisse tranquillement nous prendre. Le flash se déclenche.

Ainsi est entré quelque part dans le grand réseau informatique mondial notre portrait à tous deux au volant de la voiture, image portant date, heure et minutage précis.

Nous rejoignons le point de la côte que nous avons choisi qui donne sur une baie profonde. Nous brisons une rambarde et laissons le maximum de traces de pneus dans la terre.

Nous déposons une grosse pierre sur l'accélérateur et lançons notre voiture du haut de la falaise. Elle tombe et s'enfonce dans les profondeurs aquatiques.

Nous rejoignons le voilier à pied, sans repasser par

l'hôtel. Ils se paieront sur notre empreinte de carte de crédit.

Delphine appelle Eliott sur sa ligne privée et ensemble ils mettent au point une ligne cryptée pour communiquer. Elle l'informe de toute l'affaire. Après un instant de flottement, il décide de jouer le jeu avec nous, et sur notre demande appelle d'urgence la police. Il raconte qu'il discutait avec nous sur un téléphone portable pendant que nous roulions et qu'à un moment il a entendu un crissement de pneus, un choc, des cris, et un fracas de chute. Il signale que nous avions indiqué l'endroit où nous nous trouvions.

Pendant ce temps, Delphine et moi larguons les amarres. Nous sortons le plus silencieusement possible du chenal au moteur. Puis nous déployons les grandes voiles. Bientôt les dernières lumières de la côte disparaissent au loin.

— Bon, ça c'est fait ! dis-je.

Nous éclatons de rire.

— Nous l'avons fait !

Nous nous étreignons. Grâce à la connexion internet par satellite nous suivons depuis la cabine du voilier l'évolution de la découverte de notre accident. Heure par heure. Notre tour de magie fonctionne à merveille.

Paraît même un gros article nécrologique signé... Archibald Goustin. Il raconte comment sa propre fille lui a fait découvrir mes livres alors que jusque-là il était réticent à tout ce qui ressemblait de près ou de loin à la science-fiction.

Il dit avoir eu le privilège de me rencontrer plusieurs fois et de discuter avec moi de nos visions « complémentaires » de la littérature. Lui défenseur de la forme et moi du fond. Lui défendant le style et moi la qualité de l'intrigue. Enfin, après avoir avoué

310

que parfois j'atteignais aux deux, il compare *Comme une porcelaine dans un magasin d'éléphants* à l'une de ses œuvres en gestation qui sortira dans les mois qui suivent.

– Il est fort. Il arrive même à se faire de la publicité dans ma nécrologie !

L'article ne s'arrête pas là. Archibald Goustin raconte que j'étais un artiste « novateur, trop novateur », trop en avance sur son époque et donc incompris. Il relate que j'ai été méprisé par le milieu bien-pensant de mon époque, qui ne s'est pas aperçu que j'écrivais une littérature du futur. Il en profite pour replacer sa formule : « Askolein était au 3ᵉ degré alors que les médias ne détectent tout au plus que le 2ᵉ et croient que tout ce qui n'est pas au 2ᵉ degré est au premier. »

Se faire complimenter par ses adversaires est un plaisir pervers. J'admire l'opportunisme de l'individu. Sa propre fille est désormais fière que son père ait « courageusement » redoré l'image de son auteur de prédilection.

– Ce ne sont que des êtres à l'ego surdimensionné, ils utilisent tout pour se gonfler, dit Delphine, voyant que cette nécrologie bizarre m'affecte un peu.

Avec amusement je m'aperçois alors que le journal fait partie de Scoop, le groupe de presse de Proudhon.

Grâce à internet je trouve d'autres articles sur moi, la plupart élogieux ou me découvrant enfin avec retard et surprise.

Ainsi il faut être mort pour intéresser. À moins que les critiques ne s'autorisent à juger l'ensemble d'une œuvre artistique que lorsqu'elle est définitivement interrompue.

Mon éditeur se fend lui aussi d'un article pour signaler comment il m'a découvert alors que j'étais inconnu et comment il m'a soutenu jusqu'au bout. Il parle de moi comme d'un « artiste mystérieux aux facettes multiples ». Eliott, lui, en a profité pour faire l'éloge de Delphine Kamerer et de sa créativité graphique. Il signale qu'un jeu issu de l'imagination des deux artistes décédés sortira bientôt.

Les photos des traces de pneus et de la rambarde brisée se retrouvent à la une, ainsi que l'équipe de plongeurs qui affirme que seul un bathyscaphe peut chercher les corps, la profondeur exceptionnelle de l'endroit n'autorisant aucune descente avec de simples bouteilles.

– Voilà, clamé-je en me levant. Delphine Kamerer et Gabriel Askolein n'existent plus.

Je descends chercher deux tasses et une bouteille de rhum et nous trinquons à la mort de nos personnages officiels.

– Et maintenant, cap sur l'île de Fitoussi.

Nous bordons le foc et la grand-voile, déployons le spi et notre voilier prend de la vitesse. Nous restons longtemps côte à côte, silencieux.

Delphine, les mains posées sur le gouvernail, a le regard fixé sur l'horizon. La chaîne hi-fi du voilier diffuse en continu une ample musique symphonique.

Les hommes-dauphins ont toujours eu un rapport privilégié avec la mer et les voiliers qui, de tout temps, ont représenté leur salut.

Delphine Kamerer m'apprend à barrer. Après avoir dirigé de loin des générations de navigateurs je découvre moi-même le plaisir incomparable de naviguer, de glisser sur l'eau, propulsé par le vent, sans la moindre pollution, sans le moindre bruit.

Quand nous ne faisons pas l'amour dans notre cabine ou sur le pont, nous mangeons, nous nous enivrons de rhum et de musique symphonique, nous parlons littérature, tours de magie, nous fouillons cette question qui nous hante tous les deux : « Est-ce que tout est écrit, est-ce que nos destins sont déjà tracés quelque part ? »

Et puis je lui fais un tour de magie que m'a appris Méliès. Je note un mot sur un papier. Puis je lui pose la question :

— Tu sais ce que j'ai écrit sur ce papier ?

— Non, répond-elle.

Alors je lui montre le papier où est inscrit : « Non ».

Elle rit, et me désigne les étoiles.

— Là-haut, je crois que quelqu'un nous observe, et a écrit les réponses à nos futures questions par avance.

— Mais non, ce quelqu'un c'était moi et maintenant la partie est terminée, les élèves dieux ont abandonné cette planète. Il n'y a plus personne.

Je la serre dans mes bras.

— Regarde, dit-elle, il m'a semblé voir une lueur là-haut.

— Ça m'est égal la lueur là-haut. Ça m'est égal que nos vies soient inscrites quelque part. Seul compte l'instant présent, l'ici et maintenant. Embrasse-moi.

Le vent se lève et nous prenons de la vitesse. Je contemple les étoiles.

Qu'est-ce qu'un homme ?

52. ENCYCLOPÉDIE : CONTROVERSE DE VALLADOLID

La Controverse de Valladolid est le premier « procès des droits de l'homme ».
Christophe Colomb a découvert l'Amérique

313

depuis 1492 et l'Espagne utilise les Indiens comme esclaves dans les mines. Cependant l'Église ne sait pas quoi penser de ces individus « humanoïdes » dont quelques spécimens sont importés en Europe pour être présentés comme animaux de foire. Sont-ils des descendants d'Adam et Ève ? Ont-ils une âme ? Doit-on les convertir ? Pour trancher ce problème l'empereur Charles Quint réunit en 1550 au collège Saint-Grégoire de Valladolid des « spécialistes » qui vont discuter pour définir ce qui est et ce qui n'est pas un homme.

Comme avocat de la cause indienne : le dominicain Bartolomé de Las Casas. Son père accompagnait Christophe Colomb. Las Casas a fondé une colonie chrétienne agricole visant à faire travailler ensemble Espagnols et Indiens dans les îles Caraïbes.

Comme procureur : Jinez de Sepulveda, prêtre, théologien et confesseur personnel de Charles Quint, grand helléniste, traducteur d'Aristote et adversaire affiché de Luther.

Enfin 15 juges, 4 religieux et 11 juristes pour trancher lequel des deux a raison.

Ce débat a une importance économique déterminante car jusque-là les Indiens, considérés comme non humains, formaient une main-d'œuvre gratuite et illimitée, les conquistadors ne les convertissaient pas et se contentaient de prendre leurs richesses, de détruire leurs villages et de les mettre en esclavage. S'il s'avérait que les Indiens étaient des humains, il faudrait dès lors les convertir et les payer pour leur travail. Autre question évoquée : si on les convertit, doit-on le faire par la persuasion ou par la terreur ?

Les débats se dérouleront de septembre 1550 à mai 1551, période durant laquelle la conquête du Nouveau Monde est momentanément stoppée.

Les discussions vont déborder largement la problématique de départ. Sepulveda invoque le droit et le devoir d'ingérence car il rappelle que les Indiens sont cannibales, font des sacrifices humains, sont sodomites et ont d'autres pratiques sexuelles réprouvées par l'Église. Il signale également qu'ils ne peuvent se libérer seuls de leurs rois tyrans, donc il faut intervenir militairement.

Las Casas pense que s'ils font des sacrifices humains c'est parce qu'ils ont une telle haute idée de Dieu, qu'ils ne peuvent se contenter de sacrifices d'animaux ou de prières.

Sepulveda est pour un universalisme des valeurs : la même loi pour tous. La morale chrétienne doit être imposée aux barbares.

Las Casas prône le relativisme : étudier chaque peuple et chaque culture au cas par cas.

À la fin les délibérations tournent au désavantage de Las Casas.

Les conquêtes sur les territoires des Indiens d'Amérique reprennent. Seule modification : comme l'avait recommandé Sepulveda durant la Controverse de Valladolid, les Espagnols doivent n'effectuer « les pillages, cruautés et mises à mort inutiles » que si celles-ci sont motivées par la notion de « Juste Droit ». Notion floue laissée à la libre estimation des conquistadors.

Edmond Wells,
Encyclopédie du Savoir Relatif et Absolu,
Tome VI.

53. L'ÎLE DE LA TRANQUILLITÉ

Nous sommes en pleine tempête. Les déferlantes sculptent des collines et des vallées aux crêtes d'écume argentées. Delphine, fixée au poste de skipper avec une sangle, maintient le bateau comme elle le peut. La foudre s'abat à une encablure du voilier.

Il ne faut pas que je voie la trace des dieux partout. La partie est terminée, ce monde est livré à lui-même.

Le tumulte dure plusieurs heures puis, d'un coup, tout s'arrête et se calme. Nous avançons doucement vers l'île de Fitoussi.

Enfin, au 7e jour, je distingue dans mes jumelles des regroupements d'oiseaux. Là où il y a des oiseaux, il y a une terre où poser leurs pattes.

Je n'ai pas le temps d'annoncer la nouvelle que Delphine me prévient déjà : nous arrivons dans trois heures, le radar a repéré l'emplacement de l'accostage.

Je me dis qu'avec les technologies modernes nous n'avons plus le loisir de nous égarer. Cette planète ne recèle plus aucune Terra Incognita pour ses habitants.

Découvrir une île déserte ne représente plus rien.

Au fur et à mesure que nous approchons nous vérifions l'absence totale de présence humaine. Pas de fumée, pas de bateau, pas de bruits de moteur.

– Il faudra préserver cette image, dit Delphine. Si un bateau passe au large il ne devra distinguer aucune présence.

De loin, l'île de Fitoussi ressemble à un gâteau rond sur lequel serait posé un cône.

Grâce au sonar et au radar nous zigzaguons entre les récifs affleurants. L'endroit vu d'ici semble particulièrement inhospitalier, pas la moindre plage, pas la moindre crique, pas la moindre faille dans les hautes falaises de granit. Nous en faisons le tour. Sur le versant ouest chante un torrent, nous ne manquerons pas d'eau douce.

Delphine me désigne un pan rocheux.

– Là.

Nous coupons le moteur et lâchons l'ancre. Puis nous nageons pour rejoindre la falaise où nous plantons un piquet. Ainsi en tirant, nous pouvons approcher le voilier de la paroi.

Après l'expérience de la navigation, celle de l'alpinisme. Tous deux encordés, chaussés de crampons, nous escaladons en cherchant des points d'appui pour nos pieds.

– Tu es sûre que c'est le chemin le plus commode ? demandé-je en cherchant ma respiration.

– C'est ce que m'a appris mon oncle. D'ici, si tu décroches, tu dégringoles dans l'eau et non sur les rochers.

Enfin nous parvenons en haut de la falaise.

Cette île est une vraie forteresse naturelle.

Aucun bateau ne peut être tenté d'accoster ici. Quant à la forêt qui surplombe l'île, la densité de sa végétation n'autorise aucun avion, aucun hélicoptère à se poser. En revanche la vie sauvage y est intacte. Des papillons, des oiseaux de toutes les couleurs vivent ici. Des œufs sont posés à même le sol, sans la moindre protection.

Un moustique commence à virevolter autour de moi, rapidement suivi par un millier d'autres.

J'écrase les dix premiers puis ose la question fatidique :

– Tu as pensé aux protections antimoustiques ?

– Crème, et moustiquaires, si cela peut te rassurer.

Elle me tend un tube et je m'empresse de me badigeonner le visage et chaque centimètre de peau nue.

Les inconvénients de la chair, pensé-je.

Quand j'étais ange, il n'y avait pas de moustiques au royaume des anges, et pas davantage d'insecte nuisible quand j'étais dieu en Aeden.

Je respire amplement l'air pur. Nous nous asseyons sur le bord de la falaise.

— Tu as faim ?

Delphine sort de sa besace deux gros sandwiches et une Thermos de café chaud.

Nous mangeons et buvons en silence, et rarement aliments et boisson m'ont semblé dotés de goûts aussi subtils.

— Bon, ça c'est fait, dit-elle.

Nous nous embrassons, puis elle m'invite à une séance d'ouverture des cinq sens. Nous contemplons le panorama, nous inspirons l'air et ses parfums, nous scrutons les bruits, nous sentons sous nos pieds l'énergie du sol rocheux, et sur nos papilles le goût du café. Nos mains se joignent.

En bas notre voilier ressemble à un jouet.

— Je propose que nous débaptisions cette île, et que nous l'appelions la « Deuxième île de la Tranquillité », murmuré-je.

— Je propose que nous nous reposions une heure, puis que nous installions une poulie et une corde. Je descendrai, j'accrocherai les caisses et tu les hisseras.

— C'est mieux que Robinson Crusoé, dis-je.

— Robinson Crusoé ?

— Excuse-moi, ce sont des références d'une autre Terre. Ma première Terre natale. Robinson est un naufragé qui débarque seul sur une île déserte et qui se débrouille pour survivre.

— Tu me raconteras un jour ses aventures, ça m'intéresse. Pour l'instant nous avons de quoi nous occuper.

Nous nous activons toute la matinée à monter les caisses.

L'après-midi nous dégageons une clairière dans la forêt et y plantons notre tente.

— Attention que rien ne dépasse des arbres et à n'émettre aucune fumée, rappelle-t-elle, pratique.

Nous fixons les plaques solaires et les antennes satellites au sommet des arbres puis essayons le système informatique. Après plusieurs réglages, Delphine obtient la liaison internet et le contact avec Eliott.

Le visage du barbu blond apparaît à l'écran.

— Cryptage actif ?

— Cryptage actif ! répond Delphine. Désormais personne ne peut nous voir ou nous entendre, me signale-t-elle.

— Je te fais confiance, dis-je en me badigeonnant à nouveau de crème antimoustique.

Les jours suivants, nous construisons une cabane, beaucoup plus grande et plus solide que notre tente. Nous coupons du bois pour faire des planches. Nous aménageons ainsi une maison spacieuse d'une hauteur de plafond de 2,50 mètres, avec une chambre à coucher, un lit en bois de 3 mètres de large, une cuisine, une salle à manger, un salon, deux bureaux séparés aux deux ailes de la maison (pour que nous puissions nous isoler sans être l'un sur l'autre).

Au moyen des tuyaux que Delphine a eu la sagesse d'embarquer nous aménageons un circuit d'eau courante partant de la rivière. Nous pouvons ainsi prendre des douches, même si elles sont plutôt glacées.

Je débusque dans la forêt plusieurs animaux comestibles : des poules sauvages assez semblables à des dindes, des lapins, de gros ratons laveurs, des perdrix. Mais Delphine et moi préférons manger les légumes que nous plantons, les fruits que nous cueillons et les poissons que nous pêchons à l'hameçon depuis le haut de la falaise.

Les moustiques restent le principal problème. Quant aux prédateurs, j'en conclus qu'il doit s'agir d'une légende, car malgré nos explorations de plus en plus lointaines nous ne découvrons aucune carcasse d'herbivore dévorée par un fauve.

Ainsi mon âme va-t-elle finir par prendre sa retraite ici, sur une île déserte...

Avec la nature et la femme que j'aime. N'est-ce pas le plus bel aboutissement pour un parcours d'esprit ? Comme disait l'Encyclopédie : d'abord la Peur, ensuite le Questionnement, enfin l'Amour. Une autre manière de présenter la fameuse loi des trois initiales A.D.N.

Pour le dîner j'allume des torches. Nous avons depuis peu renoncé à certaines règles de sécurité pour ne pas perdre celles du plaisir, comme déguster la nourriture rôtie sur les braises.

L'homme a du mal à vivre sans feu.

Le Feu, l'Eau, l'Air, la Terre, il a besoin de tous les éléments.

Je sers à Delphine un plat à base de poisson mariné, de racine bouillie, d'herbes et de fruits. Elle apprécie le mets.

– Comment avancent les graphismes du jeu ?

– Je te montrerai tout à l'heure. Et toi, comment avance ton roman ?

– Je te le donnerai à lire si tu veux.

– Et les actualités ? Je n'ai pas eu le temps de regarder ce matin.

Je reprends du poisson. La forêt autour de nous bruisse d'une multitude d'insectes.

– Encore un attentat.

– Contre qui ?

– Un temple dauphin. Un enfant kamikaze de 9 ans s'est fait exploser dans le temple un jour d'affluence. Je crois que c'est aujourd'hui l'un de vos jours de fête.

– La fête du Pardon.

Puis elle ajoute, agacée :

– Tu dois le savoir, c'est toi qui l'as inventée, cette fête débile. Combien de morts ?

– Beaucoup.

Je préfère ne pas citer le chiffre.

Nous mangeons en silence. Soudain elle se lève, et en regardant les étoiles :

– Cet endroit ne doit pas rester notre sanctuaire exclusif. Il faut que d'autres puissent y venir. Tous les êtres humains ont le droit de naître libres et égaux sans risquer d'être assassinés pour leur origine ethnique, leur spiritualité ou leur religion.

Je ne réponds rien.

– Nous devons les inviter ici. Sur l'île de la Tranquillité. Nous devons construire ici, non pas une villa égoïste pour protéger notre amour, mais un refuge.

– Les hommes-dauphins ?

– Pas seulement. Les hommes-dauphins et tous ceux qui se réclament des valeurs de tolérance et de non-violence.

– Des artistes ?

– Tous ceux qui ont envie d'œuvrer sereinement à imaginer un monde meilleur.

Je reste sceptique :

– Et surtout ceux qui peuvent supporter de vivre dans une île sans plage et livrée aux moustiques.

– Si tel est le prix du bien-être pour les générations futures, il mérite un petit sacrifice. Nous l'avons accepté, pourquoi pas eux ? À nous de transformer ensemble ce lieu inhospitalier en coin de paradis.

Le mot chaque fois me fait frissonner.

Delphine est déterminée.

– Il faut les faire venir et leur donner une chance.

– Je crois que c'est une erreur.

– Et moi je crois que c'est indispensable.

– Dès qu'ils aborderont ici nous reproduirons les mêmes schémas : exploiteurs, exploités, souffre-douleur, autonome.

– C'est quoi cette histoire ?

– C'est dans l'Encyclopédie de Wells. Il affirme que lorsque tu réunis six personnes, il apparaît spontanément deux exploités, deux exploiteurs, un souffre-douleur et un autonome. C'est notre « malédiction d'espèce ».

– Oui, et « dès qu'on est plus de deux on forme une bande de cons ».

– Parfaitement.

– À ce compte-là, on ne fait plus rien. Il faut les appeler, insiste-t-elle.

– Et le risque d'être retrouvés par Joseph Proudhon, ses espions, ses journalistes, ses tueurs ?

– Je préfère prendre ce risque que me reprocher tout le reste de ma vie de n'avoir rien tenté pour le contrer.

– Nous ne nous sommes pas donné tout ce mal pour offrir cet abri à d'autres.

– La seule manière de savoir que l'on possède quelque chose c'est de l'offrir.

Je me tais.

– D'accord, je dois reconnaître que tu as raison et que j'ai tort.

Elle me regarde, décontenancée.

– Ah bon ?

– Tu m'as convaincu. Je me trompais, c'est toi qui es dans le vrai.

Je crois qu'en aïkido ça s'appelle : laisser l'autre s'emporter dans son propre élan.

– Ah... donc tu es d'accord avec moi ?

– Oui. Désolé.

Elle me regarde avec suspicion, flairant un piège ou une astuce, mais je savoure ce plaisir, nouveau pour moi, de ne pas m'entêter et de m'ouvrir aux opinions contraires.

Les jours suivants, par l'entremise d'Eliott et la création de notre site internet, nous commençons à recevoir les premières candidatures. Eliott propose de filtrer les postulants à l'insularité pour réduire les risques. Il met à notre service sa directrice des ressources humaines qui selon lui a le don de sentir la réelle valeur des gens et de repérer ceux qui vont poser des problèmes.

Cela me rappelle un vieux livre de science-fiction de Terre 1 intitulé *Le Papillon des Étoiles*. L'auteur, reprenant le thème de l'Arche de Noé, imaginait sauver l'humanité en créant un vaisseau spatial capable de transporter des humains vers un autre système solaire. L'un des casse-tête principaux était : comment sélectionner les meilleurs candidats pour ne pas reproduire éternellement les mêmes erreurs ?

Les dix-huit premiers pionniers débarquent un vendredi.

Nous construisons ensemble des maisons, en prenant bien soin que rien ne dépasse les arbres, que rien ne soit visible du ciel.

Les nouveaux arrivants ont apporté du matériel de haute technologie qui nous permet d'être encore plus performants.

Le soir, comme en un rituel, nous regardons

ensemble les actualités télévisées retransmises en direct sur internet, auquel nous sommes reliés par satellite, et projetées sur un écran en drap.

Je les décode différemment depuis que j'ai rencontré Proudhon.

Partout les forces de l'ombre gagnent, par petits points, comme dans une partie de jeu de go. Joseph Proudhon place une à une ses pièces, avant de les connecter en vue de l'assaut final. Heureusement le phénomène d'étouffement paraît lent. Le monde mou des démocraties est suffisamment résistant pour obliger les forces de destruction à progresser par étapes, indolores mais efficaces. Je remarque dans les débats que les intellectuels n'ont pas compris les connexions qui existent entre tous les partis extrémistes. Ils croient encore que les drapeaux noirs sont opposés aux drapeaux rouges et que les drapeaux verts sont opposés aux drapeaux noirs.

Sur Terre 18, une vaste mécanique planétaire s'est mise en marche. Dans les pays où les partis fanatiques gagnent, ils installent des leaders charismatiques pour s'assurer qu'aucune marche arrière ne sera possible. Les tyrans accroissent peu à peu leur zone d'influence en détruisant minorités intellectuelles et oppositions. Ils encouragent les femmes du pays à faire beaucoup d'enfants, lesquels sont fanatisés dans des écoles où on les soumet à un lavage de cerveau. À la suite de quoi ils sont prêts à mourir en martyrs pour leur cause sacrée en rêvant à un paradis imaginaire.

Cette guerre larvée fonctionne désormais comme un système de pourrissement lent, presque imperceptible.

Comme une gangrène.

Je sens la main de Proudhon derrière chaque avancée des forces de l'ombre. Il est d'autant plus tranquille qu'il ne subit pas l'angoisse du temps qui passe. Il lui suffit de saper lentement les bases de la civilisation, anonymement. D'ailleurs personne, à aucun moment, ne l'évoque ni ne le suspecte. Aux yeux de tous il n'est que le dirigeant d'un groupe de presse populaire. Son habileté lui permet de détourner l'argent des aides humanitaires grâce aux gouvernements corrompus. Une manière idéale de créer un maximum de frustration et de haine destinées à légitimer les actes fanatiques de ces mêmes tyrans qui se font ensuite passer pour des révolutionnaires défenseurs des opprimés.

De loin, je comprends mieux comment il joue la partie de l'intérieur. Proudhon encourage la balle à rouler du côté de la pente. Dans certains pays son parti s'appelle le parti de la Justice, ailleurs le parti de la Vérité. Quoi de mieux pour diffuser l'injustice et le mensonge...

– Les gens vont-ils finir par voir qui est derrière tout ça ? soupire Delphine.

– Non. Ils ne verront rien car ils ne sont pas préparés à voir. Même les intellectuels, spiritualistes ou scientifiques, sont aveugles. Sur Terre 1, on racontait que lorsque les bateaux de Christophe Colomb sont apparus à l'horizon les Indiens qui se tournaient vers la mer n'arrivaient même pas à les distinguer.

– Christophe Colomb ?

– Un explorateur qui venait de l'autre bout de l'océan à la recherche d'un nouveau continent.

– Pourquoi ils ne voyaient pas ses bateaux ?

– Les Indiens n'avaient pas l'habitude de regarder l'horizon pour guetter ce genre d'événements. Ils ignoraient ce qu'était un voilier. Ni sa forme ni sa présence n'avaient de sens dans leur logique. Alors, quand ces trois gros navires sont apparus ils ne pouvaient pas comprendre.

– Mais pourtant ils étaient là...

– Ce sont leurs chamans qui, ayant le privilège de comprendre les phénomènes « magiques », ont expliqué au reste de la population que quelque chose de nouveau se produisait. Une fois que les chamans ont trouvé un discours pour parler des bateaux, les Indiens ont pu s'intéresser aux trois vaisseaux de Christophe Colomb qui venaient de surgir à l'horizon.

– Tu veux dire que si les gens ne sont pas préparés à recevoir l'information elle n'entre pas...

– Elle n'existe même pas. Ils ne voient pas Proudhon, n'utilisent comme outil de compréhension du monde que ce qu'ils connaissent déjà.

– Un proverbe dauphinien dit : « Lorsque le sage montre la lune, l'imbécile regarde le doigt. »

– Je sais, c'est moi qui l'ai transmis à un médium de votre planète. Mais à l'origine cette phrase vient d'un proverbe chinois de Terre 1.

– Amusant...

– C'est le fameux 3e degré, incompréhensible pour ceux qui sont très fiers de comprendre le 2e. Et qui croient que tout ce qui n'est pas au 2e degré est au 1er.

Elle prend ma main et me fixe de ses grands yeux noirs.

– Je crois que tu sous-estimes l'intelligence des gens. Ils sont nombreux à comprendre, c'est juste qu'ils ne s'expriment ni dans les médias ni dans les partis politiques.

Sur l'île de la Tranquillité, nous travaillons de plus en plus vite. Après chaque attentat nous vient le souci d'accélérer encore l'aménagement de notre île.

Après avoir construit un village nous ensablons les marécages. Travail épuisant qui n'a rien de technologique. N'ayant pas de tracteurs nous utilisons des pelles et des seaux.

Le soir, nous mangeons ensemble avec le sentiment diffus de construire quelque chose de fragile. Delphine reste sereine.

– Apprends-moi encore la méditation, lui dis-je.

– Nous avons appris à écouter les cinq sens, nous avons appris à allumer les sept points, maintenant je vais t'apprendre à sortir de ton corps pour partir découvrir quelque chose d'intéressant, me dit-elle.

– C'est dans « ma » religion, ça ?

– Bien sûr, je l'ai appris de l'un de tes mystiques.

Nous nous plaçons dans une clairière, en position du lotus, la colonne vertébrale bien droite. Sur ses indications je ralentis ma respiration, puis mes battements cardiaques. Quand mon corps me semble un végétal, ma pensée se dédouble puis se détache. Je suis un ectoplasme transparent libéré de la chair. Je vole par la pensée hors de mon corps, un peu comme je le faisais jadis lorsque j'étais thanatonaute. Nostalgie. Mon esprit vole dans le ciel.

Arrivé au-dessus de l'atmosphère, à la limite du vide sidéral, son ectoplasme dit au mien :

– Nous allons planter un drapeau imaginaire à cet endroit. Il suffit d'y penser. Pour disposer d'un repère de l'Ici et Maintenant. Derrière c'est le passé, devant c'est le futur. Visualise un rail. Ton rail de vie. Et le mien à côté en parallèle.

Je vois en effet deux lignes : une rouge et une bleue. Et le drapeau indique ICI ET MAINTENANT.

– Allons voir vers le futur. Où veux-tu aller ?

– Je ne sais pas, vers un moment très important.

– Le notion « d'importance » est relative, mais tu vas trouver quand même. Allons-y.

Alors, nos ectoplasmes se tenant par la main, nous planons au-dessus de mon rail-ligne de temps bleu. Et nous voyons en bas défiler des diapositives de mon futur. Nous ne distinguons d'abord que des images lointaines et floues, mais je sais que si nous descendons elles deviendront plus nettes. Je focalise mon regard sur une zone. Nous descendons et des détails apparaissent. Je décris :

– Le « moi » du futur avance dans un tunnel en pierre verte translucide. Sur les côtés, à même la paroi, sont gravées des scènes avec des personnages.

– Qui sont ces gens autour de toi ?

– Je les vois mal. Deux personnes, non, quatre. Une femme blanche et trois hommes. Blonde. En plus de moi.

– Ils te parlent ?

– Oui. J'entends : « Je reconnais cet endroit. Il faut aller tout droit et tourner à gauche. »

– Et tu réponds quoi ?

– Je dis : « J'ai le vertige. »

– Mais cet endroit n'est pas en hauteur, il est même fermé, si j'ai bien compris. Alors pourquoi as-tu le vertige ?

– Je ne sais pas, c'est bizarre. J'ai le vertige mais pas à cause du vide.

– Sais-tu où mène ce tunnel, Gabriel ?

– ... Non. Tout ce que sais c'est que je suis content de trouver la lumière.

– Plantons un autre drapeau ici. Et revenons à celui de l'Ici et Maintenant.

Nous faisons demi-tour et repartons cette fois sur son rail-ligne de temps rouge.

– C'est ton tour. Où veux-tu aller ?

– Dans le futur.

Elle choisit le moment où elle est en train d'accoucher.

– Je suis heureuse. Mais je ne comprends pas. Tu n'es pas là.

Nous rejoignons le drapeau de l'Ici et Maintenant sur le rail, puis nous redescendons sur Terre, emportant avec nous nos deux souvenirs du futur, moi dans la caverne, et Delphine en train d'accoucher. Je rouvre les yeux.

– Je serai là, dis-je.

– Le futur n'est pas immuable. Nous n'avons vu qu'un futur probable.

– Comment expliques-tu qu'on puisse voir le futur ? demandé-je. Ce ne sont peut-être que des projections de notre imaginaire. Comme des rêves.

– Peut-être. Mais mon instructeur dauphinien m'a appris qu'il existe un lieu où le temps n'est plus linéaire. C'est là où nous sommes allés. Le présent, le passé et le futur étant réunis, nous pouvons voyager instantanément à travers les trois. Mais rien n'est rigide, tout est muable. C'est comme un programme de jeu vidéo. Tous les choix sont possibles, mais tous les futurs ont déjà été programmés. Ensuite chaque joueur oriente sa trajectoire.

Les jours passent dans ce petit paradis et peu à peu nous oublions nos deux images du futur. Nous préférons ne pas repartir en voyage hors de nos corps. Pour ma part, je préfère ne pas connaître le futur.

Je peux supporter le Mystère.

Avec Delphine, nous parlons beaucoup. Nous débattons de milliards de thèmes. La création artistique. L'avenir de l'humanité. Les limites de la science. La possibilité de moderniser les religions.

Avec la distance géographique je prends aussi une distance par rapport à mon travail de romancier. Je prononce des mots qui me semblent incroyables :

– Finalement ce sont les autres qui ont raison et moi qui ai tort. Il ne faut pas donner du 3e degré alors qu'ils n'en sont qu'au 2e. Il faut d'abord les amuser et ensuite seulement, très lentement, très progressivement, les intriguer puis leur ouvrir de nouveaux horizons. C'est à moi de m'adapter à l'époque.

Delphine est souvent d'un avis contraire au mien, mais cela enrichit ma réflexion. Nous restons parfois à regarder les étoiles, sans rien dire. Cela relativise tout.

Au bout de trois mois le médecin de l'île annonce que Delphine est enceinte. La nouvelle donne lieu à une grande fête et un grand feu de joie qui nous met, une fois n'est pas coutume, en position d'être repérés par un avion ou un bateau de passage. Mais la nuit et les nuages nous protègent. Quant aux rares satellites qui auraient pu enregistrer la lueur, ils ont dû penser à un embrasement par la foudre.

Nous construisons une centrale hydraulique au niveau du torrent. Cela nous fournit un surplus d'énergie électrique sans produire la moindre pollution.

Avec Delphine nous trouvons nos marques « professionnelles ». Le matin j'écris mon grand roman *Le Royaume des dieux*, m'inspirant d'ailleurs de certains événements de l'île. À 18 heures j'écris une nouvelle, pour entretenir mon imagination, avec chaque fois l'objectif de la terminer en une heure. Certaines font trois pages, d'autres vingt. Souvent elles me sont inspirées par l'actualité que je surveille sur internet ou par des discussions qui jaillissent le soir, autour de la table, avec les autres habitants de l'île.

– C'est étonnant, dis-je un soir à Delphine. Sur Terre 18, il existe un concours de miss Univers. Quelle prétention de croire que sur Terre se trouvent les plus belles femelles de l'Univers ! Je verrais bien les extraterrestres descendre et demander à ce que les autres planètes participent à l'élection. On découvrirait alors les critères esthétiques des autres peuples, ça pourrait vraiment être instructif. Pour eux, les cheveux longs, les seins dressés et les petites fesses ne sont pas forcément des signes de beauté.

L'anecdote amuse Delphine. J'écris la nouvelle. En fait son rire est le premier test de l'intérêt de mon écriture.

Delphine a adopté le même rythme. Le matin elle travaille sur le jeu, à 18 heures elle peint un tableau qu'elle s'oblige à terminer en une heure. Ce sont nos gammes.

Notre travail donne envie à la plupart des autres habitants de l'île de débusquer leur talent particulier et de le travailler avec la même régularité. En musique, en gastronomie, en sculpture ou en architecture.

– Comment vas-tu faire pour publier ton *Royaume des dieux* maintenant que tu es mort ? me demande Delphine.

– Mon éditeur dira qu'il a découvert par hasard un manuscrit caché.

– Ce qui serait bien c'est de te créer ton « dragon chinois ». C'est-à-dire un écrivain imaginaire qui déteste ton travail et le démonte systématiquement avec une mauvaise foi totale.

Avec Delphine c'est toujours un pétillement des neurones. Nous nous renvoyons la balle sur tous les sujets.

Elle me prépare des plats de plus en plus compliqués, inventant une gastronomie « tranquillienne » avec la manne de la chasse. Et à mesure que ses plats deviennent plus épicés, ses graphismes se font de plus en plus colorés.

Les actualités du continent nous soudent. Comme si, conscients que tout allait mal là-bas, les gens appréciaient d'être ici.

Les jours suivants les refugiés affluent encore. De 18 nous passons à 64 puis à 144. De 144 à 288.

Nous instituons une règle impérative : ne révéler sous aucun prétexte notre présence sur cette île.

Une nouvelle tombe bientôt, qui vient nous perturber : une navette spatiale s'est heurtée à ce que les astronomes ont baptisé « Champ de Force Cosmique », mais que les astronautes du vaisseau ont qualifié de : « Paroi de verre ».

Un groupe de physiciens a fini par conclure qu'il pourrait s'agir là d'une quatrième loi universelle du même type que la gravité.

Parmi les nouvelles inquiétantes, une épidémie de grippe aviaire. Le virus, qui a muté, devient mortel et transmissible entre humains. Les hôpitaux de la planète entière sont bondés et le nombre de morts augmente chaque jour. La guerre est déclarée entre les hommes-termites et les hommes-chacals, les deux nations possédant la bombe atomique. La peur entraîne un regain de mysticisme et de superstition.

Les religions recrutent en masse et tout spécialement la nouvelle secte Vérité et Justice qui a l'avantage d'avoir prédit toutes les catastrophes avec beaucoup de précision.

Sur l'île nous nous sentons temporairement à l'abri.

Les quelques savants de notre groupe ont créé un laboratoire où ils étudient les plantes locales en vue de trouver des remèdes au cas où un oiseau contaminé par la grippe aviaire atteindrait l'île. Mais la mer et la distance nous ont jusqu'ici protégés.

Pour contrer Proudhon et sa secte je propose que se crée un groupe de mathématiciens probabilistes qui tentera de prévoir les futurs de l'humanité sur un « Arbre des Possibles ». Ainsi nous espérons nourrir indirectement le jeu « Le Royaume des dieux » et offrir une solution alternative à la superstition et à l'enrôlement dans les sectes. Je fournis quelques clefs pour que le jeu profite de mes connaissances acquises en Aeden.

– Nous ne pouvons pas réussir, dis-je. Car les humains ne sont pas habitués à être responsables. Ils sont résignés. Ils ne veulent pas réfléchir au futur, ils ne veulent pas réfléchir à la portée de leurs actes.

– Tu nous fais encore une poussée de défaitisme ?

– Les coupables sont la science et la religion. La science dit : « C'est normal, c'est l'évolution de l'espèce qui veut ça. » La religion dit : « C'est normal, c'est Dieu qui veut ça. » On croit qu'elles s'opposent mais en réalité elles anesthésient de la même manière. Elles font croire aux gens que, quoi qu'il arrive, ils n'y sont pour rien et ils n'y peuvent rien. Notre jeu, en leur proposant de devenir des dieux, les prend à rebrousse-poil. Seule la physique quantique émet l'idée que la plus petite des décisions peut avoir d'énormes conséquences. C'est l'effet papillon.

– Tu te trompes sur la religion. Quand elle est bien vécue, elle ne pousse pas au fatalisme mais au contraire à la responsabilisation de tous nos actes.

Un jour, alors que j'ai une crise de rhumatisme, Delphine me dit :

– Pour te soigner tu devrais prendre conscience de tes cellules et leur parler pour les soutenir dans leur combat contre l'inflammation.

L'idée me semble tout d'abord saugrenue, puis, m'étant exercé à sortir de mon corps par la pensée, je me dis qu'après tout je peux également entrer au plus profond de mes structures par la même pensée.

Je ferme donc les yeux et, toujours en position du lotus, au lieu de monter je descends. Au lieu de grandir, je rapetisse.

Et je vais me brancher sur les cellules qui luttent dans la zone douloureuse et je leur signale que je suis avec elles.

Peut-être l'envie de plaire à mon amoureuse, toujours est-il que je suis guéri dans les heures qui suivent.

– On peut parler, on peut communiquer avec nos cellules comme avec tout ce qui a de la conscience, énonce simplement Delphine.

– Ce qu'il y a de bien avec toi, c'est que tu as les réponses à mes questions...

– C'est ma fonction. T'instruire.

– Je sais. Comme la papesse dans le tarot. Celle qui tient le livre et qui éveille la spiritualité chez les hommes. Tu es « ma » papesse.

Les mois passent. Le monde s'enflamme, tandis que le ventre de Delphine ne cesse de s'arrondir.

Et puis arrive le jour de la sortie simultanée du « Royaume des dieux », le jeu et mon roman.

Nous sommes tous face à nos ordinateurs, à scruter les émissions télévisées. Ce soir Eliott et Robert sont invités au journal d'actualité pour parler de ce double lancement. Ils commencent par évoquer ma disparition.

Delphine me sourit tout en jouant avec un objet de verre qui jette des reflets d'arc-en-ciel.

– Je suis fière de toi, dit-elle.

– Pourquoi ?

– Pour rien. Je te trouve... (elle cherche le mot)... brillant.

Je l'embrasse, je caresse son ventre. Je me sens bien.

– J'ai l'impression d'habiter au paradis, murmure-t-elle.

Je me retiens de lui répondre : Depuis le temps que j'explore des « paradis », je crois que ce n'est pas un lieu où l'on habite, mais le résultat d'une quête.

À la télévision on continue à parler de mes livres, à trouver des sens cachés dans mon œuvre.

Après tout, maintenant mon travail leur appartient, qu'ils y trouvent ce qu'ils cherchent.

Mais tout cela me trouble. J'annonce que je préfère aller me promener à la recherche de champignons.

La zone nord de l'île forme une longue avancée, l'une des racines de la dent de Fitoussi.

Comment vont-ils accueillir le jeu ?

Comment vont-ils accueillir le roman ?

Au moins le fait d'être mort me dispense de toute promotion médiatique.

Je marche seul, anxieux.

Soudain, alors que je progresse vers la partie de la forêt qui n'a pas encore été explorée, j'entends un bruit étrange, semblable à un rugissement.

Je ramasse une branche et la brandis comme une arme.

Le rugissement retentit à nouveau. Je m'aperçois qu'il ne vient pas d'en bas mais d'en haut.

Du ciel.

Je lève la tête et distingue une lueur, comme une étoile qui pénétrerait à toute vitesse dans les nuages et les traverserait de manière rectiligne.

Je me frotte les yeux.

La lueur provient d'un objet volant. L'engin décélère et descend doucement pour venir atterrir dans la clairière la plus proche.

C'est une sorte de disque d'environ 5 mètres de diamètre, percé de hublots lumineux. Une note de musique résonne.

Manquait plus que ça...

Je me souviens certes de ma rencontre avec Zoz l'ange extraterrestre lorsque j'étais dans l'Empire des Anges, mais après tout ce n'était qu'une copie « étrangère » de tout ce que nous avons ici.

Je ne suis plus impressionné par les extraterrestres depuis longtemps. Pour moi ce ne sont que des « mortels étrangers ». À la limite ce qui pourrait m'intéresser ce serait de rencontrer des « dieux extraterrestres », mais Zeus ne m'a jamais indiqué qu'il en existait.

La soucoupe volante touche Terre dans un sifflement.

La lueur des hublots baisse. Le sifflement cesse. Une vapeur sort du bas de la soucoupe posée sur le sol.

Je m'approche.

La fumée s'estompe.

Soudain une issue se dévoile, libérant un rai de lumière qui s'élargit.

Une passerelle bascule lentement. Dans la lumière aveuglante de l'habitacle se découpe une silhouette.

L'être a une allure vaguement humanoïde. Il s'avance et descend la passerelle.

Une nouvelle note de musique résonne.

La note change, se combine avec deux autres pour devenir mélodie.

Puis c'est le silence. La silhouette s'est immobilisée.

54. ENCYCLOPÉDIE : UNE EXPLICATION DES NOTES DE MUSIQUE

Pour les gnostiques, les notes de musique correspondent à une perception de l'Espace et de l'Astronomie.

1 – Ré. De : *Regina Astris*. La reine des astres : la Lune.

2 – Mi. De : *Mixtus Orbis*. Le lieu où se mêlent... le bien et le mal. La Terre.

3 – Fa. De : *Fatum*. Le Destin.

4 – Sol. De : *Solaris*. Le Soleil.

5 – La. De : *Lacteus Orbis*. La Voie lactée.

6 – Si. De : *Sidereus Orbis*. Le Ciel étoilé.

7 – Do. De : *Dominus*. Dieu.

Edmond Wells,
Encyclopédie du Savoir Relatif et Absolu,
Tome VI.

55. EXTRATERRESTRE

Il est face à moi.

Du peu que j'en distingue l'être porte une robe. Et plus précisément... une toge.

– Bonjour, Michael.

Je ne mets pas longtemps à reconnaître cette voix.

– Qu'est-ce que tu fais là ? balbutié-je.

– Je t'avais dit « au revoir » et non « adieu ».

Je m'avance et étreins Edmond Wells.

– J'avais peur de ne jamais te retrouver, dit-il. Heureusement que vous avez allumé ce grand feu. Connaissant ton style, j'ai tout de suite pensé que tu étais encore parti sur une île. Je guettais donc l'océan. Et puis il y a eu ton feu, j'ai zoomé et découvert ton petit village.

Passé le premier enthousiasme, je me sens gêné par la présence de mon mentor dans ce sanctuaire où j'espérais rester loin de mon passé.

– Je ne fais plus partie de ton monde, Edmond. Désormais mon destin est ici, désolé. Je serai bientôt père et j'ai enfin trouvé ma vraie patrie. Sur cette île. Et puis... je suis fatigué.

– Je sais, répond Edmond Wells. Mais la situation a changé. Il se passe des choses terribles en Aeden. Nous avons besoin de toi de toute urgence. Il faut que tu rentres.

– Je n'abandonnerai jamais Delphine et notre enfant.

– Si tu veux qu'ils vivent sur une planète respirable, tu n'as pas le choix. Tu le sais, certains enjeux nous dépassent. Désormais tout est global, on ne peut plus vivre sur une île isolée du reste du monde.

– Nous lutterons contre les forces de l'ombre ici.

J'ai trouvé ma place, Edmond. Toute ma vie la question qui m'a hanté a été : « Qu'est-ce que je fais là ? » La nouvelle île de la Tranquillité est la réponse. Je suis chez moi et c'est ici que je vais réunir ceux que j'aime pour essayer d'imaginer un monde meilleur. Mon futur est avec eux. Plus avec vous.

Edmond Wells me fixe avec cette gravité qui m'a toujours impressionné quand j'étais dans l'Empire des Anges et qu'il était mon instructeur.

– Tu n'es pas comme eux, Michael. Tu es un élève dieu.

– Et alors, ça change quoi ?

– Cela sous-entend des pouvoirs extraordinaires et donc des devoirs extraordinaires. Nous avons besoin de toi en Aeden. Tu ne peux te défausser.

– Et si je refuse ?

– Cette île connaîtra le même sort que ta première île de la Tranquillité. C'est une île volcanique... donc soumise aux tremblements de terre et aux tsunamis. Une catastrophe est si vite arrivée.

Je le regarde différemment.

– C'est une menace ?

– La fin justifie les moyens.

– Ne parle pas comme Raoul. Je te croyais mon ami, Edmond.

– Je suis ton ami et je le serai toujours. Et parce que je suis ton ami, et que je respecte ce que tu as créé ici, je suis venu te chercher.

Au loin, on entend de la musique. Les gens de l'île commencent à préparer la petite fête pour célébrer la sortie du jeu et la publication du roman. Des chants résonnent en provenance du village.

– C'est la fête tous les soirs ? demande Edmond Wells.

– Non. Ce soir est spécial. Une sorte d'« anniversaire-surprise ».

Je me dis que personne à part moi n'a vu la soucoupe volante. D'autant plus qu'elle a surgi des nuages à basse altitude et du côté le moins fréquenté de l'île.

– Dans ce cas tu vas leur offrir un tour de magie pour compléter leur fête, une « disparition-surprise ».

– Je ne peux pas abandonner ma femme. Je ne peux pas abandonner tous ces gens qui m'ont fait confiance.

L'ancien dieu des hommes-fourmis me saisit par les épaules comme pour me secouer.

– Qu'est-ce qui te prend ? Ce n'est qu'un jeu, Michael. Un jeu. Tu es sur Terre 18, l'échiquier où se déroulait la compétition de divinité. Ces « gens qui te font confiance » ne sont que les pièces du jeu. Et celle que tu appelles « ta femme » n'est qu'une pièce parmi les autres. Une mortelle. Ça ne vit pas longtemps, les mortels. Ils sont pareils aux insectes éphémères qui naissent le matin et meurent le soir. À notre échelle ils ne sont que ça, fragiles et sans conscience. Ils peuvent mourir d'une simple grippe, ou d'une morsure de serpent. Ils ignorent ce qu'est vraiment l'Univers et sur quelle planète ils vivent.

– Delphine, elle, le sait. Elle a tout compris intuitivement grâce à sa foi.

Edmond Wells me regarde, troublé.

– Mais « sa » foi, c'est toi qui l'as inventée. Souviens-toi quand nous étions ensemble, toi avec ton peuple des dauphins et moi avec mon peuple des fourmis, nous avons mis au point « leur » foi. Nous avons inventé leurs rites, leurs prières, leur vision de nous, leur communion. Nous avons inspiré leurs prêtres. Nous avons défini leurs dogmes.

– Delphine a utilisé ce que je lui ai donné pour le sublimer. Elle est allée plus loin que moi dans la spiritualité, Edmond. Je te le jure, elle m'apprend des choses.

Il me dévisage, incrédule.

– Allons, sois sérieux. Un mortel ne peut pas instruire un dieu.

– Delphine est une exception. Elle m'a appris à méditer et à prier.

Edmond Wells éclate de rire.

– Et tu pries qui ? Tu te pries toi-même ? !

– Je prie quelque chose d'indéfini qui est au-dessus de nous. Elle le nomme le Grand Dieu, moi je le nomme le 9. Pour chaque dimension existe une dimension supérieure. C'est toi qui me l'as enseigné, Edmond. Souviens-toi.

Il ne trouve aucun argument à me rétorquer, se contentant de répéter :

– C'est une « mortelle » !

Il prononce le mot comme une insulte. Il se reprend et me fixe à nouveau, incrédule.

– Ne me dis pas que tu es tombé amoureux d'une des pièces de ce grand jeu d'échecs qu'est Terre 18 !

– Pas de n'importe quelle pièce. La Reine.

– Allons, sois raisonnable. Je crois que tu ne te rends pas compte. Si tu restes ici ils sont fichus. Et ton sacrifice ne servirait à rien. Ce n'est que de l'orgueil mal placé.

– Comprends-moi à ton tour, Edmond : je suis fatigué de fuir. Je veux affronter mon destin.

– Tu ne peux pas affronter un tsunami, ni un tremblement de terre ! Si tu persistes vous mourrez tous. Si tu m'écoutes, ils vivront. Sans toi, mais ils vivront. Alors prends une décision, je ne pourrai pas attendre indéfiniment.

Je reste imperturbable, alors il me saisit par les épaules.

– Fais-le pour eux. Fais-le pour cette Delphine si tu l'aimes à ce point. Ce n'est qu'en reprenant tes prérogatives divines que tu pourras les sauver. Mais il n'y a plus de temps à perdre, Michael.

La menace de mort contre Delphine et notre enfant, contre mes amis de l'île, finit par me convaincre.

Je suis Edmond Wells et monte sur la passerelle de la soucoupe volante.

– Pourquoi cet engin ?

– Au cas où un mortel nous apercevrait.

Edmond Wells m'adresse un clin d'œil.

– Il faut utiliser les croyances locales. Ça les surprend mais ça les étonne moins qu'une réelle apparition divine. D'ailleurs l'idée n'est pas de moi, c'est un vieux truc des Maîtres dieux d'Aeden pour visiter incognito les « pions sur leurs échiquiers ».

À l'intérieur tout est vide et en bois. Comme un décor de film. Il y a des projecteurs et des fumigènes de cinéma.

Je ne remarque aucun moteur, aucun poste de pilotage. Autant de l'extérieur la soucoupe peut sembler impressionnante, autant de l'intérieur elle est dérisoire.

– Ça vole comment cette casserole ? demandé-je.

– Tu ne le croiras pas.

– Dis toujours.

– Avec un fil transparent qu'on tire. Comme une « canne à pêche géante ».

– Et qui est le pêcheur qui tire le fil ?

À ce moment j'entends des cris qui se rapprochent. Quelqu'un a fini par repérer l'ovni.

La cloche d'alerte sonne sur l'île et bientôt la soucoupe est cernée.

Derrière le hublot, ils semblent une centaine qui hésitent et discutent.

– Je vais hâter la manœuvre, annonce Edmond Wells.

Il s'avance vers le gros fil qui part du centre de la soucoupe et tire trois fois, puis deux fois.

– C'est le code pour remonter, m'explique-t-il.

Mais rien ne bouge. Autour, les Tranquilliens commencent à s'approcher.

– Delphine ! crié-je.

– Gabriel ! répond-elle.

À ce moment la corde frémit, se tend. La soucoupe s'élève cependant qu'Edmond Wells s'active sur les boutons qui déclenchent bruit, fumée et flashes. Je me mets à hurler :

– Je vais revenir ! Je te promets que je reviendrai, Delphine !

La soucoupe est tirée vers le haut comme si un pêcheur moulinait à toute vitesse pour remonter sa prise.

– Je ne te comprends pas, Michael. Comment as-tu pu t'investir émotionnellement à ce point dans ce sous-monde ?

– Ce sont des hommes, dis-je, alors que la soucoupe survole la forêt et que j'entends mes amis hurler des phrases incompréhensibles.

Edmond Wells hausse les épaules.

– Ils ne sont que les pièces d'un jeu qui les dépasse, et qui n'existe que pour amuser les dieux.

56. ENCYCLOPÉDIE : COSMOGONIE HINDOUE

Pour les Hindous l'Univers avance par cycles alternant les périodes de création et les périodes de destruction.

À la source de ce phénomène trois dieux : Vishnou, Brahma, Shiva. Vishnou est allongé, endormi sur le serpent Ananta, symbole de l'Infini (le reptile sacré est lui-même posé sur l'océan de l'Inconscient). Du nombril de Vishnou sort un lotus dans lequel se trouve Brahma qui se réveille.

Lorsque Brahma ouvre les yeux, un Univers se crée, c'est le Big Bang. Cet Univers possède les caractéristiques du rêve de Vishnou.

Vishnou rêve le monde tel qu'il l'a connu, et, s'inspirant de ses souvenirs oniriques, Brahma fabrique la matière et la vie.

Mais le monde est imparfait, alors Shiva danse pour dégrader l'Univers jusqu'à son anéantissement afin qu'il puisse renaître.

Lorsque Brahma referme les yeux pour se rendormir, tout est détruit, c'est le Big Crunch décrit par les astrophysiciens.

Selon l'Hindouisme, tout comme pour la prophétie de Daniel, chaque nouvel Univers débute par l'âge d'or, puis viennent l'âge d'argent et l'âge de fer.

Pour circuler sur Terre ces trois dieux utilisent des « avatars », c'est-à-dire des ambassadeurs dans les mondes inférieurs. Parmi les plus célèbres avatars de Vishnou : Rama, la septième réincarnation de l'avatar primitif, qui débarrassa la Terre de ses démons (récit du Ramayana) ; Krishna, sa huitième réincarnation, qui enseigna aux hommes l'extase dans l'amour divin. Boud-dha (Gautama) est le neuvième avatar. Et l'on attend pour la fin de l'âge de fer l'apparition du dernier avatar : Kalki.

Edmond Wells,
Encyclopédie du Savoir Relatif et Absolu,
Tome VI.

57. RETOUR EN AEDEN

Pour le voyage d'Aeden à Terre 18, j'avais été endormi, je m'étais réveillé dans une autre dimension. J'ignorais tout de la manière dont on m'avait introduit parmi les mortels du monde inférieur.

Le retour se déroule différemment.

Tractés par le fil qui vient du ciel et auquel est accrochée notre soucoupe volante, nous nous élevons dans l'atmosphère de Terre 18.

Le pêcheur doit mouliner fort là-haut car nous remontons prestement. Le vent souffle sur la paroi.

– Cela me fait plaisir de te retrouver, Michael, même si je sens que ce sentiment n'est pas partagé, dit Edmond Wells.

Je ne réponds pas. Tout en bas, la petite île en forme de dent diminue progressivement au milieu de l'océan. Nous nous élevons au-dessus de la masse des nuages, et nous retrouvons bientôt dans le vide sidéral. Un silence écrasant suit le bruit du vent qui frappait contre la paroi de bois.

– J'espère que c'est important, grondé-je, les dents serrées.

– Bien au-delà des mots, répond-il, mystérieux.

– Et eux en bas ? Et cette planète que Proudhon veut écraser ? Que va-t-il leur arriver ?

– Je suis un élève dieu, pas un devin. Je pense qu'ils ont une chance de s'en sortir. Il suffit qu'une personne de bonne volonté ait un projet et s'y accroche pour que le plus grand nombre soit sauvé.

– Je sais. Je connais tes formules : « Une goutte d'eau peut faire déborder l'océan », « Chaque petit choix détermine l'ensemble du futur ». Et c'est précisément pour que l'océan ne déborde pas que je suis avec toi.

– Je crois que le projet final est un happy end. Du moins j'ai envie d'y croire. Mais avant d'y arriver, il faut se donner un peu de mal.

– Mais il y a la loi d'Entropie, qui veut qu'abandonné à lui-même le chaos gagne et permette le pire.

– C'est pour cela que nous agissons. Nous devons remettre de l'ordre là où tout se délite.

– J'ai compris : je me reposerai quand je serai mort, dis-je.

– ... Si tu meurs un jour.

– J'oubliais que j'étais immortel. Je crois que je n'arrive pas à m'en convaincre, j'ai vu tellement de gens mourir autour de moi. Dieux ou hommes, ils me ressemblaient. Pourquoi seraient-ils frappés et pas moi ? demandai-je.

– C'est ce qu'a dû choisir ton âme, par le passé.

– Je crois que je suis tellement fatigué que je souhaiterais mourir. Définitivement.

– Il n'est pas impossible que ton vœu se réalise, dit-il. On peut être immortel dans un jeu et mortel dans un autre.

– Ce monde est imparfait, les mortels redoutent la mort et les immortels la souhaitent.

– Pour l'instant vis, vois, réfléchis, réagis et apprends. Nous sommes là pour évoluer.

Nous continuons à monter dans l'obscurité de l'espace intersidéral.

Je tire un tabouret et m'assois.

– Ce n'est pas moi qui ai fabriqué cette soucoupe, me signale Edmond Wells. C'est un jouet d'Aeden. Les dieux en ont plusieurs pour procéder à des retouches à l'intérieur des planètes.

– Et qui tire le fil ?

– Je te laisse la surprise.

Edmond Wells regarde par le hublot, semble se repérer, se dirige vers le câble et tire à nouveau trois fois.

La soucoupe ralentit sa montée. Je regarde à mon tour et découvre une paroi cristalline très épaisse.

Serait-il possible que ce soit...

Des taches lointaines s'animent derrière la paroi. Les taches deviennent une forme mobile, rose, bleue et noire. Elle se rapproche et apparaît un cercle turquoise avec un rond noir au centre.

Un œil géant qui nous observe.

L'œil est immense et couvre pratiquement tout l'horizon. Il se rapproche encore, et je songe à la bouche, une bouche géante prête à nous happer.

– Qui est-ce ?

– Quelqu'un qui t'aime vraiment beaucoup, signale Edmond Wells, malicieux. Il faut dire que c'est sa spécialité.

Aphrodite. C'est l'œil d'Aphrodite !

– Et alors cette paroi serait...

J'ai un frisson désagréable.

Celle de la sphère autour de laquelle circulent les dieux joueurs. La paroi de verre sur laquelle je me penchais pour observer le monde de Terre 18 !

– Alors ce n'était pas un reflet sur lequel nous travaillions mais le vrai monde ?

– C'est plus compliqué. Nous jouions sur un reflet, comme sur des écrans vidéo interactifs. Mais pour te faire revenir, Aphrodite et moi avons dû chercher la vraie Terre 18.

– Je n'ai vu cela que dans un seul endroit, dis-je. Chez Zeus.

Edmond Wells reste imperturbable.

– C'est précisément lui qui nous l'a donné. Et tu vas comprendre pourquoi.

Je comprends surtout que, quand Edmond Wells et Aphrodite ont pris le vrai monde, il s'est figé dans sa sphère-aquarium.

Voilà pourquoi les navettes et les fusées de Terre 18 ont soudain été arrêtées par une barrière invisible que les mortels ont baptisée « Champ de Force Cosmique ».

Je fronce les sourcils.

– Comment franchirons-nous le verre ?

– Fais confiance à Aphrodite. Elle connaît la technique.

Je discerne alors à travers le cristal qui entoure ce monde une forme rose, en fait la main immense de la déesse. Elle cherche un point et enfonce ce qui me semble être une seringue géante.

Ainsi ce verre est transperçable.

C'est plutôt une sorte de matière plastique très dure.

La pointe de l'aiguille est un tube terminé en biseau. Elle s'avance face à la soucoupe volante.

Edmond Wells saisit le câble et entreprend de défaire le gros nœud qui le retient à une boucle métallique. Le câble file par le plafond. Désormais nous ne sommes plus raccrochés à rien.

Bruit de tempête. Soudain tout le vaisseau est aspiré dans le tunnel de l'aiguille. Nous débouchons dans un cylindre transparent gradué sur sa paroi extérieure.

– Nous sommes dans le corps de la seringue, confirme Edmond Wells.

Le cylindre recule et je vois Terre 18 s'éloigner au fond du tunnel de l'aiguille. Puis les mains géantes retirent le piston et nous sommes déposés sur une lamelle similaire à celle d'un microscope.

Une pince épaisse détache la partie supérieure de la soucoupe de bois comme si elle ouvrait une huître. Une pince très fine me saisit par le col et me soulève dans l'air comme si je n'étais qu'un insecte. Je circule au-dessus d'un espace immense pour atterrir dans une éprouvette d'environ 1 mètre de diamètre.

Instinctivement je tente de l'escalader des pieds et des mains.

L'œil turquoise revient pour vérifier que la manipulation se passe bien. Les doigts de la main gauche tiennent le bout de l'éprouvette et j'espère qu'elle ne va pas la lâcher. Puis la main droite déverse mon ami Edmond Wells qui me tombe sur la tête.

Notre éprouvette-prison circule encore dans la pièce immense et finalement nous sommes déposés dans une machine sombre.

– C'est quoi cet engin ?

– Une centrifugeuse.

– Qu'est-ce qui va nous arriver ?

– On tourne un peu et ça nous permet de retrouver notre taille d'origine.

– Tu l'as déjà fait ?

– Non, tout comme toi quand on t'a envoyé sur Terre 18, ils m'ont anesthésié et je n'ai pas vécu la transformation. Mais Aphrodite n'a pas trouvé où

Athéna cachait le produit anesthésiant, alors il va nous falloir « vivre » le changement de dimension. D'après elle, c'est « un peu pénible mais supportable ».

Un bruit de moteur retentit, semblable à celui des montagnes russes quand elles nous hissent au point culminant. Tout se met à vibrer. Notre éprouvette commence à tourner lentement, puis de plus en plus vite. De verticale elle se soulève pour devenir horizontale sous l'effet de la célérité. Edmond Wells et moi nous mettons à flotter comme des astronautes dans leur navette.

La vibration s'accentue. Nous sommes plaqués sur le dos, face à face. Mon corps est étiré de partout et, comme dans les accélérateurs pour les pilotes d'avion, nos visages commencent à se déformer. Les yeux d'Edmond semblent vouloir lui sortir du crâne. Les miens tirent très fort dans les orbites et je serre les paupières comme pour les retenir. Mon visage est écrasé. Mes tempes battent fort. Je souffre.

La vitesse augmente encore et j'ai l'impression que ma tête va exploser. Mes membres semblent vouloir se séparer de mon corps, ma peau adhère au verre. Edmond Wells n'est plus qu'une grimace. Je sens les os de mon crâne s'écarteler. Et brusquement, mes membres s'arrachent dans un craquement sec. Le sang ne gicle pas mais s'étale contre la paroi, l'obscurcissant d'un voile. Je ne suis plus qu'un simple tronc avec un cou et une tête.

« Un peu pénible mais supportable » !

À son tour ma tête se détache de mon tronc comme un bouchon de champagne giclant d'une bouteille. Elle reste collée au verre de l'éprouvette.

Je n'ai plus de tête et je continue de penser ! Pourquoi ?

Parce que je suis immortel et conscient. Là où les mortels s'évanouissent pour se libérer de la douleur, nous les dieux restons conscients !

La tête d'Edmond Wells, elle aussi détachée du corps, forme une boule chevelue qui tourne lentement sous l'effet de la vitesse. Quand il me regarde à nouveau, il ne me sourit plus. Nos deux têtes rampent sur la paroi et finissent par se rejoindre et se taper sur les joues.

Nous nous regardons sans pouvoir parler.

Soudain nos bouches s'ouvrent. Ma mâchoire se disloque.

Puis je sens une tension dans mes yeux qui gonflent et jaillissent de leurs cavités. Le nerf optique s'étire puis claque à son tour. Mes orbites finissent par prendre leur autonomie pour former des sphères satellites.

Coupure de l'image.

Mes oreilles se transforment en ailes d'oiseaux et s'arrachent.

Coupure du son.

Mon nez prend le large.

Sans yeux et tous orifices béants, je ne dois pas être beau à voir. Mes fontanelles s'écartent comme deux coquilles de noix. Au moment où ma cervelle se libère je ne ressens plus la moindre douleur.

Mais je pense encore.

Cette centrifugeuse nous transforme en purée pensante.

J'ai cette image qui m'arrive du temps où, mortel préparant un dîner, j'introduisais des légumes dans un mixer pour faire de la soupe. Je disposais les aliments dans la machine, je réglais la vitesse, puis j'appuyais sur le bouton rouge et un vrombissement électrique annonçait que le processus était lancé. La forme des navets, des carottes ou des poireaux disparaissait pour ne devenir que purée molle puis jus liquide. Après avoir connu de nombreuses expériences physiques extrêmes, celle-ci me semble la plus dure que je puisse jamais éprouver.

Homme issu de la boue, je redeviens bouillie.

Homme issu de la poussière, je redeviens poudre.

Homme issu de la mer, je redeviens soupe.

Mais ma transformation n'est pas encore achevée.

Liquide, je deviens de plus en plus liquide.

Je finis par devenir vapeur.

Puis gaz.

SUBLIMATION : je vis dans mon être cette phase chimique qui consiste à passer de l'état solide à l'état gazeux.

Je suis devenu un nuage d'atomes. Et pourtant je reste conscient.

Plus de douleur.

Plus d'inquiétude.

Plus de « Michael Pinson » en tant qu'ensemble de chair solide doté d'une identification nominale, odorante, auditive.

Plus de peur.

Je suis un nuage, je ne peux plus être ni blessé, ni frappé, ni usé. Je suis retourné à ma plus simple expression : le monde des atomes.

Toutefois une grande interrogation demeure :
Est-ce que j'existe encore ?

58. ENCYCLOPÉDIE : KOAN

Dans la culture japonaise zen, le koan est une phrase paradoxale, destinée à nous faire réaliser

les limites de notre logique. Elle semble absurde, pourtant elle va nous contraindre à une gymnastique nouvelle. Son but est de nous éveiller à une autre perception de la réalité. Un koan peut même s'avérer douloureux pour une pensée trop « rigide ».

Cette douleur est issue du fait que le mental fonctionne dans la dualité, il aime les distinctions nettes et bien tranchées (noir/blanc, bien/mal, gauche/droite, vrai/faux, etc.). Avec le koan nous le forçons à quitter ses rails habituels. On peut dire « vue par un triangle, la sphère est un koan ».

Exemples de quelques koans :

– Quand on ne peut plus rien faire, que peut-on faire ?

– Qu'y a-t-il au nord du pôle Nord ?

– Sans la présence d'une conscience l'Univers peut-il exister ?

– La lumière noire éclaire-t-elle ?

– Si deux mains en applaudissant font du bruit, quel est le bruit d'une seule main ?

– Une illusion peut-elle exister ?

– L'homme regarde le miroir, le miroir regarde l'homme.

– S'oublier soi-même, c'est être reconnu par le cosmos tout entier.

– Quand la neige fond où va le blanc ?

– Ce qui te manque, cherche-le dans ce que tu as.

– Suis-je de mon avis ?

– Recherchez la liberté et vous deviendrez esclaves de vos désirs. Recherchez la discipline et vous trouverez la liberté.

– Toute chose n'est connue que parce que l'on *croit* la connaître.
– Écoute le silence.

Edmond Wells,
Encyclopédie du Savoir Relatif et Absolu,
Tome VI.

ŒUVRE AU BLANC :
LA MONTAGNE SACRÉE

59. RETOUR EN AEDEN

Je suis léger, immatériel, un ensemble d'atomes en suspension.

Je n'ai plus de peau, plus d'enveloppe quelconque, plus de limites.

La température monte et mes atomes deviennent de plus en plus aériens. Ils se séparent, se répandent, tourbillonnent.

Je suis une vapeur tiède.

Je suis un nuage. Je suis mélangé à mon ami Edmond Wells. Rarement je me suis senti aussi proche d'une autre personne.

Et puis l'éprouvette dans laquelle nous flottions à l'état gazeux est reliée à un tuyau. Je suis à nouveau désincrusté de mon ami. Mes atomes particuliers sont aspirés par un courant d'air et déplacés vers un bocal beaucoup plus grand. Le bocal est placé dans une centrifugeuse qui tourne en sens inverse de la précédente. En même temps que la vitesse me fait virevolter dans mon réceptacle de verre la température baisse et je me condense.

De l'état gazeux je repasse à l'état liquide. Le froid

et la vitesse continuent leur effet. De l'état liquide je repasse à l'état pâteux.

Comme disait la Bible : l'homme est de la glaise ayant reçu le souffle divin.

Je me réunis. Je me reconstruis. Plus grand, plus large, plus volumineux. Comme si mes atomes, obéissant à un plan connu, s'harmonisaient pour me rebâtir à une échelle plus large mais selon les mêmes proportions.

Je ne repasse pas par la case fœtus, je suis directement l'adulte que j'ai été. Mes yeux se solidifient pour former deux petites balles de ping-pong rouges puis blanches. Mon cerveau se creuse de sillons profonds sous ma peau translucide et mes os crâniens.

Mes ongles se sculptent alors que mes dents, tels des petits arbres, poussent en accéléré pour sortir de ma mâchoire.

Ce n'est pas douloureux, juste une sensation complètement nouvelle : se reconstituer après avoir été transformé en gaz.

Mes muscles rougissent, ma peau translucide s'opacifie. Mon cœur après quelques soubresauts se met à battre et toute ma tuyauterie reçoit le liquide nourricier pourpre qui lui amène son oxygène et son sucre.

Je revis.

La centrifugeuse ralentit et je me retrouve nu au fond d'une très grande éprouvette. Je tremble. Tous mes muscles sont bouillants, mon cœur bat vite, ma peau est recouverte d'un film de sueur. Je suis épuisé, haletant, exténué. Je vois des silhouettes qui approchent derrière le verre de l'éprouvette, je veux me relever mais je suis tellement faible que je n'arrive même plus à me tenir droit. Alors je me laisse glisser au fond de l'éprouvette, et, tassé, en position fœtale, je m'endors.

Après le monde des nuages, mon esprit glisse dans le monde des rêves, ce lieu d'apaisement où il se ressource. Un écran s'allume.

Je pénètre dans la toile. Le décor est une île, mais ce n'est pas l'île de la Tranquillité 2.

Sur une grande plage, Delphine apparaît. Elle court sur le sable fin qui imprime ses pas. Nous nous embrassons dans les vagues. Derrière nous il y a le village dauphinien de Terre 18 que j'ai créé au début du jeu d'Y, 5 000 ans plus tôt. Au loin sur l'océan des dauphins jouent. Nous nageons vers eux. Nous nous agrippons à leurs nageoires dorsales et nous bondissons au-dessus des flots en nous aspergeant.

Delphine m'indique que nous n'avons pas besoin de l'aide des dauphins, nous pouvons nous transformer en dauphins.

Alors une de mes narines se soude. Un petit évent apparaît sur mon front, mes mains deviennent palmées. Je suis en train de muter comme les premiers dauphins qui jadis ont été des mammifères terrestres et ensuite sont revenus dans l'eau. Delphine me dit que c'est l'avenir que nous allons bâtir sur l'île de la Tranquillité, une humanité aquatique. Alors je nage, avec des apnées qui peuvent durer non pas quelques minutes mais quelques dizaines de minutes. Je file en faisant onduler ma colonne vertébrale comme un poisson. Et je bondis hors des flots. Je joue avec les vagues. Je suis devenu un « Homo delphinus ». Un homme du futur, un mutant aquatique. Dans mon rêve, je joue dans la mer à nager de plus en plus vite avec un banc d'Homo delphinus similaires. Nous nageons ensemble sous l'eau puis au-dessus de l'eau. Je prends un peu de vitesse et arrive même à me redresser comme un dauphin, presque vertical au-dessus de la surface, avec juste le bas de la queue qui fend l'eau. Les dauphins nous entourent et nous apprennent à exécuter des sauts acrobatiques. J'adore cela. Delphine me parle avec des petits cris aigus beaucoup plus nuancés et complexes que la voix humaine. Elle me dit que d'autres humains ont muté ailleurs et autrement. Des hommes-écureuils décortiquent des noisettes sur les branches des arbres avant de s'élancer en planant grâce à une peau qui relie leurs bras à leurs jambes. Des hommes-taupes aveugles vivent en fouissant la Terre. Des hommes-oiseaux planent dans le ciel avec des ailes de plumes. Je réponds à Delphine que je préfère être un dauphin car pouvoir me déplacer en trois dimensions sous l'eau et au-dessus de l'eau est une sensation vraiment extraordinaire. Elle me dit que l'humanité dans son ensemble est en train de muter et que ce n'est que le prolongement logique de l'évolution. Alors je vois des hommes-requins surgir au loin. Ils ont le visage allongé, une triple rangée de dents triangulaires, des mains en nageoires à pointe compacte.

L'humanité future se transforme pour devenir ses animaux-totems.

Nous fuyons en bondissant au-dessus de la surface pour nous propulser dans l'air.

Dans mon rêve je me dis qu'il faut arrêter de fuir et je fais face aux requins. Me vient l'idée : « les dauphins frappent les requins en tapant avec leur rostre dans la zone du foie. Un fort impact sur une zone réduite pour obtenir le maximum de perforation ». La Delphine-dauphine et moi nous transformons en véritables torpilles. Je frappe le premier homme-requin qui vient vers moi. Il évite mon éperon naturel et me mord la nageoire dorsale. Nous nous replaçons face à face. Il veut à nouveau me mordre mais je fais mine de le prendre de face et au dernier moment je passe sous lui – l'avantage de maîtriser les trois dimensions –, et le perfore de mon rostre. La peau cède et mon museau fouille ses entrailles. De son côté Delphine-dauphine se bat elle aussi contre ces monstres. Finalement, grâce à notre pugnacité, nous réussissons à les mettre en fuite. Mais des traînées rouges filent de nos flancs, nous sommes blessés. Alors que j'approche des falaises je vois des hommes-aigles dans le ciel avec leurs becs crochus et leurs ailes épaisses. Sur Terre des hommes-rats approchent avec leurs longues incisives et leurs ongles-griffes.

– Ils ne me font plus peur ! lancé-je à Delphine-dauphine à petits cris aigus.

Elle me dit que j'ai encore gagné un point, maintenant que je sais affronter mes adversaires sans fuir et clamer qu'aucun ne me fait peur, je suis à 21 sur 20.

Avec Delphine-dauphine, nous nageons en profondeur, découvrant des fonds marins abyssaux. Elle s'arrête soudain, préoccupée. Je viens vers elle, alors elle enfle d'un coup et éjecte un petit bébé homme-dauphin. Il est tout clair. À peine sorti de son corps, il commence à nager et à se mouvoir, ondulant avec grâce pour rejoindre la surface.

Elle me dit qu'il est tout mon portrait. Je la remercie de tout ce qu'elle m'a appris.

Nous nous frottons le museau, puis nous remontons ensemble des profondeurs pour jaillir hors de l'eau et bondir haut dans le ciel alors que notre fils poisson s'ébat au-dessus des flots. Je sens l'air filer sur mes ailerons puis je retombe dans l'eau.

Sensation de mouillé.

Delphine...

– Michael ?

Delphine !

– Michael... Michael... c'est moi.

J'ouvre les yeux. Un visage féminin est penché sur moi. Ce n'est pas Delphine. Cette chevelure est dorée et ces yeux sont d'émeraude turquoise.

Aphrodite.

– J'ai eu si peur de te perdre, murmure la déesse de l'Amour. Mon pauvre Michael. Comme cela a dû être pénible de vivre au milieu du troupeau des mortels.

Elle me serre dans ses bras.

Je regarde la pièce autour du lit et découvre que je suis dans son palais. Ce décor rose fuchsia fait penser à un conte de fées. Sur des perchoirs quelques chérubins narquois, arc en bandoulière, posent des empennages sur des flèches de cristal. Dans des bocaux des petits cœurs à pattes, comme celui qu'elle m'avait jadis offert, sautillent d'impatience d'avoir quelqu'un à aimer.

La déesse de l'Amour m'embrasse avec fougue, mais je ne réponds pas à son baiser.

– J'ai eu peur que tu deviennes fou. Vivre au milieu des gens de Terre 18 doit être comme vivre au milieu de... singes !

– Les mortels sont des hommes et des femmes comme nous.

– Nous ne sommes plus des hommes et des femmes, corrige-t-elle, nous sommes des dieux !

Elle me serre dans ses bras, frotte ses seins contre mon torse.

– Ta condamnation à l'exil sur Terre 18 a été tellement injuste. Cela doit être bizarre de se retrouver là-bas, comme dans un... zoo.

L'endroit « bizarre » c'est ici, en Aeden. Mais ce

n'est pas un zoo, plutôt un asile de fous. L'Olympe fait gonfler les ego jusqu'à la limite de la déraison, chaque dieu incarnant une forme de névrose ou de psychose. Aphrodite est l'hystérie. Zeus la mégalomanie. Arès la paranoïa, etc.

– C'était supportable. Les prétentions des mortels sont plus raisonnables que celles des dieux.

– Normal, ce sont des pièces de jeu ! Il ne manquerait plus que les pions aient des revendications !

Je me recule.

– Nous sommes nous aussi les pièces d'un jeu, rétorqué-je.

– Ce n'est pas le même jeu.

– Qui sait ?

Elle ne m'écoute plus.

– Embrasse-moi, Michael. C'est moi qui me suis donné tout ce mal pour te sortir de ta minuscule prison. Edmond Wells n'a été qu'un complice de mon projet. Maintenant nous allons pouvoir nous aimer sans que quiconque nous empêche d'être ensemble.

– Je ne t'ai rien demandé. Tout allait bien. On peut trouver son bonheur dans n'importe quel monde du dessus ou du dessous. Ce n'est pas une question de dimension, de taille ou de lieu, c'est un problème de prise de conscience.

Elle ne comprend pas ma froideur.

– Qu'est-ce qu'il se passe, Michael ? tu as l'air bizarre.

Je me lève et vais à la salle de bains me rafraîchir. Je me reconnais difficilement dans le miroir, l'expérience de Terre 18 et la transformation en nuage d'atomes m'ont creusé le visage. D'un côté cette métamorphose consciente m'a permis de savoir que je pouvais me transformer en poussière, de l'autre elle m'a rappelé la pénibilité d'être dans la chair. J'ai des cernes sous les yeux, la peau tire mon visage, je me sens nostalgique de l'état de pure vapeur. Je m'asperge longtemps d'eau glacée. Puis je trouve une toge et l'enfile, ainsi que des sandales de cuir.

– Edmond m'a dit que je devais rentrer d'urgence en Aeden. Quelle en est la raison ?

– Je ne suis pas une raison suffisante, Michael ?

Elle m'observe, déçue. Puis se redresse :

– Très bien. Je vais tout te dire. Durant ton absence il s'est passé des événements terribles ici.

Je reviens dans la chambre et la surprends les yeux baissés, embarrassée, comme si elle ne savait comment présenter le problème.

– Des événements, quels événements ?

C'est alors que j'entends des cris d'animaux. Je vais à la fenêtre et je vois deux escouades de griffons qui s'affrontent en plein ciel. Les lions à ailes d'aigle s'entre-déchirent avec des criaillements féroces. Ils tournoient et foncent en formant de grands huit. Les blessés tombent en piqué comme des avions en perdition.

Edmond Wells entre en traînant les pieds dans la pièce. L'expérience de la transformation en nuage d'atomes semble l'avoir lui aussi exténué. Il a des cernes, et sa peau est pâle.

Mon ancien intructeur en angélisme dévisage Aphrodite, il veut savoir si elle m'a déjà tout raconté. Elle fait un signe de dénégation.

Aphrodite nous invite à nous asseoir dans son salon-boudoir. Le lieu est décoré de gravures encadrées figurant les grandes histoires d'amour de toutes les civilisations, qu'elles soient de Terre 1 ou d'autres planètes. On distingue des hommes et des femmes se désirant du regard, des couples d'hommes, des couples de femmes, parfois ils sont plus de deux, parfois avec des animaux. Cette exposition nous confirme, si besoin était, que l'amour est polymorphe dans l'Univers.

Alors que les cris des griffons qui s'entre-tuent déchirent le ciel, Aphrodite ferme les contrevents et nous sert une boisson au goût de gingembre.

Edmond Wells, le front barré de contrariété, arbore un visage que je lui ai rarement vu.

– Je ne pensais pas que la situation aurait empiré à ce point, dit-il.

– Nous, les dieux, sommes habitués à dénouer vite les problèmes, mais en général, ce sont des problèmes de mortels. Cette fois aucun d'entre nous ne sait gérer ce conflit entre « pairs ».

Ils me racontent. Après mon jugement, ma condamnation et mon exil sur Terre 18, mon ex-ami Raoul Razorback, vainqueur de la Finale du jeu d'Y, a franchi en grande fanfare les dernières portes des Champs-Élysées.

– Désormais Raoul est en chemin pour recevoir sa récompense, confirme Edmond Wells.

Raoul disparu à l'horizon, les dernières portes des Champs-Élysées ont été refermées et tous les habitants d'Olympie sont retournés vaquer à leurs occupations habituelles.

Les derniers élèves de la promotion 18 ont été métamorphosés en chimères locales. Jean de La Fontaine et Rabelais sont devenus centaures.

Simone Signoret et Piaf se sont muées en sirènes. Toulouse-Lautrec est maintenant un dragon à deux têtes. Bruno Ballard, Gustave Eiffel et Georges Méliès sont des griffons, peut-être même parmi ceux qui se battent actuellement dans le ciel.

Les derniers vestiges de l'aventure évacués, les Maîtres dieux, les Charytes, les semi-dieux ont fait du nettoyage puis ont pris trois jours de congé avant d'entamer la saison avec une nouvelle promotion.

– Nous pensions recevoir des Mexicains, reconnaît Aphrodite.

Des petits angelots entrent dans la pièce et chuchotent quelque chose à l'oreille de la déesse de l'Amour. Elle se lève, nous fait signe d'attendre, puis revient avec quelques taches bleues sur sa toge. Elle dispose des perchoirs semblables à des perchoirs à perroquets. Les angelots viennent s'y poser.

Elle remet ses mèches dorées en place. Certains angelots quittent leur perchoir et viennent se poser sur ses épaules, comme des oiseaux.

La déesse leur verse un peu de nectar qu'elle leur sert dans des fleurs. Elle me tend une tasse remplie de la même boisson mais je préfère un café fort, qu'un angelot parti vers les cuisines me rapporte instantanément.

Puis Aphrodite poursuit :

– Nous les avons attendus longtemps, les fameux Mexicains. Un jour, deux jours, trois jours, une semaine, un mois. Nous ne comprenions pas pourquoi ils étaient en retard. Nous savons que parfois l'administration des anges est encombrée. Des âmes sont bloquées. On attend les retardataires un peu comme un avion attend ses derniers passagers pour décoller. Mais les Mexicains n'arrivaient pas. Nous guettions à tour de rôle la plage. Nous scrutions le ciel en attendant que les âmes élues en tombent...

Je me souviens de mon arrivée en Aeden. J'étais devenu une météorite et j'avais plongé droit dans la mer.

– ... Mais rien. Par contre la visite est venue d'ailleurs. De la Montagne. Au troisième mois, c'est Zeus en personne qui a surgi de la forêt. Il était encore plus grand que lorsqu'il est intervenu pour t'autoriser à rejouer, ajoute Aphrodite. Un Zeus de 10 mètres de haut ! Il a réuni tous les habitants d'Aeden dans l'Amphithéâtre et s'est placé au centre. Il tenait une lourde besace. Puis il a prononcé un discours.

Aphrodite change de physionomie. Elle me prend le bras, nerveuse.

— Zeus a parlé de l'« Autre » Montagne. Il a révélé l'existence du Grand Dieu au-dessus des dieux.

— Le 9..., murmuré-je.

— Il l'appelle le « Dieu Créateur ». Cela nous a causé un choc. Zeus a dit avoir reçu une directive de ce dieu supérieur.

Aphrodite et Edmond se regardent, puis baissent les yeux.

— Cette directive, continue Aphrodite, annonçait que tout s'arrêtait définitivement.

— C'est une plaisanterie.

— Il a dit : « Il n'y aura pas d'élèves dieux mexicains, ni d'aucun autre peuple d'ailleurs. Plus d'autres promotions. L'école des dieux ferme. Ici tout est fini. »

Je crois me rappeler que lors de ma rencontre avec Zeus, le maître de l'Olympe redoutait déjà cette éventualité. Il pensait que le Dieu Créateur était fatigué, qu'il voulait arrêter de jouer.

Un petit angelot s'approche, se place à ma hauteur, tourne autour de moi lentement, comme une lune autour de sa planète, puis s'en va chuchoter quelque chose aux autres angelots qui éclatent de rire.

Aphrodite fait un geste et tous se taisent.

— Après cette annonce, Hermès a demandé : « Que se passera-t-il alors ? – Il ne se passera plus rien ici, a répondu Zeus. Vous n'avez plus qu'à attendre la mort. » Là ç'a été le deuxième grand choc, Zeus a annoncé que puisque l'école fermait, il n'était plus question de perpétuer le Système. En conséquence le Dieu Créateur avait décidé de retirer le don d'immortalité à l'ensemble des habitants d'Aeden.

– Y compris à Zeus ?

– Bien sûr. Alors Zeus a dit que, pour sa part, il remontait dans son palais y dormir en attendant que le dernier sommeil vienne le chercher. Ensuite il a ouvert sa besace et en a sorti une sphère de 3 mètres de diamètre. Il a dit : « Tenez, c'est la vraie, si vous voulez vous amuser je vous la laisse en souvenir. » Puis il a pris son ankh, il a dit : « Attendez, je vais la réduire à une taille plus facile à ranger dans un musée. » Il a appuyé sur un bouton et de 3 mètres il l'a réduite à 50 centimètres.

– Il vous a livré la vraie Terre 18 ! Là où je me trouvais !

– Pour nous montrer que plus rien n'avait d'importance. Puis il a eu un grand rire triste, il s'est transformé en cygne géant et il s'est envolé vers le sommet de sa Montagne.

Je commence à tout comprendre.

– J'étais sorti de la forêt pour assister au discours de Zeus, dit Edmond Wells. Ensuite, quand j'ai entendu la révélation, je me suis mêlé aux autres. Plus rien n'avait d'importance. Les Maîtres dieux n'étaient même pas étonnés de me revoir.

– Nous étions tous sonnés. Complètement sonnés, soupire Aphrodite.

– ... Comme une usine qui ferme laissant son personnel au chômage, dit Edmond Wells.

– Nos vies n'avaient plus de sens à part l'attente de la vieillesse, la maladie, la mort.

Je prends conscience que j'étais « immortel parmi

les mortels ». Et que le fait d'être rentré me rend « mortel parmi les immortels ».

Humour. Paradoxe. Changement.

Je me souviens de la phrase du philosophe Woody Allen qui avait prélude à la thanatonautique : « Tant que l'homme sera mortel, il ne pourra pas être vraiment décontracté. » On peut désormais y ajouter : « Tant que les dieux étaient immortels, leur vie n'avait pas de sens. »

Et je me dis que ce n'est qu'au moment de mourir, quelques minutes avant de perdre conscience, que l'on donne une logique à la succession d'événements incompréhensibles qui bout à bout ont forgé notre vie.

– Que s'est-il passé ensuite ? demandé-je.

– Comme personne ne s'occupait de la petite Sphère Terre 18, je l'ai ramassée, signale Edmond Wells, et je suis allé me calfeutrer dans ta villa laissée à l'abandon.

Les angelots d'Aphrodite nous servent à nouveau du café. J'ai toujours l'impression qu'ils se moquent de nous, mais je suis trop passionné par le récit pour y songer. La déesse de l'Amour poursuit son récit :

– Dionysos a proposé de fêter la fin définitive des cours. Il y a eu une grande célébration, une vraie orgie. Les dieux ont bu et ont commencé à se chamailler. Mais c'est le lendemain que la situation a vraiment dégénéré. Un groupe de Maîtres dieux mécontents s'est exprimé avec à sa tête Arès, le dieu de la Guerre. Ils ont annoncé qu'ils ne se laisseraient pas mourir sans combattre. Beaucoup étaient d'accord avec lui. Il y a eu un schisme. D'un côté les Maîtres dieux qui acceptaient leur sort et de l'autre ceux qui se révoltaient contre ce qu'ils considéraient comme une injustice par rapport aux services rendus.

Aphrodite demande à boire aux chérubins et ceux-ci lui servent prestement une carafe de vin parfumé.

– Au début ils ont parlementé. Chacun a avancé ses arguments. Certains étaient pour qu'on force le Système à continuer malgré les ordres venus d'en haut. Ils proposaient de créer un nouveau gouvernement avec une assemblée de Maîtres dieux, puis d'envoyer une expédition sur la deuxième Montagne en empruntant les Champs-Élysées. D'autres proposaient de s'arranger directement avec l'Empire des Anges pour qu'il continue de nous fournir des élèves dieux à éduquer. Mais Athéna, fidèle au système ancien, voulait que nous respections les volontés de Zeus et de ce Grand Dieu Créateur inconnu. Elle a empêché d'accéder aux Champs-Élysées.

Aphrodite boit une gorgée à sa coupe, puis :

– Il s'est alors créé deux groupes. Ceux qui avaient rejoint Arès, les « rebelles », et ceux qui tenaient pour Athéna, les « loyalistes ». Les rebelles n'acceptaient d'être mis ni au chômage ni à la retraite. Ils considéraient qu'être inactifs c'était pourrir sur pied. Ils ont fini par se battre entre eux. Arès a poignardé Athéna. Elle ne bougeait plus. Cela a été terrible. Là nous avons vraiment pu comprendre ce qu'était la mort d'une déesse olympienne.

Aphrodite déglutit avec difficulté.

– Athéna saignait. Et elle ne se transformait en rien d'autre qu'en corps inerte perdant son sang. Même pas en chimère. Nous l'avons tous observée agoniser. Et nous avons commencé à saisir ce qu'était réellement la fin d'une âme. Les réactions furent diverses. Certains étaient heureux que leur existence ait la possibilité d'un chapitre final. D'autres entraient dans la peur de mourir que ressent en permanence tout mortel.

Les angelots viennent lui apporter des petits gâteaux roses et blancs. Aphrodite grignote.

– C'est alors qu'a éclaté la... guerre. Les rebelles, forts de leur premier assassinat, ont été pris d'une frénésie meurtrière. Guidés par Arès, certains Maîtres dieux, demi-dieux et chimères ont voulu passer en force pour enfoncer la porte des Champs-Élysées. Ils ont été arrêtés par d'autres Maîtres dieux, demi-dieux et chimères. Ça a été la grande bataille devant la porte des Champs-Élysées.

– Les dieux étaient comme des animaux, ajoute Edmond. Bien la peine d'être des êtres de conscience 7 si c'est pour se comporter comme des êtres de conscience 3.

– Il ne faut pas gratter longtemps pour retrouver la couche de bestialité sous la couche d'humanité, et même de divinité, reconnaît Aphrodite. Aucun camp n'a réellement gagné. Il y a eu surtout des morts parmi les chimères.

Tout à coup nous entendons des cris lointains, provenant de la zone est, où se trouve la porte des Champs-Élysées.

Je regarde Edmond Wells avec colère.

– C'est pour cela que tu m'as fait revenir, pour mourir avec les dieux alors que j'étais heureux avec les mortels ?

Aphrodite se lève. Elle touche une photo encadrée qui représente un couple d'amoureux dans lequel je reconnais le dictateur roumain Ceauşescu et sa femme Elena qu'il avait promue ministre des Sciences. Le cliché a été pris quelques secondes avant qu'ils ne soient fusillés, ils se tiennent par la main, donnant à l'instant un côté presque touchant : deux dictateurs en fin de parcours liés par une affection dernière.

Aphrodite déplace le cadre et dévoile une porte

blindée avec une serrure à chiffre. Elle compose un code. La porte s'ouvre et elle sort un coffre en chêne à ferronneries ouvragées et anses en cuivre. Elle prend une clef et l'ouvre.

À l'intérieur, un écrin en velours pourpre, et au milieu, ce qui me semble être un œuf bleu et blanc de 50 centimètres de diamètre.

Je m'approche, intrigué.

— Ton monde est là, dit-elle. Je l'ai temporairement récupéré. C'est de là que je t'ai sorti.

— Terre 18 ?

Edmond Wells approuve. Ainsi elle avait dit vrai, Zeus a rétréci la planète pour l'offrir aux habitants d'Olympie.

— C'est le vrai monde, pas son reflet, précise la déesse.

Je reste fasciné par la sphère dans laquelle se trouve Delphine.

— J'ai des amis là-bas.

— Tu t'es attaché à ces mortels, n'est-ce pas ? questionne Aphrodite.

— Nous sommes désormais mortels, nous aussi, il me semble, éludé-je.

— Mais beaucoup plus grands, ne serait-ce qu'au niveau de la taille !

— Cela ne change rien.

— Cela change tout. Il me suffirait de jeter cette sphère par la fenêtre pour qu'elle se brise en mille morceaux. Ils sont comme des fourmis dans un aquarium.

Elle saisit la boule de verre et, avant que j'aie pu réagir, elle la lève vers la fenêtre et fait le geste de la jeter dans le vide. Mon cœur bondit.

— NON !!!!

J'ai saisi son poignet d'un geste sec et l'ai serré très fort.

– Tu me fais mal !

Je la relâche. Elle consent à replacer la précieuse sphère dans son écrin.

– C'était le seul moyen de te faire revenir, reconnaît Edmond Wells. C'est Aphrodite qui a monté le projet « soucoupe volante chez les mortels ». C'est elle qui savait qu'on trouverait chez Chronos la machine pour te transformer en atomes puis te restituer ta taille divine.

– Et toi, Edmond, tu as cru que c'était me rendre service que de me sortir de la paix des mortels de Terre 18 pour m'entraîner dans la guerre des dieux d'Aeden ?

L'homme au visage triangulaire et aux oreilles hautes me toise avec un sourire complice.

– Ce n'était pas la meilleure chose à faire pour toi, mais pour nous, assurément, oui. Ici, la guerre entre rebelles et loyalistes va durer longtemps selon moi, nous avons des choses plus importantes à faire qu'à combattre et à mourir. Si nous n'agissons pas bientôt, tout Olympie ne sera plus que ruines et dévastation.

Mon regard n'arrive pas à quitter le coffre qui contient Terre 18.

– Que proposes-tu ?

– Profiter de ta connaissance de l'île d'Aeden que tu as observée en hauteur sur Pégase, et lancer une expédition non plus aérienne, mais maritime.

– Et ensuite ?

– Rejoindre la deuxième Montagne, et grimper à son sommet pour rencontrer le Grand Dieu Créateur.

– Quel intérêt ? La partie est finie.

– Pas si sûr, dit Aphrodite.

– Raoul avance à pied vers les Champs-Élysées.

Étant donné la distance, je pense qu'il ne parviendra au sommet de la deuxième Montagne que dans trois jours. Cela nous laisse du temps pour essayer de le rattraper par la mer, dit-il.

— Pourquoi le doubler ?

— Edmond et moi pensons que Raoul n'est pas digne de l'honneur qui lui est fait, répond Aphrodite.

— Je pense même que ce type est très dangereux. Il est intelligent, il a su s'adapter, mais il n'a pas compris l'essentiel, dit Edmond Wells.

Aphrodite approuve.

— Durant la dernière partie il représentait l'énergie neutre. N. C'est pour cela qu'il a gagné. Il a laissé l'énergie A d'amour que tu représentais et l'énergie D de domination que représentait Xavier s'annuler mutuellement. Ensuite il s'est facilement imposé.

— Un Univers dirigé par un dieu transcendé par l'énergie de Neutralité n'est pas celui auquel nous aspirons, déclare Edmond Wells.

— Nous voulons que ce soit toi qui parviennes là-haut, annonce Aphrodite. Tu as bien joué. Tu as montré que tu étais le meilleur élève dieu, tu encourageais les sciences, les arts, la créativité, l'émancipation des femmes, l'indépendance des individus. Tu es un dieu de l'énergie A. Un dieu d'Amour.

— Arrêtez. Je suis conscient de mes erreurs, de mes faiblesses, voire de mon idéalisme inadapté aux réalités. Si j'ai perdu ce n'est pas un hasard, mes mortels n'engendraient pas assez d'enfants, et ne savaient pas s'énerver au bon moment. En plus j'ai craqué, j'ai tué un dieu par esprit revanchard. Ce n'est pas vraiment le comportement d'un défenseur de l'énergie A.

Aphrodite ne se laisse pas décontenancer.

— Ta colère finale est la preuve que tu étais impliqué dans ton œuvre. Quel dieu pourrait rester indifférent aux drames que ses mortels, et même la force d'amour qu'ils représentent, ont subis sur cette planète ?

À nouveau la déesse vient se serrer contre moi.

– Avec toi nous pouvons réussir.

Je n'ose pas la repousser.

– Donc, votre projet est de lancer une expédition maritime pour doubler Raoul et arriver devant le Grand Dieu Créateur avant lui. C'est bien cela ?

Edmond Wells martèle :

– Il n'y a pas de temps à perdre. Ne fais pas ta star, nous faisons tout ça pour toi, pour te hisser au sommet du Système, tu ne vas pas encore rechigner.

– C'est-à-dire, j'étais bien sur Terre 18...

Edmond Wells prend le coffre de chêne et le fourre dans un sac à dos.

– S'il n'y a que ça pour te satisfaire, considère que nous devons quitter Olympie pour mettre cet objet en sécurité. Par moments le monde inconnu est plus sûr que le monde connu.

Et il conclut en me tirant par le bras pour m'entraîner :

– De nombreux mondes étrangers restent à découvrir. N'aie pas peur d'être étonné.

60. ENCYCLOPÉDIE : LES BARUYAS

Les Baruyas forment un peuple primitif de Papouasie, en Nouvelle-Guinée, qui a vécu coupé de toute civilisation jusqu'en 1951, année où il a été découvert par des explorateurs australiens.

Mais c'est l'anthropologue français Maurice Godelier, auteur de _L'Énigme du don_ (1996) et

Métamorphoses de la parenté (2004), qui a vraiment approfondi l'étude de ce peuple entre 1967 et 1988.

Lors de ses premiers voyages, il découvre une société d'agriculteurs-chasseurs qui utilise une technologie datant de l'âge de pierre. Maurice Godelier voulait comprendre la genèse des mythes et comment ceux-ci construisent ensuite la structure sociale.

Les Baruyas n'ont pas de notion d'État, de classe, ou de hiérarchie complexe.

En revanche ils ont établi un système patriarcal qui dépasse tout ce que les ethnologues connaissaient jusque-là.

Pour les Baruyas le sperme est au centre de tout. Les êtres humains sont issus d'u, mélange de sperme et de rayons du Soleil. Les femmes sont les réceptacles de ce mélange.

Quand le mélange se fait mal cela donne une fille.

Cette vision (sans la connaissance de l'ovule) fait que pour les Baruyas les femmes sont des humains ratés, nécessaires cependant à la fabrication d'humains réussis, c'est-à-dire des mâles. Leur vision des femmes est au-delà de la misogynie occidentale (et c'est pourquoi la suite de son étude n'est évidemment pas « politiquement correcte » et qu'il faut la regarder hors de nos grilles habituelles de jugement).

Quand les garçons ont 8 ans, ils sont exclus de l'influence des femmes. Ils sont extraits de leur famille pour recevoir une initiation jusqu'à 15 ans, loin du village, dans la montagne.

Là ils se retrouvent dans une communauté uniquement formée d'hommes. Ceux-ci vont les initier aux rites magiques et à la sexualité.

Quand les garçons sont adolescents, à 16 ans, on les considère prêts à fonder une famille. Ils redescendent de la montagne et prennent femme.

Ils vont avoir des rapports sexuels et si la femme tombe enceinte il faut qu'elle ait un maximum de partenaires mâles (en plus de son compagnon) durant sa gestation, pour que le sperme des autres hommes contribue à renforcer l'enfant à naître.

De même par la suite quand la mère allaite, le lait est considéré comme du « sperme transformé ». La femme doit donc continuer à avoir des rapports sexuels pour produire beaucoup de lait. Dans la société baruya, la femme n'a pas accès à la propriété de la Terre. Elle n'a le droit ni de cultiver ni de pratiquer des rites religieux. C'est la société la plus patriarcale connue à ce jour.

Maurice Godelier, à partir de l'étude des Baruyas, déduit que la société n'est pas le reflet de l'économie, contrairement à ce que pensaient jusque-là la plupart des ethnologues, mais le reflet des mythes fondateurs. C'est parce que les Baruyas ont à un moment imaginé que le sperme était à l'origine de tout qu'ils ont bâti autour de cette croyance leurs rites et leurs rapports sociaux.

Edmond Wells,
Encyclopédie du Savoir Relatif et Absolu
(d'après le souvenir du Tome III).

61. OLYMPIE A CHAUD

Fumées noires qui se tordent. Murs défoncés qui s'écroulent. Rues jonchées de corps sombres recroquevillés. Cris lointains. Odeur de putréfaction. Poussière en suspension. Bruits incessants de nuages de mouches. Omniprésence des corbeaux. La cité d'Olympie est méconnaissable.

Par la fenêtre du palais d'Aphrodite, tourné vers l'est, je ne pouvais prendre la mesure des dégâts situés à l'ouest. Maintenant que je suis dehors je peux me rendre compte.

La ville est ravagée.

Le lieu qui fut jadis l'Académie de perfectionnement des âmes pures n'est plus qu'un champ de bataille où les chimères furieuses affrontent les dieux colériques. Athéna disparue, il n'existe plus ici la moindre trace de justice. On se bat pour se battre, pour extérioriser une rage dont on a oublié la cause.

Les combats aériens ayant faibli, c'est près de la porte des Champs-Élysées que se situe la nouvelle zone de confrontation.

À bonne distance, Edmond Wells, Aphrodite et moi découvrons l'ampleur de la tourmente. Les troupes loyalistes ont établi un mur de sacs de sable devant la grande porte orientale. Armés d'arcs, des Charytes, des Heures, des satyres, des titans, des cyclopes et des centaures tentent d'arrêter la charge de ceux qui hier encore étaient leurs frères.

Dionysos, Hermès, Héra, Apollon, Artémis, Déméter, Héraclès sont à la tête des loyalistes. Poséidon, Arès, Chronos, Héphaïstos, Atlas, Hermaphrodite, Prométhée, Sisyphe dirigent les troupes rebelles. La présence des Maîtres dieux se remarque aux éclairs de foudre qu'ils déchaînent sporadiquement.

Aphrodite me fait signe de me baisser pour me cacher derrière un monticule. J'entends une chevauchée. Je vois une charge de centaures rebelles lancés contre des centaures loyalistes.

Les bêtes furieuses crachent leur bave, leurs naseaux soufflent une vapeur épaisse alors qu'ils se saisissent comme des catcheurs pour tenter de se renverser sur les flancs et s'achever à coups de sabot.

Dans le ciel, des chérubins, ces angelots miniatures aux ailes de papillon, se battent eux aussi et chutent, les ailes déchirées.

Des dragons cracheurs de feu les survolent, fendant les nuages.

Vision dantesque que ces êtres sortis des mythes et des légendes et que la haine a brusquement transformés en puissance de destruction.

Les combats semblant connaître un répit, Aphrodite, Edmond Wells et moi nous faufilons avec nos bagages pour quitter la ville.

Soudain un groupe de centaures surgit.

Ils tirent une volée de flèches dans notre direction. Nous n'avons que le temps de nous abriter derrière un mur en ruine. Mais une flèche s'est fichée dans le sac contenant le coffre de Terre 18 que porte Edmond Wells.

Déjà ils foncent dans notre direction. Je ne dois ma survie qu'à ma rapidité à dégainer mon ankh. D'un seul tir j'abats les cinq premiers et Aphrodite complète le travail.

Ayant retiré la flèche plantée dans le bois du coffre, je demande à porter Terre 18. Je préfère protéger moi-même la sphère où se trouvent Delphine et mon enfant à venir.

En nous dirigeant vers la zone ouest nous découvrons un carnage. Des centaures transpercés de flèches gisent près de griffons tombés du ciel, de chérubins sans ailes, de dragons carbonisés.

Plus loin, un campement loyaliste s'est fortifié à l'aide de barricades de fortune : pierres, sacs et charrettes renversées. Des tours de bois montées à la hâte servent de vigies.

Les rebelles ont réagi de même et leur camp se hérisse de sacs et de tourelles pour les sentinelles.

Quelques griffons tournoient haut dans le ciel, à l'affût des troupes adverses.

– Il fait trop chaud, c'est pour cela qu'ils ne se battent plus, signale Aphrodite. Mais, dès les premières fraîcheurs les rebelles reviendront attaquer pour s'emparer des portes des Champs-Élysées.

– Ce n'est pas notre guerre, conclut Edmond Wells. Nous avons des choses plus importantes à faire qu'à nous taper dessus pour savoir qui est le plus fort, n'est-ce pas, Michael ?

Nous sortons d'Olympie par un passage secret que nous indique Aphrodite. Nous nous retrouvons dans la forêt bleue, et là encore des cadavres de centaures et de satyres témoignent de la sauvagerie des combats de ces derniers jours.

Sur le fleuve bleu, des corps de sirènes flottent. La surface dégage une odeur pestilentielle.

Ainsi, tous ceux qui se croyaient immortels découvrent ce qu'est vraiment la mort. Une notion qui n'a plus rien de mythique. La mort c'est la chair qui devient froide, la chair animée qui s'immobilise, qui pourrit et qui attire les mouches et les charognards.

Nous nous bouchons les narines avec nos toges pour ne plus sentir la puanteur terrible des sirènes en décomposition.

Plus loin dans le fleuve deux sirènes continuent de se battre. Elles s'empoignent, se frappent avec leur queue écaillée, se mordent sauvagement cependant que leurs longs cheveux mouillés fouettent l'air. Elles s'enfoncent sous l'eau pour réapparaître aussitôt, dans un jaillissement d'écume.

Nous nous hâtons de franchir le mur d'eau que m'avait indiqué le petit lapin blanc et qui permet de se retrouver sur l'autre berge.

Forêt noire. Nous voici dans la zone où nous avions jadis affronté la grande chimère à trois têtes, mais elle gît désormais, transpercée de centaines de flèches. Son cadavre est recouvert d'une fourrure d'insectes vibrionnants.

Aphrodite semble parfaitement savoir où nous devons aller. Nous voici au milieu des champs de coquelicots. La couleur rouge qui jadis m'avait émerveillé me semble un lac de sang. Je cours vers les petites bâtisses qui surplombent la colline. Là nous distinguons les palais des neuf muses et ceux plus récents de Marilyn Monroe et Freddy Meyer.

Les neuf temples ne sont plus que ruines chaudes. Chez Marilyn, je retrouve les éléments d'un projecteur de cinéma. Et Edmond Wells ramasse un épais cahier rédigé par Freddy Meyer, intitulé : « Recueil de blagues pour supporter ce monde dans l'attente d'un monde meilleur ».

– Laisse, nous devons songer au futur, plus au passé, dit mon maître à penser.

Il me tend le cahier et je le range près du coffre de Terre 18, dans mon sac à dos.

Nous rejoignons la zone orange où se trouvait la Gorgone Méduse.

Aphrodite nous indique un chemin escarpé qui conduit à son palais.

Je frémis en pensant au risque de me trouver à nouveau transformé en statue. J'ai le souvenir de ce terrible instant de ma vie où je ne pouvais plus bouger, tout mon corps était devenu minéral alors que mon esprit restait conscient. Je me force à avancer, le doigt sur la détente de mon ankh, le regard tourné vers le ciel au cas où la sorcière volante apparaîtrait. Mais là encore le lieu semble étrangement désert. Aphrodite nous guide vers le fond du jardin du palais de la Méduse. Elle dévoile derrière un mur de branchages un passage et un escalier creusé dans la roche. Les marches tournent et s'enfoncent profondément.

Nous descendons longtemps cependant que nous parvient un bruit aquatique. De forts relents de limon et d'algues se répandent.

Enfin nous arrivons dans une large caverne creusée dans la roche. Au fond : une retenue d'eau et un voilier relié à un embarcadère par une grosse corde et une passerelle en bois.

Un port caché dans une caverne.

– C'est le bateau de la Gorgone, précise Aphrodite. J'ai appris par mes angelots espions qu'elle avait depuis longtemps initié ce projet. Quand les événements ont commencé à se compliquer elle a accéléré les travaux en libérant certaines statues et en leur offrant la liberté de se mouvoir à nouveau à condition de travailler pour elle.

Le bateau est somptueux. En proue une représentation de la Gorgone Méduse est sculptée.

Au fur et à mesure que nous approchons nous découvrons des marques de tirs d'ankhs et des traces de flèches dans le bois du bateau.

– Un bateau pirate fantôme, proférai-je.

– Il a dû y avoir mutinerie, avance Edmond Wells.

Nous franchissons la passerelle qui relie l'embarcadère au navire. À l'intérieur le spectacle ne vaut guère mieux que celui d'Olympie. Des corps d'hommes et de femmes gisent sur le pont. L'affrontement entre partisans et adversaires de la Méduse a dû être rude. Nous finissons par trouver le corps de la Gorgone en personne. On ne distingue de là où nous sommes que ses ailes et son corps. Sa tête est dissimulée sous un drap.

– Ses esclaves libérés avaient dû conserver quelques rancœurs, ajoute sobrement Edmond Wells.

Il s'approche pour soulever le drap, mais je le retiens.

– La voir, même morte, risque de te pétrifier.

– Pour travailler avec les autres, il lui a fallu désactiver son pouvoir.

– Es-tu sûr que ça vaille le coup de prendre le risque ?

Je désigne alors un corps d'homme sur le bateau. Il est pétrifié dans la position de l'archer, une flèche armée dans l'arc.

C'est Aphrodite qui agit. Elle enferme la tête dans une couverture puis, sortant son ankh, elle découpe proprement le cou de la Gorgone.

– Si cette tête possède encore un pouvoir magique pétrifiant, autant la conserver comme arme, annonce-t-elle, pragmatique.

Edmond Wells et moi saisissons le corps décapité par les bras et les jambes.

– Dire que la Méduse n'était qu'une jolie jeune fille qui a eu le tort de plaire à Poséidon au point qu'il veuille la violer...

– C'est Athéna qui par jalousie l'a transformée ensuite en Gorgone afin que sa beauté se métamorphose en laideur pétrifiante, renchérit Edmond Wells.

– Encore une femme victime de la bêtise des hommes, énonce Aphrodite en guise d'épitaphe. Mais désormais elle constitue probablement notre meilleure arme contre l'adversité.

Nous jetons le cadavre sans tête par-dessus la rambarde. La chute produit un bruit sourd.

Pour plus de sécurité Aphrodite emmaillote la tête dans un deuxième drap, puis la dépose dans la cambuse. Je dépose aussi le sac à dos contenant mon précieux fardeau et nous nous mettons au travail. Nous nous débarrassons des autres cadavres gisant sur le navire, soulevant à trois les corps pétrifiés, lourds.

– Nous pouvons vous aider ?

Deux hommes dans la force de l'âge sont apparus. Ils sont vêtus de toges sales et lacérées, portent tous deux de longues barbes fournies et des sacs à dos. Ils sentent la sueur macérée et ont l'air épuisés.

– Qui êtes-vous ? demandé-je.

Aphrodite répond à leur place.

– Des demi-dieux. Ils ont servi comme Maîtres dieux auxiliaires.

Puis elle se tourne vers eux.

– Vous nous avez suivis ?

– Quand la guerre a commencé entre les Maîtres dieux nous avons préféré nous cacher en forêt et nous tenir à l'écart des batailles, signale celui de droite qui, à bien y regarder, est aveugle, les yeux blancs.

– Nous nous sommes nourris de baies et d'herbes. Nous avons bu l'eau des sources.

– Nous nous terrions dans les ruines des temples des muses quand nous vous avons repérés.

– Nous pourrons vous être utiles. Je suis un bon marin, signale celui de droite.

– Et moi, même si je suis aveugle, je ne suis pas maladroit et j'ai une bonne ouïe.

– Le bateau est gros et nécessite un équipage, suggère Edmond Wells. Nous irons plus vite si nous avons de l'aide. Et puis je crois que vous, les « Thanatonautes », comptiez dans vos rangs Freddy Meyer, qui était aveugle, et il ne vous a jamais ralentis, bien au contraire.

Les deux hommes nous aident à nettoyer le bateau. Ils vérifient les manœuvres, rangent les outils.

Dans un coin je découvre une boussole, un sextant. Heureusement, grâce à Delphine je suis désormais initié aux mystères de la navigation à voile.

Edmond Wells et la déesse déferlent la grand-voile.

– Il faut nous dégager à la rame, dis-je, ici la voile ne sert à rien.

Nous trouvons de longues rames qui nous permettent de manœuvrer. L'un des deux barbus, le voyant, décroche l'amarre. L'autre soulève l'ancre à l'avant. Nous ramons ferme et le voilier glisse droit vers la petite lumière au fond du chenal.

Nous sortons par une arche cachée par de longues plantes d'eau. Ce rideau végétal franchi, nous nous retrouvons en mer.

La lumière nous fait plisser les yeux. Les mouettes nous accueillent à grands cris.

Nous lâchons et rangeons les rames, la grand-voile est complètement hissée. Elle est rouge avec au centre un motif jaune représentant le visage de la Méduse entourée de ses cheveux à têtes de serpent.

Selon mes calculs, venant de l'ouest et ayant viré à tribord, nous cabotons au sud de l'île d'Aeden.

La boussole confirme.

– On va où ? répète Edmond Wells.

– L'Est, proposé-je. Le grand Orient inconnu.

Alors Edmond Wells prend le gouvernail et fixe le cap que je lui indique.

La grand-voile se met à battre puis gonfle et se tend.

Les deux barbus en profitent pour aller à l'avant déployer le foc également rouge et notre voilier commence à prendre de la vitesse. C'est à ce moment que l'aveugle vient vers moi.

Ses yeux complètement blancs sont presque lumineux. Il me tend la main.

– J'ai oublié de me présenter. Mon nom est Œdipe.

62. ENCYCLOPÉDIE : ŒDIPE

Le roi de Thèbes, Laïos, et son épouse, la reine Jocaste, étaient désespérés de ne pas avoir d'héritier. Ils allèrent donc consulter la Pythie à Delphes. Celle-ci leur prédit qu'ils auraient un fils mais que ce dernier tuerait son père et épouserait sa mère.

Quelques mois plus tard en effet un garçon naquit.

Plutôt que de l'éliminer, le roi Laïos préféra abandonner son fils dans la montagne, après lui avoir percé les chevilles avec une aiguille et lié les pieds avec une lanière.

Un berger trouva l'enfant, le détacha et le confia au roi de Corinthe, Polybos. Ce dernier le baptisa « Œdipe », ce qui signifie « qui a les pieds enflés ». N'ayant pas d'enfant, il se prit d'affection pour ce fils adoptif sans lui révéler son origine.

Mais un jour, alors qu'il la consultait, la Pythie de Delphes rappela à Œdipe l'ancienne prédiction : « Tu tueras ton père et tu épouseras ta mère. » Croyant que son père était le roi Polybos, il préféra quitter Corinthe, de peur que la prédiction ne se réalise.

Durant son voyage d'exil il tomba par hasard sur des gens qu'il prit pour un groupe de brigands. C'était en fait le roi Laïos et ses serviteurs. Après une querelle, Œdipe tua ce qui lui semblait être le chef des brigands et qui était en fait son vrai père, puis il poursuivit sa route.

Lorsqu'il arriva à Thèbes, un monstre terrorisait la ville : le Sphinx. Ce dernier tuait et dévorait toutes les personnes qu'il rencontrait et qui s'avéraient incapables de répondre à son énigme : « Qu'est-ce qui est à quatre pattes le matin, à deux le midi, et à trois le soir ? » Œdipe trouva la solution : « L'homme. Le nourrisson marche à quatre pattes, l'adulte sur ses deux jambes, et s'aide d'une troisième jambe, la canne, lorsqu'il est âgé. » Le Sphinx dépité se jeta du haut d'un rocher et Œdipe devint un héros pour la ville.

Il fut dès lors proclamé roi de Thèbes et on lui donna pour femme la veuve de l'ancien roi, Laïos, dont on n'avait plus de nouvelles. Et pour cause. C'est ainsi que Œdipe épousa sans le savoir sa propre mère. Œdipe et Jocaste vécurent heureux, ignorant leur lien de parenté. Ils eurent quatre enfants. Cependant la peste s'abattit sur Thèbes et l'oracle de Delphes annonça que cette épidémie était due à un crime non résolu, celui de Laïos, et que la maladie se répandrait tant qu'on n'aurait pas châtié le criminel.

Le roi Œdipe lança alors ses meilleurs limiers pour trouver le coupable. Ceux-ci finirent par découvrir et révéler à leur maître la dure vérité. C'était lui-même le meurtrier.

Jocaste, à l'annonce de la nouvelle, préféra se

pendre. Œdipe, fou de douleur, renonça au trône royal et se creva les yeux. Chassé de Thèbes, Œdipe erra, guidé par sa fille Antigone, la seule à lui rester fidèle. Ils vécurent tous deux de mendicité.

Bien plus tard, Sigmund Freud utilisera cette légende pour expliquer la pulsion primitive des garçons à tomber amoureux de leur mère et vouloir détruire leur père.

Edmond Wells,
Encyclopédie du Savoir Relatif et Absolu,
Tome VI.

63. VIRÉE MARITIME

L'écume frise à la proue. Une brise latérale s'est levée, et le voilier de la Méduse fend les flots à bonne allure, légèrement penché.

Je me suis placé à l'avant et l'air frappe mon visage. J'observe la côte. On aperçoit nettement la première Montagne, entourée de falaises et de forêts. J'ai l'impression de recommencer l'expérience de ma fuite avec Delphine. Et si la vie n'était qu'une répétition des mêmes événements « légèrement autrement » ?

J'ai découvert le Continent des morts.

J'ai découvert l'Empire des Anges qui est « légèrement autrement ».

J'ai découvert le Royaume des dieux qui est encore « légèrement autrement ».

C'est-à-dire toujours semblable, à une petite variante près.

J'ai découvert Zeus en haut de cette Montagne.

Et maintenant que vais-je découvrir sur la deuxième Montagne ? Un Grand Dieu « légèrement autrement ».

Je souris, puis redeviens grave.

Là-haut se trouve peut-être le Créateur.

Le « 9 ».

Le Dieu au-dessus des dieux.

La réponse à toutes les questions.

Je ne sais pourquoi mais je me sens soudain envahi d'une grande tristesse (le contrecoup de l'exaltation première ?).

Je commence à distinguer, au-dessus du plafond nuageux, les premières étoiles.

Quand j'étais enfant et qu'un chagrin me venait, je levais instinctivement la tête et contemplais le ciel, avec l'impression que mes problèmes n'étaient que de minuscules anicroches par rapport à l'immensité de l'Univers qui m'absorbait.

Combien de drames sentimentaux, d'échecs professionnels, de trahisons, d'humiliations, de malchances ai-je ainsi « digérés » d'un simple regard vers le firmament...

Et maintenant, alors que je suis censé survoler tout cela, je lève les yeux vers le ciel et j'y trouve encore cet apaisement qu'apporte la relativité.

Évidemment j'éprouve des peurs et des désirs, des angoisses et des envies.

Ne pas mourir.

Trouver le Créateur.

Être aimé.

Sauver Delphine.

Comprendre.

Pourquoi je suis né.

Pourquoi je souffre.

Pourquoi je vis.

Pourquoi je vais mourir.

– J'arrive ! clamé-je au vent. Tu m'entends Créateur ? j'arrive !

En réponse le ciel s'assombrit et un éclair fend les nuages.

– Ça ne marche pas avec moi ! Je sais ce qu'est la foudre !

Les nuages noirs forment alors un rideau qui se déchire bruyamment sur nous.

L'Apocalypse.

Ce mot est assimilé à tort à la fin du monde alors qu'il ne s'agit littéralement que du « dévoilement de la Vérité ».

Puis les nuages s'éloignent, le ciel s'éclaircit.

De nouveau le sentiment de traverser l'aventure et de voguer vers l'inconnu me submerge.

Vers la « Vérité » ?

Alors que le temps s'adoucit et que la nuit avance, nous voyons des lueurs surgir au loin. Edmond Wells me tend les jumelles trouvées dans la cambuse.

Je fais le point : des griffons tenant des torches s'apprêtent à un combat aérien de nuit.

Ils s'élancent dans le ciel, comme suspendus à leurs torches, à leurs épées et flèches enflammées.

Des ailes, des épées, du feu.

Aphrodite avait raison. Avec la fraîcheur du soir les combats ont repris de plus belle. Vers l'ouest, je distingue une colonne de fumée noire.

Des bruits sourds, des hurlements, des chocs de pierre ou de métal sont les seules informations qui nous parviennent de la terrible bataille que se livrent les dieux pour le contrôle de la porte qui mène aux Champs-Élysées.

– Ils cherchent à mourir, déclare Aphrodite en me rejoignant. Je connais Arès, il veut périr les armes à la main. Il n'a pas la volonté de gagner, il veut juste terminer avec panache comme un guerrier.

– La lutte peut durer longtemps, dis-je. Les forces sont assez équilibrées.

– Elle peut même finir en bataille de tranchées, ajoute Aphrodite, philosophe.

Nous entendons les cris des griffons blessés. Une deuxième colonne de fumée plus épaisse et plus sombre monte de la zone sud.

– Ils ont étendu les combats, remarquai-je.

– Ils sont en passe d'incendier tout Olympie.

– Les dieux sont devenus fous, soupire Wells. C'est l'apoptose.

– Ce qui signifie ? demande Aphrodite.

– Parfois, dans un organisme, explique-t-il, quand certaines cellules sentent qu'elles ne servent plus à rien, elles se débrouillent pour se suicider afin de ne plus gêner la suite de l'évolution. Elles n'ont même pas conscience de ce sacrifice, elles le font naturellement, sans trop savoir pourquoi elles créent la situation de leur perte.

– Ils s'autodétruisent parce qu'ils sentent qu'ils ne servent plus à rien et qu'ils gênent ?

– C'est un projet global de la Nature..., dis-je.

Nous restons à regarder les deux colonnes de fumée qui n'en finissent pas de s'élever.

– Désormais il n'y a plus de retour possible, reconnaît Aphrodite.

– Il faut nous résigner à l'idée que notre destin est devant ou nulle part.

– ... Et il n'y a plus que nous, ajoute Wells en s'éloignant.

La jeune femme aux cheveux d'or me fixe de ses grands yeux émeraude.

– Faisons l'amour, murmure-t-elle. Je suis comme

les plantes. Il faut beaucoup me parler et beaucoup m'arroser.

Cette phrase ! C'était celle de Mata Hari.

Joignant le geste à la parole, elle m'embrasse profondément.

– Non, pas ici. Pas maintenant. Pas comme ça.

Elle me regarde, interrogative.

– Qu'est-ce qui ne va pas ? Ce sont les autres ? Si c'est cela qui t'inquiète, ils ne nous verront pas.

– Je... je...

– Laisse, ce n'est pas grave. J'ai compris.

Elle s'en va, blessée.

Edmond Wells revient vers moi.

– Elle n'a pas l'air bien du tout.

– Je lui ai dit que je n'avais pas envie de faire l'amour avec elle maintenant.

Mon ancien maître en angélisme soupire :

– Il ne doit pas y avoir beaucoup d'hommes qui lui ont répondu ça.

– Il fallait bien que cela lui arrive un jour.

Edmond Wells me tend un papier et un crayon.

– Je crois que pour la bonne suite de notre voyage il faudrait avoir une idée de la forme générale de l'île. Sur Pégase tu as pu contempler les Terres.

Je saisis le crayon et le papier.

– L'île forme un triangle. Olympie est ici, à la pointe ouest. La première Montagne est là, au centre.

Je dessine un tracé approximatif.

– Donc la deuxième Montagne doit être derrière, plus à l'est.

Je dessine un cercle entre la première Montagne et la pointe est du triangle.

– Qu'as-tu vu depuis les hauteurs ? demande Edmond Wells.

Je ferme les yeux et repasse les images de mon vol sur le cheval ailé.

– La côte sud est bordée de falaises abruptes, et il y a des récifs affleurant plus à l'est. Il faudra ralentir.

Edmond fronce les sourcils, puis repart avec la carte, songeur.

Tout à coup, saisi d'une inquiétude, je descends dans la cabine.

Je sors mon sac à dos de sa cachette et dégage le coffre aux ferronneries compliquées. C'est alors que, par le hublot entrouvert, surgit ce qui me semble être un gros papillon poursuivi par une mouette. L'insecte franchit l'ouverture. La mouette qui le poursuit vient taper contre le hublot. Alors l'oiseau, dont seule la tête est entrée dans la cabine, se met à piailler de manière assourdissante comme si je lui volais son repas.

Je le repousse, ferme le hublot, puis me tourne vers l'insecte.

– Bonjour, Moucheronne.

La petite jeune femme aux ailes de papillon reprend son souffle, difficilement.

Elle agite ses longues ailes turquoise comme pour vérifier qu'elles fonctionnent encore.

Je lui tends mon doigt et, après une hésitation, elle vient s'y percher.

– Comme je suis content de te voir, toi ! J'ai l'impression que tu m'as toujours porté bonheur.

Elle essaie d'arranger sa chevelure rousse ébouriffée.

– Ainsi tu ne participes pas à la foire d'empoigne d'Olympie, Moucheronne ?

Elle s'assoit sur mon doigt et je sens sa peau fine caresser ma peau épaisse.

Elle prend un air bougon, et croise les bras.

– Ah oui ! J'oubliais, tu es une chérubine qui ne supporte pas qu'on l'appelle Moucheronne.

Elle se renfrogne. Je lui souris, amusé.

– Tu sais bien que c'est affectueux, nous deux, nous sommes liés. Et je ne renonce pas à découvrir qui tu étais vraiment, avant de devenir cette petite chimère. Nous nous sommes déjà connus, n'est-ce pas ?

Elle hoche vivement la tête, satisfaite qu'enfin je me pose la bonne question à son égard.

Je l'ai déjà connue... dans ma vie de mortel ? dans ma vie d'ange ? Forcément cela doit remonter à l'époque des Thanatonautes. Une femme. Une femme que j'ai aimée ou qui m'a aimé. Il faudra que je trouve.

– Alors tu veux toi aussi partir à l'aventure ? À moins que tu ne fuies la guerre de l'île.

Elle hoche à nouveau la tête.

– À moins que tu ne sois toi aussi amoureuse de moi ?

Elle fait la grimace puis me tire sa langue en spirale qui se déploie comme une langue de belle-mère de farces et attrapes.

Elle agite ses longues ailes nacrées. Ses cheveux roux sont hérissés et sa sueur se mélange aux embruns. Elle a dû combattre longtemps, poursuivie par les oiseaux.

– Ne t'inquiète pas, je te protégerai, dis-je. Mais celle que j'aime est encore plus petite que toi.

Revenant vers le coffre, je libère la serrure avec la grosse clef et contemple la sphère de Terre 18 logée dans son écrin de velours.

La Moucheronne se pose sur la sphère-planète. Et se colle à quatre pattes sur la paroi de verre comme si elle voulait apercevoir quelque chose de précis.

Je règle le zoom de mon ankh et examine la planète. Je cherche sur toute la surface des océans et finis par distinguer ma petite île de la Tranquillité, reconnaissable à sa forme de dent.

Je fais encore le point, fébrile, m'attendant à trouver l'île en feu, mise à sac par les hordes de fanatiques de Proudhon.

Mais non, le territoire est encore préservé des forces de l'ombre. Je ne vois que des Tranquilliens qui bâtissent des maisons en bois sous les frondaisons et qui installent des antennes paraboliques aux couleurs de camouflage sur le sommet de leur montagne afin de rester branchés sur le monde.

Mise au point sur les maisons. Je reconnais mon ancien « chez-moi ». Delphine dessine avec sa palette graphique des décors grandioses.

Son Royaume des dieux imaginaire est plus somptueux que le vrai. Ainsi, rien qu'en dessinant, elle organise des formes et devient à son tour une déesse. Une toute petite déesse.

La porte de la cabine s'ouvre, la Moucheronne s'envole pour se poser sur la lampe plafonnière. J'éteins mon ankh et range la sphère sur mes genoux.

Aphrodite s'assoit sur la couchette.

– Je me demande ce que fait Raoul, à cette seconde, dit-elle.

– Il marche sur la route des Champs-Élysées. À mon avis il doit y avoir un tunnel qui traverse la première Montagne et débouche sur la seconde où se trouve le Dieu Créateur.

– Et après il se passera quoi ? demande-t-elle en calant ses deux pieds contre mes cuisses.

– Après, Raoul deviendra le nouveau Grand Maître de l'Univers et imposera sa vision, son Système. Il créera son Aeden à lui, son École des dieux à lui, son propre recyclage des âmes. Et alors l'Univers sera légèrement différent. Changement d'artiste.

Elle a un frisson de dégoût.

— C'est un type comment, ton Raoul Razorback ?

— Je ne suis pas neutre pour parler de lui. C'était mon ami. Mon meilleur ami. Il est devenu mon pire ennemi. Et ensuite il est redevenu fréquentable. Je pense au final que c'est plutôt quelqu'un de bien. Il est courageux et il a une réelle volonté de se surpasser.

— Si c'est lui le nouveau maître du monde, sa responsabilité sera immense.

— S'il a gagné au jeu d'Y, ce n'est pas un hasard. C'est un pragmatique. Pour lui la fin justifie les moyens. Il pourra enfoncer l'humanité dans la dictature pour la contraindre à aller dans le droit chemin « malgré elle ».

La déesse de l'Amour fronce les sourcils.

— Alors nous sommes fichus.

Je caresse la sphère de Terre 18.

— Peut-être pas. J'ai déposé une bombe à retardement au-dessous...

— Explique.

— Quand j'étais sur Terre 18, j'ai donné aux hommes un pouvoir qui fait que désormais ils échapperont à la mainmise des dieux.

Ma phrase l'inquiète davantage qu'elle ne la rassure. J'explique alors posément :

— Tel Prométhée, je leur ai transmis le feu du savoir. Je leur ai donné les moyens de se transformer en dieux, mais dans une dimension inférieure.

Cette fois, Aphrodite semble avoir oublié ses désirs physiques.

— Quand j'étais là-dedans, dis-je en montrant la sphère, j'ai proposé à une entreprise de créer un jeu informatique qui va permettre aux mortels de prendre conscience de leurs pouvoirs.

– Comment s'appelle-t-il ?

– « Le Royaume des dieux ». Avec ça, ils s'apercevront qu'ils sont peut-être des mortels mais que, dès qu'ils créent, gèrent, endossent les responsabilités de leurs créatures, ils deviennent « comme des dieux ».

Elle joue avec ses boucles blondes.

– Pourquoi as-tu fait cela ?

– Parce que c'est le sens naturel de ma vie. À la question « Mi Cha el ? » : « Qui est comme un dieu ? » Je suis la réponse : je suis celui qui peut transformer les mortels en êtres « comme des dieux ».

Elle semble préoccupée.

– Mais si les mortels deviennent « comme des dieux » et si nous, nous perdons nos prérogatives pour redevenir « comme des mortels », alors nous aurons perdu.

– Non, car au final ce ne sont que des trajectoires d'âmes. Comme l'a dit Edmond Wells quelque part dans son Encyclopédie : « Au début la peur, ensuite le questionnement, enfin l'amour. » Tu es la déesse de l'Amour, et tu ignores que tu symbolises l'épisode final de toutes les trajectoires d'âmes ?

Elle dodeline de la tête, peu convaincue. Elle vient se blottir contre moi, comme une petite fille perdue qui a besoin de réconfort.

– J'ai peur de ce qu'il va se passer, articule-t-elle.

Alors, par réflexe, je couvre d'un tissu la sphère de Terre 18, comme si je craignais que Delphine avec un télescope puisse nous voir. Puis, après une hésitation, je serre Aphrodite dans mes bras pour la rassurer.

– Tout va bien.

– Je sais que tu ne m'aimeras jamais car ton cœur

est toujours sous l'emprise du souvenir de Mata Hari. Je peux disposer de ton corps, je n'aurai jamais ton esprit.

Elle semble fragile, vulnérable.

– Mata Hari n'est plus là, et toi tu es ici et maintenant dans mes bras. Je ne peux pas éternellement vivre dans le souvenir de ma fiancée ancienne. Mon problème n'est pas Mata Hari, mais une autre femme qui se nomme Delphine. Je l'ai rencontrée sur Terre 18.

Elle se dégage, me fixe, puis éclate de rire.

– Tu es tombé amoureux d'une minuscule mortelle de Terre 18 !

Elle dégage le tissu qui protège la sphère.

– En effet.

– Une petite bestiole qu'il y a là-dedans ?

– Maintenant que je leur ai transmis le pouvoir de simuler la création divine ils sont « comme des dieux ».

Aphrodite marque sa surprise.

– Tu crois qu'en leur transmettant nos secrets tu les émancipes au point de les rendre comme nous ?

– Je crois que nous sommes dans un jeu de poupées russes, des mondes sont inclus dans les mondes, tous les mondes petits ou grands se valent dès le moment où les êtres qui sont dessus en sont conscients.

– Tu ne te rends pas compte de ce que tu dis, mon pauvre Michael. Nous sommes des dieux, eux ce sont des mortels, et nous ne serons jamais pareils.

– Désormais, nous sommes mortels nous aussi, il me semble.

Elle se fige.

– Ça, ce n'est pas encore prouvé.

– Athéna est morte. Nous avons aperçu les

cadavres de centaures, de sirènes et de tous les habitants immortels. Nous les avons vus pourrir et leurs dépouilles se couvrir de mouches comme des charognes.

– Cela ne signifie rien. Pour ma part, ce n'est pas parce que les autres meurent que j'en déduis que je vais mourir moi aussi.

Aphrodite me prend délicatement une main et la caresse. Je serre la sphère dans l'autre, comme pour la protéger.

– Je ne crois pas à l'infinité des mondes dessus et dessous. Je crois qu'il existe un « quelque chose » qui clôt l'échafaudage de l'Univers. La dernière pierre du sommet de la pyramide.

– Ce serait terrible si nous abordions le dernier niveau pour rencontrer quelqu'un qui nous dise : « Voilà, c'est moi qui suis au sommet de tout et maintenant que vous m'avez trouvé, l'explication de tout est la suivante : il n'y a rien de plus à comprendre. »

– Nous voguons à la rencontre du fameux 9. Et c'est pourtant ce que nous nous attendons à entendre, dit Aphrodite.

Je regarde par le hublot. L'horizon s'illumine du lever du deuxième soleil d'Aeden.

– Quel que soit l'aboutissement de toute cette aventure, je crois que nous serons étonnés, dis-je.

Aphrodite hoche la tête et remonte sur le pont.

Je reprends mon ankh pour examiner la sphère.

La Moucheronne descend de la lampe et vient se poser dessus. Elle sautille sur la sphère avec des mimiques joyeuses.

– Ne me dis pas que toi aussi tu es jalouse de Delphine ?

Elle tire la langue. À ce moment un cri d'alerte

retitit. Je redépose délicatement Terre 18 dans son écrin, puis je pose un baiser sur la sphère de verre.

– À bientôt, Delphine.

Je grimpe sur le pont et je vois le problème.

Le bateau reçoit une secousse. Je m'accroche à la lisse.

Nous nous penchons au-dessus de l'eau et nous distinguons par transparence une forme claire qui monte, issue des abysses.

Le corps de l'animal apparaît à la surface. C'est une méduse, une vraie méduse aquatique, d'environ 20 mètres de diamètre. Elle est cernée d'une sorte de dentelle mauve et transparente. De longs filaments issus de son corps se dressent hors de l'eau.

– C'est quoi, ça ?

Edmond Wells saisit une rame et m'en tend une autre en guise d'arme.

– Un petit souci, répond-il simplement alors qu'un tentacule de plusieurs dizaines de mètres surgit des flots et s'élève au-dessus de nous dans un fracas qui nous inonde.

64. ENCYCLOPÉDIE : BÊTISE HUMAINE

Pour établir une anthologie de la bêtise humaine, la journaliste américaine Wendy Northcutt a créé les « Darwin Awards », un prix qui récompense chaque année la personne qui s'est tuée de la manière la plus stupide (faisant ainsi honte à son espèce et contredisant la loi darwinienne de sélection des meilleurs). Pour que le prix soit attribué, il faut que le candidat soit la cause de son propre décès, qu'il soit en pleine possession de ses facultés intellectuelles

et que l'anecdote soit confirmée par plusieurs sources fiables. Exemples :

En 1994, un terroriste qui expédie un courrier piégé insuffisamment affranchi a remporté le Darwin Award lorsqu'il a ouvert sa propre lettre renvoyée par la poste.

Autre gagnant du Darwin Award : en 1996 un pêcheur ayant lancé un bâton de dynamite allumé sur un lac gelé a vu son chien de chasse aller chercher l'explosif et le lui rapporter.

En 1996, le prix a été attribué à un avocat de Toronto qui a voulu démontrer la solidité des vitres d'un gratte-ciel. Il a donc pris son élan et fracassé la vitre avant de faire une chute de 24 étages.

En 1998, le prix est allé à un homme de 29 ans qui s'est étouffé en avalant un ornement pailleté enlevé avec ses dents sur la peau d'une danseuse lors d'un spectacle de strip-tease.

En 1999, le Darwin est allé à trois terroristes palestiniens : ils avaient piégé deux voitures qui ont explosé simultanément alors qu'ils étaient encore à bord et avant qu'ils aient pu atteindre leur objectif. Ils avaient préparé les bombes sans tenir compte du changement d'heure d'été.

En 2000, le prix est allé à un habitant de Houston qui a voulu jouer à la roulette russe avec ses amis. Mais au lieu d'utiliser un revolver à barillet, il a pris ce qu'il avait sous la main : un pistolet automatique.

Il a perdu.

En 2001, au Canada, un homme de 25 ans proposa à ses amis de faire du toboggan dans le vide-ordures. Ce qu'il ignorait, c'est qu'une fois engouffré dans la colonne qui descendait les

12 étages, il tomberait dans un compacteur automatique d'ordures.

Seule exception : Larry Walters. En 1982, ce retraité de Los Angeles veut réaliser un rêve fou, voler autrement qu'en avion. Il met donc au point son moyen de transport aérien : un fauteuil très confortable, auquel il a attaché 45 ballons de 1 mètre de diamètre qu'il a gonflés à l'hélium. Après quoi il s'est attaché à son fauteuil et s'est muni de sandwiches, de canettes de bière et d'un pistolet à plombs. Au signal, ses amis ont détaché la corde qui reliait le fauteuil volant au sol. Mais au lieu de se stabiliser à 30 mètres comme il l'espérait, Larry Walters a été propulsé d'un coup à 5 000 mètres d'altitude. Là, complètement gelé, il n'a plus osé tirer sur les ballons pour redescendre. Il a donc erré longtemps dans les nuages, poussé par les vents, avant d'être repéré par les radars de l'aéroport de Los Angeles. Trouvant enfin le courage de tirer sur quelques ballons, il a finalement pu redescendre, mais les fils des ballons crevés se sont pris dans un câble haute tension provoquant une coupure d'électricité dans tout le quartier de Long Beach.

Lorsqu'il a atterri les policiers l'ont arrêté et lui ont demandé pourquoi il avait fait ça. Il a répondu : « On ne peut pas rester assis à ne rien faire tout le temps. »

Il est le seul survivant à avoir reçu le Darwin.

Edmond Wells,
Encyclopédie du Savoir Relatif et Absolu,
Tome VI.

65. DEUXIÈME MONTAGNE

Ce qu'il y a de pénible, avec la lutte contre les monstres, c'est la sensation de perte de temps.

Autant jadis je prenais plaisir à me mesurer à des êtres plus forts, plus rapides, plus magiques, autant aujourd'hui (peut-être sont-ce les premiers symptômes de la vieillesse) j'ai l'impression en affrontant ce nouvel adversaire que je ferais mieux de faire autre chose.

Parler. Aimer. Réfléchir. Gérer des Univers plus petits comme on entretient des bonsaïs. Voilà ce qui m'intéresse.

Comme si mes ondes de vibration étaient ralenties.

J'aime moins les surprises. Ni les provoquer. Ni les subir.

J'aime prendre mon temps pour ne rien faire.

J'aime qu'on me fiche la paix.

Mais peut-être l'agression n'est-elle qu'une forme de communication.

Peut-être que cette méduse géante, elle aussi fille de Mère Nature, cherche à établir un contact avec nous. Elle s'y prend juste maladroitement.

Par exemple lorsqu'elle ceinture Œdipe et, après l'avoir soulevé haut dans le ciel, le jette sur le pont. Ce n'est pas la meilleure manière de créer un lien avec une espèce étrangère.

Ou quand elle soulève de toute sa masse l'avant du bateau au point de presque le renverser.

Nous dégainons nos ankhs.

Tout en tirant je me déconnecte et j'arrive à penser que cette créature n'est peut-être, après tout, comme toutes les créatures, qu'à la recherche d'amour.

Peut-être faudrait-il réussir à lui dire : « Calmons-nous un peu et parlons. Quel est votre problème au juste ? » Et puis il faudrait lui apporter un peu de réconfort. S'intéresser à son quotidien. « C'est comment, la vie au fond des eaux ? Est-il facile de trouver des partenaires à votre taille ? Avez-vous des enfants ? C'est quoi votre occupation quotidienne quand vous n'agressez pas les bateaux remplis d'humains ? »

Mais la méduse n'a pas de bouche sachant parler notre langue et pour ma part je ne maîtrise pas suffisamment la télépathie interespèce.

La bataille dure donc plusieurs heures. Le monstre de dentelle rose translucide lance plusieurs assauts pour nous détruire. Ses tentacules tirent des petits dards empoisonnés.

Le barbu voyant est touché. C'est douloureux mais pas mortel.

À cet instant Aphrodite est emportée par une lanière-fouet qui l'enlace et la soulève au-dessus du bastingage. Nous nous précipitons pour la dégager. Une rafale de dards s'abat sur nos têtes et nous empêche d'avancer.

Avec mon ankh je réussis d'un éclair foudroyant à sectionner le bras kidnappeur.

Aphrodite, très pâle, nous rejoint dans le poste du capitaine et nous tirons par tous les hublots sur le monstre.

Après la vraie Gorgone Méduse, nous affrontons cet animal qui a pris son nom.

Brusquement le monstre tente encore de nous soulever. Le voilier tangue.

C'est Edmond Wells qui trouve la parade :

– La tête ! Nous possédons la tête de la Gorgone !

Comme personne ne veut la prendre, c'est finalement Œdipe qui se dévoue. Grâce à sa cécité il ne peut être pétrifié.

Il s'attache par la taille à une corde, afin de n'être pas emporté par un tentacule.

L'ancien roi de Thèbes, le vainqueur du Sphinx, semble fier de la mission que nous lui avons confiée. Il s'avance sur le pont alors que les centaines de longs filaments tournoient comme les étamines d'une fleur démesurée.

Œdipe se place à l'avant du bateau et ne bouge plus, alors que les tentacules cinglent l'air, de plus en plus nombreux.

– Qu'attend-il ?

– Que le monstre sorte de l'eau ce qui lui sert d'œil..., répond Edmond Wells.

– Mais comment le saura-t-il ?

– Au bruit.

À nouveau les centaines de tentacules s'élèvent au-dessus du voilier et une volée de dards vise Œdipe. Touché au thorax par l'un d'eux, l'aveugle tombe à genoux sous la douleur et lâche le sac qui contient la tête de la Gorgone.

– Il va tout faire rater ! m'exclamé-je.

Mais en palpant le sol, et tout en grimaçant sous la brûlure du poison, Œdipe parvient à retrouver le sac et s'y agrippe. Quand enfin l'énorme masse du monstre émerge, Œdipe dévoile la tête de la Gorgone : la « Femme Méduse » face au « Monstre Méduse ».

L'animal bondit sous l'eau pour arrêter la menace. Mais Œdipe prend son élan et lance la tête aux cheveux de serpents qui retombe et s'enfonce dans les remous pour passer face aux récepteurs visuels de la méduse.

Les longs tentacules se figent. Puis se durcissent. Puis deviennent gris.

Nous contemplons le spectacle.

De fines lianes de pierre entourent le voilier comme une main aux centaines de doigts filiformes.

Le vaisseau lui-même se retrouve posé sur le récif que forme la méduse pétrifiée.

Œdipe est resté immobile, l'oreille tendue, essayant de comprendre ce qu'il se passe.

Nous poussons une clameur de victoire, le félicitons.

Aphrodite s'empresse de le soigner. Elle extirpe le dard de son thorax puis, en déchirant sa propre toge, lui compose un pansement.

Après quoi, nous sommes obligés de descendre et de marcher sur le monstre pour dégager la coque en utilisant les rames comme leviers.

– Je ne sais pas vous, mais, moi, tout ça m'a donné faim, annonce le héros du jour.

Nous fouillons le bateau. Edmond finit par trouver dans la soute un coffre rempli de victuailles. Du pain sec, des biscuits, des fruits secs, des jarres d'huile, des amphores d'eau et de vin, mais aussi des viandes en salaison.

Aphrodite propose de nous les préparer. Profitant que le vent est tombé, le barbu voyant fixe le gouvernail sur le cap et vient nous rejoindre. Il tire alors de son sac une lyre à neuf cordes et, après l'avoir rapidement accordée, esquisse quelques accords.

Je le reconnais à présent. C'est Orphée, celui qui jouait à merveille durant la fête de la Finale dans l'arène d'Olympie. Avec sa longue barbe qui lui mange le visage, je n'avais pu distinguer ses traits.

Son chant nous apaise et nous ravit.

Nous dressons une table dans la cabine du capitaine, où nous trouvons nappe, assiettes et couverts. La sensation de répit, après les émotions vécues, est la bienvenue.

Le premier plat préparé par Aphrodite est à base de poussin sec cuit à la foudre d'ankh et accompagné de dattes et de figues baignant dans de l'huile d'olive chaude. Des morceaux de pain trempent dans la mixture. Je repousse mon assiette avec dégoût.

– Tu n'aimes pas cette nourriture ? demande Œdipe.

– Je ne mange pas les enfants.

L'expression le surprend. Je développe :

– Je considère que tout être vivant a le droit d'arriver à la phase adulte.

Aphrodite est attendrie.

– Donc pas de veau, d'agneau, de porcelet ?

– Pas d'œufs ?

– Pas de caviar ?

– Les œufs ne sont pas des enfants, complété-je.

– De toute façon ce poussin est mort, et ce n'est pas parce que tu ne le manges pas qu'il revivra, dit Orphée.

– Même sur Terre 1, le fait de ne pas manger les petits du bétail ne changeait rien pour eux, ajoute Œdipe.

– Si. L'industrie agroalimentaire était informatisée à mon époque et elle répondait aux demandes de la consommation.

– Raisonnement fallacieux, répond Orphée. Car tes industriels informatisés, ils n'ont pas relâché le petit poussin dans la nature pour qu'il puisse jouir de sa maturité. En considérant que la consommation ait eu une influence, ils ont juste fait naître moins de poussins. C'est tout.

Œdipe reconnaît que l'argument est juste.

– Il n'existe aucun scénario possible permettant à ce poussin de devenir sereinement adulte. Son destin est déterminé avant sa naissance.

Aphrodite repousse elle aussi le plat et ne mange plus que du pain sec qu'elle mouille de vin.

– Aucun poussin ne peut même imaginer ce que sont les hommes qui le font naître et mourir.

– Et si un homme parvenait à parler au poussin pour lui expliquer ? lancé-je.

– Il ne ferait que le terrifier. Le poussin en voudrait aux hommes pour tous ses frères et ses parents assassinés dans des usines pour le simple plaisir des papilles et de l'estomac. Mais sans rien résoudre.

Nous mangeons en silence. J'ai dans la tête des images d'abattoirs humains.

Je me souviens des paroles de Lucien Duprès alors qu'il était simple élève dieu. Il s'était levé en clamant : « ... Nous nous prenons pour des dieux et nous n'avons que le pouvoir d'un éleveur de porcs dans son abattoir. »

Et c'était au nom de cette prise de conscience que pour protéger les mortels des dieux... il s'était transformé en déicide.

Pour lui il fallait « tuer les tueurs ».

Paradoxal. Et pourtant obéissant à sa logique.

Orphée se lève et, en regardant vers l'est :

– En fait, la vraie question est : pourquoi Dieu, le vrai Grand Dieu, ne s'est-il jamais montré à ses créatures ?

– S'il était apparu, personne ne l'aurait cru. On nous a déjà servi tellement d'idoles que la Vérité passerait inaperçue. Qu'est-ce qu'il pourrait faire de plus que ces artistes qui chantent dans des stades emplis de centaines de milliers de personnes et dont le spectacle est retransmis en simultané dans le monde entier ? Comment pourrait-il trouver un discours plus passionnant qu'un match de football en Coupe du Monde ? Nos sens ont été tellement sollicités qu'ils n'ont plus de sensibilité. Comme une langue en contact avec un piment fort ne peut plus percevoir les saveurs d'un plat subtil.

– À moins qu'il apparaisse dans un grand stade, avec la télévision qui diffuse dans le monde entier...

– Il faudrait des feux d'artifice et des effets spéciaux plus forts que ceux des derniers concerts de rock.

– Il faudrait aussi qu'il déclame un discours suffisamment passionnant pour que les gens n'aient pas envie de zapper.

Edmond Wells soupire.

– On lui demandera toujours de prouver qu'il est Dieu et quoi qu'il exprime ou démontre, il y aura toujours des gens pour prétendre que ce n'est pas le vrai.

– Même s'il apparaît sous la forme d'un géant de 100 mètres de hauteur ?

– Le public est blasé. Le cinéma a déjà répandu toutes les surenchères visuelles. Il faudrait qu'il soit lui-même dans les effets spéciaux.

– Vu sous cet angle, ça ne donne pas envie à l'artiste de venir au-devant de son public.

– Il préférera que le public essaie de le rejoindre.

– Ce que nous accomplissons maintenant.

– Sérieusement, vous attendez quoi de ce voyage ? demande Aphrodite.

– Moi, je compte retrouver mon père, dit Œdipe. Celui qui est là-haut au sommet de la deuxième Montagne est le Père de tous les pères. Nous sommes ses enfants et nous devons revenir à la source.

– Pour ma part, annonce Orphée, j'espère retrouver Eurydice. La femme que j'aime.

– Mais, dit Edmond Wells, intéressé, il me semble

que votre mythique Eurydice était prisonnière des Enfers.

– Le Grand Dieu seul possède tous les pouvoirs. Y compris sur les Enfers. Je plaiderai ma cause et la sienne.

– Moi, je cherche à rencontrer l'Amour qui a donné naissance à tous les amours, poursuit Aphrodite. Car s'il y a Quelqu'un sur cette Montagne, si ce Quelqu'un a créé l'Univers et l'entretient, c'est forcément qu'il l'aime. Et tous les amours ne sont dérivés que de ce grand Amour Premier du Créateur pour sa création.

Aphrodite se lève et nous rapporte des fruits secs, qu'elle nous sert cette fois avec du thé.

Nous mangeons.

– Et toi, Michael, tu penses trouver quoi là-haut ?

– Finalement... rien. Zeus m'a appris la puissance du vide. Je pense que là-haut, après avoir connu mille aventures nous allons tomber sur un lieu vide et ce sera le gag final de toutes les plaisanteries de l'histoire. Tout ça pour... rien.

Silence.

– Et s'il y a quelque chose malgré tout ?

– Ce sera une passerelle vers un autre mystère.

Orphée se dirige vers l'avant du bateau. Soudain il pousse un cri :

– Ça y est ! On la voit !

Nous nous précipitons.

La brume s'étant dégagée, nous distinguons enfin la deuxième Montagne.

– Vous voyez, dis-je, ému. Je ne vous avais pas menti : une deuxième Montagne cachée derrière la première. Après la montagne de Zeus, le 8, la deuxième Montagne du 9, le Dieu Créateur.

Et je m'emplis les yeux, impressionné par cette vision majestueuse.

Nous restons muets, conscients que là-haut, peut-être, se trouve la Réponse à toutes nos questions.

Cette deuxième Montagne est plus fine, plus haute, plus escarpée que la première. Sa roche bleutée. Son sommet enveloppé d'un nuage opaque qui le masque aux regards. Nous avons l'impression d'avoir franchi une étape déterminante. Même Œdipe, pourtant aveugle, a le visage tourné dans cette direction.

– IL est peut-être là-haut..., articulé-je.

– J'ai peur que nous soyons déçus, temporise Edmond Wells. Un peu comme ces tours de magie dont on veut à tout prix connaître l'explication. Et puis quand l'explication arrive on se dit : « Ah ! ce n'était que ça. »

Soudain un flash traverse la zone nuageuse surplombant la deuxième Montagne.

– Vous avez vu ?

– Il y a forcément quelqu'un...

Le vent continue de mollir, nous ne cessons de ralentir.

– Je me demande qui va le plus vite : Raoul à pied ou nous sur ce voilier.

Orphée examine le ciel.

– Sans un souffle de vent, nous risquons d'arriver trop tard.

– Je suis sûr que le vent va revenir, annonce Œdipe.

Nous patientons. Longtemps. Le bateau reste immobile sur une mer d'huile.

Des petits cris retentissent à bâbord.

Des dauphins.

Ils bondissent autour du bateau.

– Ils pourraient nous tracter ! m'exclamé-je, en réponse à Edmond Wells. Ils l'ont déjà fait par le passé ! Rappelle-toi sur Terre 18, ils avaient guidé le bateau de nos rescapés.

Je propose de leur lancer des cordages.

Les dauphins saisissent les filins et tractent notre voilier à toute vitesse.

– On dirait qu'ils savent où aller, constate Edmond Wells.

Nous nous laissons conduire, et, après avoir affalé les voiles, plus personne ne s'occupe du gouvernail.

Nous longeons la côte sud et découvrons des falaises à pic et des forêts infranchissables. Les dauphins nous font contourner des récifs affleurants que nos yeux ne distinguent qu'au dernier moment.

Aphrodite se rapproche et me prend la main.

– Je suis bien ici avec toi, dit-elle.

– Nous ne comprendrons le sens de tout ça qu'au dernier moment... comme dans un film à suspense où s'accumulent des scènes qui semblent décousues mais qui au final aboutissent à une conclusion qui explique tout. Quand j'étais mortel, c'est cela qui aurait pu me rendre croyant : l'impression que ma vie suivait une trajectoire vers son apothéose.

Après avoir dépassé un torrent qui doit être l'embouchure d'un fleuve de la première Montagne, nous gagnons une zone de falaises noires surmontées de plantes multicolores. Puis à nouveau se succèdent falaises et forêt sombre.

Enfin les dauphins bifurquent pour nous rapprocher de la côte et nous déposent dans une crique de sable fin.

Nous sortons les rames pour la manœuvre d'accostage. Mais les récifs et la jauge de la coque nous obligent à quitter le bateau et à finir à la nage.

Je range Terre 18 dans son coffre, le coffre dans

mon sac à dos, puis je saute à l'eau et avance à la brasse.

Aphrodite nage à côté de moi. Edmond Wells, après avoir jeté l'ancre, plonge lui aussi. Les deux barbus derrière. Orphée guide Œdipe avec une cordelette qu'il tient entre ses dents.

En atteignant la terre ferme, nous avons l'impression d'être des explorateurs découvrant un nouveau continent.

Nous prenons enfin pied sur la plage. Face à nous, une barrière de cocotiers, puis une forêt dense qui monte vers la deuxième Montagne.

Nous restons longtemps étendus, épuisés, sur le sable chaud.

L'air sent bon le magnolia.

— Je vous propose d'avancer, dis-je enfin.

Les autres approuvent. Avec le sentiment partagé que plus tôt nous serons fixés sur la suite des événements et mieux ce sera.

Nous nous débarrassons de nos toges trempées pour nous en entourer les hanches et continuons torse nu. Aphrodite s'est fabriqué une sorte de bikini en déchirant sa toge. L'étoffe mouillée ne cache rien de ses formes parfaites.

Nous franchissons la barrière de cocotiers et nous retrouvons dans une zone forestière semblable au type équatorial de Terre 1.

Alors que nous avançons lentement, nos ankhs dardés en avant, il nous semble percevoir des présences furtives autour de nous. Orphée saisit une branche et la manie comme une machette.

Nous nous équipons nous aussi de bâtons, au cas où nos ankhs ne suffiraient pas.

— Vous voyez quelque chose ? demandé-je.

– « Vous voyez quelque chose ? » reprend une voix étrangère, loin de mes quatre compagnons.

Je me retourne. À nouveau des glissements dans les broussailles. Des animaux courent autour de nous puis s'arrêtent. Comme s'ils nous attendaient.

– Ce sont peut-être de gros lapins, annonce Edmond Wells.

Des dizaines de voix répètent en chœur : « Ce sont peut-être de gros lapins. »

Un frisson me parcourt le dos. Je crois savoir qui sont ces êtres frappés d'écholalie.

Les satyres. Les enfants de Pan.

En effet des centaines d'êtres mi-hommes, mi-bouquetins apparaissent autour de nous. Et poussent ensemble ce qui semble être leur cri de ralliement :

– « Ce sont peut-être de gros lapins ! »

66. ENCYCLOPÉDIE : PAN

En grec, le mot « Pan » signifie « Tout ». (Le préfixe *pan* étant par la suite utilisé pour marquer la globalité. Exemples : panoramique : vision totale, ou pandémie : maladie qui touche un ou plusieurs continents.)

Dans la mythologie grecque, Pan est né en Arcadie, on le prétend fils d'Hermès et de Pénélope (la compagne d'Ulysse qui traversait les montagnes d'Arcadie pour rejoindre ses parents).

Mi-homme, mi-bouc, son front est orné de petites cornes, son torse est velu, son visage triangulaire et terminé par une barbiche.

Lorsque sa mère le découvre, son apparence physique l'effraie tant qu'elle préfère l'abandonner en forêt.

Son père Hermès l'enveloppe d'une peau de lapin et l'emmène en Olympe. Là, les dieux olympiens s'amusèrent de sa présence facétieuse et le gardèrent. Dionysos tout particulièrement appréciait les pitreries de cet enfant au visage ingrat.

Vivant en forêt, près des sources et des prairies où il fait paître ses troupeaux, on le considère comme un dieu à l'appétit sexuel démesuré, toujours prêt à poursuivre les nymphes ou les jeunes garçons.

Tombé amoureux de la nymphe Syrinx, il la pourchasse, et celle-ci se transforme en roseau pour lui échapper. Pan, ne pouvant la retrouver, finit par couper tous les roseaux et par s'en fabriquer une flûte, d'où la fameuse flûte de Pan.

Pan est aussi le dieu de la foule, et notamment de la foule hystérique, en raison de sa capacité à faire perdre la raison, d'où le mot « panique ».

Edmond Wells,
Encyclopédie du Savoir Relatif et Absolu,
Tome VI.

67. SATYRES ET PAN

Ils sont tous à ricaner autour de nous. Ni menaçants ni amicaux, juste narquois. Et nombreux.

Ils n'ont pas l'air agressifs. Ils sont presque mignons avec leur petite fourrure qui recouvre la partie inférieure de leur corps.

Leurs têtes allongées à la manière des chèvres sont pourvues d'yeux un peu globuleux, avec de longs cils pour certains. Leurs cheveux sont bouclés et certains arborent en guise de collier une flûte de Pan.

– Je crois que nous avons un problème, dit Orphée.

Un premier satyre reprend la phrase, puis toute la foule des satyres répète en chœur :

– « Je crois que nous avons un problème ! »

– Utilisons le langage des signes, propose Edmond Wells.

Sa phrase est à nouveau reprise par les satyres qui semblent heureux de disposer enfin de sons à imiter :

– « Utilisons le langage des signes ! »

Puis l'un d'eux propose une variante :

– « Utilisons le langage des singes ! »

Aussitôt les autres reprennent d'un chœur joyeux.

Un satyre plus petit et plus bouclé que les autres s'approche et commence à palper et caresser Aphrodite, qui ne bouge pas.

– Ils n'ont pas l'air méchants mais très collants, signale-t-elle par gestes.

À ce que je comprends, Aphrodite nous suggère de continuer à marcher tout droit vers la Montagne sans nous préoccuper des satyres.

Nous avançons, entourés d'une foule qui nous arrive à la taille et qui n'attend que la prononciation d'une phrase pour la répéter en chœur.

– Surtout ne dites rien ! laisse échapper Orphée alors qu'un satyre femelle lui pelote les fesses.

– « Surtout ne dites rien ! » entonnent aussitôt les autres.

Je me demande quel intérêt peut avoir tout un peuple, toute une culture, à ne répéter que les phrases des autres.

– Chut ! murmure Œdipe.

Cette fois c'est un bruissement de « chut ! » qui lui répond.

Un satyre plus grand que ses compagnons s'avance vers nous et tout en répétant « chut ! », nous invite à le suivre.

La troupe nous encercle et nous guide vers un sentier qui gravit une petite colline. Au sommet une forêt plus dense encore et, la surplombant, un chêne immense qui donne l'impression que les autres arbres ne sont plus que des arbustes.

Le majestueux végétal compte plusieurs dizaines de mètres de hauteur et ressemble plus à un gratte-ciel qu'à un chêne.

Il semble très ancien et, à mesure que nous avançons vers lui, nous le constatons, plus haut encore. Peut-être 300 mètres, la hauteur de la tour Eiffel de Terre 1.

Un large escalier de bois est creusé dans le tronc et les satyres nous pressent de le gravir. Nous parvenons ainsi à un premier palier d'où partent, comme d'un carrefour, de larges branches sur lesquelles il est possible de marcher sans craindre de tomber.

Je distingue, suspendus un peu partout, de gros fruits ovoïdes. Une fenêtre s'ouvre sur un flanc et une femme satyre nous fait un signe de la main. D'autres fruits marron dévoilent des fenêtres ou des portes, où apparaissent des visages souriants. Combien sont-ils ? Un millier ? Davantage encore ?

Des satyres transportent des sacs de victuailles. Des enfants courent en se jetant des pommes de pin.

– On dirait des nids d'oiseaux, murmure Edmond Wells à mon oreille, en prenant garde que personne ne l'entende.

Ce monde arboricole est pour nous complètement nouveau. Nous découvrons des animaux qui grimpent sur les branches, une espèce de gros lézards que les satyres chassent à coups de sarbacane.

Par moments des nids de satyres fument, prouvant qu'à l'intérieur existent des cheminées.

Ce ne sont pas des nids, mais des maisons en suspension.

— Cela me rappelle l'Arbre de la Connaissance qui trônait au centre d'Olympie, chuchote Orphée.

— Moi, cela me fait penser à l'Arbre des Possibles, dis-je.

— C'est quoi ?

— Un arbre qui, à la place des feuilles, possède tous les futurs possibles de l'humanité.

— Jamais entendu parler. D'où tu tiens ça ? demande Orphée.

— Je ne sais plus, je crois que j'avais vu ça sur internet quand j'étais sur Terre 1.

— S'il vous plaît, décrivez-moi ce que vous voyez, demande Œdipe.

Orphée lui murmure à l'oreille une description du spectacle qui nous entoure.

Nous gravissons un nouvel escalier à peine plus étroit qui tourne autour du tronc, avec des branches larges comme des avenues qui partent du tronc central.

Plus nous grimpons, plus le nombre de maisons ovoïdes et fumantes augmente. Des vieux bouquetins ridés aux boucles grises ou blanches nous adressent des signes de bienvenue.

Enfin, au bout de plusieurs heures sur ce large escalier creusé dans l'écorce, nous parvenons aux deux tiers de l'arbre géant. Là se trouve un entrelacs de branches formant plateau au centre duquel repose un œuf marron, bien plus volumineux que les autres.

— Le palais du dieu Pan, murmure Aphrodite.

Elle n'a pas été assez discrète et déjà tous les autochtones psalmodient :

416

– « Le palais du dieu Pan ! »

Comme pour répondre à ce chœur, s'élève une mélodie à la flûte de Pan qui reprend le même air.

Les satyres nous guident.

Quelques marches encore. Une porte en bois s'ouvre. À l'intérieur, la salle d'un palais royal. Sur les murs, en guise de décoration, des photos issues de journaux érotiques de Terre 1, dans des cadres sophistiqués et sculptés. Au centre, un trône surmonté de sculptures de femmes nues enlacées.

Nous nous approchons du trône.

Un bouquetin malicieux, au visage allongé terminé par une barbe fine, aux cornes particulièrement longues, est assis en travers. Il joue de son instrument à plusieurs tubes avec un plaisir évident. Une tresse de fleurs et de feuilles de laurier le couronne.

Dans la vaste pièce, autour de nous, les satyres nous encerclent, attentifs à notre confrontation avec leur roi.

Celui-ci finit par arrêter de jouer, puis il descend de son trône et vient vers nous, en faisant claquer ses sabots sur le plancher, d'une démarche outrageusement cambrée rappelant celle du toréador dans l'arène avant l'arrivée du taureau.

Le roi nous examine. Il se baisse pour nous renifler sous les aisselles et dans le bas du dos, ce qui a l'air de beaucoup amuser son entourage.

Il s'attarde sur Aphrodite, la humant à petits coups comme s'il voulait s'imprégner de ses odeurs. Puis il pose doucement une main sur elle. Il caresse son menton, la main descend, passe sur son cou, sa poitrine qu'il frôle d'un doigt, son ventre, sans que la déesse frémisse.

– Laissez-la ! lancé-je.

Et je m'avance pour m'interposer. Mais les satyres me retiennent.

– « Laissez-la ! Laissez-la ! » reprennent en chœur tous les satyres présents.

D'un geste le roi intime le silence. Il se tourne vers moi, souriant, intéressé par ma réaction. Puis il reprend sa palpation. Sa main caresse les hanches puis les fesses de la déesse de l'Amour.

Celle-ci ne réagit toujours pas. Il descend lentement sur ses cuisses. C'est alors qu'Aphrodite lui décoche un coup de genou dans son entrejambe particulièrement velu.

Pan tombe à terre, écarlate, plié de douleur. Déjà les satyres ont dégainé leur sarbacane et mettent Aphrodite en joue, prêts à tirer. Mais le roi se relève en s'efforçant de transformer sa grimace en sourire. Il fait signe à ses troupes de rengainer les armes.

Il masse sa toison basse puis remonte sur son trône.

Il hésite, puis éclate de rire.

Après un temps tous les satyres s'esclaffent en écho. Pan fait un signe, et la foule comprend qu'il veut rester seul avec nous.

Tous déguerpissent. Nous nous sentons soulagés. Vivre dans la hantise d'une phrase répétée à l'infini, c'est fatigant à la longue.

– Des élèves dieux, des demi-dieux et la déesse de l'Amour en personne ? Quel honneur pour mon humble royaume si éloigné d'Olympie ! À quoi dois-je ce privilège ?

– Une « excursion touristique », réponds-je. On s'ennuie ferme à rester toujours dans la même cité.

– Changer d'herbage réjouit les veaux, reconnaît Pan. Et quelles sont les nouvelles de l'autre côté de la Montagne, dans la grande cité d'Olympie ?

418

– Ils sont tous en train de s'entretuer, annonce Œdipe.

Pan marque un temps d'étonnement.

– Vraiment ?

– Même les satyres combattent là-bas.

– Cela leur apprendra à quitter la mère patrie pour vivre parmi les étrangers, profère-t-il. Un satyre doit demeurer avec les siens.

L'homme aux pattes de bouc se dirige de sa démarche cambrée vers un placard. Il renifle plusieurs amphores et finit par verser un liquide blanc dans de grands gobelets du bois. Il nous les tend sur un plateau. Après un instant de méfiance, nous reniflons. Puis nous goûtons.

– On dirait du lait d'amandes.

– Ça vous plaît ?

– C'est délicieux, reconnaît Edmond Wells. On sent même un arrière-goût de réglisse.

– Parfait. Je suis content que cela ne vous dégoûte pas.

– C'est quoi ?

Il change de sujet.

– Alors dites-moi, que faites-vous vraiment ici, si loin d'Olympie ?

– Nous voulons gravir la deuxième Montagne.

Le roi des satyres nous fixe, surpris.

– Nous cherchons à rencontrer le Créateur, dit Œdipe.

Pan éclate de rire.

– Il n'y a rien de drôle, dit Orphée, vexé.

– Chercher à rencontrer le Créateur, vous ne trouvez pas ça drôle ? Moi je trouve ça hilarant !

– Pouvez-vous nous aider à gravir la Montagne ? demandé-je.

– Et pourquoi vous aiderais-je, s'il vous plaît ?

– Parce que nous vous le demandons, articule Œdipe.

– Alors dans ce cas je vous réponds : « Non. Rentrez chez vous. »

– Il n'existe plus de « chez-nous ». Nous vous l'avons dit : Olympie est en feu, rappelai-je.

Pan verse de nouveau sa boisson blanche à ceux dont le gobelet est vide.

– Ah, ça... ce n'est pas mon problème.

– Laisse, Michael, dit Aphrodite, nous allons continuer sans eux. Nous trouverons bien un passage pour gravir cette Montagne.

Pan esquisse un geste détaché.

– Un ravin nous sépare de la cime. Un seul endroit rend l'accès possible. C'est en pleine forêt, caché par les arbres. C'est introuvable sans notre aide. La forêt est vaste et je pense que dans un an vous serez encore en train de chercher.

– Parfait, alors guidez-nous, demande Edmond Wells.

– Eh bien vous savez qu'en Aeden existe une sorte de tradition qui est : « On avance, on arrive face à l'épreuve, on franchit l'épreuve, on continue. » Et chaque fois l'épreuve est plus difficile. Et chaque fois on se dit qu'on ne pourra plus avancer car c'est trop dur, et pourtant on essaye et parfois on réussit. C'est banal, mais c'est la loi de la vie : avancer, grandir, et pour cela se retrouver confronté à des obstacles qui nous forcent à nous surpasser. Mais aucun n'est insurmontable.

– Vous savez donc qui est le Grand Dieu qui vit au sommet de la deuxième Montagne ? demande Orphée.

– Chaque épreuve ne permet que d'éclairer ce qui suit, jusqu'à la prochaine. Elle n'envoie pas directe-

420

ment au point d'arrivée, ce serait trop rapide. Le plaisir est dans le cheminement, non dans l'aboutissement.

Il se caresse la barbichette, comme s'il était particulièrement satisfait de sa formule.

– Bon, dis-je, allez-y, envoyez le monstre et nous essaierons de le descendre. Nous avons déjà tué une méduse géante avant de venir, nous sommes échauffés.

– L'épreuve n'est pas d'affronter un monstre...

Le dieu se caresse encore le menton, en fixant Aphrodite.

– L'épreuve c'est.... une partie de « Je te tiens, tu me tiens par la barbichette, le premier qui rira perdra » !

– « Je te tiens, tu me tiens par la barbichette » ? Mais c'est un jeu de cour de récréation pour école maternelle, s'étonne Orphée.

Cette fois l'homme au corps de bouc ne sourit plus du tout.

– Nous, les satyres, nous aimons le sexe et l'humour. Ce ne sont pas des jeux d'enfant mais les valeurs les plus sérieuses qui soient.

– Si nous gagnons ? demande Edmond Wells.

– Je vous guide vers l'unique passage qui permet de gravir la Montagne.

– Et si nous perdons ?

– Vous devenez des satyres et vous restez avec moi. Seule la déesse de l'Amour pourra garder son apparence parce qu'elle est sublime, mais elle deviendra mon esclave sexuelle.

Je m'imagine un instant avec des pattes de bouquetin attendant que passent des filles pour les tripoter ou que quelqu'un parle pour répéter. Un peu limité comme fin d'existence.

– Pourquoi cette épreuve ?

Edmond Wells répond à sa place :

– Ici comme partout sur Aeden, les êtres mythiques sont là depuis longtemps, donc ils s'ennuient. Pour eux les « visiteurs » sont des êtres neufs capables de les amuser.

– Monsieur est sur la bonne voie.

– Un peu comme dans les clubs de vacances, ajoute Edmond Wells, les organisateurs se connaissent tous et s'ennuient. Ce sont les touristes qui font varier la routine quotidienne. A fortiori quand elle dure depuis des millénaires.

– Exact, dit Pan. C'est le problème des dieux. L'immortalité c'est bien mais à la longue c'est ennuyeux. Heureusement des gens comme vous surgissent parfois pour nous surprendre. Surprenez-moi et vous pourrez poursuivre votre route, vous obtiendrez même mon aide. Alors qui veut jouer avec moi à « Je te tiens, tu me tiens par la barbichette » ?

– Moi, dit Aphrodite, après tout c'est moi qui ai le plus à perdre, donc je suis motivée.

Je ne peux pas la laisser faire. Résigné, je prononce la phrase stupide :

– Non, moi.

Et pour démotiver ma compagne j'ajoute le mensonge que je ne devais jamais prononcer :

– J'ai en souvenir toutes les blagues du rabbin Freddy Meyer, ça devrait être facile.

Le dieu Pan me regarde, puis annonce :

– Nous jouterons demain. Pour l'instant, reposez-vous. Vous semblez... épuisés.

Il nous ressert avec gentillesse son lait d'amandes au goût de réglisse et nous nous en délectons, d'autant que nous avions très faim et que la boisson paraît nourrissante.

Je reste à fixer le roi des satyres, puis je questionne :

– Juste pour information. Pourquoi vos satyres répètent-ils tout le temps les phrases qu'ils entendent ?

– Ah ça ? Le coup de la répétition c'est un vieux gag que j'ai imaginé il y a 870 ans. Ils continuent sur leur lancée. Mais vous me faites penser qu'après tout cette blague est éculée. Je vais en changer. Demain je donnerai une directive en ce sens. Je vous promets qu'ils ne répéteront plus les phrases.

Le roi des satyres se caresse la barbiche.

– Par contre il faudra que je trouve autre chose, ils ne supporteraient pas une vie sans comique répétitif... Tiens, je vais leur proposer de compléter par « poil à... » plus une rime sur les fins de phrases. Comme par exemple : « Poil au nez ».

– Mais c'est encore un truc débile pour enfant ! s'insurge Orphée.

Pan se lève, les yeux brillants de colère.

– Bien sûr ! L'humour c'est un truc d'enfant mais je suis le roi et cela me plaît de faire des « trucs d'enfant » ! Poil aux dents !

Je fais signe à Orphée de ne plus provoquer le roi des satyres.

Edmond Wells lâche, curieux :

– Vous aimez à ce point l'humour ?

– Je vous l'ai dit : c'est notre religion : le sexe et l'humour. Vous voulez savoir jusqu'à quel point ? Eh bien la boisson que vous avez aimée, vous savez ce que c'est ?

– Non...

– Du sperme de bouquetin !

Alors que nous vomissons en chœur, il ajoute, malicieux :

– ... Poil aux mains. Je vous le disais : « Sexe ET Humour. »

Pan frappe dans ses mains et un groupe de femmes apparaît pour nous guider vers des nids suspendus aux branches où nous attendent des chambres.

Je me retrouve avec Aphrodite dans un grand lit de bois au matelas très épais et très mou.

Quelques victuailles et boissons sont présentées sur une table, mais nous n'osons y toucher, suspectant quelque nouvelle blague de « mauvais goût ».

Je sors de mon sac le coffre de Terre 18, et l'inspecte pour vérifier que le transport n'a rien abîmé.

– Tu penses encore à elle ? demande sèchement Aphrodite.

– Elle se nomme « Delphine ».

– Elle est petite, toute petite. Quelques microns. Elle est plus petite qu'un acarien de tapis.

– Ce n'est pas la taille qui compte.

Au loin quelqu'un joue de la flûte de Pan. L'air est mélodieux, mélancolique.

Comme pour lui répondre Orphée caresse sa lyre et entame une douce mélopée. Les deux musiciens dialoguent à distance, exprimant par leur instrument leur culture, mieux que les mots ne le feront jamais.

Par moments une sorte de surenchère de beauté exalte la flûte de Pan. À laquelle répond la lyre d'Orphée.

Ce qui me rappelle une phrase d'Edmond Wells : « Le sens de la vie n'est peut-être que la recherche de la Beauté. »

Maintenant les deux instruments jouent à l'unisson. Je me dis que c'est ainsi qu'aurait dû commencer le dialogue entre toutes les civilisations, avant d'échanger des verroteries ou de l'or, avant de se prêter des otages en garantie, avant de se combattre pour voir qui est le plus fort : « Jouer de la musique ensemble. »

D'autres flûtes de Pan se joignent à la première, comme si Orphée par son talent avait donné envie à d'autres musiciens de venir dialoguer avec lui.

L'ensemble devient quasi symphonique.

Par la fenêtre, je contemple les deux lunes dans le ciel noir.

Aphrodite défait le haut de son bikini et dévoile sa superbe poitrine. Elle se serre contre moi et m'invite à une danse lascive alors qu'au loin on entend la musique sur fond de chœur de grillons. Il fait très chaud.

– Je te veux, dit-elle. Après tout c'est peut-être le dernier soir avant que j'appartienne à un bouquetin.

L'argument me semble recevable. Nous dansons longtemps, jusqu'à ce que nos corps luisent de sueur. Nos bouches, nos mains se cherchent, elle enfonce ma tête dans ses cheveux dorés. Ses yeux étincellent comme des étoiles.

Dans un réflexe, comme si je craignais que Delphine nous voie, je saisis une nappe et en recouvre Terre 18.

Aphrodite ajoute un coussin et je prononce cette phrase stupide :

– Cela ne risque pas de leur faire monter la température ?

Nous éclatons de rire, ce qui relâche nos dernières tensions.

Puis elle me renverse sur le lit, se juche à califourchon sur mon ventre et entreprend d'enlever mes derniers vêtements.

Nos souffles s'accélèrent tandis que nos bouches se trouvent, plongent l'une dans l'autre.

C'est quand même la déesse de l'Amour, me dis-je, comme si je voulais me trouver des excuses. En même temps la hantise de perdre demain et de me retrouver moi aussi bouquetin attise mes ardeurs.

Nous faisons l'amour de manière mécanique, puis fougueuse, puis passionnée, puis désespérée, comme si pour tous les deux ce devait être la dernière fois. Déchaînée, elle hurle plusieurs fois au moment où elle sent le plaisir monter en elle, comme si elle voulait prouver aux satyres qu'elle n'a aucun besoin d'eux pour connaître des orgasmes.

– Je crois que je t'aime vraiment, murmure-t-elle.

– Tu dis ça pour me préparer demain à plaisanter ?

– Non. Je n'ai jamais été aussi sérieuse.

– Alors, pour toi, demain j'essaierai d'être drôle.

– Je suis sûre que tu réussiras. De toute façon nous n'avons pas le choix, c'est faire rire ou rester coincés ici jusqu'à la fin des temps.

Je me dis qu'il n'y a rien de plus angoissant que la phrase : « Sois drôle ou meurs. » Tout à coup j'entre en empathie avec tous les comiques qui au cours des âges sont montés sur scène.

Aphrodite et moi nous endormons, blottis l'un contre l'autre, alors qu'au loin la lyre d'Orphée et les flûtes de Pan ne cessent d'emplir la nuit.

Sans que je m'en aperçoive, le coussin glisse de Terre 18, entraînant la nappe.

68. ENCYCLOPÉDIE : RIRE

L'humour est provoqué par un accident dans le cerveau. Une information bizarre ou paradoxale est reçue par les sens mais ne peut être digérée par le cerveau gauche (celui qui compte, raisonne et contient l'esprit logique). Pris de court,

il se met automatiquement en panne et transmet l'information parasite au cerveau droit (intuitif, artistique, poète). Celui-ci, de son côté, ne sachant que faire de ce colis piégé, envoie un flash électrique qui neutralise le cerveau gauche et lui laisse le temps à lui, cerveau droit, de trouver une explication artistique personnelle.

Cet arrêt momentané de l'activité du cerveau gauche toujours omnisurveillant entraîne aussitôt un relâchement cérébral et l'émission d'endorphines (l'hormone qui est aussi émise durant l'acte amoureux). Plus l'information paradoxale est gênante pour le cerveau gauche, plus le cerveau droit va envoyer un flash puissant, qui provoquera une importante émission d'endorphines.

En même temps, comme un mécanisme de sécurité qui relâche la tension provoquée par l'information indigeste, tout le corps participe à l'effet décontractant. Les poumons rejettent l'air d'un coup, phénomène d'expiration accéléré qui est le début « physique » du rire. Ce qui entraîne une crispation et une décrispation par saccades des muscles zygomatiques du visage, de la cage thoracique et de l'abdomen. Plus en profondeur, les muscles cardiaques et les viscères sont agités de spasmes qui produiront un massage intérieur, décontractant l'ensemble du ventre au point de relâcher parfois les sphincters.

Pour résumer, le mental, ne pouvant digérer une information inattendue, paradoxale ou exotique, se neutralise lui-même. Il bascule en mode « panne ». Il disjoncte. Et cet accident est finalement l'une de nos plus curieuses sources de plaisir. Plus une personne rit, plus son état de santé s'améliore. **Cette activité ralentit la vieillesse et réduit le stress.**

Edmond Wells,
Encyclopédie du Savoir Relatif et Absolu,
Tome IV.

69. JOUTE CONTRE PAN

Un flûte de Pan.

Deux flûtes de Pan.

Des centaines de flûtes de Pan jouent ensemble.

J'ouvre les yeux. Désormais, chaque fois que je me réveille, je me pose cette question : « Quel monde vais-je découvrir derrière le rideau de mes paupières ? »

Je pose le coussin sur ma tête et me rendors. Je crois que finalement le deuxième sommeil est celui qui m'apporte le plus de plaisir car j'ai l'impression de me livrer à quelque chose d'interdit. Lorsque j'étais petit et que je ne voulais pas aller à l'école, je faisais semblant de dormir en espérant que mes parents renonceraient à me déranger.

Dans le deuxième rêve, je vois la petite Coréenne de Terre 1, Eun Bi, celle-là même que je surveillais à la télévision [1]. La jolie jeune fille me parle en articulant exagérément. Elle dit :

« 1er monde : le réel.

2e monde : le rêve.

3e monde : les romans.

4e monde : les films.

5e monde : le virtuel.

---

1. Voir *Le Souffle des dieux (N.d.É.).*

6e monde : celui des anges.

7e monde : celui des dieux.

8e monde : celui de Zeus. »

Il existe encore des dimensions que tu ignores : le 9e monde : le monde du Créateur.

Elle énonce quelque chose d'incompréhensible. Puis elle m'implore : « Compte ! Compte, s'il te plaît, compte et tu comprendras. »

Alors elle fait apparaître dans le ciel une lasagne géante dans laquelle les couches-mondes sont numérotées, et elle ajoute : « Si tu sors de la grande lasagne, alors le temps et l'espace n'existent plus. Tu es dans le... » Là encore elle prononce quelque chose que je ne comprends pas. Alors, impatiente, elle répète : « Te rends-tu compte que tu es dans une... ? »

À nouveau elle montre la lasagne géante avec ses strates.

– Une lasagne ?

– Non. Regarde mieux. Lève les yeux. Et compte. Il y a partout des chiffres. Ce sont eux qui te feront prendre conscience que tu es dans un...

– Un quoi ?

Elle articule exagérément la réponse mais je ne peux toujours pas l'entendre. Alors je la retrouve dans un couloir tapissé de portes. J'ouvre la première sur laquelle est écrit RÉEL, et je vois mon ex-femme de ma vie de mortel : Rose. Elle se tient dans notre ancien appartement de l'époque des Thanatonautes. Elle dit : « Ensemble contre les imbéciles. » J'ouvre la deuxième porte et je vois Vénus, la mortelle dont j'avais la charge quand j'étais ange. Elle séjourne dans une villa en Californie de Terre 1. Elle dit : « Plus loin, toujours plus loin. » J'ouvre la troisième porte et je vois Mata Hari à son procès avant son exécution par l'armée française. Elle déclare juste :

« Il faut beaucoup me parler et beaucoup m'arroser. »
J'ouvre la quatrième porte et je vois Delphine qui articule : « Ce n'est pas parce qu'ils sont nombreux à
avoir tort qu'ils ont raison. » J'ouvre la cinquième
porte. Raoul se tient là, qui dit : « Je serai là-haut
avant toi. » Sixième porte, c'est le roi Pan qui prononce dans sa salle du trône : « L'amour pour épée,
l'humour pour bouclier ? » Il sourit, narquois, puis
ajoute : « On va bien voir si le bouclier tient, pour
ma part j'ai mon épée toujours tendue. » Et il fait
un geste obscène en direction de son bas-ventre en
complétant avec un clin d'œil : « Poil au cu... ir che-
velu ! » J'ouvre encore une porte et ils sont tous là à
répéter : « Je serai là-haut avant toi », « L'amour pour
épée, l'humour pour bouclier », « Plus loin, toujours
plus loin », « Non, ce ne sont pas des lasagnes, c'est
un... ». Et chaque fois qu'Eun Bi veut terminer sa
phrase je n'entends pas le mot. Delphine vient à ma
rescousse et répète le dernier mot d'Eun Bi, toujours
inaudible. Je me tourne alors vers la graphiste de
Terre 18 : « Je n'entends rien, dessine. » Alors elle
trace ce qui me semble être des couches d'univers les
unes sur les autres. Elles sont numérotées. « Compte !
S'il te plaît compte ! J'en ai assez, dis-je dans mon
rêve, embrasse-moi, embrasse-moi. »

Je m'aperçois que je parle dans la réalité et Aphrodite dans cette même réalité consent à m'étreindre.

J'ouvre les yeux et j'ai un mouvement de recul.

— Tu m'as demandé de t'embrasser, s'étonne-
t-elle.

— Excuse-moi, j'ai fait un cauchemar. Enfin, un
rêve que je ne comprends pas.

— Raconte.

— Non, je l'ai déjà oublié.

— Les rêves sont comme des oiseaux qui s'envolent, il faut vite leur attraper les ailes, dit-elle, compréhensive.

Sur la table basse quelqu'un a déposé un petit déjeuner : des baies, des grappes de raisin, une boisson transparente qui ressemble à du jus de pomme, et des fruits bizarres. Pour couronner le tout, un hérisson et un écureuil rôtis qui ont encore leur tête.

Je cache dans un tiroir de la commode les deux cadavres et nous mangeons les fruits.

– Aujourd'hui il faut que tu sois drôle, rappelle Aphrodite. Tu as des blagues en mémoire ?

– Elles me reviendront quand il le faudra, éludé-je comme si je me préparais à un oral du bac.

– Mange, dit-elle, tu as besoin de forces.

– Pas de douche, pas de lavabo ?

Je me penche par la fenêtre et distingue une petite cascade dans les arbres, sans doute issue d'une citerne placée au sommet du gigantesque arbre-ville.

Nous allons nous doucher. Les autochtones nous regardent, amusés.

– Vous n'avez pas mieux à faire ? demande Aphrodite.

– « Vous n'avez pas mieux à faire ? » répète un enfant satyre, mais sa mère le gronde aussitôt.

La règle a changé. Il se reprend :

– Poil au nerf ?

Ils ont donc reçu la nouvelle consigne de comique de répétition.

Les autres approuvent : « Poil au nerf », quoiqu'un autre propose « Poil au derrière » ou « Poil à la Terre », deux versions qui ne semblent pas satisfaire l'assistance. Si vraiment ils utilisent la répétition de phrase depuis 870 ans, le changement doit leur produire un sacré bouleversement mental.

Et ils en ont peut-être pour 870 ans à répéter ce gag enfantin.

De retour dans notre chambre, Aphrodite ne semble pas désorientée. Elle ouvre un placard et en sort des tuniques vertes, sèches et propres.

Elle en enfile une et me tend l'autre.

Orphée, Œdipe et Edmond Wells viennent nous rejoindre. Eux aussi sont déguisés en hommes des arbres. Ensemble nous ressemblons à la troupe de Robin des bois en tenue de camouflage.

– Tu te sens prêt ? demande Edmond Wells.

– J'ai combien de temps encore ?

– Une heure.

Je sors rapidement de mon sac à dos le livre de Freddy Meyer intitulé *Recueil de blagues pour supporter ce monde dans l'attente d'un monde meilleur*.

J'en lis plusieurs et les répète à haute voix comme pour un examen.

– Choisis-les brèves. Plus c'est court, moins c'est risqué.

– Ne le sous-estime pas, ajoute Œdipe. Tu as vu comme il nous a pris de court avec sa boisson blanche ?

Nous avons encore dans la bouche l'arrière-goût de la « blague ».

– Nous ne devons pas sous-estimer l'adversaire, reconnaît Edmond Wells. Surtout que cela fait partie de leur culture. « Sexe et Humour ».

Je ne sais pas si je dois prendre cela pour un compliment.

– L'humour est évidemment relatif, lié à la culture de chaque peuple. Pour l'instant, le seul gag planétaire qui marche dans toutes les cultures vous savez ce que c'est ?

– Un type qui se casse la figure ?

– Non, un chien qui pète, révèle Œdipe.

Je suis dépité.

– Merci du conseil. Me voilà bien avancé.

Mes quatre compagnons m'entourent comme des managers leur boxeur.

– Surprends.

– Et puis mets l'intonation, n'oublie pas que ce sont des saynètes. Adopte une voix différente pour chaque personnage. Ça surprend toujours, conseille Edmond Wells.

– Surtout ne ris jamais de ta propre blague. Au contraire, reste imperturbable.

À nouveau, le chœur des flûtes de Pan résonne dans les frondaisons.

– Allons-y. C'est l'heure.

La joute a lieu sur un lac sylvestre, sorte de flaque géante assez profonde, située dans la cuvette formée par un nœud de branches au-dessus du palais de Pan.

Les satyres ainsi que mes compagnons se sont placés autour afin que personne ne puisse nous souffler une blague.

Pour corser l'épreuve, nous sommes tous les deux debout, en équilibre sur une poutre au-dessus du lac.

Une jeune fille satyre souffle dans une flûte de Pan pour donner le signal de départ.

Pan et moi nous tenons tous les deux par le menton. J'agrippe sa barbichette.

Au début il se tait, se contentant de me fixer avec ironie. Puis soudain il tire la langue. L'effet me surprend mais je me concentre sur la punition en cas d'échec. Si je ris, je me transformerai en bouquetin, je perdrai mes amis, je perdrai Delphine, Aphrodite, je perdrai mon peuple.

Ne pas rire.

Il étire encore quelques grimaces puis voyant que cela ne suffit pas, il enchaîne :

– Deux vaches sont en train de brouter dans un pré. La première rumine : « Dis donc, tu as entendu les actualités ? Ça ne t'inquiète pas, toi, ces histoires de vache folle ? » Et la seconde répond : « Non, personnellement je ne me sens pas concernée, je suis... un lapin. »

Par chance cette blague était dans le recueil de Freddy Meyer. La connaissant déjà, je la digère sans difficulté et mon masque reste impénétrable.

Tout comme pour un duel il a tiré le premier. À moi maintenant. Il a fait court, je vais faire de même et dans le même domaine.

– Deux lapins jouent au poker. Soudain l'un jette les cartes par terre et lance : « Ah non, je ne joue plus avec toi tu as triché ! Tu as mangé tous les trèfles ! »

Il élargit son sourire, très maître de lui, et à nouveau me tire la langue.

Mes compagnons sont inquiets. Ils ont compris que mon adversaire est coriace.

– À moi, dit-il. C'est un petit cyclope qui dit à son père : « Dis papa, pourquoi les cyclopes n'ont qu'un œil ? » Le père fait semblant de ne pas avoir entendu la question et continue à lire son journal. Mais le petit cyclope n'arrête pas de seriner la même question : « Dis papa, pourquoi les cyclopes n'ont qu'un œil ? À l'école tout le monde a deux yeux et moi je n'en ai qu'un. » Alors le père exaspéré lui dit : « Ah là là ! Ne recommence pas à me casser la couille ! »

Ouf, encore une que je connaissais déjà. Je crois que c'est Zeus qui me l'avait racontée, en évoquant d'ailleurs Freddy Meyer. La rencontre avec le roi de l'Olympe m'aura au moins apporté cet avantage.

À moi. Continuons à rebondir sur ses blagues. Trouvons une histoire de père et de fils.

– Sur la banquise un ourson demande à son père : « Dis papa, c'est vrai que je suis un ours polaire ? – Mais bien sûr mon fils, pourquoi cette question ? – Parce que j'ai froid. »

Des rires dans le public de satyres le troublent, mais Pan tient bon et reste imperturbable. Il lance :

– Deux canards sont sur un lac et le premier dit à l'autre : « coin-coin ». Alors l'autre répond : « C'est fou mais j'allais dire exactement la même chose. »

Quelqu'un s'esclaffe derrière moi. Le rire provient de mon propre camp. C'est Orphée. Il faut faire attention, le rire est contagieux. Je crispe la mâchoire. Je commence à perdre l'équilibre sur la poutre. Je me reprends de justesse. Vite : enchaîner.

– C'est toujours les deux canards. L'un dit « coin » et l'autre répond : « Ce qu'il y a d'énervant avec toi... c'est que tu ne termines jamais tes phrases. »

Rires dans la foule des satyres. Il y en a même un qui émet des cris de chèvre assez ridicules. Heureusement nous sommes à bonne distance des bords du lac. Probablement que s'ils étaient près de nous, la contagion serait efficace.

Le regard de mon vis-à-vis pétille. Je sens chez lui un frémissement.

Un peu plus et il allait rire. C'est donc possible.

Pan arme une nouvelle salve et articule :

– Un mortel passe devant un magasin de pompes funèbres et dit au patron : « Tiens, vous avez repeint en rose, pourquoi ? » Alors l'autre répond : « Ah, ça ? C'est pour attirer une clientèle plus jeune. »

Garder mon sang-froid.

La pression monte en moi. Je tire un peu sur la barbichette pour ne pas tomber.

Analyser cet effet comique. Il est dû au contraste entre la visualisation d'un magasin qui vend des pierres tombales, donc lié à la mort, la couleur rose et la notion de clientèle plus jeune. Voilà le poison.

Pan attend ma blague.

Vite en trouver une autre.

Je ferme les yeux. J'essaie de me rappeler mes cours de philosophie au lycée. *Le Rire* de Bergson. Qu'est-ce qui fait rire ? Les ruptures, les surprises. Je me lance.

– Deux omelettes sont en train de frire dans une poêle. L'une dit à l'autre : « Vous ne trouvez pas qu'il fait chaud par ici ? » Et l'autre s'écrie : « Au secours ! Il y a à côté de moi une omelette qui parle ! »

Nouveau petit sourire de mon adversaire, rapidement contenu et maîtrisé. Il prend le relais :

– C'est un sanglier qui se promène avec un cochon. Après une petite gêne, le sanglier pose la question qui le préoccupe : « Alors, tu en es où avec ta chimiothérapie ? »

Je serre les dents. Bon sang, il n'a pas peur d'utiliser l'humour noir.

Très noir. Il teste l'ignoble. J'avais oublié que la cruauté faisait rire. Par compensation. Tout le monde a peur du cancer. Restons léger.

– Vous savez pourquoi les satyres rient trois fois quand on leur raconte une blague ?

Il fronce les sourcils. Dans mon camp mes amis reprennent espoir, une blague avec des satyres, c'est forcément du neuf.

– La première fois c'est quand on la leur raconte. La deuxième fois c'est quand on la leur explique. La troisième fois c'est quand ils la comprennent.

Huée de la part du public de satyres. Les miens sont affligés, ils comprennent que je n'ai fait qu'adapter une « vieillerie ». Ce n'est pas l'effet recherché. J'ai raté un tour. Le suspense est à son comble. Je vois mon adversaire qui en affûte une nouvelle.

– Deux filles discutent. L'une demande : « Dis donc, toi tu fumes après l'amour ? » et l'autre de répondre : « Je ne sais pas, j'ai jamais regardé. »

Du machisme misogyne de base. Après l'humour noir, l'humour sexiste. Je ne ris pas et décide de le combattre sur son propre terrain.

– C'est une blonde qui entre dans un magasin de blondes et elle dit : « Je voudrais un livre. » La libraire blonde demande : « Quel auteur ? » La cliente répond : « Oh... je ne sais pas, vingt centimètres. » Et à ce moment la librairie s'exclame : « Vincent qui ? »

Il retient un sourire.

À son tour.

– Un type arrive à la piscine et on lui refuse l'entrée. Il demande pourquoi. « Parce que vous faites pipi dans la piscine. – Et alors ? tout le monde fait pipi dans l'eau de la piscine, je ne vois pas où est le mal. – Mais vous, vous êtes le seul à faire pipi du haut du plongeoir. »

J'encaisse, puis contre-attaque :

– Un Esquimau creuse un trou dans la glace et lance un fil avec un hameçon pour essayer de prendre du poisson. Il entend soudain une voix venant du ciel qui lui dit : « Il n'y a pas de poisson ici. » Il se retourne, ne distingue rien, alors, effrayé, il va un peu plus loin, creuse un autre trou et jette son hameçon. « Il n'y a pas de poisson ici non plus. » Il s'en va, toujours effrayé, et va creuser encore plus loin. À nouveau la voix retentit : « Je vous ai dit qu'il n'y a pas de poisson ici. » Alors l'Esquimau balbutie : « Qui me parle ? Est-ce... est-ce... Dieu ? – Non, répond la voix, c'est le directeur de la patinoire ! »

On rit fort derrière lui. Mais il tient bon et lance :

– Un alpiniste chute dans une crevasse. Alors qu'il ne tient plus que par un bras accroché au rocher, il hurle : « Au secours ! au secours ! je vais tomber, vite, que quelqu'un me vienne en aide ! » À ce moment une voix au loin lui dit : « Voilà, je suis là, c'est moi, c'est Dieu. Fais-moi confiance. Tu peux lâcher, je vais faire un petit coussin au bas de la falaise qui amortira ta chute. Crois en moi, lâche ta prise, tu ne mourras pas et tu seras sauvé. » Alors, après une hésitation, l'alpiniste se met de nouveau à hurler : « Au secours ! Il n'y a pas quelqu'un d'autre ? »

À nouveau la pression terrible comme une chaleur grimpe dans mes poumons. Et le pire c'est que je la connaissais déjà, mais la situation, l'intonation, le thème, l'enjeu autour de la divinité soudain me déstabilisent. À nouveau je verrouille tout, je serre les fesses, je me contracte. Le roi Pan voit bien que je suis en situation de fragilité. Il me gratifie d'un clin d'œil et parachève son coup.

– Si tu as peur de chuter, fais appel au Créateur, il n'est pas loin, dit-il en désignant le sommet de la deuxième Montagne.

Ne pas rire. Surtout ne pas rire.

Je me rappelle quelques instants embarrassants de mon enfance, quand j'ai eu envie de rire alors qu'il ne fallait surtout pas.

Par exemple le jour où mon professeur de mathématique avait sa perruque de travers. Je n'avais pas pu me retenir et quand je m'étais esclaffé, il m'avait puni d'une retenue.

NE PAS RIRE.

J'ai tellement envie d'exploser de rire. De relâcher

cette pression accumulée avec le stress des derniers jours.

Je visualise ce rire qui monte comme un liquide, un fleuve, un torrent, et je le gèle. Je le fige à coups d'idées tristes.

Je songe à l'émission de télévision « Bris de verve et morceaux de vies triés » : instants pathétiques de mon existence d'âme. L'émission me ramène à une autre image.

Archibald Goustin avec son fume-cigarette ridicule.

Reprendre le contrôle, vite.

Tout le monde m'observe. Orphée ne peut s'empêcher de pouffer, d'autres rires fusent dans la foule qui déclenchent un effet communicatif que je contiens difficilement. Des petites maisons s'enflamment les unes après les autres dans le village de mon cerveau. L'incendie gagne.

Vite, penser à des images dramatiques.

La guerre. La mort. La bombe atomique. Je visualise des cadavres. Des charniers. Des dictateurs. Des gourous de sectes fanatiques. Joseph Proudhon. Le Purificateur.

Le roi Pan répète :

– Il n'y a pas quelqu'un d'autre pour me sauver ?

Je vais éclater de rire. Je vais choir.

C'est alors que la Moucheronne surgit et vient se poser sur mon nez, ce qui a pour effet immédiat de me faire éternuer. La diversion est suffisante pour me permettre de reprendre le contrôle.

Je tire la langue à mon adversaire pour lui montrer qu'il n'a pas réussi à me vaincre.

En même temps je replace la petite chérubine porte-bonheur sur mon épaule pour qu'elle m'assiste jusqu'à la fin du duel.

La foule commence à s'impatienter.

Il faut vite trouver autre chose.

Moucheronne, inspire-moi.

Je ralentis le temps pour analyser la situation, comme un joueur d'échecs. En fait le roi Pan ne rit pas parce qu'il connaît déjà mes blagues. Il est une mémoire universelle des blagues des mondes. Sur des millénaires de vie, il est logique qu'il ait accumulé plus de blagues que moi. La seule manière de le battre est de lui sortir une blague qu'il ne connaît pas. Créons du sur mesure à partir de petits bouts existants mélangés à du vécu. Inventons un humour personnel. Pan a évoqué le Dieu de Terre 1. Cela me donne une idée.

Je prends une inspiration et me lance :

— C'est l'histoire d'un dieu qui descend sur sa planète. Il rencontre une mortelle en train de le prier dans un temple. Il l'entend psalmodier : « Oh ! mon Dieu, écoutez ma prière. » Alors il va vers elle et lui dit : « Plus la peine de me prier je suis là, à côté de vous, vous n'avez qu'à me parler directement !... »

J'ai reproduit la petite voix de Delphine avec son accent coquin et pour le dieu j'ai imité la voix grave de Zeus, ce qui participe à la mise en scène. Le roi des satyres affiche un air surpris. Déstabilisé, il commence à ricaner. Je poursuis très vite :

— Le dieu rajoute : « C'est moi qui ai inventé votre religion ! » La mortelle ne se laisse pas désarçonner : « Vous l'avez peut-être inventée mais vous êtes incapable de la pratiquer vous-même ! »

Cette fois je le sens basculer. Son ricanement se transforme en un petit rire difficilement contenu. Comme un boxeur, j'enchaîne les uppercuts.

— Alors le dieu dit : « Pouvez-vous m'enseigner comment vous pratiquez MA religion ? » (Je fais le dieu avec une voix bourrue de plus en plus grave et une voix féminine de plus en plus fluette avec un accent prononcé.)

– ... Et la fille conclut : « Ce sera difficile, comme vous l'avez inventée elle ne pourra pas marcher sur vous. Vous ne pourrez jamais avoir la foi... en vous-même ! »

Cette fois, le dieu Pan s'esclaffe.

Sous l'effet du rire qui continue de monter, il lâche mon menton pour se tenir les côtes, ses sabots glissent sur le sommet de la poutre, il fait tournoyer ses bras pour retrouver l'équilibre, mais le perd et chute dans l'eau. Le bain ne le calme pas, il continue de rire, tousse, crache, s'étouffe, s'enfonce sous la surface tout en éclaboussant les alentours.

Je plonge et le tire par une patte pour le ramener sur la berge. Une satyre se précipite pour lui faire du bouche-à-bouche, rapidement suivie par d'autres femelles. Visiblement elles n'attendaient que ce pré-texte pour se jeter sur leur idole. Lui se relève, crache encore, me voit et continue de rire par spasmes.

– « Vous ne pourrez jamais avoir la foi... en vous-même ! » La mortelle dit au dieu : « Vous ne pourrez jamais avoir la foi ! »

Il me tend la main et je la serre.

– Bravo. Un à zéro.

– Comment ça un à zéro ? Il n'y avait qu'un seul round !

– Bien sûr, je plaisante. Jamais je n'ai autant ri. Je tiendrai parole. Demain matin je vous guiderai vers le seul passage qui permet de gravir la Montagne. Mais d'abord, ce soir soyez mes hôtes pour une fête.

Il pointe un doigt sur mon cœur.

– Vous, Michael Pinson. Je veux vous voir en par-ticulier, que les autres se restaurent.

Pan me guide vers le tronc central. Nous gravissons les marches qui tournent en colimaçon autour du tronc. Nous aboutissons à un croisement de branches qui forment un petit plateau creux. Cette fois pas de lac, pas de maison de branchettes. Le dieu se dirige vers une zone couverte de lierre. Il actionne un mécanisme et aussitôt une porte d'écorce s'ouvre, dévoilant un couloir qui grimpe.

– Un nid d'écureuil ?

Pan me conduit à une cellule creusée dans la branche. Il allume une bougie et la pose au centre de la pièce circulaire. Je découvre alors une table, un bougeoir, et un pot contenant un séquoia nain de 1 mètre de hauteur.

– Un arbre dans l'arbre, murmuré-je.

– Oui, un dieu dans le dieu, un Univers dans l'Univers, un arbre dans l'arbre, mais celui-ci présente une petite particularité qui devrait vous intéresser.

Je m'approche, et vois qu'en guise de fruits il porte des sphères transparentes, presque identiques à celles des sphères-mondes. Elles ne mesurent pas plus de 3 centimètres de diamètre.

– Des mondes ?

– Non. Pas celles-ci. Ce ne sont que des reflets, comme ceux sur lesquels vous travaillez en Olympie. Les vraies sphères contenant des mondes sont rares. Vous en détenez une, je crois. Il s'agit plutôt d'un observatoire, ces sphères étant autant d'écrans de télévision en relief.

Je m'approche et reconnais en effet les planètes que j'ai déjà vues.

– Pourquoi vouliez-vous m'amener ici, roi Pan ?

– À cause de votre blague géniale.

Il me fixe, narquois, et se caresse la barbiche.

– Si j'ai éclaté de rire, c'est que j'ai tout de suite

perçu que ce que vous racontiez était la vérité. Vous êtes réellement allé sur une planète que vous contrôliez et vous avez vraiment rencontré une de vos croyantes, n'est-ce pas ?

– Oui.

Il reste songeur. Puis du doigt, il se torsade une bouclette de barbe.

– Et elle vous a dit que même si vous étiez son dieu vous aviez moins la foi qu'elle ?

– Exact.

Il s'esclaffe encore.

– C'est tellement ça. Ce sont les cordonniers les plus mal chaussés. Comme Beethoven qui était sourd. On crée de la musique et on ne peut pas l'écouter. Quelle dérision. Vous avez inventé une sagesse et vous n'êtes pas sage. Vous avez inventé une foi et vous êtes incroyant. Quelle dérision ! Racontez-moi tout dans le détail.

– Cette mortelle a commencé à m'enseigner ce que lui avait apporté « ma » religion. Elle m'a appris à méditer, à prier.

Il me fixe et pouffe derechef. Je me cabre :

– Je vais finir par penser que vous vous moquez de moi. Et cela va me vexer.

– Mais non, mais non. C'est la situation qui est comique. Je vous en supplie, continuez à me raconter tout ça. J'adore.

– Cette mortelle ne contestait pas la possibilité que je sois son dieu, mais elle constatait que je ne profitais pas de ma religion parce que je ne l'avais pas vraiment comprise. Alors qu'elle, ayant passé sa vie en croyante fervente, en avait saisi toute la puissance.

– C'est logique. Alors elle voulait vous... convertir ?

– Elle commençait à le faire quand j'ai été ramené ici.

Il tape des sabots sur le plancher, tout à sa joie.

J'attends qu'il ait fini, essayant de ne pas m'en offusquer. Je répète :

– Pourquoi m'avez-vous amené ici ?

– Pour te remercier de m'avoir fait rire autant.

Il se relève et me tend un ankh.

– Tu reconnais quelques-unes de ces planètes ?

À travers l'objet qui me sert de loupe je crois reconnaître Terre 1. Ainsi que d'autres Terres entrevues dans la cave d'Atlas, des Terres aquatiques, des terres avec d'autres technologies, d'autres morales, d'autres moyens de transport.

– Je vais te livrer un premier grand secret. ÉCOUTE BIEN ET COMPRENDS SI TU LE PEUX.

Il prend son temps puis articule posément :

– Il existe des... PASSERELLES entre les mondes.

– Des passerelles ?

Il caresse les sphères-fruits.

– Toutes ces Terres sont semblables, peuplées d'habitants plus ou moins humanoïdes qui vivent un espace-temps similaire. Nous sommes d'accord ?

– Certes.

– Eh bien elles sont comme des planètes sœurs.

– Je ne vois pas où vous voulez en venir.

– Tu as dû te demander pourquoi leurs histoires étaient analogues.

Je commence à saisir et j'éprouve une sensation de vertige.

– Et tu as dû te demander pourquoi certaines informations passaient de l'une à l'autre comme si elles étaient connectées entre elles.

Eun Bi qui invente avec Korean Fox le 5ᵉ monde sur Terre 1 et comme par hasard Terre 18 a un jeu

qui s'appelle « Le 5ᵉ monde ». *Certaines phrases :*
« Je suis comme les plantes, il faut qu'on me parle et
qu'on m'arrose », « Ce n'est pas parce qu'ils sont
nombreux à avoir tort qu'ils ont raison ». C'était cela
le sens de mon rêve. Les couches de lasagnes sont
reliées. Les mondes sont reliés. Les histoires des pla-
nètes résonnent les unes avec les autres.

– C'est quoi, votre histoire de passerelles ?

Le dieu Pan se place face à l'arbre et caresse une
branche du doigt.

– Tout est arborescence... Des branches relient les
mondes-fruits. La même sève coule partout. Les
feuilles sont des plans qui prennent la lumière. Et des
liens passent entre certains bourgeons de dimensions
différentes. Par la prière. Par la méditation. Par l'énergie universelle qui transcende l'espace-temps. La Vie.

Je commence à trouver ce bouquetin très intéressant.

– Ainsi, continue-t-il, rien que par la puissance de
la pensée, certaines personnes réussissent à percevoir
la feuille sur laquelle elles se trouvent. Elles peuvent
dès lors remonter les branches et se connecter d'un
plan à l'autre, d'une dimension à l'autre.

D'une couche de lasagne à l'autre.

Ma sensation de vertige se fait plus forte. Je
demande à m'asseoir. Il me désigne un fauteuil et
s'installe face à moi.

– Les passerelles ? dis-je. Des gens qui sortent de
leur corps non pas pour aller vers le Continent des
morts, vers le paradis des anges... mais vers d'autres
dimensions, d'autres planètes ? C'est cela ?

– Même pas besoin de mourir, de devenir un ange
ou un dieu. Même pas besoin d'être croyant. Ce n'est
qu'une simple prise de conscience. Il suffit de savoir

que c'est possible. Parfois en rêve, parfois en crise épileptique, durant une ivresse alcoolique, un coma.

– Et aussi durant une transe liée à la création, durant des instants d'écriture, j'ai vaguement connu ça quand j'étais l'écrivain Gabriel Askolein.

Le roi Pan se penche et murmure contre mon oreille :

– Mais aussi par la transe chamanique. Parfois en méditant on se décorpore, on visite, on voyage, on explore. Je crois savoir que vous avez été l'un des pionniers de la décorporation sur Terre 1, mon cher Pinson. Et je crois savoir aussi que récemment sur Terre 18, avec votre amie Delphine, vous avez touché à la zone où le futur, le passé et le présent sont confondus.

– En effet, mais je ne savais pas que...

– Que des milliers de gens l'ont fait avant vous ? Ce qui explique que des inventions apparaissent en parallèle sur des Terres sœurs. Parfois même en plusieurs lieux sur la même planète à la même époque.

Je contemple le séquoia bonsaï et commence à comprendre la portée de la révélation de Pan.

– Alors le Purificateur... est une résonance du Hitler de Terre 1 ?

– Certains esprits peuvent aller sur des mondes parallèles pour en ramener des idées. Les meilleures et les pires.

Le Dies irae *de Mozart. Identique mais sous un autre nom ! Proudhon sait circuler dans les branches pour récupérer ce qui l'intéresse ! C'est de là qu'il tire sa force.*

– Les idées sont donc contagieuses non seulement sur une Terre mais pour toutes les Terres de l'Univers ?

– En effet. C'est pour cela que l'idée d'une seule personne peut provoquer plus de conséquences qu'une guerre touchant des milliers de soldats. Une idée circule dans tout l'arbre et donc dans tous les fruits.

— Comme un virus contamine par le sang tout le corps.

— La bonne sève circule. La mauvaise aussi. La jeune femme mortelle qui t'a reproché de ne pas avoir la foi doit savoir intuitivement ce que je viens de t'apprendre.

Je me souviens maintenant des voyages astraux que Delphine prétendait accomplir dans « sa » religion dauphinienne. Elle assurait visiter d'autres mondes « presque comme le nôtre » où elle recevait des solutions à des problèmes « presque comme les nôtres ».

— Les temples peuvent servir d'amplificateurs, dans la mesure où plusieurs personnes priant ou méditant côte à côte créent un effet de groupe. Cela s'appelle un égrégor.

— Mais s'ils se réunissaient n'importe où ailleurs cela marcherait aussi ?

— Bien sûr. Seul ou en groupe, n'importe qui peut voyager dans les terres parallèles, seulement en prenant conscience que ces excursions sont possibles.

— Sur les autres Terres et sur les autres dimensions ?

— Oui, en largeur, hauteur, et profondeur.

Le roi mi-homme mi-bouquetin commence à m'impressionner. Je ne vois plus en lui le simple obsédé rigolard, mais mon nouveau professeur pour réussir le pas suivant.

— Cela expliquerait la difficulté à construire une histoire alternative, dis-je.

— C'est en effet le nœud du problème. Le premier scénario de Terre 1 a influencé tous les autres scénarios des autres Terres dans le temps et dans l'espace.

Pan se lisse la barbiche.

– Mais vous qui êtes ici, loin de l'Olympe, comment savez-vous ça ?

– Pan. Mon nom signifie « Tout ». Je sais presque tout.

Il darde alors son ankh vers un écran mural et j'aperçois Eun Bi et Korean Fox.

– Eux, je les aime tout particulièrement. Eun Bi... la courageuse petite Coréenne en lutte contre ses parents et son milieu, qui retrouve malgré tout ses racines profondes pour fonder avec un mystérieux inconnu un jeu informatique d'avant-garde. Je me demandais qui était ce Korean Fox. En fait c'est un garçon infirme, frappé par la sclérose en plaques. Une maladie terrible. Mais une âme parfaite. Pure.

Leur image s'affiche sur l'écran. Le couple radieux est accompagné d'un enfant.

– Ils se sont rencontrés, ils se sont aimés. Mais auparavant ils se sont longtemps parlé. Korean Fox craignait qu'elle le repousse quand elle le verrait abîmé par sa maladie incurable. Mais elle avait déjà effectué un long parcours d'évolution d'âme. Elle l'a aimé pour ce qu'il est vraiment et ne s'est pas souciée de son corps meurtri.

– Et Delphine ?

– Delphine est comparable à Eun Bi. Une femme formidable. Au début vous ne la jugiez pas très belle, n'est-ce pas ? Vous avez fini par la voir autrement. Au-delà des apparences.

– Donc vous saviez ?

– Oui. Je sais tout de vous grâce à cet arbre-observatoire. L'Arbre des terres possibles. Et c'est pour cela que j'ai tant ri car j'ai compris qu'enfin vous étiez « vrai ». Vous riiez de vous-même. Et de cette situation abracadabrante : un dieu qui rencontre une de ses croyantes et celle-ci lui fait découvrir sa propre religion !

— Vous m'aviez vu ?

— Évidemment. Je pense que vous avez bien mérité cet éclaircissement. Demain vous continuerez votre chemin vers un plus grand éclaircissement encore.

— Vous pensez qu'il est possible de rencontrer le Créateur ?

Le roi Pan se lève et regarde par la fenêtre de sa maison ronde. Il m'invite à observer aussi, et du doigt, m'indique une région.

— Le territoire vert, annonce-t-il.

— Qui vit là-haut ?

— Votre prochaine épreuve.

— Cessez de faire le mystérieux.

— Vous voulez vraiment savoir. Eh bien... le Diable.

— Le Diable ? Mais il n'y a pas de Diable, dis-je. C'est une invention des mortels afin de s'effrayer entre eux... ou d'exclure les individus qui les gênent.

Pan tortille les boucles de sa barbiche et affiche un sourire étrange.

— Ici, en tout cas, nous ne le nommons pas ainsi.

70. ENCYCLOPÉDIE : HADÈS

Son nom signifie l'« Invisible ». Lorsque, après la défaite de Chronos, ses trois fils se partagèrent l'Univers, Zeus prit le ciel, Poséidon la mer, et Hadès reçut les mondes souterrains.

Exclu de la liste des douze dieux olympiens car son royaume n'est pas dans la lumière, Hadès est le treizième dieu, et aussi le plus redouté du Panthéon.

Installé sur son trône d'ébène, au fond des Enfers, il porte le casque d'invisibilité offert par les cyclopes et tient dans sa main un sceptre de mort. À ses pieds, Cerbère, son chien à trois têtes.

Pour l'apaiser, les Grecs immolaient au-dessus d'une fosse des taureaux noirs dont le sang s'écoulait sur les fidèles, dans le culte de Cybèle ou de Mithra. On nommait ce rite : Taurobole.

Le royaume des Enfers d'Hadès est traversé par cinq fleuves : le Léthé (fleuve de l'Oubli), le Cocyte (fleuve des Gémissements), le Phlégéthon (fleuve du Feu), le Styx (fleuve de la Haine), et l'Achéron (fleuve de l'Affliction).

Sur la barque de Charon, le passeur des Enfers, les âmes des morts traversaient le Styx. Chaque étape franchie en Enfer fonctionne comme un clapet interdisant tout retour en arrière. Seuls Ulysse, Héraclès, Psyché et Orphée parviendront à en remonter. Toutefois l'expérience aura pour eux un prix. Orphée perdra son amour, Eurydice ; Psyché mourra à la sortie.

Hadès pour sa part ne quitta qu'une seule fois son royaume des Ténèbres : pour se trouver une reine. Comme il savait qu'aucune femme ne consentirait à descendre vivante au pays des morts, Hadès se résolut à ouvrir la terre pour enlever la fille de Déméter, la jeune Perséphone.

Edmond Wells,
Encyclopédie du Savoir Relatif et Absolu,
Tome VI.

71. STYX

Bruissement de feuilles. Bois sec qui craque sous nos pas. Envol par centaines de petits oiseaux multicolores, comme autant de vapeurs fugaces. Bourdonnement d'insectes dans la chaleur humide. Petits animaux timides qui nous guettent à travers les frondaisons. Serpents ondulants et papillons graciles. Odeur de fleurs opiacées.

La machette nous ouvre le passage, fend les murs de verdure. Les satyres nous guident dans la forêt équatoriale du sud d'Aeden, face à la deuxième Montagne. Des femmes autochtones nous ont offert des vêtements adaptés à la marche et au froid.

Aphrodite marche à côté de moi et j'ai l'impression qu'elle s'est légèrement recroquevillée. Juste avant que nous partions, elle a poussé un cri dans la salle de bains. La déesse de l'Amour venait de constater une ride sur son visage. J'ai mis plusieurs heures à la consoler avant que nous puissions nous préparer au voyage. Pour une divinité censée incarner la Beauté, la première ride, annonciatrice des ravages du temps, est un phénomène bouleversant.

Une bombe à retardement a donc commencé son compte à rebours. Désormais Aphrodite sait qu'elle va devenir une vieille dame.

En tête de notre petite procession, qui comprend notre groupe de cinq plus une vingtaine de satyres, le roi Pan en personne indique les chemins à prendre. Il marche vite et, armé d'une machette d'or, libère les sentiers envahis de branchages.

Je resserre les bretelles de mon sac à dos contenant le coffre de Terre 18 et le recueil de blagues de Freddy Meyer, plus une gourde d'eau et des fruits secs que nous ont offerts les autochtones.

Nous marchons.

Nous longeons des crevasses, des zones de végétation dense où foisonnent faune et flore étranges.

De temps à autre un satyre dégaine sa sarbacane et un serpent tombe, rapidement récupéré par les petits hommes aux pieds de bouquetin. Nous n'aurions jamais pu trouver ce chemin et y évoluer sans leur aide.

Nous parvenons à un pont de lianes surplombant un gouffre. Il est tellement large qu'on ne distingue pas l'autre bord. L'extrémité de la passerelle se perd dans une brume opaque.

— Notre territoire s'arrête là, annonce le roi Pan.

— Qu'y a-t-il de l'autre côté ?

— Le territoire d'Hadès.

Tous les satyres crachent par terre en chœur pour conjurer l'effet de ce nom honni.

Notre groupe s'avance vers le pont de lianes. Les satyres sont nerveux.

— Vous y êtes déjà allé ? demande Edmond Wells au roi Pan.

— En Enfer ? Non ! Qui a envie d'aller voir le Diable ?

— Nous, si c'est le passage obligé pour accéder au Créateur, répond Aphrodite, déterminée.

Les satyres font claquer leurs sabots sur le sol, comme s'ils piaffaient pour exorciser leur peur.

— Qu'est-ce qu'ils ont ? demande Œdipe.

— Ils n'aiment pas être si près du gouffre. Nous, pour tout l'or du monde, nous ne franchirions jamais cette passerelle de lianes, signale Pan. Mais je peux comprendre que vous ayez besoin d'aller voir. Pour savoir.

— Ce n'est pas parce que les choses sont difficiles que nous ne les faisons pas. C'est parce que nous ne les faisons pas qu'elles sont difficiles, affirme Edmond Wells.

Tandis que les satyres se reprennent, Pan me saisit par l'épaule et me donne une franche accolade.

– Enchanté de t'avoir rencontré, Michael. Plus tard je raconterai votre aventure à nos enfants et cela les amusera beaucoup.

Je prends cela pour un compliment. Il s'empare de la main d'Aphrodite, pour un baisemain à l'ancienne.

– Enchanté de vous avoir rencontrée vous aussi... mademoiselle Aphrodite.

Il a insisté sur le « Mademoiselle » pour bien lui faire comprendre qu'à ses yeux, elle ne sera jamais « Madame ».

Il salue ensuite Edmond, Œdipe et Orphée.

– J'admire votre courage, conclut enfin le roi. J'aimerais être capable moi aussi de surmonter ma peur et franchir ce pont de lianes. Mais peut-être suis-je trop vieux ou trop couard pour visiter l'Enfer.

– Si c'est le même Enfer que celui que j'ai déjà visité, rétorque Orphée, il est gérable.

– Allez savoir, ici tout est presque pareil que dans la Mythologie, mais jamais complètement. L'Enfer d'Aeden à mon avis ne ressemble à aucun autre.

À nouveau il prend sa mine de chèvre narquoise.

Nous nous quittons sur un dernier salut, et avançons vers le pont de lianes. Edmond Wells devant, Aphrodite et moi, puis Orphée guidant son ami aveugle.

La mousse rend le parcours glissant. Sous nos pieds les planches craquent, des morceaux de bois se détachent et mettent longtemps à parvenir au fond du précipice. Nous nous agrippons fermement au garde-corps vermoulu.

Au fur et à mesure que nous progressons, une

odeur infâme de charogne nous agresse. Si c'est cela l'Enfer, il empeste surtout le dépotoir d'ordures.

Œdipe a du mal à avancer, mais Orphée est très prévenant.

Aphrodite enlève ses sandalettes pour marcher pieds nus. Je me crispe tellement sur le cordage du garde-corps que mes jointures sont blanches.

Nous avons déjà parcouru cent mètres sur la passerelle et, derrière nous, les satyres sont toujours là à nous observer. En face, la brume ne s'est pas dissipée.

Nous entrons dans le nuage.

– Vous voyez quelque chose, devant ?

– Non, rien. Mais prenez garde, le bois est pourri par ici.

L'air est de plus en plus irrespirable. Un courant glacé nous griffe les chevilles.

– Et là ?

– Toujours rien.

Des bruits autour de nous. Nous finissons par reconnaître des corbeaux qui semblent annoncer notre arrivée.

Nous marchons, sans jamais distinguer l'autre berge.

– Ça ne finira donc jamais ? s'insurge Œdipe.

– Le pont est vraiment très long, reconnaît Orphée, et j'ai l'impression que le brouillard s'épaissit.

– Pas question de faire demi-tour, déclare Edmond Wells, maintenant nous sommes forcément plus près de la berge d'en face.

D'autres bruits étranges résonnent soudain en hauteur, qui ne sont pas ceux des corbeaux. Sous nos pas les planches se font plus rares, nous devons franchir de gros trous, en nous arrimant au garde-corps sans rien sous nos pieds. Pour Œdipe, l'épreuve est particulièrement difficile.

Alors que j'avance les jambes dans le vide, accroché au pont à la seule force des bras, un corbeau m'attaque. Je le repousse à coups de talon. Mais déjà d'autres corbeaux viennent à la rescousse. Ils me frôlent de leurs ailes. L'une d'eux fonce sur moi, le bec en avant prêt à me le planter dans la poitrine. Je me détourne pour me protéger et il déchire la toile de mon sac à dos.

Le recueil de blagues de Freddy Meyer et la nourriture offerte par les satyres tombent dans le vide vertigineux sous nos pieds. Le coffre est près de le suivre. Je me fige. Mais déjà un autre corbeau fonce sur moi. Au moment où il me blesse au ventre, j'ai un sursaut qui expulse du sac à dos le coffre contenant Terre 18. L'objet ô combien précieux choit.

D'un geste preste, Aphrodite, agrippée d'une main au cordage, le rattrape par une poignée.

Je lui adresse un signe de gratitude.

– De justesse, conclut-elle.

Je saisis la poignée du coffre avec les dents et nous continuons notre progression. Le goût du fer rouillé me rassure.

Delphine est dans la boîte. Et la boîte est dans ma bouche.

Je me sens comme ces poissons, les cichlidés du lac Malawi, qui transportent leurs petits dans leur bouche pour les protéger.

De nouvelles planches apparaissent face à nous. D'abord en piteux état, puis solides.

Nos pieds trouvent enfin un appui.

Les corbeaux sont toujours là mais, avec nos ankhs, nous en abattons plusieurs, ce qui suffit à tenir les autres à distance.

La brume commence à se dégager.

– Je distingue l'autre bord du ravin ! annonce Edmond Wells.

– Je vois des arbres, ajoute Aphrodite.

– Je commençais à me demander si ce pont menait quelque part, soupire Œdipe, épuisé.

– En effet, je n'ai pas connu ce genre d'épreuve la première fois que je suis allé aux Enfers, reconnaît Orphée.

Nous marchons d'un bon pas sur un plancher solide. L'odeur de pourriture s'atténue.

Enfin nous prenons pied sur l'autre bord.

– Merci, murmuré-je à Aphrodite.

– Je n'ai pas réfléchi, dit-elle comme pour s'excuser d'avoir sauvé sa rivale.

Les frondaisons de ce côté du ravin sont beaucoup plus denses. L'ombre des arbres immenses plonge la forêt dans une nuit permanente. Le vent souffle dans les ramures, charriant par moments de nouveaux relents pestilentiels.

Aphrodite prend ma main et la serre très fort.

– Laissez-moi servir d'éclaireur, propose Orphée. J'ai l'impression de reconnaître des éléments du décor. Il devrait y avoir une entrée plus loin, dans cette direction.

Je guide Œdipe à l'arrière. Nous avançons dans une jungle en pente qui flanque la Montagne. Alors que sur l'autre rive la végétation était de type tropical, ici elle est adaptée aux régions froides, avec des ronces et des chênes aux branches tordues.

Nous percevons des présences sur les flancs.

Quand nous entendons le premier hurlement de loup nous sommes presque rassurés, nous pouvons identifier ces nouveaux adversaires.

Nous pressons le pas, ils sont de plus en plus nombreux.

– Ils se regroupent pour nous attaquer, signale Edmond Wells.

Nous nous arrêtons et dégainons nos ankhs.

À nouveau des bruits fugitifs nous contournent.

– Ils vont attendre l'obscurité pour nous attaquer, affirme Œdipe.

C'est à ce moment que surgissent trois molosses aux babines baveuses et aux yeux écarlates.

Nous tirons et les supprimons facilement.

Mais déjà de nouveaux loups surgissent en poussant des grognements.

– Ils ont l'air affamés.

– Fais attention à droite.

D'un tir en rafale j'en tue trois.

Maintenant ils attaquent de partout. Ils sont des dizaines. Puis des centaines. Mon ankh commence à chauffer entre mes doigts jusqu'au moment où il se décharge. Je ramasse un bâton quand un de ces molosses bondit sur moi. Je le fauche d'un revers comme au tennis. Je me bats comme un forcené, mes compagnons affrontent eux aussi ces puissants canidés sur le point de nous submerger lorsqu'une musique résonne. C'est Orphée qui, juché sur une branche pour échapper à la meute qui le poursuit, a sorti sa lyre et joue quelques accords.

Aussitôt les loups stoppent leurs attaques. Et se groupent pour écouter la mélodie.

Nous nous relevons, épuisés, les vêtements en loques.

– Continue, s'il te plaît, ne t'arrête pas ! supplie Aphrodite.

Orphée joue plus doucement et les loups se couchent, les uns après les autres. Étrangement, les arbres semblent aussi se pencher vers Orphée. Je m'émerveille :

– Ta musique est magique, ton mythe ne mentait pas. Comment fais-tu ?

Il égrène encore quelques accords et tous les loups s'assoupissent.

– Nous possédons tous un don particulier, répond Orphée, il suffit de le trouver et le travailler.

Il joue cette fois différemment et à nouveau les arbres frémissent. Leurs branches indiquent une direction.

Edmond Wells désigne, bien haut au-dessus de nos têtes, une entrée de tunnel qui ressemble à une bouche béante. Deux protubérances au niveau de ce qui pourrait être des yeux complètent cette impression de montagne vivante.

– Tu es sûr, Orphée, que c'est l'entrée du royaume d'Hadès ? demande Aphrodite.

– C'était en tout cas ainsi qu'elle apparaissait sur Terre 1.

À nouveau cette idée que les mondes sont en résonance me trouble. Et comme me l'a expliqué Pan, de la même manière qu'il y a un « lien horizontal » entre les mondes de même niveau, il existe peut-être aussi un « lien vertical » entre les mondes inférieurs et les mondes supérieurs.

L'Olympie d'Aeden est la copie de l'Olympie de Terre 1.

Les dieux et les monstres sont les mêmes que ceux de l'antique Mythologie inventée par les Grecs de Terre 1.

Les pays et les cultures sont souvent eux aussi les mêmes.

Terre 1 serait-elle la référence centrale ?

Non, Terre 1 est elle-même influencée par les mondes voisins, mondes du dessus et du dessous.

Pan m'a fourni l'une des grandes clefs de la Connaissance de l'Univers.

Terre 1 est comme un jeu d'échecs en suspension au milieu d'un nuage de jeux d'échecs. Une arborescence invisible les relie.

– À quoi penses-tu, Michael ? demande Aphrodite.

Elle frotte d'un geste machinal la ride de ses yeux, comme si elle espérait, à force de tirer la peau, parvenir à l'estomper.

– À toi, réponds-je.

– Je suis heureuse d'avoir sauvé ta petite planète.

Et je sens à son intonation qu'elle le regrette quand même un peu.

Je prends conscience de l'Ici et Maintenant. Dans l'Ici et Maintenant j'ai la chance de vivre la plus périlleuse aventure possible avec la plus belle de toutes les femmes.

À la nuance près que désormais la beauté physique n'a plus d'importance pour moi.

Seule compte la qualité d'âme.

Et pour l'instant mon âme n'est connectée qu'à une femme : Delphine.

Et où que je sois, elle est avec moi. Dans mon cœur.

– Et si on contournait cette ouverture ? propose Edmond Wells.

– De toute façon, dit Orphée, regardez bien, les parois sont lisses et verticales dans cette caverne. Nous n'avons pas d'autre choix.

Nous grimpons longtemps dans la forêt sombre, avant d'atteindre le petit plateau en forme de lèvre qui donne sur l'entrée de la caverne, bouche béante. Le brouillard est revenu et nous empêche de voir à plus de cinq mètres. Nous avançons lentement.

À peine nous sommes-nous approchés, qu'une

nuée de chauves-souris décolle et nous frôle, nous forçant à nous plaquer au sol.

– Le service d'accueil, je présume, dit Edmond Wells.

L'odeur de soufre et de charogne tourbillonne par vagues.

Orphée, à l'avant, s'empare d'un morceau de bois, ramasse de fines lianes et nous apprend à confectionner des torches.

Nous voici en train de progresser, torche à bout de bras, dans la caverne qui doit bien faire 20 mètres de hauteur. Orphée joue sporadiquement quelques arpèges pour percevoir les volumes des couloirs et calmer les animaux qui pourraient nous attaquer.

La musique comme arme de défense.

– Il ne t'arrive jamais de faire une fausse note ? lui demande Edmond Wells.

– Toute fausse note jouée maladroitement est une fausse note. Toute fausse note jouée avec conviction est une... improvisation.

Autour de nous des stalactites gouttent. Soudain un souffle nous parvient d'un couloir adjacent.

– C'est un vrai labyrinthe, nous aurions peut-être dû laisser des marques pour pouvoir en sortir, dit Œdipe.

– Si c'est comme l'Enfer que j'ai déjà visité, nous ne sortirons pas par l'entrée, affirme Orphée.

– De toute façon, ajoute Edmond Wells, la sortie qui nous intéresse donne au-dessus de cette caverne, si nous voulons poursuivre notre ascension.

Aphrodite, dans le doute, saisit une pierre de soufre et trace une croix jaune sur la paroi rocheuse.

Nous continuons par une enfilade de galeries qui donnent sur d'autres galeries. Les odeurs pestilentielles changent, les chauves-souris sont de plus en plus grosses.

– Tu es sûr de savoir où tu nous mènes ? demande Aphrodite à Orphée.

Il joue un nouvel accord qui se répercute en échos dans le tunnel.

Et à cet instant nous débouchons sur un croisement, pour repérer la croix jaune tracée au début par Aphrodite avec sa pierre de soufre.

– Nous sommes perdus, déplore-t-elle. Nous tournons en rond.

– Non, non, il existe forcément un chemin, reprend Orphée.

Nous parvenons à une nouvelle galerie qui monte, d'une couleur et d'une odeur différentes.

Sur la paroi s'étale une croix jaune similaire à celle tracée par la déesse. Pourtant nous sommes certains cette fois de ne pas être passés par là.

– J'ai peur, murmure Aphrodite en s'accrochant à moi.

Je la prends dans mes bras et la serre pour la rassurer.

– Je crois qu'au contraire c'est un bon présage, quelqu'un dessine ces croix pour nous guider, signale Edmond Wells.

Nous avançons en suivant les croix jaunes et, en effet, nous en voyons une qui... se trace seule sur la paroi devant nos yeux.

– C'est le Diable, il multiplie les croix jaunes pour nous guider vers l'Enfer, s'inquiète Aphrodite.

– C'est quelqu'un qui utilise le casque d'invisibilité d'Hadès, rectifie Edmond Wells en désignant des traces de pas qui s'inscrivent dans le sol près de l'endroit où la dernière croix jaune est spontanément apparue.

461

– L'homme invisible !

– « Des » hommes invisibles, rectifié-je en apercevant d'autres traces de pas autour de nous.

Nous prenons conscience d'être entourés de gens qui nous observent et agissent sans que nous puissions les distinguer.

Finalement, les traces jaunes nous conduisent à une large caverne traversée par un fleuve souterrain. Près d'un embarcadère, une longue nef se balance surmontée d'un individu à l'allure d'un gondolier vénitien. Il a un grand chapeau orné d'un cordon vert qui ombre complètement son visage. Un long manteau cache son corps.

– C'est le Styx, le fleuve des morts, balbutie Orphée en rangeant sa lyre, tout au souvenir de ce qui lui est jadis arrivé en pareil lieu.

– Ou du moins une de ses copies, complète Edmond Wells.

– Dans ce cas, l'homme sur cette barque est Charon, le passeur des morts, ajoute Aphrodite.

– Nous faisons quoi ? demande Œdipe, inquiet.

– Ce n'est plus le moment de chercher à faire demi-tour, clame Orphée. Il est trop tard. Continuons. Nous verrons bien où cela nous mènera.

Le gondolier s'est redressé avec un ricanement à peine perceptible au moment où nous montons dans sa barque. Puis il plonge sa longue rame dans l'eau épaisse. La nef commence à glisser sur le fleuve recouvert d'une fine brume.

Le Styx.

Notre bateau inquiétant et son étrange capitaine traversent en douceur une enfilade de cavernes sombres aux plafonds recouverts de stalactites.

Soudain un courant nous entraîne plus vite. Le gondolier dirige son embarcation au millimètre entre des stalagmites qui affleurent. Parfois je distingue, vaguement éclairée, sa bouche qui sourit sans raison.

Nous rejoignons une zone d'où part un confluent. Sur la berge, des êtres en haillons sont assis et pleurent. Edmond Wells, qui l'avait consigné dans son Encyclopédie, nous rappelle que cela doit être le Cocyte.

Le Cocyte, le premier bras, le fleuve des Gémissements.

Plus loin une autre jonction du fleuve dévoile des êtres debout, déambulant lentement en rond, avec des regards hallucinés.

Le Léthé, le deuxième bras, le fleuve de l'Oubli.

Notre vaisseau glisse de plus en plus vite sur le fleuve verdâtre. Une odeur âcre nous prend à la gorge et nous découvrons un nouvel affluent, une rivière couverte de flaques d'essence qui flambent. Des êtres sur ses bords se tordent comme s'ils étaient brûlés, la peau en lambeaux.

Le Phlégéthon, le troisième bras, le fleuve du Feu.

Enfin le fleuve principal, le Styx, poursuit son cours vers des berges où des êtres se battent. Ils se griffent, se mordent, se tordent les bras, se donnent des coups de pied, se tirent les cheveux.

Le Styx, le quatrième bras : le fleuve de la Haine.

Certains chutent dans l'eau glauque pour continuer à se battre en éclaboussant les autres. Plus loin la paroi devient rouge. Près de grands feux, des êtres en haillons maintiennent d'autres êtres en haillons sur des engins de torture truffés de pointes, ou des roues d'écartèlement. Certains en traînent d'autres vers des potences où ils les accrochent pour les fouetter, les brûler, les lacérer à coups de lames de rasoir. Les hurlements redoublent d'intensité au point de nous assourdir.

Notre gondolier ricane toujours derrière son large chapeau.

Le bateau quitte la zone rouge pour rejoindre un lieu grisâtre. Des gouttes tombent en pluie du plafond.

Je lève la tête et je m'aperçois que toute la partie supérieure de la caverne est occupée par des têtes incrustées à même la paroi et qui pleurent.

– Ce sont leurs larmes qui remplissent le fleuve Styx, signale Orphée.

Je scrute les visages là-haut et il me semble en reconnaître un.

Lucien Duprès.

Le déicide.

S'il est là c'est peut-être que Mata Hari est là aussi.

Je ne peux m'empêcher de hurler.

– Mata !

Plusieurs voix féminines me répondent simultanément.

– C'est moi Mata, je suis là !

– Non, c'est moi, je suis ici !

– Non, là !

– Je suis Mata, libère-moi de l'Enfer.

– Non, moi !

– Moi, ici, je suis ta Mata !

C'est bientôt un vacarme de voix féminines stridentes.

Charon ricane dans sa cape, mais garde le visage dans l'ombre de son large chapeau.

– Calme-toi, m'intime Aphrodite, elle n'est pas là.

Je me dégage de la déesse de l'Amour et continue de fixer les têtes qui dépassent du plafond.

Enfin la barque accoste à un embarcadère, et Charon d'un geste du bras nous indique de continuer sans lui.

Nous empruntons un escalier sombre qui sent fortement la pourriture. Nous descendons. Des croix
jaunes identiques à celle qu'a tracée Aphrodite continuent d'apparaître spontanément.

Les êtres invisibles sont revenus.

En effet, des pas creusent la poussière et nous indiquent une direction à prendre.

72. ENCYCLOPÉDIE : ORPHÉE

**Orphée est le fils du roi de Thrace, Oeagre, et
de la muse Calliope. (La Thrace se trouvant à
l'emplacement de l'actuelle Bulgarie.) Dès son
jeune âge Apollon lui fit don d'une lyre à sept
cordes, à laquelle il en ajouta deux en hommage
aux 9 Muses, les sœurs de sa mère. Celles-ci
l'éduquèrent dans tous les arts, et tout particulièrement dans la composition musicale, le chant
et la poésie.**

**Orphée était si talentueux qu'on prétendait
qu'au son de sa lyre, les oiseaux cessaient de
chanter pour l'écouter. Tous les animaux accou-
raient pour l'admirer. Le loup courait près de
l'agneau, et le renard près du lièvre sans qu'aucun animal n'ait envie d'en agresser un autre.
Les fleuves cessaient de couler, les poissons sortaient de l'eau pour l'écouter.**

**Après un voyage en Égypte où il fut initié au
Mystère d'Osiris, il prit le nom d'Orphée (du
phénicien : « Aour », la lumière, et « Rophae »,
guérison, celui qui guérit par la lumière) et
fonda les Mystères orphiques d'Éleusis. Puis il
se joignit aux Argonautes à la recherche de la
Toison d'or. Par la beauté de son chant, il don-**

naît du courage aux rameurs, il calmait les flots agités par les vents. Il charma et endormit le dragon de Colchide, gardien de la Toison d'or, permettant à Jason de réussir sa mission.

Après son voyage avec les Argonautes, Orphée s'établit en Thrace dans le royaume de son père et épousa la nymphe Eurydice. Un jour, celle-ci, voulant échapper aux avances du berger Aristée, s'enfuit précipitamment et posa le pied sur un serpent. Le reptile la mordit et elle mourut aussitôt.

Fou de douleur, Orphée alla la rechercher au royaume des morts pour tenter de la sauver.

Il marcha vers l'ouest, tout en chantant tristement son amour pour la défunte.

Les arbres en furent émus et ils montrèrent le chemin avec leurs branches pour lui indiquer l'entrée de l'Enfer.

Avec sa lyre, il calma le féroce Cerbère, apaisa un moment les Furies, charma les juges des morts et interrompit momentanément les supplices des condamnés. Il joua si bien de la lyre qu'Hadès et Perséphone l'autorisèrent à ramener Eurydice dans le monde des vivants. Cependant le dieu des Ténèbres imposa une condition : ne pas se retourner jusqu'à ce que sa femme soit revenue sous la lumière du Soleil.

Eurydice suivit donc Orphée dans les couloirs qui menaient à la sortie, guidée par la musique de sa lyre.

Au moment où il parvenait à la lumière, inquiet de ne plus entendre ses pas, il tourna la tête pour voir si Eurydice le suivait toujours.

Ce seul regard à son épouse lui fit perdre d'un coup tout le fruit de son effort. Euridyce était définitivement perdue. Une brise légère toucha son front comme un dernier baiser.

Revenu en Thrace, Orphée demeura fidèle à son épouse disparue, vécut en ermite, chantant du matin au soir la tristesse de son amour perdu.

Il dédaigna l'amour des femmes de son pays, qui finirent par le haïr.

Edmond Wells,
Encyclopédie du Savoir Relatif et Absolu,
Tome VI.

73. LE TARTARE

Sublime descente.

L'escalier débouche en sa partie inférieure dans un tunnel d'émeraude sculpté de bas-reliefs.

— Je reconnais cet endroit. Il faut aller tout droit et tourner à gauche, annonce Orphée.

Un frisson me vient car moi aussi je reconnais ce décor, et même ce dialogue.

C'est la vision du futur telle que je l'ai eue avec Delphine. Comment est-ce possible ? Comment ai-je pu prévoir cet instant ?

Cette idée m'inquiète de plus en plus. Elle signifie que quelque part dans l'Univers ce futur était inscrit et qu'il était même « consultable ».

— J'ai le vertige, murmuré-je pour moi-même.

Je suis sur le point de m'évanouir, Aphrodite me soutient.

— Ça va ? Qu'est-ce qu'il se passe ?

— Rien. Juste une sensation de déjà-vu, j'ai l'impression d'avoir déjà vécu cette scène.

— En rêve ?

– Non, en méditation.

Edmond Wells nous rejoint.

– Il y a un problème ?

– Michael a l'impression d'être déjà venu ici.

– Comme Orphée ?

Les autres me regardent de manière curieuse.

Pour ne plus y penser j'examine avec attention les scènes et les personnages gravés dans la roche translucide.

Une histoire se déroule : deux armées d'anges s'affrontent sur une centaine d'épisodes, durant lesquels certains en trahissent d'autres et à nouveau se combattent en volant au-dessus de villages de mortels dans le fracas de leurs épées.

– L'Armageddon. La bataille finale des anges de lumière contre les anges des ténèbres, précise Edmond Wells qui reconnaît certaines scènes.

– Qui a gagné ? demande Œdipe.

– À mon avis la bataille dure encore.

Nous progressons dans le couloir d'émeraude alors que les pas furtifs des présences invisibles se font plus nombreux. Quand nous nous arrêtons, une croix jaune se trace sur le mur vert pour nous encourager à poursuivre.

Parfois plusieurs croix jaunes apparaissent, comme si les êtres invisibles étaient impatients.

Enfin nous parvenons à une grande salle où deux trônes noirs se côtoient. Un grand et un petit.

Sur celui de gauche siège un géant en toge noire.

Il doit mesurer 3 mètres. Sa peau est très claire, presque laiteuse, des cheveux noir de jais tombent en mèches ondulées et huilées sur son front. Ses pupilles noires et brillantes semblent sous l'emprise d'une drogue excitante. Sa toge miroite d'un noir mat.

À côté de lui la jeune femme, de taille normale,

1,70 mètre tout au plus, paraît toute menue dans sa toge également noire mais brodée d'un fil doré. Elle porte des bijoux colorés, et notamment un long bracelet argenté agrémenté de pierres couleur jade.

– Bienvenue dans mon royaume, clame le géant à la peau blême. Je suis Hadès. Je vous ai envoyé des messagers pour vous guider jusqu'ici, j'espère qu'ils ne vous ont pas inquiétés.

Il ressemble à Zeus en plus jeune.

En fait, en plus beau.

Normal qu'il lui ressemble puisque Hadès est son frère aîné.

– Je vous présente la reine Perséphone, annonce le grand homme en toge noire. C'est elle qui permet aux cultures de pousser.

– Vous êtes le Mal ! lance Œdipe.

– « Le Mal » ?

– Nous savons que nous sommes en Enfer, reprend le jeune homme.

– « L'Enfer » ?

Hadès sourit.

– Que voilà une vision bien simpliste de mon royaume ! Je crois que vous avez écouté trop de propagande négative sur moi.

– Vous êtes le 13e dieu, rappelle Edmond Wells. Celui de l'arcane 13, l'arcane de la Mort.

– Ah, enfin une parole raisonnable. En effet je suis lié à la mort... mais la mort n'est-elle pas porteuse de renaissance ? Regardez bien votre arcane 13. C'est un squelette qui coupe ce qui dépasse du sol afin que de jeunes herbes puissent naître. Comme l'hiver, il annonce le printemps, n'est-ce pas, Perséphone ?

– Il faut accepter la mort comme porteuse de nouvelle vie, prononce la jeune femme d'une voix étonnamment aiguë.

– Mais tous ces gens que nous avons vus incrustés dans les murs, en train de pleurer et de gémir ? demandé-je.

Hadès hoche la tête.

– Ils ont eux-mêmes choisi de venir ici pour souffrir. C'est cela le paradoxe. L'Enfer est une notion inventée par les hommes, pour se punir eux-mêmes. Tous ces êtres que vous avez vus sur le parcours du Styx ont choisi librement de venir et choisi librement de souffrir. Quand ils en auront assez ils pourront repartir et se réincarner où et comme ils le souhaitent.

– Nous ne vous croyons pas ! coupe Œdipe.

– Pourtant c'est la triste vérité. La seule chose qui les retient ici est leur propre volonté de se châtier. Vous sous-estimez le pouvoir de la culpabilité.

– Je ne vous crois pas non plus ! lance Aphrodite. Il ne peut pas y avoir autant de volonté d'autodestruction dans une âme !

– C'est toi ma petite cousine... qui dis ça ?

Hadès se lève et s'approche d'elle.

– Il me semble que tu as rétréci, cousine.

Sa main naturellement va caresser la petite ride qui la préoccupe, elle la repousse aussitôt.

– Ici les âmes se torturent par la douleur physique, et toi tu tortures par l'amour, mais au final le résultat n'est-il pas le même ? Des êtres en souffrance ?

Aphrodite ne répond pas.

– Je te le répète : nous sommes tous libres dans un monde sans Enfer, mais certains d'entre nous ont choisi de s'inventer un Enfer parce qu'ils veulent délibérément souffrir. Ce lieu n'existe que par l'imaginaire des hommes. Et il n'est maintenu en activité que par leur peur, leur culpabilité et leur masochisme intrinsèques.

Son regard ne cille pas. À son côté, Perséphone

approuve d'un hochement de tête discret, comme si elle était désolée de reconnaître que son compagnon a raison.

– Vous voulez dire que ce sont eux-mêmes qui ont choisi de se torturer, d'avoir le corps incrusté dans le plafond avec seulement la tête qui dépasse ? demande Edmond Wells, lui aussi incrédule.

Le dieu des Enfers explique de manière très didactique :

– Bien sûr. Il existe plusieurs raisons au masochisme, vous l'avez écrit dans votre Encyclopédie, professeur Wells. L'une d'elles peut être que lorsqu'on souffre on est en éveil, plus fortement ancré dans le présent, on se sent vivre plus fortement.

Il fait un signe et un serviteur invisible soulève un plateau qui semble voler lentement dans la pièce. Puis les verres se soulèvent à leur tour et s'emplissent d'un alcool turquoise aux relents douceâtres.

Je saisis celui qui flotte près de mon visage. Mes compagnons reçoivent la même offrande, mais, méfiants (surtout après la boisson du roi Pan), aucun d'entre nous n'y trempe les lèvres.

– Un autre plaisir du masochiste consiste à se plaindre. Quand on souffre, on peut prendre à témoin son entourage, on se sent un héros martyr et stoïque, continue Hadès.

Il claque dans ses mains et des torches s'allument. Elles flottent dans l'air pour venir éclairer des tableaux animés représentant des saints chrétiens à leur supplice : dévorés par des lions, pendus par les pieds, fouettés, écartelés.

– Le christianisme des origines a dû promulguer un édit empêchant les premiers adeptes de se dénoncer eux-mêmes. Ils voulaient souffrir pour partager la douleur de leur prophète. Ce n'est pas moi qui ai inventé cela. C'est vous.

La torche flottante illumine des flagellants chiites, des intégristes catholiques espagnols qui se fouettent avec des lanières agrémentées de clous, des Indiens barbus marchant presque nus avec au bout du pénis une corde attachée à un parpaing qui se balance. En Indonésie des hommes au regard halluciné se transpercent le corps avec des piques au son des tam-tams de leurs amis. Plus modernes : des rockers gothiques avec des piercings qui leur trouent le visage, des punks qui dansent au milieu de tessons de bouteilles. Des gravures d'Africains qui se font des scarifications, de femmes qui excisent une jeune fille qui hurle, d'un homme dans un cirque qui s'enfonce une longue épée dans la gorge, d'un groupe d'individus qui marchent sur des braises alors que le public les encourage par des applaudissements...

Nous préférons ne plus regarder les images-chocs d'un monde que nous ne connaissons que trop bien.

– Vous voulez dire que le Mal n'existe pas ? Qu'il n'existe que le manque d'amour pour soi-même ? demandé-je, intrigué.

La voix d'Hadès enfle, pour devenir très forte. Il martèle, comme lassé de le répéter :

– VOUS ÊTES LES SEULS RESPONSABLES DE VOTRE MALHEUR. C'EST VOUS QUI L'AVEZ INVENTÉ ET INSTRUMENTALISÉ !

Puis il poursuit, d'une voix plus douce :

– Vous êtes tellement durs envers vous-mêmes... À tous ceux qui viennent ici je propose de se montrer indulgents et de se pardonner leurs méfaits de leur vie précédente. Mais ils ne m'écoutent pas, ils ne se trouvent aucune excuse.

Hadès a un rire doux, plein de compassion.

– J'aime bien parler de ma fonction. Car vous êtes tous tellement habitués à juger que vous me jugez moi aussi, le soi-disant « Diable ». Je suis votre grand méchant imaginaire, alors que de méchant, il n'y a que vous-mêmes. Allez-y, j'attends vos questions.

– Pourquoi le monde n'est-il pas entièrement gentil ? demandé-je.

– Très bonne question. Et voici la réponse. Parce que si le monde était gentil, vous n'auriez aucun mérite à opter pour les bons choix. Vous vous souvenez de cette histoire que raconte Edmond Wells dans l'Encyclopédie ? Celle de la petite lumière qui demande à son père : « Est-ce que ma lueur te plaît ? » Et le père répond : « Parmi les autres lueurs je ne vois pas la tienne. » Alors la petite lueur interroge : « Que faire pour que mon père me voie ? » Et le père dit : « Rends-toi dans lc noir. » La petite lueur se place dans les ténèbres. Et là le père peut enfin la voir et lui dit : « Tu as une très belle lumière mon fils. » Mais alors la petite lueur prend conscience qu'elle est entourée de noirceur et elle hurle : « Papa, pourquoi m'as-tu abandonné ? »

Hadès prend un verre de boisson turquoise qu'il sirote à petites gorgées comme un chat.

– Il n'y a que dans l'obscurité qu'on voit la lumière. Il n'y a que dans l'adversité que l'on peut reconnaître le mérite et la vertu.

Perséphone approuve à nouveau, avec cet air désolé.

– Oh oui, mon chéri.

Elle saisit la main de son compagnon géant qu'elle embrasse tendrement, comme s'il s'agissait d'un gros ours apprivoisé. Aphrodite, comme par réaction, se rapproche de moi.

– Autre question, mes amis ?

– Pourquoi les tueurs en série ? demande Œdipe.

– Très bonne question. Parce qu'ils avaient jadis (et ont encore) une fonction. Écoutez-moi, c'est le point de vue de votre « Diable » mais il vaut ce qu'il vaut. La société humaine agit comme une fourmilière. Elle a besoin de produire des êtres spécialisés. Autrefois les royaumes avaient besoin de chefs militaires agressifs très motivés. Pour en obtenir il leur fallait des « enfants en colère ». Donc des enfants battus. Un enfant battu en veut au monde entier et il va mettre toute son énergie à écraser les autres. Il en sortira un chef de guerre terrible qui dépassera les autres chefs de guerre non névrosés.

– Vous voulez dire que le groupe humain produit des parents abusifs pour obtenir des enfants enragés qui serviront à ses guerres ? s'étonne Œdipe.

– Exactement. Le problème c'est que dans les sociétés modernes les enjeux territoriaux ont disparu. Les enfants en colère qui ont envie de tuer tout le monde ne peuvent plus devenir des militaires envahisseurs. Alors sont apparus les tueurs en série.

– Toutes les névroses ne fabriquent pas des assassins, souligné-je.

– En effet, cette douleur est une énergie qui peut se canaliser différemment. Les névroses, les psychoses construiront des personnalités particulières capables d'accomplir par leur folie des choses que les gens normaux ne penseraient jamais à faire. Vous croyez que Van Gogh aurait mis autant d'acharnement à aller au bout de l'expérience des couleurs s'il n'avait pas été fou ?

– C'est un raisonnement spécieux, dit Edmond Wells. Vous avez l'air de sous-entendre que seuls les névrosés ou les psychotiques osent les défis artistiques intéressants.

– En effet.

– Mais il y a des gens normaux, heureux, tranquilles qui ont produit des œuvres extraordinaires.

Hadès marque sa surprise.

– Ah bon ? Qui ça ?

– Pour ne parler que de Terre 1, dis-je, Mozart.

– Désolé, vous ne l'avez pas connu. Moi si. Il était vraiment perturbé. Son père l'avait écrasé dans sa jeunesse pour en faire une sorte de singe savant à l'intention des cours d'aristocrates. Il vivait dans un trouble permanent. Il s'est ruiné au jeu de cartes.

– Léonard de Vinci ?

– Il devait être brûlé sur le bûcher à 19 ans pour homosexualité extravagante. Il avait lui aussi un gros problème avec son père qui l'a traumatisé.

– Jeanne d'Arc ?

– Une fanatique religieuse intransigeante qui avait des hallucinations.

– Le roi Saint Louis ?

– « Saint » ? Un tueur ! Il a créé sa réputation de « bon roi » en prenant un biographe officiel chargé de sa propagande : le moine Egelart. Sinon c'était une brute et un colérique qui organisait des massacres pour voler les gens dont il convoitait la richesse. Ne confondez jamais l'homme et sa légende.

– Beethoven ?

– Un père abusif l'a transformé en paranoïaque agressif. Plus tard il a volé son fils à sa belle-sœur et l'a forcé à devenir musicien jusqu'à ce que ce dernier fasse une tentative de suicide. Un type avec des colères terribles, violent et tyrannique. Il ne supportait pas la moindre contradiction.

– Michel-Ange ?

– Schizophrène. Délire des grandeurs. En plus le

soir il se déguisait en femme car il n'assumait pas son sexe.

– Gandhi ? Vous n'allez quand même pas me dire que Gandhi était un névrosé !

– Un psychorigide. Il croyait toujours être le seul à avoir raison. Il n'écoutait rien ni personne. Lui aussi était tyrannique avec sa femme et ne supportait aucune contradiction.

– Mère Teresa ?

– S'occuper des autres est une manière de se fuir soi-même. Je crois que vous l'avez croisée lors de votre séjour dans l'Empire des Anges. Non seulement elle se fuyait elle-même, mais vous avez pu constater qu'elle savait ne s'occuper que des pauvres. Plus facile de régler les problèmes simplistes d'habitation et de nourriture que les états d'âme complexes des bourgeois ou les stratégies de pouvoir des dirigeants.

J'ai en effet un souvenir assez étonnant de Mère Teresa, dans l'Empire des Anges, obligée de découvrir les secrets de la Bourse et des opérations de chirurgie esthétique car ses trois clients étaient des nantis.

Edmond Wells tranche :

– Ce sont des paroles de Diable. Vous voulez salir ce qui est propre. C'étaient de saintes personnes.

Mais Hadès ne se laisse pas décontenancer.

– La plupart de vos soi-disant « saintes personnes » sont venues ici pour épurer leur noirceur, toutes saintes qu'elles soient aux yeux des autres mortels de niveau 3 ou 4. Je les ai vues se mortifier quand elles ont su qu'ici nous n'étions point dupes et que nous connaissions leurs vraies vies. J'ai essayé de les convaincre de se pardonner. J'ai échoué, alors je leur ai prêté mes salles de torture et elles ont exigé les châtiments les plus extrêmes.

– Nous ne vous croyons pas ! s'écrie Edmond Wells.

– Vos saints, vos personnages exemplaires, mais aussi vos leaders. Vous seriez étonnés de savoir combien de chefs d'État et de chefs d'entreprise, avant même d'arriver ici, fréquentent des salles de torture sadomasochistes sur Terre 1, ils se font subir des supplices que même moi je trouve « excessifs ». Probablement pour connaître un avant-goût de l'au-delà. Peut-être par prémonition. Sûrement par impatience d'expier. Car eux savent la réalité.

À nouveau son rire se fait doux, plein de compassion.

– D'ailleurs vous-même, Edmond Wells, dont je lis l'Encyclopédie comme tout le monde, n'avez-vous pas développé l'idée qu'en choisissant le moment où l'on souffre et la manière dont on souffre, on a l'impression de « diriger son destin » ?

Il cite de mémoire.

– Vous avez écrit : « Le masochiste pense que rien ne peut lui arriver de plus grave que la douleur qu'il s'inflige lui-même. Du coup les masochistes entretiennent un sentiment de toute-puissance sur leur vie et après leurs séances dans des maisons spécialisées ils peuvent exprimer leur sadisme sur leurs subordonnés dans leur travail. »

Le dieu de l'Enfer fait un geste de lassitude.

– Pour ma part je dirige une petite entreprise souterraine mais je suis une exception. Je m'aime bien moi-même, ou du moins je me supporte. Il faut dire que l'amour de Perséphone m'aide à m'apprécier...

Perséphone lui prend le bras et le couvre de petits baisers.

– ... Et, m'aimant suffisamment moi-même, je peux être aimable envers les autres.

– Vous êtes écœurant.

– Vous êtes dans le jugement. Moi pas. Je n'ai rien contre vous. Vraiment. Toutes ces histoires sur le Diable ne sont que des calomnies pour faire peur aux enfants et donner du pouvoir aux prêtres. Quand comprendrez-vous ce piège ?

Hadès dirige son sceptre vers un écran et apparaissent, par le truchement d'une caméra de contrôle vidéo, les berges du Styx où des êtres nus se supplicient mutuellement.

– Vous voyez des diables ici ? Vous voyez un bourreau ? Si cela n'avait tenu qu'à moi j'aurais tout pardonné à ces pécheurs, n'est-ce pas, Perséphone ?

Elle affiche toujours son air désolé.

– Oh oui, mon chéri.

– Il n'y a pas plus sourd que celui qui ne veut pas entendre. Mon rêve serait que ce lieu n'existe pas, que ces gens se réincarnent en petits bébés pour découvrir de nouvelles expériences, en progressant vie après vie.

– Vous mentez !

– Encore un jugement de valeur. La vérité est que je rêverais de prendre des vacances. Mais le monde a besoin de noir pour faire ressortir le blanc, n'est-ce pas ?

– Tu as même essayé une fois de te mettre en grève, mon chéri.

– Oui, une fois. J'ai proposé qu'on ferme ce lieu de souffrance. Tout le monde en Aeden était d'accord, même Zeus, mais les âmes des mortels ont renâclé. « Pas question de fermer l'Enfer, nous en avons trop besoin. » Ah, comme les dieux sont doux et comme les mortels sont durs.

Mes compagnons et moi ne pouvons détacher nos regards de l'écran.

Nous commençons à nous accoutumer au spectacle de ces êtres qui se supplicient les uns les autres. On s'habitue à tout.

– Toutes les âmes séjournant ici s'y trouvent de leur plein gré et peuvent partir quand elles le souhaitent, rappelle Hadès.

– Faux. Mon Euridyce n'a pas pu partir parce que je me suis retourné, proteste Orphée.

– C'est elle, et elle seule, qui en a décidé ainsi. « S'il se retourne malgré l'amour que je lui porte, s'il n'a pas complètement confiance en moi, je préfère rester en Enfer. »

Orphée bondit et veut attraper Hadès, mais celui-ci le tient à distance.

– Je ne vous crois pas !

– Parce que vous sous-estimez sa culpabilité.

Atterré, je balbutie :

– Est-ce que...

– Je connais votre question... Vous voulez savoir si Mata Hari est ici, n'est-ce pas ?

Au lieu de répondre il se contente de sourire.

Considérant que nous avons assez profité de ce spectacle malsain, Hadès éteint l'écran et nous invite à nous installer dans son « boudoir ».

– Je vois que vous vous méfiez de mes boissons, prenez donc du thé à la menthe.

À nouveau les objets se soulèvent, les liquides coulent des théières dans les verres surgis des étagères. Le thé fumant nous est servi de haut. Nous goûtons.

– Quelle est la prochaine épreuve ? demande Edmond Wells.

– Quelle épreuve ?

– La prochaine épreuve pour continuer le chemin.

– Il n'y a aucune épreuve. Vous pouvez prendre ce couloir, il mène au sommet de la Montagne.

– Sans épreuve ?

Le géant en toge noire insiste :

– Bien sûr sans épreuve. J'ai toujours pensé que la seule épreuve réelle était le libre arbitre. Tout ce qu'on veut, on l'obtient. Le problème c'est qu'on se trompe de désir. N'est-ce pas d'ailleurs ce que vous avez constaté en étant un ange ? Comme disait Edmond Wells...

L'intéressé prononce lui-même sa phrase fétiche :

– « Ils essaient de réduire leur malheur au lieu de construire leur bonheur. »

– Parfait. Bravo. Voilà l'explication de tout. Mais vous avez énoncé le concept intellectuel et vous n'arrivez pas à en faire l'expérience réelle. Telle est désormais votre seule limite avant de rencontrer le Créateur. Être heureux. Ne pas vous tromper de désir.

– Vous ne m'avez pas répondu, insisté-je, contenant mal mon impatience. Est-ce que Mata Hari est ici ?

Le dieu des Enfers se tourne vers moi, l'air préoccupé.

– Voilà précisément comment on construit son malheur. Avec de mauvaises questions qui forcément entraînent les réponses qu'il vaut mieux ne pas entendre.

– EST-ELLE ICI ? !

– Oui, bien sûr. Elle est ici.

Mon cœur frémit.

– Et je vais pouvoir l'emmener ?

– Encore une mauvaise question. Et la mauvaise réponse est : Oui, bien sûr.

– Attendez ! s'offusque Orphée. Vous n'allez quand même pas lui refaire le même coup.

Hadès pose ses doigts sur ses lèvres.

– Je n'y avais pas pensé mais maintenant que

l'idée a été exprimée, je suis obligé d'en tenir compte. Donc à cette troisième mauvaise question la réponse est : « Je n'ai plus le choix puisque vous venez de m'en suggérer l'idée. »

Je lance à Orphée :

– Tu ne pouvais pas te taire, toi !

Perséphone enchaîne :

– De toute façon comme Hadès vous l'a dit, ce sont les « locataires de l'Enfer » eux-mêmes qui fixent les règles de leur punition et de leur libération.

La jeune princesse en toge noire accentue sa moue désolée.

– N'est-ce pas, chéri ?

Il approuve.

– Non ! clame Aphrodite. N'y va pas, c'est un piège !

– Aphrodite a raison, confirme Orphée, tu vas souffrir.

– Si j'ai une seule chance de sauver Mata Hari je la tenterai.

Hadès hausse les épaules, fataliste.

– Comme vous voudrez. Puisque, petite lueur, vous voulez vous rendre dans les ténèbres pour vérifier l'intensité de votre lumière... suivez-moi, monsieur Michael. Votre nom après tout étant déjà une question, il est normal que vous soyez assoiffé de réponses.

Il avale d'un coup une rasade de sa boisson étrange et nous entraîne gaillardement vers une porte grise.

74. ENCYCLOPÉDIE : LES TROIS PASSOIRES

Un homme vint un jour trouver Socrate et lui dit :

– Sais-tu ce que je viens d'apprendre sur ton ami ?

– Un instant, répondit Socrate. Avant que tu me racontes, j'aimerais te faire passer un test, celui des trois passoires.

– Les trois passoires ?

– Avant de me raconter toutes sortes de choses sur les autres, il est bon de prendre le temps de filtrer ce qu'on va dire : c'est ce que j'appelle le test des trois passoires. La première passoire est celle de la vérité. As-tu vérifié si ce que tu veux me dire est vrai ?

– Non. J'en ai simplement entendu parler...

– Très bien. Tu ne sais donc pas si c'est la vérité. Essayons de filtrer autrement en utilisant une deuxième passoire, celle de la bonté. Ce que tu veux m'apprendre sur mon ami, est-ce quelque chose de bon ?

– Ah non ! Au contraire.

– Donc, continua Socrate, tu veux me raconter de mauvaises choses sur lui et tu n'es même pas certain de leur véracité. Tu peux peut-être encore passer le test, car il reste une passoire, celle de l'utilité. Est-il utile que tu m'apprennes ce que mon ami aurait soi-disant fait ?

– Non. Pas vraiment.

– Alors, conclut Socrate, si ce que tu as à me raconter n'est ni vrai, ni bien, ni utile, pourquoi vouloir me le dire ?

Edmond Wells,
Encyclopédie du Savoir Relatif et Absolu,
Tome VI.

75. TULIPE NOIRE

Le couple en toges couleur de ténèbres nous guide vers une vallée creusée dans la roche. Au bas de la cuvette se trouve un moulin hollandais au milieu d'un champ de tulipes noires. Une cheminée fume et des corbeaux sont posés sur les arbres sans feuilles des alentours.

Mata Hari m'avait parlé de son enfance en Hollande, dans sa bourgade natale de Leeuwarden, parmi les tulipes, les polders et les moulins à vent.

– Elle a recréé son décor personnel, signale Perséphone, pour vivre son expérience.

J'éprouve un mauvais pressentiment.

Je passe le seuil du moulin, dont les ailes grincent au-dessus de nous malgré l'absence de vent. À l'intérieur, c'est le règne des toiles d'araignées et de la poussière.

Au mur je reconnais des portraits me représentant, des sculptures me représentant, des photos de moi. Sur la table, des assiettes sales où moisissent des morceaux de gouda.

Hadès, qui m'a rejoint, pose la main sur mon épaule et esquisse un sourire compatissant qui semble sincère.

– Elle vous aime beaucoup et elle a choisi pour se faire souffrir de vivre avec votre image.

– Où est-elle ?

– Dans la pièce d'à côté. Elle dort, mais je vais la réveiller et elle viendra. Elle prendra ce foulard et vous la guiderez hors de mon monde. Mais bien sûr la problématique est la même que pour Orphée. Si vous vous retournez, ou si vous essayez de lui parler vous la perdrez définitivement. Et si vous la guidez jusqu'à l'extérieur, vous serez tous les deux à nouveau ensemble.

– Je ne me retournerai pas, je ne parlerai pas, annonçai-je avec détermination.

Je pense aussi à Delphine. J'ai le sentiment, comme un marin qui a une femme dans chaque port, d'entretenir un amour dans chaque dimension. Et ces amours ne s'excluent pas mutuellement.

J'aime Delphine. J'aime Mata Hari. D'une certaine manière j'aime Aphrodite. Comme j'ai jadis aimé Amandine et Rose quand j'étais mortel. Toutes ont été des initiatrices. Mais je n'avais pas qu'une seule leçon à recevoir.

Ici et Maintenant j'ai vraiment envie de sauver Mata Hari et j'adore Delphine.

J'avance.

Hadès se tourne vers Perséphone.

– L'Enfer, ce sont leurs désirs, murmure-t-il. Ils sont tellement... dérisoires.

Je fais mine de n'avoir rien entendu.

Alors je me place face à la porte et Hadès dépose un foulard dans ma main.

– Quand vous sentirez que quelqu'un s'accroche à ce foulard vous avancerez. Il vous faudra continuer tout droit dans cette direction.

Il me désigne un couloir vert aux murs d'émeraude.

– Au bout se trouve la sortie qui mène vers le sommet de la Montagne. Je pars avec vos amis vous attendre là-bas.

Je serre le foulard dans ma main droite.

J'ai le sentiment confus d'être dans ces tours de magie où jaillira une surprise finale que personne n'attend. Je n'aime pas ça.

Mon envie de retrouver Mata Hari est néanmoins plus forte que mon appréhension des mauvaises farces que peut réserver le Diable en personne. Je reste longtemps à attendre avec le foulard dans mon dos.

Soudain je sens une présence qui approche à petits pas. Une main saisit le foulard.

J'ai envie de parler, mais je me retiens, juste quelques minutes à tenir et je retrouverai Mata Hari.

J'imagine déjà que lorsqu'elle verra Aphrodite elle sera jalouse, mais dans mon esprit, c'est clair, je reviendrai avec la plus importante des deux à mes yeux. Dans cette dimension du moins.

Mata.

Je commence à marcher, le cœur battant la chamade.

Derrière, les petits pas suivent.

Je m'engage dans le long tunnel d'émeraude dont la sortie brille comme un phare.

Quelle chance qu'elle soit ici plutôt que métamorphosée en muse muette (comme Marilyn Monroe) ou en sirène (comme le père de Raoul). Surtout ne pas céder à la curiosité comme Orphée. Au moins que son échec me serve de leçon.

Nous avançons et mon cœur accélère encore.

La présence derrière moi avance au rythme de mes pas.

Je me dis que si elle est ici, c'est quand même qu'elle a voulu se punir de quelque chose... mais de quoi ? Mata Hari a été une victime. Elle n'a jamais fait de mal à qui que ce soit.

Nous marchons mais c'est alors que se produit un phénomène étrange. Les pas dans mon dos ralentissent et le foulard est tenu plus bas.

Je continue de marcher. Plus qu'une centaine de mètres avant la sortie.

Le foulard continue progressivement de descendre alors que les pas se font plus... petits et nombreux.

Que se passe-t-il ?

Elle doit se baisser.

J'ai tellement envie de parler.

Les pas deviennent minuscules et plus lents, cependant que le foulard descend encore.

Au bout d'un moment le foulard est tiré vers le sol et les pas s'immobilisent.

Est-elle épuisée ?

J'ai envie de parler.

Mata ! Relève-toi, nous sommes bientôt arrivés !

Je me mords la langue pour ne pas ouvrir la bouche et je me bloque le cou pour résister à l'envie de me retourner afin de comprendre.

Bientôt j'entends derrière moi un sanglot mais qui ne ressemble pas à la voix de Mata Hari.

Ce n'est pas Mata Hari qui me suit.

Alors, n'y tenant plus, je me retourne.

76. ENCYCLOPÉDIE : APOTHÉOSE

L'Apothéose est l'acte qui consiste à métamorphoser un être humain en dieu (*Theos*).

En Égypte, les pharaons considéraient que leurs prédécesseurs devenaient des dieux après leur mort. Ils pratiquaient donc la cérémonie d'Apothéose. Ce qui était pratique puisque cela leur permettait de se prétendre de leur vivant, eux-mêmes, « futurs dieux ».

En Grèce, le passage d'humain à dieu était une manière de transformer les héros fondateurs des villes en divinités aux pouvoirs magiques, ce qui augmentait le prestige desdites cités. (Par exemple, Héraclès, simple mortel, devient dieu et donne son nom à la ville d'Héraklion.)

Alexandre le Grand reçut l'Apothéose à sa mort. Cet honneur fut même parfois accordé à des artistes comme Homère. Pour les Romains de l'Antiquité, l'Apothéose suivait un rite particulier. Un cortège était formé de sénateurs, de magistrats, de pleureuses professionnelles, d'acteurs portant les masques des ancêtres, et d'un bouffon imitant le comportement du défunt. Avant de mettre le corps sur le bûcher on amputait le cadavre d'un de ses doigts pour qu'il reste quelque chose de lui sur Terre.

Puis le corps était incinéré et un aigle était lâché pour servir de psychopompe et transporter l'âme du défunt vers le Royaume des dieux.

Jules César fut le premier Romain à recevoir son Apothéose officielle juste après son assassinat en 44 av. J.-C. Par la suite le Sénat romain accorda l'Apothéose à tous les autres empereurs qui suivirent. Dans le domaine de la peinture et de la sculpture l'Apothéose est un thème récurrent censé représenter la réception d'un homme parmi les dieux.

Apport de Delphine,
Encyclopédie du Savoir Relatif et Absolu,
Tome VI.

77. LA MONTAGNE

J'aperçois une petite fille âgée tout au plus de quelques mois. Elle bave et elle pleure. Pourtant je reconnais vaguement en elle les traits de Mata Hari.

Hadès me rejoint et lâche :

– Perdu.

– Mais... mais, bafouillé-je. Pourquoi est-elle redevenue enfant ? Ce n'était pas prévu, ça !

Le dieu en toge noire secoue la tête avec cet air dépité qui le caractérise.

– C'est elle qui l'a choisi. Elle voulait être sûre que vous l'aimiez pour son âme et non pour son corps. Alors elle a décidé cette métamorphose pour savoir si vous l'aimiez suffisamment pour la garder sous forme... d'enfant.

– Mais... mais... oui, bien sûr. Je l'aurais gardée.

Je me précipite et serre la toute petite fille contre moi.

Hadès reprend le bébé pour le déposer plus loin.

– Trop tard. Vous auriez pu la récupérer si vous aviez tenu jusqu'au bout du tunnel, c'était le contrat. Maintenant elle va retourner dans son moulin personnel dans le Tartare ou se réincarner en nouveau-né si elle le souhaite. Les êtres sont toujours libres de décider ce qu'il doit advenir à leur âme. C'est cela la source de tous nos problèmes : le libre arbitre.

Je me retourne vers le bambin à quatre pattes qui me considère avec de grands yeux étonnés. Je veux le reprendre mais Hadès me barre le chemin.

– Soyez bon joueur.

Je tends la main vers l'enfant.

– Mata ! Je t'en supplie, j'ai échoué, mais ne reste pas ici. Tu mérites de te réincarner. Reviens sur Terre, Terre 1, Terre 18, Terre 1000, une Terre, celle que tu veux, sous la forme que tu désires mais ne reste pas ici. C'est une... impasse !

Hadès me prend par l'épaule et des serviteurs invisibles me saisissent pour m'empêcher de rejoindre l'enfant.

– Je vous en prie, n'insultez pas mon royaume. C'est elle qui choisit. Elle veut rester ici car elle se tourmente avec le souvenir de votre image. Vous pouvez lui donner des conseils mais vous ne pouvez pas décider à sa place. Si vous ne savez pas utiliser à bon escient votre libre arbitre, apprenez à respecter celui des autres.

Je regarde l'enfant.

– Et si je ne m'étais pas retourné ? demandé-je à Hadès.

– Vous seriez sorti avec cette enfant de neuf mois qui est Mata Hari. Je pense qu'elle voulait être sûre de votre amour, quelle que soit sa forme, quel que soit son âge. C'est pour cela qu'elle vous a soumis à cette épreuve. J'ai déjà vu des êtres redevenir infirmes ou laids pour vérifier l'amour de l'autre qui veut les sortir de l'Enfer. C'est étonnant ce besoin de preuve, n'est-ce pas ? Pour moi l'amour n'a pas besoin de preuve, n'est-ce pas, Perséphone ?

– Oui, mon chéri.

Je retiens une sourde colère, mais j'ai conscience qu'Hadès n'y est pour rien. L'Enfer vient de la crainte de Mata Hari que je l'aime pour son corps et non pour son âme.

Je me dégage d'un coup d'Hadès et de ses serviteurs invisibles et arrive à prendre l'enfant dans mes bras.

– Je t'aurais aimée même sous forme de nouveau-né, bafouillé-je.

Elle me répond par un gazouillis interrogateur. Puis se met à baver.

– Comprend-elle ce que je dis ?

Hadès me dégage. D'autres mains invisibles me tirent.

– Son intellect non. Car c'est celui d'un enfant de neuf mois, mais son âme oui, bien sûr.

– Réincarne-toi, Mata, réincarne-toi et je me débrouillerai pour te retrouver.

Elle gazouille à nouveau.

Hadès fait mine de comprendre et traduit.

– Elle vous a entendu, elle vous dit qu'elle reviendra. Un jour.

À nouveau l'enfant produit des sons et bave.

– Elle vous dit aussi qu'elle aimerait bien vous avoir comme... père.

Nouveau babil d'enfant que le Diable en personne s'empresse de décrypter.

– Non... (il éclate de rire :) ... mère ! Elle voudrait vous avoir pour mère. Allez savoir, ce que les gens sont compliqués !

Je reste un instant abasourdi par cette nouvelle épreuve pour mon âme. Retrouver celle que j'aime, la voir rajeunir en cinq minutes pour redevenir un enfant qui veut me retrouver en... sa mère.

À nouveau le bébé émet des bruits et Hadès, après avoir marqué sa surprise, annonce :

– Elle dit qu'elle souhaiterait aussi devenir un garçon. Parce qu'elle veut draguer. Et puis...

Nouveau babillage.

– Ah... elle voudrait qu'en tant que mère vous lui donniez le sein car elle pense que c'est une expérience fusionnelle indispensable.

Hadès me guide vers la sortie.

– Seules les âmes sont importantes. Les enveloppes charnelles ne sont que des « contenants ».

Je me sens aussi changé que l'arcane 13 le représente : tête coupée, mains coupées et prêt à faire repousser autre chose de nouveau dans une terre meuble.

Je crie de loin :

– Delphine est enceinte ! Elle doit être à six mois. Tu peux venir !

Perséphone me pousse elle aussi.

– Elle vous a entendu. Maintenant c'est elle qui décide, laissez-la faire son choix. Respectez son libre arbitre.

Je me résigne.

Arrivé à la sortie, Aphrodite me prend la main. Elle a eu peur de me perdre avec le retour de Mata Hari.

Hadès et Perséphone nous désignent le chemin qui monte tout droit vers les hauteurs.

Nous levons la tête vers le sommet de la deuxième Montagne qui désormais semble plus proche malgré sa cime toujours nimbée de brouillard.

78. ENCYCLOPÉDIE : CLOWNS

Il semble que de tout temps la fonction d'amuseur public ait existé.

« Momos » est dans la mythologie grecque le bouffon des dieux de l'Olympe. La première trace écrite signalant l'existence d'un « bouffon » est attribuée à l'historien grec Priscus. Il informe qu'Attila avait à son service un individu chargé de distraire les convives lors de ses banquets.

On retrouve bien plus tard dans la comptabilité des rois de France un budget « Bouffonnerie ».

Parmi les bouffons français célèbres citons :

Triboulet. Le bouffon officiel de la cour sous Louis XII et François Ier.

Brusquet. Un médecin tellement maladroit qu'il entraîna le décès de beaucoup de ses patients.

Condamné à mort, il fut gracié par Henri II qui le prit à son service pour le faire rire. Soupçonné de s'être converti au protestantisme, il fut battu et forcé de fuir.

Nicolas Joubert. Le bouffon de Henri IV. Il se faisait appeler le « Prince des sots ».

L'Angely. Un valet d'écurie du prince de Condé. Louis XIII, dès qu'il le vit en action dans les soupers, le trouva tellement comique qu'il l'exigea à son service personnel. L'Angely n'épargnait personne par ses moqueries. Les nobles préféraient donc lui donner de l'argent plutôt que de subir ses railleries. L'Angely mourut très riche.

En Angleterre, Archibald Armstrong était le fou du roi Jacques Ier. Il se fit appeler « Archy » et après la mort de son maître, se mit au service de l'archevêque de Canterbury qu'il finira par détester au point de publier un pamphlet contre lui.

Le mot clown apparut en parallèle. Il venait de l'anglais *Clod* qui désignait un maladroit.

Il semble que les premiers clowns soient apparus au Moyen Âge dans les cirques équestres, quand les propriétaires des chapiteaux se sont aperçus que le public commençait à devenir blasé. L'un de ces propriétaires eut alors l'idée d'engager un paysan qui ne savait pas monter à cheval et qui tombait tout le temps, pour mettre en valeur par contraste le talent des écuyers du cirque. L'idée plut et fut reprise par les autres cirques. Les clowns étaient en général des gens pauvres et alcooliques et c'est de là qu'est apparue la tradition du nez rouge.

Le couplage du clown blanc (chapeau pointu, paillettes et maquillage blanc) et de l'Auguste (clochard aux vêtements trop grands) apparaîtra ensuite. Le clown blanc est le sérieux, l'Auguste est son faire-valoir. On ne rit jamais du clown blanc, on rit de l'Auguste parce qu'il essaye d'imiter les attitudes de son collègue sans jamais y parvenir et en provoquant des catastrophes. On retrouve ce couplage sous forme de dualité divine chez les Indiens Navajos du Nouveau-Mexique et les Indiens Zunis. Chez eux le personnage jouant le rôle de l'Auguste est le plus important et le plus puissant de leur panthéon.

À noter : en alchimie le « Fou » est le symbole qui représente le dissolvant dont l'action de décomposition chimique permet l'œuvre au noir.

Edmond Wells,
Encyclopédie du Savoir Relatif et Absolu,
Tome VI.

79. VERS LE SOMMET

La pente devient raide, l'air plus léger avec l'altitude, pourtant chaque pas commence à peser.

Nous marchons longtemps sur des corniches de plus en plus escarpées. Terre 18, que je porte dans mon sac à dos recousu, me semble de plus en plus lourde.

Porter un monde sur des kilomètres, même réduit à un simple coffre, à la longue c'est épuisant. Je songe à Atlas. Je compatis.

Cependant, à mes yeux, ce n'est pas seulement un monde. C'est là que nichent mes espoirs de futur.

Delphine.

Notre enfant à naître.

Ma nouvelle communauté d'amis.

Je marche avec plus d'entrain.

Le sentier qui serpente dans les rochers disparaît, nous forçant à créer notre propre chemin. À l'avant, Orphée dégage les plantes qui nous barrent la route.

L'air devient plus lourd, et la température fraîchit.

Aucun d'entre nous ne prononce plus la moindre parole, nos souffles fument.

Devant nous, la Montagne au sommet embrumé révèle un manteau neigeux qui ruisselle de sa cime comme une crème au sommet d'un gâteau.

Puis la pente devient plus raide, et nous parvenons à une sorte de plateau où Edmond Wells nous propose de faire halte.

Une vue panoramique s'offre à nous : la Montagne de Zeus, à l'ouest, et l'ensemble des côtes.

Je ne m'étais pas trompé dans mon dessin. L'île ressemble à un grand triangle un peu resserré au niveau du pied de la première Montagne.

– Maintenant, au moins, nous savons. Il y a deux Montagnes, et pas trois, annonce Edmond Wells. Quand nous aurons atteint ce sommet, nous n'en aurons pas d'autre à escalader.

Une fumée noire dépasse la première Montagne et nous avons tous une pensée pour la cité d'Olympie en pleine guerre civile.

– Ils croient qu'ils se battent pour gagner. C'est faux. Ils se battent pour s'autodétruire. Les plus à plaindre sont ceux qui mourront les derniers, soupire Edmond Wells.

– Votre théorie de « l'apoptose », n'est-ce pas ?

– Nous avons nous-mêmes, lorsque nous étions dieux, abandonné certains de nos mortels pour permettre à d'autres de réussir. Souviens-toi, Michael, lorsque notre bateau a quitté la rive avec tous nos espoirs... Les fourmis aussi par moments sacrifient une multitude de guerrières pour permettre à la reine de fuir.

La fumée noire qui entoure la première Montagne n'en finit pas de monter.

— Tout Olympie doit être à feu et à sang.

La Moucheronne atterrit sur mon doigt, comme pour me rappeler sa présence porte-bonheur.

La lumière du ciel commence à baisser lorsque nous arrivons enfin au seuil de la zone enneigée.

Nos pas se font plus pesants encore. Nos vêtements ne suffisent plus à nous protéger du froid. La sueur colle nos toges à la peau.

Malgré mon attitude distante, Aphrodite reste près de moi.

Quand la nuit tombe, nous décidons d'une halte sur un nouveau petit plateau.

Comme nos ankhs se sont vidés lors de l'attaque des loups nous allumons un feu avec des silex et le petit bois le plus sec. Œdipe est étonnamment doué pour cet exercice difficile. Une étincelle claque, se transmet à du tissu, puis le tissu est placé sous des branchages. Le feu commence à prendre. Il dégage une chaleur qui nous revigore.

C'est alors qu'Orphée attire notre attention sur un phénomène étrange. Au-dessus de nous se sont inscrites dans le firmament de fines lettres blanches. De manière fugitive, certes, mais nous les avons distinguées.

Nous nous asseyons, troublés.

— Vous avez vu quoi ?

— Des lettres à l'envers. Pour former le mot « ERETS », dit Orphée.

— Non, je dirais « EID », rectifie Aphrodite.

Pour ma part il me semble avoir vu « SED ».

Nous nous regardons, dubitatifs.

– C'est une hallucination collective, déclare Edmond Wells. Les étoiles, par moments, sous l'effet des couches atmosphériques, adoptent des formes allongées. Une série de points peut passer pour une ligne ou une courbe. Ensuite notre imaginaire en fait une ligne verticale.

– C'était une aurore boréale, voilà tout. Cette planète est si petite qu'elle produit des aurores boréales près de ses montagnes.

Edmond Wells, pour détendre l'atmosphère, saisit une ramure enflammée.

– Ça me rappelle une blague de Freddy Meyer. Un astronome repère une planète qui l'intrigue dans le ciel. Il se ruine pour acheter un matériel incroyable et améliore sans cesse sa vision de cette planète, et uniquement cette planète particulière. Puis il meurt et il prie son fils de continuer à l'étudier. Celui-ci poursuit donc l'œuvre de son père en achetant des télescopes de plus en plus puissants pour observer de plus en plus près cet objet céleste. Et puis un jour il parvient à voir la surface de cette planète, et il s'aperçoit qu'il y a comme des symboles tracés dessus. Ces symboles ressemblent à des lettres. Ces lettres forment une phrase, une phrase géante inscrite sur sa surface.

Nous écoutons Edmond Wells avec intérêt.

– Et cette phrase c'est : « Qui êtes-vous ? » Alors le fils de l'astronome alerte tous les observatoires du monde et tous dardent leurs télescopes vers cette surface intrigante. C'est un événement planétaire. Pour les savants c'est incontestable : des êtres intelligents ont été capables de rédiger une inscription géante visible depuis une autre planète, et dans notre langue qui plus est. Alors l'ONU réunit toutes les nations pour un grand projet : répondre à ce message. On choisit le désert du Sahara, et là des bulldozers creusent d'immenses sillons pour y inscrire la réponse aux extraterrestres. Et celle-ci est : « Nous sommes des Terriens. » Dès lors tous les habitants de la Terre scrutent le ciel dans l'attente d'une réponse. Et en effet, tout d'un coup, la surface de la planète lointaine se modifie. Comme s'ils ôtaient la question « Qui êtes-vous ? » avec leurs propres bulldozers pour inscrire un nouveau message.

– Et quel est-il ?

– « Ce n'est pas à vous que nous nous adressons. »

Après tout ce que nous avons vécu, cet instant de détente est le bienvenu. C'est le pouvoir d'une blague. Elle remet tout en perspective.

Aphrodite se rapproche. Je ne me lasse pas de regarder sa longue chevelure dorée et ses grands yeux émeraude. Même si elle a légèrement rapetissé, même si elle vieillit, même si elle est épuisée, elle est tellement splendide que tout semble glisser sur son charme naturel.

– Embrasse-moi, demande-t-elle. S'il te plaît.

J'obéis.

– J'ai l'impression que bientôt nous allons toucher à une révélation qui ne nous fera pas plaisir, dit-elle.

– Je n'ai pas peur de la Rencontre avec le Créateur.

Elle grimace.

– J'ai un mauvais pressentiment.

Edmond Wells nous rejoint.

– Qu'est-ce qui ne va pas, les amoureux ? Si vous avez froid, ne restez pas dans votre coin, rapprochez-vous du feu.

– Aphrodite a peur de ce que nous allons découvrir là-haut.

Les autres nous rejoignent.

– Le Grand Dieu ? Ce doit être un type comme Zeus, mais en plus grand, plus beau, plus fort, propose Orphée.

– C'est une vision trop simpliste, dit Œdipe. Nous avons toujours anticipé nos rencontres et nous nous sommes toujours trompés.

– Heureusement, dit Edmond Wells. Je serais très déçu si le Grand Dieu là-haut était tel que je l'ai imaginé.

Je reprends ma question fétiche :

– Et vous, quand vous rencontrerez le Grand Dieu, vous lui demanderez quoi ?

– Moi, je lui demanderai... pourquoi il a conçu un système aussi compliqué pour la sexualité des humains, dit Aphrodite.

Edmond Wells lève les yeux.

– Moi, si je rencontre le Créateur, je lui demanderai... s'il croit en lui-même.

Imperceptiblement je m'éloigne d'Aphrodite.

– Moi, si je vois le Grand Dieu, je lui demanderai plutôt s'il croit en moi, annonce Orphée.

L'atmosphère se détend.

– Moi, si je vois Dieu, je lui demanderai... pourquoi il a créé l'Univers plutôt que rien, dis-je.

– Nous disposons peut-être de toutes les réponses. C'est juste qu'on ne pose pas les bonnes questions, remarque Aphrodite. Mais au fur et à mesure que nous nous approchons de LUI, nous commençons à nous y préparer.

Une lueur scintille à travers la brume au sommet de la deuxième Montagne.

La Moucheronne se pose sur mon doigt. Elle frissonne de froid. Je la prends dans mes mains et la rapproche du feu.

– Je crois que l'expérience qui nous attend est au-delà de toute imagination, annonce Orphée. Ce sera la révélation finale. De toute façon, il n'existe pas de troisième Montagne, nous l'avons vu tout à l'heure. Quand nous serons là-haut nous comprendrons toute l'horlogerie secrète de l'Univers.

Aphrodite se serre fort contre moi. Jamais je n'ai senti la déesse aussi inquiète. Nous nous endormons auprès du feu qui craque.

80. ENCYCLOPÉDIE : JEU D'ÉLEUSIS

Le jeu d'Éleusis est un jeu dont le but est de trouver... sa règle. On utilise deux jeux de 52 cartes qu'on distribue jusqu'à épuisement. Avant la partie, un des joueurs invente une règle personnelle et la note sur un papier pour être sûr qu'il n'en changera pas en cours de route.

Celui qui invente la première règle est considéré comme le « premier dieu ».

On nomme cette première règle « la Loi du monde ».

Le jeu démarre.

Un joueur pose une carte et il annonce : « Le monde commence à exister. »

Le joueur dieu dit alors : « Cette carte est bonne » ou « Cette carte n'est pas bonne ».

Chacun à son tour pose une carte de son choix. Les mauvaises cartes sont mises de côté. Les bonnes continuent de s'empiler sous les yeux des joueurs qui essaient de trouver la logique de cette sélection.

Lorsqu'un joueur pense avoir trouvé « la Loi du monde », il se déclare « prophète ». Ce prétendant arrête de mettre ses cartes et c'est lui qui à la place du dieu dit aux autres : « Celle-là est bonne » ou « Celle-là est mauvaise ». Le joueur dieu surveille le prophète. Si le prophète se trompe une fois, il est destitué et n'a plus le droit de jouer.

Les autres continuent à chercher la règle. Quand un prophète a répondu dix fois juste, il énonce ce qu'il estime être « la Loi du monde » et on la compare avec ce qui est écrit sur le papier.

S'il a trouvé, il a gagné.

Si personne ne trouve la règle, et que tous les prétendants au rôle de prophète se trompent, le joueur dieu a gagné. On lit alors à haute voix « la Loi du monde » et on vérifie qu'elle était « trouvable ». Si la loi était trop difficile, c'est le joueur dieu qui est disqualifié.

Ce qui est intéressant c'est de trouver une règle... simple et pourtant difficile à trouver. Par exemple : « On alterne une carte au-dessus du 7 et une carte au-dessous du 7 » est très difficile à repérer car on va naturellement observer les figures et les alternances de cartes rouges et noires. En fait on accorde de l'attention à des choses qui ne le méritent pas. La règle : « Que des cartes rouges sauf la 10e, la 20e, et la 30e » est impossible à trouver. De même : « Toutes les cartes sauf le 7 de cœur. »

La règle : « N'importe quelle carte est valable » risque d'être difficile car si les jeux précédents étaient sophistiqués les joueurs anticiperont la complexité. Quelle peut donc être la stratégie des joueurs pour gagner ? En fait chaque joueur a intérêt à se déclarer au plus vite prophète, même si c'est risqué.

Edmond Wells,
Encyclopédie du Savoir Relatif et Absolu, (reprise
du Tome II).

81. LE DERNIER ÉTAGE

Cette nuit-là je ne rêve pas.

Le réveil s'effectue en silence. La marche reprend dans la neige craquante, alors que le deuxième Soleil se lève lentement.

Nos muscles commencent à être douloureux, mais nous n'avons plus de temps à perdre.

Orphée attire notre attention sur l'horizon de la mer. Au ras de la ligne bleu marine de l'eau s'inscrit à nouveau un signe. Cette fois ce n'est pas une suite de lettres mais une suite de chiffres à l'envers.

– À l'endroit cela aurait peut-être donné « 271 », dit Orphée.

– Non, « 457 ».

– Moi j'ai vu « 124 ».

Edmond Wells hausse les épaules.

– Encore une hallucination collective ? Une aurore boréale ?

– Pour les apparitions au-dessus de la mer on utilise plutôt le terme de « mirage ».

– Un mirage avec des chiffres ? s'étonne Orphée.

– Plus nous approchons du Grand Dieu, plus il est logique qu'il se passe des événements incompréhensibles pour nous.

– Montons. Nous ne devons plus être loin de la cime, tranche Aphrodite.

Nous nous efforçons de hâter notre progression.

Je me trouve en tête du groupe avec Aphrodite et soudain un choc m'arrête.

Mon cartilage claque. La douleur est brutale.

Je me suis écrasé le nez contre une paroi invisible.

J'ai beau regarder, je ne vois rien. Pourtant la douleur est là, vive et réelle.

– Un champ de force entoure la crête, annonce Edmond Wells en tâtant ce mur invisible.

– Zeus m'avait averti de cet obstacle majeur, mais je pensais qu'avec le passage de Raoul ce mur tomberait.

– Nous sommes comme des spermatozoïdes devant un ovule qui aurait déjà laissé passer l'un de nous, dis-je.

– Et il s'est refermé pour empêcher d'autres intrusions, soupire Œdipe.

– Si c'est le cas, il porte encore la « cicatrice » du passage.

Nous entreprenons de faire le tour de la Montagne par le flanc.

– Regardez par là..., signale soudain Aphrodite.

Nous distinguons sur le versant le plus à l'ouest une route en pente. Elle traverse de part en part la première Montagne de Zeus, sort par un tunnel pour suivre un pont d'or vers le sommet de la deuxième Montagne.

– Les Champs-Élysées...

Nous progressons pour rejoindre cette voie étincelante.

Nous franchissons le parapet. Le sol est recouvert d'un revêtement moelleux et rouge. Comme un épais tapis de velours.

Comme une longue langue.

Nos pieds foulent enfin cette Voie mythique. Les Champs-Élysées. Je remarque des traces de pas dans le velours pourpre.

– Raoul est déjà passé par là.

Nous avançons, et parvenons à nouveau devant un obstacle. Un mur à peine plus opaque que le champ de force. C'est mou, transparent, très épais. Nous avons beau taper, essayer d'enfoncer des objets durs, il résiste à tout.

Edmond Wells, en palpant, trouve une zone plus opaque qui forme une rainure verticale.

– On dirait une déchirure dans la paroi.

– La cicatrice laissée par le franchissement de Raoul. Nous arrivons trop tard, murmuré-je.

– Cette fois on ne passera plus, annonce Orphée. Là s'arrête notre ascension. Raoul restera le seul à avoir franchi ce barrage.

– C'est trop stupide, s'écrie Œdipe. Après tout ce que nous avons surmonté comme épreuves !

– Nous avons fait de notre mieux. Nous avons essayé, et nous avons échoué. Il n'y a plus qu'à redescendre les Champs-Élysées.

– Et nous ferons quoi en bas ? La guerre civile avec les autres ?

Je me tourne vers Aphrodite.

– Ne peux-tu pas me remettre dans ta centrifugeuse ? Tant qu'à mourir je préfère périr sur l'île de la Tranquillité.

Avec Delphine.

– Je ne sais pas le faire dans l'autre sens, répond sèchement la déesse de l'Amour.

– Et si nous retournions vivre chez les satyres du roi Pan ? Après tout, Sexe et Humour c'est un programme sympa, nous rappelle Orphée, comme dégrisé.

C'est alors qu'Œdipe nous fait signe de nous taire.

– J'entends un bruit.

Nous nous retournons et nous voyons au loin toute une troupe qui remonte les Champs-Élysées vers nous. Du peu que nous en distinguons, il y a là des centaures, des griffons, des sirènes portées dans des baignoires emplies d'eau.

– Les forces d'Arès ont vaincu celles de Dionysos, signale Edmond Wells. Elles ont franchi les Champs-Élysées et viennent rencontrer le Créateur. Elles seront là d'ici quelques heures.

Je reviens contre la paroi qui bouche les Champs-Élysées et je frappe de toute la force de mes poings, jusqu'à en avoir mal. Puis je me calme.

Ce qui a été ouvert doit pouvoir être réouvert.

– Il y a forcément une solution, articule Edmond Wells.

Aphrodite se tourne vers moi.

– Tu as su résoudre l'énigme du Sphinx, tu dois pouvoir trouver comment passer cette porte.

C'est alors que je me souviens de la méthode de Delphine.

– Je vous demande juste quelques minutes...

Je m'assieds en tailleur, je ralentis mon cœur, je fais le vide dans ma tête. Je sors de mon corps, et commence à voler. Je m'élève au-dessus de la Montagne, puis de l'atmosphère d'Aeden. Là je rallume le rail de mon futur, je pose le drapeau de l'Ici et Maintenant, puis je m'avance, je marche sur les diapositives des instants forts à venir. Je sélectionne la première.

Quand je reviens dans mon corps, je rapporte ce que j'ai vu utiliser par le « moi de mon futur immédiat ».

En fait, en visualisant cette membrane comme celle

d'un ovule je ne me trompais pas. Je n'étais pas allé au bout de mon idée, c'est tout.

Ce qui me semblait une blessure cicatrisée n'en était pas une.

J'indique à mes quatre compagnons la manière de procéder.

– Imaginez que cette paroi est vivante. Et qu'elle a besoin de caresses et de... baisers pour s'ouvrir.

– C'est ridicule, dit Orphée.

– C'est quand même bizarre ce que tu nous demandes, reconnaît Aphrodite. Ce n'est qu'un mur.

– Tu ne veux quand même pas qu'on lui fasse des « préliminaires » ? demande Edmond Wells.

– Si. Je veux que vous la caressiez, que vous l'embrassiez et que vous la détendiez car cette paroi est vivante. Et tout ce qui est vivant a besoin de se sentir aimé. Et ce n'est que par le biais de l'affection qu'elle sera susceptible de nous laisser passer. De toute façon si quelqu'un a mieux à proposer...

Je désigne en bas des Champs-Élysées la troupe des insurgés qui progresse à grands pas.

– On n'a rien à perdre à essayer, reconnaît Œdipe.

Ils finissent par m'écouter. Certains zélés comme Orphée se mettent même à lécher le mur, Aphrodite se contente de petits baisers et Edmond Wells pétrit les zones les plus molles.

Je palpe comme l'a fait mon moi du futur. Enfin j'arrive à passer un doigt, qui s'enfonce dans le mur transparent jusqu'à la deuxième phalange.

– Ça marche ! Continuez !

Ils redoublent de baisers, de léchages, de caresses. Même la petite Moucheronne câline un coin de la paroi.

Au loin nous voyons la foule des Olympiens en colère se hâter dans notre direction.

Le mur commence à frissonner. Il devient gris opaque, parcouru de marbrures autour de la ligne verticale.

– Ouvre-toi, allez, ouvre-toi petite membrane.

J'appuie mon index. Et il s'enfonce !

Après le doigt je passe la main.

Tous, nous redoublons d'efforts.

Aphrodite se plaque contre la paroi molle et se frotte à elle, Edmond Wells la caresse en murmurant quelque chose.

Le mur est maintenant parcouru d'ondulations, les marbrures deviennent blanches et s'étendent comme de la glace qui se fendillerait.

J'appuie. Après la main, je passe le bras jusqu'à l'épaule.

J'approche le sommet de mon crâne, m'en servant comme d'une pointe de bélier. Je pousse avec ma tête. J'enfonce mon front jusqu'aux sourcils.

Cela me rappelle un vécu très ancien.

De l'autre côté, il fait tiède.

Je ferme les yeux et mes paupières frottent. Mon nez est écrasé, mais passe. Puis ma bouche. Je respire d'un coup un air moite.

Mes tympans perçoivent les stimuli du nouveau décor.

Une sorte de large tunnel entouré de cette même paroi transparente et vivante.

On n'entend plus le vent, ni aucun son provenant de l'extérieur. On se sent bien, protégé du dehors.

Un vécu ancien mais à l'envers.

Je continue d'appuyer, passant le torse, puis une jambe, puis tout mon corps. Voilà. Je suis de l'autre côté de la membrane.

Un sentiment de retour.

Le lieu est douillet, chaud, silencieux, le sol feutré, l'air est empli d'un parfum de chair laiteuse.

Par signes, j'indique à mes amis de venir me rejoindre.

À force de caresses et de baisers mes quatre compagnons franchissent eux aussi la paroi vivante. Œdipe est le dernier à passer, tiré par Edmond Wells et Orphée. Il était temps. Déjà les Olympiens révoltés étaient sur le point de nous atteindre.

Ils stoppent face au mur de moins en moins transparent. Poséidon en tête sort son ankh et veut attaquer l'obstacle à la foudre.

Il obtient aussitôt l'effet contraire : après quelques dernières contractions, le mur se durcit et redevient invisible.

Les dieux en colère tirent, frappent, percutent la paroi, aidés par les centaures, les griffons, les chimères.

Ils nous parlent, mais nous ne les entendons pas.

Edmond Wells se permet même de mimer un baiser qu'il souffle d'un geste dans leur direction. Il leur signale ainsi la solution mais ils prennent cela pour une provocation et redoublent de violence et de menaces.

— S'ils ne découvrent pas le secret, ils ne passeront jamais, assure Œdipe.

— Nous avons assez perdu de temps avec ces brutes, ajoute Aphrodite, à nouveau hautaine.

Nous suivons le tunnel transparent, chaud et moite, vers le sommet de la Montagne. La paroi devient de plus en plus opaque, mais dans des teintes plus chaudes, beige, puis rose, puis rouge. La lumière extérieure a du mal à percer et nous avançons désormais dans un tube mou, rouge et chaud.

– Nous ne devons plus être très loin du sommet, estime Orphée.

Nous aboutissons à une membrane souple qui, par endroits, laisse filtrer des rais de lumière.

– Le « dernier voile » ?

– L'Apocalypse est proche. La levée du dernier voile révélant la Réalité, dis-je.

Orphée s'approche, tend la main puis s'arrête. Aux aguets, Œdipe demande :

– Qu'est-ce que tu attends ? Tu as le trac ?

Alors, n'y tenant plus, je m'avance et je soulève d'un coup le rideau pourpre.

82. ENCYCLOPÉDIE : HISTOIRE DE L'ASTRONOMIE

C'est le Grec Aristarque de Samos (310-230 av. J.-C.) qui le premier émet l'hypothèse de la rotation de la Terre sur elle-même et autour du Soleil. Cependant son travail sera remis en question par un autre Grec, Claude Ptolémée (v. 100-170). Pour ce dernier la Terre est une planète fixe au centre de l'Univers. Le Soleil, la Lune, toutes les planètes et toutes les étoiles tournent autour d'elle. Cette vision fera référence jusqu'au Moyen Âge tout simplement parce que les gens voyaient le Soleil se lever à l'est et se coucher à l'ouest.

L'astronome polonais Nicolas Copernic (1473-1543) déduit de ses observations qu'Aristarque de Samos avait raison et que la Terre tourne autour du Soleil. Mais craignant d'être condamné par l'Inquisition, il n'autorisera la publication de son *De revolutionibus orbium coelestium libri VI* qu'après sa mort. De son vivant il ne parlera que d'hypothèses de travail. Au seuil de l'agonie, il confiera que c'est sa conviction profonde.

Son travail sera alors condamné mais repris plus tard par d'autres. Notamment au Danemark par Tycho Brahe (1546-1601). Celui-ci arrive à persuader son roi de construire sur une île un observatoire d'astronomie, véritable monument dédié à la science. Johannes Kepler (1571-1630), astronome du roi d'Allemagne (mais dont la mère avait été brûlée par l'Inquisition pour sorcellerie), essaie de savoir ce qu'il se passe sur l'île de Tycho Brahe. Il devient son assistant, mais ce dernier, ayant peur d'un concurrent déloyal, préfère garder le secret. Johannes Kepler devra attendre la mort (peut-être provoquée par lui) de Tycho Brahe pour accéder à ses notes. Il améliore le travail de l'astronome en déduisant que les planètes ont des orbites elliptiques (ovales) et non circulaires (rondes). Il écrira par la suite le premier livre de science-fiction de l'Occident où il met en scène un peuple extraterrestre : les Luniens. À la même époque, Giordano Bruno (1548-1600) a repris les hypothèses de Copernic et énonce que le nombre des étoiles est infini. Il pense que l'Univers est immense et contient une quantité innombrable de mondes identiques au nôtre. Il est aussitôt condamné par l'Inquisition. Accusé d'hérésie, il sera conduit au bûcher après huit années de tortures et de procès. On lui arrache la langue pour qu'il arrête de « mentir » avant de le brûler. L'Italien Galilée (1564-1642), après avoir eu la prudence d'acquérir la protection du pape, poursuit les recherches de Giordano

Bruno. Il est chargé de fabriquer des machines destinées à calculer la trajectoire des engins d'artillerie. Il se procure grâce à des espions des lentilles fabriquées par les Néerlandais et les aligne pour observer les étoiles. Il fabrique ainsi la première lunette astronomique. Il observe les taches solaires, Saturne, Vénus, et en déduit même l'existence de la Voie lactée. Mais ses recherches finissent par agacer l'entourage du pape qui exige son procès. Ses découvertes sont niées puis associées à des illusions d'optique dues aux lentilles.

Galilée, à genoux, consent à reconnaître publiquement qu'il s'est trompé (on lui attribue la fameuse phrase : « Et pourtant... elle tourne ! »). Il faudra attendre trois siècles pour que le Système officiel des pays occidentaux consente à réviser les ouvrages de science et à considérer que la Terre tourne autour du Soleil et qu'il peut y avoir une infinité d'étoiles.

Selon les sondages, en l'an 2000 la plupart des gens interrogés pensent encore que le Soleil tourne autour de la Terre.

Edmond Wells,
Encyclopédie du Savoir relatif et Absolu,
Tome VI.

83. LEVÉE DU VOILE

Derrière le rideau, tout est noir.
Comme une nuit sans étoiles.
Je saisis la main d'Aphrodite, et j'avance d'un pas.
Puis, alors que je veux continuer, tout disparaît. Pour-

tant je respire et je suis vivant. Je n'ai que la main d'Aphrodite dans la mienne comme repère sensoriel.

Par chance elle n'a pas lâché celle d'Orphée. Ils font la chaîne. Nous nous retrouvons tous les cinq à nous tenir par la main, au milieu du noir. Du silence. Du vide.

— Vous voyez quelque chose ?

— Non. Plus rien.

— Il y a quand même ce sol dur.

Comme pour répondre à cette phrase, le sol se dérobe sous nos pieds et nous nous mettons à flotter.

— Faisons demi-tour, suggère Orphée.

Nos jambes pédalent dans le vide.

— Plus possible.

— Nous sommes dans l'espace ?

— Mais nous respirons de l'air.

— Même pas une lueur de planète.

— Nous sommes où alors ?

— Nulle part.

— Restons unis, personne ne lâche personne, intime Œdipe dont la cécité n'a plus d'importance.

Je tourne la tête dans tous les sens et serre fort la main d'Aphrodite, unique repère dans ce décor inexistant.

Depuis le temps que nous jouons avec cette notion, la recherche du vide, du rien, de l'absence de tout, maintenant nous l'expérimentons. Je suis heureux de la présence de mes compagnons, sinon je deviendrais instantanément fou. Je serre également mon sac à dos dans lequel se trouvent Delphine et sa planète.

Quand je pense que, lorsque je prenais des cours de méditation, le maître me demandait d'imaginer le vide. Au réel, l'expérience est assez difficile à supporter.

– Nous devons être dans une boîte, suppose Edmond Wells.

– Mais une boîte sans bord, précisé-je.

Nous attendons.

À l'instant où je lâche la main d'Aphrodite, j'entends des cris qui s'estompent.

– Michael ! Michael ! Michael ! Il nous lâche !

Je ne les entends plus. Ils deviennent un bruit épars, lointain.

La main d'Aphrodite était mon dernier repère de distance.

Je perds la notion de haut et de bas.

J'avais l'impression de voir loin car il y avait un horizon.

J'avais l'impression de voir haut car il y avait un ciel.

Sans repères, je suis perdu.

Puis la notion de temps se dilue.

Je prends conscience que je percevais jusque-là l'écoulement du temps grâce à la lumière. Je me réveillais plus ou moins avec le Soleil et me couchais avec la nuit.

PERDU DANS LE TEMPS ET DANS L'ESPACE.

Je prends pour nouvelle unité de temps mon propre souffle.

Puis, comme le silence est complet et mon écoute totale, je prends comme unité de compte du temps les battements de mon cœur.

Deux autres unités de comptage apparaissent. La fatigue et la faim. Mais ces deux repères se diluent également, je parviens à une sorte de plateau maximal où les sensations de faim et de fatigue disparaissent.

Tout d'un coup, au bout d'une heure, une journée,

un mois ou une année, mes vêtements disparaissent comme sous l'effet d'un pourrissement accéléré.

Et avec mes vêtements le sac à dos qui contient Terre 18.

– Delphine ! Delphine !

Je reste nu, sans avoir ni froid ni chaud.

Je flotte dans le vide.

Que je garde les yeux ouverts ou fermés ne faisant plus de différence, j'abaisse les paupières.

Je me recroqueville et je tourne. Comme un fœtus.

Je suis étonné de ne pas étouffer.

Il y a donc de l'air, suffisamment pour me maintenir vivant.

Ce qui me rappelle une expérience de jadis, quand j'étais mortel, celle des caissons d'isolation sensorielle. Je flottais dans une sorte de cercueil de plastique empli d'eau salée tiède qui permettait de ne se frotter contre aucune paroi.

La séance m'avait fait planer, mais il restait le contact avec l'eau. Et puis il s'était produit un phénomène de condensation. Des gouttes salées me tombaient sur le visage, me maintenant en éveil, ou du moins en contact avec le monde. Je savais que dehors des gens attendaient.

Là je suis seul.

« Si tu ne veux pas devenir fou, rappelle-toi qui tu es, qui tu es vraiment, car toutes les expériences de spiritualité ne visent qu'à cela : te rappeler ton essence, celle qui se situe au-delà de la matière et du temps », m'avait dit Zeus.

Je m'accroche à mes souvenirs comme un naufragé à des planches flottantes.

Quand j'étais médecin mes collègues qui travaillaient sur la maladie d'Alzheimer me racontaient que lorsque la mémoire disparaît, la dernière chose qui reste, c'est le prénom.

JE ME PRÉNOMME « MICHAEL ».

Le nom de famille je ne m'en souviens plus bien. Je crois qu'il avait un rapport avec un petit oiseau. Un chardonneret ? Une mésange ? Un moineau ?

UN PINSON.

L'image me revient d'un pinson que j'avais recueilli et déposé dans une boîte à chaussures remplie de coton blanc.

Je m'accroche à cette image, moi, Michael, petit garçon qui installe un petit oiseau dans une boîte en carton pour le sauver. Je lui donne de l'eau avec un biberon jouet.

Avec stupéfaction, je constate que mes souvenirs d'enfance me parviennent en noir et blanc.

Je comprends pourquoi.

Enfant, je me figurais que le monde du passé était en noir et blanc, parce que j'avais vu des photos anciennes dans les albums de famille.

Le monde qui m'entoure n'est même plus noir et blanc, il n'est que noir.

Je me touche les mains, heureusement je peux encore me toucher. Tant que je pourrai faire cela j'existerai encore.

Le temps continue de s'écouler. Je ne sais plus si je dors ou si je suis éveillé. Je m'appelle toujours Michael.

Je suis peut-être devenu très vieux.

Je suis peut-être mort, sans même m'en apercevoir.

Voilà ce qu'il y avait derrière le voile. RIEN. En effet personne n'est prêt à recevoir cela. L'Apocalypse est la fin de tout. C'est rien.

Passent ainsi d'autres minutes, d'autres heures, d'autres jours, d'autres années, d'autres siècles à flotter nu dans le vide, sans bruit, sans contact, sans repère aucun.

Et je reste avec mes souvenirs.

Un film que je me repasse sans arrêt.

J'ai été mortel.

Puis j'ai été Thanatonaute.

Puis j'ai été ange.

Puis j'ai été élève dieu.

Puis j'ai rencontré Zeus.

Puis j'ai été à nouveau mortel.

Puis à nouveau élève dieu.

Je fais défiler les visages que j'ai croisés.

Delphine.

Mata.

Aphrodite.

Edmond.

Raoul.

Ce dernier m'interpelle particulièrement. Je sais qu'il est important, il ne faut pas l'oublier.

Ne pas oublier... Raoul comment déjà ?

Et mon nom de famille c'est comment ?

Un oiseau. Moineau. Je dois m'appeler Michael Moineau.

Encore des siècles.

Je suis qui déjà ?

Mi quelque chose. Je crois que cela commençait par une note de musique.

Mi ou Ré. Rémi ? ou Sol.

Solange ?

Non, je suis un homme.

Ou peut-être une femme.

Je ne me souviens plus de mon sexe.

Et puis je ne me souviens plus de la forme de mon visage. Quand je le touche, il me semble juste un nez et une bouche. J'ai les cils longs. Je dois être une femme.

Et je ne me souviens plus de ma taille. Je suis grand ou petit ?

Je crois que je suis une grande femme élancée.

J'ai des souvenirs flous.

J'ai été une femme. Solange Moineau.

Et puis j'avais quel âge au moment de mon transfert dans le noir ?

J'étais toute jeune. 19 ans. Pas plus. Je me palpe.

Je n'ai pas beaucoup de poitrine. Ah non, j'ai un sexe. Je suis un homme. Et j'étais qui avant ?

Je l'ignore. Mon passé s'efface. Je n'ai même plus le souvenir de ce qu'était mon monde.

D'ailleurs j'étais quoi comme animal ?

Il me semble que j'étais un animal bipède à sang chaud, mais lequel ?

J'étais peut-être une plante.

Ou une pierre.

Ce dont je suis sûr, c'est que je suis un « truc » qui flotte dans le noir et qui a des pensées.

Au début cette disparition de tout m'agace, m'énerve, me révolte, puis j'oublie et j'accepte. Je suis là et il ne se passe rien.

Et puis un jour, une heure, une minute, une seconde, un an, ou un siècle plus tard, quelque chose apparaît en face de moi. Une tube brillant.

Je ne sais pas ce que c'est mais cette apparition me réjouit comme rarement dans ma vie.

Le tube s'approche, il est immense. Il tourne et révèle un côté creux dont l'extrémité est biseautée.

Alors provenant du tube surgit une aspiration puissante.

Je suis emporté comme une poussière dans un aspirateur.

J'ai déjà connu cette expérience.

C'est un passage vers une dimension supérieure.

Le souffle aspirant continue de m'emporter dans le tube métallique.

Ma perception du temps change. Tout se passe lentement et vite en même temps.

Finalement au bout du tube-tunnel je débouche dans un tube plus large et clair.

Enfin de la lumière.

Enfin je peux toucher quelque chose.

Le contact avec la matière et la lumière me restitue d'un coup ma mémoire.

Je suis un homme ayant évolué pour devenir un élève dieu.

Michael PINSON.

J'ai gravi la Montagne pour rencontrer le Créateur et je vais bientôt savoir ce que tous les êtres humains ont voulu savoir depuis la nuit des temps.

De l'autre côté du verre je vois un œil immense.

Serait-il possible que ce soit...

Une pince aux bouts recouverts de caoutchouc surgit, m'attrape par le mollet et me soulève hors de la seringue. L'œil géant s'approche, avec autour de lui un visage et une silhouette. Alors je découvre qui se livre à cette manipulation.

— Zeus ! ?

— Bonjour Michael, me répond le roi de l'Olympe. Nous nous retrouvons encore.

Je suis toujours nu, accroché à une pince monumentale, comme un insecte à la merci d'un entomologiste. Dans une sorte de laboratoire géant.

— Mais je croyais que vous étiez coincé sur la première Montagne et que vous ne pouviez accéder à la seconde à cause du champ de force !

– Je ne t'ai pas révélé toute la vérité. Il y a encore beaucoup de surprises pour toi.

– Vous êtes quand même le dieu suprême, le Créateur !

– Non. Désolé. Je ne suis pas le Créateur. Je suis le Passeur. Je suis un 8. Le dieu infini. Et je vais t'envoyer dans un endroit où tu pourras voir le vrai 9.

– Mais vous êtes la lumière au sommet de la deuxième Montagne.

– Je suis en effet sur la deuxième Montagne mais je n'ai accès à ce lieu que pour utiliser ce laboratoire et effectuer cette manipulation.

Je sens la pince glisser sur mes mollets. Je vois tout en bas le sol. Juste avant que je ne tombe, Zeus me rattrape avec une autre pince, cette fois aux hanches.

– Où étais-je avant ?

– Dans une boîte de « rien absolu ». Cela fait partie du nettoyage. Avant de placer des animaux dans un nid nouveau il faut les nettoyer, n'est-ce pas ?

Je me souviens maintenant que Zeus m'avait montré avec fierté sa sphère remplie de rien. Une sphère remplie d'air noir, sans aucune matière, aucune lueur. Ainsi il s'en sert pour nettoyer les êtres. Je me dis aussi que la plongée dans le rien est une expérience extrême et que si mon âme n'avait pas été habituée aux voyages de décorporation, cela m'aurait probablement rendu fou.

– Qu'allez-vous faire de moi ?

– Tu sais, Michael, le problème dans la vie, le plus gros problème, c'est : « Chacun obtient ce qu'il souhaite. » Tout le monde voit ses désirs se réaliser. C'est juste que certains se trompent de désirs et le regrettent ensuite. Tu vas donc voir ton désir le plus ancien, le plus profond exaucé. Depuis toujours tu veux savoir ce qui existe au-dessus de tout, eh bien ton vœu va se réaliser bientôt. Tu vas enfin savoir.

Avec sa pince géante, il me dépose dans une éprouvette en verre. Je vois le laboratoire, lequel ressemble, du peu que j'en distingue, à une cathédrale aux vitraux multicolores munie d'une paillasse couverte de machines, de miroirs et de lentilles optiques. Finalement il m'emporte vers une sorte de manège où sont suspendues plusieurs éprouvettes.

Il place la mienne dans un socle de la centrifugeuse.

– C'est le seul moyen de te faire monter, n'aie pas peur, dit Zeus.

Il me salue.

– Bon voyage.

Je me cale avec les pieds au fond de l'éprouvette. Je sais que l'expérience est pénible mais au moins je l'ai déjà vécue. Ce qui nous effraie c'est l'inconnu.

Je m'apprête à ressentir à nouveau le supplice de l'accélération.

Le couvercle de la centrifugeuse est abaissé et le tube vertical commence à tourner.

Encore une fois me reviennent mes souvenirs de mortel sur Terre 1, les fêtes foraines où je montais (volontairement et même en payant) dans des machines géantes qui tournaient de plus en plus vite alors que je serrais ma fiancée qui hurlait.

La centrifugeuse émet un bourdonnement de moteur, l'éprouvette tourne et commence à se soulever.

Lorsqu'il est complètement horizontal, je flotte dans le tube.

Le mouvement s'accélère. Je suis plaqué contre la paroi.

Si j'avais encore la moindre nourriture dans mon estomac, assurément je me mettrais à vomir.

Mon visage gonfle.

Mon corps s'étale, aspiré de partout, comme écartelé, mes bras craquent puis se détachent de mes épaules. Mes jambes cèdent un peu plus tard, puis je ne suis plus qu'un thorax surmonté d'une tête.

Mes yeux enflent ainsi que mes lèvres.

Ma bouche s'ouvre et ma langue se tend.

Du sang coule en lignes de mes oreilles et mon nez. Il tapisse la paroi de l'éprouvette qu'il transforme en petite caverne rouge et luisante.

Ma tête s'éjecte de mon cou avec un bruit de bouchon de champagne.

Je n'ai pas mal, j'ai franchi depuis longtemps le cap de la douleur, je suis dans la curiosité.

Ce n'est qu'un moyen d'atteindre la dimension supérieure.

Je vais enfin savoir.

L'éprouvette accélère encore et la pression m'écrase le visage, mes yeux explosent, mes dents sont arrachées, mes oreilles se collent à la paroi d'en face.

Je me transforme en pâte rougeâtre.

Puis en liquide.

De liquide je deviens vapeur.

Je redeviens un nuage d'atomes.

Me voici réduit à ma plus simple expression.

La dernière expérience s'était arrêtée là.

Cette fois, elle se poursuit.

Les atomes chauffent et explosent, libérant noyau et électrons.

Je me transforme en un ensemble de particules qui elles-mêmes, sous la pression, se transforment en photons. Un faisceau de photons portés par une onde.

Bon sang, je ne suis même plus un ensemble d'atomes.

JE SUIS DEVENU DE LA LUMIÈRE !

84. ENCYCLOPÉDIE : L'HOMME SUPERLUMINEUX

Parmi les théories les plus avant-gardistes de compréhension du phénomène de conscience, celle de Régis Dutheil, professeur de physique à la faculté de médecine de Poitiers, est particulièrement originale. La thèse de base développée par ce chercheur est qu'il existe trois mondes définis par la vitesse des éléments qui les composent.

Le premier est le monde « sous-lumineux », celui que nous voyons, un monde de matière obéissant à la physique classique des lois de Newton sur la gravité. Il est constitué selon Dutheil de bradyons, c'est-à-dire de particules dont la vitesse d'agitation est inférieure à celle de la lumière.

Le second est le monde « lumineux », constitué de particules approchant ou atteignant la vitesse de la lumière, particules soumises aux lois de la relativité d'Einstein. Dutheil les nomme les luxons.

Enfin il existerait un monde « superlumineux », constitué de particules dépassant la vitesse de la lumière. Il nomme ces particules les tachyons.

Pour ce scientifique, ces trois mondes correspondraient à trois niveaux de conscience de l'homme. Le niveau des sens, qui perçoit la matière. Le niveau de conscience locale, qui est une pensée lumineuse, c'est-à-dire qui va à la vitesse de la lumière. Et la superconscience, qui est une pensée qui va plus vite que la lumière. Dutheil pense qu'on peut atteindre la superconscience par les rêves, la méditation et l'usage de certaines drogues. Mais il parle aussi d'une notion plus vaste : la Connaissance. Grâce à la vraie connaissance des lois de l'Univers notre conscience accélère et touche au monde des tachyons. Dutheil pense qu'« il y aurait pour un être vivant dans l'Univers superlumineux une instantanéité complète de tous les événements constituant sa vie ». Dès lors les notions de passé, de présent et de futur se fondent et disparaissent. Rejoignant les recherches de Bohm, il pense qu'à la mort, notre conscience superlumineuse rejoindrait un autre niveau d'énergie plus évolué : l'espace-temps des tachyons. Vers la fin de sa vie, Régis, aidé de sa fille Brigitte Dutheil, émit une théorie encore plus audacieuse selon laquelle non seulement le passé, le présent et le futur seraient réunis dans le Ici et Maintenant, mais toutes nos vies antérieures et futures se dérouleraient en même temps que notre vie présente dans la dimension superlumineuse.

Edmond Wells,
Encyclopédie du Savoir Relatif et Absolu
(d'après le souvenir du Tome V).

85. ÉTOILE

La sensation est incroyable. Indescriptible. Je n'ai plus de forme. Je n'ai plus de consistance. Je suis de l'énergie pure qui éclaire le tube de verre, c'est tout.

Dire que Delphine me trouvait « brillant », que dirait-elle si elle me voyait désormais pure clarté.

La centrifugeuse s'arrête et l'éprouvette est dégagée pour être rapidement recouverte d'un tissu noir.

Zeus confine ma lumière.

Un bout du tissu noir est dévoilé et je m'échappe aussitôt, mais je suis arrêté par un miroir concave qui me concentre pour que je devienne un rayon cohérent, tubulaire et droit.

Ainsi c'est à cela que servaient toutes les lentilles et les miroirs du laboratoire. Je suis désormais un rayon bien rectiligne. Recueilli par les lentilles optiques qui me concentrent encore.

En tant que rayon lumineux, je traverse un espace que je n'identifie même pas et je m'allonge. Un miroir réfléchissant apparaît et je rebondis dessus. Je forme un « V ». Puis un autre miroir me transforme en « W ».

Je m'allonge dans la pièce, concentré comme un rayon laser mais éclairant tout autour de moi.

Quand je passe près des objets, je les révèle. Mes photons, dont le nombre est illimité, rebondissent sur eux et chassent leurs ombres.

Zeus place son visage près de ma lumière et je l'éclaire.

C'est la lumière qui révèle tout. C'est elle qui transforme les êtres en images. C'est elle qui montre les couleurs et les formes.

Une lentille est placée face à mon rayon et je m'élargis en cône.

Une nouvelle lentille me concentre et je deviens un faisceau cohérent encore plus fin et plus lumineux.

Ma perception du temps change. Je suis tellement rapide que tout me semble avancer au ralenti.

Un miroir me dirige sur un triangle de cristal qui

fait prisme. Ma lumière se décompose en un arc-en-ciel allant du violet au jaune en passant par le rouge, le vert, le bleu, le rose.

Ainsi dans ma lumière blanche il y avait toutes ces couleurs. Zeus est en train de me montrer tout ce que je peux faire en tant que pure lumière.

Un second prisme de cristal réunit toutes mes couleurs en un joli blanc à nouveau concentré par des lentilles optiques.

Je voyage dans le laboratoire à presque 300 000 m/s, m'élargissant sans fin, rebondissant sur des miroirs, révélant le décor et repoussant les ombres.

Au final une loupe me focalise vers un miroir concave. Tous mes photons y aboutissent. Je suis piégé. Puis un deuxième miroir concave hémisphérique vient clore ce sarcophage à lumière. Ma lumière est ainsi confinée, mais elle ne s'éteint pas.

Je tourne sur moi-même.

Au bout d'un moment se déroule un phénomène durant lequel ma boule de lumière prend consistance.

La sphère-miroir qui me contient est manipulée. J'ai l'impression que Zeus la dispose dans une catapulte. J'entends qu'il ouvre une fenêtre. Puis le mécanisme de la catapulte est actionné et la sphère-miroir est projetée dans le ciel. Je voyage dans mon sarcophage, puis soudain celui-ci ralentit.

Je dois être quelque part dans l'espace.

Alors par la seule puissance de ma pensée je tourne de plus en plus vite dans ma sphère-miroir, je chauffe, je monte en pression et je finis par faire exploser mon sarcophage.

Dehors, rien qu'un ciel avec quelques lueurs, et je comprends ma nouvelle métamorphose.

JE SUIS DEVENU UNE ÉTOILE !

Autour de moi d'autres étoiles luisent.

Toutes ces étoiles...

Serait-il possible qu'elles aient toutes connu la même histoire que la mienne ? Est-ce cela l'aboutissement de toutes les âmes évoluées ? Devenir des étoiles... ?

– Chut !

Qui a parlé ? Il m'a semblé que quelqu'un m'a dit « Chut ! ».

– Pense moins fort, ici tu peux penser doucement.

Les phrases arrivent dans mon « esprit d'étoile » directement.

– Qui me parle ?

À ce moment toutes les étoiles me répondent en chœur.

– Nous.

– Où suis-je ? Qui êtes-vous ?

– Je suis là, dit l'étoile d'Edmond Wells qui est une belle étoile jaune avec des reflets rougeâtres.

– Toi aussi tu es une étoile ?

– Bien sûr.

– Et moi aussi, dit une étoile plus rosée que je reconnais comme étant Aphrodite. En fait j'ai toujours rêvé d'être une constellation, reconnaît-elle. Maintenant mon vœu est réalisé. C'est vrai, quoi, on connaît Andromède, Hercule et Pégase grâce à leurs constellations dans le ciel du soir, mais personne ne connaissait encore la « constellation d'Aphrodite ».

Je prends conscience que la mythologie grecque a toujours signalé que les demi-dieux après leur mort se transformaient en étoiles, mais personne n'avait pensé que cela pouvait « vraiment » se réaliser.

– Et les autres ? demandé-je.

– Je suis là, annonce Orphée, petite étoile bleutée.

– Et moi je suis là, signale Œdipe, plus vert.

– Moi aussi je suis là, conclut la Moucheronne, toute jaune.

Je suis heureux de retrouver tous mes amis.

– Nous avions tous vaguement des constellations ou des étoiles à nos noms mais maintenant c'est vraiment nous, affirme Œdipe, satisfait.

– Ici c'est vraiment bien, soupire Orphée.

– Maintenant je n'ai plus peur de vieillir, affirme Aphrodite.

– Moi je me suis enfin pardonné d'avoir tué mon père et fait l'amour avec ma mère, assure Œdipe.

– Moi je me suis pardonné de m'être retourné pour voir Euridyce, complète Orphée.

– Et moi je peux enfin m'exprimer, annonce la Moucheronne.

– Alors justement, maintenant que tu peux parler, dis-moi, Moucheronne. Tu étais la chimérisation de quelle personne connue dans le passé ?

– L'amour qui t'était destiné depuis le début de ta vie de mortel. Souviens-toi lors de ta vie de Thanatonaute, Raoul t'avait révélé la femme de ta vie.

– Nathalie Kim ?

– C'est en effet l'un de mes anciens noms.

Nathalie Kim. Je me souviens. C'était ma « moitié d'orange » que j'ai refusé de rencontrer parce que j'étais avec ma femme, Rose, et que je ne voulais pas compliquer ma vie...

Elle m'a donc suivi jusqu'ici !

– Et moi j'ai enfin accès à tout le Savoir possible, dit Edmond Wells. Tous les secrets, tous les mystères, toutes les connaissances sont disponibles à nos âmes, car d'ici en tant qu'étoiles on voit tout et on comprend tout partout.

Mes amis rayonnent.

– Et le Grand Dieu qui est au-dessus de nous alors ? Le fameux 9 ? demandé-je.

– La dimension supérieure ? Eh bien elle est devant toi, répond Edmond Wells. Regarde avec tes nouveaux sens d'étoile.

– Un 9 quelque part ? Je ne vois rien.

– Regarde ce qui a la forme d'un « neuf », cela crève les yeux.

Je regarde et je ne distingue que le vide et les étoiles.

– Je ne vois rien.

– Élargis ta perception. Ne reste pas limité dans ta manière de voir habituelle.

J'élargis ma « vision » et... soudain je LE vois.

Ou plutôt je LA vois.

Car ce n'est pas « un » mais « une ».

ELLE.

Je suis abasourdi par son évidence.

Par sa majesté.

Par sa taille.

Par sa beauté.

Ses longs bras gracieux.

Je comprends ce qui est 9 et qui me crève les yeux.

La GALAXIE.

C'est elle qui nous surpasse tous. Évidemment. Ne serait-ce que par sa dimension.

– Bonjour, émet la Galaxie.

J'éprouve aussitôt un sentiment de profond respect. Étrangement je visualise la voix de cette entité comme étant celle d'une vieille femme pleine de générosité.

Je n'ose répondre tant l'émotion est immense. Je me souviens d'avoir vu jadis dans la symbolique des temples francs-maçons, au centre du triangle, un « G ». Mon ami maçon m'avait dit : « C'est le G de

GADLU pour Grand Architecte De L'Univers. » De même dans la kabbale la lettre G, Guimel, représente l'« entité du dessus ». En fait quelques-uns avaient intuitivement perçu qu'il fallait utiliser cette lettre.

G comme Galaxie.

Si je le pouvais je rajouterais dans l'Encyclopédie du Savoir Relatif et Absolu :

9. La Galaxie. La spirale ouverte. Une pure ligne d'affection tournée vers l'extérieur. La spire de spiritualité. La dimension d'humour et d'amour tournant pour s'étirer.

C'est elle le « 9 », c'est elle la Grande Déesse. Et je la vois enfin dans toute sa majesté cosmique.

Elle communique directement avec moi, de Galaxie-Mère à « simple étoile novice incluse dans l'un de ses larges bras ».

— Ainsi toi aussi, Michael, tu es revenu. Tu as été lumière issue du Big Bang et maintenant te voici à nouveau lumière. Mais capable d'avoir ta propre clarté.

Elle m'a nommé.

— Vous me connaissez ?

— « Moi non, mais mon fils vous lit et il adore ce que vous écrivez. »

La phrase qui a bercé ma vie de Gabriel Askolein me surprend. Ma Galaxie sait plaisanter.

« Dieu est humour », disait Freddy Meyer. Il avait raison. Tout cela n'est qu'une grande blague issue d'un esprit plaisantin.

— Et en tant qu'étoile, je fais quoi ?

— Tu as peur de t'ennuyer ? N'aie crainte, tu es entouré de millions de collègues. Tu ne te sentiras plus jamais seul. D'ailleurs certaines étoiles que tu connais déjà ne sont pas très loin.

– Je suis là.

Je reconnais d'emblée cette pensée d'étoile.

– Raoul !

– Nous finissons tous ici. C'est juste un problème de temps, reconnaît-il. Tu vas voir, étoile c'est pas si mal comme « état d'âme ».

– Mais si tu es là, toi aussi, quel intérêt d'avoir remporté le jeu de la divinité ?

– Je suis arrivé juste un peu avant vous. Finalement, comme l'a dit la Galaxie, nous venons tous des étoiles et nous finissons tous en étoiles. Le reste, ce ne sont que « petites péripéties intermédiaires ». Ma victoire a accéléré mon arrivée. Maintenant, prends conscience de ta chance d'être ici sous cette forme.

J'essaie de me « sentir » moi-même, comme me le conseille mon ami.

C'est vrai que je me sens bien.

Je n'ai plus cette impatience d'avancer. Je n'ai plus cette peur de mourir. Je n'ai plus de rancœur, de blessures, de culpabilité, de crainte de me tromper. Ma détente est totale. Pourtant, une idée me préoccupe encore.

Delphine.

– Et Terre 18 ? demandé-je.

C'est Aphrodite qui me répond.

– Ne t'inquiète pas pour ta petite mortelle, la Galaxie a installé « ta » planète ici. Elle est désormais dans notre dimension. Ils n'auront plus de sphère de verre autour d'eux, ils pourront même voyager dans l'espace.

– Où est Terre 18 ? demandé-je, inquiet.

Alors la Galaxie, pour m'enlever mes derniers soucis, m'indique son positionnement stellaire et je m'aperçois qu'elle gravite autour de l'étoile Aphrodite.

– Si c'est toi, Aphrodite, le Soleil de cette planète, je te le demande, par respect pour moi, n'envoie pas de coups de Soleil à Delphine ou à notre bébé.

– Ne t'inquiète pas, j'en prendrai soin. Désormais en tant qu'étoile je suis au-delà des mesquineries d'Aeden. J'ai compris ce que c'est qu'une vraie élévation d'âme. Il me serait impossible de vouloir du mal à ton amie. Je n'ai plus la moindre once de jalousie.

Je sens qu'elle est sincère.

– Tu peux lui faire confiance, confirme la Moucheronne.

Je palpite en signe de remerciement.

– Et en tant que Soleil tu seras aussi la déesse de Terre 18 ? demandé-je à Aphrodite.

– Au sein de cette Galaxie nous avons tous collégialement décidé de faire de Terre 18 une planète-test, signale une étoile que je ne connais pas.

– Elle est désormais livrée à elle-même. Elle sera PSD, ce qui veut dire « Planète Sans Dieux ».

– Après avoir eu 144 dieux, ce qui était beaucoup, il nous semblait logique de la laisser se reposer sans le moindre intervenant, ajoute Raoul Razorback.

Cela me rappelle la question d'Edmond Wells : « Si Dieu est omnipotent et omniprésent, existe-t-il un lieu où il ne peut rien et où il n'est pas ? »

Cet endroit c'est désormais Terre 18.

Je suis cependant inquiet : s'il n'y a plus de dieu sur Terre 18, Proudhon risque de prendre le pouvoir avec sa secte, ses médias, ses groupes fanatiques et les partis extrémistes.

Les autres entendent mes pensées. Raoul répond pour eux :

– Ne t'inquiète pas, tu as fait le nécessaire. Tu as planté le germe de la résistance avec ton jeu « Le

Royaume des dieux ». Les mortels reproduiront en partie simulée ton expérience divine.

– Ils liront ton livre, signale une étoile.

– Mais ils ne le comprendront pas, dis-je.

Toutes les étoiles me répondent.

– Encore tes peurs anciennes.

– Ton angoisse d'être incompris doit cesser.

– Fais-leur confiance.

– Tu n'as pas confiance en tes lecteurs ?

– S'ils ne comprennent pas immédiatement, leur propre vie entrera en résonance avec certains passages.

– Cela se fera par étapes. Chacun à son rythme.

– Ils le reliront.

– Le pouvoir des livres est grand. Tu l'as toujours su.

– Tu as utilisé ce pouvoir et tu n'y crois pas ?

– Ils finiront par comprendre.

Les étoiles parlent les unes après les autres.

– Ils finiront tous par comprendre.

– C'est cela qui empêchera Proudhon de répandre ses idées.

– Si tu ressens un doute, sache que nous pouvons voir d'ici sans ankh ce qu'il se passe là-bas, m'indique un petit Soleil un peu bleuté. Il suffit de penser à ce qu'on veut voir et on le voit. Vas-y, essaye.

Je ferme les yeux et en effet c'est comme si j'avais envoyé une caméra-sonde sur Terre 18. Je vois l'île de la Tranquillité de haut. Je vois notre maison. Je vois notre chambre. Je vois Delphine avec un enfant. Un petit garçon.

Autour, des gens construisent des maisons et installent des antennes. Ils ont bien progressé depuis mon départ.

Je déplace ma vision sur la planète et je constate

que le jeu « Le Royaume des dieux » est pratiqué par plusieurs millions de personnes. Eliott a trouvé encore des slogans fantaisistes : « Et vous, à la place de Dieu, vous feriez quoi ? » ou : « Après une journée de travail rien n'est plus relaxant que de créer une planète » ou encore : « La meilleure manière de comprendre un monde est de le diriger. » « L'histoire de l'humanité ne vous plaît pas ? Essayez de faire mieux, si vous êtes si fort ! »

Pas mal.

– Grâce à ce petit jeu qui semble anodin, ils vont finir par comprendre, insiste une étoile.

Je me dis que lorsque j'étais sur Terre 1, mon Soleil avait peut-être lui aussi sa conscience. Et il nous observait. Là encore les civilisations qui invoquaient le « Dieu Soleil » comme par exemple les Aztèques ne se doutaient probablement pas à quel point elles étaient dans le vrai.

J'apprécie soudain énormément mon nouvel état stellaire.

– Je suis tellement heureux d'être ici, avoué-je. Je suis si bien d'avoir enfin rencontré ce qui couronne tout. Vous, Mère. Vous, la Galaxie qui nous englobe tous dans sa conscience protectrice.

Un temps.

– Désolé. Tu te trompes, Michael. Je ne suis pas au sommet de tout, répond la Galaxie avec sa voix de vieille dame généreuse. Il y a autre chose au-dessus de moi.

Non, pas encore ça !

Je n'ose penser la question.

– Et qu'est-ce qu'il y a au-dessus de vous ?

– Selon toi, qu'est-ce qui est au-dessus du « 9 » ?

86. ENCYCLOPÉDIE : DES CHATS ET DES CHIENS

Le chien se dit : « L'homme me nourrit donc il est mon dieu. »

Le chat se dit : « L'homme me nourrit donc je suis son dieu. »

Edmond Wells,
Encyclopédie du Savoir Relatif et Absolu,
Tome VI.

87. ADONAÏ

Ma conscience s'élargit encore.

C'est comme un rayonnement qui part de moi ou de mon étoile en portant la question fatidique :

« Qu'est-ce qui est au-dessus ? »

Et c'est alors que m'arrive en flash l'évidence, la grandiose évidence. Celle qui a été prononcée cent fois par mes amis, par Delphine, par tout le monde.

Tout comme l'énigme du rien, c'est tellement simple, tellement logique, tellement naturel que personne n'y pense.

La solution nous crève les yeux.

Le « Dieu au-dessus de la Galaxie » est partout visible, partout immense, immense, IMMENSE.

Je suis dans LUI.

IL est dans moi.

Depuis toujours et pour longtemps.

Quand Delphine me disait : « Pour moi Dieu nous entoure, il est dans le chant des oiseaux, dans le mouvement des nuages, dans le moindre insecte, et la moindre feuille d'arbre, dans ton sourire et dans mes larmes, dans notre joie et notre douleur », elle ne savait pas si bien dire.

Le Dieu au-dessus de la Galaxie est vraiment partout.

C'est...

L'UNIVERS.

À peine l'ai-je pensé qu'en effet mon âme se branche sur une entité plus large, infiniment plus vaste que la Galaxie.

Toutes les autres étoiles qui en tant que « 8 » ont fait le chemin pour imaginer le « 9 » de la Galaxie ont dû faire le même chemin pour imaginer ce que je ne peux m'empêcher de penser comme un « 10 ».

C'est-à-dire le nombre qui inclut toutes les dimensions, qui inclut tous les chiffres en lui.

Le Grand Dieu Universel est le « 10 ». À peine ai-je conçu sa nature que je me sens branché sur lui.

Cette fois ce n'est ni un vieil homme comme Zeus.

Ni une entité féminine comme la Galaxie.

C'est un « Tout qui comprend tout au-delà de Tout ».

L'UNIVERS DANS SON ENSEMBLE.

Ma pensée se branche sur l'Univers et aussitôt je sens en lui les milliards de Galaxies comme autant d'entités-mères similaires à celle dans laquelle je me trouve.

L'Univers est dans sa globalité un organisme vivant dont les cellules sont formées de Galaxies-Mères.

Et l'Univers peut communiquer avec nous.

Comme jadis, Delphine m'avait montré que nous pouvons parler avec nos cellules pour nous guérir.

C'est une pensée immense, plus longue que mon plus long rayon de lumière stellaire, plus large que le plus large horizon que puisse visualiser mon imagination.

L'UNIVERS.

– Bonjour l'Univers, prononcé-je respectueusement dans mon âme.

– Bonjour Michael.

Et maintenant que je lui parle, l'Univers me répond. Dans ma langue, dans mon système de compréhension. L'Univers me répond simplement. Tout communique. Tout parle. On peut dialoguer avec chaque entité consciente de l'Univers y compris l'Univers en personne.

– Qui êtes-vous ? demandé-je.

– Tu le sais déjà. Et toi qui es-tu ?

– Je suis une partie de vous.

– Tu vois, tu le sais. Chaque question est déjà une réponse.

– Comment dois-je vous appeler ?

– Comment crois-tu qu'il faille m'appeler ?

– La partie qui dialogue avec moi est vivante. Donc vous êtes l'énergie de vie.

– Continue.

– Cette énergie est décomposée en 3. Trois forces. L'Amour, la Domination, la Neutralité. A.D.N. C'est la formule secrète des atomes. Positif, Négatif, Neutre.

– Continue.

– L'ADN, c'est l'acide désoxyribonucléique. La formule secrète des noyaux des cellules vivantes.

– Continue.

– ADAN. C'est le nom d'un prototype animal avec capacité de compréhension des idées abstraites.

– Continue.

– ADN, c'est Aeden, le lieu expérimental où a été déposé ADAN, et le lieu ultime où ses petits descendants vont se préparer à comprendre l'ensemble du projet.

– Continue.

– Et vous, je crois que les Hébreux vous ont nommé jadis ADN, Adonaï. Le Dieu-Univers. Mais je rectifierais en disant : l'Univers en personne, puisque nous sommes tous inclus en VOUS.

– Eh bien tu vois, je n'ai rien à t'apprendre, tu as toujours su, c'est juste que tu avais oublié, maintenant tu te rappelles et tu sais.

Ainsi Delphine m'avait préparé à cette rencontre en m'apportant tous les éléments, nous sommes inclus dedans, c'est dans tout, et en plus « cela » peut communiquer avec nous comme nous pouvons communiquer avec nos cellules ou nos atomes.

Je digère doucement la puissance de cette découverte et ses conséquences. Maintenant la boucle est bouclée.

Au-dessus du « 9 » de la Galaxie il y a le « 10 » de l'Univers.

J'éprouve pourtant un sentiment de déception. Il ne reste donc plus rien à découvrir, l'aventure s'arrête là, je suis arrivé au bout du cheminement de mon âme, puisque désormais elle a compris que le plus grand de tous les dieux était l'Univers en personne et qu'il ne pouvait rien y avoir de plus fort et de plus grand que lui.

C'est la Galaxie qui perçoit cette pensée et qui me répond :

– Non, petite étoile, dit-elle, l'aventure ne s'arrête pas là. Et si tu es avec nous ICI et MAINTENANT ce n'est pas non plus une simple coïncidence.

– Qu'est-ce qu'il se passe encore ?

– En fait l'Univers, cet Univers, a un projet personnel depuis longtemps et il a décidé de le réaliser aujourd'hui. Peut-être à cause de toi, dit la Galaxie. Tu étais « Celui qu'on attendait ».

Je perçois la Galaxie dans son ensemble avec ses deux immenses bras formés d'une poudre d'étoiles chatoyantes tournant doucement et répandant une clarté remplie de milliards de couleurs.

– Il y a eu la vie, il y a eu l'homme, il y a eu la divinité, il ne peut pas y avoir de projet plus grand pour un Univers.

– Si, dit la Galaxie. Toute structure veut connaître la structure qui la surpasse.

– Mais au-dessus de l'Univers il n'y a RIEN !

– Arrête avec ces aphorismes, me dit Edmond Wells, maintenant il faut écouter la Galaxie qui est notre nouvelle instructrice.

J'écoute donc la voix de la vieille dame remplie de lumière.

– Au-dessus de l'Univers existe encore quelque chose, dit-elle.

– Impossible.

– Elle dit vrai. Cette promotion étant particulièrement intéressante, j'ai décidé de me lancer dans le grand projet de ma vie, dit l'Univers toujours présent dans notre dialogue.

– Lequel ? demandé-je.

– Découvrir ce qu'il y a au-dessus de moi.

Non pas ça. Pas encore ça.

– Quelque chose existe au-dessus du « 10 ».

En tant que petite étoile je me mets à palpiter d'excitation, en même temps, je suis conscient que je risque de griller quelques planètes aux alentours, alors je me calme.

– Au-dessus du « 10 » il y a...

À ce moment toutes les étoiles en chœur répondent :

– Le « 11 » !

– Et c'est quoi le 11 ?

– Non, elles se trompent, ce n'est pas le 11 mon projet. Ni le 12. En tant que 10, je suis le contenant de tous les chiffres mais aussi de tous les nombres à deux chiffres. Ma prochaine limite est le niveau de conscience 111, émet l'Univers.

– 111 ?

– Oui, 3 fois le chiffre 1.

– C'est un de mes plus anciens projets, poursuit l'Univers. J'y pense depuis 111 milliards d'années. J'ai l'intuition que quelque chose vit au-dessus de moi. Je l'appelle « 111 ». Et je crois que je vais profiter d'avoir, parmi vous, deux étoiles pionnières particulièrement performantes pour vous envoyer découvrir ce monde au-dessus de moi.

Ai-je bien entendu ?

– Oui, toi, Michael, et toi Edmond Wells. Je vais vous projeter grâce à la puissance centripète de votre Galaxie jusqu'à la limite d'un de mes bords. Depuis peu, j'arrive à en percevoir la paroi grâce à mon accroissement de conscience.

À nouveau, l'exaltation de la découverte de mondes nouveaux parcourt mon âme.

Qui est au-dessus de l'Univers ?

88. ENCYCLOPÉDIE : LA THÉORIE DU TOUT

Le but final de la science est de fournir une théorie unique qui puisse décrire et expliquer les mécanismes de la grande Horlogerie de l'Univers.

Cette explication a été baptisée la « Théorie du Tout ».

Elle consiste à unifier la physique de l'infiniment petit et la physique de l'infiniment grand.
Elle cherche à trouver un lien entre les 4 forces connues.

La Gravitation : force qui s'exerce notamment entre les planètes.

L'Électromagnétisme : force qui s'exerce entre particules chargées.

L'Interaction faible : force qui régit les atomes.

L'Interaction forte : force qui régit les particules à l'intérieur des noyaux atomiques.

Albert Einstein a été le premier à parler de cette « Théorie du Tout » en 1910. Il a cherché jusqu'à sa mort un principe d'unification des 4 forces. Mais la physique classique ne parvenait pas à concilier l'infiniment petit et l'infiniment grand, les planètes et les atomes. En même temps, l'émergence de la physique quantique et la découverte de nouvelles particules ouvrirent des voies de recherche. Parmi les plus prometteuses, la théorie des cordes propose un Univers à plus de 10 dimensions au lieu de nos 4 habituelles. Dans cette théorie les physiciens évoquent des particules circulant non plus dans un Univers sphérique mais dans des « feuilles d'Univers » superposées, liées entre elles par les cordes cosmiques.

Edmond Wells,
Encyclopédie du Savoir Relatif et Absolu,
Tome VI.

89. LE MONDE DU DESSUS

Dès lors, tout se met en place.

L'Univers dans son ensemble conspire pour que je sois son héros, explorateur d'un de ses bords.

Toutes les étoiles me regardent.

Toutes les Galaxies de l'Univers sont à l'écoute du moindre de mes mouvements.

Notre Galaxie se met alors à tourner un peu plus vite. Le mouvement provoque un vortex dans son centre. Avec un puits « trou noir ».

– Veux-tu partir seul ou veux-tu être accompagné ? me demande l'Univers.

– Je veux être accompagné.

– Par qui ?

Je sens à côté de moi Aphrodite, Raoul, Edmond Wells, la Moucheronne, Orphée, Œdipe, tous palpitent d'envie de partir avec moi à la découverte de ce monde supérieur à l'Univers.

Tous veulent savoir ce qu'est le « 111 », ce mystérieux nombre à trois chiffres.

– Edmond ! appelé-je en pensée.

Après tout son Encyclopédie du Savoir Relatif et Absolu a toujours soutenu mon aventure. Edmond Wells a toujours été mon guide au plus noir des ténèbres, qu'il soit donc dans cette dernière épopée mon compagnon de l'extrême.

Son étoile doucement se rapproche de moi.

Nous sommes attirés par le vortex central de la Galaxie. Même nos rayons lumineux sont courbés puis inexorablement attirés par le trou noir.

Nos deux étoiles sont prises dans le tourbillon du centre de la Galaxie.

La bouche de la Galaxie.

Nous entrons dans un cône immense où tout tourne, comme dans le trou de bonde d'un lavabo.

Tout s'accélère.

Nos deux sphères de lumière tournoient puis, arrivées au centre du cône, elles sont aspirées.

Nous filons comme des bolides dans un tunnel noir tubulaire parcouru d'éclairs et qui ne cesse de rétrécir.

L'intestin de la Galaxie.

La vitesse augmente sans cesse.

La pression aussi.

La Galaxie nous digère.

Et puis nous aboutissons à un renflement où nous sommes ralentis, puis immobilisés.

Nous sommes dans le cœur de notre Galaxie-Mère.

– Préparez-vous à être projetés aux limites de l'Univers, nous annonce-t-elle. Et même l'Univers ne sait pas ce qui existe sur ses bords. Observez. Comprenez. Et transmettez-nous le secret de ce qui nous dépasse.

Notre Galaxie-Mère et notre Univers-Père nous gonflent d'énergie pour le dernier voyage d'exploration. Puis nous sommes à nouveau aspirés dans un couloir.

Plus nous avançons plus le tunnel chauffe et devient lumineux, jusqu'à l'autre extrémité qui débouche sur un cône blanc.

– Nous sommes dans une fontaine blanche ! annonçai-je à mon comparse.

– Non. Nous sommes dans un Big Bang ! me lance l'étoile Edmond Wells. L'Univers a créé ici un Big Bang pour nous projeter jusqu'à ses limites.

Nous jaillissons.

Le vortex et le Big Bang n'ont servi que de canon, pour nous donner de la vitesse et nous projeter à travers l'espace de manière à ce que nous parvenions aux confins de l'Univers.

Tels deux boulets enflammés éjectés d'un canon nous filons dans le noir de ce coin extrême de l'espace, inconnu de l'Univers lui-même.

Ici plus d'étoiles, plus de planètes. Les bords de l'Univers sont vides.

Nous franchissons des millions et des millions de kilomètres durant un laps de temps que je ne peux plus mesurer, car pour nous, étoiles, la perception de l'espace-temps est différente.

Puis l'effet propulseur du Big Bang s'atténue.

À un moment je sens que je peux diriger ma trajectoire.

Dans le doute, ne sachant où aller, nous continuons sur notre lancée.

Et je finis par distinguer au loin comme une immense paroi de verre qui couvre tout l'horizon.

Edmond Wells et moi ralentissons, puis nous nous immobilisons à quelques centaines de mètres de la paroi lisse et transparente.

– C'est quoi ?

– Probablement la limite de l'Univers, émet Edmond Wells.

– La limite de Dieu ?

– La peau de Dieu, rectifie Edmond Wells. Là où s'arrête TOUT.

– Et de l'autre côté de Tout, il y aurait quoi ?

Nous nous approchons encore de la paroi lisse.

– Tu vois quelque chose ? me demande l'étoile Edmond Wells.

– Non, et toi ?

Nous avançons encore et nous finissons par distinguer, de l'autre côté de la paroi...

UN ŒIL IMMENSE !

J'avais déjà fait face à l'œil géant de Zeus, sur le chemin de la première Montagne. J'avais déjà fait face à l'œil d'Aphrodite au-dessus de mon éprouvette alors que je n'étais qu'un minuscule habitant de Terre 18. Mais cette fois, je ne sais pourquoi, je sens qu'il s'agit d'une chose très... différente.

– Suis-moi ! m'ordonne Edmond Wells qui semble avoir compris avant moi.

Je regarde et, en longeant la paroi, nous finissons par distinguer un deuxième œil.

Ils sont deux qui s'agitent de droite à gauche comme s'ils balayaient la surface transparente de l'Univers.

– Je crois que je commence à comprendre, émet l'étoile Edmond Wells qui palpite près de moi.

– Je t'écoute.

– Ces deux yeux... nous font exister.

– Qu'est-ce que tu veux dire ?

– Ces deux yeux font exister l'Univers dans lequel nous sommes inclus. Ces deux yeux et la cervelle qu'il y a probablement derrière font exister notre espace-temps global.

– Vas-y, continue.

– Tu connais cette règle de physique quantique qui dit : « L'observateur modifie le monde qu'il observe » ? Là c'est encore plus fort c'est... « L'observateur fait exister le monde qu'il imagine. »

– C'est quoi ? c'est qui ? Sois plus clair, Edmond !

– Derrière : c'est la dimension au-dessus.

Je fixe les yeux qui bougent toujours de droite à gauche derrière la paroi transparente comme s'ils ne nous voyaient pas et que nous étions cachés derrière une glace sans tain.

– Je crois comprendre. Nous sommes dans un jeu vidéo. Nous sommes des photons dans un écran. Ce que j'ai créé en dessous, « Le Royaume des dieux », est en fait ce qui existe au-dessus !

L'idée me semble très forte mais Edmond Wells émet un signe de dénégation.

– Non, pas un jeu vidéo. Autre chose. Un monde parallèle qui n'existe que lorsqu'on le regarde. L'observateur crée ce monde. Il n'existe pas sans lui.

– Sois plus clair.

– Un monde plat. Un Univers qui serait en fait un parallélépipède très plat. Une... page. Nous sommes dans une page ! Notre Univers est dans une page !

Je n'ose intégrer l'idée.

– Impossible ! m'exclamé-je.

– Tu le vois pourtant.

– Je vois deux yeux géants effectuer des allers et retours derrière une paroi. C'est tout.

Un malaise confus m'envahit.

Edmond Wells me fait signe de descendre plus bas sur la surface plane.

J'obtempère, et je distingue un symbole géant que je finis par décrypter comme étant un 5 à l'envers : ς.

Je recule encore et distingue qu'il fait partie d'un nombre, « 544 » à l'envers : ᔰᔰς

– C'est quoi ?

– Le numéro de la page dans laquelle nous nous trouvons. Elle est inscrite à l'envers. Tu te souviens quand nous avions vu des chiffres apparaître dans le ciel ? C'était déjà ça. Une faille dans l'espace-temps nous a permis de percevoir un élément du bord de l'Univers. Et ce n'est pas tout.

Il m'invite à remonter les lignes que nous distinguons maintenant clairement.

En haut nous voyons inscrites des lettres plus grosses :

« XUEID SED ERÉTSYM EL ».

– Cela ne te rappelle rien ?

– ERETS... SED... EID..., les lettres apparues comme une aurore boréale quand nous gravissions la Montagne.

Il hoche la tête.

– C'est à l'envers. Nous voyons les lettres à l'envers. À l'endroit ça donne :

– « LE MYSTÈRE DES DIEUX ».

– Dis quelque chose, m'intime l'étoile Edmond.

Je prononce la première phrase qui me vient à l'esprit :

– Je ne comprends pas, où veux-tu en venir ?

– Maintenant regarde.

À ma grande stupeur, je lis sur la paroi transparente :

« ? rinev ne ut-xuev où, sap sdnerpmoc en eJ – »

En minuscules avec juste le J en majuscule. Avec un tiret comme pour signaler qu'il s'agit d'un dialogue.

L'étoile Edmond Wells m'envoie des ondes d'excitation.

– Que te faut-il encore comme preuve ?

Je regarde et vois s'afficher :

« ? evuerp emmoc erocne li-tuaf et euQ – »

Avec le point d'interrogation au début et le tiret à la fin.

– Nous sommes dans la page ! Cet Univers, le 10, est une page. Et nous voyons le texte à l'envers depuis « l'intérieur » de la page. Nous ne sommes pas des étoiles, nous sommes deux minuscules particules lumineuses incluses dans l'espace même de la page.

– Non. Tu n'as donc rien compris ? Nous sommes les personnages d'un roman.

Je mesure rapidement la portée de cette idée. Si nous sommes les personnages d'un roman cela voudrait dire que « Je » n'existe pas vraiment. Je ne fais que servir une histoire.

Edmond Wells qui doit entendre mes pensées exprime la question :

– Après tout qu'est-ce qui nous prouve que nous existons vraiment ?

– Je connais mon histoire, mon passé, mes ambitions, mes espoirs personnels... Ils sont à moi, ils m'appartiennent, je les ai forgés à partir de mon expérience unique.

– Mais imaginons que ce soit encore quelqu'un d'extérieur qui les ait inventés et que ce quelqu'un te fasse croire que ce sont les tiens.

– Impossible !

– Après tout, ce monde pourrait très bien être créé de toutes pièces par un romancier. Dans ce cas nous croyons exister, mais nous n'existons que par l'imaginaire de l'écrivain qui invente nos aventures. Et puis... ensuite par l'imagination du lecteur qui lit nos aventures et les visualise dans sa tête. Là par exemple, le lecteur nous donne une apparence, selon ce qu'il pense que nous sommes. Probablement nous voit-il comme des petites lumières s'agitant derrière une vitre.

– Le lecteur ? Quel lecteur ! ?

– LUI ou ELLE. Va savoir. Ces yeux sont si grands qu'on ne peut deviner si c'est un homme ou une femme qui nous lit.

Je regarde à nouveau les yeux qui balaient inlassablement de droite à gauche.

Ainsi, voilà ce que cache le Voile de l'Apocalypse...

VOUS ?

La boule de lumière Edmond Wells reste fascinée par ce regard qui, dès qu'il semble arrivé à une butée (la fin d'une ligne), fait demi-tour puis descend légèrement pour aller à la ligne suivante.

– Cet Univers a été imaginé, déposé dans un livre, mais à l'état de livre, il est comme au congélateur. Il ne se réveille que lorsque le regard du lecteur le réchauffe. Ces deux yeux qui balaient la surface de la paroi agissent comme le diamant des anciens tourne-disques qui produit de la musique en parcourant le sillon du vinyle.

– Si ce n'est que cette fois les sillons sont les lignes remplies de lettres.

– Et la musique c'est l'Univers imaginaire dans lequel nous sommes inclus. Cet Univers a été écrit. Et il vit parce qu'il est... lu. Et nous existons parce que nous sommes nous aussi... lus !

– Et qui serait l'auteur ?

Le petit Soleil Edmond Wells change de couleur et vibre.

– Il faudrait pouvoir rejoindre la couverture pour lire son nom.

– On y va ?

– Oh, et puis on s'en fiche du nom de l'auteur. Ça doit être un petit écrivaillon sans intérêt. Ce qui importe c'est la prise de conscience de qui nous sommes et où nous sommes vraiment.

À ce moment se produit un mouvement de l'autre côté de la paroi transparente.

Une boule rose gigantesque surgit du néant. Plus elle approche plus je peux distinguer sa surface recouverte de centaines de vallées parallèles qui forment des arabesques. Il y a des trous qui doivent être des pores. Et cela brille, signe de la présence d'un peu de sueur, ou même de la salive que se mettent parfois les lecteurs sur le doigt pour mieux tourner les pages.

Un pouce.

En dessous une autre boule plus allongée.

Un index.

Ensemble ils font pince.

Et ils saisissent toute l'épaisseur de la couche d'univers.

Et la font basculer du côté droit au côté gauche.

Nous étions dans la page de droite qui a basculé à gauche. Nous ne voyons plus les yeux géants.

Edmond Wells me fait signe de le suivre. Nous rejoignons la reliure, et là de la colle fait adhérer de minuscules fibres.

Nous remontons les fibres pour passer à la nouvelle page tournée.

Je me souviens dans l'Encyclopédie d'un passage à propos de la Théorie du Tout. Les astrophysiciens parlaient de « corde cosmique » reliant les bouts d'espace... Ce serait dans ce cas les fibres de tissu de la reliure du livre. On peut grâce à ces « fils » passer d'une « page-univers » à l'autre.

Nous nous replaçons dans la nouvelle page située face au lecteur. Nous retrouvons les deux yeux qui ont repris leur mouvement de balayage. La proposition de Delphine me revient.

« Des univers-lasagnes. Comme des couches superposées. »

Ces couches ce sont les pages. Elle a reçu en une vision mystique la solution de tout. Un univers-lasagne formé de pages superposées. Des centaines de pages entassées les unes sur les autres.

Les Mayas voyaient déjà 11 couches. Ils imaginaient donc un livre à 11 pages.

11... 111.

Ce que notre Univers-Dieu appelle la « dimension au-dessus » ce ne sont pas des chiffres mais des couches. « 111 » est une représentation graphique des pages parallèles d'un livre !

Le petit Soleil Edmond Wells palpite.

– Maintenant c'est sûr, nous sommes dans une page de roman. Notre Univers est une page de papier pour nous transparent parce que nous sommes dans l'infiniment petit, mais pour les yeux extérieurs cet espace est opaque et probablement blanc ou beige clair pour faire ressortir les lettres noires.

Je mets du temps à digérer l'incroyable découverte. Edmond pourtant l'avait déjà écrit dans l'Encyclopédie : « L'atome peut croire dans le dieu des atomes, mais il n'est pas capable d'imaginer la réelle dimension au-dessus qui est la molécule. Encore moins capable de comprendre que cette molécule fasse partie d'un doigt et que ce doigt appartienne à un être humain. Simple question de dimension et de prise de conscience. »

Je ne peux quitter des yeux le lecteur, j'aimerais me signaler à lui, lui dire que s'il me voit, je le vois aussi. Mais je sais que pour lui je ne suis qu'une infime particule lumineuse dans l'immensité de l'épaisseur de la page qu'il tient entre les mains.

– Toujours ce principe d'une conscience comprise dans une conscience plus grande, complété-je.

– Comme les poupées russes. La Gnose nous l'a pourtant dit : « Notre Dieu a un dieu » et « Notre Univers est compris dans un univers. » Ce qu'elle n'a pas précisé c'est que le dernier Univers est inclus dans un livre.

– Au-dessus de l'homme simple mortel : l'ange. Au-dessus de l'ange : l'élève dieu. Au-dessus de l'élève dieu : Zeus. Au-dessus de Zeus : la Galaxie, au-dessus de la Galaxie : l'Univers, au-dessus de l'Univers : le...

– Je n'arrive pas à le croire, répété-je.

– Certaines mystiques l'ont dit depuis longtemps : « TOUT EST ÉCRIT. » Mais aucune n'est allée jusqu'à clairement nous informer que... « NOUS SOMMES TOUS DES PERSONNAGES DE ROMAN. »

Nous flottons, incrédules, émerveillés, fascinés par cette Vérité qui nous semble en même temps insupportable et grandiose.

Edmond Wells vibre dans ses couleurs jaunes et rouges. Je le sens réfléchir avec une ampleur nouvelle.

– L'écrivain mourra un jour. Alors que cet Univers, notre Univers, continuera toujours d'exister.

– Enfin... il existera tant qu'un seul individu l'activera de son regard et de son imaginaire.

– Alors toi et moi sommes immortels ?

– Je le crois. Il faudrait pour que nous cessions d'exister que plus personne ne lise ce livre.

Les yeux immenses du lecteur balaient maintenant les lignes un peu plus vite. Comme s'ils étaient pressés.

– Notre Univers perdurera jusqu'à la destruction du dernier livre le décrivant.

– ... Ou jusqu'à la destruction du dernier lecteur capable de le lire.

– Tant qu'il y aura un seul lecteur, notre Univers pourra renaître.

Je regarde à nouveau les yeux qui avancent de gauche à droite, et descendent. À nouveau le doigt rose vient chercher le bas de la page et nous passons de l'autre côté. Nous repassons par les fibres de la reliure pour le retrouver.

– C'est donc « ça » le dieu le plus puissant ?

– Je le crains. Son pouvoir sur notre Univers est infini. Dans le livre il y a notre passé, notre présent et notre futur. Tu te souviens de la théorie de l'homme superlumineux ? Il existe un lieu où l'espace-temps n'obéit plus aux lois habituelles. Du coup le passé, le présent et le futur sont confondus.

Un livre contient le passé, le présent et le futur des personnages ! Il suffit que le lecteur aille au bout du livre et il connaîtra instantanément la fin. Et il peut y aller directement. De même qu'il peut revenir au début. Il n'est pas obligé de suivre la continuité du déroulement du temps de notre Univers. Le Lecteur est le maître de l'espace-temps du Livre.

Je commence à entrevoir la portée vertigineuse de cette découverte.

– Et si le Lecteur s'arrête de lire ? demandé-je, soudain inquiet.

– Alors nous sommes bloqués dans nos existences. Figés. En pause comme avec une télécommande de magnétoscope. Il n'y a plus qu'à attendre qu'il veuille reprendre le fil du récit.

– Et s'il ne reprend pas ?

– Notre monde s'arrête là où il s'est arrêté de lire.

– Et s'il nous lit en accéléré ?

– Nous accélérons.

– Et s'il nous relit...

– Nous recommençons à vivre exactement la même aventure.

Bon sang, je peux refaire ma vie de Thanatonaute, je vais retrouver Rose, je vais retrouver Delphine, je vais retrouver Aphrodite, je vais revivre ce que j'ai déjà vécu ! Et en oubliant tout chaque fois. Et... en redécouvrant naïvement chaque fois tous les événements de l'histoire telle qu'elle a été écrite par l'auteur.

Un détail pourtant me préoccupe.

– Et si le Lecteur arrête de lire avant la fin, s'il abandonne le livre au milieu ou avant les dernières pages ?

– Cela ne change rien. Il n'est pas le seul. Si un autre individu, ailleurs, continue la lecture de nos aventures, elles avancent. Il faudrait pour tuer notre Univers que tous les lecteurs s'arrêtent de lire ensemble.

La boule de lumière de mon ami est tout aussi excitée que moi par la portée de cette découverte.

Nos sphères de lumière sont parcourues de marbrures fluorescentes, signe pour des étoiles d'intense activité mentale.

– À une nuance près. Nos personnages sont immortels mais ils ne sont pas « stables ». Le Lecteur peut nous imaginer d'une certaine manière lors d'une première lecture et d'une autre manière lors d'une autre lecture. Nous dépendons de sa capacité de visualisation, précise Edmond Wells.

– Sans parler de son état émotionnel et de sa culture. Car nous rentrons en résonance avec sa propre âme. S'il nous lit alors qu'il est déprimé, peut-être qu'il nous voit dans un monde sombre et froid. Il voit peut-être Aeden comme un monde triste et terne. Alors que s'il est heureux il ajoute des détails de son cru qui n'existent même pas dans le texte. Il nous voit plus beaux, plus colorés, plus souriants.

– Tu as raison. Le Lecteur peut inventer des détails. Il croit les lire alors qu'il n'est qu'emporté par l'élan du récit ou par des souvenirs qui lui appartiennent.

– Il peut imaginer Aphrodite comme une de ses

anciennes compagnes, ou comme sa mère jeune, si c'est un homme.

– Il peut t'imaginer, mon cher Michael, comme un de ses anciens compagnons si c'est une femme.

La sensation de vertige est plus forte. De manière étonnante ma rencontre avec la conscience de la Galaxie, le fameux 9, ou avec l'Univers, le fameux 10, ne m'a pas autant impressionné que ma rencontre avec le regard du Lecteur ou de la Lectrice qui me lit actuellement.

« Vous... »

– Non, me révolté-je tout à coup. Tu te trompes ! Nous ne pouvons pas être dans un roman. Et cela pour une raison simple : je te vois, je te parle, je t'entends. Je peux avec mon libre arbitre décider de ne plus bouger. Et ce n'est que mon libre arbitre de Michael Pinson qui aura décidé cela, personne ne m'indique ce que j'ai à faire. Aucun romancier, aucun scénariste, aucun lecteur ne me force à faire quoi que ce soit contre ma volonté. Je suis libre. LIBRE. Et je ne suis pas un personnage de roman, je suis réel. RÉEL.

Je répète cela comme si je voulais m'en convaincre.

Je me mets à hurler avec mon âme.

– JE NE SUIS PAS UN PERSONNAGE DE ROMAN, J'EXISTE RÉELLEMENT !

Je martèle la phrase de plus en plus fort.

Puis je change d'intonation.

– Puisque ma pensée est sans limites, je vais sortir du livre et parler au Lecteur.

– Non, dit Edmond Wells. Nous ne pouvons pas sortir de cet Univers. Voilà notre plafond et notre limite ultime : la feuille de papier dans laquelle nous flottons.

– Nous avons toujours franchi les limites. Nous

nous sommes toujours surpassés pour nous hisser à la dimension supérieure. Souviens-toi de ta propre phrase : « Ce n'est pas parce que c'est impossible que nous ne le faisons pas. C'est parce que nous ne le faisons pas que cela devient impossible. »

– Nous sommes dans une page, Michael ! Une page de livre. Nous ne pourrons jamais franchir cette limite. Le Lecteur est notre unique maître.

– Dès le moment où je décide de devenir maître de mon destin, je le deviens. Le Lecteur, je... l'emmerde.

– Pas de blasphème. Nous avons besoin de Lui. Ce n'est pas le moment de Le provoquer.

Je me propulse de toutes mes forces contre la paroi de l'Univers-Page dans une zone claire sans caractères.

.

– Regarde ! J'ai marqué un point en me tapant contre la paroi de la page. La chaleur de mon étoile a inscrit un gros impact rond.

Je reste sous mon rond, admiratif de ma capacité à agir sur la paroi.

– Oui, mais regarde les yeux du Lecteur. Il a vu ton point et il a poursuivi vers la ligne du dessous. Pour lui ce n'est qu'un point d'imprimerie dans le livre.

– Attends, je n'ai pas dit mon dernier mot !

Je prends mon élan et vise une page blanche entière :

– Là, quand même, le Lecteur a dû repérer toutes ces marques alignées à la place des lettres sur une grande page blanche. Il doit bien voir qu'il se passe quelque chose d'anormal. On ne met pas ça « habituellement » dans les livres.

Nos deux sphères lumineuses s'approchent de la surface de la page pour mieux observer la réaction des yeux, de l'autre côté de notre Univers.

– Il continue de lire ! Le Lecteur ne nous voit pas dans l'épaisseur de la page. C'est comme une glace sans tain. Pour lui tout ce qu'il se passe sur la surface de la page est normal et fait partie du récit. Tout au plus il se dit que c'est un effet de style de l'auteur.

– Impossible !

– Nous le voyons mais lui il ne peut pas nous voir. Nous pouvons même zigzaguer sous la surface du papier il ne repérera jamais notre présence.

– Attends ! lancé-je. Si nous avons pu mettre des points nous avons la maîtrise de ce qu'il se passe sur la page. Je vais tenter autre chose : apparaître tels que nous sommes, mais agrandis, et dans la noirceur de l'espace qui nous entoure !

Les doigts roses ont tourné la page.

Les deux yeux continuent de balayer les lignes, à mon plus grand désespoir.

– Encore raté. Le Lecteur doit penser que c'est une astuce de l'auteur...

– Je m'en fiche de l'auteur. Je vais m'adresser directement au Lecteur sans passer par l'auteur !

je suis dans la page et je vous regarde

– Il ne peut pas lire, c'est écrit à l'envers pour lui.

– Pas de problème, j'ai de l'espace et du temps.

– Si tu le peux, écris en lettres d'imprimerie. Ce sera plus facile à lire pour le Lecteur.

JE SUIS DANS LA PAGE ET JE VOUS REGARDE

Les yeux continuent de lire.

– Le Lecteur croit encore que c'est normal. Pour lui tout ce qui arrive sur les pages fait partie du roman, déplore l'étoile Edmond Wells.

Je me concentre et essaie autre chose : communiquer par la pensée :

« LECTEUR, SI TU M'ENTENDS, SACHE QUE NOUS SOMMES LÀ, EDMOND WELLS ET MOI, DANS LA CHAIR MÊME DE LA PAGE QUE TU LIS. NOUS NE SOMMES PAS QUE DES PERSONNAGES DE ROMAN. NOUS EXISTONS RÉELLEMENT. »

Les yeux du Lecteur continuent d'avancer inexorablement.

Ce qui commence à m'énerver.

« HÉ ! LECTEUR ! TU ME LIS ! EH BIEN SACHE QUE JE SUIS MICHAEL PINSON, JE SUIS LIBRE ET JE DÉCIDE DE MA VIE MALGRÉ TOI, ET MALGRÉ L'ÉCRIVAIN QUI SOI-DISANT RÉDIGE MES AVENTURES. »

Il faut trouver quelque chose.

Ça y est, j'ai une idée.

— HÉ ! LECTEUR, SI TU M'ENTENDS TU AS UN MOYEN DE NOUS SIGNALER QUE TU NOUS COMPRENDS. IL SUFFIT DE DÉCHIRER LE PETIT BOUT DE PAGE, LÀ, EN HAUT DANS LE COIN GAUCHE. JUSTE QUELQUES CENTIMÈTRES POUR TOI DE PAPIER DÉCHIRÉ. ALLEZ, DÉCHIRE UN BOUT DE NOTRE UNIVERS. JE VAIS FAIRE UN POINTILLÉ POUR TE GUIDER. CE BOUT COUPÉ CE SERA NOTRE SIGNE D'ALLIANCE. NOUS COMPRENDRONS QUE TU ES PRÊT À DIALOGUER DIRECTEMENT AVEC NOUS AU-DELÀ DU LIVRE QUE TU TIENS DANS LES MAINS !

Nous attendons.

– Laisse tomber, s'impatiente Edmond Wells. Même si le Lecteur t'a obéi cela ne change rien. Car le récit continue. Et s'il lit ça c'est qu'il a déjà tourné la page. Donc nous ne pouvons même pas voir s'il y a ta page déchirée. Elle est déjà derrière nous !

– Dans ce cas on peut la voir sur le coin gauche.

– Mais non, c'est ça que tu ne comprends pas. Tout est écrit, donc quoi qu'il se soit passé dans les pages précédentes le récit continue.

Edmond Wells réduit un peu sa clarté stellaire.

– Tu n'as pas plus de pouvoir qu'un microbe qui essaie d'arrêter un camion sur une autoroute.

Je ne veux pas renoncer. Je lance une nouvelle pensée focalisée.

« HÉ, LECTEUR ! TU M'ENTENDS ? EH BIEN SACHE QU'IL N'Y A PAS QUE NOUS... TOI AUSSI TU ES PROBABLEMENT UN PERSONNAGE. LE MONDE DANS LEQUEL TU CROIS VIVRE ET QUE TU APPELLES LE "RÉEL" N'EST QU'UN ROMAN DANS LEQUEL TU ES INCLUS, ET TA VIE A ÉTÉ IMAGINÉE PAR UN AUTEUR DEPUIS SON DÉBUT JUSQU'À SA FIN ! »

– Laisse, Michael, tu vois bien que le Lecteur lit sans comprendre le sens profond de ce que tu lui dis. Il ne peut pas se remettre lui-même en question.

– Et pourquoi donc ?

– Il ne peut pas te prendre au sérieux. Il te voit toujours comme un personnage qui parle dans le roman. Même s'il a déchiré le petit coin droit comme tu le lui as demandé, il ne peut communiquer avec toi.

– Comment passer cette barrière, alors ? Je ne veux pas me résigner.

« HÉ ! LECTEUR, IL Y A AU-DESSUS DE TOI UN LECTEUR QUI TE LIT. TU M'ENTENDS ? SI TU POUVAIS TE TRANSFORMER EN ÉTOILE ET VOYAGER AUX CONFINS DE TON UNIVERS TU DÉCOUVRIRAIS QUE C'EST UNE PAGE ET QU'IL Y A DES YEUX QUI TE LISENT TOI AUSSI ! »

Edmond Wells s'approche de moi et par ses changements de couleur me fait comprendre qu'il est temps de renoncer.

– Pour ma part cela ne me gêne pas d'être un personnage de roman, reconnaît-il. J'assume mon statut d'être fictif renaissant sans fin chaque fois que je suis lu. J'ai même l'impression d'être tout-puissant. Je revis sans cesse dans plein d'endroits différents. Les regards des lecteurs me font exister à l'infini. Cesse de ne voir que l'inconvénient d'être la marionnette de l'imaginaire d'un autre. Toi aussi tu as ce pouvoir.

– Lequel ?

– « LIRE » ! Et par cet acte quasi divin créer un monde. Tu peux n'importe quand saisir un roman avec des personnages imaginaires et leur donner vie. Zeus t'a, paraît-il, signalé que ton nom signifie en hébreu : « Qui est comme un dieu » ? Tu es porteur de cette question métaphysique. Et tu connais enfin la réponse...

Je prononce alors le mot magique, aboutissement de tous les Mystères :

– LE LECTEUR.

REMERCIEMENTS À :

Docteur Gérard Amzallag, professeur Catherine Vidal, Françoise Chaffanel-Ferrand, Reine Silbert, Patrick Jean Baptiste, Max Prieux, Patrice Lanoy, Stéphanie Janicot, Stéphane Krausz, Karine Lefebre,

Henri Lovenbruck, Gilles Malençon, Sacha Baraz, professeur Boris Cyrulnik, Claude Lelouch, Jean Maurice Belayche, Pierre Jovanovic, Ariane Leroux, Sylvain Timsit, l'ESRA on line.

Musiques écoutées durant l'écriture :
Alex Jaffray & Loïc Étienne : musique du film *Nos amis les Terriens*.
Clint Mansell : musique des films *The Fountain*, *Requiem for a Dream*, *Pi*.
Thomas Newman : *Les Enfants Baudelaire*, *Six Feet Under*, *American Beauty*.
Ludwig Van Beethoven : la 6e et la 7e symphonie.
Mike Oldfield : *Incantations*, *Tubular Bells*.
Sia : *Colour the Small One*.
Le Seigneur des Anneaux. Howard Shore. Les 3 albums.
Kate Bush : *Aerial*.
Andreas Volleweider : *Book of the Roses*, *Caverna Magica*.

Site internet : www.bernardwerber.com

Le Cycle des dieux
dans Le Livre de Poche

1. Nous les dieux
nº 30582

Quelque part, loin, très loin se trouve une île que ses habitants appellent Aeden. Là, perchée sur un haut plateau, une ville : Olympie. Dans son cœur, une étrange institution, l'école des dieux, et ses professeurs : les douze dieux de la mythologie grecque, chargés d'enseigner l'art de gérer les foules d'humains pour leur donner l'envie de survivre, de bâtir des cités, de faire la guerre, d'inventer des religions ou d'élever le niveau de leur conscience. La nouvelle promotion ? Cent quarante-quatre élèves dieux qui vont devoir s'affronter à travers leurs peuples, leurs prophètes, chacun avec son style de divinité. Mais la vie sur Aeden n'est pas le paradis. Un élève essaie de tuer ses congénères, un autre est tombé fou amoureux du plus séduisant des professeurs, Aphrodite, déesse de l'amour, et tous se demandent quelle est cette lumière là-haut sur la montagne qui semble les surveiller...

Dans la ville d'Olympie, les élèves dieux étaient 144, ils sont à présent moitié moins nombreux. Plus le temps passe, plus ils ont de difficulté à créer un autre scénario que celui de la première Terre. Comme si l'Histoire était une fatalité, comme s'il n'y avait qu'une manière de faire évoluer les civilisations. Michael Pinson tente de faire survivre son peuple. Mais il a aussi d'autres préoccupations : amoureux d'Aphrodite, il doit essayer de ne pas se faire tuer par le Déicide, cet élève tricheur qui élimine directement ses concurrents à coups de foudre. Enfin, il cherche à comprendre ce qu'il fait là...

 **www.livredepoche.com**

- le **catalogue** en ligne et les dernières parutions
- des **suggestions de lecture** par des libraires
- une **actualité éditoriale permanente** : interviews d'auteurs, extraits audio et vidéo, dépêches…
- **votre carnet de lecture** personnalisable
- des **espaces professionnels** dédiés aux journalistes, aux enseignants et aux documentalistes